张少康文集

第二卷

古典文艺美学论稿

北京大学出版社

图书在版编目(CIP)数据

张少康文集. 第二卷, 古典文艺美学论稿 / 张少康著. —北京: 北京大学出版社, 2024.5

ISBN 978-7-301-34378-4

Ⅰ. ①张… Ⅱ. ①张… Ⅲ. ①文艺美学—研究—中国—古代—文集 Ⅳ. ①I-53

中国国家版本馆 CIP 数据核字(2023)第 163559 号

书　　名	张少康文集·第二卷: 古典文艺美学论稿 ZHANG SHAOKANG WENJI · DI-ER JUAN: GUDIAN WENYI MEIXUE LUN GAO
著作责任者	张少康　著
责任编辑	张文礼
标准书号	ISBN 978-7-301-34378-4
出版发行	北京大学出版社
地　　址	北京市海淀区成府路 205 号　100871
网　　址	http://www.pup.cn　新浪微博:@北京大学出版社
电子邮箱	编辑部 wsz@pup.cn　总编室 zpup@pup.cn
电　　话	邮购部 010-62752015　发行部 010-62750672 编辑部 010-62757065
印　刷　者	涿州市星河印刷有限公司
经　销　者	新华书店
	650 毫米×980 毫米　16 开本　27.75 印张　447 千字 2024 年 5 月第 1 版　2024 年 5 月第 1 次印刷
定　　价	128.00 元

未经许可, 不得以任何方式复制或抄袭本书之部分或全部内容。
版权所有, 侵权必究
举报电话: 010-62752024　电子邮箱: fd@pup.cn
图书如有印装质量问题, 请与出版部联系, 电话: 010-62756370

第二卷说明

本卷收入八十年代学术论文集《古典文艺美学论稿》,1987年中国社会科学出版社出版。台湾淑馨出版社1990年出版繁体字本。

目 录

序／陈贻焮／1

关于中国古代文学理论的民族特点问题／1
论意境的美学特征／18
神似溯源／39
齐梁风骨论的美学内容／53
我国古代文论中的形象思维问题／66
也谈古代文学理论中的现实主义问题／82
民本思想和实录精神
　　——关于我国古代现实主义文学理论的特征／93
略谈我国古代的文学鉴赏理论／102
试论墨子的文艺思想／116
论庄子的文艺思想及其影响／126
汉代对屈原和《楚辞》评价的争论／153
论王充的文艺思想／165
谈谈关于《文赋》的研究／181
应、和、悲、雅、艳
　　——陆机《文赋》美学思想琐议／192
刘勰美学思想的评价问题／204
《文心雕龙》的原道论
　　——刘勰文学思想的历史渊源研究之一／215
《文心雕龙》的体性论
　　——刘勰文学思想的历史渊源研究之二／226

"擘肌分理,唯务折衷"
　　——刘勰论《文心雕龙》的研究方法 / 238
《文心雕龙》与我国文化传统 / 251
论钟嵘的文学思想 / 259
关于韩愈文艺思想的几个问题 / 274
象外之象,景外之景
　　——论司空图的《诗品》 / 283
苏轼的艺术创作论 / 301
试谈《沧浪诗话》的成就与局限 / 318
论《沧浪诗话》
　　——兼谈严羽和王士禛在文艺思想上的联系和区别 / 326
王夫之诗歌理论的历史评价 / 351
叶燮文艺思想的评价问题 / 372
论石涛《画语录》的美学思想 / 384
郑板桥的文艺美学思想 / 399
论王国维的《人间词话》 / 414

后　记 / 429

序

少康同志命我为他的这部论文集写序,待我拜读了其中大部分佳作之后,不觉有"士别三日,当刮目相看"之感。我同少康共事二十余年,素知他术业有专攻,文笔亦健;只是不常细读其论著,一旦见他在学术上竟精进如此,自然惊喜敬佩无已,而有此感了。

我的惊喜敬佩自然非止于一端,首先是他的博学卓识。

譬如意境,近年来论之者不少,各有所见,而深入为难。他在《论意境的美学特征》一文中,则先对意境即是情景交融、主客观统一的艺术形象这一流行观点提出质疑,指出即使是最早有此观点的王国维也说:"词以境界为最上,有境界则自成高格。"又说:"'红杏枝头春意闹',著一'闹'字,而境界全出。'云破月来花弄影',著一'弄'字,而境界全出矣。"可见并非凡有艺术形象,能做到情景交融、主观客观统一的作品就一定有意境。接着还从创作实践中举出王维、张籍两组题材相同的作品加以比较,进一步印证意境的深浅有无,不能仅以有无形象和能否做到情景交融、主观客观统一的这一标准来衡量。然后,根据自己多年来对这一问题的深入探索,从"'境生象外'和意境的空间美""意境的动态美和传神美""意境的高度真实感和自然感""虚实结合是创造意境的基本方法"这几个方面,旁征博引、辨析入微地充分论证了我国古代艺术意境的基本特征是:以有形表现无形,以有限表现无限,以实境表现虚境,使有形描写和无形描写相结合,使有限的具体形象和想象中无限丰富的形象相统一,使再现真实实景与它所暗示、象征的虚境融为一体,从而造成强烈的空间美、动态美、传神美,给人以最大的真实感和自然感,而这种基本特征的形成又是同老庄和佛教的哲学、美学思想的影响有密切关系的。——像这样,以诗歌为主,联系各种文艺形式,从历代诗话文评等理论遗产中寻找因依嬗变之迹,并追源于哲学、宗教,对意境这一中国独特艺术概念的内涵及其基本特征作纵向横向的综合研究,始得出上述具有突破意义的结论,这岂不足以见出作者的博学与卓识么?

神似也是个看似容易却难讲深讲透的问题。《神似溯源》指出,庄子崇尚自然反对人为,认为"形残而神全"、美在于神而不在于形。《淮南子》的观点基本相同,但不否定形之美,而着重突出神之美的主导作用,认为在音乐上是"无声"主宰着"有声",对整个艺术来说是"无形"主宰着"有形"。由此可见艺术上的"无声""无形"和"虚"等等,无不与重视精神的思想相联系。这样,就令人信服地为神似从庄学中找到了一个重要的渊源。接着作者又从玄学中找到神似的第二个渊源。他认为魏晋玄学将庄学中重神不重形的思想运用来作为品评人物的依据,由品评人物到品评文艺,遂使神似观念成为魏晋南北朝文艺理论批评的一个重要内容。他列举《世说新语》及刘孝标注中所引魏晋古籍中品评人物的神鉴概念三十多种,并将之归纳为神、气、风、韵、骨五个中心概念。又比照有关记载,分析出神主要指人的精神面貌,气指人的气质、气色,风指人的风度姿态,韵指人的韵致、韵味,骨指由人的骨格所显现出来的风度风貌,然后归结到"由评人重神到评画、评书、评诗文讲神似,这是很自然的发展"。像这样的论证,最见作者功力。本文末段着重讨论了神似的本质,指出神似是在艺术创作上比形似更高的一种要求,它强调的是要形象地反映事物的本质特征;并细致深入地阐发了"以形写神"、传神要"得其意思所在"、"世徒知人之有神,而不知物之有神"等等前人零散的真知灼见,使之上升到理论的高度,将有关问题的研究往前推进一步。

《民本思想和实录精神》《论庄子的文艺思想及其影响》是两篇分别探讨我国古代现实主义文学理论和浪漫主义文学理论发展概况的力著。在简介这两篇论文之前,请让我先谈谈我对两文中所提到的孔子、庄子和司马迁的粗浅看法。

从《论语》中门人所记孔子的言行来看,孔子倒是个很有文学趣味的人。比如他说:"学而时习之,不亦说乎?有朋自远方来,不亦乐乎?""朝闻道,夕死可矣。""德不孤,必有邻。""智者乐水,仁者乐山。""饭疏食饮水,曲肱而枕之,乐亦在其中矣。不义而富且贵,于我如浮云。""三人行,必有我师焉;择其善者而从之,其不善者而改之。""(子在川上曰)逝者如斯夫!不舍昼夜。""岁寒,然后知松柏之后凋也。"这些话,不仅言辞美,富哲理,且能见其性格和精神境界,很有文学意味。我尤其爱《论语》中那段孔子要曾点言志的对话:"'点!尔何如?'鼓瑟希,铿尔,舍瑟而作,对曰:'异乎三子者之撰。'子曰:'何伤乎?亦各言其志也。'曰:'莫春者,春服既成,冠者五六人,童子六七人,浴乎沂,风乎舞雩,咏而归。'夫子喟然叹曰:'吾与点也!'"你看,曾点三言两语描绘出来的境界有多美,多令人神往啊!要是拿来同后世陶渊明、王维诗文中的优美意境相比,也决不逊色。陶渊明的《时运》自己注明是"游暮春也",其三说:"延目中流,悠想清沂。童冠齐业,闲咏以归。我爱其静,寤寐交挥。但恨殊世,邈不可追。"这不是简单的用典,也不是一般的发思古之幽情,而是心灵上对一种超越时空的美的反响。前年冬天,我曾去凭吊过那个雩坛的遗址。当时寒风凛冽,原野萧疏,还得提防掉入土堆上那些附近居民挖的白薯窖的危险,可我仍然有所感发,便不揣谫陋,哦成一绝道:"古台千载貌全非,破瓦残砖世所稀。犹记子言吾与点,春风吹面咏而归。"这诗是不足道的,不过是想借亲身实感,表明曾点所描绘的美的境界,竟有多么长远而强烈的魅力而已。对于这种美的境界、美的生活追求,孔子表示理解和赞赏,再加上前面那些富于哲理和诗意的话语,这就使我得以从后世为孔子塑造的"大成至圣先师"的偶像背后,从他本人出于政治和学派需要所作的说教中,看到他原来还很有文学修养,美学欣赏趣味也不低。不管怎么说,孔子和儒家思想对我国文化的影响是重大而深远的:在政治上,提倡积极入世的人生态度;在文学上,强调社会功利,从而有助于现实主义的发展,同时也带来了不小的局限和流弊。关于后者,我在一篇长文中当论及元、白的新乐府及其理论的长短时曾发过谬论,这里就无须复述了。孔子发过"道不行,乘桴浮于海"的牢骚。孟浩然应进士不第,"扁舟泛湖海",就从这话中寻找精神上的支持,吟诗自遣说:"仲尼既云殁,余亦浮于海。"孟子也曾宣称:"穷则独善其身,达则兼善天下。"这就为那些从官场仕途退隐山林的,或像白居易那样去作"中隐"的人,提供了聊以解嘲的理论根据。虽然如此,但从总体和主要倾向来看,说孔子和儒家提倡积极入世的人生态度,那是一点儿也不错的。

与此恰恰相反,为后世士大夫消极出世的人生态度提供理论根据的,应该说最主要的是老庄思想了。《道德经》五千言,其中也偶尔有像"众人熙熙,如享太牢,如春登台","千里之行,始于足下"这样极富诗意的话语,但不尚辞采,主要以思辨的智慧启迪来哲文心。《南华经》对文学的影响就很大。它设喻新奇,想象丰富,文章汪洋恣肆,与楚骚同开我国浪漫主义文学的先河。

司马迁的《史记》是一部卓越的史书,文学价值也很高。人言"西汉文章两司马",我看这司马对后世文学的影响比那司马要大得多。不过我也不同意最近一篇文章说《史记》只是文学著作而非史书的看法。那篇文章提出的主要理由是:(一)多采神话传说入史;(二)写人写事加工较大,有损历史真实性。但在我看来,如果完全排斥那些根据史实所作的合理想象和艺术加工,不仅《史记》很难获得如此高的文学成就,恐怕连任何毫无文学价值的史书都写不出来了。因为不是史书中需要写到的每一个人每一件事当时都有详尽的记载啊!时代距司马迁远较我们为近的刘向、扬雄、班氏父子等,都称《史记》为"实录",我们又怎能平白无故地把它从廿四史中剔了出来,看成是一部纯文学著作呢?再说神话、传说,古人未必尽疑,他史亦多有所采,今人还以为有曲折反映现实的认识意义。最近考古学界根据辽宁西部发现的文化遗址和文物,推断我国的古文明应从夏代再上推一千年。可见某些远古传说,并非纯属子虚。若以此为借口独责子长,就未免太不公平了。

拿我的浅见作陪衬,就更可显出少康的博学卓识来。少康在《民本思想和实录精神》中,论证了孔子文艺思想中的现实主义倾向,是建立在他反"苛政"、主"仁者爱人"的思想基础之上的。这种思想发展到孟子那里,就形成系统的"民为贵,社稷次之,君为轻"的民本思想。孔子正是把倾向于现实主义的文艺思想和民本思想结合在一起的第一人。之后,经过孟子、荀子以及汉儒的发展,这种文艺观在杜甫的诗歌创作中得到较充分的表现,又在白居易的诗歌理论中得到了概括和总结。接着作者又通过对《毛诗序》和白居易《与元九书》等的具体分析,指出这种文艺观的明显局限性,以及元、明以后我国现实主义文艺思想反礼教、反理学的重要发展趋势。文章的后一半,着重讨论了《史记》的实录精神对我国现实主义文学发展的积极影响和《红楼梦》对这种精神的重大发展。所有这些看法,我也并非毫无所见,只是自愧钻研不深,无此洞察。

《论庄子的文艺思想及其影响》是一篇体大思精的重要论文。作者认为儒家文艺思想的主要贡献是在阐述文艺的外部规律,即文艺和政治的关系、文艺和现实的关系、文艺的社会教育作用等方面,而道家文艺思想的主要贡献则是在文艺的内部规律,即对艺术的审美标准、艺术特征、创作构思、艺术表现等方面的影响。这是很有见地的。本文征引繁富,辨析深透。我们只要看看这五大段的小标题:"'天籁''天乐''应之自然'——崇尚自然本色,反对人工雕琢的审美标准""'大音希声,大象无形'——哲学上的无和有与艺术上的虚和实""'得鱼忘筌''得意忘言'——'言不尽意'和文学艺术的特征""'虚静'生明,'指与物化'——关于艺术构思和创作的神化""'谬悠之说,荒唐之言,无端崖之辞'——庄子文艺思想的浪漫主义特征",就可见其大略而顿生通读全文之念的。

如果说少康论证唯心主义的庄子对我国古代文艺理论和创作确乎产生过重大影响,是坚持实事求是精神,对学术禁区的一次成功突破,那么,他的《应、和、悲、雅、艳——陆机〈文赋〉美学思想琐议》,通过对《文赋》中所谓应、和、悲、雅、艳这五者内涵的论证,指出陆机美学和文艺思想中的几个重要特点,诸如主张内容美形式美二者兼备而反对只重视形式美不重视内容美,等等,就可以说是为这位长期被错划成形式主义作家和理论家的陆机平了反,恢复了名誉。

古往今来,导致观点偏颇、评价不当的原因很多,其中最主要的恐怕无过于思想方法上的形而上学了。《"擘肌分理,唯务折衷"——刘勰论〈文心雕龙〉的研究方法》的写作,意在总结《文心雕龙》中有关方法论的历史遗产,以促进当前关于方法论探讨的深入。作者经过周密的分析、归纳,指出刘勰的"折衷"论吸收了儒家(主要是荀子)、道家、佛家的方法论的优点,融会贯通,而形成自己具有独创性的、在当时也可以说是最科学、最进步的研究方法论,从而使《文心雕龙》获得了文学理论研究上空前的巨大成就。还具体论述了刘勰"折衷"论的这样三个明显特点:第一,强调识"大体","观衢路",注重对事物的整体的宏观研究,从历史发展中寻根讨源,从对立统一中观察本质,对事物作辩证的而不是形而上学的研究。

第二，强调"圆通""圆照"，注重对事物的多方面的、细致深入的微观研究，善于发现事物各个侧面之间的相互联系，看到事物各个部分之间都有相通之处，从而构成为一个和谐的整体。第三，强调"善于适要"，"得其环中"，在研究中注重于去发现事物的要害和关键，并对之作细致深入的剖析，使复杂的事物主次分明，脉络清晰，从而起到"乘一总万，举要治繁"(《总术》)的作用，以便更深刻地揭示事物的内在规律。这是少康钻研《文心雕龙》多年、得彦和治学三昧的宝贵心得。在我看来，这不仅为当前新方法论的探讨和应用提供了有益的范例和借鉴，还可启迪我们更好地掌握辩证法和注意克服形而上学的思想方法。少康同志的不少精彩论证，也显示了"擘肌分理，唯务折衷"的特色；这部书虽是论文集，由于选题和编次得当，尤其是论述时注意宏观与微观、时代与个人、理论与资料、纵探源流与横铨众说等等的有机结合，却能在有限的篇章中多侧面多层次地勾勒出我国古代文艺理论发展史的轮廓来。所有这些，都可见出少康对彦和方法论的领悟颇深。

既然少康对彦和知之甚深，那就无怪他在《〈文心雕龙〉的体性论》中有新的突破了。文章详尽地探讨了《文心雕龙》体性论的历史渊源，从而充分论述了此论在如下三方面的重大发现：首先，刘勰在认真考察文学作品风格和作家才性关系时，提出了作家才性的形成有才、气、学、习这四方面的因素，而前二者主要是先天的，后二者是后天的，后天的"学""习"可以在一定程度上改变和影响其先天的"才""气"，因此对人的才性的最终定型具有重要作用。这比曹丕只强调"气之清浊有体，不可力强而致"的看法大大前进了一步。其次，刘勰把文学风格分成典雅、远奥、精约、显附、繁缛、壮丽、新奇、轻靡八种基本类型，而这八种基本风格交互渗透，可以形成无数种不同的风格，即所谓"八体屡迁，功以学成"。这样的归纳和总结，可使文学风格的研究更加科学，以便考察一个作家的风格到底含有哪些基本因素，以及它和别的作家的风格又有哪些相同哪些不同，并进而考察形成这种风格的才、气、学、习方面的原因。最后，刘勰关于文学风格理论的另一重要贡献，是对文学风格形成过程中的主观性与客观性关系的探讨。比如他总结了文学创作的过程，提出"物→情→体→势"这样一个重要原则："情"是由外界事物的感发而产生的，"情以物兴"，"情以物迁";而"体"则是循"情"而立的,"因情立体";而"势"则又是随"体"而成的,"即体成势"。又认为兼擅众体较难,作家应善于"因性以练才",选择与自己的思想性格、习惯爱好比较接近的文体形式来写作,以便充分发挥自己的长处。还着重阐述了文学风格的时代特征与作家个性特征之间的关系。——所有这些,不过是这篇论文丰富而深刻的内容的粗略摘要,由此可窥见作者钻研《文心雕龙》所下功夫之深和所获成果之大。

此外,少康还分专题着重研究了从唐宋到本世纪二十年代著名代表人物司空图、苏轼、严羽、王夫之、叶燮、王国维等的文艺理论,均有创获。在这几篇论文中,作者既注意各家理论底蕴的深入阐发和正确评价,又重视其源流的探求,以及对不同学说交互影响的考察,从而使之与前面诸篇的论述贯通一气,共同给读者留下一个较完整的史的印象。

我的这篇不能算序只能说是读后感的文字到此也该结束了。在写的过程中,我反复阅读了少康的文章,对他治学的谨严、学识的博赡、思辨的"圆通"、铨评的允当、剖析的深透、立论的独创,颇有所得,就更加为他的精进感到由衷的喜悦和钦佩。转思他从六十年代初期开始,一直致力于文艺理论和古文论的研究,根底深广。近十年来,他更是潜心著述,自强不息,先后出版了《先秦诸子的文艺观》《中国古代文学创作论》《文赋集释》等书,那么,在此基础上,水到渠成地产生本集中这样一些高质量的论文,这完全是理所当然的事,我就不再感到有什么可惊异的了。前不久少康光临敝寓,喜闻他即将在我国古代文艺理论史的研究领域中另展鸿猷,我谨借此机会,祝愿他乘时奋进,早出成果,为繁荣社会主义文化争作贡献!

陈贻焮

1986 年 8 月 21 日于镜春园

关于中国古代文学理论的民族特点问题

中国古代的文学理论自成体系,具有独特的民族传统,这是海内外学者一致公认的。但是,中国古代文学理论的民族特点究竟表现在什么地方？应该从什么高度去探讨这个问题？这是当前研究中还没有很好解决的问题。近年来,国内有不少研究者都在探讨这个问题,发表了许多很有价值的意见,但是也有一些看法,我认为是值得商榷的。这里,我想谈一点个人不成熟的看法。

一

要研究中国古代文学理论的民族特点,必须和中国古代文学创作实际紧密地结合起来考察。每一个民族的文学都有自己的传统和特点,这是和每一个民族特殊的自然条件、社会条件等所形成的文化、思想、伦理、道德、心理、习惯,以及产生在这个基础上的审美观点和审美趣味分不开的。中国古代对中华民族的文化、思想、伦理、道德、心理、习惯以及审美观点和审美趣味影响最大的是儒、道、佛三家思想。而中国古代文学理论的民族特点,正是在儒、道(包括其变种玄学)、佛三家的社会观、道德观、审美观、艺术观的直接影响下发展起来的。因此,我认为离开了对儒、道、佛三家思想及其对文艺思想影响的研究,要正确地认识中国古代文学理论的民族特点是很困难的。

从对中国古代文艺思想和文学理论发展所起的实际作用来看,儒、道、佛三家又可以分为儒家和道佛两大派。东汉以前主要是以儒家和道家两大派为主的,东汉以后,佛教传入中国,佛家在对待现实的态度以及基本的审美观艺术观上,有许多是和道家比较接近或一致的。他们往往是相互补充、相互印证的。这不仅因为佛教传入中国后,需要和中国传统的思想学说相结合,以传播和扩大其影响,如在六朝它就是与当时盛行的、以老庄思想为基础的玄学合流,借玄学以光大。而且更重要的是,佛家和道家都是逃避现实的出世主义者,他们都是在主张"言不尽意"的思想基础上来建立和发展自己的审美观和艺术观的。道佛(或称释老、佛老)结合而进一步发展成为与儒家相抗衡的一个重要的文艺思想派别。因此,在中国古代文艺史上,受儒家思想影响的文学创作和文学理论,与受佛老思想影响的文学创作和文学理论,是很不相同的。在中国古代文艺思想和文学理论发展史上,佛老合流之最典型的表现,大约就是司空图、严羽、王士禛一派的诗歌理论。司空图在唐末隐居中条山,是一位虔诚的佛教徒,"日与名僧高士游咏"于"泉石林亭"之中,把道家的冲淡恬静精神与佛家提倡的空寂心境融而为一,他的《二十四诗品》充满了老庄思想,同时又是"理到忘机近佛心"的表现。南宋的严羽"以禅喻诗",其审美观和艺术观是和司空图很接近的。严羽自号"沧浪逋客","隐居不仕",浪迹江湖,也有老庄的人生处世态度。清代的王士禛竭力提倡"诗禅一致,等无差别",最欣赏司空图的"不著一字,尽得风流"八字,其《唐贤三昧集》不录李、杜,而以王、孟为宗,正说明其论诗旨趣与司空图如出一辙。佛老的"言不尽意""寄言出意"论对他们的文学理论有极为深刻的影响。

儒家思想与佛老思想对中国古代文学理论民族特点的影响,其侧重点是不同的。儒家的影响主要是在文学的外部规律方面,如文学的社会功用、文学与现实生活的关系、文学的发展与时代变迁的关系等方面;而佛老的影响则主要是在文学的内部规律方面,即文学的构思与创作、文学的美学特征、文学的风格等方面。一般地说,儒家思想影响下的文学创作以现实主义作品居多,而佛老思想影响下的文学创作则浪漫主义作品居多。当然,这并不排斥有些浪漫主义作家也深受儒家思想影响,而有些现实主义作家也深受佛老思想影响。对于一个作家来说,儒家思想和佛老思想并不是水火不兼容的,而是完全可以兼而有之的。在中国古代文艺史上,不论是诗人、作家,还是文艺理论家,他们虽然在受儒家思想和佛老思想的影响上有程度的差别,有的受儒家思想影响深,有的受佛老思想影响深,但他们并不把儒家和佛老看成是互相排斥、不可调和的,往往是兼收并蓄,"外儒家而内释老",从政出仕,信奉儒家;涵养情性,崇尚释老。这和先秦时期各家的尖锐对立是很不相同的。采取"外儒家而内释老",是中国古代文人中的一个普遍现象。和这种人生处世态度相一致的是,中国古代的文艺家也并不把儒家的文艺思想和佛老的文艺思想看成完全是对立的,相反的是,他们常常把这两方面结合起来,在论述文艺的外部规律方面持儒家观点,在论述文艺的内部规律方面持释老的观点。像六朝时期著名的文艺理论批评家陆机、刘勰、钟嵘身上我们都可以看到这种特点。这也可以说是"外儒家而内释老"的人生处世态度在审美观和艺术观方面的一种表现。当然,对一个文艺理论家或一部文艺理论专著来说,常常是有一个侧重方面的,这是与当时的具体社会条件及作者本人的遭遇、经历有关的。在我国文艺发展史上,儒家思想在各个不同的历史时期也各有不同特点,道家、玄学、佛教思想的发展及其互相融合的情况,也是各不相同的。但是,从中国古代文学理论总的发展来看,正是这两方面的结合,才构成了自己独特的民族特点。

近年来,国内流行这样一种观点,即认为中国古代美学和文艺理论区别于西方的主要特点是:"假若说西方创造了偏于客观摹拟,以人物、典型为核心的再现美学,那么中国则贡献了偏于言志抒情,以意境、韵味为核心的表现美学;假若说西方的古典美学偏于美与真的统一,偏于美学和哲学认识论的统一,那么,中国古典美学则偏于美与善的结合,偏于美学与伦理学、心理学的结合。"①这种看法从某些方面来看,似乎也有一定道理,比如西方较重视美和真的统一,中国则更重视美和善的结合。但是,由此把中国古典美学和西方古典美学的区别概括为"表现美学"与"再现美学"的不同,则是显然不合适的。西方古典美学是否可以这样概括,我们且不说。然而,至少中国古代的美学是不能简单地概括为"表现美学"的。这样的概括不只是理论上缺乏足够的说服力,而且也不符合中国古代文艺发展的实际。在对待真、善、美的关系上,儒家确是把美和善的统一摆在更突出的地位,但并不是不讲真,而是在强调善的前提下,来讲真的必要性,为了达到"尽善尽美"的标准,非常重视要"实录""写真"。中国古代是在把文学看作劝善惩恶工具的指导思想下,来讲究文学的真实性。而西方则更多是在强调文学是模拟现实的产物,所以才具有教

---

① 周来祥:《泛舟于中国古典美学之海》,《人民日报》1984年6月9日。

育作用。两者的出发点和着重点是不同的。中国古代的道家,在主张"合乎自然"的美学思想里,也包含着一种要求"绝对"真实的观念。因此,如果说中国古代不重视文学反映现实的真实性,而只是重在"表现"作家主观的感情、愿望,那是不够确切的。如果从文学创作的实际来看,那么许多优秀的名作,例如杜甫的"三吏""三别",白居易的《新乐府》《秦中吟》,关汉卿的《窦娥冤》,王实甫的《西厢记》,以及《水浒传》《红楼梦》《儒林外史》等著名小说,难道也能够说是"表现美学"的产物而不是"再现美学"的产物吗?显然,科学的结论只能从对历史和现实的全面而深入的研究中归纳出来,而不应当用部分代替全体,仅从某些表面现象就作出对一般规律的概括。如果得出的结论连许多基本文学现象也不能解释,怎么能够有说服力呢?

二

儒家思想对中国古代文学理论的民族特点之形成,究竟起了什么重要作用呢?从中国古代文学理论的历史发展来看,由于受儒家思想的影响,表现出了两个十分显著的特点:一是主张"诗言志""文以载道",强调文学的社会功用,特别是它的政治教化作用;二是提倡"实录"写真,重视文学反映现实生活的真实性与正确性。这两个问题从理论本身来看,与世界各国文学理论相比,似乎并无特殊之处,但它的具体表现方式,则带有极为鲜明的民族色彩。

在文学的社会功用问题上,儒家从孔子开始,一贯把它提得很高。儒家并不把文学仅仅只看作文学,而是把它作为政治教化和道德修养的重要手段,甚至认为是唯一的手段。从荀子的《乐论》到《礼记·乐记》,逐渐形成了一个"音乐(包括诗歌)→人心→治道"的公式,也就是说,文学艺术可以影响甚至决定人心的善恶,人心的善恶可以影响甚至决定政治的良窳和社会风俗的好坏。《乐记》中那一段后来被《毛诗大序》转引过的名言:"是故治世之音安以乐,其政和;乱世之音怨以怒,其政乖;亡国之音哀以思,其民困。声音之道与政通矣。"它几乎影响了整个中国古代文艺思想和文学理论的历史发展。据陆德明《经典释文》归纳,这一段话有三种不同的句读法。其中"雷读"的标点方法是:"治世之音安,以乐,其政和"。(下同)这种读法一般不大为人们所注意,其实它正好是对"音乐→人心→治道"公式的具体化。后来唐代著名的诗歌理论家白居易在《与元九书》中提出"文章合为时而作,歌诗合为事而作",主张文学创作必须起到"救济人病,裨补时阙"的积极作用,正是对《乐记》中这种思想的进一步发展。这种文艺思想在中国长期封建社会中占有主导地位,因此,中国古代的文学创作和社会政治的发展变化有十分密切的直接的关系,社会政治的主题在中国古代文学创作中占有非常突出的地位。中国古代重要的诗人、作家大多数同时又是政治家、思想家,而著名的政治家、思想家也大多数同时又是文学家。也许我们可以说,世界上很少有一个国家的文学与政治之间有像中国古代那样的密切关系。

"诗言志""文以载道",这是中国古代文学理论的重要传统之一。"诗言志"和"文以载道"在本质上并无不同,都是强调文学创作的社会功用。因而,我们也可以用"文以载道"来概括这种传统特点。由于对"道"的内容的认识有不同,所以,"文以载道"的思想在中国古代又表现为两种很不同的倾向。一些封建的保守的文艺家认为这个"道"就是以"三纲五常"为核心的封建伦理道德,例如宋代的道学家就是这样主张的。一些进步的具有民本思想的文艺家则认为"道"的内容主要是儒家以民本思想为基础的"仁政",例如杜甫、白居易、韩愈等即是如此。他们中有的人虽然没有明确地提"文以载道"的口号,但是他们实际上是从进步的、民本思想方面去理解"文以载道"思想的真正的和积极的代表。一般说来,在前一派思想影响下的文学创作往往是失败的,没有价值的,而在后一派思想影响下的文学创作多数是成功的,有些甚至是伟大的。所以,对中国古代文学理论民族特点产生深刻影响的主要是后一派。

儒家"仁政"思想中最有积极意义的是提倡以民为本。他们认为要使国家长治久安,必须懂得"民为贵,社稷次之,君为轻"的道理。从这种民本思想出发,要求最高统治者必须充分重视人民的作用,要懂得"水能载舟,亦能覆舟"的意义。为了使政权得到巩固,要适当减轻对人民的压迫与剥削,不能对人民的疾苦置之不理。为此,他们认为文学创作应当描写黎民百姓的欢乐与痛苦,反映政治的治乱和社会风俗的好坏,使皇帝能借此而下察民情,并知道如何不断改进政治措施,即白居易所谓"补察时政"

和"泄导人情"。由于这种原因,中国古代文学与人民群众是有十分密切的联系的。可见,中国古代文学理论强调文学的社会作用,主要是着眼于文学对政治的积极作用;而这种对政治的积极作用,又是强调要通过描写黎民百姓的生活来实现的。这种传统特点的形成,正是儒家思想影响的积极效果。

与此相关的,就很自然地产生了另一个重要特点,即创作上提倡"实录"写真。既然文学创作要通过描写黎民百姓的生活状况,来表现政治的治乱、社会风尚的良窳,那么,就必须把黎民百姓的状况和政治的状况具体地真实地再现出来,坚决反对对现实生活的随意歪曲和虚假伪造。那些封建的保守的文艺家所提倡的"文以载道",只是把文学作品变成了"三纲五常"的图解,他们恪守封建教条,不需要文艺的真实性,害怕讲"实录"写真,这是他们这种文艺思想的阶级本质所决定的。但是,进步的具有民本思想的文艺家则与之相反,他们从"仁政""民本"思想出发,竭力主张要"实录"写真。这正是从美和善高度融合的标准出发,而重视文学的真的原则之具体表现。

中国古代的文学作品和历史著作是有同等地位,而且关系十分密切的。《国语·周语上》记载说:"召公曰:'……故天子听政,使公卿至于列士献诗,瞽献曲,史献书,师箴,瞍赋,矇诵。'"文学作品和历史著作都是为了表现治道之得失、人心之向背的。"实录"本是一个史学著作的写作原则,它是由班固提出的,是对司马迁写作《史记》的一种崇高评价。但是,它不仅仅是一个史学写作原则,同时也是一个文学创作的原则。它在中国古代文学理论的发展过程中,曾经被普遍地运用于对文学创作的要求之中。"实录"这种创作原则和"民本"思想有极为深刻的内在联系,后者乃是前者的思想基础。司马迁身受残酷的宫刑,《史记》是他"发愤"之所作。在那个专制的封建社会中,他敢于直言,遵循严格的"实录"原则,对上层统治阶级,敢于真实地记录他们的言行,既不阿谀奉承,更不掩饰他们的恶行劣迹;对贱民小吏乃至"叛逆"的农民起义领袖,敢于称道和歌颂他们的优秀品质与英雄业绩。这正是他的民主主义思想的光辉,也正是对孔子建立在"民本"思想基础上的"可以怨"思想的进一步发展。"实录"原则和"民本"思想的这种深刻的内在联系,在白居易的诗歌理论中也表现得很清楚。白居易认为帝王是否贤明,主要就在于他能不能"以天下心为心""以百姓欲为欲",政治的清明与否,关键是在能不能以民为本。白居易在《策林》《秦中吟》《新乐府》等著作中,明确地提出文学创作必须"直笔""书事",不能以虚美之辞去取悦君王,要"直书其事",把"生民病"真实地反映出来,去为民请命,"愿得天子知"。"实录"的创作原则从汉代正式提出,一直到明清,在文学理论批评中,特别是现实主义的文学创作中,包括戏剧、小说,都有很重大的影响。

  史学写作和文学创作是不同的。历史著作要记录真人真事,它是不允许有虚构的,而文学创作则不能局限于真人真事,不仅应当允许虚构,而且必须有虚构。所以,简单地把史学写作上的"实录"运用于文学创作,是有缺陷的,不合适的。但是,我国古代文学创作上讲的"实录",实际上已经按照文学创作的特点,对史学写作上的"实录"进行了改造。它的核心是要求把现实的本质方面真实地再现出来,要按照现实的本来面目如实地描写,而不是简单地要求写真实人物、事件。当然对这一点的认识在不同的历史发展阶段上,在不同的文艺家那里也是并不相同的。文学理论的发展状况,和文学创作实践并不完全相同。从文学理论的角度看,一般地说,唐宋以前讲"实录"还不能摆脱真人真事的束缚,对虚构的重要性还认识不足。这大约是和王充在《论衡》中混淆了科学真实和艺术真实界限、刘知幾在《史通》中没有分清历史"实录"和文学创作"实录"的影响有关系的。如果说白居易的现实主义文学理论还不成熟的话,那么,这就是其重要表现之一,他提倡的"实录"仍有强调真人真事的局限。但是在现实主义的文学创作实践中,则只是部分地受到影响,其主流并未受到这种思想局限的影响。到了明清两代,由于对文学作品和历史著作在写作上的原则区别逐渐有了清醒的认识,懂得了虚构的重要性,对"实录"的理解也就有了进一步的发展,像曹雪芹在《红楼梦》第一回中所说的"实录",就完全是指可以包含虚构在内的文学创作上的"实录",而非史学写作上的"实录"了。不过,它的基本精神,即要真实地具体地反映现实生活这一点并没有变。这种"实录"写真的主张像一根红线始终贯穿在我国古代的文学理论批评中,而它在中国古代文学史上的一些伟大现实主义作家(如杜甫、白居易、关汉卿、王实甫、施耐庵、曹雪芹、吴敬梓等)的作品中都有很明显的表现。

儒家以"民本"思想为核心的"实录"写真原则,对中国古代的浪漫主义文学创作和浪漫主义文学理论也有重大影响。中国古代的浪漫主义文学理论比较主要的,是体现在对一些伟大的浪漫主义作家如屈原、陶潜、李白、李贺、苏轼、吴承恩、汤显祖、蒲松龄等的具体批评之中的,当然也反映在对其他浪漫主义作品的批评之中。中国古代浪漫主义文学理论的一个突出特点,就是十分重视浪漫主义文学的现实生活基础。中国古代的文艺家常常用奇、幻、夸、诞、虚、怪、异等概念来说明浪漫主义文学的超现实的艺术特征,但同时又竭力强调这种超现实的艺术表现方式必须有现实的社会内容做它的思想基础。奇幻夸诞并不是说可以任意瞎编,它应当有一定的现实根据,幻想的翅膀可以尽情地翱翔,飞腾于现实之上,但又必须深深地扎根在现实的土壤之中。表面看来似乎"夸诞"不稽,实际上却包含着"人情物理"之深意。对于那种没有现实意义的胡编乱造,历来是不赞成的。刘勰在《文心雕龙·辨骚》中总结楚辞的创作经验,提出要"酌奇而不失其贞,玩华而不坠其实",其意义亦正在这里。清代的高珩说《聊斋志异》的特点是"驰想天外,幻迹人区",说明它虽然有极其丰富而奇特的超乎现实之外的艺术想象,而实际上并不与现实人类社会相脱离,其落脚点仍是在现实的人类社会之中。这也可以代表中国古代浪漫主义文学理论的最基本的思想,浪漫主义文学也必须具有真实性。中国古代历来是把有没有现实生活基础,作为衡量浪漫主义文学优劣的一个基本标准的。

世界各国的文学理论都有一些共同的方面,在一些基本原理方面是一致的。但是,这些基本原理在各个国家和民族中的具体表现则是不完全相同的。上面我们所说的就是中国古代文学理论在文学的社会功用和文学的真实性方面的一些民族的特点。

三

前面我们讲到老庄和佛教思想对中国古代文学理论民族特点形成的影响,主要是在艺术本身的内部规律方面,尤其比较集中地反映在文艺创作理论方面。中国古代的文学创作理论虽然也有儒家思想影响的一方面,但更主要的还是在老庄思想和佛教思想的影响下发展起来的。

文学是语言的艺术。中国古代的文学创作理论和对言意关系的理解,有极为密切的关系。对言意关系的理解,儒家和佛老之间有根本的不同。儒家一般说是主张言可以尽意的,而佛老则都是主张言不能尽意的。从哲学上说,对言意关系的不同理解,是反映了不同的认识论的。但从文学创作上说,主要不是认识论的问题,而是和文学创作的特殊艺术规律密切联系着的。文学创作本身就存在着言意关系问题,而且是一个带根本性的问题。对言能不能尽意的不同理解,直接关系到艺术表现的方法问题。中国古代的文学创作理论主要是建立在"言不尽意"论的思想基础上的。中国古代关于艺术创作和艺术构思的理论中,许多重要的、有鲜明民族特点的理论和概念,如虚静、神思、形神、虚实、风骨、韵味、意境等的形成和发展,都和"言不尽意"论有不可分割的联系,甚至可以说它们大多数是从"言不尽意"论中引申出来的。中国古代许多优秀的艺术作品都有"意在言外"的特点,使读者感到有一种"味外之味",这正是"言不尽意"论的哲学思想影响之结果。

由主张"言不尽意"而提倡"得意忘言",这是老庄思想特别是庄子思想中的重要内容之一。庄子认为至高的"道"是不可言喻的。他崇尚天然,否定人为,认为人为的作用不管怎样高明都是有局限性的,不完善的。因此,在他看来,语言是不能把人的思维内容充分表达出来的。圣人之意不可能借语言文字来体现,所谓"圣人之书"不过是糟粕。"意之所随也,不可以言传也"。轮扁那种神妙的斫轮技巧,甚至连儿子也不能传授,只能"得之于手,而应于心","口不能言"。人的思维是要用语言来表达的,不过这种表达严格地说只能是基本正确,要求语言把思维内容全部地、分毫不差地都传达出来,这是不可能的。俗话说:"百闻不如一见。"其实正是讲的这个道理。国庆节天安门夜晚放的焰火,不管文学家描绘得多好,比亲眼目睹观赏的总是要差得多的。庄子看到了这一点,但是把这种差别过分地夸大了。这就有可能导致否定语言的重要作用,并引申到对文学的否定,他的理论的主要弱点正是在这里。

不过,我们应当看到,庄子一方面主张"言不尽意",另一方面也并不废言。他把语言作为"得意"之筌蹄,看作帮助人们了解和获得"意"的工具。目的达到之后,就要把借以达到目的的工具甩开。"言者所以在意,得意而忘言"。如果拘泥于"言",不忘"言",就不能"得意","忘言"而后才"得意"。这种思想在魏晋玄学中得到了进一步的发挥。王弼在《周易略例·明象》篇中就是用这种思想来解释言、象、意之间的关系的。这种用"寄言出意"的方式来体会"道"的方法,在魏晋南北朝时期又被佛教徒所接受,用来作为理解佛理的基本方法。于是就有所谓"不立文字,教外别传"之说。言不尽意、得意忘言、寄言出意,这种思想要求人们去重视如何表达言外之意,它对文学创作的影响是极为深远的。它使人们认识到,在文学创作过程中,不仅要用语言把它能直接表达出来的内容正确地描写出来,而且要善于通过语言的暗示、象征作用,把那些无法用语言直接描写出来的内容,也能让读者通过联想、想象而体会到。这个原理对于其他艺术也是适用的。绘画中,色彩、线条只能描绘出有形的部分,但是好的画要在这有形的画面以外,还能使人仿佛看到更广阔的无形的画面。在音乐中,声音、节奏只能表达出有声的部分,而好的音乐要在有声的音乐形象之外,还能使人体会到更丰富的无声的音乐形象。正是在对言意关系的这种理解的基础上,才逐渐形成了以形写神、虚实结合、情景交融、创造意境等一系列具有民族特色的传统艺术特征。

言意关系直接关系到了艺术创作中的形神问题。言是有形的,意是无形的,因此言意关系上的原理可以直接运用于形神关系。形神关系是中国古代塑造艺术形象的核心问题,也是中国古代文学理论批评中的一个基本问题。文学艺术中的形神论,来源于哲学和美学上的形神论,它也是庄子思想影响的结果。此点我在《神似溯源》一文中已经作过详细的分析。这里我要说明的是,形神关系上的重神不重形,是直接受言意关系上的重意不重言的影响而来的。六朝时期著名的画家顾恺之提出的"以形写神"原则,就是"寄言出意"论在绘画理论方面的具体运用。"以形写神",实际上也就是"寄形出神"。顾恺之把绘画中的形的描写看作象征神的工具,如同蹄之于兔、筌之于鱼一样。王弼所说的"言为象蹄,象为意筌",讲的是哲学和美学方面的问题。顾恺之所说的"以形写神",讲的是绘画创作理论。他们讲的角度虽然不同,但是基本思想方法则是一致的。顾恺之这个著名的艺术理论就是建立在道家和玄学(包括佛学)的哲学和美学思想基础上的。中国古代的文学理论批评注重风骨和气韵,而不重在辞采之华艳,这也是和重在传神不在形似有密切关系的,是从一个同样的思想脉络上发展下来的。风骨和辞采的关系实质上也是文学作品中神似和形似关系的一种表现。风骨、气韵这些美学概念都是属于传神方面的问题,而不是形似方面的问题。我在《齐梁风骨论的美学内容》一文中曾经说过,中国古代在文学创作上提出的风骨(或称风力)和辞采(或称丹彩)关系上,强调以风骨为主而以辞采为辅;在绘画创作上提出的风骨气韵和精采制形关系上,强调以风骨气韵为主而以精采制形为辅;在书法创作上提出的骨和肉的关系上,强调以骨为主而以肉为辅,都是相互有联系的,都是重在神似不在形似,以神似为主而以形似为辅的表现。如果我们再深入考察这种文艺思潮的历史渊源,就要追溯到老庄玄学和佛教的言不尽意而寄言出意上。

虚实结合也是中国古代文学理论中具有民族特色的重要艺术表现方法。虚实问题虽然不像形神问题那样和言意关系有非常明显的联系,但它也是与言意关系一样是由老庄哲学中派生出来的。老庄哲学的核心是强调"道"是本体,而"物"只是"道"的表现形式。万"物"都源于"道"。凡"物"都有"道"存在其中,但"物"又不等于"道"。"道"是形而上的,"物"是形而下的。"道"是"无","物"是"有",有无相生,而以无为本。"道"是虚的,"物"是"实"的;"无"是虚的,"有"是实的。虚实关系乃是从道物关系、无有关系中引申发展起来的。言意关系、形神关系也是从这种道物关系、无有关系的哲学思想引申出来的。这些我们可以用如下一个图式来说明其思想发展线索:

所以,在中国古代文学创作理论中,所谓虚实关系的实质是在强调虚实结合,而以虚为主,着重是在发挥虚的作用。从文学创作实践来看,就是要通过有限的语言所描写的具体的有形的形象(即实的部分),来引导读者去联想出许多无形的虚幻的想象中的形象。故而王士禛提出神龙只要画出其云雾中之"一鳞一爪"就可以了,读者自然会由此而想象出隐藏在云雾背后的龙的整体形象来。这其实也就是以神似为主,以形似为辅的"以形写神""寄言出意"的艺术表现特点。

中国古代的文学创作,尤其是诗歌,特别讲究情景交融。情景交融从美学上说就是心物交感的问题,自然,儒家也讲心物相感的问题,他们主要是从文艺起源角度来谈的,如《乐记》所说:"凡音之起,由人心生也。人心之动,物使之然也。感于物而动,故形于声。"而且,情景交融从创作上说,《诗经》中已有突出表现,但是,中国古代文学创作理论中所追求的情景交融、物我不分的艺术境界,除了总结创作实践经验之外,主要还是受庄子的"物化"思想影响所致。庄子崇尚"自然之道",主张人在精神上要达到与"道"合一的境界,所谓"天地与我并生,而万物与我为一"(《齐物论》),完全进入物我不分的"物化"境界,所谓蝴蝶变庄周,庄周变蝴蝶,不知是蝴蝶还是庄周。他的技艺神化故事无一不达到此种境界。而这正是中国古代文艺创作理论中所追求的情景交融所要达到的境界。我们再从另一个角度来看,唐宋以来,关于律诗的创作有所谓一虚一实、四虚四实之说。我们且不说这种说法本身是否合适。我们只是说这里的虚实之含义,实际上就是情景。一虚一实,即是一情一景,说律诗的中二联必须一句言情一句写景。四虚四实,就是说律诗八句中应当是有四句言情,四句写景。后来像王夫之、黄宗羲等都批评过这种机械地割裂情景的作诗死法。不过,这里确实也可以看到,情景交融正是虚实结合之一种表现形式。它也是和言意关系有某种深刻的内在联系的。

中国古代的文艺创作,不管是文学、绘画、书法、音乐,甚至包括园林建筑上的工艺美术,都十分讲究意境的创造。意境,毫无疑问是中国古代文学理论中最具有鲜明的民族特点的重要方面。同时,意境也是我国古代文艺创作中的传统特点,如"意在言外""传神写照""虚实结合""情景交融"等一系列特殊艺术表现方法,在塑造艺术形象过程中的集中的典型的表现。我在《论意境的美学特征》一文中曾经说过:"我国古代艺术意境的基本特征是:以有形表现无形,以有限表现无限,以实境表现虚境,使有形描写和无形描写相结合,使有限的具体形象和想象中无限丰富的形象相统一,使再现真实实景与它所暗示、象征的虚境融为一体,从而造成强烈的空间美、动态美、传神美,给人以最大的真实感和自然感。我国古代艺术意境的这种基本特征的形成是和老庄与佛教的哲学和美学思想的影响有密切关系的。老庄主张天然,否定人为,提倡'有无相生',意在言外,特别重视'虚'的意义与作用。佛教则利用老庄和玄学的'得鱼忘筌''得意忘言'理论来说明至高的佛理是不可言喻的,宣扬'不立文字,教外别传'。为了传达玄妙的佛理,他们常用具体景象来象征,如'拈花微笑''天女散花''香象渡河'之类。这些对我国古代艺术意境的形成和发展,都有极为重要的影响,是许多艺术家创造意境的哲学和美学思想基础。"我们可以这样说,中国古代艺术意境之所以具有自己独特的民族色彩,主要就在于它是由"言不尽意""寄言出意"这种思想影响下所形成的种种艺术表现方法的综合运用的结果。

佛老思想对中国古代文学理论的民族特点的影响,还不仅仅表现在上面所论的几方面。我国古代文学理论中关于艺术构思的理论,也是主要受佛老思想的影响而有其独特特点的。像艺术构思中的"虚静""神思""感兴"等理论,主要也都是建立在佛老的哲学和美学思想基础上的。这一点我在《中国古代文学创作论》一书的"论艺术构思"一章中已作过比较详细的分析,此不赘述。

四

研究中国古代文学理论的民族特点,我们不能撇开《文心雕龙》。虽然,《文心雕龙》产生的时代还是比较早的,它不能概括后来一千多年的文学创作和文艺思想发展的经验,但是,它毕竟仍然是中国古代文学理论民族特点的一个比较集中、比较突出的代表。我国古代文学理论民族特点的一些基本方面,在《文心雕龙》中是有比较明显的表现的。

刘勰的《文心雕龙》不仅反映了儒家思想对古代文学理论的深刻影响,而且也明显地反映了佛老思想对古代文学理论的深刻影响。目前对刘勰的文学思想的评价,学术界有不同的看法。我个人认为它是在当时儒、释、道三教合流思想影响下的产物。刘勰虽历经宋、齐、梁三代,而他的主要生活时代是在南齐永明年间到梁天监、大同年间。这个时期从思想史的发展来看,一方面是玄佛思想的盛行,另一方面是从汉末以来趋向衰落的儒家思想的复苏。刘勰的青年时代正是南齐竟陵文宣王萧子良当权的时候。萧子良是"竟陵八友"之后台,是当时思想文化界的领袖人物,又是政界的首脑人物。萧子良对当时文化思想方面的建设是起过重大作用的。他既"总校玄释,定其虚实"(《续高僧传·法护传》),精通玄学、佛学,将其融合为一;又集学士抄《五经》、百家,依《皇览》例为《四部要略》(事见本传),注意于孔释之并重。刘勰的中年时代正处于梁武帝执政之时,梁武帝创三教同源之说。他既舍身佛寺,立佛教为国教;又亲自讲《老》《庄》《周易》"三玄",使玄风复盛。同时,梁武帝又设五经博士,扶植已衰微之儒教,提出"二汉登贤,莫非经术。服膺雅道,名立行成"。梁武帝会合三教的思想,显然也是受萧子良思想影响的结果,他年轻时就在萧子良门下,为"竟陵八友"之一。刘勰在南齐永明年间投靠僧祐门下,僧祐是当时名僧,深受萧子良赏识、仰重;入梁以后,又是梁武帝一家崇敬之名僧。在这种社会风气和环境下,刘勰很自然会受到萧子良、梁武帝三教融合思想的影响。他的《文心雕龙》在论述文学的社会功用、文学与现实生活的关系、文学的发展与社会发展的关系等方面,主要是以儒家思想为准的,而在论述文学的创作理论方面,则更多的是受老庄玄学和佛学思想的影响。这个基本特点是和中国古代文学理论的民族特点完全一致的。

刘勰在《文心雕龙》开宗明义的第一篇中,就提出了"文原于道"的问题,而他所理解的这个"道",既具有老庄"自然之道"的含义,又是儒家的社会政治之"道"。他认为儒家的社会政治之"道",是把这个哲理性的"自然之道"具体化的结果。"道沿圣以垂文,圣因文而明道",这种观点和他在《灭惑论》中说的可相印证。"至道宗极,理归乎一",故佛与道在根本原理上是一致的。"梵言菩提,汉语曰道","解同由妙,故梵汉语隔而化通"。同时,他又提出"孔释教殊而道契"。《原道》篇中的"道",显然亦可通于佛道。尽管《文心雕龙》是刘勰在齐末所写,而《灭惑论》是在入梁以后所写,然而在三教之原理一致这一点上是相同的。一般说,儒家文艺思想倾向于现实主义,而佛老的文艺思想倾向于浪漫主义。儒家对浪漫主义文学,尤其是神话色彩较浓的文学,往往采取贬低或否定的态度,这大约是和孔子"不语怪、力、乱、神"有关系的。汉代班固对屈原及

《楚辞》的批评就是一个典型的例子。但是，刘勰则不同，他在《文心雕龙》中专写了《辨骚》一篇，其中虽然免不了还有儒家传统观念的影响，然而，毕竟和一般迂腐儒生不同，他对屈原及其《离骚》给予了很高的评价。所谓："气往轹古，辞来切今，惊采绝艳，难与并能矣！"其中特别值得我们注意的是，刘勰是把《诗经》与《楚辞》作为文学创作中代表两个最基本方面的典范来看待的。他提出文学创作要"凭轼以倚雅颂，悬辔以驭楚篇，酌奇而不失其真，玩华而不坠其实"，这个"真"唐写本作"贞"，即"正"之意。那么，《诗经》和《楚辞》即是"正"和"奇"、"实"与"华"的代表，这与他《征圣》篇中提出的"衔华而佩实"的原则也是完全一致的。把《楚辞》看作艺术形式方面最完善的作品，认为文学创作在内容上要以《诗经》为榜样，在形式方面要以《楚辞》为楷模，这与汉儒那种对待《楚辞》的态度是显然不同的。《楚辞》当然不能认为就是受老庄思想影响的产物，但是它毕竟在浪漫主义方面有和《庄子》接近之处，同时又保存并运用了大量的古代神话。刘勰能对浪漫主义文学给以这么高的评价，突破儒家的偏见，正是与他受老庄玄学和佛教思想的影响分不开的。刘勰对《楚辞》的评价，正是他把儒家对文学内容的要求和老庄佛教对文学形式方面的要求统一起来的一种表现。

刘勰在《文心雕龙》中虽然把征圣、宗经放在很重要的地位，并在《序志》篇中着重指出："唯文章之用，实经典枝条，五礼资之以成，六典因之致用，君臣所以炳焕，军国所以昭明，详其本源，莫非经典。"但是，《文心雕龙》的重点还是在论述文学的创作理论。刘勰的创作理论虽然也接受了儒家的一些传统思想影响，比如他的"情采"论就是对儒家"文质"论的具体发挥，但是，他的有关创作的许多基本思想是来源于道家的，其中也有佛家的影响。这一点目前在《文心雕龙》的研究中注意得不够，因此我们着重作一点分析。

刘勰在《文心雕龙》中的基本审美观是强调自然，这一点很多研究者已经指出。它不仅在《原道》篇中有突出的反映，而且是贯穿全书的，在《明诗》《体性》《定势》《情采》等篇中也都有明确论述。"循自然为原则"（范老语）正是老庄思想影响之表现。不过，刘勰并不像老庄那样强调自然而否定人为的作用。他是主张要经过人为的努力而达到自然的。因此,他在《文心雕龙》中强调自然的同时,又具体研究了文学创作中应当遵循的种种法度和规矩。对于文学创作的构思、风格、继承和创新、内容和形式,以及声律、用典、句法、字法等,从基本原则到具体方法,都作了详尽论述。儒家是讲究法度和规矩的,道家是否定法度和规矩的,刘勰则以自然为目的,而主张通过人为来达到自然,这正是力图把儒道两家关于创作的基本思想相统一的表现。

刘勰对言意关系的看法,目前学术界有不同的意见。我们同意已故的汤用彤先生的观点,魏晋南北朝时期的陆机和刘勰都是肯定言不尽意的。刘勰在《文心雕龙·序志》篇中说:"言不尽意,圣人所难;识在瓶管,何能矩矱?"这是指他自己写作《文心雕龙》而言的。他在《灭惑论》中还曾明白地说过:"至教之深,宁在两字?得意忘言,庄周所领;以文害志,孟轲所讥。"而他在《神思》篇中更从创作角度指出:"至于思表纤旨,文外曲致,言所不追,笔固知止。至精而后阐其妙,至变而后通其数。伊挚不能言鼎,轮扁不能语斤,其微矣乎!"这些都可以充分说明刘勰是主张言不尽意的,而且他把这种对言意关系的理解,进一步具体运用到了文学的创作理论之中。刘勰把言不尽意和文学创作的美学特征联系了起来,强调了"隐秀"之美,也就是说,文学作品不仅要有生动形象的描写,而且要有发人深省、耐人寻味的言外之意。"隐秀"的含义,按刘勰自己解释,"隐也者,文外之重旨者也;秀也者,篇中之独拔者也",又说:"隐之为体,义生文外。"后来宋代的张戒在《岁寒堂诗话》中引其佚文云:"情在词外曰隐,状溢目前曰秀。"可见,"隐秀"正是说的文学作品应当有"言外之意",要"言有尽而意无穷",同时,这也是符合文学以形象反映现实生活的美学特点的,形象大于思想,可以反映出更广阔的意义,使读者联想无穷。不过,刘勰讲"言不尽意",和老庄不完全相同,他既看到了道家和佛教"言不尽意"论对文学创作的重要性,也重视了儒家主张"言尽意"的合理方面,因而力图把这两种对立的观点中合理的积极的部分结合起来。所以他又很重视具体语言表达的精确性,他说:"神居胸臆,而志气统其关键;物沿耳目,而辞令管其枢机。枢机方通,则物无隐貌;关键将塞,则神有遁心。"又说:"方其搦翰,气倍辞前;暨乎篇成,半折心始。何则?意翻空而易奇,言征实而难巧也。是以意授于思,言授于意;密则无际,疏则千里;或理在方寸而求之域表,或义在咫尺而思隔山河。"(《神思》)这些论述的目的是在说明语言虽不能完全尽意,而意毕竟还是要通过言语来传达的,因此,意表达的透彻程度,还是和语言的运用有密切关系。前面我们已经说过,庄子虽然主张"得意而忘言",但仍认为语言是得意之工具,是得兔之蹄、得鱼之筌,不可能完全废言。刘勰则自然要更进一步,认为语言虽然在表意上有局限性,但只有达到具体表达上的精确性,方能真正发挥其暗示、象征作用,"言外之意"才能充分体现出来,这又是在创作理论上融合儒道的又一重要表现。

此外,刘勰论文学创作的构思,特别重视"虚静"与"神思",这也是主要受老庄和佛学思想影响的结果。刘勰的"神思"论是建立在老庄和佛教的形神分离说的哲学思想基础上的。而"陶钧文思,贵在虚静,疏瀹五藏,澡雪精神",正是直接引自《庄子》的。而其《灭惑论》云"寻柱史嘉遁,实惟大贤,著书论道,贵在无为,理归静一,化本虚柔",也是充分肯定了老庄的虚静无为的。不过,刘勰的"虚静"论主要还是从庄子论技艺神化中引申到文学创作上来的,而且在强调"虚静"的同时,并不像老庄那样否定知识学问的作用,而是以"虚静"为本,同丰富知识学问相结合,这也可以说正是在文学创作的艺术构思理论方面把儒道两家统一起来的一种表现,同时也反映了佛教思想的影响。

刘勰这种把儒、释、道思想熔于一炉的文学理论,正是反映了我国古代文学理论的最基本的民族特点,因此,我们可以毫不夸张地说,《文心雕龙》乃是体现我国古代文学理论民族特点的重要典范著作。

论意境的美学特征

意境,是我国古代的一个重要的美学概念。但是,究竟什么是意境?它包含着一些什么样的美学特征?历来众说纷纭,莫衷一是。近年来,论意境的文章颇多,使我们对意境的本质和特征的认识更加深入了,然而,总还是使人感到不大解渴,和我国古代艺术意境的实际仍有隔着一层的感觉。笔者以为这主要是由于许多同志对意境的解释,还停留在分析意境作为艺术形象的一般特征上,而没有进一步深入分析意境作为一种特殊的艺术形象,与一般艺术形象所不同的美学特征的缘故,而这种特殊性则是和我国古典艺术的民族传统分不开的。笔者有感于此,提出一点疑问和浅见,以促进有关"意境"的讨论进一步展开。

对一种流行观点的质疑

对意境的本质的一种最流行的看法是认为意境即是艺术形象,是情景交融、主观与客观结合的产物。近年来此种观点最有代表性的论述,是《文学评论》1980年第4期上发表的《论意境》一文①。其云:"意境是指作者的主观情意与客观物境互相交融而形成的艺术境界。"不过,这个观点在新中国成立以后,最早是由李泽厚同志提出的。他在1957年6月9日、16日《光明日报》上的《意境杂谈》②一文中说:"'意境'有如'典型环境中的典型性格'一样,如加以剖析,就包含着两个方面:生活形象的客观反映方面和艺术家情感理想的主观创造方面。为简单明了起见,我们姑且把前者叫做'境'的方面,后者叫做'意'的方面。'意境'是在这两方面

---

① 与此文观点类似的,有《文学遗产》1982年第1期《论古代诗论中的意境说》一文,但说法更为令人难以理解,如说:"文学是创造,创造的是意境,没有不创造意境的艺术,不创造意境的艺术,不能称为艺术,只能是科学的记录或陈说。"把意境与整个文学艺术等同起来,实际上就取消了意境。
② 此文后收入作者《美学论集》。

的有机统一中所反映出来的客观生活的本质真实。"又说："'意境'是'意'——'情''理'与'境'——'形''神'的统一，是客观景物与主观情趣的统一。"如果我们追溯一下这种观点的最早渊源，则可以上推到清末的王国维。其《文学小言》云："文学中有二原质焉：曰景，曰情。前者以描写自然及人生之事实为主，后者则吾人对此种事实之精神的态度也。故前者客观的，后者主观的也。"在他托名樊志厚所写之《人间词乙稿·序》中则称为"意"与"境"，其云："文学之事，其内足以摅己，而外足以感人者，意与境二者而已。""原夫文学之所以有意境者，以其能观也。出于观我者，意余于境；而出于观物者，境多于意。"认为意境即物我之结合。王国维是最强调意境的，他在《人间词话》中对意境的分析，无疑是有重要理论贡献的。他对意境的论述，给我们研究意境的美学特征以很大的启发，然而也并非十全十美，不能说他已经把问题解决了。王国维美学思想的重要特点之一，是运用当时西方流行的一些美学理论来解释中国古典美学。这有其科学的合理的方面，也有其牵强的不足的方面。中国古代的文学和美学有与西方的文学和美学相一致的共同规律，但也有和西方不同的特殊规律。我们可以用西方的理论来解释我国古代文艺和美学中与西方相一致的共同规律，但不能到此为止，还必须进一步探讨我国古代文艺和美学的特殊规律，这些仅仅用西方的理论来解释，显然是不够的，也是不能解决问题的。

把意境解释为情景交融、主观与客观统一的艺术形象，这也并不错，只是它仅仅说明了意境作为艺术形象的一般规律，而并没有进一步说明它的特殊规律。毫无疑问，意境当然是艺术形象，只要是艺术作品，它就必然有形象。意境当然也是情景交融的产物，如果我们把情与景像王夫之那样理解为广义的情与景①，那么，任何艺术形象也都必然是情景交融的产物，是主观和客观的统一。这好像说一个国画家是画家一样，并没有说清楚他是什么画家，是油画家、漫画家，还是国画家，或者别种类型的画家。从我国古代文学艺术创作的实际情况来看，并不是凡有艺术形

---

① 王夫之在《古诗评选》中，对曹植《当来日大难》一诗的评语说："于景得景易，于事得景难，于情得景尤难。"此三句中之后一"景"字，相当于我们现在"形象"的概念，与第一句中前一"景"字之作为自然景物之意不同。

象,能做到情景交融、主观客观统一的作品就一定有意境,这正如并非所有的画家都会画国画一样。其实,这一点王国维是看到了的,也是懂得的,只不过他当时比较偏重在说明意境作为艺术形象的一般特征。可是很多论述王国维意境说的人,却偏偏没有注意到或没有重视这一点。王国维《人间词话》开宗明义第一句就说:"词以境界为上,有境界方成高格。"这就清楚地告诉我们,境界是诗词中的"上品""高格"才有的,而不是所有诗词都有的。《人间词话》中又说:"'红杏枝头春意闹',著一'闹'字,而境界全出。'云破月来花弄影',著一'弄'字,而境界全出矣。"不用"闹"字、"弄"字,则境界就出不来,但是形象仍然是有的,情景交融、主观与客观统一,也仍然是存在的。可见,只讲意境是情景交融、主客观统一的艺术形象,还并没有揭示出意境的特殊本质来。

  这一点我们还可以从创作实际中清楚地看出来。比如王维的《送沈子福归江东》是一首意境深远的名作,其云:

    杨柳渡头行客稀,罟师荡桨向临圻。
    惟有相思似春色,江南江北送君归。

这是写在江边送别友人的依依深情的。我们可以拿它和张籍的《送梧州王使君》一诗来作一点对比分析。张诗也是一首七绝:

    楚江亭上秋风起,看发苍梧太守船。
    千里同行从此别,相逢又隔几多年。

这也是写在江边送朋友远行的,但全诗都是直叙,使人一览而尽,略无余蕴,它的含义不需要读者"思而得之",并没有给人留下多少想象回味的余地。而读王维的诗,则使人感到"相思"化"春色","春色"变"相思",不知是"春色"还是"相思"。它使读者很自然地想象到沈子福东归路上将要见到的种种春色,无不寄寓着朋友对他的思念。"春色"人化了,故情致缠绵;"相思"物化了,故无处不到。王维创造了一个多么含蓄不尽的艺术意境啊!而张籍的诗却说不上有什么意境,至少是意境非常贫乏。我们

再看王维的《陇头吟》:

> 长安少年游侠客,夜上戍楼看太白。
> 陇头明月回临关,陇上行人夜吹笛。
> 关西老将不胜愁,驻马听之双泪流。
> 身经大小百余战,麾下偏裨万户侯。
> 苏武才为典属国,节旄落尽海西头。

张籍也有一首边塞诗《关山月》,其云:

> 秋月明朗关山上,山中行人马蹄响。
> 关山秋来雨雪多,行人见月唱边歌。
> 海边茫茫天气白,胡儿夜度黄龙碛。
> 军中探骑暮出城,伏兵暗处低旌戟。
> 沙碛连天霜草平,野驼寻水碛中鸣。
> 陇头风急雁不下,沙场苦战多流星。
> 可怜万里关山道,年年战骨多秋草。

这两首边塞诗的主题略有不同,王维是感叹赏罚不明,张籍是感叹边塞辛苦,但都是借写边塞而抒发一种悲愤不满之情。然而,王诗以长安少年之渴望立边功与关西老将之深沉感叹作对比,借长安少年之现状象征关西老将当年之心情,又以关西老将之现状象征长安少年将来之后果。虽然诗中所写长安少年与关西老将之心情极为不同,但他们共同构成了一幅完整的形象图画,即从少年英武豪迈到老年颓然绝望,是一切边塞征将的共同经历。关西老将之当初,长安少年之未来,诗中虽一字未写,却都在读者心目中栩栩如生地浮现出来了。可是,张籍的《关山月》尽管也具体描写了边塞风光,而且写得很细,表现了征战之苦,也有情景交融,然而写到多少便是多少,平铺直叙,既详又尽,也和上述绝句一样,一览无余,不能给人以"言有尽而意无穷"之感。

从王维和张籍这几首诗的对比中,可以更清楚地看到,意境的深浅有无,是不能仅仅以有无形象和能否做到情景交融、主观客观统一来衡量的。艺术意境是一种特殊的艺术形象、特殊的情景交融、特殊的主客观结合。问题就是要研究这种特殊性表现在什么地方,要找出这种特殊性来,然后才能确切地把握意境的实质。

"境生象外"和意境的空间美

艺术意境不同于一般艺术形象的基本美学特征究竟是什么呢?对于这个问题我国古代的文艺家是作过许多深入的分析研究的。他们认为诗歌意境的特殊性主要表现在"境生象外"这一点上。刘禹锡在《董氏武陵集纪》中说道:

> 片言可以明百意,坐驰可以役万景,工于诗者能之。……诗者,其文章之蕴邪?义得而言丧,故微而难能,境生于象外,故精而寡和。

意境不在象内,而在象外。善于写诗的人应当创造一个"境生于象外"的艺术意境,以便起到"言有尽而意无穷"的艺术效果。凡是具有深远的艺术意境的作品,都会使我们感到在艺术作品本身的具体的、有形的描写之外,还有一个存在于我们想象中的、无形的广阔而深邃的境界,它是远远地超出了作品所已经表现出来部分的范围的。"境生于象外"是对诗歌也包括其他艺术意境特征的深刻论述。后来,司空图在著名的《与极浦书》中又作了进一步发挥。他说:

> 戴容州云:"诗家之景,如蓝田日暖,良玉生烟,可望而不可置于眉睫之前也。"象外之象,景外之景,岂容易可谈哉!

戴叔伦所说的"诗家之景",正是指诗歌意境而言的。蓝田玉烟呈现在我们面前,给我们一种朦朦胧胧的强烈空间感。司空图十分赞赏这幅图景,认为是一种"象外之象,景外之景",这也就是刘禹锡所说的"境生于象外"之意。它的第一个象和景即是刘禹锡所说的象,指艺术作品中所具体描绘的实的部分,而第二个象和景则是存在于第一个象和景之外的,即是刘禹锡所说之境,指艺术作品中借第一个象和景的比喻、暗示、象征作用而呈现出来的没有直接描绘的虚的景象,它需要读者发挥自己的想象力来获得,但又是在具体的、已经描绘出来的象的指引下产生的。它恰如严羽所说,"如空中之音,相中之色,水中之月,镜中之象"(《沧浪诗话·诗辨》),可以感受到,体会到,却又难以具体叙述出来。

对这种"境生于象外"的特点,梅尧臣和欧阳修还结合具体作品进行过比较细致的分析。《六一诗话》记载,梅尧臣曾提出诗歌之善者应当做到"状难写之景如在目前,含不尽之意见于言外",即是指诗歌意境。景不可能全都如实描写出来,但是,虽然只描写一部分,也要能使之把整个空间景象栩栩如生地展示在读者眼前。作者所直接用语言文字表述的意是有限的,然而却要能使读者感到"言外"尚有无穷之意。这是分别从意和境两方面来说明"境生于象外"的特征的。它也正是对刘勰"隐秀"说的发挥,故张戒在《岁寒堂诗话》中曾引用《文心雕龙·隐秀》篇的佚文云:"情在词外曰隐,状溢目前曰秀。"梅尧臣举具体诗例分析道:

> 作者得于心,览者会以意,殆难指陈以言也。虽然,亦可略道其仿佛。若严维"柳塘春水漫,花坞夕阳迟",则天容时态,融和骀荡,岂不如在目前乎?又若温庭筠"鸡声茅店月,人迹板桥霜",贾岛"怪禽啼旷野,落日恐行人",则道路辛苦,羁愁旅思,岂不见于言外乎?

从严维的诗来看,柳塘、春水、花坞、夕阳,这是一些具体物象,诗人写这些,是为了创造一个"天容时态,融和骀荡"的意境,亦即生于象外的广阔艺术空间,它比这些物象要丰富得多,然而又是要靠对这些物象的描写来形成的。从温庭筠的诗来看,鸡声、茅店、月光、人迹、板桥、霜冻,也是具体的有形的物象,但诗人借助于对这些物象的描写,却在我们眼前浮现出一幅行旅人在荒凉的乡村道路上清晨踏霜而行的生动情景,不仅如此,它还可以使我们体会到行旅人"道路辛苦,羁愁旅思"的内心境界。这就是"象外之象,景外之景",它既是"作者得于心"的产物,又不是直接描写出来的,而是要"览者会以意",充分发挥读者的想象力方可体会到的。境既不同于象,然而又离不开象。象存在于境这个空间之中,境这个空间又要借象而呈现出来。所以,我们对艺术意境欣赏决不能局限于作品已经具体描绘出来的物象,而要善于从象外去领会意境所构成的广阔的空间美。

由于艺术意境具有这种因"境生象外"特征而产生的强烈的空间美,所以,我国古代文艺家才用意境的概念而不用意象的概念来进行理论概括。在探讨意境的美学特征时,许多同志常把意境和意象相混淆,这是很不妥当的。意象和意境都是古代重要的美学概念,它们是有联系的,但又不能等同。这里的关键是象和境的概念内涵是极不相同的。象,一般是指具体物象。托名白居易的《金针诗格》云:"象谓物象之象,日月山河虫鱼草木之类是也。"而境,则是指的一个客观现实的空间,它不仅有物象,而且还可以表现出物象所处的环境、条件、气氛,以及物象与物象之间的关系。在这个空间里常常可以体现出事物生长、发展、变化的状况和生气勃勃的神态。这个空间中的一切往往不是孤立的、静止的、僵死的,而是充满了活跃的生命力、不断变动着的。这个境乃是自然界或现实社会中完整的一角,一个给人以立体感的生动侧面。所以,境比象一般地说是要广阔得多、丰富得多。然而境又是离不开象的,没有象就不能形成境,故而王昌龄《诗格》和皎然《诗议》中又称之为"境象"。日本空海《文镜秘府论》中称诗人的艺术思维为"境思",即是指与整个艺术空间相联系着的思维活动,它比"神与物游"又进了一步。我国古代的文艺家认为,真正优秀的艺术作品,决不能仅仅满足于对个别物象的描写,而要通过对具体物象的描绘来创造一个使人驰骋想象、令人感到含蓄不尽的境界,而艺术家的心意情志正是要通过这样一个境界才能最充分地体现出来。陆机在《文赋》中说:"情瞳昽而弥鲜,物昭晰而互进。"他只讲到情与物的关系,还没有接触到境界问题。"虽离方而遁圆,期穷形而尽相",主要是强调了对物象的真实描写。刘勰在《文心雕龙·物色》篇中所说的"以少总多"涉及了如何通过有限物象(即所谓"少")的描写来创造无限丰富(即所谓"多")的艺术境界的问题。《物色》篇所举"'灼灼'状桃花之鲜,'依依'尽杨柳之貌,'杲杲'为出日之容"等《诗经》各例,都是有生动丰富意境的。特别是刘勰在《隐秀》篇中所提出的"隐秀"问题,实质上正是艺术意境的重要美学特征之一。但是,刘勰还没有从理论上自觉地提出境的概念。到了唐代,特别是在盛唐诗创造了无数优美生动的艺术意境之后,才为理论上自觉地探讨意境问题奠定了创作基础,普遍注意到了诗歌的"境"的问题。王昌龄在《诗格》中特别提出了"三境"的问题,把内心与外境的统一看作诗歌创作的基本问题。他对意境的重视,显然和他在创作实践中注重意境创造是完全一致的。殷璠在《河岳英灵集》中对盛唐诗人创作特点的分析,也突出了诗境的创造。比如评王维的诗云:"一字一句,皆出常境。"评常建的诗云:"其旨远,其兴僻,佳句辄来,唯论意表。"这正是对他们诗歌意境的赞美。而后,皎然更明确地提出"诗情缘境发"(《秋日遥和卢使君游何山寺宿易上人房论涅槃经义》)、"缘境不尽曰情"(《诗式》)的观点。权德舆在《送灵彻上人庐山回归沃洲序》中也说:"上人心冥空无而迹寄文字,故语甚夷易,如不出常境,而诸生思虑,终不可至。……故睹其容览其词者,知其心不待境静而静。"司空图在《与王驾评诗书》中提出"思与境偕,乃诗家之所尚"。凡此等等,可以看出唐人强调的是诗歌的"境",而不是"象",实质也就是指诗歌的意境。

诗歌意境的构成有不同的类型,有的以写物为主,有的以写情为主,有的以写意为主,所以王昌龄《诗格》中有物境、情境、意境的三境说。有的同志以为王昌龄说的"意境"即是古代文学理论中最早提出意境概念之所在,其实这是不确切的。研究意境不能从字面上入手,而要善于把握其实质。有些地方虽然用了意境两字,但却并不是指我们传统所讲意境之意;有些地方,虽然没有用意境两字,但实际上却是对意境特征的深入分析。意境首先是存在于创作实践中的客观存在,至于在理论上用什么概念去概括是另一个问题。王昌龄所讲的三境都是指诗歌意境,只是其构成内容不同而已。而他所说的"意境"仅仅是指诗歌意境中的一种类型而已,把它和一般所说的意境等同起来是不对的。王昌龄的"物境",指的是以客观地描写景物来构成的意境,如"长安一片月,万户捣衣声","却下水晶帘,玲珑望秋月"之类。他说的"情境",指的是以抒写诗人感情状态而构成的意境,如"亲朋无一字,老病有孤舟","吟诗作赋北窗里,万言不值一杯水。世人闻此皆掉头,有如东风吹马耳"之类。他说的"意境",指的是以内心意念来构成境界的意思,如"目送归鸿,手挥五弦,俯仰自得,游心太玄"之类。三种意境的构成内容不同,但都是诗人所创造的一个给人以无穷遐想的艺术空间。"物境"以真实描绘客观现实境界为主,其情是隐蔽的,此亦即王夫之在《姜斋诗话》中所说的"景中情",后来王国维在《人间词话》中称之为"无我之境"。"情境"以创造抒情主人公的感情空间为主,但其中也并非没有对物的描写,不过"物皆著我之色彩",往往不是以物的本来面目出现。王昌龄说的"意境"主要在呈现抒情主人公内心境界,是一个意念的空间,但它也并非没有对物的描写,这和"情境"是一致的。王昌龄虽把"情境"与"意境"作为不同范畴提出,其实二者甚难区分,它们都是以直接描写人的精神境界为主的艺术意境,故后人遂往往合而为一,如王夫之统称之为"情中景",王国维则称之为"有我之境"。艺术意境既是一个客观境界,又是一个主观境界,创造意境可以侧重于一面,但不管是"以意胜"还是"以境胜",都包括了两个方面,都具有极为生动丰富、给人以无穷想象的空间之美。

意境的动态美和传神美

意境既然是作家所创造的一个生动丰富的艺术空间,是有生命和活力的现实之一隅,而现实(包括自然和社会)都是生生不息的,因此它必然会非常突出地体现一种动态美和传神美。"蒹葭苍苍,白露为霜",我们仿佛看到了青葱的芦苇染上了一层露水凝成的白霜随风摆动,给人以清凉的早寒之感。"袅袅兮秋风,洞庭波兮木叶下",展现在我们面前的是片片黄叶随着秋风而轻轻飘落的景象。"明月松间照,清泉石上流",月光在松林里忽明忽暗,清澈见底的泉水在山石间流动叮咚作响。"细雨鱼儿出,微风燕子斜",在蒙蒙细雨、缓缓微风之中,可以看到燕子在随风飞翔,鱼儿在悠闲游动。"红杏枝头春意闹",在温暖柔和的春风沐浴下,百花竞相开放,争艳斗俏。"云破月来花弄影",云彩轻移使月光明暗不定,依着月光的波动,花影不断变化,好像是花枝在戏弄影子。这一幅幅生动的艺术意境,无处不使我们感到一种蓬蓬勃勃的气氛,仿佛自己也置身于这无时无刻不在变动的现实世界之中,它给予我们的是极富艺术魅力、促使我们神思飞驰的一种动态的美和传神的美。而这种动态美仅仅有"形似"是不行的,必须要做到"神似"方能传达出来。动态美和传神美是密不可分的。

我国古代的文学、绘画、书法、音乐、舞蹈、建筑等都很注重动态美。古代文学理论中所讲究的"飞动"之美，即是它的一种表现。初唐李峤《评诗格》中所提出的"飞动""宛转"，就已触及了意境的动态美特征。皎然《诗评》中提出要"状飞动之趣"，也是说的这个问题。所以他认为即使是写"静"的意境，也"非如松风不动，林狖未鸣，乃谓意中之静"。优秀的诗歌创作在写静的意境时也常常是通过一种动态的美来表现的。如"蝉噪林逾静，鸟鸣山更幽"，"月出惊山鸟，时鸣春涧中"，等等。故而王安石改为"一鸟不鸣山更幽"，遂见笑于时人，黄庭坚甚至以为是"点金成铁"（参见冯梦龙《古今谭概·苦海部》）。司空图《二十四诗品》最后一品为"流动"，就是对意境动态美的一种形象描绘。其云：

若纳水輨，如转丸珠。夫岂可道，假体如愚。荒荒坤轴，悠悠天枢。载要其端，载闻其符。超超神明，返返冥无。来往千载，是之谓乎！

司空图认为诗歌意境要像水车那样有不断地倒陈取新的动态美，恰如珠丸一般永远流转不停，像天枢地轴那样始终处于运转的状态。用弹丸来比喻诗歌意境的美，最早见于六朝。《南史·王筠传》中说沈约十分赞赏王筠的"文章之美"，并说谢朓常称王筠之诗作"圆美流转如弹丸"，这大约就是司空图"如转丸珠"之来源。不过六朝人讲"流转如弹丸"，虽亦包含有动态美的意，还比较侧重在流利、自然方面，所以宋人叶梦得《石林诗话》中说"弹丸脱手"特点是"输写便利，动无留碍"，而吕本中则更以此来比喻他的"活法"。司空图以弹丸比流动之美则主要是在强调意境的动态美。意境的这种动态美，还表现在它即使是写静态的事物，也要使之具有动态感。比如"曲径通幽处，禅房花木深"，这本来是对寂静的禅院中的景物写生，但是给人一种花草树木在无人之处蓬勃生长的感觉。

我国古代文学理论很重视"势"的问题。"势"指的是事物本身的内在规律和运动形态。如刘勰《文心雕龙·定势》篇所说："势者，乘利而为制也。如机发矢直，涧曲湍回，自然之趣也。"重"势"和表现事物动态美有很密切的关系，写出了"势"就能更好地表现动态美；同时，也只有写出

了动态美,才能更好地体现"势"。皎然在《诗式》中"明势"一节中写道:

> 高手述作,如登衡、巫,觌三湘、鄢、郢山川之盛,萦回盘礴,千变万态。或极天高峙,崒焉不群,气腾势飞,合沓相属;或修江耿耿,万里无波,欻出高深重复之状。古今逸格,皆造其极妙矣。

诗歌在对山川的描写中,能体现其"势",则自然就有飞腾之状。反之,能充分表现山川之动态美,则"势"也就自然在其中了。王夫之在《姜斋诗话》中说:

> 势者,意中之神理也。唯谢康乐为能取势,宛转屈伸以求尽其意;意已尽则止,殆无剩语。夭矫连蜷,烟云缭绕,乃真龙,非画龙也。

又说:

> 论画者曰:"咫尺有万里之势。"一"势"字宜着眼。若不论势,则缩万里于咫尺,直是《广舆记》前一天下图耳。

王夫之认为,"势"的有无,乃是诗歌意境能不能活起来,是"真龙"还是"画龙"的关键。写出了"势"就会有"夭矫连蜷,烟云缭绕"的生动状态,而具备丰富的动态美。

凡是注重动态美的,必然要讲究传神美。皎然《诗式》中论诗之"七德",其中之一即是"精神"。意境侧重在表现事物的精神,因此能给人以含蓄深远、无穷无尽之感。形状可以摹写,而精神很难具体摹写。司空图《二十四诗品》中也有"精神"一品,其云:

> 欲返不尽,相期与来。明漪绝底,奇花初胎。青春鹦鹉,杨柳楼台。碧山人来,清酒深杯。生气远出,不著死灰。妙造自然,伊谁与裁?

艺术作品如果只是表现了一堆"死灰",而没有蓬勃"生气",那是不可能形成意境的。要是能写出"奇花初胎""青春鹦鹉",使人体会到花苞开放的欢乐、鹦鹉青春的鸣叫,表现其内在的神态,方能激起读者丰富的想象,构成一个有强烈艺术魅力的诗歌境界。对具体物象的摹写,其目的应是在传神,而不在形似。而且在有些作品中主要是为了烘托一种精神和气氛,如刘熙载《艺概·诗概》中说:"山之精神写不出,以烟霞写之;春之精神写不出,以草树写之。故诗无气象,则精神亦无所寓矣。"比如王维之诗:"太乙近天都,连山到海隅。白云回望合,青霭入看无。"即是以烟霞写山之精神。陶潜诗:"有风自南,翼彼新苗。"谢灵运诗:"池塘生春草,园柳变鸣禽。"即是以草树写春之精神。这些诗句之所以传颂千古,主要就在于它写出了一种动态的美和传神的美。所以,司空图在《二十四诗品》中对各种不同风格的意境的描绘,特别强调要"离形得似",这个"形"即指形似,而"似"则指神似。"脱有形似,握手已违",必须要把"风云变态,花草精神,海之波澜,山之嶙峋"都活泼泼地传达出来。

强调神似,这是我国古典美学的重要特征,它在我国古代文艺发展史上有悠久的历史,这一点我在《神似溯源》①一文中已作过分析。我国古代文艺理论中讲的气、风骨、神韵等,都是和注重意境的动态美和传神美分不开的,同时也是促使意境具备这种美学特征的重要原因。气或者气韵,是体现人的感情状态和精神面貌的;风骨则是一种含有特定内容的感情状态和精神面貌在作品中的表现。② 气和风骨并无本质上的区别,所以刘勰在《文心雕龙·风骨》篇中认为他提倡风骨与曹丕的"重气之旨"是一样的。动态美和传神美是气、风骨、神韵这些概念的重要美学内容。如东晋顾恺之《论画》中评"小列女"画时说:"刻削为容仪,不尽生气。"即是批评它仅有形似,而不能传神。梁朝袁昂在《古今书评》中说蔡邕书法的特点是:"骨气洞达,爽爽有神。"正是赞美其风姿神态。元代杨维桢《图绘宝鉴序》中说:"传神者,气韵生动也。"清代李重华在《贞一斋诗话》中说:"风含于神,骨备于气,知神气即风骨在其中。"由于提倡气、风骨、神韵,就必然要深刻地影响到意境构成中的动态美和传神美特点。

---

① 见本书该篇。
② 参见本书《齐梁风骨论的美学内容》一文。

意境的高度真实感和自然感

艺术意境由于有不同于一般艺术形象的空间美、动态美和传神美,因此就能达到一般文艺作品所难以达到的高度真实感和自然感。换句话说,高度的真实、自然,也是艺术意境的重要美学特征。王国维说:"故能写真景物、真感情者,谓之有境界。否则谓之无境界。"又说:"大家之作,其言情也必沁人心脾,其写景也必豁人耳目。其辞脱口而出,无矫揉妆束之态。以其所见者真,所知者深也。"王国维称这种真实、自然的境界为"不隔"的境界。"不隔"的问题,其实也并不是他的发明,而是对我国古代论意境美学特征的一个总结。

早在齐梁时期刘勰和钟嵘就很重视艺术的真实、自然之美,尤其是钟嵘在《诗品序》中曾明确提出了这个思想。他说:

"思君如流水",既是即目;"高台多悲风",亦惟所见;"清晨登陇首",羌无故实;"明月照积雪",讵出经史?观古今胜语,多非补假,皆由直寻。

钟嵘反对由于堆砌典故而造成意义晦涩深奥,妨碍自然真美的错误创作倾向,他所主张的书写即目所见的"直寻"方法,实质上和后来王国维的"不隔"要求是一致的。《人间词话》中所提出的区别"隔"与"不隔"的重要标准之一,即是看它是堆砌典故深隐难晓呢,还是直抒胸情自然真实。其云:

问"隔"与"不隔"之别,曰:陶谢之诗不隔,延年则稍隔矣。东坡之诗不隔,山谷则稍隔矣。"池塘生春草""空梁落燕泥"等二句,妙处唯在不隔。词亦如是。即以一人一词论,如欧阳公《少年游》咏春草上半阕云:"阑干十二独凭春,晴碧远连云。千里万里,二月三月,行色苦愁人。"语语都在目前,便是不隔。至云:"谢家池上,江淹浦畔。"则隔矣。白石《翠楼吟》:"此地宜有词仙,拥素云黄鹤,与君游戏。玉梯凝望久,叹芳草,萋萋千里。"便是不隔。至"酒祓清愁,花消英气",则隔矣。

颜延之以"镂金错采"出名,黄庭坚以掉书袋著称,而陶谢之诗犹如"芙蓉出水",东坡之作如"行云流水"。"隔"与"不隔",对意境的深浅优劣影响甚大,"隔"的作品意境往往出不来。

自从钟嵘提出书写"即目""所见"的"直寻"方法后,这种强调真实、自然的美学思想遂成为我国古代诗人创造意境的重要指导原则。比如李白诗歌的意境就非常鲜明地体现了这一特征。"清水出芙蓉,天然去雕饰。""一曲斐然子,雕虫丧天真。"这正是李白所理想的诗歌艺术美和具体的创作道路。唐代的重要诗歌理论批评家皎然、司空图都是竭力提倡这种艺术美的。皎然在评论谢灵运诗歌时,指出谢诗之妙处即在"真于情性,尚于作用,不顾词彩,而风流自然"。司空图则更进一步从理论上作了发挥。他在《与李生论诗书》中说,诗歌创作要靠"直致所得,以格自奇",也就是钟嵘所说的"直寻"之意。他在《二十四诗品》的"自然"一品中对诗歌意境的这种特征作了形象的阐述。他说:

> 俯拾即是,不取诸邻。俱道适往,著手成春。如逢花开,如瞻岁新。真予不夺,强得易贫。幽人空山,过雨采蘋。薄言情悟,悠悠天钧。

所谓"俯拾即是,不取诸邻",即是要直接书写目前所见,而不必冥思苦索、追求人为的奇特,这与其"实境"一品中说的"取语甚直,计思匪深"是完全一致的。这样的艺术意境,使我们感到"如逢花开,如瞻岁新"一般,得之于自然,而不须强求。这种美学思想不仅贯穿于整个《二十四诗品》,而且直接启发了欧阳修、梅尧臣关于"状难写之景如在目前"主张的提出,并且对整个宋代的文学思想有很大影响。

宋人诗话中有很多对于这种自然、真实的诗歌意境的赞美。比如范温《潜溪诗眼》说:

> 老杜《樱桃诗》云:"西蜀樱桃也自红,野人相赠满筠笼。数回细

写愁仍破,万颗匀圆讶许同。"此诗如禅家所谓信手拈来,头头是道者。直书目前所见,平易委曲,得人心所同然,但他人艰难不能发耳。

叶梦得《石林诗话》说:

> 初日芙蕖,非人力所能为,而精彩华妙之意,自然见于造化之妙。

周紫芝《竹坡诗话》说:

> 暑中濒溪与客纳凉。时夕阳在山,蝉声满树,观二人洗马于溪中,此少陵所谓"晚凉看洗马,森木乱鸣蝉"者也。此诗平日诵之不见其工,惟当所见处,乃始知其为妙。作诗正要写所见耳,不必过为奇险也。

胡仔《苕溪渔隐丛话》说:

> 予尝爱政黄《牛山中偈》云:"桥上山万层,桥下水千里,惟有白鹭鸶,见我长来此。"造语平易,不加雕琢,而清胜之景,闲适之意,宛然在吾目中矣。

范晞文《对床夜语》说:

> "马上相逢久,人中欲认难。""问姓惊初见,称名忆旧容。""乍见翻疑梦,相悲各问年。"皆唐人会故人之诗也。久别倏逢之意,宛然在目,想而味之,情融神会,殆如直述。

从以上五例,我们可以看到主张诗歌意境要有真实、自然之美的观点在宋代是相当普遍的。同时,我们还可以看到诗人在创作中要做到"直书目前所见",使之有"宛然在目"之效果,这种境界亦并非任意而为所能达到的,必须具备艺术家的敏感,善于发现和抓住有典型意义的景象,诚如司空图说的,要经过"如矿出金,如铅出银"的"洗炼",而使之成为"万取一收"的产物。

明清两代有不少重要的文艺思想家,都是十分重视意境的自然、真实的特征的。比如陆时雍在《诗镜总论》中就说过:"绝去形容,独标真素,此诗家最上一乘。"尤其是明末清初的唯物主义思想家和文艺家王夫之强调得更为突出,并且对此作了精彩的分析论述。他在《唐诗评选》中说:

只于心目相取处得景得句,乃为朝气,乃为神笔。景尽意止,意尽言息。必不强括狂搜,舍有而寻无。在章成章,在句成句。文章之道,音乐之理,尽于斯矣。

又其《夕堂永日绪论》说:

"池塘生春草""蝴蝶飞南园""明月照积雪",皆心中目中与相融浃,一出语时,即得珠圆玉润,要亦各视其所怀来而与景相迎者也。

王夫之所说的"心目相取"是对书写"即目""所见"主张的一个发挥。它把这种诗歌意境创造中的主观和客观相结合的特征反映出来了。王夫之又称之为"即景会心",他说能做到这一点,那么诗歌意境"自然灵妙,何劳拟议哉"?他进而用佛教之"现量"来比喻说明诗歌意境这种自然、真实的美学特征:"'长河落日圆',初无定景;'隔水问樵夫',初非想得:则禅家所谓现量也。""现量",是佛教法相宗所提出的心与境几种不同结合方式中之一种。《相宗络索》释"现量"云:

现量,观者有现在义,有现成义,有显现真实义。现在不缘过去作影;现成一触即觉,不假思量计较;显现真实,乃彼之体性本自如此,显现无疑,不参虚妄。

可见,"现量"乃是心对境的一种直接的真实而自然的反映。为此,王夫之在诗歌批评中一再强调凡是意境深远之作,都有"神理"流溢之妙。他说曹操的《短歌行》"尽古今人废此不得,岂不存乎神理之际哉"。又说李白的《谢公亭》诗"神理、意致、手腕,三绝也"。他赞美杜甫的《石壕吏》"片段中留神理,韵脚中见化工";同时又批评杜甫的长篇排律"使才使气,大损神理"(以上均见《古诗评选》《唐诗评选》)。王夫之所谓"神理",即指高度的真实、自然而言。故后来王国维《人间词话》中说:"美成《青玉案》(当作《苏幕遮》)词:'叶上初阳干宿雨。水面清圆,一一风荷举。'此真能得荷之神理者。觉白石《念奴娇》《惜红衣》二词,犹有隔雾看花之恨。"神理自然,方为"不隔",这正是意境的重要美学内容。

在谈到意境的这种自然、真实的美学特征时,我们必须注意到它在两种不同风格的艺术意境中的表现。它既反映在朴素、平淡的意境中,也反映在奇特、绚丽的意境中。陶潜、王维、李白的诗歌意境中体现了极为鲜明的自然、真实的美学特征,李贺、李商隐的诗歌中也有这种特征。不过两者相比,前一类诗歌意境中的真实、自然反映得更为突出,后一类诗歌意境中有时则表现得不那么明显。这是和后一类诗歌以写神话内容为多和运用象征手法有关系的。同时,这一类诗歌的意境,其真实感主要是在"情真""理真"上,而其自然感亦主要在文词宛转流利上。如李商隐的《嫦娥》:

  云母屏风烛影深,长河渐落晓星沉。
  嫦娥应悔偷灵药,碧海青天夜夜心。

读这样的诗仍然可以给我们一种真实、自然的美感。当然,李贺、李商隐的诗有些用典过多、过深,给人以"隔"的感觉,这对其诗歌艺术意境是有影响的。可是,由于他们用非常突出的象征方法来写作,更加突出了"境生于象外"的特点,仍然创造出了给我们以丰富想象的艺术空间,形成了具有特殊风貌的艺术意境。

虚实结合是创造意境的基本方法

意境作为艺术家所创造的一个"境生于象外"的艺术空间,它必然要以虚实结合为基本的艺术表现方法。从虚实结合的角度来看,司空图说的"象外之象,景外之景",其第一个象和景是实的,第二个象和景是虚的,是由实的景象启发、引导而产生于读者的想象之中的。但是这个想象中的景象又不是任意产生的,是按照作者所已经表现出来的实的部分必然要导至的境界。例如王夫之评谢朓《之宣城郡出新林浦向板桥》一诗时说:

> "天际识归舟,云中辨江树。"隐然一含情凝眺之人呼之欲出。从此写景,乃为活景。

谢朓这两句诗写的是具体的实景,但是它很自然地使我们在脑海中浮现出了在它后面的"含情凝眺之人"的生动形象,不仅能领略到此人的感情状态,而且有"呼之欲出"的栩栩如生之感,这就是虚景,谢朓此诗的意境正是在这虚景和实景紧密结合之下产生的。意境创造上的这种特点,皎然在《诗议》中曾有过一段重要的阐述。他说:

> 夫境象非一,虚实难明。有可睹而不可取,景也;可闻而不可见,风也。虽系乎我形,而妙用无体,心也;义贯众象,而无定质,色也。凡此等,可以偶虚,亦可以偶实。

皎然指出,诗歌意境所描写的对象——"境象"里,有虚有实,很难分清,如景("影"的本字)、风、心、色,都是有虚有实的,两者水乳交融,很难具体指陈出来。从诗歌创作的对偶上说,可以虚对,亦可实对。说明意境之虚实结合首先是源于其描写对象本身的。后来词论中讲的"空"与"实"、"清空"与"质实",其实也即是说的词的境界中虚景和实景的关系问题。

不仅诗词意境是如此,其他种类艺术的意境亦是如此。清代笪重光在《画筌》中说:

> 合景色于草昧之中,味之无尽;擅风光于掩映之际,览而愈新。密致之中,自兼旷远;率易之内,转见便娟。山之厚处即深处,水之静时即动时。林间阴影无处营心,山外清光何从着笔。空本难图,实景

清而空景现;神无可绘,真境逼而神境生。

笪重光所说的"实景"和"真境"即是指山、水、草、木等可以具体画出来的物象;他所说的"空景"和"神境",则是指风光、景色、山之深、水之动、林间阴影、山外清光这些难以具体画出来的虚景。虚的部分是无法具体描绘的,它必须依靠实的部分的比喻、暗示、象征作用来呈现,虚实结合才能构成生动的艺术意境。要能够做到由实出虚,必须对实的部分作逼真的描绘,使之如化工造物,不见人工斧凿痕迹。这样,虚景就自然会出现。清人邹一桂在《小山画谱》中说:"人有言:绘雪者不能绘其清,绘月者不能绘其明,绘花者不能绘其馨,绘人者不能绘其情。以数者虚而不可以形求也。不知实者逼肖,则虚者自出。故画《北风图》则生凉,画《云汉图》则生热,画水于壁则夜闻水声。谓为不能者,固不知画者也。"由此可见,艺术意境中的虚和实是不可分的,而虚景也不是不可绘。描绘实景要不局限于实,而能幻出虚景,方为至妙。而虚景亦不能离开实景而产生。

运用虚实结合方法来创造艺术意境,我国古代文艺理论中有过许多生动形象的论述,总结了不少有价值的艺术经验。比如宋代郭若虚《图画见闻志》记载宋代著名山水画家郭忠恕,有一天乘醉在一大幅素绢上的一角画了"远山数峰",别处都是空白,但却能使人感到这空白之处有一派山峦起伏的浩瀚气势。后来文艺理论上郭忠恕画天外数峰传为美谈。王士禛在《香祖笔记》等著作中,就一再称引王楙《野客丛书》中所说,"郭忠恕画天外数峰,略有笔墨,然而使人见而心服者,在笔墨之外也",认为这个说法"得诗人三昧"。天外数峰本身并不难画,它的可贵之处在能以实出虚,虚实结合,使大片空白之处无画而有画,在人们心目中展现一幅山峰若隐若现、云水缭绕翻滚的生动图画。赵执信在《谈龙录》中曾经记载了这样一件事:他和王士禛、洪昇一起讨论诗歌创作时,曾以画龙来作比喻。王士禛认为作诗如画龙,不必画出龙的全身,只要画云雾中龙所露出的"一鳞一爪"就行了。这样人们就可以从"一鳞一爪"去想象龙的全体,充分发挥读者的想象力。这样的龙就是活龙、神龙,而不是画龙、死龙。因为龙的形态,屈伸变化,而无定体,你把它画得很实,反而不易反映出龙的真面目。这正是一种虚实结合的艺术表现方法。我国古代许多优秀文学作品都具有这种艺术表现特征。例如王维的《送元二使安西》：

渭城朝雨浥轻尘，客舍青青柳色新。
劝君更尽一杯酒，西出阳关无故人。

诗人在这里写的只是劝饮一杯送别酒，然而它却体现了主人对朋友远使边塞的无限关怀和深切感慨，它很自然地把读者带入了对边塞黄沙漠漠、愁云惨淡、荒无人迹、举目无亲的想象境界中去了。离乡背井、艰苦征战、存亡未卜的感伤之情油然而生。这就是由一杯送别酒的具体的实的景象描写而引出的想象中的虚的境界。显然，并不是随便写一个实的景象都能起到这种作用的。艺术家只有抓住了现实生活中某些有典型意义的片段，并对它作出了逼真而生动的描写后，才能借助于它的象征、暗示等作用而产生虚的境界，把艺术家心灵深处的情状透彻地表达出来。

艺术意境虚实结合的另一个重要表现方法是"化景物为情思"。景物是实的，情思是虚的，能化景物为情思，即是以实出虚。范晞文《对床夜语》卷二曾引周伯弼《四虚序》云："不以虚为虚，而以实为虚，化景物为情思，从首至尾，自然如行云流水，此其难也。"用景物来象征情思，使景物成为情思的寄托，才能构成含义深远的意境。况周颐在《蕙风词话》中说："吾听风雨，吾览江山，常觉风雨江山外有万不得已者在。此万不得已者，即词心也。"所谓"万不得已者"，即词人之情思也。诗人在创作中正是要使"风雨""江山"化为"万不得已者"，让它们作为词人心中"万不得已者"之象征而出现。这样，作品写的虽然是景物，而读者却可以从中体会到诗人的情思，这样方为有意境。据《容斋续笔》说，王安石《泊船瓜洲》中两句诗："春风又绿江南岸，明月何时照我还。"其中的"绿"字曾经反复地推敲。先是用"到"，以后又改为"过""入""满"等，都觉得不好，最后改为"绿"才满意了。这是因为用了"绿"，境界就出来了，它使"春风"人化了，变成了有生命的了，是它把大地吹绿了。这样就把诗人对新法实施后给国家带来的新景象的感受十分生动、确切地传达出来了。宋代著名画家米芾在《画史》中曾指出，艺术境界的创造，关键是要借助景物描绘来体现诗人的"心匠自得"处。清代画家恽格在《南田画跋》中说过这样一段话：

> 春山如笑，夏山如怒，秋山如妆，冬山如睡。四山之意，山不能言，人能言之。秋令人悲，又能令人思，写秋者必得可悲可思之意，而后能为之。不然，不若听寒蝉与蟋蟀鸣也。

客观景象包含着各种不同的意义，但它自己"不能言"，而"人能言之"。艺术家要善于按照自己情怀的特点，选择好客观景象，把它化为自己情思的象征。这样，"因心造境，以手运心"，"于天地之外，别构一种灵奇"（方士庶《天慵庵笔记》）。读者接触到的是具体的景物描写，然而他所体会到的则是艺术家"灵想之所独辟"的境界。宗白华先生在《中国艺术意境之诞生》一文中说："化实景而为虚境，创形象以为象征，使人类最高的心灵具体化，肉身化，这就是'艺术意境'。"这是对中国古典艺术深有体会的精辟见解。

综上所述，可以看出我国古代艺术意境的基本特征是：以有形表现无形，以有限表现无限，以实境表现虚境，使有形描写和无形描写相结合，使有限的具体形象和想象中无限丰富的形象相统一，使再现真实实景与它所暗示、象征的虚境融为一体，从而造成强烈的空间美、动态美、传神美，给人以最大的真实感和自然感。我国古代艺术意境的这种基本特征的形成是和老庄与佛教的哲学和美学思想的影响有密切关系的。老庄主张天然，否定人为，提倡"有无相生"，意在言外，特别重视"虚"的意义与作用。佛教则利用老庄和玄学的"得鱼忘筌""得意忘言"理论来说明至高的佛理是不可言喻的，宣扬"不立文字，教外别传"。为了传达玄妙的佛理，他们常用具体景象来象征，如"拈花微笑""天女散花""香象渡河"之类。这些对我国古代艺术意境的形成和发展，都有极为重要的影响，是许多艺术家创造意境的哲学和美学思想基础。当然，这个问题是相当复杂的，需要专文来论述。

（原载《北京大学学报》1983年第4期）

神似溯源

我国古代文艺理论批评的一个显著特点是突出地强调神似。因此,深入地研究神似问题,对于总结我国古代文艺发展的特殊规律,具有很重要的意义。关于神似,有不少同志写过文章,作过比较系统和深入的研究。但是,也还有许多问题值得进一步探讨。本文拟就神似的哲学和美学思想基础以及神似的本质问题,谈一点粗浅的看法。

神似与庄学
——神似溯源之一

我国古代文艺理论批评之所以如此注重神似,是和庄子思想的影响分不开的。简言之,注重神似乃是庄学以及受庄学影响的玄学的哲学和美学思想的直接产物,而在佛教传入中国后,又受佛教思想的推动和促进,遂成为我国古代文艺发展中的一个重要特征。

文艺上所说的形神关系,是从哲学上的形神关系说发展而来的。而哲学上的形神关系说,是由庄子开始而有较为完整的论述的。庄子哲学的中心是讲"自然之道",他把"自然之道"看成既是宇宙万物的本源,又是宇宙万物变化发展的规律。为此,庄子崇尚自然,反对人为。他肯定抽象的道,而否定具体的物。庄子认为形而上的道是至高无上的,而形而下的物则是低下的。道存在于一切物中,但如果执着于物,则不能得道。道是无形的,物是有形的。从这个角度说,道和物的关系,也就是神和形的关系。所以,庄子是重神不重形的。庄子指出,对于一个人来说,他的形体是生是死、是存是灭、是美是丑,都是无关紧要的,而重要的是他的精神能否与道合一,达到完全自然无为的境界。庄子"以生为附赘县疣,以死为决疣溃痈"(《大宗师》),主张人必须做到"外其形骸",不拘泥于物。《齐物论》说:"南郭子綦隐机而坐,仰天而嘘,荅焉似丧其耦。颜成子游立侍乎前曰:何居乎?形固可使如槁木,而心固可使如死灰乎?"认为人的心是可以和形体分离的。这里所说的心,即是指神,古人以为神是居于心中的。

从这种对形神关系的看法出发,庄子提出"形残而神全",美在于神而不在于形的观点。一个人即使形体是残缺不全的,或者形貌是非常丑恶的,但如果能在精神上与道相通,那么仍然是最高尚的、最美的。《养生主》说:"公文轩见右师而惊曰:是何人也,恶乎介也!(按:介,一足也。)天与,其人与?曰:天也,非人也。天之生是使独也,人之貌有与也。以是知其天也,非人也。"只有一只脚的人,看起来是很可怕的,但因为是天赋所成,形虽残而不影响他的神,故而不仅不丑,反而可以是美的,王先谦注道:"形残而神全也,知天则处顺。"在《德充符》中,庄子还讲到了"恶人"哀骀它的故事,他说:

> 鲁哀公问于仲尼曰:卫有恶人焉,曰哀骀它。丈夫与之处者,思而不能去也。妇人见之,请于父母曰,与为人妻,宁为夫子妾者,十数而未止也。未尝有闻其唱者也,常和人而已矣。无君人之位以济乎人之死,无聚禄以望人之腹。又以恶骇天下,和而不唱,知不出乎四域,且而雌雄合乎前,是必有异乎人者也。寡人召而观之,果以恶骇天下。与寡人处,不至以月数,而寡人有意乎其为人也。不至乎期年,而寡人信之,国无宰,寡人传国焉,闷然而后应,泛而若辞。寡人丑乎,卒授之国。无几何也,去寡人而行,寡人恤焉,若有亡也,若无与乐是国也。是何人者也。

一个面貌极端丑恶可怕的人,竟会使人人见而爱之,国君甚至愿意"授之国",这是因为他形貌虽丑,但精神境界则是与道相通的,是极美的。恰如庄子借孔子之口所说的:"非爱其形也,爱使其形者也。"成玄英疏道:"使其形者,精神也。"这种精神上的美,庄子称为"德全"。在《德充符》中庄子还举了畸形残废的"闉跂支离无脤"和长着大瘤子的"瓮盎大瘿"受到卫灵公、齐桓公欢迎的故事,反复地说明形残神全、美在神不在形的思想。《养生主》中庄子还举了火与薪的关系为例,来论述形灭神存的道理,他说:"指穷于为薪,火传也,不知其尽也。"王先谦注道:"形虽往而神常存。"这个比喻后来在齐梁之际佛教徒中有关形神关系的大辩论中,曾被广泛地用来说明形灭神不灭的思想,成为这场争论中一个十分重要的课题。

美在神而不在形,也就是美在道而不在物,也就是美在自然而不在人为,这种美学观点是和庄子的艺术理想密切联系着的。庄子所倾心的那种"大音希声,大象无形"的艺术境界,正是这种哲学和美学思想的具体表现。由于美不存在于事物的具体的"形"上,而存在于事物的抽象的"神"上,因此,只要化为具体的有形的艺术,就丧失了真正的美、最高的美了。在音乐上,只要形诸具体的声音,就不是最美的了;最美的音乐是"无声"。自然神妙的音乐艺术境界,要你从"无声"中去体会。在绘画上,只要形诸具体的画,就有局限性了,不是最美的了;最美的画是存在于想象之中的"解衣般礴"式的画。对文学来说,最好的作品是超乎言意之表的,如果执着于具体的言意,就不是最美的文学作品了。在庄子那里,神和形的关系,与自然和人为、无和有、虚和实等等的关系一样,都是从道和物的关系上派生出来的,是从各个不同角度对道和物的关系的一种阐述和发挥。庄子并没有把神和形的关系具体地运用到文艺批评上,但是,庄子所提倡的"至乐无乐"的音乐、"解衣般礴"式的画、"得意而忘言"的文学(此指广义的文学),都包含着浓厚的注重神而不重形的思想,它对后来文艺批评中强调神似,是有不容忽略的重要意义的。

在对待神和形的关系上,庄子也表现了一种形而上学的片面性。他重视了神,但又过分地贬低了形,否定了两者之间的辩证关系。因为神总是要借助于一定的形才能体现出来的,如果根本否定了形,神也就无法体现出来了,就会变得完全是玄虚而不可捉摸了。

庄子关于形神关系的观点以及由此而产生的美学思想,在西汉前期淮南王刘安主编的《淮南子》一书中得到了进一步的发挥。《淮南子》这部书的主要思想是倾向于道家的。高诱在《淮南鸿烈解·序》中说:"……此书,其旨近老子,淡泊无为,蹈虚守静。"这是不错的。《淮南子》中也杂有其他先秦诸子的一些观点,但从其美学和文艺思想来看,主要是受庄子的影响。在形神关系上,《淮南子》强调了神乃是形之君。《览冥训》云:"昔雍门子以哭见于孟尝君,已而陈辞通意,抚心发声。孟尝君为之增欷歔唈,流涕狼戾不可止。精神形于内,而外谕哀于人心,此不传之道。使俗人不得其君形者,而效其容,必为人笑。"高诱注:"君形者,言至精为形也。"又《精神训》云:"故心者,形之主也;而神者,心之宝也。"说明形乃是受神所主宰的。由于"精神之可宝","是故圣人以无应有,必究其理;以虚受实,必穷其节"。可见,《淮南子》也认为,强调神对形的主导作用,和强调无对有的主导作用、虚对实的主导作用是一致的。形是可以"化"的,而神是不会"化"的。《精神训》云:"故形有摩而神未尝化者,以不化应化,千变万捃而未始有极。化者复归于无形也,不化者与天地俱生也。"高诱注云:"摩,灭,犹死也。神变归于无形,故曰未尝化。化犹死也。不化者精神,化者形骸。"《淮南子》在对形神关系的论述上,比庄子有所发展的,是它虽然重视神而并不完全否定形,只是强调形要由神来统率,而并不是根本不要形。《原道训》云:"故以神为主者,形从而利;以形为制者,神从而害。"《诠言训》云:"神贵于形","故神制则形从,形胜则神穷"。《泰族训》云:"治身,太上养神,其次养形。"这一点很重要,它对庄子在形神关系论述上的片面性是有所克服的。

《淮南子》从这种形神关系的观点出发,比庄子更加明确地强调了美不美主要在神而不在形。《说山训》云:"画西施之面,美而不可说;规孟贲之目,大而不可畏;君形者亡焉。"形貌画得美也是一种美,但如果不能画出"君形"的神态之美,那么还是不能使人感到喜悦,而产生爱慕之情。也就是说,缺乏美的精髓。绘画是如此,音乐也是如此。《说林训》云:"使但吹竽,使氏厌窍,虽中节而不可听,无其君形者也。"只有有节奏的声音,还仅仅只是一种形式上的美,如果不能表达出君音之形的神,没有动人心魄的音乐艺术境界来统率这些有节奏的声音,那么人们仍然是不会喜欢听的。《说林训》还讲到"画者谨毛而失貌",也是讲的这个意思。高诱注道:"谨悉微毛留意于小,则失其大貌。"所谓"微毛"即是指形似问题,而"大貌"则是指的神似问题。一个画家如果只着眼于画人物的外貌细节,而不去考虑如何表达人的整个精神面貌,是一定会"失貌"的。《淮南子》所反映的这种美学观点,其基本方面是和庄子相同的,强调真正的美在神而不在形,但是,《淮南子》又有和庄子不完全相同的地方,即是在它不否定形之美,而着重在突出神之美的主导作用。和神是主宰形的、是形之君这种思想相联系的,《淮南子》认为在音乐上是"无声"主宰着"有声"，"无声"是"有声"之君。对整个艺术来说，是"无形"主宰"有形"，"无形"是"有形"之君。《齐俗训》云："故萧条者，形之君；而寂寞者，音之主也。"《泰族训》云："使有声者，乃无声者也。"《原道训》云："夫无形者，物之大祖也；无音者，声之大宗也。""是故视之不见其形，听之不闻其声，循之不得其身。无形而有形生焉，无声而五音鸣焉，无味而五味形焉，无色而五色成焉。是故有生于无，实出于虚。"从这里我们也可以看到，艺术上所谓的"无声""无形""虚"等等，都是和重视神似的思想联系着的。

神似与玄学
——神似溯源之二

从庄子到《淮南子》只是为艺术上讲神似提供了哲学和美学思想的基础。而强调神似的文艺思想在文艺理论批评中的广泛流行，更直接的原因是魏晋玄学的发展及其对文艺理论批评的影响。

庄子和《淮南子》中关于形神关系的观点在魏晋玄学家那里的一个重大发展，是把重神不重形的思想运用来作为品评人物的依据。由品评人物到品评文艺，遂使神似观念成为魏晋南北朝文艺理论批评的一个重要内容。品评人物在汉末就很流行，但是重神不重形，这是魏晋之际才发展起来的。汤用彤先生曾说："汉代相人以筋骨，魏晋识鉴在神明。"（《魏晋玄学论稿·言意之辨》）重在"筋骨"说明还是比较注重形的，而重在"神明"，则就很清楚是以神为主了。这个变化是从刘劭的《人物志》开始的。刘劭的《人物志》是魏晋玄学的先驱。《人物志》认为品评人物应当重神而不重貌，因为有的人外貌看来平常，而内中却很有才学。因此，刘劭认为："物生有形，形有神精。能知精神，则穷理尽性。"鉴别人物，有形鉴，有神鉴，而神鉴是最难的。不过神鉴虽难，也还可以从形貌上来征得。《人物志》说："凡有血气者，莫不含元一以为质，禀阴阳以立性，体五行而著形。苟有形质，犹可即而求之。""夫色见于貌，所谓征神。征神见貌，则情发于目。"刘昺注云："貌色徐疾，为神之征验。目为心候，故应心而发。"刘劭重视神，但又认为神可以通过一定的形来体现，并不完全否定形。

魏晋玄学中的形神识鉴和言意之辨有密切关系。汤用彤先生说："圣人识鉴要在瞻外形而得其神理,视之而会于无形,听之而闻于无音,然后评量人物,百无一失。此自'存乎其人,不可力为';可以意会,不能言宣(此谓言不尽意)。故言意之辨盖起于识鉴。"(《魏晋玄学论稿·言意之辨》)人的形貌可以用语言来具体描述,而神态风貌则难以言尽。所以,言意之辨的兴起是由品评人物重神不重形而来的,而不是像有的同志所说的是因为言意之辨而发展到重神不重形。但是,玄学家对言意关系的论述,又进一步影响到对形神关系的理解。言意关系和形神关系一样,言是具体的,意是抽象的;言是有形的,意是无形的。王弼在《周易略例·明象》篇中提出"得意忘言""寄言出意"的观点,把言看作象征意的一种工具,犹如逮鱼之筌、捉兔之蹄一样。这种理论,反映到形神关系上,就是把某种具体的形,作为象征神的一种手段。所以,一方面认为神和形没有直接关系,神是主要的,而另一方面,也不完全抛弃形,而主张由形的象征作用来体现神。这种理论后来反映在顾恺之的绘画及其画论中是非常明显的(此点下文再详论)。

魏晋玄学对神似思想的另一个重要影响,是由于品评人物重神不重形,因而提出了许多有关对人物的神鉴的新概念。我们仅从《世说新语》及刘孝标注中所引魏晋古籍中品评人物的神鉴概念就有三十多种,如神气、神色、神情、神姿、神隽、神怀、神检、神颖、神貌、神明、神清、风姿、风神、风韵、风格、风骨、风气、风标、风期、风尚、风情、风仪、风量、高韵、骨气、生气、风检、正骨、骨干、骨体、风领毛骨、风姿神貌、风气韵度等等。归纳以上种种说法,当时品评人物在神鉴方面,有以下几个主要的中心概念,即神、气、风、韵、骨。而它们都被运用到了文艺批评之中。为此,我们需要先从人物品评的角度来分析一下这些概念的具体内容,然后再看它们在文艺批评中所包含的内容。

在这许多概念中,从共同的方面来说,都是指的人的"神"的特征,而不是"形"的特征。从不同的方面来说,是指的人的"神"在各个不同方面的具体体现。比如,有的是指人的精神气质方面的特点:

嵇中散临刑东市,神气不变。(《世说新语·雅量》,按:下凡《世说新语》,只注篇名)

(王敦)于坐振袖而起,扬槌奋击,音节谐捷,神气豪上,旁若无人。(《豪爽》)

(阮孚)神色闲畅。(《雅量》)

有的指人的风度气派,如:

羲之高爽有风气,不类常流也。(《赏誉》注引《文章志》)
(孙伯符)少有雄姿风气。(《豪爽》注引《吴录》)
王平子与人书,称其儿风气日上,足散人怀。(《赏誉》)

有的指人的风貌举止,如:

嵇康身长七尺八寸,风姿特秀。(《容止》)
骠骑王武子是卫玠之舅,隽爽有风姿。(《容止》)
李元礼风格秀整,高自标持。(《德行》)
(戴俨)有风标锋颖。(《赏誉》注引虞预书)
遁任心独往,风期高亮。(《赏誉》注引《支遁别传》)
胡之少有风尚,才器率举,有秀悟之称。(《赏誉》注引《王胡之别传》)
(陆迈)器识清敏,风检澄峻。(《规箴》注引陆碑)
翼风仪美劭,才能丰赡。(《豪爽》注引《汉晋春秋》)
(王广)有风量才学,名重当世。(《贤媛》注引《魏氏春秋》)

有的指人的精神智慧,如:

谢尚神怀挺率,少致民誉。(《赏誉》)
谢尚年长于恢,神颖夙彰。(同上注)
弘治肤清,叔宝神清。(《品藻》)
武王姿貌短小,而神明英发。(《容止》注引《魏氏春秋》)

有的兼指人的风貌和神态,如:

此儿风神秀彻,当继踪王东海。(《德行》注引《文字志》)
天锡见其(王弥)风神清令,言话如流。(《赏誉》)
庾(文康)风姿神貌,陶一见便改观。(《容止》)
(郗愔)风神魁梧,烈宗器之。(《任诞》注引《中兴书》)

有的指人的风味韵致,如:

(阮孚)风韵疏诞,少有门风。(《雅量》注引《孚别传》)
(王澄)风韵迈达,志气不群。(《赏誉》注引《王澄别传》)
卫风韵虽不及卿诸人,倾倒处亦不近。(《赏誉》)
阮浑长成,风气韵度似父,亦欲作达。(《任诞》)

有的指人的骨格所呈现的气度风貌,如:

羲之风骨清举也。(《赏誉》注引《晋安帝纪》)
旧目韩康伯,捋肘无风骨。(《轻诋》;又,注引《说林》曰:范启云:韩康伯似肉鸭。)
时人道阮思旷,骨气不及右军。(《品藻》)
祖士少风领毛骨,恐没世不复见如此人。(《赏誉》)
王右军目陈玄伯,垒块有正骨。(同上)
(孙权)形貌魁伟,骨体不恒。(《容止》注引《吴志》)
韩康伯虽无骨干,然亦肤立。(《品藻》)

从对上面这些材料的分析中,可以看出:神,主要是指人的精神面貌;气,主要是指人的气质、气色;风,主要是指人的风度姿态;韵,主要是指人的韵致、韵味;骨,主要是指由人的骨格所显现出来的风度气貌。由品评人物到品评画、书、诗文,由评人重神到评画、评书、评诗文讲神似,这是很自然的发展。文艺作品都是鲜明地体现了作家本身的精神面貌和思想风格的,因此,用品评人物的标准来品评文艺作品,是一点也不奇怪的。

　　文艺理论批评中所说的神、气、风、韵、骨,其具体内容和侧重点也是不完全相同的。但是,目的都在强调神似,都是讲如何才能传神的问题。曹丕讲的气、刘勰讲的风骨、谢赫讲的气韵、王僧虔讲的神采,虽然角度有所不同,具体内容亦有差别,但其精神实质之一都强调神似,不论是诗文、绘画、书法,都要以传神为上。刘勰认为文章中的风骨和辞采是两个相辅相成的重要方面,而风骨是起主导作用的,辞采必须要由风骨来统率。风骨讲的就是神似的问题,而辞采则是讲的形似问题。"若丰藻克赡,风骨不飞,则振采失鲜,负声无力。是以缀虑裁篇,务盈守气,刚健既实,辉光乃新。"风骨,也就是气的问题,"故魏文称:'文以气为主,气之清浊有体,不可力强而致。'故其论孔融,则云'体气高妙。'论徐幹,则云'时有齐气。'论刘桢,则云'有逸气。'公幹亦云:'孔氏卓卓,信含异气;笔墨之性,殆不可胜。'并重气之旨也。"在绘画中也是如此,风骨和气是密不可分的。杜甫《丹青引赠曹将军霸》中说:"幹惟画肉不画骨,忍使骅骝气凋丧。"风骨和气都是指的神似方面的问题。谢赫讲的"气韵生动",则前人早已指出,即是指传神。宋代的邓椿在《画继》中说:"画之为用大矣。盈天地之间者万物,悉皆含毫运思,曲尽其态。而所以能曲尽者,止一法耳。一者何也?曰传神而已矣。……故画法以气韵生动为第一。"元代的杨维桢在《图绘宝鉴·序》中说:"传神者,气韵生动是也。"谢赫的《古画品录》也处处可见其重神似之特点。如评卫协:"虽不说备形妙,颇得壮气。"评张墨、荀勖:"风范气候,极妙参神,但取精灵,遗其骨法。若拘以体物,则未见精粹;若取之象外,方厌膏腴,可谓微妙也。"评陆绥:"体韵遒举,风彩飘然。"评晋明帝:"虽略于形色,颇得神气。"至于王僧虔《笔意赞》中论书法,重神似的思想说得也非常明确:"书之妙道,神彩为上,形质次之。"

　　在我们论述玄学对神似思想的影响时,还应该提到佛学对神似思想的发展所起的推动和促进作用。魏晋以后,特别是在南朝,佛教的广泛流行,在社会上产生了极大的思想影响。"南朝四百八十寺,多少楼台烟雨中。"齐梁时期,佛教几乎成为国教。佛教传入中国后,为了宣传其佛理教义,就一定要和中国本身的思想学说相结合,从魏晋开始,佛教和玄学结下了不解之缘。由于佛教哲学和玄学思想有某些相通之点,所以不少佛教徒是精通玄学并且以玄理来解释佛理的。关于这一点,汤用彤先生在其《魏晋南北朝佛教史》一书中已有精辟论述。从对神似的影响方面来说,有两点是非常突出的。第一,佛教哲学的一个中心思想是强调形神分离,形灭神不灭。齐梁之际在关于形神关系的大辩论中,梁武帝不仅组织了对主张神灭的范缜的围攻,而且亲自写了神不灭的圣谕,逼令臣下逐个表态,此见于《弘明集》中。神不灭论从哲学上说是唯心主义的,但对注重神似的文艺思想却起了巩固和促进的作用。第二,佛教也是主张"寄言出意"的,因为佛理也是只可意会,不可言传的。慧皎《高僧传·初集·序》云:"原夫至道冲漠,假蹄筌而后彰;玄致幽凝,藉师保以成用。"《高僧传·初集》卷七记竺道生曰:"夫象以尽意,得意则象忘。言以诠理,入理则言息。……若忘筌取鱼,始可与言道矣。"《高僧传·初集》卷七载释僧肇著《涅槃无名论》云:"经曰:真解脱者,离于言数。……言语路绝,心行处灭。"在言意关系上,佛教和玄学是完全一致的,都把言看作象征意的一种工具。这种思想反映到形神关系上,也必然会把形看成象征神的一种工具。所以,佛教和玄学在六朝起着一种相互促进的作用。而佛教传播越广,也就对神似思想的发展起了一种推动的作用。

神似的本质

神似的实质究竟是什么?它和形似究竟是什么关系?有的同志说:"形似是表现事物细节的真实,神似则是表现事物本质的真实。"这样概括神似和形似的特点,我觉得基本上是正确的。如果说还有略为不足的地方,我认为主要是以下两点:第一,讲形似是表现"细节的真实","细节"这个概念用得不很恰当。细节固然在多数情况下是形似方面的表现,但形似的内容并不只是细节,有些不是细节,也属于形似方面的内容。拿抒情诗来说,很多没有什么细节,但也有形似问题。因此,我认为形似应当指表现事物的外形或现象的真实。第二,神似是表现事物的本质真实的。但不是一般的抽象的表现,而是具体的形象的表现。形象地表现事物的本质的真实,是符合艺术的形象思维特征的。忽略了这种特殊的形象的方式,就不能分清哲学上的形神和艺术上的形神的根本区别。

艺术上的形似,顾名思义,是对事物的外部形状的真实描绘,也就是指对事物的现象的真实摹写。"象物必在于形似"（张彦远语），拿人物画来说，画面上所表现的脸形、五官、身材、衣着等人物外形特征，都是属于形似的内容。关于诗赋中的形似，刘勰在《文心雕龙·物色》篇中说："自近代以来，文贵形似，窥情风景之上，钻貌草木之中。"指的是对风景花草的具体描写。沈约在《宋书·谢灵运传论》中说："相如巧为形似之言。"则是指的司马相如赋中那些对山水城阁等的具体描写。钟嵘在《诗品》中评张协的诗云："文体华净，少病累。又巧构形似之言。"陈延杰《诗品注》引何焯《义门读书记》云："张景阳《杂诗》'朝霞'首，'丛林森如束'，钟记室所谓巧构形似之言。"形似，钟嵘又称为"巧似"。如评谢灵运云："其源出于陈思，杂有景阳之体，故尚巧似，而逸荡过之。"又评颜延之云："尚巧似，体裁绮密，情喻渊深。"又评鲍照云："善制形状写物之词，得景阳之諔诡，含茂先之靡嫚。……然贵尚巧似，不避危仄，颇伤清雅之调。"钟嵘在这里所说的"善制形状写物之词"，即是对于诗歌中的形似的一种很贴切的解释。刘勰和钟嵘对于文学的这种形似描写并不否定，但是评价是不高的，这点可以看得很清楚。艺术上的形似，只是对于事物的现象的描绘，往往并没有揭示事物的本质，因而只能说是初步的、不深入的。故而苏轼在《书鄢陵王主簿所画折枝》中说："论画以形似，见与儿童邻。赋诗必此诗，定非知诗人。"

神似是在艺术创作上比形似更高的一种要求。它强调的是要形象地反映事物的本质特征。神，这个概念在我国古代有几种不同的用法，其内容并不完全相同。神，除了指有意志有性格的宗教神和指人的精神面貌之外，还有一种含义，即是指对客观事物内在规律的异乎寻常的透彻的了解。《周易·系辞》说"知几其神乎"，认为能懂得事物最微妙、最深奥的道理的，就叫作神。庄子讲技艺的神化境界，即是从这个角度来讲的。这样讲神，就包含着要掌握客观事物的本质特征的意思在内。神似的神也正具有这样的内容。据《世说新语·巧艺》篇记载，顾恺之给谢鲲画像，为了传神，说："此子宜置丘壑中。"因为谢鲲是一个乱世隐士，"一丘一壑，自谓过之"，要突出这样一个人物的精神面貌特征，要表现出他的本质，就要把他放在丘壑中。可见，我国古代的绘画艺术家已约略体会到了环境描绘对突出人物思想性格特征的重要作用。神似在绘画中，开始主要是讲人物画,而后发展到山水花鸟画及其他画也讲神似。宋代画论家邓椿说:"世徒知人之有神,而不知物之有神。"认为宇宙万物都有形神两个方面,这就把形和神当作事物的现象和本质的代称了。

在我国古代文艺理论批评中,绝大多数人是主张要重在神似,而又不否定形似的,是强调要形神兼备的。因为在艺术创作实践中,完全不要形似,实际上也就无法体现神似。神似是不能脱离形似的,是必须借助于一定的形似来显现的。如果像庄子那样只要神不要形,也就无法创作出神似的作品来。无形的、精神的、虚的东西,总是要借助于一定的有形的、物质的、实的东西,才能体现出来。王弼为了解决这个矛盾,就提出了把言作为象征意的工具的得鱼忘筌、寄言出意的理论,它在六朝就成为许多文艺理论家理解神似和形似关系的基础。像刘勰、钟嵘、顾恺之、王僧虔等都是强调神似,而又并不否定形似的。王僧虔讲书法理论,一方面强调"神彩为上",一方面又讲"形质次之",明确指出:"兼之者方可绍于古人。"尤其是顾恺之,对艺术上的神似和形似关系,提出了一个十分重要的辩证的原则,这就是"以形写神"。

"以形写神",就是要通过具有特征性的形似描写,来形象地反映事物的本质,达到神似。事物的本质总是要通过一定的现象表现出来的。"以形写神"要求艺术家必须善于抓住客观事物中那些能够鲜明突出地反映本质的现象,经过艺术加工,把它生动地表现出来,以便能够非常形象地反映事物的本质。事物有各种各样的形似特征,一个优秀的艺术家应当有敏锐的眼光,能够从中发现什么是最能典型地体现事物本质的形似特征。传说顾恺之画人物画了几年也不点眼睛,他说:"传神写照,正在阿堵中。"眼睛怎么点是一个形似问题,但也是一个神似问题。眼睛点好了,往往能把人物的精神状态比较生动地传达出来。《世说新语·德行》篇记载郭林宗说:"(黄)叔度汪汪如万顷之陂,澄之不清,扰之不浊,其器深广,难测量也。"论人是如此,其理通于绘画。当然,神似并不是都要通过描绘眼神来表现的。《世说新语·巧艺》篇记载顾恺之画裴楷的画像时,由于在他脸颊上添了三笔,别人看了就觉得特别传神。为什么呢?顾恺之说:"裴楷俊朗有识具,正此是其识具。"他认真地研究了裴楷的本质以及比较典型地表现其本质的具体特征,因此这幅画像"益三毛如有神明"。"三毛"本身并非"俊朗有识具",它只是对"俊朗有识具"的神态起一种象征的作用。"三毛"不管真实的裴楷是否有,总是属于形似方面的问题,然而,裴楷画像的神似却正是通过这"三毛"而体现出来的。画家抓住了裴楷这个能体现其本质的现象,就能够把他画得栩栩如生了。唐代张彦远在《历代名画记》中论谢赫"六法",虽强调了神似,但对形似和神似的这种辩证关系,并未认识到。他说:"古之画,或能移其形似,而尚其骨气,以形似之外求其画,此难与俗人道也。今之画,纵得形似而气韵不生,以气韵求其画,则形似在其间矣。"他指出达到了神似,形似也就有了,这是正确的。但是他没有看到神似又是要通过能够象征或反映本质的形似特征来体现的。

所以,如何才能在艺术创作中抓住能够传神的形似特征,这是能不能做到传神的关键。为此,艺术家必须深入地观察、研究、分析现实生活中的一切人物和事件,掌握客观事物的各种不同的特征,了解客观事物的本质和现象之间的联系。艺术家在描绘客观事物的时候,必须认识到不同事物的本质是不一样的,而体现其本质特征的具体现象更是各不相同的。因而,必须根据不同事物的特点来抓住能充分反映其本质的具体现象,这是涉及艺术创作成败、能否传神的重大问题。这一点,北宋著名的文学家苏轼在他的《传神记》一文中,有很精辟的见解。他说:

> 凡人意思各有所在,或在眉目,或在鼻口。虎头云"颊上加三毛,觉精采殊胜",则此人意思盖在须颊间乜。优孟学孙叔敖,抵掌谈笑,至使人谓死者复生,此岂举体皆似,亦得其意思所在而已。使画者悟此理,则人人可以为顾陆。吾尝见僧惟真画曾鲁公,初不甚似,一日往见公,归而喜甚。曰:"吾得之矣。"乃于眉后加三纹,隐约可见,作俯首仰视,眉扬而额蹙者,遂大似。

所谓要"得其意思所在",即是要善于懂得什么是客观事物的本质,并且能把握到反映这种本质的具体现象,能够把它真切地描绘出来,就一定能达到神似的目的。不仅是"凡人意思各有所在",推而广之,宇宙间凡物也各有意思之所在,一个真正伟大的艺术家,就要去把握事物的这种意思之所在,才能创作出好作品来。僧惟真画曾鲁公,为什么起先一直画不像呢? 就是因为他没有把握到曾鲁公的"意思所在"。后来,当他再去观察曾鲁公,经过认真地分析研究,发现他眉后三纹最能体现他的精神面貌特征,于是就画出了传神之作。清代的蒋骥在《传神秘要》中说,在未画之先,"即留意其人行止坐卧,歌呼谈笑,见其天真发现,神情外露,此处细察,然后落笔,自有生趣"。所谓"天真发现,神情外露",即是指能比较突出地反映被画者的本质特征的关键之处。而这种生动形象的本质特征,并不是很容易捕捉到的。有时需要"从旁窥探","彼以无意露之,我以有意窥之,意思得,即记在心上"。画家如果对所要画的人物的思想性格特征,没有深入的了解,是很难抓住他在无意间流露出来而又非常能反映其本质的特征的。我国古代所讲的神似的本质,涉及了艺术的典型问题。西方古代文论中讲典型,特别在19世纪前强调典型的共性比较多,而我国古代讲的神似侧重在能够反映典型的个性特征方面。"以形写神",正是艺术创作中运用形象思维方法反映事物的本质特征的一种好方法。

以上是我对神似问题的一些很不成熟的看法。神似在各个艺术部门,例如文学、音乐、绘画、书法中的具体表现和特点是很不相同的,这在我国古代文艺理论批评中有很多具体的论述。对神似的更深入一步的研究,需要我们结合各个不同艺术部门的特点去分析。本文限于篇幅,只能谈一点有关神似的一般性问题。

(原载《古代文学理论研究》第4辑,上海古籍出版社,1980年)

齐梁风骨论的美学内容

　　风骨,是我国古代文艺理论批评中一个十分重要的美学标准。1949年以后,学术界对风骨的含义曾经有过多次热烈的讨论,对风骨的理解一直是很分歧的。讨论中多数文章是侧重在对风骨的词义进行诠释,而从分析时代的文艺思潮出发去研究风骨所包含的美学内容则是比较少的。本文试图从这个角度作一些探讨,当然这也必然要涉及对风骨的词义解释问题。对这一点,笔者所持的态度是:"有同乎旧谈者,非雷同也,势自不可异也。有异乎前论者,非苟异也,理自不可同也。"(《文心雕龙·序志》)然而,"识在瓶管,何能矩矱",疏漏不当之处,敬请专家和读者不吝教正!

一

　　风骨这个概念在文艺理论中的运用始自六朝,至唐以后各家相沿袭用,不胜枚举。但是,在不同的历史时期,不同的艺术领域中,所讲的具体内容是并不完全一样的。本文则主要在考察齐梁时期文艺理论批评中风骨论的具体内容。六朝是我国古代文艺理论批评发展史上的一个光辉灿烂的时期,而齐梁两代又是这一时期文艺理论批评发展的高峰。在文学理论批评方面,出现了刘勰和钟嵘这两颗最明亮的星星,同时还有以沈约为首的声律派理论,萧统的《文选》及其所反映的文学思想,此外,还有裴子野、萧子显、萧纲、萧绎等人的重要文学理论批评。艺术理论批评也很发达,如绘画方面有著名的谢赫的《古画品录》,在书法方面有王僧虔的书论、庾肩吾的《书品》,以及梁武帝、陶弘景、袁昂等人的书法理论。如果我们全面地考察一下这些文学艺术理论,就可以发现,强调风骨几乎是当时一个共同的美学思想。刘勰在《文心雕龙》中不仅写了《风骨》篇,而且在全书中都贯穿了以"风骨"作为美学标准这样一个思想。钟嵘在《诗品》中所提倡的"风力"和"骨气",实质上也即是风骨。力即指骨,气即指风。

裴子野在《雕虫论》中也提到"曹刘伟其风力"。谢赫在评曹不兴画的龙时,明确地说:"观其风骨,名岂虚成。"而他在评论其他画家时所说的"壮气""神韵气力""风力顿挫""力遒韵雅""风趣巧拔"等等(均见《古画品录》),实际上也都是指的风骨之意。在书法理论中,王僧虔所主张的要有"骨势""骨力"(《法书要录·王僧虔论书》),"风摇挺气""气陵厉其如芒"(《书赋》,见《艺文类聚》卷七十四),等等,袁昂评蔡邕书法时讲的"骨气"、评陶弘景书法时讲的"骨体骏快"(《古今书评》);庾肩吾《书品》中所赞扬的"天骨""风彩",庾元威讲的"骨力"(《法书要录·庾元威论书》),也均是注重"风骨"的表现。梁武帝萧衍反对书法中"纯肉无力"的倾向,提倡"骨力相称""常有生气"(《法书要录·梁武帝答陶隐居书》),也是为了提倡风骨。如果我们再往前稍微推一点时间,可以看到,早在东晋的画论、书论中就已经表现了重视"风骨"的倾向。比如著名的画家顾恺之在《论画》中曾特别重视绘画要有"生气",具备"天骨""天趣""奇骨"等(转引自张彦远《历代名画记》);著名的女书法家卫夫人在《笔阵图》中则明确提出了:"善笔力者多骨,不善笔力者多肉,多骨微肉者谓之筋书,多肉微骨者谓之墨猪,多力丰筋者圣,无力无筋者病。"可见,风骨正是从画论、书论而进一步发展到文学理论上来的,在齐梁时,风骨已成为当时各个艺术领域的一个共同的美学标准。

如果我们再进一步考察的话,那么,就会发现另一个值得注意的重要现象:刘勰在《风骨》篇中所论述的风骨和辞采的关系,也不是只存在于文学理论之中,而是与其他艺术理论中所讲的问题相类似的。刘勰认为文学创作应当以风骨为主,以辞采为辅,两者都是必备的,但有主次之分,应当在"风清骨峻"的前提下,做到"词采华茂",方为最美之佳作。刘勰反对片面追求辞采而丧失风骨的倾向。他说:"若丰藻克赡,风骨不飞,则振采失鲜,负声无力。""兹术(按:指风骨)或违,无务繁采。"《文心雕龙·风骨》篇的一个中心思想即在阐明风骨与辞采的统率与被统率关系。钟嵘在《诗品》中提出"干之以风力,润之以丹彩"的要求,认为这样才能"使味之者无极,闻之者动心,是诗之至也"。他把曹植作为五言诗创作的典范,就因为他不仅"骨气奇高",而且"词采华茂"。评刘桢诗说:"气过其文,雕润恨少。"则正是对刘桢有风骨而乏辞采的惋惜。在绘画理论中,由于它不像文学那样以语言为工具,而是以色彩、线条为手段的,所以是以风骨与精彩相对而提出问题的。如谢赫评夏瞻画云:"虽气力不足,而精彩有余。"又评张则画云:"意思横逸,动笔新奇,师心独见,鄙于综彩。"这是说张则之画恰与夏瞻相反,虽有风骨而精彩不足。又评顾骏之云:"神韵气力,不逮前贤;精微谨细,有过往哲。始变古则今;赋彩制形,皆创新意。"由此可知,风骨和精细的色彩描绘是相对的两方面,而谢赫显然又是以风骨为主,以精彩为辅的。在书法中,由于其物质表现手段的不同,因此,文学上的风骨和辞采,绘画上的风骨和精彩,在书法上则变为骨和肉、骨力和媚趣的关系。如王僧虔评王献之书法云:"骨势不若父,而媚趣过之。"又评郗超草书云:"紧媚过其父,骨力不及也。"又评谢综书法云:"书法有力,恨少媚好。"(见《法书要录·王僧虔论书》)庾元威提倡要有"骨力婉媚","婉媚"即指"肉",梁武帝以"纯肉无力"和"纯骨无媚"作为相对立的两种不够全美的倾向,而后者比前者则又要好一些。总之,书法理论中也是以骨力为主,以媚趣为辅的。

  文艺上的这种重视风骨的思潮的产生不是偶然的,它是有着很深刻的社会根源的。简括地说,这是从品评人物讲究风神骨相的社会思潮发展而来的。品评人物的风气在汉末极为流行,这是统治阶级据以选拔官吏的依据。如何识鉴人物?汤用彤先生曾说:"汉代相人以筋骨,魏晋识鉴在神明。"(《魏晋玄学论稿·言意之辨》)这是非常精辟的见解。汉代识鉴人物注重在骨相,王充《论衡·骨相》篇云:"人曰命难知。命甚易知。知之何用?用之骨体。人命禀于天,则有表候于体。察表候以知命,犹察斗斛以知容矣。表候者,骨法之谓也。"不仅"富贵贫贱"可由骨法而知,"操行清浊"亦可由骨法而知。"骨相"是属于形体方面的特征,因而汉代识鉴人物是以形鉴为主的。魏晋以后,玄学兴起,强调人物的才性主要由其精神气质来识别。主张神鉴,重在考察人的情味风韵特征。这个变化在刘劭的《人物志》中清楚地得到了反映。他说:"物生有形,形有神精。能知精神,则穷理尽性。"神鉴是比较难的,但是,它可以通过形貌上的象征来领会其神情。故云:"夫色见于貌,所谓征神。征神见貌,则情发于目。"刘昺注云:"貌色徐疾,为神之征验。目为心候,故应心而发。"葛洪在《抱朴子·清鉴》篇中说:"区别臧否,瞻形得神,存乎其人,不可力为。"以形来象征神,和当时以言来象征意,是同一理论的不同表现。以形征神,不只是通过目来验神,也可以通过骨来验神。骨虽是人的形体的一部分,但是骨是隐藏在皮肉里面的,而不是显露于表面的,从骨格姿态上可以察见人的精神气质特征。所以,魏晋以后识鉴人物时所讲的"骨",和汉代不同,它是作为神之验征来论的。此种变化于《人物志》中已露端倪。刘劭在强调"征神见貌"的同时,在《九征》篇中提出了"强弱之植在于骨"的问题,由骨植强弱来考察人的精神状态。在《八观》篇中讲到"观其至质以知其名"时说:"是故骨植气清,则休名生焉。"刘昺注云:"骨气相应,名是以美。"东晋以后,这一点更加明显了。如:

> 王右军目陈玄伯,垒块有正骨。(《世说新语·赏誉》)
> 祖士少风领毛骨,恐没世不复见如此人。(《世说新语·赏誉》)
> 时人道阮思旷,骨气不及右军。(《世说新语·品藻》)
> 少骨梗有风力,以是非为己任。(《宋书·孔觊传》)
> 迟八岁便属文,灵鞠(其父)常谓"气骨似我"。(《梁书·丘迟传》)

这些地方讲的骨,均是指人物的精神面貌特征,尤其是与"气"相连时更为明显。至于用"风"的概念来说明人物精神面貌特征的就更多了。仅《世说新语》及刘孝标注中就有"风神""风韵""风气""风姿""风情""风标""风期""风格""风仪""风量""风姿神貌"等等。风骨即是与这些相类似的一个评论人物精神面貌特征的概念,例如:

> 羲之风骨清举也。(《世说新语·赏誉》注引《晋安帝纪》)
> 旧目韩康伯,将肘无风骨。(《世说新语·轻诋》)
> 高祖(刘裕)……身长七尺六寸,风骨奇特。(沈约《宋书·武帝纪》)

风骨的概念由品评人物而发展到品评艺术和文学,这是很自然的。因为任何文学艺术作品都是要表现作家的精神面貌和个性特征的。由品评人物,到品评人物画,到画论书论和文学理论,这是一点也不奇怪的,风骨的含义也都是有联系的。在人物评论中,风骨是神鉴的概念,而不是形鉴的概念。风骨和肤肉分别属于神与形两个不同方面。《世说新语》中说韩康伯风骨不显,类同肉鸭,即是对他的神和形的对比。故《品藻》篇又说:"韩康伯虽无骨干,然亦肤立。"人物品评中这种风骨与肤肉的对立,反映到文艺批评中即是文学上的风骨与辞采对立,绘画中的风骨与精彩的对立,书法中的骨力与媚趣对立。

二

在关于风骨的讨论中,有一种颇占优势的看法,认为文学理论中的风骨,风指文意(或文情),骨指文辞,风骨就是说的文意(或文情)和文辞方面的特点。这种看法由黄侃先生首先提出,经范文澜同志加以补充,并得到不少同志赞同,作了进一步发挥,认为:"风指思想感情表现得鲜明爽朗,骨指语言端直刚健。"[①]这是风骨一词的一种具有代表性的解释。然而,这种看法是值得商榷的。它不仅和风骨这个概念的历史演变和作为齐梁各个艺术领域的共同美学标准的含义不尽相符,而且和刘勰《文心雕龙》全书中的运用,也有不少矛盾。说风指文意或文情的特征,和文辞没有关系;说骨指文辞的特征,和文意或文情没有关系,这是很值得怀疑的。首先,风骨是一个完整的统一的概念,它们虽说是两个概念,内容也不完全相同,但有共同的方面。刘勰在《风骨》篇中之所以常常分开说,是和他用骈体文写作的特点有关的。为了照顾骈俪对偶的需要,他常常用风或骨一个字来代替风骨一词。比如《风骨》篇云:"若骨采未圆,风辞未练,而跨略旧规,驰骛新作,虽获巧意,危败亦多。"这里,"骨采"和"风辞"同义,均指具有风骨的作品。其次,《风骨》篇中,风骨和辞采是对立统一、有主有从的两方面。刘勰着重阐明了风骨应居于主导地位的思想。如果认为骨即文辞,这本身就显得说不通了。最后,更为明显的是,《文心雕龙》全书中讲到文骨的地方很多,基本上都不是指文辞语言风格,而是就内容和形式相统一的作品所显示的一种精神气貌特征而说的。下面我们把《文心雕龙》中论及文骨之处摘引如下,并略加评述

---

① 王运熙:《从〈文心雕龙·风骨〉谈到建安风骨》,《文史》第9辑。

说明之：

《宗经》：经也者，恒久之至道，不刊之鸿教也。故象天地、效鬼神、参物序、制人纪，洞性灵之奥区，极文章之骨髓者也。（按：此"骨髓"乃指"六经"之精神实质而言。）

《辨骚》：观其骨鲠所树，肌肤所附，虽取熔经意，亦自铸伟辞。（按：此"骨鲠"显然指"取熔经意"所表现的思想力量而言。）

《诠赋》：然逐末之俦，蔑弃其本，虽读千赋，愈惑体要，遂使繁华损枝，膏腴害骨。（按：此"害骨"即指"愈惑体要"之意。）

《诔碑》：观杨赐之碑，骨鲠训典。（按：此"骨鲠"指蔡邕碑之内容出于经典。）

《杂文》：甘意摇骨髓，艳词动魄识。（按：此"骨"明指是"意"的特征。）

《檄移》：陈琳之《檄豫州》，壮有骨鲠，虽奸阉携养，章密太甚，发邱摸金，诬过其虐；然抗辞书衅，皦然露骨矣。（按：此"骨鲠""露骨"系指陈琳檄文中揭发曹操罪恶的正义气魄。）

《封禅》：然骨掣靡密，辞贯圆通，自称极思，无遗力矣。（按："骨"与"辞"相对，指扬雄《剧秦论》内容的特点。）

又：构位之始，宜明大体。树骨于训典之区，选言于宏富之路，使意古而不晦于深，文今而不坠于浅，义吐光芒，辞成廉锷，则为伟矣。（按：此"树骨""意古""义吐光芒"与"选言""文今""辞成廉锷"相对而言，义自明矣！）

《章表》：章以造阙，风矩应明；表以致禁，骨采宜耀。（按："风矩"与"骨采"互文见义，即指风骨与辞采也。）

《奏启》：杨秉耿介于灾异，陈蕃愤懑于尺一，骨鲠得焉。（按：此"骨鲠"亦指杨秉、陈蕃上奏的内容特点。）

《议对》：及陆机断议，亦有锋颖，而腴辞弗剪，颇累文骨。（按：此"文骨"即指内容的"锋颖"而言。）

《体性》：辞为肤根，志实骨髓。（按：前文言"气以实志，志以定言，吐纳英华，莫非情性。"）

《附会》：必以情志为神明，事义为骨髓，辞采为肌肤，宫商为声气。（按：此"骨髓"和"辞采"显然非指一事。）

《序志》：虽复轻采毛发，深极骨髓。（按：此"毛发"指辞采，与"骨髓"相对。）

以上十四例，充分说明了"骨即文辞"之说是站不住脚的。《文心雕龙·风骨》篇说："是以怊怅述情，必始乎风；沉吟铺辞，莫先于骨。"强调文学创作首先要考虑如何体现风骨，文辞是为体现风骨服务的。这里，"怊怅述情"和"沉吟铺辞"同义，均指创作而言；"必始乎风"和"莫先于骨"同义，均指首要考虑风骨问题，风与骨也是互文见义，均指风骨。下文"故辞之待骨，如体之树骸；情之含风，犹形之包气"亦是如此。"辞之待骨"与"情之含风"同义，均指述情铺辞需要根据如何体现风骨而定。"结言端直""意气骏爽"，则自然而具有风骨。风骨作为一个完整的概念，是作品中内容和形式高度统一的艺术形象所显示的精神气貌特征。所以，不论是风还是骨，都是反映了文义（或文情）和文辞两方面的特点；而文义（或文情）和文辞也各自都包含有风骨的特征在内。比如刘勰说："若瘠义肥辞，繁杂失统，则无骨之征也。"这里"无骨"是与"瘠义""肥辞"两方面都联系着的。刘勰又说："捶字坚而难移，结响凝而不滞，此风骨之力也。"这里讲的是用辞问题，但和风骨都不可分离。那么，文学作品中的风和骨是不是完全一样，没有区别了呢？也不是。风和骨虽然都是指作品中的"神"，而不是"形"；但是，风比较侧重于从作品中的感情形态特点上来体现"神"，而骨则比较侧重于从作品中的思想内容特点上来体现"神"。所以，抒情为主的作品中，讲风比较多；说理叙事为主的作品中，讲骨比较多。它们都和作品中的"形"，即文字表现形式，形成对立统一的关系。但是，风骨主要还是作为一个完整的概念出现的，在许多场合，风和骨是可以通用的，都表示风骨的意思。它们之间的这种细微的差别，也并不是绝对的。

有的同志认为风骨是一种理想的文学风格，它以刚健明朗为特点，是针对六朝绮靡柔弱文风的。这种看法也颇有代表性，然而也不无可怀疑之处。首先，风骨并不是一种风格。刘勰在《体性》篇中曾专门论述了文学风格问题。他提出八种基本的风格特色,又指出这八种基本风格互相配合变化,可以有千万种不同风格。他是主张风格的多样化的,而且从理论上分析了风格多样化的客观必然性。刘勰绝没有提倡一种风格的意思。而风骨虽然在有些艺术风格的作品中并不具备,但也是对多种风格所提出的一种共同的美学要求。因此,刘勰是把它放在《体性》篇后来论述的。当然,风骨作为对艺术形象描绘的一种美学要求来说,它也必然会对风格的形成产生一定的影响,但毕竟不是风格,是和风格属于不同范畴的问题,不能把它们混而为一。其次,风骨这种美学标准,在齐梁时期具有一定的普遍性,并不是只有进步的文艺理论批评家才提倡,也并不是所有提倡风骨的人,都是为了反对绮靡柔弱文风的。特别是像梁武帝、庾肩吾、谢赫、王僧虔,乃至东晋的顾恺之、卫夫人等,他们主张风骨,就很难说是针对当时那种绮靡柔弱的文风的。再从风骨这个概念的历史渊源上说,它是和玄学清谈风气影响下的人物品评联系着的。而这种风气当时主要也还是流行于士族阶层之内,为士族阶级选拔人才服务的。所以,在人物品评中,风骨常常是和清谈名士的精神风貌联系在一起的。如《世说新语》刘孝标注引《晋安帝纪》说王羲之"风骨清举",又引《文章志》说他"高爽有风气",又引《孚别传》说阮孚"风韵疏诞",又引《陆碑》说陆迈"器识清敏,风检澄峻",等等。这和刘勰《风骨》篇中所提倡的"风清骨峻",是否有联系,也是值得研究的问题。当然,由于齐梁文艺理论批评中所讲的风骨,除了各个艺术领域所共有的美学内容之外,不同的文艺理论批评家往往还有一些具体的特殊内容,所以提倡风骨的意义也是并不完全相同的。比如刘勰讲的风骨,比较明显地具有要体现儒家经典内容的思想力量的含义;而钟嵘则以提倡建安文学的风骨为主,强调要有建安诗歌那种愤慨激昂的怨悱之情。刘勰是以儒家正统来矫时俗之弊,钟嵘则以建安文学来正齐梁之病。为此,从这个角度来讲,也可以说刘勰、钟嵘提倡风骨具有反对当时形式主义浮艳文风的意思。然而,不能说风骨本身就包含有反对当时文风的意思在内。而且有时运用风骨的含义只是指作品所具有的精神气貌而已。如《魏书·祖莹传》:"文章须自出机杼,成一家风骨。"江淹《杂体诗序》:"夫楚谣汉风,既非一骨;魏制晋造,固亦二体。"这里所讲的文学上的风骨,也显然没有针对当时文风的意思。

三

那么,风骨作为齐梁时期各个文艺领域所共有的一个普遍的美学标准,它到底包含着什么样的具体内容呢?我们认为它主要有以下四方面的内容:

第一,传神。魏晋以后,人物品评中的神、气、风、韵、骨这些概念,都是属于神鉴的概念。用风骨这个概念来作为衡量艺术作品的标准,它也很明显地包含着要求作品应当以神似为主、以形似为辅的美学观点在内。诗文中所讲的风骨与辞采的对立统一,画论中所讲的风骨与精彩的对立统一,书论中所讲的骨力与媚趣(或是骨与肉)的对立统一,从形神关系的角度来说,也就是神似和形似的对立统一。风骨是就艺术作品内在的精神美、本质美来说的,也即是一种传神之美。而辞采、精彩、媚趣,是就艺术作品的具体外形美来说的,亦即指形似之美。强调以风骨为主,也正是为了强调神似之美是主要的,而形似之美是为传神服务的,是注重精神本质美的一种表现。这个特点在画论中最为明显。例如顾恺之《论画》中评"汉本记"画云:"有天骨而少细美。"所谓"天骨"即是风骨,所谓"细美"即是指形似之美而言。又评"小列女"画云:"面如恨,刻削为容仪,不尽生气。"这是说的虽有"形似"而不传神,"生气"与"天骨"实际上都是说的神似问题。顾恺之正是从"天骨"和"细美"并重,又以"天骨"为主的角度,提出著名的"以形写神"论的。谢赫《古画品录》中则更为突出。他评卫协之画云:"虽不说备形妙,颇得壮气。""壮气"即指"风骨"。又评晋明帝画云:"虽略于形色,颇得神气。"又评丁光画云:"非不精谨,乏于生气。"这里的"形妙""形色""精谨"均指形似问题,而"壮气""神气""生气"均指神似问题。实际上也就是风骨的问题。谢赫论画六法中之"气韵生动"与"骨法用笔"即指风骨,而"应物象形"与"随类赋彩"即指"精彩"。前者为神似问题,后者为形似问题。故张彦远《历代名画记》中概括为"骨气"与"形似"两方面。其云:"古之画或能移其形似而尚其骨气,以形似之外求其画,此难可与俗人道也。""若气韵不周,空陈形似;笔力未遒,空善赋彩,谓非妙也。"(《历代名画记》)元代杨维桢在《图绘宝鉴序》中则明确地说:"传神者,气韵生动也。"清代李重华《贞一斋诗说》中云:"风含于神,骨备于气,知神气即风骨在其中。"在书论中,"骨力""生气"是神似问题,而"媚趣""多肉"是形似的问题。袁昂评蔡邕书法云:"骨气洞达,爽爽有神。"王僧虔《书赋》中说:"形绵靡而多态,气陵厉其如芒。""形"指形似,"气"指神似。他在《笔意赞》中也说:"书之妙道,神彩为上,形质次之,兼之者方可绍于古人。"(《书法钩玄》)"神彩",实质和风骨是类似的。在文学作品中,辞采是具体的有形的方面,而风骨则是抽象的无形的方面。前者属于形似问题,后者属于神似问题。刘勰所说的如果"风骨不飞",则虽然"丰藻克赡",也必然失去其根本,而只能落得"振采失鲜,负声无力"的结果。这就恰如张彦远说的那样,"空陈形似"而不能"全其骨气",徒有形似之巧,而丧失了神似之妙。钟嵘在《诗品》中把"骨气"放在"词采"之上,主张以"风力""骨气"为主,亦反映了注重神似、以形似为辅的思想。这种特点我们还可以从杜甫论画、论书中得到进一步的说明。杜甫说韩幹画马道:"幹惟画肉不画骨,忍令骅骝气凋丧。"(《丹青引赠曹将军霸》)这里,"骨"即指"气",亦即风骨,指马的神态;而"肉"则指马的形体,属形似问题。杜甫又评蔡邕光和年间写的苦县老子碑书法特色道:"苦县光和尚骨立,书贵瘦硬方通神。"(《李潮八分小篆歌》)"瘦硬"即是有骨力,有风骨,而"书贵瘦硬"的目的正是传神。

第二,自然。风骨之美是一种自然之美。风骨的传神特点,也必须要求有自然之美。自然真率、天生化成,方可具有风骨之美,而人为雕琢、刻意求工,必然会丧失风骨之美。在南朝的自然和雕琢两种美学倾向的对立中,风骨显然是和"初发芙蓉,自然可爱"一派联系得更为紧密的,而和"镂采错金"一派是相对立的。像颜延之的诗那样"铺锦列绣,雕缋满眼",是绝不可能有风骨的。人工斧凿痕迹明显,矫揉造作之诗,违背自然,亦无风骨之美。所以,在我国文艺思想史上,凡是主张风骨的文艺理论批评家,都是强调自然之美的。一心向往"蓬莱文章建安骨"(《宣州谢朓楼饯别校书叔云》)的李白,最痛恨的就是"雕虫伤天真"(《古风》第三十五首),而十分喜爱"清水出芙蓉,天然去雕饰"(《经乱离后天恩流夜郎忆旧游书怀赠江夏韦太守良宰》)的自然之美。刘勰和钟嵘都在提倡风骨的同时,竭力主张要有自然之美,这绝不是偶然的。因为讲风骨必然要求自然。试看《文心雕龙》的论述:

《原道》:云霞雕色,有逾画工之妙;草木贲华,无待锦匠之奇。夫岂外饰,盖自然耳。

《明诗》:人禀七情,应物斯感,感物吟志,莫非自然。

《体性》:触类以推,表里必符,岂非自然之恒资,才气之大略哉!

《定势》:势者,乘利而为制也。如机发矢直,涧曲湍回,自然之趣也。

《情采》:夫铅黛所以饰容,而盼倩生于淑姿,文采所以饰言,而辩丽本于情性。

为此,范老在《文心雕龙注》中说:"彦和论文以循自然为原则。"这些强调自然之美的思想和他提倡风骨之美是相辅相成、密不可分的。钟嵘也是如此。他所提倡的"自然英旨"正是他所讲的"建安风力"的重要内容之一。而他所竭力反对的"拘挛补衲,蠹文已甚"的排比典故"殆同书抄"的创作,和"襞积细微,专相陵架"使"文多拘忌,伤其真美"的声律派创作,之所以没有建安风骨,重要原因之一即是缺乏自然之美。明代曹学佺在《文心雕龙序》中说:"诗贵自然,自然者,风也。"风骨本身就体现着自然之美。此点在画论、书论中尤为明显。顾恺之《论画》中所说的"天骨""天趣",也正是为了说明风骨之美的自然的特征。他评"三马"画云:"隽骨天奇,其腾罩如蹑虚空,于马势盖善也。"谢赫评姚昙度画云:"莫不俊拔,出人意表。天挺生知,非学所及。"这些也都很明显地突出了风骨的自然之美。王僧虔论书法,说孔琳之书"天然绝逸,极有笔力"。又论宋文帝书云:"天然胜羊欣,功夫少于欣。"(《南齐书·王僧虔传》)所谓"天然"亦是指骨力或风骨的特点而说的,而"功夫"则是指形质方面的努力而言的。庾肩吾《书品》中以"天骨"与"人工"相对,他对张芝、钟繇、王羲之三人书法高下的评比标准即是"天然"与"功夫"两方面。"天然"即"天骨","功夫"即"人工"。当然,仅有自然之美,不一定就有风骨,但风骨是必须以自然之美作基础的。

第三,抒发感情的鲜明突出。风骨之美作为一种精神本质方面的美,是以抒发感情的鲜明突出作为一个显著的特点的。感情的鲜明突出具体反映在作品的"气"上,所以,提倡风骨的文艺批评家都重"气"。刘勰在《风骨》篇中明确指出,"情与气偕",又说:"情之含风,犹形之包气","深乎风者,述情必显"。《风骨》全篇在着重论述风骨与辞采的主从关系时,还很突出地论述了"气"的问题。黄叔琳说:"气是风骨之本。"纪昀则更进一步认为:"气即风骨,更无本末。"钟嵘在《诗品》中评刘桢诗云:"真骨凌霜,高风跨俗。但气过其文,雕润恨少。"这里的"气"即是"真骨"和"高风",亦即风骨。因此,刘勰认为他讲风骨和曹丕的"重气之旨"是一样的。钟嵘说曹植的诗是:"骨气奇高,词采华茂;情兼雅怨,体被文质。"所谓"骨气奇高"的具体内容,正是"情兼雅怨"。建安风骨的重要特色之一,即是慷慨悲壮之情的鲜明与强烈。建安诗人对社会的动荡不安感慨很深,但又无力来改变这个现状,壮志不遂,发于浩歌,所以感情极为深沉而炽烈,具有一种愤激不平之气。故刘勰说建安文学的特征是"梗概多气"。风骨所具有的这种抒发感情鲜明突出的特征,也在书论、画论中有所表现。画论中所强调的"气"也体现了鲜明突出的感情色彩。谢赫论画赞美"壮气""生气""神韵气力""情韵连绵,风趣巧拔"等等,也包含了画面具有鲜明突出的感情色彩的意思。王僧虔《书赋》中说的"气陵厉其如芒",也是反映了有风骨书法的感情色彩的。但是,风骨所具有的这种抒发感情鲜明突出的特征,并不是都指像建安文学所具有的那种慷慨激昂之情。从现有材料来看,文学中的风骨讲慷慨激昂之情的鲜明突出比较多,而在书画中则柔和悠远之情亦可以构成风骨之美。比如谢赫评戴逵画说的:"情韵连绵,风趣巧拔。"评张墨、荀勖画说的:"风范气韵,极妙参神。"评陆绥画说的:"体韵遒举,风彩飘然。"显然都是属于具有阴柔之美的感情的鲜明突出的表现,而非指阳刚之美的感情的鲜明突出。因此,从整个艺术领域来说,风骨所具有的这种抒情鲜明突出的特点,既可以是阳刚之美的感情,也可以是阴柔之美的感情。这种状况与人物品评中的情况也是类似的。人物品评中的风骨特色,显然也有阳刚之美与阴柔之美两种。例如说刘琨有"清刚之气",是指他的阳刚之美的风骨;说王羲之"风骨清举",则指他作为清谈名士的阴柔之美的风骨。由此也可以见到,同样讲风骨,内容是可以各异其趣的。

第四,形象塑造的精练有力。有风骨之美的艺术作品都要求在艺术形象的塑造方面具备精练有力的特点,而不显得芜杂拖沓。文学、绘画、书法所运用的物质手段虽然各不相同,但在这一方面则是一致的。刘勰在分析具有风骨特色的建安文学的形象塑造特点时,曾说,"造怀指事,不求纤密之巧;驱辞逐貌,唯取昭晰之能",具有风骨的文学作品,要求以形象的生动鲜明为主,而不能追求辞藻堆砌和烦琐刻画。所以刘勰在《风骨》篇中说,"瘠义肥辞,繁杂失统",乃是缺乏风骨的表现。内容冗繁,辞藻芜杂,是必然要损害风骨的。为此,钟嵘在《诗品》中也反复批评过诗歌创作中义辞过于繁复的毛病。他批评了谢灵运诗中有"颇以繁富为累"的缺点,认为这是和传神、自然的特点相违背的。艺术表现得精练,方能使作品有力,而有力正是风骨之美的重要特色之一。所以在书法上特别重视"骨力",而反对"墨猪",在绘画中也讲究"意存笔先,画尽意在",要做到"笔迹磊落""紧劲联绵"(张彦远《历代名画记》)有时淡彩轻描,更易见出风骨,而削刻过细,反而缺乏生气,也没有风骨。

以上我们着重分析了齐梁风骨论的一般的美学内容,这当然不能代替对不同时代不同文艺家所讲的风骨的具体内容的分析。但是对于我们进一步研讨风骨论的内容和意义,也许是有益的。

(原载《文学评论丛刊》第 16 辑,中国社会科学出版社,1982 年)

我国古代文论中的形象思维问题

关于艺术创作的形象思维问题,我国古代文艺理论中有过不少重要论述。毛泽东同志给陈毅同志谈诗的信中反复强调写诗要用形象思维方法,就是根据我国古代诗歌创作的理论和实践提出来的。因此,认真地运用马克思主义观点批判地总结我国古代有关形象思维的理论,对于深入研究形象思维的本质和特征是有帮助的。下面根据自己学习的体会,谈几点我国古代文论中有关形象思维的论述。

比兴"立象","义生文外"
——艺术思维的特点是寓思想于形象

艺术思维是形象的思维。艺术作品是形象思维的产物。我们研究形象思维的特征,首先要弄清楚艺术作品中思想和形象的关系。艺术是以生动的形象来反映现实的。在艺术作品中作家的思想是寓于形象中的,这就是形象思维的特征在艺术作品中的表现。恩格斯说:"作者的见解愈隐蔽,对艺术作品来说就愈好。"①又说:"我认为倾向应当从场面和情节中自然而然地流露出来,而不应当特别把它指点出来。"②这实质上就是强调艺术创作要用形象思维。我国古代对形象思维的认识,最早反映在对艺术作品是寓思想于形象的认识中,"比兴"的提出就反映了这种认识。

毛泽东同志说:"诗要用形象思维,不能如散文那样直说,所以比、兴两法是不能不用的。"毛泽东同志非常深刻地揭示了"比兴"和形象思维的密切关系。"比兴"就是诗歌创作中寓思想于形象的具体艺术表现手法。毛泽东同志引用了朱熹在《诗集传》中的解释:"比者,以彼物比此物也。""兴者,先言他物以引起所咏之词也。""比",是比喻,例如《诗经·伐

---

① 《恩格斯致玛·哈克奈斯》,1888年4月初,《马克思恩格斯选集》第4卷,人民出版社,1972年,第462页。
② 《恩格斯致敏·考茨基》,1885年11月26日,《马克思恩格斯选集》第4卷,第454页。

柯》:"伐柯如何？匪斧不克。取妻如何？匪媒不得。"以"伐柯"比喻"取妻"。《楚辞》中更为鲜明,"善鸟香草以配忠贞,恶禽臭物以比谗佞,'灵修''美人'以媲于君,'宓妃''佚女'以譬贤臣,虬龙鸾凤以托君子,飘风云霓以为小人"(王逸《楚辞章句·离骚经序》)。"兴"是起兴,它也有比喻的意思在内,不过比较隐蔽,起一种象征的作用。例如《诗经·关雎》:"关关雎鸠,在河之洲。窈窕淑女,君子好逑。"以雎鸠和鸣来象征"淑女""君子"的互相爱慕。汉末长诗《孔雀东南飞》开头两句:"孔雀东南飞,五里一徘徊。"也是"兴",借孔雀的犹豫徘徊来象征刘兰芝被婆婆所逐不得不离开丈夫焦仲卿的依依难舍的悲哀心情。"比"和"兴"是有区别的,但又有共同的地方。它们都是托物言志,以生动的形象来体现作者思想的。

"比兴"的提出,不仅是总结《诗经》创作经验的结果,也和我国古代美学思想的发展有密切关系。在我国古代最早的一部哲学著作《易经》中,就已经包含了寓思想于形象,通过形象化的比喻、象征方法去认识和掌握世界的美学思想。《易经》中的卦象是一种用比喻、象征方法对客观世界的模拟。稍晚形成的《易传》中对这一点作了具体发挥。《系辞》中说,八卦是包牺氏观察了天地万物之后创造出来的。"圣人有以见天下之赜,而拟诸其形容,象其物宜,是故谓之象。""圣人""立象""设卦"是由于"书不尽言,言不尽意",故而才"立象以尽意,设卦以尽情伪"。借助卦象的比喻、象征作用,去认识和掌握客观世界。这和诗歌中的"比兴"手法是类似的。"比兴"也可以说是"立象以尽意"的美学思想在诗歌艺术中的具体表现。这一点,南宋的朱熹就已经看出来了。他在《答何叔景》中分析《诗经·大雅·棫朴》中"兴"的手法时说:"'倬彼云汉'则'为章于天'矣;'周王寿考'则'何不作人'乎("遐"之为言"何"也)。此等语言自有个血脉流通处,但涵泳久之,自然见得条畅浃洽,不必多引外来道理言语,却壅滞却诗人活底意思也。周王既是寿考,岂不作成人材,此事已自分明,更著个'倬彼云汉,为章于天'唤起来,便愈见活泼泼地,此'六义'所谓'兴'也。'兴'乃兴起之义。凡言'兴'者,皆当以此例观之。《易》以言不尽意而立象以尽意,盖亦如此。"(《朱文公文集》卷四十)按,《棫朴》二章前四句为:"倬彼云汉,为章于天。周王寿考,遐不作人。"意思是说,广阔的银河,辉光满天;周文王高寿九十多岁了,培养和造就了多少人才啊。朱熹在这里说明了"兴"的方法和《易经》中的"立象尽意"在本质上是一致的。

但是,我国古代对"比兴"的解释是比较混乱的,有些解释是不正确的。"比兴"是我国传统所说诗的"六义"中的两义。"六义"的提出最早见于《周礼·春官·大师》,它的次序是风、赋、比、兴、雅、颂。孔子没有具体地解释过"六义",但《论语》中记载孔子两次讲到诗的"兴"的作用时(这个"兴"和"比兴"的"兴"不完全相同,详见下文),都是和政治、道德内容联系在一起的(见《论语·泰伯》及《论语·阳货》)。孔子对诗歌的"兴"的作用是有比较深刻的认识的,但在具体论述中,却没有把它和诗的思想内容清楚地区别开来。由于这种影响,汉代有些经学家就过分地强调"诗教"作用,以对"政教"的"美刺"去解释《诗经》中的"比兴",这可以郑玄为代表。他在注解《周礼》中"六义"时说:"比,见今之失,不敢斥言,取比类以言之;兴,见今之美,嫌于媚谀,取善事以喻劝之。"用思想内容来解释表现手法,混淆了思想和艺术,客观上就会导致取消艺术特征,抹杀形象思维。郑玄的观点在当时和以后的相当一部分人中是有影响的。但也遭到了许多懂得艺术特征和形象思维的人的反对,包括一些比较尊重事实、较少主观偏见的经学家也是如此。唐代的孔颖达在《毛诗正义》中就明确指出,"风雅颂"是三种不同内容的诗,"赋比兴"是诗的三种不同表现方法。他并指出:"其实美刺具有比兴者也",对郑玄以"美刺"释"比兴"的错误进行了很有力的批评。

从艺术角度来解释"比兴"的,也有不同的倾向。一般说,一些研究经学的思想家们往往侧重在具体的艺术表现方法方面,如郑玄、孔颖达、朱熹等均是如此。而一些文艺批评家、诗人讲"比兴"则往往同时指出或侧重在"比兴"所表现的形象思维特征方面,例如刘勰、钟嵘、皎然等。刘勰在《文心雕龙·比兴》篇中说:"诗人比兴,触物圆览。"强调"比兴"是诗人接触客观事物,观察研究现实的产物;而其特点则是"拟容取心",寓思想于形象描写之中。钟嵘在《诗品序》中则更从强调形象思维的角度出发,把传统的"赋比兴"次序倒了过来,改为"兴比赋",将最能体现形象思维特征的"兴"放在最前面,并明确地以"兴比赋"作为"指事造形,穷情写物"的塑造形象手段。钟嵘还对"比兴"作了新的解释:"文已尽而意有余,兴也;因物喻志,比也。"这就更可以明显地看出"比兴"寓思想于形象的特征。唐代的殷璠在他所选盛唐诗歌的《河岳英灵集》中,就把"比兴"作为衡量诗歌艺术水平的主要标准,认为"比兴"的问题在诗歌创作中比一般辞藻华美的问题重要得多。他批评了当时那些"挈瓶庸受之流""都无'比兴',但贵轻艳"的倾向(《河岳英灵集叙》,一本作"都无兴象,但贵轻艳")。诗僧皎然在《诗式》中对"比兴"作了接近形象思维概念的解释:"取象曰比,取义曰兴,义即象下之意。"指出了"比兴"寓思想于形象的特点。

唐以后,许多诗人和文艺批评家常常用"兴"或"兴趣"、或"意兴"、或"兴致"等来指诗歌的艺术特征和美学作用,这和"比兴"的"兴"是既有联系又不完全相同的。它的最早渊源是孔子讲的"诗可以兴"。朱熹解释"可以兴"的"兴"是"感发志意"(《四书集注·论语》),实际上就是指的诗歌艺术形象所具有的艺术魅力,亦即诗歌的艺术感染作用。诗为什么"可以兴"呢?因为诗歌创作用的是"比兴"的方法,寓思想于形象的方法,正如清初黄宗羲所说的:"其意句就境中宣出者,可以兴也。"(《汪扶晨诗序》,见《南雷文定四集》卷一)"兴趣""意兴""兴致"等都是对"可以兴"的"兴"的含义的发挥。明末的王夫之曾以是否"可以兴"来作为区别文艺和非文艺的标志,他说:"诗言志,歌永言,非志即为诗,言即为歌也。或可以兴,或不可以兴,其枢机在此。"(《唐诗评选》中孟浩然《鹦鹉洲送王九之江左》一诗评语)那么,为什么用"兴"来说明运用"比兴"的形象思维方法所形成的诗歌艺术特征呢?因为在"比"和"兴"这两种方法中,"兴"实际上包含有"比"的意思在内。刘勰说"比显而兴隐"(《文心雕龙·比兴》篇),"兴"是一种象征性的比喻,比"比"更为隐蔽,不那么明朗。同时,"比"的方法一般在非艺术的文章中也常用,而"兴"则基本上是在艺术作品中才用。所以,"兴"可以代表"比兴",反映"比兴"的特征。于是也就渐渐地只用"兴"来说明诗歌的艺术特征。

用形象思维方法以"比兴"写诗,就产生了"义生文外"的状况。刘勰称这种现象叫"隐秀"。《文心雕龙·隐秀》篇说:"隐也者,文外之重旨也;秀也者,篇中之独拔者也。""隐",也可以指隐藏在艺术形象里的思想意义;"秀",就是作品中所描绘的艺术形象。"隐以复意为工,秀以卓绝为巧,斯乃旧章之懿绩,才情之嘉会也。"思想观点愈隐蔽愈好,艺术形象愈生动愈妙,这样才是最优秀的作品。"隐秀"是"比兴"方法的产物,它和《易经》中"立象以尽意"的效果是类似的,作者的意图要从形象中去体会。而这种体会又是和读者自己的思想和生活经验有关的,读者可以用自己的体会去充实它,恰如王夫之所说:"作者用一致之思,读者各以其情而自得。"(《姜斋诗话》卷一)可以从形象中获得更丰富的内容。刘勰说:"夫隐之为体,义生文外。秘响傍通,伏采潜发。譬爻象之变互体,川渎之韫珠玉也。"(《隐秀》)隐藏在形象内的丰富思想内容,从表面上看不在形象之内,而在形象之外,它"秘响傍通,伏采潜发",使人体会不尽,感到余味无穷。

刘勰的"隐秀"说对宋以后的诗歌理论有很大的影响。北宋梅尧臣说,好诗要"含不尽之意见于言外,状难写之景如在目前"(见欧阳修《六一诗话》所引),就是对刘勰"义生文外"的"隐秀"说的具体发挥。南宋张戒在《岁寒堂诗话》中还曾引用了今本《文心雕龙·隐秀》篇中已散佚的两句话:"情在词外曰隐,状溢目前曰秀。"在宋人的许多诗话中那以"义生文外"的"隐秀"说作为衡量诗歌艺术水平高下的标准,实质上就是以形象思维方法运用的水平来分析评论诗歌的好坏。

"神与物游""思与境偕"
——艺术的想象与形象的思维

理论思维和艺术思维各有自己掌握世界的"专有的方式",这是马克思在《政治经济学批判导言》中肯定了的。理性的抽象和形象的想象,是人类认识和掌握世界的两大功能。科学也需要有形象的想象,但它主要是依靠理性的抽象来实现的;艺术也需要理性的抽象,但它主要是依靠形象的想象来创造的。没有想象就没有艺术。马克思在《路易士·亨·摩尔根〈古代社会〉一书摘要》中说:"在野蛮时期的低级阶段,人的较高的特性就开始发展起来。……想象力,这个十分强烈地促进人类发展的伟大天赋,这时候已经开始创造出了还不是用文字来记载的神话、传奇和传说的文学,并且给予了人类以强大的影响。"①恩格斯在评论德国诗人普拉顿的创作时,也强调指出诗歌主要是幻想的产物。他说在普拉顿的创作中,当需要用幻想来"冒险作理智所不能作的大胆飞跃的时候,幻想就不够了"。普拉顿的诗歌之所以"缺少浓郁的诗的气息",就是因为他犯了"把自己理性的产物当作是诗的这种谬误"②。艺术想象是艺术思维的核心,它是借助于形象的思维,或者说是寓思想于形象的思维。正如高尔基所说的:"想象在其本质上也是对于世界的思维,但它主要是用形象来思维,是'艺术的'思维。"③

对于想象这种艺术思维活动的特征,我国古代文论中曾有过一些重要的论述。据《西京杂记》载,汉代著名的辞赋作家司马相如曾经说过,在辞赋创作中,辞藻和音律之类不过是"赋之迹",而"赋家之心,苞括宇宙,总览人物,斯乃得之于内,不可得而传"。所谓"赋家之心",即是指"赋家"在创作过程中内心的想象活动。"苞括宇宙,总览人物",则正是对艺术想象的广阔性、丰富性和生动性的概括。艺术想象和科学想象是不同的,科学想象的对象和范围是一门科学或几门有关的科学,而艺术想象的对象和范围则要更大更广泛。艺术想象所面对的是包括自然和社会在内的整个宇宙和全部人类及其生活。它要在这样的基础上展开回忆和联想,进行虚构,恰如陆机说的,艺术想象可以"观古今于须臾,抚四海于一瞬"(陆机《文赋》)。艺术想象的过程伴随有强烈的感情活动,其情状正如刘勰所说:"神思方运,万途竞萌,规矩虚位,刻镂无形,登山则情满于山,观海则意溢于海。"(《文心雕龙·神思》篇)这也是科学想象所不会有的。

司马相如把艺术想象渲染得过于神秘,说是"斯乃得之于内,不可得而传",这就具有唯心主义不可知论的浓厚色彩。艺术想象是从生活中来的,这种想象活动是可以进行分析的,绝不是不可说、说不清。但他这两句话中也包含有一些合理的因素,这就是强调了艺术想象的独特性。

---

① 《马克思恩格斯论艺术(二)》,人民文学出版社,1963年,第5页。
② 《马克思恩格斯论艺术(四)》,人民文学出版社,1966年,第344—345页。
③ 高尔基:《谈谈我怎样学习写作》,《论文学》,孟昌、曹葆华、戈宝权译,人民文学出版社,1978年,第160页。

一个艺术家需要学习和借鉴别人的艺术想象,然而绝不能把别人的艺术想象用来代替自己的艺术想象。艺术家的艺术想象总是要靠自己创造的。这也是与科学想象不同之处。哥德巴赫猜想,可以从哥德巴赫开始,传给陈景润,由他来部分实现和争取全部实现。然而艺术想象却不可能也不需要从屈原开始,一代代传到李白,由李白来完成。否则就变成模拟和抄袭,就是最没出息的艺术教条主义了。艺术想象不像科学想象,只是创造新学说新发明的开端,需要通过长期的艰苦的具体实践来使想象变成现实。艺术想象本身就是一种精神成果,它可以直接起到鼓舞人教育人的作用,它的使命就在于此。《淮南子·齐俗训》中说:"瞽师之放意相物,写神愈舞,而形乎弦者,兄不能以喻弟。"①音乐艺术是可以传授的,哥哥可以教给弟弟,否认这一点就会走向唯心主义。但是,每个音乐家的音乐艺术想象,却都有其独特之处,哥哥不能代替弟弟去进行这种艺术想象,各人在"放意相物,写神愈舞,而形乎弦"方面,是各有特点的,这也应该肯定。

艺术想象这种思维活动的最主要特征是不脱离生动具体的形象。刘勰在《文心雕龙·神思》篇中曾对此作了非常重要的形象化的概括。他说艺术想象最微妙之处是"神与物游"。刘勰所说的"神",无疑地具有神秘的唯心主义一面。他说:"形在江海之上,心存魏阙之下,神思之谓也。"认为"形"和"神"是可以分离的,"神"是一种可以离开人的肉体的灵魂活动。但是,实际上他所说的"神"就是指的人的思维这种精神活动现象。恩格斯说:"在远古时代,人们还完全不知道自己身体的构造,并且受梦中景象的影响,于是就产生一种观念:他们的思维和感觉不是他们身体的活动,而是一种独特的、寓于这个身体之中而在人死亡时就离开身体的灵魂的活动。"②这种观念后来随着宗教的发展而延续下来了,成为宗教唯心主义的一个基本观点。刘勰所处的时代是佛教的"形灭神不灭"论泛滥的时代,当时范缜的"神灭论"就遭到了以梁武帝为首的封建统治阶级和宗教唯心主义者的围攻。刘勰相信佛教,受到"神不灭论"的影响,所以他讲

---

① 此段论音乐艺术之前尚有一段论工艺的话,意思是相同的:"若夫工匠之为连镰运开,阴闭眩错,入于冥冥之眇,神调之极,游乎心手众虚之间,而莫与物为际者,父不能以教子。"
② 恩格斯:《路德维希·费尔巴哈和德国古典哲学的终结》,人民出版社,1972年,第14页。

的"神",就具有唯心主义的色彩。但是,《神思》篇中主要不是宣扬这种神秘主义,而是分析艺术想象这种思维活动的特点。"神与物游",非常生动地描绘了艺术想象过程中思维不脱离具体的客观事物,借形象来思维的特点。艺术家的创作构思,不是依据抽象的概念来判断、推理,进行理论的思维,而是驰骋自己的想象,在形象的现实世界中遨游,即所谓"精骛八极,心游万仞"(陆机《文赋》),"寂然凝虑,思接千载;悄焉动容,视通万里"(《文心雕龙·神思》)。从开始想象活动,进行形象概括,到艺术形象的构成,都是和具体生动的形象紧密结合在一起的。

唐代的司空图发展了刘勰"神与物游"的理论,比较明确地指出了艺术思维是一种寓思想于形象的思维。他在《与王驾评诗书》中说:"长于思与境偕,乃诗家之所尚者。""思与境偕",是对形象思维特征的更深入的分析和论述。"境",在这里就是形象的意思。"思与境偕",就是说诗人的思维是始终和形象和谐地伴随在一起的。诗人在创作过程中,他的"思"是寓于"境"中的,"思"和"境"是不可分离的。从"神与物游"到"思与境偕",反映了我国古代文论中研究艺术想象特征这种思维活动的发展过程。而司空图提出"思与境偕"的问题,要比别林斯基提出"诗是寓于形象的思维",差不多要早一千年①。

我国古代的一些文艺批评家还细致地探讨了艺术想象活动中形象构成的过程。《文赋》说:"其始也,皆收视反听,耽思傍讯,精骛八极,心游万仞。其致也,情曈昽而弥鲜,物昭晰而互进,倾群言之沥液,漱六艺之芳润,浮天渊以安流,濯下泉而潜浸。"陆机告诉我们,艺术形象中所包含的"情"和"物"(即"情"和"景",或"思"和"境"),都是在丰富的想象过程中,逐渐萌芽、形成和愈来愈鲜明起来的。然后,又需要有生动精练的文学语言把它表达出来。不仅文学创作是如此,绘画创作也是如此。晋代著名的画家和绘画理论家顾恺之在分析绘画创作中形象的构成时,强调指出是画家"迁想妙得"②的结果,是艺术想象和形象思维的结晶。对于在形象思维过程中所形成的艺术形象,刘勰在《神思》篇中提出了一个很

---

① 司空图生于837年,卒于908年。880年黄巢攻入长安,《与王驾评诗书》中有"经乱索居"之语,当是880年之后所作。别林斯基最早提出这个观点是1838年。
② 见顾恺之所作《魏晋胜流画赞》。"迁想",即指想象过程中的联想。

重要的概念,这就是"意象"。一个科学概念的提出,是人们研究的成果,也反映了人们认识的深度。"意象"这个概念正反映了我国古代文论中对形象思维和艺术形象的本质和特点的认识。"意象"这个概念很值得我们重视,它相当于我们一般所说的文艺作品中的"形象"的概念。但实际上比"形象"这个概念要更为确切。大家都知道,艺术中的形象和现实中的形象是既有联系而又有区别的。"形象"这概念本身没有反映出这种区别。艺术中的形象虽然是现实中形象的反映,但它已经过艺术家的改造,具有艺术家主观的因素。它是现实形象通过艺术家的头脑反映的产物,而不是不以人们的意志为转移的客观存在。它是艺术家的主观和客观现实相统一的产物。"意象"的概念就比较科学地反映了这种特点,它既是客观的"象",又融入了艺术家主观的"意","意"寓于"象"中,思想寓于形象之中。这就比较充分地体现了形象思维的特点。

诗歌创作中的艺术想象和形象思维,与"比兴"有着不可分离的关系,《文心雕龙·神思》篇的"赞"说:"神用象通,情变所孕。物以貌求,心以理应。刻镂声律,萌芽比兴。结虑司契,垂帷制胜。"这是刘勰对整个艺术构思过程的简明扼要的概括和总结。这篇"赞"的意思是说:艺术思维要借形象来体现,这就是文情变化无穷的缘由。客观世界的形象事物和作家主观的思想感情融合为一,彼此相应,依赖互存。"意象"通过声律、"比兴"描绘出来,这就是艺术家经过艰苦的精神劳动所获得的胜利成果。这就说明,"比兴"正是反映艺术想象和形象思维成果的一种艺术方法。从这里,我们可以认识到,毛泽东同志强调"比兴"和形象思维之间的关系,也正是对历史经验的一个总结。

情景互生,"初不相离"
——艺术思维中的思想和形象是同时产生的

艺术形象是思想和形象的统一体,是主观和客观相结合的产物。我国古代文论中讲的"心"和"物"、"思"和"境"、"意"和"象"、"情"和"景",都是指的艺术形象中这对立统一的两方面。那么,在艺术思维的过程中,这对立统一的两方面,究竟是同时产生的呢,还是有先有后的呢?这是我们探讨形象思维特征中的一个重要问题。

我国古代有不少文艺批评家曾经明确指出,在艺术家的形象思维过程中,思想和形象是同时产生的,从一开始就是紧紧地结合在一起的。从上面陆机、刘勰、司空图的有关论述中,就可以看出"心"和"物"、"思"和"境"、"情"和"景"、"意"和"象"都是密不可分的,是同来同往的。而在诗歌创作中思想的深化则和形象的提炼、意境的形成是同时进行的。

特别是王夫之在关于"情"和"景"关系的论述中,对这个问题讲得最透彻。王夫之讲的"景",不是仅指自然景物,而是讲的是广义的"景",相当于我们今天讲的"形象"。例如他分析谢朓《之宣城郡出新林浦向板桥》一诗说:"'天际识归舟,云间辨江树',隐然一含情凝眺之人呼之欲出,从此写景,乃为活景。"(《古诗评选》卷五)王夫之还指出"景"有许多种,有"情之景""景之景""事之景""人中景"等①,也就是说,不管是抒情、叙事、描写自然景色、描写人物,都可以构成形象("景")。所以王夫之讲的"情"和"景"的关系,实际上就是讲的艺术形象中的思想和形象的关系。

王夫之说:"夫景以情合,情以景生,初不相离,唯意所适。"(《姜斋诗话》卷二。)强调"情"和"景"是互相触发而产生的,从一开始就不可分离,都服务于诗人的一定的目的和意图,也就是说,是服务于诗人的世界观的。"情以景生",说明艺术作品中的思想内容,是艺术家在接触外界客观事物的过程中,受到现实生活的启发,而形成起来的,并非"先已有之"。"景以情合",说明现实生活中的具体形象只有与艺术家的具体思想感情相结合,才能变成为艺术的形象。宋代的范晞文也说过:"景无情不发,情无景不生。""情景相触而莫分也。"(《对床夜语》)"意象"就是这种"情""景"相触所产生的结果。"情""景"相触而形成"意象"是艺术家在观察、体验现实生活和进行艺术想象活动时的主要内容。刘勰在《神思》篇中称之为"物以貌求,心以理应"。在《物色》篇中对此还有一段很精彩的描述。他说:"春秋代序,阴阳惨舒。物色之动,心亦摇焉。""是以诗人感物,联类不穷;流连万象之际,沉吟视听之区。写气图貌,既随物以宛转;

---

① 《古诗评选》卷一曹植《当来日大难》评语云:"于景得景易,于事得景难,于情得景尤难。'游马后来,辕车解轮',事之景也。'今日同堂,出门异乡',情之景也。"《明诗评选》卷五文徵明《四月》评语云:"只在适然处写结语亦景也,所谓人中景也。"

属采附声,亦与心而徘徊。"诗人从观察分析外界客观事物中,受到感触,产生了丰富的想象,"意象"也就因之而生成。"随物宛转""与心徘徊",非常形象地说明了思想和形象互相结合的状况。特别是《物色》篇的"赞",曾被清代纪昀称为"诸赞之中,此为第一"(《文心雕龙》纪昀评)。写得非常优美,生动地描绘了"情""景"共生、互相触发的景象:"赞曰:山沓水匝,树杂云合。目既往还,心亦吐纳。春日迟迟,秋风飒飒。情往似赠,兴来如答。"客观事物激起了诗人艺术思潮的翻滚,生动的艺术形象就自然而然地涌现出来了。

"情"和"景"不仅互相触发,而且也互相依存。王夫之说:"情景名为二,而实不可离。神于诗者,妙合无垠。"又说:"关情者景,自与情相为珀芥也。情景虽有在心在物之分,而景生情,情生景,哀乐之触,荣悴之迎,互藏其宅。"(《姜斋诗话》卷一)在形象思维过程中,"情"总是体现在一定的"景"中的"情",而"景"总是含有一定"情"在内的"景"。"情"和"景"是你中有我,我中有你,没有无"情"之"景",也没有无"景"之"情"。"互藏其宅"这句话非常确切地说明了这种现象。"故曰:景者情之景,情者景之情也。"①真正运用形象思维创作的诗歌,不是为"情"找"景",也不是为"景"造"情",而是"情""景"自然凑泊之作。"'池塘生春草''蝴蝶飞南园''明月照积雪',皆心中目中与相融浃,一出语时,即得珠圆玉润,要亦各视其所怀来而与景相迎者也。"②这种"即景会心"的作品,绝不是先有一个"思想",再为它去寻找一个适合的"形象";也不是苦苦思得几句"生动"的描写,再硬凑上干瘪的"思想"。一句话,不是概念的图解,而是形象思维的结果。

"别材""别趣",非关"书""理"
——形象思维和抽象思维的关系

形象思维可以认识客观真理,认识现实本质,它也完全可以不依赖于

---

① 《唐诗评选》卷四岑参《首春渭西郊行呈蓝田张二主簿》评语云:"景中生情,情中含景,故曰:景者情之景,情者景之情也。"
② 《姜斋诗话》卷二。"池塘生春草",见谢灵运《登池上楼》;"胡蝶飞南园",见张协《杂诗》;"明月照积雪",见谢灵运《岁暮》。

抽象思维而独立地进行思维活动。形象思维的能力和抽象思维的能力,在一个艺术家身上是同时存在的。那么,怎样理解这两种思维之间的关系呢?这个问题在我国古代文论中也有过不少有关的论述,而以宋代的严羽在《沧浪诗话》中讲得最为集中,最有代表性。

严羽是竭力主张用形象思维写诗,而坚决反对用抽象思维来写诗的。他之所以突出地论述了形象思维和抽象思维的关系,是和宋代诗歌创作中违反形象思维规律,用抽象思维代替形象思维的错误倾向有关系的。毛泽东同志说:"宋人多数不懂诗是要用形象思维的,一反唐人规律,所以味同嚼蜡。"宋人在诗歌中发议论、讲道理、排比典故、追求文字工巧,不但不用形象思维,还公开鼓吹以抽象思维写诗。例如黄庭坚就主张诗歌要"以理为主"(《与王观复书》),"精读千卷书"(《书旧诗与洪龟父跋其后》),"词意高深要从学问中来"(《论诗帖》),强调要"无一字无来历""点铁成金"(《答洪驹父书》)。宋人讲究"以文为诗",实际就是把诗歌变成押韵的议论文、说理文、记叙文。宋代理学的发达,又促进了这种倾向的发展。宋代理学的奠基者之一程颐就曾提出过"作诗妨事""作文害道"(《二程遗书》卷十八《伊川先生语四》)的主张。对于这种违反形象思维规律的倾向,在宋代就有不少人提出过不同意见。例如张戒《岁寒堂诗话》中说:"自汉魏以来,诗妙于子建,成于李杜,而坏于苏黄。余之此论,固未易为俗人言也。子瞻以议论作诗,鲁直又专以补缀奇字,学者未得其所长,而先得其所短,诗人之意扫地矣。"而严羽则正是从理论上批判这种忽视形象思维倾向,为诗歌艺术创作的健康发展作出了贡献的一个重要的文艺批评家。

严羽在《沧浪诗话·诗辨》中针对宋诗以抽象思维代替形象思维的倾向,明确提出:"诗有别材,非关书也;诗有别趣,非关理也。""别材",是强调诗人要有特别的才能,即形象思维的才能,不是读了许多书有了学问就能写好诗;"别趣",是强调诗歌要有特别的兴趣,有生动的形象,绝不是仅有道理就能成为诗。这就是强调艺术的形象思维,同时,说明形象思维有不依赖于抽象思维的独立性。严羽又说:"盛唐诸人惟在兴趣,羚羊挂角,无迹可求。故其妙处透彻玲珑,不可凑泊,如空中之音,相中之色,水中之月,镜中之象,言有尽而意无穷。"只是到了"近代诸公"(即指宋代一些有影响的诗人),才对诗歌作了"奇特解会"(奇怪的理解),"遂以文字为诗,以才学为诗,以议论为诗","且其作多务使事,不问兴致;用字必有来历,押韵必有出处,读之反复终篇,不知着到何在"。严羽的"空中之音,相中之色,水中之月,镜中之象"的说法,把艺术形象思维的特征神秘化了,但是从他对唐宋诗对比分析中可以看出,他之所以充分肯定盛唐诗歌,是因为盛唐诗歌是用形象思维方法来写的,具有生动感人的形象,作者的思想感情是寓于诗歌的意境中的,有"言有尽而意无穷"的特点。"惟在兴趣"的"兴趣"即是指诗有艺术意境,有美学作用。后来,王国维在《人间词话》中曾说:"沧浪所谓'兴趣',阮亭所谓'神韵',犹不过道其面目;不若鄙人拈出'境界'二字,为探其本也。"严羽对宋诗的批评,就是因为它"不问兴致",以说理、学问、文字游戏来代替诗的形象思维,没有诗的意境,因而"夫岂不工,终非古人之诗也。盖于一唱三叹之音,有所歉焉"。严羽对形象思维和抽象思维的区别是有比较深刻的体会的。读书穷理可以提高抽象思维的能力,但不能完全解决艺术创作的问题,艺术创作要依靠形象思维的能力、艺术想象的能力,而这是要依靠生活实践和艺术实践来培养的。

值得注意的是,严羽在提出"别材""别趣",非关"书""理"的同时,并没有否认广博的学问和深刻的理论水平对培养"别材""别趣"的积极作用。他在提出"别材""别趣"之后,紧接着就说:"然非多读书、多穷理,则不能极其至。"一个艺术家必须有高度的形象思维的能力,没有这种能力就创作不出好的艺术作品;但是,这并不妨碍他同时也可以具有很高的抽象思维能力,反之,这种抽象思维的能力,对于他的形象思维能力的发展和艺术作品的创作都是有积极的促进作用的。既充分肯定形象思维对艺术创作的决定作用以及形象思维本身的独立性,同时又肯定抽象思维对形象思维进一步发展的积极的促进作用,这就是严羽对形象思维和抽象思维关系的具有朴素辩证因素的基本观点。在形象思维过程中,为了塑造形象、刻画意境,也常常要用抽象思维,当然它是为整个艺术作品的艺术形象服务的,但也往往是构成形象的一个重要组成部分。拿诗歌来说,比如《楚辞·九歌·少司命》中的名句:"悲莫悲兮生别离,乐莫乐兮新相知。"白居易《长恨歌》中的名句:"天长地久有时尽,此恨绵绵无绝期。"都是一种抽象的概括,然而都是为全诗的艺术形象和诗歌意境服务的。正像理论思维过程中常常需要有形象思维来补充一样,艺术思维过程中也常常需要有抽象思维来补充。严羽强调"别材""别趣",而又认为如不多读书多穷理,这"别材""别趣"也不能"极其至",这正是他对艺术的形象思维认识得比较深刻的地方。

严羽提出"别材""别趣",把形象思维和抽象思维作了严格的区别,这是当时文艺理论和文艺创作中的一个重大问题。当然,严羽对形象思维的认识也有很明显的缺点,他虽对形象思维有很深的体会,但却不能科学地加以说明,而且还带有很多唯心主义色彩,说得过于玄妙,使人不可捉摸。后来有的人从这方面批评他是正确的。然而,严羽能尖锐地提出这个问题,还是很有现实意义的。他说:"仆之《诗辨》,乃断千百年公案,诚惊世绝俗之谈,至当归一之论。"又说:"辩白是非,定其宗旨,正当明目张胆而言,使其词说沉着痛快,深切著明,显然易见;所谓不直则道不见,虽得罪于世之君子,不辞也。"(《答出继叔临安吴景仙书》)宋诗违背形象思维规律的倾向流行了不是几年、几十年,而是一百多年,已经成为一种"传统",严羽要反这种传统是不容易的。他这些说法固然有过于自负的地方,但也确乎表现了他对这种错误倾向大胆斗争、无所畏惧的勇敢精神。

"身之所历,目之所见,是铁门限"
——关于艺术想象和形象思维能力的培养

艺术想象和形象思维的能力究竟是怎么培养起来的?艺术家怎样才能丰富自己的艺术想象和提高形象思维的能力呢?我国古代文论中关于这个问题的论述,有三点比较重要。

第一,是强调艺术家要加强自己的修养,提高思想文化水平和观察分析问题的能力。比如刘勰在《文心雕龙·神思》篇中说,艺术想象活动的开展,"神思"的运行,除了要求作家主观上集中精力,专心一志(即所谓"虚静")以外,还必须具备以下四个条件:"积学以储宝,酌理以富才,研阅以穷照,驯致以怿辞。"努力学习使自己具备广博的学识,不断提高分析和判断事理的能力,加深对现实事物的观察和研究,有丰富的语言辞藻和熟练地驾驭语言的能力。这些艺术家的修养方面的问题,毫无疑问,对于培养艺术想象和形象思维的能力,都是有帮助的,也是必要的。但是,对于艺术想象和形象思维能力的培养,它们还不是最关键的问题。

第二,是强调从前人的优秀作品中学习,这比刘勰又前进了一步。艺术家要使自己具有丰富的想象能力和能熟练地运用形象思维方法,必须要学习和研究前人那些优秀的艺术作品。严羽就是从这方面提出问题的。他在《沧浪诗话》中特别强调要学习那些艺术想象丰富、形象思维方法运用得好的优秀诗歌,要"以汉魏晋盛唐为师,不作开元天宝以下人物"。在他看来,诗歌发展到开元天宝之后,形象思维的运用就差了。这种具体看法是有片面性的。开元天宝以后也有形象思维运用得很好的作品(如李贺的诗)。但严羽的基本思想是要我们善于识别哪些是形象思维运用得好的,哪些是运用得不好的,即所谓要"以识为主"。他的原则是:"入门须正,立志须高。"如果学习的都是一些想象贫乏,基本上没有运用形象思维来创作的诗歌,那么就不能真正掌握"别材""别趣"。"行有未至,可加工力;路头一差,愈骛愈远。"严羽这些讲法是有一定道理的,但是他把这种学习过程说成是和禅宗的"妙悟"一样的,这就陷入了唯心主义的泥坑。此外,严羽把学习前人优秀作品看成是培养艺术想象和形象思维能力的唯一途径,这也是错误的。他忽略了生活实践的决定性意义,而艺术想象和形象思维如果离开了现实生活,那就成了无源之水、无本之木,就必然要枯竭。

第三,是强调诗人的生活经验和实践。这是明末王夫之在诗论中比较精辟的独到之见。王夫之非常深刻地认识到,诗人的亲身经历的生活经验和实践是激发丰富的艺术想象和培养形象思维能力的关键。他说:"身之所历,目之所见,是铁门限。即极写大景,如'阴晴众壑殊''乾坤日夜浮',亦必不逾此限。非按舆地图便可云'平野入青徐'也,抑登楼所得见者耳。"①光凭书本知识是不行的,要有丰富的生活经验和生活实践知识,对现实生活有广泛、深入、细致的观察和了解,才能使形象思维活跃,才能捕捉典型形象,才能使艺术想象有一个深厚的现实基础。王夫之

---

① 《姜斋诗话》卷二。"阴晴众壑殊",见王维《终南山》;"乾坤日夜浮",见杜甫《登岳阳楼》;"平野入青徐",见杜甫《登衮州城楼》。

还作了一个形象的比喻,他说:"隔垣听演杂剧,可闻其歌,不见其舞;更远则但闻鼓声,而可云所演何出乎?"(《姜斋诗话》卷二)但没有生活经验和生活实践,则艺术想象和形象思维也就失去了源泉。从这点出发,王夫之对关于"推敲"之争,提出了尖锐的批判,他说:"'僧敲月下门',只是妄想揣摩,如说他人梦,纵令形容酷似,何尝毫发关心?知然者,以其沉吟'推''敲'二字,就他作想也。若是即景会心,则或推或敲,必居其一,因景因情,自然灵妙,何劳拟议哉。'长河落日圆',初无定景;'隔水问樵夫',初非想得。则禅家所谓'现量'也。"①王夫之借用禅宗的"现量"一语,其实际含义是指作者在形象思维过程中,之所以能浮想联翩,写出形象生动的好作品,是因为他曾经有过丰富的实践经验,他所描写的"景"是他亲身经历过的。这里他用的虽是一个佛学上的术语,说明的却是一个朴素的唯物主义观点。当然,王夫之在这个问题上也有一些过分绝对化的缺陷。作者的艺术想象和形象思维当然要建立在他的生活实践的基础上,但作家不能事事都亲身实践,他也要接受别人曾经亲身实践了的、间接的经验和书本知识。同时,也不一定非得完全以耳闻目见的真实情状写入诗中,也可以加以虚构改造。如果贾岛当时"即景会心"是"僧推月下门",后来认为改成"僧敲月下门"更好,也未尝不可。不过,王夫之在那个普遍以书本知识当作文艺创作源泉的社会环境里,能突出地强调生活经验和生活实践的重要性,把它提到第一位的高度,则是难能可贵的。

(原载《北京大学学报》1979年第1期)

---

① 《姜斋诗话》卷二。"僧敲月下门",见贾岛《题李凝幽居》;"长河落日圆",见王维《使至塞上》;"隔水问樵夫",见王维《终南山》。

也谈古代文学理论中的现实主义问题

读了吴文治同志《略谈古代文学理论中的现实主义问题》①一文,很受启发。我很赞成吴文治同志的提议,应该对我国古代文学理论中的现实主义问题,展开深入的讨论,这对提高文学史和古代文论的研究水平是有益的。吴文治同志文章中的观点,有些我是同意的;但也有一些不大同意,现在提出来和吴文治同志商榷,并就正于广大读者。

关于现实主义文学理论的基本特征问题

吴文治同志认为不能用恩格斯给哈克奈斯信中有关现实主义的论述,来概括一切时代、各种形式的现实主义,提出现实主义的基本特征是"真实地准确地描写实际生活来反映现实",这个原则我是基本同意的。我补充一点意见,即现实主义不仅要真实地反映现实,而且要求反映现实的本质真实。这一点不仅许多现实主义作家和文艺理论家如莎士比亚、塞万提斯、托尔斯泰、别林斯基等有过论述,马克思、恩格斯也有过明确的论述。早在 1844 年他们合作写的第一部著作《神圣家族》中,就曾经提出文学创作应当"真实地评述人类关系",反对"对现实的歪曲和脱离现实的毫无意义的抽象"。在《资本论》第三卷中,马克思告诉我们伟大的现实主义作家巴尔扎克的特点,是"对现实关系具有深刻理解"。1885年,恩格斯在给敏·考茨基的著名的信中,又再次阐明了"对现实关系的真实描写"的重要性和必要性。马克思、恩格斯反复指出的要真实地描写现实关系,其含义是很广泛的,它包括了整个社会现实生活,也包括了对自然的描写。因为文学作品中描写的自然,乃是"人化了的自然",也是现实关系的某种曲折的反映。马克思、恩格斯所要求的不仅是现象的真实,而且是本质的真实。浪漫主义和现实主义不同,它不是真实地按照现

---

① 《学术月刊》1979 年第 12 期。

实的本来面目去描写现实关系,而是描写一种理想化的现实关系,或者以幻想的、超现实的方式,如神话和童话等,来反映现实关系的。

在以上述现实主义的原则来考察我国古代文学理论的时候,又必须注意到主张文艺是反映现实的理论和现实主义文学理论的区别。的确,我国古代有些强调文艺要反映现实的作家,常常是倾向于现实主义的。但我们不能把文艺是反映现实的理论,当作就是现实主义理论。这样,就会分不清现实主义和浪漫主义,以致造成理论上的混乱。浪漫主义也是反映现实的,只是反映的角度、方法和现实主义不同。吴文治同志的文章却把文艺反映现实的理论和现实主义文学理论合而为一了。比如吴文治同志认为《毛诗序》中说的,"治世之音安以乐,其政和;乱世之音怨以怒,其政乖;亡国之音哀以思,其民困"(这段话有三种断句法,意义不尽相同,此且不论),发展了孔子的现实主义文学理论,并对"后世现实主义诗歌的发展"产生了深远影响。其实,这段话通过论述文艺和政治的关系,体现了文艺是反映现实的思想,并不涉及是现实主义还是浪漫主义的问题。浪漫主义作品不也可以是"治世之音""乱世之音"或"亡国之音"吗?北宋的梅尧臣曾说:"屈原作《离骚》,自哀其志穷,愤世嫉邪意,寄在草木虫。"(《答韩三子华韩五持国韩六玉汝见赠述诗》)这不正是"乱世之音怨以怒,其政乖"吗?又比如吴文治同志认为《文心雕龙·时序》篇中所说的,"歌谣文理,与世推移,风动于上而波震于下者";"文变染乎世情,兴废系乎时序",是刘勰现实主义文学理论的重要表现。但是我们通观《时序》全文,讲的都是文学和时代的关系,说明文学是反映现实的,文学发展和时代发展有密切关系。刘勰所总结的上述著名原理,不仅适用于现实主义文学,也适用于浪漫主义文学。他还专门举了浪漫主义文学的例子:"屈平联藻于日月,宋玉交彩于风云。观其艳说,则笼罩雅颂;故知炜烨之奇意,出乎纵横之诡俗也。"吴文治同志又说刘勰《文心雕龙》"总的中心思想是崇实主真",这样概括是否确切,这里不谈,不过仅仅主张"崇实主真",也不能说明就是提倡现实主义。浪漫主义也有它的"真"和"实"。凌濛初对《西游记》的评价就是"幻中有真"。刘勰在《辨骚》中说文学创作应当"凭轼以倚雅颂,悬辔以驭楚篇,酌奇而不失其贞,玩华而不坠其实",就是包括了现实主义和浪漫主义的。

与此相关的是唯物主义文学思想和现实主义文学理论的关系问题。的确,唯物主义文艺思想和现实主义文学理论之间,往往有比较密切的关系。比如韩非、王充等人文艺思想中的现实主义倾向,就和他们哲学思想上的朴素唯物主义思想分不开。然而,这两者毕竟是属于两个范畴的问题。有些现实主义文艺家在哲学上仍是信仰唯心主义的,而有些浪漫主义文艺家也可以有唯物主义思想。吴文治同志文章中有把唯物主义文学思想看作就是现实主义文学理论的倾向。比如《文心雕龙·物色》篇讲的是作家的思想感情和外界自然的变化的关系,实质上也就是自然的"人化"或"人化了的自然"的问题。吴文治同志所引"诗人感物,联类不穷","物色之动,心亦摇焉","情以物迁,辞以情发",等等,确有唯物主义因素,但这种情况不仅现实主义作家如此,浪漫主义作家也是如此。有时浪漫主义作家更为突出。故刘勰在说到"流连万象之际,沉吟视听之区;写气图貌,既随物以宛转;属采附声,亦与心而徘徊"的时候,特别举了屈原作品的例子。他说:"及《离骚》代兴,触类而长,物貌难尽,故重沓舒状,于是嵯峨之类聚,葳蕤之群积矣。"怎么能说上述《物色》篇中那些话就是现实主义文学理论的表现呢?如果把文艺反映现实和现实主义等同起来,把唯物主义和现实主义等同起来,势必要混淆现实主义和浪漫主义,也不可能真正弄清楚我国古代的现实主义文学理论的基本特征。

关于我国现实主义文学理论的起源问题

吴文治同志认为我国现实主义文学理论的最早萌芽是孔子的诗论;他在文章的最后一部分又从反对牵强附会出发,集中批判了"有的同志"认为《易经》和《易传》中具有现实主义文学理论萌芽的看法,并且根本否定《易经》和《易传》中反映了一定的文学思想。我认为这是值得研究的。孔子的文学思想中确有现实主义的倾向,并且对我国现实主义文学理论的产生和发展,有很大影响,这是应该肯定的。吴文治同志举了孔子的两段话,关于"诵诗三百,授之以政,不达"这段话,是孔子针对春秋时的"赋诗言志"而说的,着重说明了《诗经》在当时社会政治生活中的特殊地位和作用,这和现实主义文学理论毫无关系。至于"兴、观、群、怨"那一段,其中确有现实主义因素,这主要表现在"可以观"的问题上。孔子认识到从诗歌中可以观见当时政治得失、风俗盛衰、民情动向,反映了诗歌应当真实地具体地描写现实生活的思想。但是,其他几方面就不同了。"可以兴"讲的是诗歌的审美作用,"可以群"讲的是诗歌的团结教育作用,"可以怨"讲的是诗歌批判现实的作用,这些都非现实主义文学所独有,其他创作方法写的作品也是同样具有的。至于"可以观",并非孔子首创,它乃是对"季札观乐"思想的继承和发展。《左传·襄公二十九年》所载季札观乐时对《诗经》所发表的评论,已经非常详尽而具体地反映了后来孔子所说"可以观"的内容。季札比孔子早几十年,他是比孔子更早地表现了倾向于现实主义的思想的。

其次,我认为《易经》和《易传》虽然是哲学著作,但其中确实包含了文学思想,而且对现实主义文学思想产生和发展有比较大的影响。

文学理论是人们总结文学创作经验的产物。我国文学起源是很早的,除了神话传说外,在《诗经》以前,就有了民间的歌谣和故事。已故的罗根泽先生曾认为《易经》的卦爻辞乃是"周初编辑的商代谣谚集"①,这个说法也许绝对了一些,不过,卦爻辞中确有一部分是民间歌谣、谚语、故事,这大概是无法否认的事实,也是许多《易经》研究专家早已肯定了的。在这些歌谣中,我们可以看到已经有了比兴方法的运用。如《明夷初九》:"明夷于飞,垂其翼;君子于行,三日不食。"既有创作产生,也就可能在文艺思想上有某些表现。《易经》产生时代较早,大约在殷周之际。当时人们的生产力发展水平和科学文化发展水平都很低,文学也刚刚开始创造出来,当然不可能有专门的文艺理论著作,因此,在《易经》中也反映了某些文艺思想因素,是不奇怪的。

《易经》的八卦以及由此推衍出来的六十四卦,乃是模拟自然现象的结果。《易经》的卦象和诗歌的比兴,是有相通之处的。章学诚在《文史通义·易教下》篇中,曾很有见地地指出了这一点:"易之象也,诗之兴也,变化而不可方物矣。"又说:"易象通于诗之比兴。""易象虽包六艺,与诗之比兴,尤为表里。"从易象中可以引申出文学模拟自然的思想。这对现实主义文学思想的产生是有影响的。在西方文艺思想发展史上,亚里

---

① 罗根泽:《中国文学批评史(一)》,古典文学出版社,1957年,第35页。

士多德的倾向于现实主义的文艺思想特点就是强调文艺是模仿现实的。他认为现实主义是"按人本来的样子描写"(《诗学》第25章)。中外文艺史上这一点有相同之处。对于《易经》中的这个思想,产生较晚的《易传》特别是《系辞》作了很大的发挥。《系辞》明确指出卦象是模拟自然的产物。罗根泽先生曾说过:

> 八卦以至稍后的文字画,无疑的是模拟自然,以故谓文学为模拟自然之意向,应当是很古的。但很古的人虽有谓模拟自然的意向,却没有模拟自然之说;模拟自然之说,多少是受道家影响,而易传始有鲜明主张的。①

这一段话对于探讨我国古代现实主义文艺思想的起源是很有帮助的、很有价值的。这种主张文学是模拟自然的文学起源说,对我国古代现实主义文学理论的产生和发展有较大的影响。刘勰《文心雕龙》就接受了这个观点,并作为他的一个指导思想。他认为天文、地文、人文都是模拟自然的。《原道》篇说:"人文之元,肇自太极,幽赞神明,易象惟先。"为此,他强调文学应当"写天地之辉光,晓生民之耳目"。所以,要追溯刘勰的现实主义文艺思想的历史渊源,正好要到《易经》和《易传》中去寻找!吴文治同志既肯定刘勰有现实主义文艺思想,又否定了刘勰这种思想的来源——《易经》和《易传》的文学思想,这就不容易自圆其说。《易传》这种模拟自然的文学起源说,有一个唯心主义的神秘外壳。它认为模拟自然的易象不是人创造的,而是天神上帝所赐予的:"河出图,洛出书,圣人则之。"(《系辞》)但它的内核,认为卦象是对自然现象的模拟,文学也是如此,这是包含了现实主义的因素的。这种观点在六朝不仅刘勰有,别的文艺批评家也有,是比较普遍的。如萧统说:

> 逮乎伏羲氏之王天下也,始画八卦,造书契,以代结绳之政,由是文籍生焉。《易》曰:"观乎天文,以察时变;观乎人文,以化成天下。"

---

① 罗根泽:《中国文学批评史(一)》,第53页。

文之时义,远矣哉!(《文选序》)

吴文治同志把《易经》和《易传》中这种文学思想完全加以否定,是不是有些欠妥呢?

关于我国古代现实主义文学理论发展中的特点问题

吴文治同志认为我国古代现实主义文学理论,从孔子开始萌芽,到白居易"已经渐趋于成熟"。再往后呢?吴文治同志没有谈。这样,容易给人一个印象,似乎现实主义文学理论发展到白居易就基本完成了。这种讲法,我觉得也有值得商榷的地方。我国古代现实主义文学理论的发展状况如何,有什么特点?这是需要有专门的研究的。我个人认为,现实主义理论从先秦开始萌芽,到白居易只是刚刚形成,它的成熟是在明清。这里,还有一个对现实主义文学创作的估计问题。过去流行的看法是把反映了现实内容的作品都当作现实主义的作品,这是和理论上把反映现实就当作现实主义一样不妥的。在白居易以前,从我国诗歌发展来看,现实主义和浪漫主义是两支并驾齐驱的巨流,是不相上下的,甚至在许多发展阶段上,浪漫主义是更为突出的。李白和杜甫是这两支巨流的代表人物。现实主义文学更深入地发展,还是在戏曲、小说繁荣之后。我的初步认识是,我国古代现实主义文学理论的发展,大致有以下几个阶段:

第一,先秦两汉是现实主义文学理论的萌芽时期。这个时期的特点是还没有自觉地、明确地提出现实主义的创作原则,而只是在论述文学的起源、文学和现实的关系、文学的社会作用等问题的时候,反映了某些倾向于现实主义的因素。例如《易经》和《易传》中解释文学起源时的模拟自然说;季札、孔子分析文艺的认识作用("可以观")时所表现的主张文艺要真实具体地反映社会政治生活的因素;韩非论文"以功用为之的彀"和论画时认为画犬马难画鬼魅易(《韩非子》的《问辩》篇及《外储说左上》篇),所体现的重视现实真实不重视虚幻想象的倾向;何休说古代采诗是"饥者歌其食,劳者歌其事"(《春秋公羊传解诂》宣公十五年),以及班固说汉乐府诗"皆感于哀乐,缘事而发"(《汉书·艺文志·诗赋略论》),所反映的诗歌是真实地反映人民生活的产物的思想;王充反对神学迷信,提出一切著作包括科学著作和文学创作都要讲究真实、反对虚妄的思想。王充的思想对现实主义文学理论的发展无疑有重大影响。但是，他对文学创作中的虚构和夸张，有比较偏激的错误观点。王充虽然没有否定"经艺"的夸张，可是对其他一切文章中的虚构和夸张，都作了否定。这当然是和他讲的对象不是单指文学而是指广义的学术有关，但也反映了他的一些形而上学的局限性。因此，如果不加分析地认为王充强调真实的思想就是现实主义的文学理论，那就可能导致取消文学艺术的特征和抹杀现实主义和自然主义本质差别的危险。刘勰在《文心雕龙》中对王充的思想就是有批判有继承的。他吸收了王充重视真实性，主张真善美结合的思想，但对他否定夸张的思想，并不苟同，专门写了《夸饰》篇。

　　第二，魏晋到唐末是我国古代现实主义文学理论开始形成的时期。这个时期的特点是自觉地、明确地从文学创作的角度，提出了一些现实主义的基本要求。我国古代文学理论的发展，从魏晋以后进入了一个自觉的时代。不过，六朝的主要文学理论批评家如刘勰、钟嵘等，对浪漫主义和现实主义是并重的，看不出有偏向于一面的状况。他们没有专门对现实主义或浪漫主义提出系统的见解，只是在总结文学发展和创作经验过程中，涉及了某些与现实主义、浪漫主义有关的问题。比如刘勰在《原道》篇中对文学起源的分析，在《宗经》篇中总结"六经"的创作特点时提出的"情深而不诡""事信而不诞"等，确是包含有真实地描写现实的现实主义因素。钟嵘在《诗品序》中反对在诗歌创作中堆积典故，提出要写"即目""所见"，主张"直寻"，也反映了某些现实主义创作特色。齐梁以后，在反对唯美主义和形式主义的过程中，开始出现了重视现实主义而贬低浪漫主义的倾向。例如裴子野在《雕虫论》中，肯定和赞扬了《诗经》"既形四方之风，且彰君子之志，劝美惩恶，王化本焉"，这一接近现实主义的创作倾向，而把《楚辞》当作了唯美主义文学之祖。他说："后之作者，思存枝叶，繁华蕴藻，用以自通。若悱恻芳芬，《楚骚》为之祖，靡漫容与，相如扣其音。由是随声逐影之俦，弃指归而无执。"裴子野这种观点是有相当的片面性的，但实已开白居易一派诗歌理论之先河，与白居易《与元九书》中对诗歌发展的论述和观点，是很相近的。

　　中唐时期以白居易为首的新乐府运动，是一个现实主义的文学运动。

白居易现实主义诗歌理论的提出,说明自觉的明确的现实主义文学理论开始形成。白居易诗歌理论的现实主义特征,归纳起来,主要有以下几点:

1. 强调诗歌必须具体地描写当时的社会现实,"为事而作",用诗歌来"补察时政""泄导人情"。还说:"为君、为臣、为民、为物、为事而作,不为文而作。"元稹也说,他们的创作都是"属事而作","莫非讽兴当时之事,以贻后代之人"。为此,他们不再沿用乐府古题,而提出了"即事名篇"的原则。

2. 强调诗歌所描写的"事",必须是真实的。白居易说:"其事核而实,使采之者传信也。"他们的创作实践也是这样的。《秦中吟序》说:"贞元、元和之际,予在长安,闻见之间,有足悲者,因直歌其事,命为《秦中吟》。"他们主张要直接描写自己耳闻目睹的事。

3. 强调诗歌所描写的这种"真事",主要内容是揭露统治阶级的腐朽,政治的黑暗,反映人民疾苦,为民请命。即《与元九书》说的属于"救济人病,裨补时阙"方面的内容。

4. 他们约略体会到了这种现实主义的创作,在内容上应当有一定的典型概括性。白居易《读张籍古乐府》云:"读君《学仙》诗,可讽放佚君;读君《董公》诗,可诲贪暴臣;读君《商女》诗,可感悍妇仁;读君《勤齐》诗,可劝薄夫淳。"又《与元九书》云:"凡闻仆《贺雨》诗,而众口籍籍,已谓非宜矣。闻仆《哭孔戡》诗,众面脉脉,尽不悦矣。闻《秦中吟》,则权豪贵近者相目而变色矣。闻乐游园寄足下诗,则执政柄者扼腕矣。闻《宿紫阁村》诗,则握军要者切齿矣。"他们认识到诗歌描写的虽是一些具体事件,但应当有普遍意义,能起到广泛的社会作用。他指出他所写的是现实中见到的那些"难于指言者"和"有足悲者",也就是说,是在揭露现实黑暗和反映人民疾苦方面有代表性的、最尖端的事件。

5. 在诗歌形式上主张直截了当,反对含蓄隐晦,"其辞质而径,欲见之者易谕也;其言直而切,欲闻之者深诫也"。

但是,白居易的诗歌理论,从成熟的现实主义文学理论角度来衡量还是有很大局限性的。它重视了事实真实,而并没有强调本质真实;它虽然接触到一点典型概括问题,但还是很朦胧的,完全没有涉及虚构的问题。

特别是由于受历史条件局限,他只能总结诗歌创作方面的经验,至于对人物性格、细节描写、环境描写等现实主义创作中的重要问题,都还没有涉及。

第三,我国现实主义文学理论的成熟是在明清时期。这时,随着戏剧、小说创作的繁荣发展,通过总结戏剧、小说创作的经验,现实主义文学理论有了比较充分的深入的发展。这个时期现实主义文学理论的特点,目前我们研究得还很不够,尤其是小说理论资料的发掘工作尚待努力。但从常见的一些材料中,已可以看出以下几方面重要特点:

1. 提出了文学创作应是形象的、反映历史的真实的。明清之际,很普遍地认为小说乃是"六经国史之辅"(冯梦龙《醒世恒言序》)、"正史之余"(笑花主人《今古奇观序》)。称小说为"稗官野史"也是这个意思。把小说当作历史,这就不仅要求真实地描写现实,而且要真实地反映社会现实的本质。这一点中外文艺思想发展史上也有共同之处。巴尔扎克曾说:"法国社会将要作历史家,我只能当它的书记。"(《人间喜剧》前言)恩格斯在给哈克奈斯信中,就称赞巴尔扎克的《人间喜剧》"给我们提供了一部法国'社会'特别是巴黎'上流社会'的卓越的现实主义历史"。列宁曾经给予高度评价的托尔斯泰也明确地说过,他创作的意图"就是要表现历史"①。而在我国,这个问题的提出是比较早的。小说要表现历史,成为形象的历史,反映现实的本质真实,这是现实主义文学理论成熟的重要标志。

2. 指出了艺术的真实应该是本质的真实,肯定了文学作品可以通过虚构来更概括、更典型、更深刻地反映本质的真实,而不要求所写的事实都是现实中其实存在的。冯梦龙《警世通言序》中说:"人不必有其事,事不必丽其人。""事真而理不赝,即事赝而理亦真。"为了反映本质的真实,可以通过"真事"来表现,也可以借虚构的"赝事"来表现,关键是要做到"理真",反映本质的真实,这就是艺术的真实。显然,这比白居易的理论大大地前进了一步。

3. 提出了要刻画和现实生活中人物一样的、惟妙惟肖的人物性格的

---

① 《致阿·阿·费特》,《文艺理论译丛》1957年第3期,第227页。

问题。现实中的人物是各种各样的、丰富多彩的、有鲜明性格的,艺术作品中的人物也应该如此。金圣叹在《水浒传序三》中说:"《水浒》所叙,叙一百八人,人有其性情,人有其气质,人有其形状,人有其声口。"《读第五才子书法》中说:"三十六个人,便有三十六样出身,三十六样面孔,三十六样性格。"而这些人物"任凭提起一个,都似旧时熟识"。说明人物性格既有独特个性,又是有相当概括性的。恰如别林斯基所说的一样,是"熟悉的陌生人"。塑造具有典型意义的性格,这是现实主义文学理论的一个十分重要的内容。只有塑造出鲜明生动的典型性格,才能深刻地反映现实生活的本质。

4. 重视了细节描写的真实性。明清之际的戏曲、小说理论中,不仅强调了要反映现实生活的本质真实,而且也十分注意细节描写的真实性。臧懋循《元曲选序二》中说:"行家者,随所妆演,无不摹拟曲尽,宛若身当其处,而几忘其事之乌有;能使人快者掀髯,愤者扼腕,悲者掩泣,羡者色飞,是惟优孟衣冠,然后可与于此。""摹拟曲尽"而使人感到"宛若身当其处",这种具体的逼真的艺术描写,也是现实主义的重要特征之一。马克思恩格斯对此都是十分重视的。他们特别欣赏"真实地描绘了人物和事件"的作品,并说如果能把人物"栩栩如生地描绘出来,那就太理想了"①。冯梦龙《古今小说序》说:"试令说话人当场描写,可喜可愕,可悲可涕,可歌可舞;再欲捉刀,再欲下拜,再欲决脰,再欲捐金;怯者勇,淫者贞,薄者敦,顽钝者汗下。"这种具体描写(包括细节描写)的真实性,能使作品具有极其强烈的感人艺术力量。后来曹雪芹在《红楼梦》第一回中,就说他的创作是"实录其事"的,"其间离合悲欢,兴衰际遇,俱是按迹循踪,不敢稍加穿凿,至失其真"。总之,不管作品所写内容的大小巨细,都要重视细节描写的真实性,反映现实生活的某些本质方面。

5. 强调了环境和气氛描写的真实性。我国古代小说理论中所说的"极摹人情世态之歧,备写悲欢离合之致","举物态人情,恣其点染",提倡"摹写逼真",反对"失真之病",都包含有注重环境和气氛描写真实性的含义在内。所谓"人情世态""物态人情",即是指的文学作品所表现的

---

① 《马克思恩格斯全集》第7卷,人民出版社,1959年,第313页。

包括自然和社会的整个社会生活画面。把当时的"世态""人情"描绘得活灵活现,那么生活在其中的人物和发生在其中的事件也就能描绘得真切自然。

鸦片战争以后,我国进入半殖民地半封建的近代社会,由于受到西方资产阶级科学文化的影响,现实主义文学理论的发展,又有了若干新的特点。

最后,我觉得应当顺便讲到的是,在我们研究讨论古代文学理论中的现实主义问题的时候,同时应当研究和讨论浪漫主义的问题。我国古代文学中的浪漫主义文学成就很高,而现实主义和浪漫主义之间是有密切关系的,这两方面的研究不仅可以起到相互促进的作用,而且在某种意义上说,不研究浪漫主义文学理论,就不能和现实主义文学理论作对比分析,现实主义文学理论的研究也难以深入。因此,我认为对浪漫主义问题也应当和现实主义问题一样,开展深入的研究和讨论。

(原载《学术月刊》1980年第4期)

民本思想和实录精神

——关于我国古代现实主义文学理论的特征

关于我国古代文学理论中的现实主义问题,近几年来有不少同志发表了许多好的意见。但是,我国古代现实主义文学理论的特征究竟是什么,则探讨得不多。西欧的现实主义文学理论虽然在奴隶社会时期已经产生,然而在整个中世纪,并没有什么新的进展,主要是发达和盛行于资本主义时期。我国古代现实主义文学理论的萌芽和产生也很早,它的发展和成熟则是在封建社会,因而和西欧相比,有很不同的社会背景,从而也形成了自己的独特之处。我国古代的现实主义文学理论受儒家思想和史学写作原则的影响很深,它反映出两个较为明显的特点:民本思想和实录精神。这里,我们拟就这两方面作一点分析,以进一步阐明我国古代现实主义文学理论的产生、形成、成熟的不同阶段的发展特点。

民本思想

现实主义作为一种创作原则和方法,它在不同国家、不同历史时代有不同的思想基础。文艺复兴时期,英国以莎士比亚为代表的现实主义,是以反封建的人文主义思想为基础的;19世纪,法国以司汤达和巴尔扎克为代表的现实主义,是以人道主义思想为基础的;而俄国以别林斯基为代表的现实主义文学理论,是以农奴解放为中心的革命民主主义思想为基础的。在我国,封建社会中的现实主义文学理论,则是以儒家的民本思想作为指导思想的。

我国古代现实主义文艺思想的产生和发展,与以孔子为代表的儒家思想有着十分密切的联系。孔子主张对现实采取积极入世的态度,而不像道家那样采取出世的消极态度。孔子的文艺思想倾向于现实主义而排斥浪漫主义。他认为文艺是人们加强思想品德修养、积极地干预和改造现实的工具。他说:"不学诗,无以言。"又告诫他的儿子伯鱼说:"人而不为《周南》《召南》,其犹正墙面而立也欤?"这种现实的、功用的文学观点和他强调的诗"可以观"有密切关系①。"观"作为对文学认识作用的概括来说,它本身不能认为是现实主义特征,浪漫主义作品也可以"观"。不过,孔子讲的"观"是指《诗经》所反映的具体而真实的社会政治状况和风俗习气,即所谓"观风俗之盛衰"(郑玄)、"考见得失"(朱熹),而《诗经》主要是现实主义的。所以,孔子的"观"是指对现实生活的具体而真实的认识和反映,是现实主义的,而不是浪漫主义的。孔子不讲怪、力、乱、神,他不相信当时流行的神话传说。他把"夔一足"解释为"夔有一,足。"(《韩非子·外储说左下》)把"黄帝四面"解释为"黄帝取合己者四人,使治四方"(《太平御览》卷七十九引《尸子》)。使一只脚的夔和四张脸的黄帝这样超现实的神话传说现实化了,或者说是把浪漫主义变成了现实主义。

孔子文艺思想中这种现实主义倾向,是建立在他反"苛政"、主"仁者爱人"的思想基础上的。他主张在不违背统治阶级根本利益的前提下,适当减轻对人民的剥削和压迫,"节用而爱人,使民以时",反对"猛于虎"的"苛政"。他强调可以通过文艺来表现下层人民的生活状况,揭发政治上的弊端,以引起上层统治者的注意,肯定了诗"可以怨"。这对我国后来文学创作和文艺思想有很深远的影响。这种思想发展到孟子时,遂形成系统的"民为贵,社稷次之,君为轻"的民本思想。孔子正是把倾向于现实主义的文艺思想和民本思想结合在一起的第一人。这种结合使我国古代现实主义文艺思想产生两个明显特征:第一是文艺要注意反映现实的政治状况,第二是文艺要表现下层百姓生活,反映他们对上层统治者的批评。

孔子这种建立在民本思想基础上的现实主义文艺观,虽然没有在理论上得到系统的归纳和总结,但经过孟子、荀子等从不同角度的发展,到了汉代随着儒家思想地位的提高,又有了进一步的巩固与提高,何休、班固等的现实主义文学思想,正是从这条线上发展下来的。在封建社会上升时期,民本思想和现实主义文学思想的紧密结合,在白居易诗歌理论中

---

① 参见拙作《先秦诸子的文艺观》,上海文艺出版社,1981年,第50—51页。

得到相当充分和典型的表现。白居易的诗论是直接从民本思想中引发出来的。《策林》说:三皇五帝之所以贤明,是由于"以天下心为心","以百姓欲为欲";后来的帝王之所以不及三皇五帝,则是因为"以己心为心,抑天下以奉一人之心也。以己欲为欲,咈百姓以从一人之欲也"。从清明政治必须以民为本出发,白居易十分自觉地要通过文学来为民请命。他说《秦中吟》的创作:"是时兵革后,生民正憔悴;但伤民病痛,不识时忌讳;遂作《秦中吟》,一吟悲一事。"又说《新乐府》的创作是:"不能发声哭,转作乐府诗","唯歌生民病,愿得天子知"。他坚决反对掩盖现实矛盾的歌功颂德之作,说:"述作之间,久而生弊。书事者罕闻于直笔,褒美者多睹其虚辞。"于是"郊庙登歌赞君美,乐府艳词悦君意",结果"贪吏害民无所忌,奸臣蔽君无所畏"。针对这种状况,他提出要用诗歌来"救济人病,裨补时阙",通过文艺反映人民疾苦,揭露政治黑暗。这是白居易现实主义文学理论的基本纲领。可见,我国古代现实主义文学理论不是一般地讲真实地反映现实,而特别强调要描写百姓的病痛,批评政治的腐败,这是民本思想积极方面所产生的结果。它萌芽于孔子,在杜甫的诗歌创作中得到较充分的表现,而在白居易的诗论中得到了概括和总结。

  儒家的民本思想又有它明显的局限性。从根本上说,它是为长久地巩固封建统治秩序服务的,既要求统治者以民为本,又要求人民服从封建统治,不能越出封建礼义的范围。这在《毛诗序》中有很突出反映。它发挥《礼记》温柔敦厚之说,提出批评统治阶级的诗歌必须"发乎情,止乎礼义",要遵循"主文而谲谏"原则,把文艺对现实的批判局限在统治阶级可以接受的限度之内。同时过分强调了文艺要为封建教化服务,在文艺和政治关系上表现出简单化、绝对化和忽视艺术特点的倾向。这种消极因素对现实主义文学创作和理论都起着一种束缚作用。白居易的诗歌理论虽然在某些方面有所突破,比如《毛诗序》的"六义"是以符不符合封建伦理纲常为标准的;而白居易的"六义"则以能否"救济人病,裨补时阙"为标准。他的"意激""言切"创作原则,也是违背"温柔敦厚""主文而谲谏"的旨意的。他能够做到"不惧权豪怒,亦任亲朋讥",这种精神确是难能可贵的。然而,白居易的诗歌理论也明显地反映了儒家民本思想的局限性。他对上层统治者抱有很大幻想,他提出了很进步的诗歌创作主张,但归根到底,还是为了"愿得天子知","欲稍稍递进闻于上",使皇帝能够了解民情风俗,以改进政治措施。更为突出的是,他对文艺与政治关系理解极为狭隘,对诗歌的艺术特点也比较忽视,甚至有只讲政治标准,不讲艺术标准的倾向。这一点集中地体现在《与元九书》中对历代诗歌的估价上。按照他的观点,自汉至唐的绝大部分作品都是被否定的。他认为西晋以后,"如梁鸿《五噫》之例者,百无一二焉"。唐代除李、杜外,只有陈子昂和鲍防的几首感遇诗可以肯定,而李、杜能得到他肯定的也仅有数十首而已!这样,他就把现实主义压缩到了一个很有限的范围之内。这种片面的文学思想必然要影响到他现实主义文学理论的深度和广度。这正是白居易诗歌理论还不能说是成熟的现实主义理论的重要原因。

元、明以后,我国封建社会开始走下坡路。这时现实主义文艺思想的发展有了新的重要特点。打开封建礼教的枷锁,冲破程、朱理学的牢笼,真实地反映人民的思想感情,深刻地揭露现实的矛盾,成为封建社会后期现实主义文艺思想的中心内容。程、朱理学鼓吹"存天理,灭人欲",只允许人们讲三纲五常那些虚伪的封建教条,而不许人们真实地表达自己的思想感情。为此,现实主义必须反其道而行之。关汉卿的《窦娥冤》和王实甫的《西厢记》为什么有如此高的现实主义水平?这正是因为他们对封建礼教和程朱理学表现了大胆的叛逆。窦娥不仅喊出了"官吏每无心正法,使百姓有口难言",而且对天地进行了公开指责:"地也,你不分好歹何为地;天也,你错勘贤愚枉做天!"批判了作为封建支柱的神权。王实甫则对被封建正统视为大逆不道、淫贱不肖的莺莺和红娘,给予热烈的赞扬和歌颂!而在《水浒传》中则更进一步歌颂了敢于武装反抗封建统治的农民起义英雄。明代后期卓越的反理学战士李贽的文学思想,正是对现实主义文学发展这种新特点的概括和总结。李贽文学思想的核心是提倡"真"而反对"假"。所谓"假",即是指宋明理学那一套伪善的封建说教;所谓"真",即是指要表现人们内心深处真实的思想感情,如实地反映现实生活。这集中体现在他的《童心说》中。他严厉斥责那些表现"天理"的假人假言假事假文章,热烈赞美反映"人欲"的真人真言真事真文章,认为《西厢》《水浒》之所以是"天下之至文",就因为它们的"真"。这种认识也贯穿在他对《水浒》和《西厢》的评点中。在《读律肤说》中，李贽针对《毛诗序》"发乎情，止乎礼义"说，提出礼义即在真实自然的情性之中，"故自然发于情性，则自然止乎礼义，非情性之外复有礼义可止也"，实际上否定了"止乎礼义"之说。李贽这种尚真斥假的文艺思想，深刻地影响了明末清初一大批文学家，在诗文、戏剧、小说等各个领域都有很突出的表现。

明清之际以李贽为首的现实主义文学理论，就其反理学、反礼教的主要特征来看，和当时资本主义因素的萌芽有一定关系。如李贽本人的某些平等思想（如"圣人不曾高，众人不曾低"等），特别是男女平等和强调人欲的思想，就带有一定的个性解放色彩。但资本主义因素其时极为微弱，他们现实主义文艺思想的正面理论根据，仍然只能以儒家民本思想的积极一面为基础。区别在于他们的民本思想包含了时代新特色，像李贽就不仅同情人民疾苦，反对黑暗暴政，而且进一步肯定了人民反抗斗争的合理性，认识到"官逼民反"的道理。他虽然并不同意用武力来推翻封建王朝，可是对人民的武装起义和反抗斗争还是给予了同情和道义上的支持。他说："唯举世颠倒，故使豪杰抱不平之恨，英雄怀罔措之感，直驱之使为盗也。"（《因记往事》）他的《忠义水浒传序》也明显地表现了这种思想。把起义的人民称赞为英雄豪杰，这在传统的儒家民本思想里是找不到的。比李贽稍后的著名思想家黄宗羲也发展了民本思想的积极方面，赋予了新的民主主义色彩。《明夷待访录》说："今也天下之人，怨恶其君，视之如寇仇，名之为独夫，固其所也。而小儒规规焉以君臣之义，无所逃于天地之间，至桀纣之暴犹谓汤武之不当诛之，而妄传伯夷、叔齐无稽之事，乃兆人万姓崩溃之血肉，曾不异夫腐鼠。岂天地之大，于兆人万姓之中独私其一人一姓乎？是故武王圣人也。"（《原君》）又说："缘夫天下之大，非一人之所能治，而分治之以群工。故我之出而仕也，为天下，非为君也；为万民，非为一人也。"（《原臣》）其实，黄宗羲这种反君权思想早在明代后期小说中已有所表现，如《封神演义》在肯定"仁政"思想的同时，就肯定了臣伐君的合理性，说"天下非一人之天下，乃天下人之天下"，君不正，则"天下人皆得而诛之"。赞扬了纣王功臣黄飞虎一家反商投周，通过姜子牙之口批判了伯夷、叔齐的"扣马而谏"，指出他们恪守

"君为臣纲",是在这"天翻地覆之时,四海鼎沸之际",违逆"天怒""民怨"的"一得之见"。《封神演义》虽是浪漫主义作品,是否也有现实主义因素,可以研究,但它表现的这种思想,说明当时的民本思想确已有了和杜甫白居易时代很不同的新特点。

明、清之际的现实主义文学理论,一方面从反理学、反礼教的角度批判了儒家民本思想的局限性,同时又受资本主义萌芽的影响,给民本思想注入了具有民主主义色彩的新内容,这就使现实主义的深度和广度有了极大的发展。我认为这是现实主义文学理论走向成熟的内在原因和重要标志。

实录精神

所谓"实录",即按照生活的本来面目真实地反映现实。伟大的现实主义作家曹雪芹在他的《红楼梦》第一回中明确宣布他所遵循的创作原则是"实录"。有的同志千方百计回避"实录"这两个字,怕和历史著作之拘泥于真人真事划不清界限。其实大可不必。实录是我国古代史学著作的写作原则,最早由班固提出。他在《汉书·司马迁传赞》中总结《史记》写作特征时说:"其文直,其事核,不虚美,不隐恶,故谓之实录。"我国古代文、史、哲关系密切,在先秦尚无严格区别。司马迁写《史记》也受到这种影响。《史记》是一部伟大的史学著作,也是一部伟大的文学作品。它的人物传记显然运用了文学创作的表现方法。因此,班固对实录原则的概括,不仅对史学著作,也是对《史记》文学创作原则的一种归纳,可以作文学原则来运用。

文学上的实录,是指文学作品反映现实的真实性和深刻性。我国古代文学批评中常常把优秀的文学作品比作历史,如称杜甫的诗歌为"诗史"。特别是小说和历史的关系更为密切,古人称为"稗官野史""六经国史之补""正史之余"等等。把小说比作历史,这不仅要求真实地描写现实,而且客观上反映了要求小说真实地反映社会某些本质方面的愿望。有些同志认为这是抹杀文学特点,"站在史家的立场上,要求小说实录生活,成为信史"。这种看法缺乏历史的科学分析。我国古代确有一些人用史学著作实录真人真事的原则来要求文学创作,但多数人讲实录或把文学比作历史,目的是强调真实深刻地反映现实,并不因此而否定文学特点,尤其在明、清时期更为明确。从历史发展角度来看,把小说比作历史,注重实录,对文学创作和文学理论的影响积极方面是主要的,消极方面是次要的,而且随着历史的发展,消极因素不断有所修正和克服。

历史著作的真实是科学的真实,而文学作品的真实是艺术的真实,这两者是不同的。班固首先提出实录,也以它来规定文学和现实的关系,他说汉乐府诗"皆感于哀乐,缘事而发,亦可以观风俗,知厚薄"(《汉书·艺文志·诗赋略论》)。这是对乐府诗现实主义特征的概括。"缘事而发"即是实录精神在文学创作中的反映。他不仅指出了文学是现实的真实反映,也指出了它的情感特点,是"感于哀乐"的产物。在汉代,混淆科学真实和艺术真实,并对后代产生影响的,恰恰是被视为对现实主义文论有重大贡献的王充。王充是一位伟大的战斗的唯物主义思想家,但是他对现实主义文艺思想所起的影响则有好有坏。他提倡真实,反对虚妄,对现实主义文艺思想发展确有很大积极作用。然而他所说的真实是科学的真实,而不是艺术的真实。他用科学真实来要求文学作品,否定艺术的虚构。他甚至对比喻、夸张描写也表现出了很偏激的观点。这显然是不利于现实主义健康发展的。左思在《三都赋·序》中就受到这种影响,他批评司马相如、扬雄、班固、张衡等人的赋,"考之果木,则生非其壤;校之神物,则出非其所。于辞则易为藻饰,于义则虚而无征"。为此,他说他的《三都赋》写作,"其山川城邑,则稽之地图;其鸟兽草木,则验之方志;风谣歌舞,各附其俗;魁梧长者,莫非其旧"。"美物者,贵依其本,赞事者,宜本其实。匪本匪实,览者奚信!"其中就有以科学真实代替文学创作的倾向。

实录精神在唐代也对文学创作影响很大。刘知幾《史通》是史学理论著作,把实录提到极高地位。刘知幾反对虚伪的溢美之辞,反对以主观好恶去篡改历史,提倡客观的真正实录,主张"直书其事"(《直书》),"事皆不谬,言必近真"(《言语》),这对唐代中叶以后的古文运动和诗歌方面的新乐府运动发生了深刻的影响。白居易的现实主义文学理论就受到了他的影响。如他在《策林》中提出"直书",主张"核实",即是明证。他说《新乐府》创作的特点是"其事核而实,其言直而切"。他的《秦中吟》写的是在长安的所见所闻的真实情况,《新乐府》也是如此。著名的《宿紫阁山北村》一诗也是写的亲身经历之事。这都是班固刘知幾实录原则在创作上的运用和体现。

但是,白居易没能解决史学上的实录乃是科学的真实而非艺术的真实的矛盾,他的"核实"原则有把现实主义局限在真人真事范围内的倾向。他没有认识到虚构在文学创作中的重要作用(这当然不是说他的所有创作中都没有虚构,《长恨歌》就有想象丰富的虚构,但《秦中吟》《新乐府》确有这样的缺点)。这一缺陷也影响到了他对历代诗歌的评价,作出了不少简单化评述。因此,白居易的理论还只是现实主义并不成熟的表现,他虽然看到了诗歌中所描写的事物应当有一定的典型概括性①,但主要是指在真人真事范围内作一些选择,而不是指在虚构、想象基础上的典型化。

实录精神在文学上的运用,到明、清之际有了很大变化,开始突破真人真事局限,有了新的发挥和补充。这可举曹雪芹为代表。作者说《红楼梦》的创作是"实录其事"的,又说:"其间悲欢离合,兴衰际遇,俱是按迹循踪,不敢稍加穿凿,至失其真。"这段话说明曹雪芹理解的实录,不是对生活简单的记录,而是"按迹循踪",符合现实生活的逻辑。这显然不是指事实的真实,而是不自觉地涉及了反映现实本质的真实。《红楼梦》本身也可以说明他的实录绝非"实录生活,成为信史",而是经过十年呕心沥血、惨淡经营、虚构想象,用典型化方法对现实本质的深刻反映。

对实录精神理解上的这个重大变化并不始于曹雪芹,这是明代中叶以后文学理论批评中对虚构和真实的关系的正确认识所导致的必然结果。重视虚构的作用和对艺术真实的正确认识,是使现实主义由一般地讲反映现实真实而发展到要求反映现实的本质真实的关键。这在明清之际诗歌、戏剧、小说理论中均有体现,而在小说理论中表现得最为充分。王夫之《古诗评选》就提出了"假胜真"的问题,李渔《闲情偶寄·词曲部》中讲的"审虚实",也是讲的虚构与真实的关系。熊大木在《新刊大宋演义中兴英烈传序》中说:"稗官野史实记正史之未备,若使的以事迹显然不泯者得录,则是书竟难以成野史之余意矣。"他以西施之事为例说明文学创作完全可以不必拘泥于具体历史记载。杜牧、苏轼诗中的西施事迹就

---

① 参见本书《也谈古代文学理论中现实主义问题》一文。

与《吴越春秋》这样的史书记载很不相同。"史书小说有不同者,无足怪也。"文学创作不必受具体历史事实的局限。甄伟《西汉通俗演义序》说:"若谓字字句句与史尽合,则此书又不必作矣。"容与堂本《李卓吾先生批评忠义水浒传》是李贽所评还是叶昼所评,学术界有不同看法。我个人认为主要是李贽评的,其中论《水浒传》文字优劣一节,明确指出小说中的具体情节结构均是假的,"劈空捏造""以实其事",目的是表现社会上某一类人物事件的特点,对生活真实和艺术真实作了很深刻的分析。第十回评语也说:"《水浒传》文字原是假的,只为他描写得真情出,所以便可与天地相终始。"事假情真即是指艺术真实。冯梦龙《警世通言序》中说"事真而理不赝,即事赝而理亦真",更明确说明了艺术真实的特点。

明清之际对虚构和艺术真实的认识,和对浪漫主义作品的认识也有关。当时对《西游记》《平妖传》《斩鬼传》等的评论,已经清楚地表现了这种认识。睡乡居士《二刻拍案惊奇序》中说《西游记》是"幻中有真"。幔亭过客的《西游记题词》中说:"极幻之事,乃极真之事;极幻之理,乃极真之理。故言真不如言幻。"张无咎《绣像平妖全传叙》中说冯梦龙所补《平妖传》"备人鬼之态,兼真幻之长"等等。这都说明他们认识到虚构之中不仅有真实,而且可以比真事更真。康熙时黄越写的《第九才子书平鬼传序》更明确指出,戏剧、小说,诗赋创作,都不必"规规于或有或无而始措笔而摘词",认为文学家完全可以"涵天地于掌中,舒造化于指下,无者造之而使有,有者化之而使无","有可传,传其有,可也;无可传,传其无,亦可也"。这些认识对于突破史学实录的局限,从文学创作的角度给实录以新的理解,无疑有重要的意义。

因此,在肯定虚构和承认艺术真实基础上所讲的实录,显然已经不是史学意义上的实录,而是文学意义上的写实。在这个意义上把小说比作历史,当然也就不能简单地认为就是"实录生活,成为信史"。这些认识虽不像巴尔扎克、托尔斯泰那样自觉和明确,但基本精神是一致的。这正是现实主义文学理论发展成熟的一重要标志。

(原载《齐鲁学刊》1983 年第 2 期)

略谈我国古代的文学鉴赏理论

我国古代有关文学鉴赏的论述是非常丰富的,这和我国古代文学理论遗产的特点有密切的关系。我国古代文学理论,很少像刘勰《文心雕龙》那样的系统理论著作,而大多数是比较具体的、零散的文学批评,包括许多诗话、词话在内,基本上就属于较为自由的随笔或札记性质,偏重于谈论作者对艺术的亲身感受,尤以创作、批评、欣赏为多。我国古代大多数文学理论批评都和文学鉴赏分不开,是建立在具体文学鉴赏基础上的。故而,我国古代的文学鉴赏理论和实践,有十分悠久的历史,提出了许多有价值的重要问题,它对我们今天研究文学鉴赏的特点和规律,仍有重要的启发意义和借鉴作用。

从"季札观乐"谈起

我国古代对文学鉴赏过程的特点有很清晰的认识。《左传·襄公二十九年》曾详细地记载了早在公元前544年在鲁国的一次文艺鉴赏活动,这就是著名的"季札观乐"。吴国公子季札出使到鲁国,鲁国的叔孙穆子请他观周乐。当时诗、乐、舞三位一体,尚未各自独立,所以,季札观乐,实际上不仅有音乐,而且也听了歌唱(唱《诗经》的歌词),还观赏了舞蹈。《诗经》中的十五国风、大小雅、颂,季札都观遍了,还看了《象箾》《南籥》《大武》等舞蹈。每演唱完一部分,季札就从艺术形象的感受中,谈自己体会。比如乐工"为之歌《郑》",季札听后,说:"美哉!其细已甚,民弗堪也。是其先亡乎?"认为音节烦琐细碎,象征郑国政令苛细,百姓无法忍受,故是"先亡"的一种征兆。又如乐工"为之歌《小雅》",他听后说:"美哉!思而不贰,怨而不言,其周德之衰乎?犹有先王之遗民焉!"认为从诗歌内容中可以看到周代政治之衰败,但百姓却仍有先王教育之遗风。从"季札观乐"这次文艺欣赏活动的过程中,我们可以清楚地看到艺术欣赏活动的基本特点,即欣赏者首先是接触艺术形象,从形象中受到艺术的感染,然后再进一步去领会和认识作品的意义。形象给人以美的艺术享受,然而欣赏活动并不停留在这一点上,还要深入地去探索作品的社会内容,并且把它放在一定的社会背景中来认识。

文学艺术的鉴赏过程和文学艺术的创作过程是不同的,创作是从内容到形式,也就是说,创作者对于所要创作的内容酝酿成熟之后,再寻找适当的艺术形式来表现它。然而,对欣赏者来说,总是先接触艺术形象,从形式而到内容。关于这一点,刘勰在《文心雕龙·知音》篇中有极为明确的论述。他说:

夫缀文者情动而辞发,观文者披文以入情;沿波讨源,虽幽必显。

刘勰所说的"缀文者"即是指创作者,而"观文者"则即是指欣赏者。"情动而辞发"与"披文以入情"正好是两个相反的过程,前者由内容到形式,后者由形式到内容。我国古代认为艺术作品都有"隐秀"的特点,"隐"即是指从艺术形象中隐蔽地流露出来的思想意义,而"秀"即是指作品具体显现出来的形象。从创作过程来说,是"沿隐以至显,因内而符外"(《文心雕龙·体性》)的结果,也即是说,作家要把自己对现实的认识通过"秀"的形象而体现出来。而从鉴赏过程来说,则是欣赏者由"秀"而进一步领会"隐"的过程。宋代张戒在《岁寒堂诗话》中引《文心雕龙》佚文云:"情在词外曰隐,状溢目前曰秀。"文学创作是将作者内在的"情",通过外在的"景"而表现出来;文学鉴赏,则是先由感受外在的"景",即"状溢目前"之"景",去体会隐于词外之"情"。从诗歌创作来说,欣赏者总是先被诗歌的美的形象和意境所激动,进入了作品所展现的感情和精神境界之中,然后才能具体地认识它的思想意义和社会内容的。从小说戏剧创作来说,欣赏者总是先被人物形象和曲折的情节所打动,同作品中的人物同呼吸、共命运,一起进入他们所处的生活环境之中,然后才能对作品的现实意义有准确的了解和认识。文学作品是"寓教于乐"的,对于创作来说,是把"教"寓于"乐"中;而对于欣赏者来说,则是从"乐"中受到"教"的熏陶,由"乐"而受到"教"的。

由于文学欣赏的这种特点,我国古代很重视对文学欣赏的指导,认为有没有正确的指导,对鉴赏的效果有很大的关系。我国古代的诗文、小说、戏曲的评点,就是为了指导人们如何去欣赏这些作品。像金圣叹、毛宗岗在评点《水浒》《三国》时,书前的"读法",就是说的如何去欣赏这两部作品的总的精神。而回评、夹批、眉批等是具体指导人们如何去欣赏每一回每一段的。

"动情"和"滋味"

艺术欣赏活动需要欣赏对象能具有引起欣赏者审美趣味的特点。我国古代文艺家认为这种特点主要表现为"动情"与"滋味"两个方面。艺术作品要善于触动欣赏者的感情,同时也要使欣赏者感到有味,否则就不能激发欣赏者的审美趣味。"动情"就是要使欣赏者和欣赏对象产生感情上的交流。荀子在《乐论》中就指出音乐有能动人之情的特点:"乐者,乐也,人情之所必不免也。"这里第二个"乐"是快乐的乐。说明音乐本是人感情有所激动,而通过声音表现出来的结果,因此欣赏音乐者就会被这种情所激动,产生一种感情上的共鸣。汉代的扬雄在《法言·问神》篇中说:"言,心声也;书,心画也。声画形,君子小人见矣。声画者,君子小人之所以动情乎。"扬雄在这里清楚地指出了"动情"乃是文学艺术之重要特点,它也是进行艺术欣赏活动的基础。后来,刘勰和钟嵘对文学,主要是诗歌的"动情"作用又作了更进一步的发挥。刘勰说艺术欣赏是"披文以入情",正是说的欣赏者通过接触艺术形象而体会艺术对象的感情内容,并进而开展感情上的交流。钟嵘虽然着重讲的是现实生活对作家所产生的激动和感情的"摇荡",所谓"凡斯种种,感荡心灵,非陈诗何以展其义?非长歌何以骋其情?"而作品既然主要是表达感情的,那么,自然也一定会对欣赏者起一种"动情"的作用了。诚如王夫之在《古诗评选》中所说的:"诗之所至,情无不至;情之所至,诗以之至。"由于诗歌以抒写人的内心感情为主,所以就能够动人之情,具有所谓"曲写心灵,动人兴观群怨"(《夕堂永日绪论·内编》)的作用。

明代袁无涯刻本《水浒传》的"发凡"中曾经指出,艺术欣赏的过程也即是"通作者之意,开览者之心"的过程。要能"开览者之心",艺术形象除了要能使欣赏者"动情"之外,还必须使欣赏者感到有"滋味"。滋味,是说的欣赏者的一种感受。有味无味是要由欣赏者的感受来体现的,然而"味"的内容是存在于艺术作品本身之中的。那么,从艺术作品来说,"味"究竟指的是什么呢?概括地说来,"味"是针对文学作品的形象思维特点而言的。形象思维的特点突出,作品的"味"就多,就浓烈;用抽象思维代替形象思维,就淡而无味。齐梁时期刘勰和钟嵘讲"味",都很鲜明地表现了这种特点。《文心雕龙》中讲到"味"的地方是非常多的,比如在《隐秀》篇中刘勰认为文学作品必须具有"隐秀"特征,才能有味,如明人所说"使玩之者无穷,味之者不厌",又说:"深文隐蔚,余味曲包。"作家的思想观点不是直白说出,而是隐藏于形象之中,见于言外,需要欣赏者自己从形象中去体会,正像梅尧臣所说:"作者得于心,览者会以意,殆难指陈以言也。"(见欧阳修《六一诗话》引)由于这种形象思维的特点,就使文学作品有味。刘勰在《体性》篇中说:"子云沉寂,故志隐而味深。"作家之志愈隐,作品之味愈深,因此也就更能引起欣赏者的审美趣味。钟嵘在《诗品·序》中则明确指出,有"滋味"的诗歌之特点即是因为它"指事造形,穷情写物,最为详切"。"指事"是通过"造形"来达到的,"穷情"是通过"写物"来实现的,而且愈是"详切","滋味"愈浓。这里,更加清楚地说明了文学作品的"味"正是形象思维特点所带来的。钟嵘批评当时的玄言诗"理过其辞,淡乎寡味",即是因为玄言诗既少感情又无形象,以枯燥玄虚的哲理,深奥难晓的玄学术语,来取代诗歌的形象特征,必然使人感到毫无诗味,也享受不到艺术的魅力。为此,钟嵘提出诗歌创作要善于运用赋比兴的艺术表现方法,能够"弘斯三义,酌而用之",方能使诗歌创作激起人的审美趣味,而达到"味之者无极,闻之者动心"的高度。

唐代司空图论诗味,则比刘勰、钟嵘有了更进一步的发展。司空图所讲的不是指一般地体现形象思维特征的"味",而是说的"味外之味"。从诗歌创作的实际来看,司空图所说的"味外之味",乃是指诗歌的艺术意境所引起人的审美趣味而言的。意境当然也是形象思维的产物,但是,它比一般的形象思维要更高一层。意境是由艺术形象的比喻、象征、暗示作用的充分发挥而创造的一个比具体艺术形象更加深远的广阔艺术空间。所以说,它是"味"外还有"味"。从司空图的论述来看,诗歌之所以会有"味外之味",是因为优秀的诗歌都有"象外之象,景外之景"。他在《与极浦书》中说道：

> 戴容州云："诗家之景,如蓝田日暖,良玉生烟,可望而不可置于眉睫之前也。"象外之象,景外之景,岂容易可谈哉？

这种"象外之象,景外之景",即是说的诗歌意境。这里的第一个象和景,是指诗歌中所描写的具体的有形的艺术形象而言的；而第二个象和景,则是指由第一个象和景所比喻、象征、暗示出来的一个虚实结合、以虚为主的艺术意境。"象外之象,景外之景"讲的是艺术对象的特点,而"味外有味"则是欣赏者欣赏这种"象外之象,景外之景"时所产生的审美趣味,是从欣赏者的角度来说的。艺术作品只有具备了"动情"和"滋味"这两种因素,才能成为欣赏对象,才可能创造出能够欣赏美的公众。

"六观"和"八字"

文学鉴赏要求欣赏者对艺术作品作具体的美学分析。那么,怎样通过对形象的解剖,而鉴别作品艺术美所达到的水平呢？我国古代文艺理论中,以刘勰的"六观"和桐城派的"神、理、气、味、格、律、声、色"八字,论述得最为全面而具体。刘勰在《文心雕龙·知音》篇中分析了文学的"披文以入情"的特殊过程后,又明确指出：

> 是以将阅文情,先标六观：一观位体,二观置辞,三观通变,四观奇正,五观事义,六观宫商。斯术既形,则优劣见矣。

刘勰认为文学作品的优劣,应该从上述六个方面去考察。要正确了解"六观"的内容和意义,首先要明白刘勰所说的"文"的对象是广义的,是指包括一切书面著作在内的"文",它既包括艺术作品在内,又包括了非艺术的文章。因此,"六观"是讲对一般文章写作的形式、结构等优劣的考察,而不是专讲文学形象塑造的优劣。但是文学是语言的艺术,这些方面对文学创作也是适用的,而且有些方面显然是文学创作中比较重要的问题,而对一般文章来说是不太重要的。其次,"六观"是根据文学欣赏过程的特点提出的,主要是讲从那些方面入手去分析文学的形式,从而进一步掌握它的内容,并且衡量其优劣。有人认为"六观"主要是讲艺术形式分析,就说刘勰有形式主义倾向,这是一种误解。"六观"是讲如何"披文以入情"的问题,要"披文"就要懂得作家是如何"作文"的。而且,一件艺术品如果它根本不够艺术品的条件,一点也不美,也不能感动人、吸引人,那么,也就谈不上什么思想意义和教育作用了。再次,刘勰所处的时代主要文学形式是诗文,其他的文学形式如小说、戏剧都还没有发展起来,因此,"六观"的概括只能适应诗文,而不完全适合于小说、戏剧。关于"六观"的具体内容,我们这里只能作一点扼要的分析。"位体",是指文章的体裁是否符合内容表达的需要,因为不同的体裁有不同的表现现实内容的特点。"置辞",是指语言文辞表达是否确切,是否生动。"通变",是指文章写作中处理继承和革新的关系是否正确。"奇正",是指文风正不正,是不是符合刘勰的"酌奇而不失其贞(真),玩华而不坠其实"的创作原则,和圣人文章那种"衔华而佩实"的原则是否一致。"事义",是讲典故运用得是否恰当,是深化了文章的内容呢,还是生硬堆砌而影响了内容的表达和文辞的自然流畅。"宫商",是指文章中的四声运用是否抑扬顿挫,有没有犯忌、犯病,这是指文章和诗歌的音乐美。

清代的桐城派在如何欣赏古文的问题上,提出了"神、理、气、味、格、律、声、色"八个字。这也是讲的如何考察文章的形式美问题,这八个字又可分为"神理气味"与"格律声色"两组。姚鼐在《古文辞类纂序目》中说:

> 凡文之体类十三,而所以为文者八,曰:神、理、气、味、格、律、声、色。神理气味者,文之精也;格律声色者,文之粗也。然苟舍其粗,则精者亦胡以寓焉?学者之于古人,必始而遇其粗,中而遇其精,终则御其精者,而遗其粗者。

姚鼐所谓"精者",即指作品的精神风貌而言,这是比较抽象而不易具体捉摸的;所谓"粗者",即是指作品的具体形式,语言、声律等而言,这是比较具体且可以看得见的。从文学创作角度来说,"神理气味"是属于艺术形象塑造上的问题,而"格律声色"则是属于语言文辞形式上的问题,也即是指艺术形象的物质表现手段而说的。这八个字的具体内容,前人也作过不少解释,意见并不一致。我们认为,神,是指作品达到神似的程度;理,是指作品要写得符合于人情物理,做到文理自然;气,是指文章或诗歌都要有顺畅的气势,不可使人感到塞涩;味,指作品要有滋味,韵趣盎然;格,是指文章的体式规矩;律,即律法,指创作中要符合于一定的法度;声,指文章的音乐美,即声律问题;色,是指辞藻色彩之美。这样的分析,就比刘勰的"六观"前进了一步,比较全面地从作品的形象塑造以及其物质表现手段两方面提出了具体的要求。姚鼐并且对这两方面的关系也作了很好的分析。他认为"精"是寓于"粗"之中的,要由"粗"而至"精",由形象的物质表现手段而进一步把握形象塑造的特点。姚鼐所说的"必始而遇其粗,中而遇其精,终则御其精",即是说的欣赏过程的三个不同阶段,先是接触文章的语言表现,然后了解和认识艺术形象的特点,最后是要体会形象中之含义,而受到教育,也就是"御其精"。

"六观"和"八字"是我国古代关于如何鉴赏诗文、如何衡量诗文艺术优劣的标准。而对于小说和戏剧来说,我国古代文艺家认为最重要的是要重人物形象塑造和艺术结构的安排。金圣叹《读第五才子书法》中说:

> 别一部书,看过一遍即休,独有《水浒传》,只是看不厌,无非为他把一百八个人性格,都写出来。

金圣叹认为一部小说的好坏,主要应看它是否写出了鲜明生动的人物性格。性格刻画出来了,作品便会具有高度的艺术魅力,使人爱不释手,百读不厌。金圣叹《水浒传序三》中说:"《水浒》所叙,叙一百八人,人有其性情,人有其气质,人有其形状,人有其声口。""施耐庵以一心所运,而一百八人各自入妙。"欣赏小说戏剧,就要善于去分析人物的性格特征及其所揭示的意义,从而了解作者的意图,正如金圣叹《读第五才子书法》所说:"大凡读书,先要晓得作书之人是何心胸。"然而,我国古代小说戏剧中的人物性格不像西方小说那样借作家的大段叙述和心理描写来表现,而主要是通过人物的言论、行动,借助于复杂、曲折的情节来体现的。因此,精心的艺术结构在我国古代小说戏剧创作中有十分重要的地位。我国古代文艺家认为要欣赏小说、戏剧除分析人物性格之外,还必须善于把握作品艺术结构的特征,只有这样才能更深入地了解作品的深刻意义以及作家所要说明的问题。金圣叹在《读第五才子书法》中说:

> 《水浒传》章有章法,句有句法,字有字法。人家子弟稍识字,便当教令反复细看,看得《水浒传》出时,他书便如破竹。

他还说:"吾最恨人家子弟,凡遇读书,都不理会文字,只记得若干事迹,便算读过一部书了。"所谓要"理会文字",即是要分析作品的艺术结构。由此可见,我国古代是很懂得艺术欣赏首先要对作品作具体的艺术分析,懂得各种形式艺术作品的艺术表现特点,否则也就变成只是看热闹,而无法真正体会到其"妙处",也不能深入理解作品的思想内容和社会意义。

"以意逆志"与"知人论世"

艺术鉴赏必须从对作品的艺术分析出发,但又不能仅仅停留在作品本身,还要进一步了解作家和了解作品产生的时代背景,这样才有可能真正把握作品所表现的意义。为此,它要求欣赏者必须有比较客观的态度,而不以主观的偏见去歪曲作品的意义。

孟子在《孟子·万章上》篇中所提出的有名的"以意逆志"和"知人论世"的方法,是文学批评的方法,同时也是文学鉴赏的重要原则。"以意逆志"的意思就是要求我们在欣赏文学作品时,不要囿于个别字句,对它作断章取义的理解,而要从作品的整体出发,准确地去把握它的意义,不要因为断章取义而违背作者的本意,而要比较客观地认识作家所要说明的主旨。"以意逆志"的"逆",是"迎"的意思,也就是"求"的意思。孟子认为欣赏诗歌要从全诗的总的形象分析出发,把握其基本思想,这样才能对具体诗句不作主观的简单化的解释。①

那么,如何才能正确地分析作品的意义并求得对作者所要表现的思

---

① 关于"以意逆志"论的具体阐释,以及对"意"的概念的理解,可参阅拙作《先秦诸子的文艺观》一书中"孟子对文学批评理论的贡献"一节。

想观点的认识呢？要做到"以意逆志"还必须要能够"知人论世"，也就是说，不仅要了解作者的思想和状况，而且要了解时代的特点及其对作品的影响。《孟子·万章下》篇中说："颂其诗，读其书，不知其人，可乎？是以论其世也。"所谓"知人论世"，具体地说，就是要搞清楚诗歌创作的背景。

这种"知人论世"的艺术欣赏原则，对我国古代的文艺鉴赏和批评影响极为深远，无论是诗文还是小说、戏剧，许多文艺家都是应用这个原则来欣赏和批评作品的。李贽在著名的《忠义水浒传序》中就突出地强调了对《水浒传》这部名著的欣赏，必须了解作者的思想和作品的时代背景。他说：

> 《水浒传》者，发愤之所作也。盖自宋室不竞，冠履倒施，大贤处下，不肖处上。驯致夷狄处上，中原处下，一时君相犹然处堂燕鹊，纳币称臣，甘心屈膝于犬羊已矣。施、罗二公身在元，心在宋；虽生元日，实愤宋事。是故愤二帝之北狩，则称大破辽以泄其愤；愤南渡之苟安，则称灭方腊以泄其愤。敢问泄愤者谁乎？则前日啸聚水浒之强人也，欲不谓之忠义不可也。是故施、罗二公传《水浒》而复以忠义名其传焉。

李贽在这里虽然也表现了肯定招安、肯定镇压方腊这些封建观点，但是，他指出欣赏《水浒传》必须了解作者是在异族入侵、内政腐败的时代背景下，为了寄其忧愤，而写作了这部名作，否则就不能正确地了解其含义。这就是如何以"知人论世"的方法去读《水浒传》的典型例子。用"知人论世"的方法去欣赏文学作品，才能正确地认识作品的社会意义，这对我们今天的艺术欣赏来说也是必不可少的重要原则。

"有龙渊之利，乃可以议于断割"

文学鉴赏除了要懂得应当如何按照艺术的特点去分析作品以外，还有一个重要方面是欣赏者本身必须有一定的主观条件。如果欣赏者没有文化，没有基本的艺术素养，没有广泛的社会生活经验，那么再好的作品，他也不能欣赏，甚至于可能把坏作品当好作品，把好作品当成了坏作品。对于这一点,我国古代也很早就有感性的认识了。建安时期著名的诗人曹植在他的《与杨德祖书》中,就非常强调文学的欣赏与批评,必须要有欣赏者的主观条件,欣赏者必须要有较高的才能与水平,才能真正欣赏作品,并作出公正的评价。他说道:

> 盖有南威之容,乃可以论于淑媛;有龙渊之利,乃可以议于断割。刘季绪才不能逮于作者,而好诋诃文章,掎摭利病。昔田巴毁五帝、罪三王、訾五霸于稷下,一旦而服千人;鲁连一说,使终身杜口。刘生之辩,未若田氏;今之仲连,求之不难,可无叹息乎?人各有好尚:兰茝荪蕙之芳,众人所好,而海畔有逐臭之夫;咸池六茎之发,众人所共乐,而墨翟有非之之论,岂可同哉?

曹植指出欣赏者本人必须和作者有同样的水平,甚至于远比作者有更高的水平,方有资格去欣赏和评定作品的好坏。否则,他是难以辨别优劣,也没有评论作品的权利的。这种说法有过于偏派的地方,不过,他确是认识到了欣赏者必须有足够的水平,方可能懂得如何去欣赏作品,评论作品。

但是,欣赏者的艺术修养水平,他的感受和理解艺术作品的能力,又是要从欣赏作品的过程中培养起来的。只有广泛地大量地欣赏优秀的艺术作品,才能真正提高自己的艺术欣赏能力。刘勰在《文心雕龙·知音》篇中说:

> 凡操千曲而后晓声,观千剑而后识器;故圆照之象,务先博观。阅乔岳以形培塿,酌沧波以喻畎浍。无私于轻重,不偏于憎爱;然后能平理若衡,照辞如镜矣。

刘勰的这个思想就是在曹植的论述基础上发展起来的,但是比曹植讲得更全面、更确切。他不仅指出了欣赏者必须有高度艺术修养,而且指出了这种艺术修养正是要从欣赏实践中培养起来的,不是先天的,而是后天的,关键是要"博观"。只有看见过高山、大海的人,才能衡量小山头、小水沟的意义与作用。识见广博、知识渊深,才能感受和欣赏作品,然而这又是建立在学习和研究大量艺术作品基础之上的。人们接触的艺术对象愈多,欣赏艺术的能力也就会不断提高。

严羽在《沧浪诗话》中开门见山就提出一个"识"字,这个"识"就是指对艺术作品的辨识能力,也即是指欣赏者的艺术欣赏能力。严羽认为这种"识"的能力是学诗者(亦即欣赏者)从阅读大量诗歌中才能获得的。艺术对象的水平愈高,那么它所创造出来的懂得艺术和能欣赏美的大众的水平也愈高。如果作品的艺术水平很低,那么,也就很难培养出有高度艺术鉴赏能力的欣赏者。故严羽说:

> 夫学诗者以识为主:入门须正,立志须高;以汉、魏、晋、盛唐为师,不作开元、天宝以下人物。……先须熟读《楚辞》,朝夕讽咏以为之本;及读《古诗十九首》,乐府四篇,李陵、苏武、汉、魏五言皆须熟读,即以李杜二集枕藉观之,如今人之治经,然后博取盛唐名家,酝酿胸中,久之自然悟入。

严羽论诗只重盛唐以前,这种说法当然是不全面的,因为盛唐以后也绝不是没有伟大诗人和优秀诗作。但是他由此而提出要从最好的诗歌、艺术水平最高的诗歌中去培养自己"识"诗的能力,这一点是很可贵的。后来,袁枚在《随园诗话》中提出"博览"的问题,也是指的欣赏者如何培养自己的欣赏能力的问题。诗话卷八中有这样一条:

> 文尊韩,诗尊杜:犹登山者必上泰山,泛水者必朝东海也。然使空抱东海、泰山,而此外不知有天台、武夷之奇,潇湘、镜湖之胜;则亦泰山上之一樵夫,海船上之舵工而已矣。学者当以博览为工。

袁枚告诉我们,学习和研究最优秀的作家和作品是很必要的,但又是不够的。要善于鉴赏诗文作品,不仅要懂得韩愈的文章,会欣赏杜甫的诗,还要广泛地涉猎各种风格的作家作品,具有广博的知识,这样才能具有很高的艺术鉴赏能力。

对于欣赏者来说,在培养自己欣赏能力的同时,还必须克服主观主义的各种偏见。刘勰在《文心雕龙·知音》篇中就指出,从欣赏者和批评者的角度来看,还必须反对三种错误的倾向,这就是"贵古贱今""崇己抑人""信伪迷真"。贵古贱今者总以为古人之作好,今人尽管创作出超过古人之作,仍被看不起。崇己抑人即是文人相轻,总以为自己写得比别人高明。至于信伪迷真者,则说明他缺乏知识和学问,没有艺术鉴赏的能力。因此,要做到科学地客观地欣赏艺术品是不容易的。刘勰在《知音》篇中说:"知音其难哉!音实难知,知实难逢。逢其知音,千载其一乎!"这就从欣赏者和艺术欣赏对象两方面说明了这一点。

"人情之游也无涯,而各以其情遇"

艺术欣赏和创作很不相同。艺术欣赏是欣赏者的一个再创造过程。欣赏者总是结合着自己的感情、认识、审美理想和艺术爱好去接触艺术对象的,因此,不同的欣赏者对同一艺术品欣赏的角度、方面是各不相同的。对于这个欣赏过程的再创造,我国古代文艺家有很深刻的分析和论述。比如王夫之在《姜斋诗话·诗译》中就说过:

> 作者用一致之思,读者各以其情而自得。故《关雎》,兴也;康王晏朝,而即为冰鉴。"讦谟定命,远猷辰告",观也;谢安欣赏,而增其遐心。人情之游也无涯,而各以其情遇,斯所贵于有诗。

每一篇文学作品,都体现了作者的一定的思想倾向,都有它特定的主题思想;然而,作家的倾向,作品的主题思想,都是通过对现实生活的具体的形象的描写而流露出来的。这种具体的、形象的现实生活本身所体现的客观意义,常常是比作家主观的思想认识要更为丰富的,这就是我们平常所说的形象大于思想的问题。欣赏者在接触到作品中所描写的具体的形象的现实生活时,他可以按照自己的思想认识来理解,可以用自己的想象去丰富它,因此能够比作家所要说明的有更多的和更深入的体会和认识,而且在许多情况下,由于欣赏者和创作者的思想认识和艺术爱好的差异,往往创作者和欣赏者所侧重的角度和方面,有较大的差别。王夫之在上述一段论述中,就具体地分析了历史上两个欣赏《诗经》的例子。比如《诗经》第一首《关雎》在古代就有很不同的解释。秦汉之际,传授《诗经》的齐、鲁、韩、毛四家就有两说。毛诗认为《关雎》是赞美"后妃之德"的,所谓"乐得淑女,以配君子,忧在进贤,不淫其色,哀窈窕,思贤才,而无伤善之心焉。是《关雎》之义也"(《毛诗序》)。可是,齐、鲁、韩三家都认为《关雎》是讽刺周康王恋于女色,不理朝政,以致使政治衰败的作品。诗人借《关雎》一诗希望周康王有所觉悟,以此为鉴。其实这两种说法都不是诗歌的本意。《关雎》是以雎鸠和鸣起兴,是一首男子思恋女子的爱情诗。但是,在古代普遍把它看作一首写帝王和妃子关系的诗的风气下,欣赏者却又可以"各以其情而自得",可以按照自己的生活、思想、认识去体会作品意义,有一个再创造过程。《诗经·大雅·抑》篇中"訏谟定命,远猷辰告"两句本意是说:政治上的远大谋略确定了就要公布出去,长远的图谋要随时播告四方。据《世说新语·文学》篇记载,谢安特别欣赏这两句,"谓此句偏有雅人深致"。这是因为谢安对东晋王朝偏安江南,很有感慨,他想要恢复中原,以图南北统一。由于有这种雄心壮志,他特别喜欢这两句诗。和他本人的理想、愿望相结合,觉得这两句诗可以体现他自己有远大抱负的胸怀。王夫之所谓"增其遐心",即是指此而言。"读者各以其情而自得",这是对艺术再创造过程的一个很深刻的概括。不仅如此,读者之情是各种各样的,而且在不同的场合之下,其情也并不相同,所以同样一篇文学作品不仅在不同读者那里认识不一样,即使是对同一读者来说,在不同的环境、遭遇中,当其思想感情不同时候,也会有不同的体会和认识。故而,艺术作品虽然是某一特定时代的产物,但是,它却可以为不同时代的读者所欣赏,从而具有长久的生命力。同时,也正因为艺术欣赏是一个再创造的过程,"人情之游也无涯,而各以其情遇,斯所贵于有诗"。

在我国古代有不少生动的例子可以说明艺术欣赏和欣赏者的感情、思想之间的密切联系,说明每一次艺术欣赏都具有欣赏者的再创造成分在内。例如《世说新语·豪爽》篇记载了这样一则故事:

> 王处仲每酒后,辄咏"老骥伏枥,志在千里。烈士暮年,壮心不

已"。以如意打唾壶,壶边尽缺。

这个有趣的记载说明王处仲之所以特别欣赏曹操这几句诗,正是因为他自己也有类似曹操那样的雄心壮志,他把自己的思想、感情、愿望补充了进去,所以每一吟咏,激动不已。又比如杜甫在欣赏韦偃画的马时所发出的感叹,也可以清楚地看出艺术欣赏的这种再创造特征。杜甫的《题壁上韦偃画马歌》云:

> 韦侯别我有所适,知我怜君画无敌。
> 戏拈秃笔扫骅骝,欻见麒驎出东壁。
> 一匹龁草一匹嘶,坐看千里当霜蹄。
> 时危安得真致此,与人同生亦同死?

杜甫在欣赏韦偃画的马时,是和他对动乱时代的深刻感慨紧紧地联系在一起的,因此他就想象到这两匹千里马要是真的话,在平定战乱、济世安民中将可以起多大的作用啊!这样一联系,也就赋予了韦偃所画之马以新的更加丰富的含义。杜甫本人那些充满了爱国激情的优美诗篇,同样也曾经使后代许多民族英雄感慨备至。如文天祥在《集杜诗自序》中就说,他甚至把杜甫的诗当作了自己的诗,"忘其为子美诗"。这样的例子是举不胜举的,它们充分说明了艺术欣赏是不能离开欣赏者本人所处的环境,以及他的感情、思想状况的,所以必然是一个再创造的过程。

以上只是初步介绍了我国古代有关文学鉴赏理论的几个主要方面。与我国古代丰富的艺术鉴赏理论的实际状况相比,只能说是沧海之一粟。笔者仅仅希望能借此起到一个抛砖引玉的作用而已。

(原载《艺术欣赏指要》,文化艺术出版社,1986年)

试论墨子的文艺思想

墨子(约前468—前376),姓墨,名翟,是战国初年的一位著名的思想家。《淮南子·要略》篇说:"墨子学儒者之业,受孔子之术,以为其礼烦扰而不说,厚葬靡财而贫民,服伤生而害事,故背周道而用夏政。"可见,墨子是以批判儒家起家的。墨子和他的弟子所形成的墨家学派,在先秦有很大的影响,在历史上与儒家并列而被称为儒墨显学。墨子的文艺思想在一些主要点上,是和儒家的文艺思想针锋相对的。儒家强调文艺对社会政治的积极作用,而墨子则认为文艺对社会政治只能起消极的破坏作用。儒家把文艺的地位抬得很高,而墨子则把文艺的地位贬得很低。儒家主张文质并重,而墨子则主张"先质而后文"。墨子从小生产者的立场出发,批判了贵族阶级的文艺,提出了一些有价值的文艺观点,但是,又受狭隘功利主义的限制,发表了一些偏激的否定文艺的错误看法。因此,对墨子的文艺思想应当作一分为二、恰如其分的评价。

墨子的文艺思想特征,和他的阶级出身以及他的社会政治观点,有十分密切的联系。墨子出身是比较贫寒的。他自称贱人,据《鲁问》记载,他可能当过工匠一类的小手工业者。他的弟子也大都是一些小生产者。墨子本人后来上升为"士"阶层中的一员,《贵义》篇中曾说道:"翟上无君上之事,下无耕农之难。"但是,他在政治思想上仍然代表着小生产者的利益和要求。墨子的思想既反映了小生产者对上层贵族阶级压迫、剥削的强烈不满和反抗,也反映了这个阶级本身的局限所造成的某些狭隘性、保守性和软弱性。墨子认为当时老百姓有"三患",即《非乐》篇说的:"饥者不得食,寒者不得衣,劳者不得息。"他在政治上的目标就是要解决这"三患",使饥者得食,寒者得衣,劳者得息。他的政治主张、文艺思想都是从这个前提出发的。他坚决反对诸侯国家之间的攻伐兼并,认为这种"不义"战争给老百姓带来了莫大的灾难与祸害,破坏了人民的正常生产活动,"春则废民耕稼树艺,秋则废民获敛",造成了"百姓饥寒冻馁而死者,不可胜数"(《非攻·中》)的局面。至于被侵略的国家,人民的遭遇更惨:"以攻罚(伐)无罪之国,入其沟(边)境,刈其禾稼,斩其树木,残其城郭,以御(抑)其沟池,焚烧其祖庙,攘杀其牺牷(牲)。民之格者,则刭拔(杀)之;不格者,则系操(累)而归。丈夫以为仆圉、胥靡,妇人以为舂酋。"(《天志·下》)墨子谴责诸侯国家间的这种攻伐兼并,提出了"兼爱""非攻"的口号。在一个国家之内,墨子也反对"强必执弱,富必侮贫,贵必敖(傲)贱"(《兼爱·中》)这种阶级压迫的现象。墨子对贵族统治阶级在衣、食、住、行方面的奢侈淫佚生活,进行了愤怒的揭发和批判。墨子指出,贵族统治阶级的这种腐朽的享乐生活,完全是建立在对劳动人民掠夺的基础上的,它是导致"三患"的重要原因。《辞过》篇说:"当今之主,其为宫室……必厚作敛于百姓,暴夺民衣食之财,以为宫室台榭曲直之望,青黄刻镂之饰,为宫室若此,故左右皆法象之。是以其财不足以待凶饥、振孤寡,故国贫而民难治也。"在衣着方面,他们"冬则轻暖,夏则轻清,皆已具矣。必厚作敛于百姓,暴夺民衣食之财,以为锦绣文采靡曼之衣,铸金以为钩,珠玉以为珮,女工作文采,男工作刻镂,以为身服,此非云益暖之情也。单(殚)财劳力,毕归之于无用也"。在饮食方面,他们也"厚作敛于百姓,以为美食刍豢,蒸炙鱼鳖,大国累百器,小国累十器,前方丈,目不能遍视,手不能遍操,口不能遍味,冬则冻冰,夏则馂饐,人君为饮食如此,故左右象之。是以富贵者奢侈,孤寡者冻馁,虽欲无乱,不可得也"。在乘坐舟车方面,他们也"必厚作敛于百姓,以饰舟车。饰车以文采,饰舟以刻镂。女子废其纺织而修文采,故民寒;男子离其耕稼而修刻镂,故民饥"。为了改善小生产者的地位,墨子反对贵族阶级的世卿世禄制度,主张要让贫贱而有才能的人参预当政。他说:"古者圣王之为政,列德而尚贤,虽在农与工肆之人,有能则举之。""以德就列,以官服事,以劳殿赏,量功而分禄。故官无常贵,而民无终贱。有能则举之,无能则下之。"(《尚贤·上》)这正是反映了小生产者对贵族阶级专横统治的不满。所以,墨子把是否"中万民之利",作为衡量一切政治措施和言论行动的标准,而这也是他衡量文艺的一个标准。

但是,墨子在提出这些进步的政治主张的同时,也明显地暴露了一些弱点和缺陷。首先,墨子提出的"兼爱""非攻""尚贤""尚同""节用""节葬"等主张,是建立在承认贵贱等级的前提之下的,他没有要打破这种贵贱等级制度思想的要求;同时,他把实现这种政治主张的希望,寄托在帝王和统治阶级身上,期待他们之中的贤者来施行。因此,这只能是一种不切实际的幻想。墨子没有看到贵族阶级和人民群众之间存在着不可调和的矛盾,而这种矛盾只有通过人民群众的斗争才能解决。实际上,他的"兼爱""非攻"口号,有时还可能被贵族阶级利用来破坏人民群众的斗争。其次,墨子为了实现他的政治主张,还企图利用宗教鬼神的力量。他提倡"尊天事鬼",强调"不中万民之利"的言行,不从老百姓的实际利益出发的考虑,就要受到上天和鬼神的惩罚。他把上天和鬼神说成似乎是小生产者利益的保护者,然而,宗教最终只能是对压迫者有好处,对人民群众只不过是一种麻醉剂。最后,墨子所强调的"中万民之利"和解决"三患",都带有浓厚的小生产者狭隘功利主义色彩。他只看到老百姓在衣食住行方面的一些具体利益,并且只以这些眼前的直接的利益作为衡量是非的标准,而没有看到有关老百姓的根本利益的方面,所以就有很大的局限性,并且导致了一些荒谬的结论,例如他所主张的"非乐",就是如此。

从上述的阶级立场和政治观点出发,墨子对儒家所一再倡导的诗、书、礼、乐,采取了批判和否定的态度。他认为这都是一些空洞而不切实用的东西。《公孟》篇说:

> 子墨子谓公孟子曰:"丧礼:君与父、母、妻、后子死,三年丧服。伯父、叔父、兄弟期。族人五月。姑、姊、舅、甥,皆有数月之丧。或以不丧之间,诵诗三百,弦诗三百,歌诗三百,舞诗三百。若用子之言,则君子何日以听治,庶人何日以从事?"公孟子曰:"国乱则治之,国治则为礼乐。国治(贫)则从事,国富则为礼乐。"子墨子曰:"国之治也,治之,故治也。治之废,则国之治亦废。国之富也,从事,故富也。从事废,则国之富亦废。故虽治国,劝之无餍,然后可也。今子曰:国治则为礼乐,乱则治之,是譬犹噎而穿井也,死而求医也。古者三代暴王桀纣幽厉,茶为声乐,不顾其民,是以身为刑僇,国为戾虚者,皆从此道也。"

墨子认为像儒家那样,居丧就不干事;不居丧也只是以诗乐自娱,君子不"听治",庶人不"从事",国家怎么能强大富足起来呢?墨子强调说明,诗书礼乐是不能使国家强大富足的,如果像公孟子所说的,"国治""国富"时就搞礼乐,而不去继续"听治""从事",那么就不能维持多久,国家很快会乱、会贫,到那时再去"听治""从事",就好像"噎而穿井""死而求医"一样,无法再挽回了。墨子指出,"三代暴王"就正是因为"耽于声乐",不顾百姓死活,把奢侈淫佚的腐化生活建立在残酷剥削压迫人民的基础上,而导致身败国亡的。所以,墨子接着在分析"儒之道,足以丧天下者,四政焉"时,其中之一就是"弦歌鼓舞,习为声乐,此足以丧天下"。儒家把诗、书、礼、乐看作治国之至宝,而墨子看来它们正好是治国之大患。《公孟》篇还说:

> 公孟子谓子墨子曰:"昔者圣王之列也,上圣立为天子,其次立为卿大夫。今孔子博于诗书,察于礼乐,详于万物,若使孔子当圣王,则岂不以孔子为天子哉!"子墨子曰:"夫知者,必尊天事鬼,爱人节用,合焉为知矣。今子曰:'孔子博于诗书,察于礼乐,详于万物',而曰可以为天子,是数人之齿,而以为富。"

墨子并不把"博于诗书,察于礼乐",看作什么了不起的事,也不把孔子当成圣王来看待,更不要说尊他为天子了。墨子认为诗书礼乐这些东西对于实际政治状况的改善是起不了什么作用的,更解决不了老百姓的"三患"问题,而只有"尊天事鬼,爱人节用",才对老百姓有好处。

墨子是讲究实际功用的。诗、书、礼、乐尽管可以文饰一个国家的社会政治面貌,但不能解救老百姓的当务之急。所以,墨子提出"先质而后文",要首先解决穿衣吃饭一类的实质性的具体问题,而后再考虑文化道德的修养包括文艺问题。由于求"质"之切,墨子往往先不考虑"文"的问题。为了集中力量先解除老百姓的"三患",墨子对文艺采取了否定的态度。《说苑·反质》篇曾记载了墨子和禽滑厘的一段对答,可以大体上反映出墨子的这种文艺思想和美学观点:

禽滑釐问于墨子曰:"锦绣䌸绤,将安用之?"墨子曰:"恶。是非吾用务也。古有无文者得之矣,夏禹是也。卑小宫室,损薄饮食,土阶三等,衣裳细布。当此之时,黼黻无所用,而务在于完坚。殷之盘庚,大其先王之室,而改迁于殷。茅茨不翦,采椽不斲,以变天下之视。当此之时,文采之帛,将安所施。夫品庶非有心也,以人主为心。苟上不为,下恶用之。二王者以身先于天下,故化隆于其时,成名于今世也。且夫锦绣䌸绤,乱君之所造也,其本皆兴于齐景公,喜奢而亡俭,幸有晏子,以俭镌之,然犹几不能胜。夫奢安可穷哉?纣为鹿台糟丘,酒池肉林,宫墙文画,雕琢刻镂,锦绣被堂,金玉珍玮,妇女优倡,钟鼓管弦,流漫不禁,而天下愈竭,故卒身死国亡,为天下戮,非惟锦绣䌸绤之用邪?今当凶年,有欲予子随侯之珠者,不得卖也,珍宝而以为饰。又欲予子一钟粟者,得珠者不得粟,得粟者不得珠,子将何择?"禽滑釐曰:"吾取粟耳,可以救穷。"墨子曰:"诚然,则恶在事夫奢也。长无用,好末淫,非圣人之所急也。故食必常饱,然后求美;衣必常暖,然后求丽;居必常安,然后求乐。为可长,行可久,先质而后文,此圣人之务。"禽滑釐曰:"善。"

墨子在这里举了夏禹和盘庚的例子,说明古代圣王以实际功用为务,是不去追求文采修饰的,因此天下大治。而像殷纣王那样追求文采修饰,乃是"乱君"之道,必然要"身死国亡,为天下戮"。他举例说,在饥荒之年,人们情愿不要价值连城的"随侯之珠",而宁可要"一钟粟"。他所提出的"食必常饱,然后求美;衣必常暖,然后求丽;居必常安,然后求乐"的原则,反映了他具有强烈功利主义色彩的美学观点;而他的文艺思想正是建立在这样的美学观点之上的。

墨子的文艺思想,非常集中地体现在他的《非乐》篇中。墨子在《非乐》篇的开头,就申明他并不是否定文艺有艺术美,也并不是否认艺术对人的娱乐作用。他说:"子墨子之所以非乐者,非以大钟、鸣鼓、琴瑟、竽笙之声以为不乐也,非以刻镂华文章之色以为不美也。"而是由于他们"不中万民之利"。为此,墨子宁可不要这种美的艺术,不享受这种艺术之美,目的是解决有关"万民之利"的实际问题。墨子承认艺术之美是客观存在的,但是它必须首先服务于功利的目的,否则再美也是无用的。墨子认为音乐艺术之美,并不能帮助老百姓解除吃不饱、穿不暖、劳苦而不得休息的"巨患",相反地,大搞音乐还会加深人民的灾难和痛苦。为什么这样说呢?墨子在《非乐》篇中讲了以下几条理由:

第一,王公贵族等上层统治阶级由于爱好音乐,就必然要加重对人民群众的剥削,搜刮百姓钱财,用来置办乐器设备。墨子说古代圣贤帝王也向百姓收税,但他们是为了造"舟车",是用于民而利于民的。而现在的帝王用这些钱来搞音乐,完全是为了自己享乐,而置老百姓的死活于不顾。并且王公贵族爱好音乐,就必然要有许多乐工来为他们演奏。而这些乐工,"将必不使老与迟(稚)者。老与迟者,耳目不聪明,股肱不毕强,声不和调,明不转朴。将必使当年,因其耳目之聪明,股肱之毕强,声之和调,眉之转朴。使丈夫为之,废丈夫耕稼树艺之时;使妇人为之,废妇人纺绩织纴之事。"这样就必然要影响国家和人民的农桑大业,岂不是贻害无穷的事吗?

第二,墨子认为一个国家如果提倡了音乐,就会使各阶层的人忘了自己应做的工作,从而给这个国家带来贫穷和混乱。"与君子听之,废君子听治;与贱人听之,废贱人之从事。"具体地说,王公大人"说(悦)乐而听之,即必不能蚤朝晏退,听狱治政,是故国家乱而社稷危矣";士君子"说(悦)乐而听之,即必不能竭股肱之力,亶其思虑之智,内治官府,外收敛关市、山林、泽梁之利,以实仓廪府库";农夫"说(悦)乐而听之,即必不能蚤出暮入,耕稼树艺,多聚叔粟";妇人"说(悦)乐而听之,即必不能夙兴夜寐,纺绩织纴,多治麻丝葛绪绸布缲"。大家都去欣赏音乐,国家的政治、经济,岂不是都要垮掉了吗?

第三,社会上大国侵略小国,贵族阶级压迫贱民阶级,强者欺侮弱者,这些令人愤慨的现象靠音乐也是解决不了的。墨子说:"今有大国即攻小国,有大家即伐小家,强劫弱,众暴寡,诈欺愚,贵傲贱,寇乱盗贼并兴,不可禁止也。然即当为之撞巨钟、击鸣鼓、弹琴瑟、吹竽笙而扬干戚,天下之乱也,将安可得而治与?即我以为未必然也。是故子墨子曰:姑尝厚措敛乎万民,以为大钟、鸣鼓、琴瑟、竽笙之声,以求兴天下之利,除天下之害,而无补也。"一个国家受到侵略、人民面临亡国灾难的时候,靠音乐是不能打胜仗的,音乐不可能挽回危局,免国家于覆亡之险。而贱民阶级受到贵族阶级欺凌的时候,也不可能依靠音乐来帮助自己改变现状。不仅如此,在《三辩》篇中,墨子还列举了从尧舜到周成王的历代帝王对音乐的爱好和政治优劣的情况作了比较,认为凡是愈古的帝王,政治愈好,音乐就愈少而简;而到后来,政治状况愈来愈差,而音乐反倒多而繁了。他说:

> 昔者尧舜有茅茨者,且以为礼,且以为乐。汤放桀于大水,环天下自立以为王,事成功立,无大后患,因先王之乐,又自作乐,命曰《护》,又修《九招》。武王胜殷杀纣,环天下自立以为王,事成功立,无大后患,因先王之乐,又自作乐,命曰《象》。周成王因先王之乐,又自作乐,命曰《驺虞》。周成王之治天下也,不若武王;武王之治天下也,不若成汤;成汤之治天下也,不若尧舜。故其乐逾繁者,其治逾寡。自此观之,乐非所以治天下也。

这样,墨子就推导出音乐和政治之间,是一种互相妨害和互相排斥的关系。这和儒家对音乐与政治关系的看法恰好形成鲜明的对立。他认为音乐不仅不能对政治起有益的促进作用,音乐搞多了,反而会在政治方面减少精力,从而对政治起破坏作用。

墨子这种否定音乐、否定文艺的结论,明显是错误的。不过,联系当时的社会背景来分析,其中也包含着许多积极的内容。墨子提出"非乐"的动机还是很好的。他是针对音乐和文艺被上层贵族阶级所把持,成为他们的专有品,被他们作为享乐的工具这种具体状况而说的,特别是对贵族统治阶级的揭露还是很深刻的。他的目的是反对王公贵族为了满足自己腐朽生活的欲望,追求声色之乐,加重对人民群众的剥削,置国家安危、人民生活于不顾。他从"兴天下之利,除天下之害"的角度来衡量文艺,从能否解决百姓的"三患"来测定文艺的作用,这是积极的,有意义的,也是正确的。但是,他把人民群众的利益理解得过于狭隘了,变成了只是穿衣吃饭等具体问题;同时,他也把音乐等文艺的作用理解得过于简单化了。他没有看到音乐、文学这些精神的因素也可以对物质的东西起到积极的促进作用。他没有看到音乐、文学等也可以为劳动人民服务,可以揭露统治阶级、鼓舞劳动人民,激发他们的斗争精神,使他们心情舒畅,愉快地劳动,从而提高物质生产力。他把音乐、文学等文学艺术和拯救人民于水深火热之中的事业对立起来了,把文学艺术和富国强兵、发展生产对立起来了。他不懂得问题并不在文学艺术本身,而在于它究竟掌握在谁手里,为谁服务方面。因此,墨子对待音乐、文学这些文学艺术,虽然有一个好的出发点,却得出了错误的结论。

墨子在认识论上是有朴素的唯物主义因素的。他提出的"三表法",是为了判断人们对客观事物的认识是否正确。这是墨子判断人们言论行动是否正确的标准,也是他用来辨别文学艺术有没有价值的标准。什么是"三表法"呢?《非命·上》篇说:

> 何谓三表?子墨子言曰:有本之者,有原之者,有用之者。于何本之?上本之于古者圣王之事。于何原之?下原察百姓耳目之实。于何用之?废以为刑政,观其中国家百姓人民之利。此所谓言有三表也。

《非命·中》篇里墨子对提出"三表法"的原因有所论述,他说:

> 子墨子言曰:凡出言谈,由文学之为道也,则不可而不先立义法。若言而无义,譬犹立朝夕于员钧之上也,则虽有巧工,必不能得正焉。然今天下之情伪,未可得而识也,故使言有三法。

可见,"三表法"是墨子提出的检验客观真理的标准。墨子所讲的"本之者"和"原之者",是讲的人们的间接经验和直接经验。也就是说,凡言谈文学(此处的"文学"是广义的)都必须先看看它是否符合古代圣王的原则,同时又要看看它是否符合百姓的实际情况。所谓"用之者",即是要把它放到实践中去检验一下,看看它对国家对人民是否真正有用。"三表法"所提出的这些原则,从哲学上看,是基本符合唯物主义原理的;从政治上看,也是有进步意义的。但是其中也有不科学不正确的地方。比如,所谓"圣王之事",不同学派的人理解就很不一样,儒家所认为的"圣王之事"和墨家所认为的"圣王之事"就是大不一样的。而所谓"百姓耳目之实",也有很浓厚的小生产者的狭隘功利主义色彩。此外,"国家百姓之利"在阶级社会里也是不统一的,国家之利和百姓之利经常是有矛盾的。在剥削阶级统治的国家里,对国家有利的,对人民就未必有利。由于"三表法"存在这些弊病,所以,墨子在具体运用"三表法"时,得出的结论并不都是正确的,往往有很大的片面性。墨子的"非乐"观点就是按照"三表法"得出来的。他认为古圣王是不注重音乐的,他们懂得音乐搞多了会影响治国,为了把精力集中在治国上,对音乐力求简陋,甚至不要它。可是实际上,在尧舜禹时代,生产力低微,音乐也还很原始,是客观历史条件决定了不可能有丰富完美的音乐。墨子认为从"百姓耳目之实"来看,音乐也是不好的、有害的。因为王公贵族购置乐器设备,就要加重百姓负担,青壮年男女去当乐工,就要影响到农耕纺织,反而加重了百姓的"三患"。这也是从狭隘功利主义出发的、简单化的看法。墨子认为音乐在实践中对"国家百姓人民之利"是无益的,这也是很片面的看法。他只看到音乐被统治阶级用来满足其奢侈荒淫生活要求的一面,而没有认识到音乐也可以起揭露批判统治阶级的作用。他只看到百姓由于喜欢音乐而可能放松耕稼织绩,而没有认识音乐可以起到鼓舞人民生产积极性的一面。墨子的"三表法"尽管存在这样一些明显的缺陷,但是,我们如果排除其中这些不科学不正确的因素,吸取其中的积极成分,那么,"三表法"对文艺批评仍然是提供了一些有价值的内容的。这可以归纳为以下几方面:第一,"三表法"强调了要按照对百姓是否有利,来衡量文艺的好坏;第二,"三表法"告诉我们考察文艺要参考历史的经验和现实的经验;第三,"三表法"重视了把文艺放到"刑政"的实践中去加以检验。这些基本精神,即使在今天也还是有某种借鉴作用的。

对于墨子的思想,荀子在《解蔽》篇中有过一个十分中肯的批评,他说墨子是"蔽于用而不知文"。这是一个非常正确的批评,它切中要害地说明了墨子文艺思想的弱点和缺陷。墨子强调文艺要"中万民之利"这是很有见地的,是很进步的文艺观;但是,他从狭隘的功利主义出发,又走向了否定文艺的道路,结果就把它的积极方面也给掩盖起来了。

墨子死后，墨家学派又分成了好几派。据韩非子《显学》篇记载，有相里氏之墨、相夫氏之墨、邓陵氏之墨等，"墨离为三，取舍相反不同"，但都认为自己是墨家嫡传。现存《墨子》中的《经》上下、《经说》上下、《大取》《小取》六篇，经许多学者考定，乃是战国末年后期墨家的著作。后期墨家发展了墨子学说中的唯物主义方面，吸取了当时自然科学中的成就，特别是在逻辑学方面作出了十分重大的贡献。后期墨家在研究论辩的作用及论辩的逻辑性时，所提出的一些原则和方法，对于后来文章的写作是有积极影响的。比如《小取》篇讲到论辩的作用时说："夫辩者，将以明是非之分，审治乱之纪，明同异之处，察名实之理，处利害，决嫌疑，焉（乃）摹略万物之然，论求群言之比。"这实际上也可看作对文章作用的论述。下文接着又分析了论辩的三种方法，即"以名举实，以辞抒意，以说出故"。这就是说在论辩中要名实相符，用一定的命题来把自己意思表达清楚，通过论说把缘由分析出来。如何"以说出故"？《小取》篇中提出了九种逻辑方法：或、假、效、辟、侔、援、推、同、异。这里对文艺关系比较密切的是"辟"，《小取》云："辟也者，举也（他）物而以明之也。"辟，就是譬喻。"举也（他）物而以明之"，就是借具体形象的事物来譬喻说明的意思。后期墨家这里是从逻辑方法的角度讲的譬喻，但它实际上已对文艺创作中的"比"的方法的特点作了科学的说明。这和后来汉代的郑众所说"比者，比方于物"，以及朱熹讲的"比者，以彼物比此物也"，意思是差不多的。比兴是我国古代诗歌创作中反映形象思维特征的两种艺术表现方法。而对"比"的内容的分析，应该说后期墨家的论述是最早的。

（原载《古代文学理论研究》第 2 辑，上海古籍出版社，1979 年）

论庄子的文艺思想及其影响

庄子(约前369—前286),名周,是战国中期著名的思想家和文学家。他的文艺思想受老子影响较大,但是,老子有关文学的论述很少,传统所说的道家文艺思想,主要指庄子的文艺思想。

以庄子为代表的道家文艺思想,和以孔子为代表的儒家文艺思想一样,对我国古代文艺思想和文艺创作的发展有极其重大的影响。如果说,儒家文艺思想的主要贡献是在阐述文艺的外部规律,即文艺和政治的关系、文艺和现实的关系、文学的社会教育作用等方面,那么,道家文艺思想的主要贡献则是在于文艺的内部规律方面,即对艺术的审美标准、艺术特征、创作构思、艺术表现等方面的影响。道家文艺思想对我国古代艺术的民族特色的形成起了很大作用。郭沫若同志说:"秦汉以来的一部中国文学史差不多大半是在他(指庄子——引者)的影响之下发展。"①闻一多先生也说过"中国文艺出于道家"(见他的手稿)。可是,新中国成立以来,我们在古代文艺理论的研究中,对道家文艺思想的评价,却存在着一种较为偏颇的看法:往往一提起老庄,特别是庄子,就和"消极出世""逃避现实"这些概念联系在一起,说庄子是"反文艺"的,认为庄子"对于文艺完全是采取虚无主义的否定态度"②。虽然有的同志还是肯定了庄子文艺思想中的某些积极影响,但总的说,是看它的消极面过多,这对正确总结我国古代文艺发展的经验是不利的。

庄子文艺思想和他的哲学思想、政治思想有密切关系,是他世界观中的一个重要组成部分;庄子哲学中的唯心主义思想给他的文艺思想也带来了消极影响,这是毋庸讳言的。但是,我们不能把对哲学思想的评价和对文艺思想的评价等同起来。何况,唯心主义在历史发展过程中也是有

---

① 《沫若文集》第12卷,人民文学出版社,1959年,第59页。
② 施昌东:《先秦诸子美学思想述评》,中华书局,1979年,第72页。

过贡献的,马克思在《关于费尔巴哈的提纲》中就指出过。庄子对文艺创作中所涉及的某些重要的精神活动现象,有比较深入的分析和研究,同时,他思想中的某些辩证法因素也对文艺思想的发展,产生了有益的影响。所以,本文将着重讨论庄子文艺思想的积极方面及其影响。

"天籁""天乐""应之自然"
——崇尚自然本色,反对人工雕琢的审美标准

庄子文艺思想的核心是提倡自然本色之美,反对人为的雕琢造作,这和他的整个哲学思想体系是分不开的。庄子在哲学上和老子一样也强调"天道自然无为"。他认为,"道"既是宇宙万物的本源,又是宇宙万物发展变化的原因。宇宙间的一切事物都是"道"的体现,都有本身的自然规律。因此,庄子主张一切事物都必须顺应"道",任其自然,绝不能以人为的力量去改变它本身的自然规律。他说:"无以人灭天,无以故灭命。"(《秋水》)这个"天"即指自然,"命"即指自然规律。庄子强调了要尊重事物客观存在的自然规律,而不应当以人的主观意志去任意违背它。然而,他又走向了极端,否认人可以掌握自然规律,可以能动地改造自然,得出了人只能消极地依赖自然,完全无所作为的结论;提出了"绝学""弃智"的主张,认为人对知识和技能的掌握,只会妨碍自己去认识"道"、掌握"道"。这种思想反映到艺术上,就形成了崇尚天然、反对人为的审美观点。

庄子认为最高最美的艺术,是完全不依赖于人力的天然的艺术;而人为造作的艺术,不仅不能成为最高最美的艺术,还会妨碍人们去认识和领会天然的艺术美,并且对人们任其自然的审美意识起破坏作用。老子曾说:"五色令人目盲,五音令人耳聋,五味令人口爽。""美言不信,信言不美。"庄子发展了老子的这种观点,认为人为地用色彩、线条创造的绘画,用声音、节奏创造的音乐,用语言文字创造的文学,乃是最蹩脚的艺术,因为它们使人们忘记了自然本色美。庄子说:"擢乱六律,铄绝竽瑟,塞瞽旷之耳,而天下始人含其聪矣。灭文章,散五采,胶离朱之目,而天下始人含其明矣。毁绝钩绳,而弃规矩,攦工倕之指,而天下始人有其巧矣。"(《胠箧》)他认为只有毁掉一切人为造作的艺术,才能够使人们懂

得什么是真正的天然的艺术美。庄子又说:"五色不乱,孰为文采;五声不乱,孰应六律;夫残朴以为器,工匠之罪也。"(《马蹄》)他甚至把古代著名的艺术家、工艺家如瞽旷、离朱、工倕等看作破坏人们天然审美意识的罪人。

庄子的这种观点是有很大片面性的,诚如荀子所指出的,是"蔽于天而不知人"(《荀子·解蔽》),把尊重客观的自然规律绝对化,否定了人的主观能动作用,也就否定了人们艺术实践的必要性。但是,我们绝不能由此就简单地得出庄子根本否定文艺的消极结论。尽管庄子反对人为造作的艺术,提倡完全天然的艺术,而艺术本来就是人的实践所创造的成果;没有人的创造,也就没有了艺术;事实上也没有一个热爱艺术的艺术家因为同意庄子的观点而放弃艺术创造——那样一来,他(她)就不成其为艺术家了。庄子这种思想对后代所产生的实际意义和影响,不是取消艺术,而是要创造毫无人工斧凿痕迹的、"应之自然"的艺术。同时,我们还要看到,庄子虽然和老子一样否定人为造作的艺术,但和老子又略有不同。庄子认为"道"是无处不在的,它也存在于人的主观精神中。人如果能在主观精神上达到和"道"合一的境界,能够"独与天地精神往来"(《天下》),使"天地与我并生,而万物与我为一"(《齐物论》),那么,他的一切作为也就无不与自然同趣了。——从这个角度看,庄子又肯定了人可以通过主观精神上与"道"合一,而创造出自然神化的艺术作品来。这一点很重要,它说明庄子并不是根本反对艺术创造的。他的这种文艺思想在音乐、绘画、文学等方面都有具体的阐述。

在音乐方面,庄子认为最好的是"天籁""天乐"。什么是"天籁"呢?"天籁"是一种不依靠人的作用,不凭借任何外力,而天然产生的声音之美。庄子在《齐物论》中把声音之美分为三类:"人籁""地籁""天籁"。"人籁"是人通过并借助于丝竹管弦这些乐器而构成的声音之美。"地籁"是风吹自然界的各种大大小小的孔窍所发出的声音之美,它们要依靠风的大小和孔窍的不同才能形成。而"天籁"呢?则是自然界众窍"自鸣"的声音之美,是不依赖任何外力而自发产生的。庄子说:"吹万不同,而使其自己也。咸其自取,怒者其谁邪?""人籁""地籁"再好也是要受到"怒者"限制的,而"天籁"则不受任何约束,完全是天然的。庄子认为只有这种"天籁"是最美的,由"天籁"所构成的乐曲,就是"天乐"。庄子说:"与天和者,谓之天乐。"(《天道》)《天运》篇中,庄子借助神话故事,生动地描绘了"天乐"的状况。黄帝在"洞庭之野"所奏的"咸池之乐",使北门成听了竟至于神魂颠倒,完全陶醉了。黄帝向他解释这种"天乐"之所以有如此巨大的艺术魅力,是因为他"奏之以人,徵之以天,行之以礼义,建之以太清",所以,"其声能短能长,能柔能刚,变化齐一,不主故常,在谷满谷,在坑满坑"。这种"天乐"的特征是:"听之不闻其声,视之不见其形,充满天地,苞裹六极。"成玄英疏道:"大音希声,(故)听之不闻;大象无形,故视之不见;道无不在,故充满天地二仪;大无不包,故囊括六极。"郭象注道:"此乃无乐之乐,乐之至也。"这种"无乐之乐",即是庄子理想的最美音乐。

在绘画方面,庄子所欣赏的是"解衣般礴"式的画。《田子方》篇云:"宋元君将画图,众史皆至,受揖而立;舐笔和墨,在外者半。有一史后至者,儃儃然不趋,受揖不立,因之舍。公使人视之,则解衣般礴,臝。君曰:'可矣,是真画者也。'"庄子认为,用笔墨所能画出来的画,都是有局限性的,总不如自然本身来得美。一个画家不管他有多大本事,也不能把自然之美全部毫无遗漏地描绘出来,只有自然本身所呈现出来的,才是最美的"真画"。当然,"解衣般礴"对古代绘画的影响,也不是不要绘画,而是强调要自然逼真,看不出任何人工雕琢的痕迹。

庄子这种审美观点反映在文学上,即是主张不受语言文字的限制,而求之于"言意之表",体会自然真美。《秋水》篇说:"可以言论者,物之粗也。可以意致者,物之精也。言之所不能论,意之所不能察致者,不期精粗焉。"成玄英在这段话下疏道:"夫可以言辨论说者,有物之粗法也;可以心意致得者,有物之精细也;而神口所不能言,圣心(所)不能察者,妙理也。必求之于言意之表,岂期必于精粗之间哉!"自然"妙理"是无法用言、意来表达的,只能求之于"无言无意之域"。郭象注道:"唯无而已,何精粗之有哉!夫言意者,有也,而所言所意者,无也。故求之于言意之表,而入乎无言无意之域,而后至焉。"庄子这里讲的是语言文字表达方面的问题,并非专讲文学,但其精神是和文学相通的。

综上所述,可以看出庄子审美标准的基本精神是要求最大限度地符合自然,以自然本身为美的最高标准。庄子的这种审美观点,对我国两千多年来的美学和文艺思想的发展,产生了十分深远的影响。"天籁""天乐""解衣般礴""言意之表",遂成为我国古代音乐、绘画、文学所竭力追求的一种艺术上的最高境界。我国文学理论批评的自觉时代——魏晋南北朝时期两位最重要的文学理论批评家刘勰和钟嵘,就非常深刻地受到这种崇尚自然之美的美学和文艺思想的影响,并把它贯穿在整个文学理论批评之中。刘勰《文心雕龙》中讲"人文"起源即在于"自然之道",他说天地两仪之间,"惟人参之,性灵所钟,是谓三才。为五行之秀,实天地之心。心生而言立,言立而文明,自然之道也"(《原道》)。在讲到诗歌的本质时,又说:"人禀七情,应物斯感,感物吟志,莫非自然。"(《明诗》)他讲文学的风格,重在"自然之恒资"(《体性》);讲文学的体势,强调"如机发矢直,涧曲湍回,自然之趣也"(《定势》);在内容和形式的关系上,则认为"铅黛所以饰容,而盼倩生于淑姿;文采所以饰言,而辩丽本乎情性"(《情采》)。所以,范文澜在《文心雕龙注》中说:"彦和论文以循自然为原则。"文学创作要符合自然,这不仅是刘勰审美观点的基本出发点,而且也是刘勰反对当时形式主义文风的一个重要武器。钟嵘在《诗品》中评论了一百二十多位诗人,其衡量优劣的标准,也正在于是否符合自然之美。他坚决反对堆砌典故、"文章殆同书抄"的倾向,认为"观古今胜语,多非补假,皆由直寻",明确地提出了"自然英旨"的审美原则。他反对当时声律派片面追求文字音韵之美,认为这种创作必然会导致"文多拘忌,伤其真美"。

当然,刘勰和钟嵘文学思想中所反映的这种庄子影响,已经是比较间接的了,或者说是已经经过他们的某些改造的了。因为每个时代的意识形态对前代遗产的继承,都是从自己时代的需要出发的。马克思曾说法国古典主义剧作家所构想的"三一律",自称导源于古希腊戏剧和亚里士多德的《诗学》,其实,和古希腊戏剧及其解释者亚里士多德的论述并不完全一致,"他们正是依照他们自己艺术的需要来理解希腊人的"①。刘勰、钟嵘所强调的自然之美也是如此。它的思想渊源是在庄子那里,但和庄子那种与"人为"绝对对立的"天然"之美,又并不完全相同,只是接受了庄

---

① 《马克思恩格斯全集》第30卷,人民出版社,1975年,第608页。

子思想中的积极方面。

六朝在文学创作和批评中存在着两种明显对立的审美观点:一种是追求辞藻华艳的雕琢之美,一种是强调自然清新的天然之美。钟嵘在评颜延之诗时,曾引汤惠休对谢灵运和颜延之诗所作的比较:"谢诗如芙蓉出水,颜诗如错采镂金。"据《南史》记载,鲍照也曾对颜延之说过:"谢诗如初发芙蓉,自然可爱。君诗如铺锦列绣,亦雕缋满眼。"钟嵘对颜延之的创作倾向很不满,显然倾向于"芙蓉出水"之美。这两种美学观的对立,实质上正是反映了儒家和道家在美学思想上的对立。儒家在艺术上是讲究形式上的修饰的。孔子说:"言以足志,文以足言。""言之无文,行而不远。"(《左传·哀公二十五年》引)又说:"为命,裨谌草创之,世叔讨论之,行人子羽修饰之,东里子产润色之。"(《论语·宪问》)儒家思想是维护封建统治的正统思想,而历来反映封建统治阶级要求的宫廷建筑、绘画、文学中,也大都是"错采镂金"式的美。道家反对人为修饰,提倡天生化成,历来反映道家思想及其影响的文学、绘画等等,大都是"芙蓉出水"式的美。"错采镂金"式的美,一般说是注重形似的;"芙蓉出水"式的美,一般说是注重神似的。

在我国文艺发展史上,主张"芙蓉出水"式的天然之美的作家和文艺批评家是比较多的。唐代的李白曾提出"清水出芙蓉,天然去雕饰"(《赠江夏韦太守良宰》)的美学观,还说:"一曲斐然子,雕虫丧天真"(《古风》三十五)。皎然也竭力反对"失于自然"(《诗议》)、"伤乎天真"(《诗式》)的倾向。司空图更是十分强调"真予不夺""妙造自然"(《二十四诗品》)。北宋的大诗人苏轼也以"自然"为宗旨,认为文章应当"大略如行云流水,初无定质,但常行于所当行,常止于所不可不止,文理自然,姿态横生"(《答谢民师书》)。叶梦得说:"初日芙蕖,非人力所能为,而精采华妙之意,自然见于造化之妙。"(《石林诗话》)这就很清楚地看出这种自然清新的审美观和庄子思想之间的联系。特别是在我国古代的画论、书论中,庄子这种审美观的影响,表现得更为直接而明显。唐代的诗人兼画家王维在《山水诀》(或云伪托,非王维作)中曾说:"夫画道之中,水墨最为上。肇自然之性,成造化之功。"南宋画家韩拙也提出绘画要以"默契追化,与道同机"(《山水纯全集》)作为最高标准。我国古代许多有名的书法家,都重"神采",而不重"字形"。南齐王僧虔论书法以"天然绝逸"为高,唐代的张怀瓘推崇钟繇、王羲之书法的"自然天骨"(见张彦远《法书要录》卷一及卷四)。总之,重视天然之美,反对雕琢之美,这是我国古代美学和文艺思想发展史上的一个重要的传统特点,而它正是庄子文艺思想影响下的产物。

"大音希声,大象无形"
——哲学上的无和有与艺术上的虚和实

庄子从崇尚自然、反对人为的审美标准出发,在艺术上的理想就是老子那种"大音希声,大象无形"式的境界。

老子讲的是一种哲学上的境界,而庄子则把它具体地运用到了文艺上。庄子所说的"天籁""天乐",即是一种"大音希声"的音乐;他所说的"解衣般礴"式的"真画",即是一种"大象无形"的绘画;他所说的超乎"言意之表"的语言和文章,也即是《齐物论》中所说的"大辩不言"的具体表现。这种"大音希声,大象无形"的艺术境界的特点,用老子的话来说,就是"无状之状""无物之象"。它看不到、听不见、摸不着,却又使人感觉到是存在着的,是可以意会、不可言传的那样一种艺术境界。庄子在《至乐》篇中曾提出"至乐无乐"的思想,这个"乐"讲的是快乐的乐,而不是音乐的乐,但其原理则是和他艺术上所理想的这种境界相通的。

庄子和老子一样,他之所以强调这种"大音希声"的艺术境界,是因为他在艺术上所向往的是一种绝对的"全之美",而不是所谓"偏之美"。人为造作的具体的艺术总是有所偏的,不能反映出全部的天然的美,只有"大音希声"这样的艺术境界,才可能体现绝对的"全之美"。王弼在老子的"大音希声"之下注道:"听之不闻名曰希,不可得而闻之音也。有声则有分,有分则不宫而商矣。分则不能统众,故有声者,非大音也。""众"就是"全","分"就是部分,就是"偏"。"分则不能统众",有了具体的声音之美,那么它不是宫就是商,总只能表现一部分,不可能把全部天然的声音之美通通表达出来。庄子在《齐物论》中说:"有成与亏,故昭氏之鼓琴也;无成与亏,故昭氏之不鼓琴也。"对昭氏鼓琴所已表达出来的音乐之美是有所成了,但对昭氏鼓琴所没有表现出来的音乐之美,则又是有所亏了。所以郭象注道:"夫声不可胜举也,故吹管操弦,虽有繁手,遗声多矣。而执籥鸣弦者,欲以彰声也。彰声而声遗,不彰声而声全。故欲成而亏之者,昭文之鼓琴也;不成而无亏者,昭文之不鼓琴也。"昭文是古代最出色的音乐家之一,但他一鼓琴,也只能表现"偏而不全"的音乐美;他不鼓琴,反倒能使人想象到"全"的音乐美。因此,在庄子看来,不论有多大的乐队,有技巧多高的乐工,只要演奏出具体的声音来,必然有所遗漏,不可能把所有的声音美都反映出来;只有"无乐之乐",才是"至乐"。

庄子这种"大音希声"的"无乐之乐"的理想艺术境界,是建立在"有无相生"、以"无"为本的宇宙本体论的哲学思想基础上的。艺术上的"无声之乐"和"有声之乐"的关系、"无形之象"和"有形之象"的关系,实质上就是形而上的"道"和形而下的"物"的关系,或者说是"无"和"有"的关系在艺术上的反映。庄子和老子对"无"的概念内涵的理解是否一致,大家有争论,姑且不论。但是,在对"无"和"有"的关系的理解上,基本上是一致的,都认为"有无相生"而"有"生于"无",所以强调"以无为本"。老子曾举具体例子来说明这种关系:"三十辐共一毂,当其无,有车之用。埏埴以为器,当其无,有器之用。凿户牖以为室,当其无,有室之用。故有之以为利,无之以为用。"他以车轮、器皿、房屋作比喻,说明没有车毂中间的空隙,就没有车轮的作用;没有陶土器皿中间的空处,就没有器皿的作用;没有房屋中央的空间,就没有房屋的作用。老子看到了"无"和"有"之间的密切关系,以及"无"的重要作用,但是又把两者之间的关系搞颠倒了,以"无"为本,把"无"的作用看得比"有"更重要。庄子则更明确地把"无"看作最根本的,是宇宙万物的本源。他说:"万物出乎无有,有不能以有为有,必出乎无有。"(《庚桑楚》)也就是说,形而上的"道"是最高的、根本的,而形而下的"物"则是派生的、从属的。因此,作为"道"的体现的艺术上"无声""无形""无字"的境界是最高最美的,而作为"物"的体现的艺术上的"有声""有形""有字"的境界则是低下的。

但是,实际上,从老子所举的三个例子来看,恰恰说明了"无"的产生是依赖于"有","有"比"无"更重要。没有车轮的辐和毂,就不能构成车毂中间的空隙;没有陶土器皿,也就不存在它中间盛物的空处;没有房屋四周的墙和门窗,也就不存在房屋中央的空间。这个道理在艺术上也是完全相通的。没有"有声""有形""有字"的部分，怎么能够形成"无声""无形""无字"的艺术境界呢？比如白居易在《琵琶行》中曾说"此时无声胜有声"，而这"无声"的艺术境界也正是依赖"有声"才产生的。《琵琶行》写道："大弦嘈嘈如急雨，小弦切切如私语；嘈嘈切切错杂弹，大珠小珠落玉盘；间关莺语花底滑，幽咽流泉水下难。冰泉冷涩弦凝绝，凝绝不通声暂歇。别有幽愁暗恨生，此时无声胜有声。银瓶乍破水浆迸，铁骑突出刀枪鸣。曲终收拨当心画，四弦一声如裂帛；东船西舫悄无言，唯见江心秋月白。"在某种特定的环境和条件下，"无声"确比"有声"更能深刻而透彻地体现琵琶女那种复杂而难言的感情。但是这种"无声"艺术境界的形成，并不是偶然的，不是随便什么情况下的"无声"都能收到这样的艺术效果。白居易曾特别说明"此时"的"无声"比"有声"更好，而"此时"的"无声"境界正好是处于两个"有声"的高潮中间，它是在"大珠小珠落玉盘"的"有声"高潮后，经过"幽咽流泉水下难"的过渡才形成的，而"无声"之后紧接着又是"银瓶乍破水浆迸"的"有声"高潮。没有这两个"有声"高潮，也就不可能有这个"无声"的艺术境界。"无声"和"有声"在这里相互依赖，而又相得益彰。但从根本上说，这"无声"境界是建立在"有声"的前提下，是某种"有声"的进一步发展的结果。这个"无声"的具体内容受前后两个"有声"的内容所制约，显然"无声"还是有一定范围的。然而，老、庄的"大音希声"和"无乐之乐"，则是强调以"无"为本，而认为"有声""有乐"是应当抛弃的，否则就不能达到"大音希声"和"无乐之乐"的境界，把"有声""有乐"当作获得"无声""无乐"境界的障碍。

在这里，我们看到了庄子文艺思想中的一个明显的矛盾：庄子所提倡的"大音希声，大象无形"的艺术境界，排斥了任何具体的、有形的艺术，否定了运用特定的物质手段来表现的艺术；但在事实上，这样一来也就没有艺术了。如果确实存在这种"大音希声，大象无形"的艺术境界的话，它也不能离开具体的、有形的艺术，不能不运用某种物质手段。这就像《琵琶行》中的"无声"不能离开"有声"一样。所以，庄子这种"大音希声，大象无形"的艺术理想对后代文艺发展的实际意义和影响，也不是否定一切具体的、有形的艺术，否定艺术的物质表现手段；而是重视艺术表现上的"虚"的作用，强调要着重表现"虚"的艺术境界。它对我国古代艺术表现上"虚实相成"的传统特点的形成,起了极其重要的促进作用。

　　哲学上的有无关系和艺术上的虚实关系,当然不是一回事,但相互之间又有密切联系。在音乐中,"虚"就是"无声","实"就是"有声";在绘画和书法中,画、字是"实"的部分,画、字中间及四周的空白就是"虚"的部分;在文学作品中,语言文字及其所体现的具体含义就是"实"的部分,溢于言意之表的、要读者去体会的"文外之旨",就是"虚"的部分。我国古代的文学、音乐、绘画、书法、建筑中,都注重虚实相成,特别强调运用"虚"的艺术表现方法所产生的艺术效果,这是和老、庄哲学中讲究"有无相生"、以"无"为本的思想影响分不开的。尤其是魏晋时期的玄学家从唯心主义的角度,大大发挥了老、庄的有无关系思想,强调"无"的决定作用。这种思想,在当时社会上广泛流行。这一点从《世说新语》等书的记载中就可以看得很清楚。这就进一步促进了它对文艺思想的影响。我国古代的书法艺术很讲究空间布白之美,所谓"计白以当黑,奇趣乃出"(包世臣《安吴论书》),把有字部分和无字部分有机地结合起来,构成强烈的美感。杰出的"书圣"王羲之说书法要做到"点画之间皆有意"(《法书要录》引),梁武帝萧衍论书法也特别提出要有"字外之奇"(《观钟繇书法十二意》)。在绘画上更为突出,许多绘画理论家和画家都强调要使画面上的空白之处使人感到无画有画,使"画中之白即画中之画,亦即画外之画"(华琳《南宗抉秘》)。这样,就能够"画在有笔墨处,画之妙在无笔墨处"(戴熙《习苦斋画絮》),做到"虚实相生,无画处皆成妙境"(笪重光《画筌》)。我国古代诗歌中则提出了要有"象外之象,景外之景"(司空图《与极浦书》),在诗歌所描写的具体景象外,能构成一个使人回味无穷的意境。刘禹锡在《董氏武陵集纪》中也说诗歌要做到"境生象外",才是好诗;这里的"象"是实的,而"境"则是虚的。这种虚实相成的艺术表现特征,在我国古代戏剧中也非常突出。比如我们传统的戏剧基本上没有什么舞台布景,但它常常比有布景的舞台更能真切地反映生活。因为布景不管设计得多好,在舞台上总是有局限性的,要表现骑兵作战,不可能让真马上台。火车、汽车更是无法在台上出现。下雨、下雪设计得再好,也难以给人留下真实感。舞台上布置的室内室外总使人有"假"的感觉。然而,我国古代戏剧虽然没有什么布景,却可以用一根马鞭子和一些动作,形象地表现骑马和奔跑之态;只放一张桌子就可以生动地表现室内室外两方面情景;双手作一个推门的姿势,使人感到真是在开门进去一样。明明是"假"的,却使人感到很"真",这些都是充分地利用了虚和实的辩证关系,发挥"虚"的艺术表现手段的作用的结果。

艺术上这种虚实相成的表现方法,其目的是要突破艺术的物质手段在表现丰富复杂的生活时的局限性。不管是音乐、绘画、书法、文学、戏剧,都有自己特定的物质表现手段。例如音乐的声音、节奏,绘画的色彩、线条,文学的语言文字,戏剧的动作、布景等。但是,这些物质手段受具体条件的限制,在表现现实生活时都是有缺陷的。它只能表现有限的一部分,而不是无限的。运用虚实结合的方法,重视虚的部分的作用,就是要使艺术作品除了用某种具体物质手段已经表现出来的部分之外,同时还能诱导和唤起人们对另外一些还没有表现出来或是无法用这种物质手段表现出来的部分的联想和想象,使创作者和欣赏者互相达到默契和意会。实的部分是可以通过视觉、听觉而看到和听到的,虚的部分是存在于人的意想之中的。虚实相成就能使人从看到的和听到的部分,很自然地领会到没有看到和没有听到而存在于人的意想中的那一部分。清代的赵执信在著名的《谈龙录》中讲过这样一件事:"钱塘洪昉思(昇)久于新城之门矣,与余友。一日,并在司寇宅论诗。昉思嫉时俗之无章也,曰:'诗如龙然,首尾爪角鳞鬣,一不具,非龙也。'司寇哂之曰:'诗如神龙,见其首不见其尾,或云中露一爪一鳞而已,安得全体?是雕塑绘画者耳。'余曰:'神龙者屈伸变化,固无定体,恍惚望见者,第指其一鳞一爪,而龙之首尾完好,故宛然在也;若拘于所见,以为龙具在是,雕绘者反有辞矣。'昉思乃服。"洪昇所主张的是一种完全"实"的表现方法,它要求把龙的形态全部不漏地具体描写出来。而王士禛(即司寇)则主张虚实结合,以"虚"为主,神龙"见其首不见其尾"或"云中露一爪一鳞"。这"一爪一鳞"是具体的,实的部分,它是可以通过一定的物质手段表现出来的;而整个的"神龙"形象是"虚"的,是要从这"一爪一鳞"而想象出来的。恰如赵执信所解释的那样,龙是有一定具体形象的,但是它"屈伸变化",仪态无穷;如果画得太实了,只有一种形状,容易使人们认为龙就是这个样子的了。而画"云中露一爪一鳞",却可以使人对龙的神态发生无穷的想象,反而画活了。从"云中露一爪一鳞"这一实的部分所起的象征作用,去引导人想象出神龙的整个形象,也就是虚的部分。在这个过程中欣赏者还可以结合自己的生活经验去开展自己的想象活动,其想象的结果常常可以比创作者原来想象的更丰富,有不同生活经验的欣赏者,还可以有各种不同内容的想象。这样就能产生更大更好的艺术效果。艺术上这种强调突破物质手段在表现上的局限而追求一种"虚"的境界的要求,就是"大音希声,大象无形"的美学思想影响的产物。

在艺术表现上注重"虚"的境界,这对艺术发展起了积极作用。但是,从具体艺术实践来看,"虚"总以"实"为前提和基础,"无"的境界的形成要依赖于"有"。没有"实"的部分的暗示和象征,也就不可能有"虚"的部分。艺术上要做到虚实结合,充分发挥"虚"的作用,关键仍在于对"实"的描写上,"实"还是根本的。而庄子是认为"无"是根本的,起主导作用的,是忽视"实"或"有"的作用的。因此,后来也有一些受庄子文艺思想影响很深的文艺家,往往因为过分强调"虚"的艺术境界,而使人感到他们的文艺理论有神秘化的倾向,如司空图、严羽的诗歌理论中就明显地存在这种缺点。庄子强调"无"和"虚"的艺术境界,在丰富和扩大艺术表现能力方面是起了很大作用的,我们应当给以足够的估计和实事求是的评价;他的缺点是把它绝对化了,把它同"有"和"实"的关系搞颠倒了,这正是他的唯心主义思想带来的结果。

"得鱼忘筌""得意忘言"
——"言不尽意"和文学艺术的特征

庄子对言意关系,即语言和思维的关系问题的看法,对我国古代文学理论产生了极为深刻的影响。文学是语言的艺术。那么,言究竟能不能尽意,语言究竟能不能把思维过程中的一场内容都充分地表达出来呢?从先秦开始对这个问题的回答就存在着分歧。儒家主张言尽意,重视"言教",把圣人之书奉为经典。《周易·系辞》说:"子曰:'书不尽言,言不尽意。'然则圣人之意其不可见乎?子曰:'圣人立象以尽意,设卦以尽情伪,系辞焉以尽其言。'"《系辞》所引究竟是不是孔子的话,已不可考。但《系辞》作者讲得很清楚,孔子认为要做到言尽意虽然很困难,但是最终圣人还是可以做到言尽意的。汉代扬雄也持这种观点,如《法言·问神》云:"言不能达其心,书不能达其言;难矣哉!惟圣人得言之解,得书之体。"

道家是主张言不尽意的。老子主张行"不言之教",他说:"知者不言,言者不知。"庄子肯定了老子这种观点,又大大地加以发挥。他说:"道隐于小成,言隐于荣华。"(《齐物论》)他认为圣人之意是无法言传的,而用语言文字写的圣人之书则不能表现圣人之意,只是一堆糟粕。世人不懂这个道理,以为圣人之书可以反映圣人之意,所以非常珍贵这些书,其实这些书是不值得珍贵的。《天道》篇云:"世之所贵道者,书也。书不过语,语有贵也。语之所贵者,意也。意有所随。意之所随者,不可以言传也,而世因贵言传书。世虽贵之,我犹不足贵也,为其贵非其贵也。"接着庄子又用轮扁的故事说明圣人之书乃是"古人之糟魄"。轮扁说他那种神妙的斫轮技巧,是无法用语言文字表达出来的。他"得之于手,而应于心",但又"口不能言","臣不能以喻臣之子,臣之子亦不能受之于臣,是以行年七十而老斫轮"。庄子这种言不尽意的主张,是和他的整个哲学思想联系着的。言和意的关系,也和有与无的关系一样,言是有,意是无,言是实,意是虚。具体的语言文字是有局限性的,它不能把人的无边无涯的思维内容都表达出来。

那么,庄子是不是主张根本不要语言文字呢?也不是。庄子自己的思想观点不也是要借助语言文字来表达的吗?这岂不是自相矛盾了吗?实际上,庄子也不是根本不要语言文字,不过,在他看来语言文字只是表达人的思维内容的一个象征性的符号,是帮助人们了解和获得"意"的一个工具。《外物》篇说:"筌者所以在鱼,得鱼而忘筌。蹄者所以在兔,得兔而忘蹄。言者所以在意,得意而忘言。吾安得忘言之人而与之言哉!""言"的目的在"得意",但"言"本身并不等于"意",它是不能尽意的。如果拘泥于"言",认为"意"尽在此,反而不能真正"得意";必须"忘言",才能真正"得意"。"得意忘言"是对"言不尽意"的一种发挥,是建立在"言不尽意"的思想基础上的。

庄子的这种思想在魏晋之际的玄学家那里得到了进一步的发挥。玄学家的思想和庄子思想是有很大区别的,但在言意关系上,和庄子观点有一致之处。王弼在《周易略例·明象》篇中就运用这个思想来解释《系辞》中的言、象、意的关系,把《系辞》的内容老庄化了。《系辞》产生时代较晚,它确也有受老庄思想影响的方面,但从根本上说是主张言尽意的。而按王弼那么一解释,意思就完全相反了。王弼说:

夫象者,出意者也;言者,明象者也。尽意莫若象;尽象莫若言。言生于象,故可寻言以观象;象生于意,故可寻象以观意,意以象尽,象以言著。

故言者,所以明象,得象而忘言;象者,所以存意,得意而忘象。犹蹄者所以在兔,得兔而忘蹄;筌者所以在鱼,得鱼而忘筌也。

然则,言者,象之蹄也;象者,意之筌也。是故存言者,非得象者也;存象者,非得意者也。象生于意,而存象焉,则所存者,乃非其象也。言生于象,而存言焉,则所存者,乃非其言也。

然则,忘象者,乃得意者也;忘言者,乃得象者也。得意在忘象;得象在忘言。故立象以尽意,而象可忘也;重画以尽情,而画可忘也。

王弼这段话从表面上看,似乎是主张"言尽意"的,他说了"尽意莫若象""尽象莫若言""意以象尽""象以言著"等等,但仔细一分析他下面讲的意思,这和《系辞》中讲的"立象以尽意""系辞焉以尽其言"的意思是大不相同的。王弼所说的"言尽象""象尽意",是从把"言"和"象"当作"得象""得意"的工具的角度来说的,就好像筌可以得鱼,蹄可以得兔一样,但筌并非鱼,蹄亦非兔,"言"并不就是"象","象"也并不就是"意"。因此,"存言者,非得象者也;存象者,非得意者也"。如果从"言尽意"论出发的话,那么"存言"就一定能"得象","存象"就一定能"得意",而王弼则恰好相反。所以,王弼在实质上是强调"言不尽意"的,他和庄子的"得意忘言"论一样,是"言不尽意"的一种更为极端的表现。他和庄子一样,把"言"完全看作一种类似于逮鱼之筌、捉兔之蹄一样的工具,认为它是不能充分反映"意"的,只起一种象征作用。

王弼把庄子"言不尽意""得意忘言"的观点作了系统的阐述,并运用它来解释《系辞》中的言、象、意关系,这对魏晋以后我国古代文艺理论的影响是很大的。王弼所说的言、象、意关系中的"象",当然不是指的文艺作品中的"形象",而是指"易象"。然而,正像章学诚在《文史通义·易教》中所指出的,"易象通于诗之比兴",后来文艺理论中讲的"象"或"意象",正是从"易象"发展而来的。王弼所讲的言、象、意的关系,和文学作品中的语言、形象、思想的关系是相通的。庄子的"言不尽意"论对文学理论发生的影响是和王弼的发挥分不开的,但是更重要的还是因为"言不尽意"和文学艺术的特征有某种内在的密切联系。

　　言意关系问题在魏晋之际有一场大争论。多数人主张"言不尽意",以欧阳建为代表的少数人主张"言尽意"。从哲学上来看,这场争论包含着认识论方面的唯物主义和唯心主义的斗争。因为许多玄学家把"言不尽意"作为客观事物无法认识的唯心主义观点的一个理论根据,以欧阳建为代表的"言尽意"论着重要说明的则是客观事物可以认识这样一个唯物主义观点。但是,言意关系包含的内容较广,不仅仅是认识论方面的问题,因此,我们又不能简单地把主张"言不尽意"说成就是唯心主义的,把主张"言尽意"说成就是唯物主义的。语言和思维的关系问题是一个复杂的学术问题,涉及好几个学术部门,国内外都有不同意见,我们这里且不论。然而,作为表达人的思维内容的一种物质手段来说,语言确实只能算是一种并不很称职的工具。人的思维活动过程中,有抽象的部分,也有形象的部分,而语言在表达这两方面的思维内容时,都不能十全十美。人的有些非常复杂的抽象思维,例如关于数理逻辑方面的许多问题,只能用一些符号来代替,而无法用语言准确无误地反映出来。至于人的形象思维方面的非常细微而生动的部分,更是无法用语言把它全部如实地传达出来。往往一见诸语言就已经舍弃了许多生动形象的内容,已经是经过抽象的了,只能表达一个大概的轮廓。当我们看到一朵鲜艳的玫瑰花时,这是特定的具体的"这个"。可是我们用语言来表达,说"这是一朵多么鲜艳的玫瑰花"的时候,这句话实际已代表了许多朵不同的鲜艳的玫瑰花,比我们看到的那一朵"这个",要广泛得多了。文学艺术是对客观实际的形象反映,它要求作家能尽可能准确地把具体、生动、形象的生活描绘出来,形象性愈强就愈好。可是,文学艺术所运用的重要工具之一——语言,恰恰是比较抽象的,它在表达人的思维内容、反映现实生活时,是有很大局限性的。从这个角度说,确实是"言不尽意"的。

那么,语言这种局限性是不是一点也不能突破呢？那也不是。它可以在一定程度上有所突破。庄子所提出的"得鱼忘筌""得意忘言",也是想要解决这个问题。把语言作为"得意"的工具,利用语言可以表达的方面,借助于比喻、暗示、象征等方法,来启发人们的想象,引起人们生活经验中曾经有过的或类似的某种认识和印象,以获得"言外之意"。所以,要体会这种"言外之意",就不能执着于语言文字本身,拘泥于语言文字所已经表达出来的部分,而要沿着这种比喻、象征、暗示的方向,去驰骋自己的想象思维,以获得比语言文字已经表达出来的部分更为丰富的内容。这就是"忘言"而后"得意"的实际内容。言意关系问题上的矛盾,实质上是人的知觉认识和语言之间的矛盾问题,"言不尽意"问题和文学创作的关系特别密切,因为文学创作是一个形象思维过程,这个过程中极其丰富生动的内容,很难用语言完全如实地描写出来,正如刘勰所说"意翻空而易奇,言征实而难巧"(《文心雕龙·神思》)。因此,在文学创作中更需要用一切办法来突破语言文字在表达上的局限性。

"言不尽意"在文学艺术中,还和文学艺术以形象反映现实生活,作家的思想观点和倾向隐藏在艺术形象之中这种特点有关。在文艺作品中作家的观点愈隐蔽愈好,作家的倾向应当通过场面和情节自然而然地流露出来,最好不由作家以直接叙述来表现。同时,文艺作品"形象大于思想"的特点使艺术形象的客观意义常常比作家所要表现的更为丰富和深刻。文学作品的意义不能仅仅从字面上来认识,而要通过形象分析去认识。当然从这个角度讲的"言不尽意"和庄子说的"言不尽意"已经有了根本含义的不同。但正是哲学上的"言不尽意"启发了人们去认识文学艺术的形象特征,并促使人们按照文学本身的规律去掌握"言不尽意"的特点。

庄子"言不尽意""得意忘言"的思想经过魏晋玄学家的提倡和发挥,在社会上广泛流行。魏晋南北朝一些重要的文艺理论家如陆机、刘勰、钟嵘等都倾向于"言不尽意"论。陆机在《文赋·序》中提出"意不称物,文不逮意"的时候就感慨"若夫随手之变,良难以辞逮",并且指出创作过程中的种种奥妙,"譬犹舞者赴节以投袂,歌者应弦而遗声,是盖轮扁所不得言,故亦非华说之所能精",这不是清清楚楚的"言不尽意"论吗？至于刘勰,则在《文心雕龙·序志》篇中更是直截了当地说:"言不尽意,圣人所难,识在瓶管,何能矩矱?"《神思》篇又说:"至于思表纤旨,文外曲致,言所不追,笔固知止。至精而后阐其妙,至变而后通其数,伊挚不能言鼎,轮扁不能语斤,其微矣乎!"这也就是我们上引《文赋》那一段话的意思。钟嵘强调"言有尽而意无穷",自然也倾向于"言不尽意"。

"言不尽意"论对文学理论上最突出的影响,就是提倡文学创作要做到"意在言外"。文学创作中的"意在言外",并不能和"言不尽意"论等同起来。但它以"言不尽意"论作为基础和前提。文学创作中的"意在言外"是"言不尽意"论在文学领域中的发挥,它的目的是要从言意关系的角度来说明文学艺术的特点。最早从文学理论上提出这个论点的是刘勰。他的《文心雕龙·隐秀》篇就是从文学艺术的特征出发来分析"意在言外"的重要性。可惜的是,现存《文心雕龙》唯有这篇残缺了。不过从《隐秀》篇的残文及宋人诗话中所引佚文来看,基本意思还是很清楚的。什么叫"隐秀"?刘勰说:"隐也者,文外之重旨也;秀也者,篇中之独拔者也。"宋代张戒《岁寒堂诗话》引《隐秀》佚文道:"情在词外曰隐,状溢目前曰秀。"秀,是指用语言所塑造的生动形象;隐,即是隐藏于这形象之中的思想意义,这正是文学艺术的特征。"隐秀"的产生,其根源在作家的形象思维特征。刘勰说:"夫心术之动远矣,文情之变深矣,源奥而派生,根盛而颖峻,是以文之英蕤,有秀有隐。"这里所说的"心术之动远矣",也即《神思》篇所说"文之思也,其神远矣"的意思。"隐秀"即产生于"神思"。从言意关系的角度来看,所谓"文外之重旨""情在词外"即是指文学作品的"言不尽意""意在言外"的特点。"隐以复意为工秀以卓绝为巧",观点愈隐蔽愈好,形象愈生动愈好。"隐秀"所反映的言意关系还有另一层意思,那就是指文学作品中可以用语言描绘出来的部分("秀"),和无法用语言直接表现出来,而只能通过语言来比喻、暗示、象征的部分("隐")。所以说:"夫隐之为体,义生文外,秘响傍通,伏采潜发,譬爻象之变互体,川渎之韫珠玉也。""隐秀"之所以具有这两层意思,是因为艺术的形象思维内容非常丰富和具有自己的特点。形象思维的内容不仅有许多难于用语言直接描绘出来,而且能够用语言描绘出来的部分也具有思想隐藏于形象之中的特点。"隐秀"和"意在言外"在本质上是一样的,不过,"隐秀"的提法更为全面一些,它对直接用语言来描绘的部分和没有直接用语言描绘出来的部分是并重的。而"意在言外"的提法则重点是在强调不是用语言直接描绘出来的部分。

这种提倡"隐秀"和"言外之意"的文学理论,在唐代经过殷璠、皎然、刘禹锡、司空图等的发挥和提倡,在宋代诗话中几乎成为一个基本的艺术标准。欧阳修在《六一诗话》中引梅尧臣的话说"必能状难写之景,如在目前;含不尽之意,见于言外,然后为至矣",亦即刘勰所讲"隐秀"之意,而其后宋人诗话中讲"含不尽之意见于言外"者,比比皆是。诸如《冷斋夜话》《石林诗话》《彦周诗话》《岁寒堂诗话》《苕溪渔隐丛话》《白石道人诗说》《沧浪诗话》等等,都有阐述和发挥。此后,一直到明清各种诗话及各家论诗论文,大多是肯定和推崇"意在言外"之说的。

"虚静"生明,"指与物化"
——关于艺术构思和创作的神化

我国古代有关艺术创作构思的理论,大多强调老庄的"虚静"说。庄子所说的"虚静"是受老子影响的,指的是人在精神上达到与"道"合一时的境界。对庄子的"虚静"说怎样评价,是一个关系到对我国古代艺术创作理论评价的重要问题。有的同志认为老庄的虚静说是以虚无出世的消极思想为内容的,他们把虚静理解为一种绝圣弃智、无知无欲的境界。我们认为这种看法并不完全符合老庄对"虚静"内容的解释。庄子的"虚静"说作为他认识论的核心内容来看,它确有要求达到"绝圣弃智、无知无欲"的一面。为了达到"虚静"境界,庄子认为必须抛弃一切具体的认识和实践。这可以从他所说的"心斋"和"坐忘"两种达到"虚静"的方法上看出来。

但是,对庄子的"虚静"说只看到这一面是不够的。庄子虽然否定了人的具体认识和实践的必要性,却又认为"虚静"乃是一种认识上的"大明"境界。人之所以要达到"虚静",是为了使主观和客观高度统一,使自己对外界事物具有全面的、不带任何主观因素的客观认识。老子说:"致虚极,守静笃。"其目的是要"涤除玄览",排除一切主观杂念,深入地观察事物及其变化。魏源《老子本义》说:"涤除玄览者,非昧晦之谓也,即明白四达而能无知也。"庄子对这一点也说得很明白。《天道》篇云:"圣人之静也,非曰静也善,故静也。万物无足以铙心者,故静也。水静则明烛须眉,平中准,大匠取法焉。水静犹明,而况精神?圣人之心静乎!天地之鉴也,万物之镜也。夫虚静恬淡,寂寞无为者,天地之平,而道德之至,故帝王圣人休焉。""虚静"是为了清扫各种外界事物之干扰,好比水一样,静下来后,尘物下沉,才能清明。心静就能像镜子一样如实地照见天下万物。《在宥》篇又云:"至道之精,窈窈冥冥;至道之极,昏昏默默。无视无听,抱神以静,形将自正。必静必清,无劳女(即汝,下同)形,无摇女精,乃可以长生。目无所见,耳无所闻,心无所知,女神将守形,形乃长生。慎女内,闭女外,多知为败。我为女遂于大明之上矣。……"抛弃一切具体的、局部的、主观的"视听",才能达到"大明",并且领会到最高的、全面的、客观的"视听"的效果。《天地》篇云:"视乎冥冥,听乎无声。冥冥之中,独见晓焉;无声之中,独闻和焉。"如果不能摆脱具体的、局部的、主观的"视听",就不能"见晓",也不能"闻和"。

由此可知,庄子"虚静"说还有要求人在认识上达到"大明"境界这一积极方面。这一点和宋尹学派有某种一致之处。宋尹学派也主张"虚静",并说:"心能执静,道将自定。"(《管子·内业》)"动则失位,静乃自得。"(《管子·心术》)后来荀子提出的由"虚一而静"而获得"大清明"境界,在这一点上和庄子也有共同之处。庄子"虚静"中这一积极方面,对文艺创作理论产生了有益的积极作用。

庄子认为"虚静"是人的认识的最高阶段。人达到这种认识的最高阶段后,对宇宙间的一切事物及其变化发展规律就能一清二楚,而不会受任何具体认识的片面性的局限和影响。庄子这种"虚静"说的致命弱点是他把这种"大明"境界的获得,这种认识的最高阶段的达到,与人的具体认识和实践对立起来了。他不是把这种认识的最高阶段的获得看作人的无数具体的认识和实践的结果,看作在人的长期的具体认识和实践基础上所产生的飞跃;相反地,他把人的具体认识和实践看作获得这种认识的最高阶段的障碍,认为必须抛弃一切具体的认识实践,才能达到认识的最高阶段。所以,庄子的"虚静"说运用到文艺创作理论中,既有积极作用,也有消极影响。

庄子并没有直接用"虚静"说来分析文艺创作问题。但是他在论述技艺神化的一系列故事中,都贯穿了一个基本思想,即是要使技艺达到神化,完全和造化相吻合,即庄子所说的"物化",最关键的是要使技艺创造者具有"虚静""大明"的精神境界。而这种技艺创造神化的原理和艺术创作神化的原理是相通的。所以后来许多文艺理论家都借用庄子这些技艺神化的故事来说明文艺创作的问题。例如《达生》篇关于梓庆削木为鐻的故事:

> 梓庆削木为鐻。鐻成,见者惊犹鬼神。鲁侯见而问焉,曰:"子何术以为焉?"对曰:"臣工人,何术之有?虽然,有一焉。臣将为鐻,未尝敢以耗气也,必斋以静心。斋三日,而不敢怀庆赏爵禄。斋五日,不敢怀非誉巧拙。斋七日,辄然忘吾有四枝形体也。当是时也,无公朝,其巧专而外滑消。然后入山林,观天性,形躯至矣。然后成见鐻,然后加手焉。不然则已。则以天合天。器之所以疑神者,其由是与!

梓庆之所以能制作出"见者惊犹鬼神"的鐻来,是因为他经过了"斋以静心"而达到了"虚静"的境界。他"不敢怀庆赏爵禄",丢失了一切私心杂念的干扰;他"不敢怀非誉巧拙",排除了各种主观的成见;他"辄然忘吾有四枝形体",不再受具体事物认识局限性的束缚,达到了认识上的"大明"境界,能够非常客观地认识木材的"天性"以及鐻本身的自然规律,做起鐻来就能达到"以天合天"的程度。成玄英说:"所以鐻之微妙疑似鬼神者,只是因于天性,任其自然,故得如此。""因于天性,任其自然",就是"以天合天"的很好的注脚。"以天合天"从积极方面来看,就是要使技艺创造者的主观和被创造的对象的客观完全合一。《达生》篇中说工倕之巧,能做到"指与物化",这种"物化"思想是庄子有关技艺创造的论述的一个中心思想。这种思想运用到文艺创作中,就是要求艺术家在创作过程中必须充分认识所描写事物的客观规律,掌握这种客观规律,消除一切主观成见的影响,使主观的"心"与客观的"物"相统一,不受一切外界事物和名利得失的干扰,心神专一,才能创造出合乎自然、天生化成的优秀艺术作品来。《达生》篇中还有许多技艺神化的故事也都有这样的意义与价值。比如吕梁丈夫蹈水的故事所说的"从水之道,而不为私",就是强调要尊重事物的客观规律,不要以主观意志去违背它的道理。痀偻者承蜩的故事说明"用志不分,乃凝于神",指出了必须专心致志、不分散注意力,方能掌握神化技艺。

庄子在讲述这些技艺神化的故事中,都贯穿了要排斥对于事物的具体认识和实践,方能获得对事物的最高认识、掌握事物的客观规律的思想。也就是说,必须"绝圣弃智""无知无欲",方能"以天合天""指与物化"。这当然是完全错误的,也正是他的唯心主义思想的一种表现。但是,这些具体的故事本身所提供给读者的客观意义,正好是说明了要获得对事物的最高认识,掌握事物的客观规律,必须通过无数次地、反复地具体认识和实践,才有可能。除上述故事外,又如在《养生主》篇中所述的著名的庖丁解牛故事中,庄子认为庖丁之所以在解牛时能够游刃有余,达到如此神妙的技艺,是因为他具备了与"道"合一的"虚静"的精神境界。庖丁所好者是"道",他得"道"之后,就能顺其自然,依其天性,解牛也就进入了运用自如的地步。庖丁说他解牛之时,目无"全牛","以神遇而不以目视,官知止而神欲行"。成玄英疏云:"官者,主司之谓也;谓目主于色、耳司于声之类是也。既而神遇,不用目视,故眼等主司,悉皆停废,从心所欲,顺理而行。"庄子认为庖丁解牛时,他的所有感官都废弃不用,但凭与"道"合一的主观精神来指挥,就能神妙莫测地解好牛。从庄子主观上说,这是根本否定具体认识和实践作用的观点。因为没有感官,人就无法进行具体的实践,一个人技巧再高,也是不能闭着眼睛去解牛的。这个故事本身,正好说明了他这种高超的解牛本领,是从长期的具体解牛实践中认识和获得的。庖丁解了数千头牛,在这些反复的实践中,他才掌握了牛的特点和解牛的规律,他一看到牛,就不是一个浑然一体之物,而能一眼看穿牛的内部结构,对牛的各种筋骨、肌肉、经络、皮层等等组织状况,了如指掌,知道从何处下手,即可迎刃而解。这个道理运用到艺术创作上,即是要求艺术家必须在大量的艺术实践中总结经验,掌握艺术创作的客观规律,熟悉艺术创作的特点,才有可能使自己在艺术创作上达到炉火纯青、自然神化的境地。庄子所说的那些故事的客观意义不仅说明了实践的重要,而且还告诉了我们这个实践过程是相当艰苦的,必须付出辛勤的劳动,具有顽强的毅力,进行持久不懈的努力,方能达到出神入化的境界。痀偻者说他锻炼"承蜩"本事的过程道:"五六月,累丸二而不坠,则失者锱铢;累三而不坠,则失者十一;累五而不坠,犹掇之也。吾处身也,若厥株拘。吾执臂也,若槁木之枝。虽天地之大,万物之多,而唯蜩翼之知。"这个痀偻丈人要克服生理上的缺陷,从竿子上放二丸不掉,一直到放五丸不掉,使身体、手臂纹丝不动,这个过程当然不会是很轻松的。这就告诉我们艺术创作要达到驾驭自如的熟练程度,也同样需要艺术家有一个长期艰苦的学习和实践过程。杜甫说:"读书破万卷,下笔如有神。"写诗当然不能单靠读书,但要读破万卷书,方能下笔如有神,也正是说明了同样的一个道理。

庄子的"虚静"说从魏晋开始,就被广泛地运用到了艺术创作理论中。但是,艺术创作理论中讲的"虚静",主要是吸取了庄子"虚静"说中的积极因素,并不强调庄子"虚静"说中主张"无知无欲"的消极方面。比如,我国古代第一篇系统地分析文学创作过程的名著——陆机《文赋》,就很重视"虚静"在创作构思中的作用。《文赋》开篇即说:"伫中区以玄览,颐情志于典坟。"认为在开始创作之前就要有老子"涤除玄览"的精神状态。而在开始进行艺术想象的时候,又要"收视反听",摆脱外界事物干扰,突破具体事物局限性的束缚。在构思过程中遇到"岨峿而不安"的情状时,则需要"罄澄心以凝思,眇众虑而为言"。刘勰在《文心雕龙·神思》篇中明确地把"虚静"作为创作构思的最紧要关键。他说:"是以陶钧文思,贵在虚静,疏瀹五藏,澡雪精神。"刘勰在这里用的就是《庄子·知北游》的典故:"老聃曰:汝斋戒,疏瀹而心,澡雪而精神。"由于重在"虚静",所以下文说:"是以秉心养术,无务苦虑;含章司契,不必劳情也。"为了保持"虚静"的精神状态,刘勰特别提出了养气的问题。《养气》篇赞说:"纷哉万象,劳矣千想。玄神宜宝,素气资养。水停以鉴,火静而朗。无扰文虑,郁此精爽。"具体地从文学创作的角度发挥了庄子通过"虚静"而获得水静则明、心静可鉴的"大明"境界的思想。作家的艺术构思过程是一个复杂的精神劳动过程。在这个过程中,作家需要把平时对现实生活的种种观察、体验、认识集中起来,深入地进行研究分析,并在形象思维中加以升华,构成为艺术形象。这种复杂的精神劳动,要求作家对现实生活有清醒的深刻的认识,能够高瞻远瞩,从全局出发来创造艺术形象;在构思过程中则必须集中精力,排除一切外界干扰和足以影响构思的任何内心杂念,这样才能"观古今于须臾,抚四海于一瞬","笼天地于形内,挫万物于笔端"(《文赋》)。苏轼说:"欲令诗语妙,无厌空且静。静故了群动,空故纳万境。"(《送参寥师》)苏轼说的"空且静"即是庄子的"虚静"。"虚静"而后能使作家聪明才智高度集中而达到"大明",迸发出思想和艺术火花,创造出神化般的艺术品。创作首先讲究"虚静",这不仅是文学,我国古代的绘画、书法创作也都重视"虚静"。比如画论中讲用笔以前要"静观""澄心"(沈宗骞《芥舟学画编》),把"心静神怡"作为"用笔之第一关口"(张式《画谭》)。唐代著名画家张璪提出要"外师造化,中得心源"(《历代名画记》引),亦即是要求达到主客观统一,心与物化的意思。书法艺术则讲究落笔之前要"虚心纳物""澄心静虚"(虞世南《笔髓论》),必"凝神静思"(王羲之《题卫夫人笔阵图后》),而后才能笔底生花,等等。

庄子"虚静"说对文艺创作的消极影响,主要就是它忽视人的具体认识和实践的作用,使作家只注意"内省"功夫,而不重视生活实践的意义和作用。当然,由于庄子的"虚静"说主要是通过他所讲的那些技艺神化故事具体地对文艺创作和理论批评发生影响的,而这些故事本身的客观意义又恰好说明了具体认识和实践的重要性,因而也在某种程度上削弱了庄子"虚静"说的消极影响。但是,并不是所有受庄子"虚静"说影响的人都能清楚地认识到这种客观意义的,所以这种消极影响在不少文艺理论批评家的著作中还是有所表现,这一点是我们不应忽视的。

"谬悠之说,荒唐之言,无端崖之辞"
——庄子文艺思想的浪漫主义特征

庄子的文艺思想及其散文创作实践,都表现了很鲜明的浪漫主义特征。历来受庄子文艺思想和创作实践影响的作家,往往是以浪漫主义见长的;陶渊明、李白、苏轼等均是如此;其他二三流作家受庄子影响的就更多了。研究庄子文艺思想的浪漫主义特征,对于探讨我国古代文艺理论中的浪漫主义问题,具有很重要的意义。

庄子强调"自然之道"这种思想曾经促进了后来模拟自然的文学起源说的发展。此点罗根泽在《中国文学批评史（一）》中指出过，他说：

> 八卦以至稍后的文字画，无疑的是模拟自然，以故谓文学为模拟自然之意向，应当是很古的。但很古的人虽有所谓模拟自然的意向，却没有模拟自然之说；模拟自然之说，多少是受道家影响，而易传始有鲜明主张的。①

这种模拟自然之说显然是有现实主义倾向的。可是，庄子自己并没有从"自然之道"而引申出倾向于现实主义的模拟自然说，反而倾向于浪漫主义的文艺思想。这是因为庄子强调表现宇宙万物的本源及其变化发展规律的"道"，反对表现作为"道"的某种具体表现形式的现实事物；文艺反映的是"道"，不是"物"。在庄子看来，"道"就是真理，可是这个"道"又很玄虚、抽象，难以捉摸，它存在于每个具体事物之中。《知北游》云："东郭子问于庄子曰：所谓道恶乎在？庄子曰：无所不在。""道"可以"在蝼蚁""在稊稗""在瓦甓"，甚至"在屎溺"。然而这些具体事物又并不是"道"，而且只要你表现了这些具体事物，不仅不能获得"道"，反而必然丧失"道"。"道"是人们无法把它表述出来、描绘出来的。"道"的"妙理"只能从"言意之表"去体会，它既不能用语言来说，也不能用其他的各种艺术的物质手段来表现。"道"只能用一些神话、寓言、故事来比喻、暗示和象征，而不能用对具体地现实生活的真实描写来表现。庄子对艺术的要求不是像儒家那样通过具体地描写现实生活，来起积极的社会政治作用；而是要求艺术表现一种远离现实、超乎现实之上的幻想的精神境界。只要能表现这种与"道"契合的精神境界，用什么样的离奇古怪的神话寓言，用什么样的超现实的方式，都是可以的。而且，从庄子的观点看来，凡是具体地真实地描写现实生活的文艺，都只是执着于具体事物，影响对至高的"道"的认识和掌握，对这种文艺，他都是排斥的。庄子要求艺术能体现他的哲学理想，而他这种哲学理想又完全超乎现实之上，与具体的现实

---

① 罗根泽：《中国文学批译史（一）》，古典文学出版社，1957年，第53页。

相对立,如果你把它具体化现实化,那就一定会破坏它。这种文艺思想只能导向浪漫主义,不可能导向现实主义,庄子所理想的艺术当然也只能以上天入地、放浪无羁的浪漫主义形式出现,以便与其内容相适应。因此,庄子的浪漫主义在思想内容方面,和屈原的浪漫主义相比有显著的不同:庄子着重于表现深奥的哲理,屈原着重于描写现实的政治理想。

从艺术表现方法的角度来说,庄子是主张以表现"虚"或"无"为主的。他所心折的那种"大音希声,大象无形"的境界,就是一种"虚"或"无"的境界。庄子认为最好的艺术应当是善于以象征或暗示的方式来体现作家想象中的、无法具体表现的形象和境界,而不是表现可以描写出来、表达出来的现实事物。即使是表现"实"的部分,也并不在它所体现的具体意义,也要把它作为表现"虚"的部分的一种工具和手段,好像逮兔的蹄和逮鱼的筌一样。这些"实"的部分只起一种象征"虚"的部分的作用。对文学作品来说,就是要看它能不能做到"得意忘言"或"寄言出意",而"言"只不过是"得意"的筌或蹄而已。萧统的《陶渊明传》有这样一段记载:"渊明不解音律,而蓄无弦琴一张。每酒适,辄抚弄以寄其意。"陶渊明抚弄无弦琴的目的,就是"不彰声而声全",以获得想象中的最完美的音乐。所以说是:"但识琴中趣,何劳弦上声!"(《晋书·陶潜传》)抚弄无弦琴其实并不能产生什么音乐,它只是对想象中的音乐起一种象征作用。庄子提倡的这种"虚"的、"无"的境界,是无法具体表现的境界。因此,象征的方法在庄子那里具有特别重要的作用。庄子的浪漫主义和屈原的浪漫主义在艺术表现上也各有自己不同的特点:庄子侧重于运用象征的手法,表现一种只可意会、不可言传的境界,屈原擅长于以丰富、生动的比喻,来抒发他的政治抱负,描绘他所理想的社会。

庄子自己的散文创作,是他这种浪漫主义文艺思想的典型实践。在先秦诸子中,庄子散文是艺术价值最高的,也是最富于形象性的。我国古代文学史上历来庄、骚并称,作为我国文学发展中的浪漫主义源头。在《庄子·天下》篇中,庄子的后学对庄子的学说有一段很重要的概括,从中我们可以看到庄子学说和文章的特征:

芴漠无形,变化无常。死与生与!天地并与!神明往与!芒乎何之,忽乎何适?万物毕罗,莫足以归,古之道术有在于是者。庄周闻其风而悦之。以谬悠之说,荒唐之言,无端崖之辞,时恣纵而不傥,不以觭见之也。以天下为沉浊,不可与庄语,以卮言为曼衍,以重言为真,以寓言为广。独与天地精神往来,而不敖倪于万物,不谴是非,以与世俗处。其书虽瑰玮,而连犿无伤也。其辞虽参差,而諔诡可观。彼其充实,不可以已。上与造物者游,而下与外死生无终始者为友。其于本也,弘大而辟,深闳而肆。其于宗也,可谓稠适而上遂矣。虽然,其应于化,而解于物也,其理不竭,其来不蜕。芒乎,昧乎,未之尽者!

这段话说的不仅是庄子哲学的特征,也是庄子散文的艺术特征,从中我们也可以看到庄子浪漫主义的文艺思想和艺术手法。庄子的后学在这里很形象地概括了庄子学说的核心——"道"的特征:"芴漠无形,变化无常。死与生与!天地并与!神明往与!"为了阐明这个"无形""无常"的"道",庄子只好"以谬悠之说,荒唐之言,无端崖之辞"来表达,因为"道"是不可言说的,只能用这种语言和方式来比喻和象征,使人在想象中去默会。为了让人们能够体会"独与天地精神往来"的精神境界,庄子只好"以卮言为曼衍,以重言为真,以寓言为广"。所以,文辞"瑰玮","諔诡可观"。庄子用的是浪漫主义的创作方法,因此能够比较充分地反映他这种学说的内容。"彼其充实,不可以已。"王先谦解释这两句道:"夫其词理充实,不能自已。"说明庄子散文的艺术形式和他散文的内容相统一,结合得很好。庄子既然要超脱现实,"上与造物者游,而下与外死生无终始者为友",那么,要用艺术来描绘这种理想情操,当然也只能用浪漫主义的方法,而不能用现实主义的方法。

庄子文艺思想中这种浪漫主义特色,对我国古代的诗歌、小说、戏曲中的浪漫主义文学都有很深远的影响。我国古代有不少浪漫主义诗人深受庄子思想的熏陶。伟大的浪漫主义诗人李白不仅被称为与庄子同样的"神于文者"(杨慎语),而且他本人也很赞赏庄子的浪漫主义特色,并对庄子在我国浪漫主义文学发展史上的作用给予了很高的评价。他的《大鹏赋》开首就说:"南华老仙发天机于漆园,吐峥嵘之高论,开浩荡之奇文,征至怪于齐谐。"当然,从李白的诗歌创作来看,他同时兼受屈原、庄子的浪漫主义文艺思想的影响。而我国古代诗歌发展史上的山水田园诗派,以及他们在理论上的表现,则无论在思想上和艺术上都明显地深受庄子的影响。我国古代以"志怪"为特征的浪漫主义小说,也和庄子的浪漫主义文艺思想分不开。被庄子称引的"齐谐",究竟是书名还是人名,还没有定论,但历来认为他是"志怪"小说之祖。后来蒲松龄的《聊斋志异》,曾被赞为"驰想天外,幻迹人区"的"齐谐滥觞"(《聊斋志异》高珩序)。对庄子在我国浪漫主义文学发展中的作用,我们应当有足够的估计。

庄子的文艺思想不仅对我国古代文艺的发展有深刻的影响,而且对我国现代文学史上的许多著名作家,如鲁迅、郭沫若等也都产生过不小的影响。科学地总结庄子的文艺思想遗产,是一件很艰巨的工作,需要我们再作进一步的努力。

(原载中国社会科学杂志社《未定稿》1980年第13期,后又发表于《社会科学战线》编辑部编的《古典文学论丛》第3辑,齐鲁书社,1982年)

汉代对屈原和《楚辞》评价的争论

汉代文学理论批评的发展,是围绕着对《诗经》、《楚辞》、汉赋的评价而展开的。在对待诗、骚、赋评论中所涉及到的具体文学理论问题,并不完全相同,但是,从其所反映的文艺思想问题来看,在一些基本点上是有共同之处的。在对诗、骚、赋的评价中,以对骚(即指《楚辞》与屈原)的评价最为分歧,争论也最激烈。因此,我们从对屈原和《楚辞》的评价中,可以发现汉代文艺思想发展的基本线索及其主要问题。

汉代对屈原和《楚辞》评价上所产生的争论,是有它的社会原因的。汉代是我国第一个巩固的、大一统的封建国家。汉初盛行黄老思想,倡导无为之治,这是为适应由动乱到统一和实行与民休息、发展生产政策这种经济和政治需要的。但是,当封建统治巩固下来,并建成了强大的中央集权帝国之后,地主阶级为了维护自己的统治秩序,就需要进一步加强思想控制,建立一套完整的、为巩固封建制度服务的思想体系,来与大一统的政治局面相配合。所以,到汉武帝的时候,开始大力提倡儒家学说,并把它发展成为系统的官方的统治思想,于是,就出现了"罢黜百家,独尊儒术"的状况。董仲舒正是这样一位重要的官方思想家代表。他把儒家之道具体化为"三纲五常"等一套封建伦理道德,并且认为"道之大原出于天,天不变道亦不变"。把儒学和阴阳五行说结合起来,强调天道主宰人事,认为人间的一切变化均是天意之显现。用"天人感应"的唯心主义思想使儒学神学化。这样,凡违背儒家之道的言论、思想、行动,都被视为大逆不道的了。封建统治阶级对思想文化的这种严密控制,也必然要反映到文艺领域中来。所以自汉武帝之后,在文学理论批评中就表现出了要求以儒家思想为唯一准绳的倾向,这在对诗、骚、赋的评论中都表现得很清楚。

汉代的正统文学是以辞赋为主的,而赋这种文学形式是从《楚辞》演变发展出来的。刘勰在《文心雕龙·诠赋》篇中说:"赋也者,受命于诗人,拓宇于《楚辞》也。"《时序》篇又说:"爰自汉室,迄于成、哀,虽世渐百龄,辞人九变,而大抵所归,祖述《楚辞》,灵均余影,于是乎在。"在这种情况下,如何评价《楚辞》是一个非常重要的问题,它对汉代文学创作的发展具有一个指导方向和示范标准的问题。西汉前期,不少帝王都喜欢《楚辞》,例如《汉书·朱买臣传》记载,朱买臣善"言《楚词》,帝(汉武帝)甚说之,拜买臣为中大夫"。《汉书·王褒传》记载,汉宣帝曾"征能为《楚辞》九江被公,召见诵读"。当时对屈原和《楚辞》评价是很高的,也是比较客观的。只是到了西汉后期,由于儒家思想成为官方统治思想,并且贯彻到各个意识形态领域之后,才产生了对屈原和《楚辞》评价上的分歧和争论。这种分歧和争论集中表现在"怨"和"奇"两个方面,亦即政治标准和艺术标准两方面。大体说来,对屈原和《楚辞》评价的争论,可以分为三个阶段,它是和汉代文艺思想的发展紧密联系着的。

第一阶段是从西汉初年到西汉中期,可以贾谊、刘安、司马迁为代表,他们对屈原和《楚辞》是全面肯定的,并且给予了很高的评价,这反映了当时道家文艺思想的影响。汉代最早对屈原及其作品提出看法的是贾谊。贾谊被贬官之后,其政治抱负不得施展,感慨自己遭遇与屈原有相同之处,故写了《吊屈原赋》。他是非常赞扬屈原的:"呜呼哀哉兮,逢时不祥!鸾凤伏窜兮,鸱枭翱翔。闒茸尊显兮,谗谀得志;贤圣逆曳兮,方正倒植。"充分肯定了屈原的为人及其对现实的态度,指出屈原乃是在是非颠倒、黑白不分的情况下,遭到厄运的人。这实际上也是对屈原作品的肯定,对"怨"的肯定。不过,贾谊认为屈原的自沉,不一定是很必要的,他可以"隐处"、"自离",远离"浊世"。而且他既有才能,在战国时到处可以施展,"历九州而相其君兮,何必怀此都也?"这种看法是与贾谊自己的思想有关系的。由于黄老思想的影响,他从清净无为、任其自然的思想出发,才提出了这种观点。故而司马迁在《屈原贾生列传》中说:"及见贾生吊之,又怪屈原以彼其材,游诸侯,何国不容,而自令若是。"又说:"读《鵩鸟赋》,同死生,轻去就,又爽然自失矣。"司马迁对贾谊吊屈原赋中的道家思想的影响是看得非常清楚的。

刘安比司马迁稍早。刘安对屈原及《楚辞》的全面评价,没有流传下来,现在见到的只是司马迁《屈原贾生列传》中的引文。但司马迁并没有

说是刘安的话,由于班固在《离骚序》中也引用了刘安这段话,我们才知道司马迁引的是刘安之说。班固在《离骚序》中说:

> 昔在孝武,博览古文,淮南王安叙《离骚传》,以国风好色而不淫,小雅怨悱而不乱,若《离骚》者,可谓兼之。蝉蜕浊秽之中,浮游尘埃之外,皭然泥而不滓。推其志,虽与日月争光可也。

这个记载当然是可靠的,《汉书·淮南王传》云:"初,安入朝,献所作《内篇》,新出,上爱秘之。使为《离骚传》,旦受诏,日食时上。"可惜,《离骚传》没有流传下来。据司马迁《屈原贾生列传》所引,在"可谓兼之"下,尚有一大段文字阐述《离骚》的内容与形式特点,然后才接"蝉蜕浊秽之中"云云。那么,班固所引中间这一段缺文,究竟是刘安原文呢,还是司马迁在引用时又加了自己的发挥呢?这个问题现不可考。但是我们认为这一段当是刘安《离骚传》中原文。因为,第一,从这一段文字来看,与上下文衔接紧密,其云:"上称帝喾,下道齐桓,中述汤武,以刺世事。明道德之广崇,治乱之条贯,靡不毕见。其文约,其辞微,其志洁,其行廉,其称文小而其指极大,举类迩而见义远。其志洁,故其称物芳。其行廉,故死而不容自疏。"既是对"可谓兼之"的具体分析,又正好与下文"濯淖污泥之中"等相连接。无论内容还是文字都是十分完整的。第二,班固所引明显是略文。由于要驳斥刘安之论,故只引其认为不正确的观点,仅述大意而已,具体分析部分就省略了。司马迁所引"濯淖污泥之中"以下几句,班固所引亦为略文。第三,"其行廉,故死而不容自疏"之意是与司马迁在《屈原贾生列传》的"太史公曰"中肯定贾谊对屈原自沉的意见(已见前引)不同的。因此,我们认为《史记》中这一大段当全是刘安《离骚传》中原文(顺便要说到的是,有的同志认为此段非司马迁引文,仍是窜入之文,此可备一说,但根据不足。)

根据上述论断,我们可以知道刘安乃是第一个对屈原及其作品的思想和艺术作了全面而深刻评价的人。刘安对屈原作品的思想意义分析,突出了其"怨刺"的特点。所谓"以刺世事",即指它对现实的批判,这也是"怨悱"的产物。并且指出了屈原《离骚》的中心是要表达自己进步的政治理想,实现像汤武、齐桓那样的王霸之业。赞扬了屈原坚持理想,不与污浊、黑暗势力妥协,不与奸佞小人同流合污的高洁之志与坚贞气节。对屈原作品在艺术表现上的特点,着重阐明了"其文约,其辞微","其称文小而其指极大,举类迩而见义远",也就是说有寄托深远的比兴方法。它虽然写的是花草鸟兽、神话传说,却都包含有重大的社会政治内容。这就接触到了《离骚》的浪漫主义特征了。刘安对屈原给予这么高的评价,也是和他本身的遭遇有关系的。刘安之父刘长原为文帝之弟,以谋反罪于文帝元年被放于四川,废除王位,仅给衣食,刘长乃不食而死。当时民间曾有歌谣云:"一尺布,尚可缝;一斗粟,尚可舂。兄弟二人不相容。"刘安也是颇有志向的,然而很不得志,后亦以谋反罪而自杀,株连九族。

刘安对屈原和《楚辞》的评价,主要是从道家思想出发的,但也表现了儒家思想的影响。他着重肯定的是屈原对黑暗社会的愤懑不平和对污浊现实的弃绝态度。所谓"濯淖污泥之中,蝉蜕于浊秽,以浮游尘埃之外,不获世之滋垢,皭然泥而不滓"(《史记·屈原贾生列传》引),这显然是与道家的处世态度一致的。庄子在《胠箧》篇中也对当时的现实表示了愤激情绪,他说:"窃钩者诛,窃国者侯,诸侯之门,而仁义存焉。"据《史记·老庄申韩列传》记载,庄子对楚王以千金聘他为相,表示拒绝,他说:"我宁游戏污渎之中自快,无为有国者所羁,终身不仕,以快吾志焉。"道家对现实的不满及其与统治者不合作,自持高洁的态度,对后世的影响是很大的。刘安正是从这个角度,赞美屈原之志"虽与日月争光可也"。刘安的思想是兼有儒道而又以道为主的,这也可以从他主编的《淮南子》一书中看得很清楚。高诱《淮南鸿烈解·序》说:"此书,其旨近老子,淡泊无为,蹈虚守静。"《汉书·淮南王传》也说他"招致宾客方术之士数千人,作为《内书》二十一篇,《外书》甚众,又有《中篇》八卷,言神仙黄白之术,亦二十余万言"。他和汉武帝"每宴见,谈说得失及方技赋颂,昏莫然后罢"。他说《离骚》兼有《国风》"好色而不淫"和《小雅》"怨悱而不乱"的特色,虽然也有儒家"中和"思想的影响,但重点还是在说明其"怨""刺"的内容,这也是对孔子"诗可以怨"的一种发挥。同时,道家文艺思想是倾向于浪漫主义的,他们是不像儒家那样否定神话传说的。因此刘安对屈原作品中的浪漫主义特征也是有认识的,并且给予了很高评价。刘安主编的《淮南子》一书中也保存了一些古代的神话传说。他对屈原作品中之"奇"是肯定的。

在刘安写《离骚传》之后,又过了几十年,司马迁写作了不朽的巨著——《史记》。在《屈原贾生列传》中,司马迁继承了刘安对屈原及其《离骚》的评价,不仅保存了刘安的主要意见,而且还对它作了进一步的发挥,这集中表现在他对"怨"的论述上。司马迁在肯定屈原进步的政治理想和对现实黑暗的批判的基础上,又深入地分析了《离骚》产生的原因。他说:

> 屈平疾王听之不聪也,谗谄之蔽明也,邪曲之害公也,方正之不容也,故忧愁幽思而作《离骚》。
>
> 离骚者,犹离忧也。夫天者,人之始也;父母者,人之本也。人穷则反本,故劳苦倦极,未尝不呼天也;疾痛惨怛,未尝不呼父母也。屈平正道直行,竭忠尽智以事其君,谗人间之,可谓穷矣。信而见疑,忠而被谤,能无怨乎?屈平之作《离骚》,盖自怨生也。……屈原既死之后,楚有宋玉、唐勒、景差之徒者,皆好辞而以赋见称;然皆祖屈原之从容辞令,终莫敢直谏。

司马迁在这里明确提出了"怨"和"直谏"的问题,这是我国文艺思想史上具有进步的、批判现实主义特色的代表性观点。司马迁对"怨"没有像儒家那样加以限制,提倡"直谏",显然是和后来《毛诗序》中强调的"主文而谲谏"不一样的。司马迁通过对《离骚》产生原因的分析,揭示了文学发展史上的一个重要原理:许多进步的优秀的作品都是作者坚持正确的政治理想,由于反动势力的迫害而不能实现,为了反抗和批判这种反动势力而产生的。司马迁肯定《离骚》"盖自怨生"的思想,是和他在《报任少卿书》中提出的"发愤"著书说完全一致的。许多有价值的文艺作品和学术著作之产生,都是由于作者"意有所郁结,不得通其道,故述往事,思来者"。司马迁强调了文艺作品对现实黑暗的批判性和战斗性,这对我国进步文学和文艺思想的发展产生了极大的影响,他在我国古代文艺思想史上的重要地位,是应当给予足够的估价的。

司马迁的这种进步的文艺主张,是吸收了儒家和道家文艺思想的积极方面,并加以综合发展之结果,而他本人的悲惨遭遇又进一步激发和促进了这种进步文艺思想的确立。他继承并发挥了孔子诗"可以怨"的积极方面,又突破了他那种"乐而不淫,哀而不伤"的"中和"思想局限,吸收了道家对黑暗现实愤激不满的思想影响,提出了屈原和后来的宋玉等人之不同,就在于他敢坚持"直谏"。我们从《史记》中可以看出,司马迁一方面对孔子及其学说给予了很高评价,他把孔子列入世家,而不安排在列传之中,但是另一方面他在《老庄申韩列传》中也对道家代表人物的愤世嫉俗表示了相当的同情。他的父亲司马谈和他本人都是比较倾向于道家思想的,所以班固说他"论大道则先黄老而后六经"。在《屈原贾生列传》最后的"太史公曰"中也鲜明地表现了倾向道家的思想观点。道家思想的影响以及他受酷刑的现实遭遇,是使他能不受儒家论"怨"的局限,全面肯定刘安的论断,并进一步提出"发愤著书"说的根本原因。这些对后来钟嵘、白居易、韩愈、欧阳修、李贽等人都有过十分深刻的、直接的影响。

汉代对屈原和《楚辞》评价发展的第二阶段是从西汉末年到东汉前期,主要代表人物是扬雄与班固。这一阶段的特点是以儒家正统观点来评论屈原及《楚辞》,对以刘安、司马迁为代表的第一阶段评价提出了不同意见,对屈原作品的思想内容和艺术特点都进行了贬斥和批评。产生这个变化的根本原因是汉代统治阶级由崇尚黄老而发展到"独尊儒术",代表官方的基本文艺思想倾向也随之发生了变化,突出了儒家的"诗教"观点,用严格的儒家思想来要求文艺创作和文艺批评。这种特点首先反映在对《诗经》的评论上。《礼记·经解》篇中所引孔子的话:"温柔敦厚,诗教也。"很明显不会是孔子的原话,而主要是反映了汉儒的观点。这一点朱自清先生在《诗言志辨》中已经指出了。汉儒在阐述孔子的文艺思想时,从维护大一统的封建帝国统治需要出发,把孔子文艺思想中的消极保守方面作了进一步的发挥。《毛诗大序》把"温柔敦厚"的"诗教"说发展为"发乎情,止乎礼义"和"主文而谲谏",非常明确地对孔子的"可以怨"的"怨"作了严格限制,用"三纲五常"之"理"来束缚批判现实之怨"情"。用这种标准来评价文学作品,自然要和刘安、司马迁等对屈原和《楚辞》的评论发生尖锐的冲突,并对之作重新评价了。因此,我们不能把汉代对屈原和《楚辞》评价上的分歧,仅仅看成是各个文学批评家之间的个人分歧,而应当看到这是时代文艺思想发展的必然结果。

首先发难的是扬雄。他是第一个对屈原及其作品提出尖锐批评的人。扬雄对屈原及其作品批评主要是两点:一是认为屈原为人缺乏儒家的"明智",不能明哲保身,认为他不应该对统治阶级采取决绝态度,自沉汨罗江。《法言·吾子》篇说屈原"如其智,如其智",俞樾《诸子平议》释为"未足以为智也"。《汉书·扬雄传》说扬雄"以为君子得时则大行,不得时则龙蛇,遇不遇,命也,何必湛身哉?"扬雄所写的《反离骚》中也责怪屈原是"弃由聃之所珍兮,跖彭咸之所遗!"又针对《离骚》中"众女嫉余之蛾眉兮,谣诼谓余以善淫",说"知众嫭之嫉妒兮,何必飏累之蛾眉?"这就是后来班固批评屈原"露才扬己"之所本。扬雄虽和贾谊一样不赞成屈原"自沉",但其出发点是不同的。贾谊从道家思想出发,认为既然当权统治者不纳忠言,即可与之决绝,别投他处,不必自杀。而扬雄则认为按儒家君臣之道,不应有跨越臣道言行,不遇是命运决定的,无论如何不该对君上以死表示抗议。简言之,即认为屈原"怨"过分了,没有能"止乎礼义"。二是对屈原作品中的浪漫主义进行了批评,认为它"过以浮""蹈云天"(《文选·宋书谢灵运传论》李善注引《法言》)。所谓"蹈云天",即是指屈原作品中的神话、传说和幻想的内容,扬雄对这些上天入地的超现实内容表示不满,这正是从儒家"不语怪、力、乱、神"的排斥浪漫主义的角度出发的。所谓"过以浮",是对《楚辞》的华丽文辞的批评,认为它不像儒家那样偏重于强调质朴。扬雄对屈原及其作品的思想和艺术方面的批评,恰好反映了儒家文艺思想中的保守、褊狭方面,其实,这两方面正是屈原及其作品的优点。

不过,我们应当看到扬雄对屈原及其作品的评价是有矛盾的,他也有肯定的一方面。《汉书·扬雄传》中说他"悲其文,读之未尝不流涕也",说明他对屈原又是十分同情的。《法言·吾子》篇中又说:"诗人之赋丽以则,词人之赋丽以淫。"则他对宋玉等以后的辞赋和屈原的作品是能够区别对待的。扬雄对屈原及其作品评价中这种矛盾绝不是偶然的,它是汉代儒家思想两重性的表现。由于汉代封建地主阶级还处于上升时期,还有进步的积极的一面。所以在文艺思想上除了提倡温柔敦厚的诗教,主张"发乎情,止乎礼义"之外,还有提倡美刺讽谏、允许臣下以文艺为武器批评不良政治的方面。扬雄对汉赋评价中也同样表现了这种思想矛盾,早年比较看重汉赋反映封建帝国繁荣昌盛的作用,"心好沉博绝丽之文"(《答刘歆书》),晚年则较多地从汉赋讽而"不免于劝"的角度,对它有较多批评。

继扬雄之后,对屈原及其作品进行了更严厉批评的是东汉前期的班固。由于西汉末年农民起义对地主阶级的打击,东汉王朝建立之后,统治秩序不像西汉中期那么巩固,为此,封建阶级需要大力加强儒家思想的统治和控制,于是,进一步把儒学神学化,使谶纬神学泛滥成灾。班固作为官方思想家的代表,《白虎通义》的编撰者,又是儒家"中和"美学思想的积极提倡者,他对屈原和《楚辞》的批评就更加激烈了,而且公开指责刘安的评价"斯论似过其真"。班固的批评和扬雄一样,也是集中在"怨"和"奇"两个方面。班固认为屈原在他的作品中不是像孔子评《关雎》那样,"哀周道而不伤",不是"怨悱而不乱",而是恰恰越过了"不伤""不乱"的界限,也就是说,对当权统治者的批评过了头,表现了和他们势不两立的态度,因而是不符合"温柔敦厚""发乎情,止乎礼义"的原则的。他在《离骚赞序》中说:

> 且君子道穷,命矣。故潜龙不见是而无闷,《关雎》哀周道而不伤,蘧瑗持可怀之智,宁武保如愚之性,咸以全命避害,不受世患。故《大雅》曰:"既明且哲,以保其身。"斯为贵矣。
>
> 今若屈原,露才扬己,竞乎危国群小之间,以离谗贼。然责数怀王,怨恶椒兰,愁神苦思,强非其人,忿怼不容,沉江而死,亦贬洁狂狷景行之士。

班固的这种意见,从根本上说,是指责屈原及其作品对统治阶级"怨"过分了,按照"三纲五常"的封建礼教来说,臣对君"露才扬己"即是不敬;"责数怀王,怨恶椒兰",更不符合臣道,违背了"君为臣纲";而"忿怼不容,沉江而死",弃绝君王,更是不能被允许的事。班固对屈原作品在艺术上的浪漫主义特色也是有所批评的。他说《离骚》"多称昆仑冥婚、宓妃虚无之语,皆非法度之政,经义所载"。班固在艺术方法上是明显地主张儒家传统,倾向于现实主义的。他对浪漫主义的超现实之"奇",也和儒家传统观念一样,表达了一种不理解的排斥态度。班固在对屈原及其作品的评价上和刘安、司马迁的对立,是汉代文艺思想上的保守与进步斗争的集中表现。同时,它也反映了儒家文艺思想内部积极方面和消极方面的斗争,也是道家愤世嫉俗思想与儒家维护现状思想的斗争在文艺思想上的反映。

班固受汉明帝赏识,奉旨修《汉书》,他在《汉书》中坚决贯彻以"六经"为准则,和司马迁《史记》指导思想显然不同。他在文艺上是强调为维护封建正统服务的。不过,他对屈原及其作品的评价和扬雄一样,也是有矛盾的。他也有肯定屈原,赞扬其为人及其作品的方面。例如《汉书艺文志·诗赋略论》中说:

> 春秋之后,周道寖坏,聘问歌咏,不行于列国,学诗之士,逸在布衣,而贤人失志之赋作矣。大儒孙卿及楚臣屈原,离谗忧国,皆作赋以风,咸有恻隐古诗之义。

这里的评价显然和《离骚序》中所论是不一致的。有的同志认为此处所述,非班固己见,乃是他引用刘歆的意见①。因为《汉书艺文志》序中说:"歆于是总群书而奏其《七略》。……今删其要,以备篇籍。"这当然也可备一说,但是《七略》已失传,班固的《诗赋略论》是否刘歆原有,就很难说了,至少尚无确证。而且更重要的是班固在《离骚赞序》一文中,清楚地表明了比《诗赋略论》中更为鲜明地肯定屈原及其作品的意见。他说:

> 屈原以忠信见疑,忧愁幽思而作《离骚》。离,犹遭也;骚,忧也。明己遭忧作辞也。是时周室已灭,七国并争。屈原痛君不明,信用群小,国将危亡,忠诚之情,怀不能已,故作《离骚》。上陈尧、舜、禹、汤、

---

① 参见复旦大学编《中国文学批评史》上册。

文王之法，下言羿、浇、桀、纣之失，以风。……又作《九章》赋以风谏，卒不见纳。不忍浊世，自投汨罗。原死之后，秦果灭楚。其辞为众贤所悼悲，故传于后。

班固和扬雄一样，在评价屈原及其作品时所表现的矛盾，只能从当时封建地主阶级具有保守和进步的两重性以及汉代儒家思想本身的矛盾来加以解释。班固既强调"怨"不能过分，又肯定可以怨刺讽谏，所以对屈原及其作品有批评又有肯定。《离骚序》主要是批评意见，而《离骚赞序》及《汉书艺文志·诗赋略论》则主要是肯定意见。这两方面都是符合于儒家思想的原则的。由此我们可以看出汉代儒家文艺思想发展的一个基本特点。它同样也体现在对《诗经》《汉赋》的评价中。在对待《楚辞》的华丽文辞方面，班固的看法比扬雄要开通一些。他说："然其弘博丽雅，为辞赋宗，后世莫不斟酌其英华，则象其从容。"因而屈原"虽非明智之器，可谓妙才者也"。

汉代对屈原和《楚辞》评价的第三阶段以王逸为代表。王逸比班固要晚几十年。王逸所作《楚辞章句》乃是现今所存对屈原作品的最早也是最重要的注释。王逸对屈原和《楚辞》的评价极高，他系统地驳斥了班固对屈原和《楚辞》的批评，重新肯定了刘安、司马迁的高度评价。然而，从他评价屈原和《楚辞》的思想基础和出发点来看，他和刘安、司马迁是不同的，而和扬雄、班固倒是完全一致的。王逸也是从儒家正统立场上来评论屈原和《楚辞》的。他和班固都强调臣下对君上要忠，但是怎样才算"忠"的看法不一样。班固认为君上再昏庸，臣下也不能对他持否定态度，不能直接显露君过，怨怼君上，甚至以死相谏。王逸则认为要忠于君主，应对其昏庸之处敢于怨刺，即使"危言以存国，杀身以成仁"，亦在所不惜。"是以伍子胥不恨于浮江，比干不悔于剖心，然后忠立而行成，荣显而名著。"(《楚辞章句序》)他认为像班固那样并不是真正忠于君上，"若夫怀道以迷国，详愚而不言，颠则不能扶，危则不能安，婉娩以顺上，逡巡以避患，虽保黄耇，终寿百年，盖志士之所耻，愚夫之所贱也"。王逸认为屈原的"怨"并没有越出"礼义"的规范，更没有违背"温柔敦厚"之旨。他说："且诗人怨主刺上曰：'呜呼！小子，未知臧否，匪面命之，言提其耳。'风谏之语,于斯为切。然仲尼论之,以为大雅。引此比彼,屈原之词,优游婉顺,宁以其君不智之故,欲提携其耳乎?而论者以为'露才扬己','怨刺其上','强非其人',殆失厥中矣。"(同上)王逸这种评论,一方面对屈原及其作品给予了充分的肯定和赞扬,认为屈原是"绝世之行,俊彦之英";另一方面,实质上对屈原及其作品作了符合于儒家正统思想要求的歪曲解释,这可以从他对屈原作品内容的正面分析中看出来。他说:"夫《离骚》之文,依托五经以立义焉。'帝高阳之苗裔',则'厥初生民,时惟姜嫄'也。'纫秋兰以为佩',则'将翱将翔,佩玉琼琚'也。'夕揽洲之宿莽',则《易》'潜龙勿用'也。'驷玉虬而乘鹥',则'时乘六龙以御天'也。'就重华而陈词',则《尚书》咎繇之谋谟也。'登昆仑而涉流沙',则《禹贡》之敷土也。"这种分析大都是牵强附会的,也是不符合《离骚》原意的。所以,从文学批评的标准上说,他和扬雄、班固是一致的,都要求折中于儒家圣道,但是在对屈原和《楚辞》评价上得出的具体结论,恰和他们正好相反。这种现象是并不奇怪的,它说明了儒家思想影响在文学批评方面更加深入了。人们在对一个作家、一部作品的评论上,不管肯定还是否定,都不离开儒家的观点。王逸和班固对屈原及其作品评价上的分歧,变成了对屈原为人及其作品是否符合儒家思想的争论。王逸和班固看法的分歧,也与他们所处的具体时代条件有关系。班固的时代东汉王朝刚刚建立,政治上毕竟还是属于相对稳定时期,统治阶级内部矛盾也还不尖锐。而到了王逸的时代,即安帝、顺帝时代,东汉王朝已进入了一个宦官、外戚交替专政的极其黑暗时代,上层统治阶级十分腐朽,统治阶级内部矛盾异常尖锐。从这个角度说,和屈原所处楚国当时的情况比较接近。王逸有感于现实,因此强调屈原之忠,给以充分的肯定,显然也是有时代背景的。

王逸对屈原及其作品在艺术上的成就也给予了充分的肯定。虽然他也把屈原的作品和《诗经》加以类比,反映了他的儒家思想立场,但是他没有否定屈原作品的浪漫主义,而且看到了屈原这种上天入地、奇异诡谲的超现实艺术描写,都是有现实基础的。他在《离骚经序》中说:

《离骚》之文,依《诗》取兴,引类譬谕。故善鸟香草,以配忠贞;

>恶禽臭物,以比谗佞;灵修美人,以媲于君;宓妃佚女,以譬贤臣;虬龙鸾凤,以托君子;飘风云霓,以为小人。

又其《远游序》云:

>屈原履方直之行,不容于世。上为谗佞所谮毁,下为俗人所困极,章皇山泽,无所告诉。乃深惟元一,修执恬漠。思欲济世,则意中愤然,文采秀发;遂叙妙思,托配仙人,与俱游戏,周历天地,无所不到。然犹怀念楚国,思慕旧故,忠信之笃,仁义之厚也。是以君子珍重其志,而玮其辞焉。

这里虽不免有儒家偏见之痕迹,然而确实对《楚辞》中屈原作品的浪漫主义描写的具体现实内容作了很好的分析,说明并不是"蹈云天"的"虚无之语",而是深深地扎根于现实土壤之中的。后来刘勰在《文心雕龙·辨骚》篇中,进一步把《楚辞》的这种浪漫主义特点概括为一个"奇"字。"奇中有真",遂成为我国古代浪漫主义文学理论的一个主要内容。

从汉代对屈原及《楚辞》评价的争论中,我们可以看出汉代文艺思想发展的基本特点:对屈原和《楚辞》评价的"肯定—否定—肯定"过程,反映了汉代文艺思想发展由道家向儒家的转变,以及儒家思想成为统治阶级的统治思想之后,它在文艺思想上的影响步步深入,同时也清楚地反映出了汉代儒家思想作为官方的正统思想,与还处于上升时期的地主阶级特点相适应,具有矛盾的两面性,从文艺思想上说,它既要从维护统治秩序出发对"怨"作严格的限制,同时也还肯定"怨",提倡美刺讽谏。这是与先秦时期儒家思想及封建社会走向没落时期的儒家思想都有所不同的。反过来说,我们也只有搞清楚了汉代文艺思想发展的特点与规律,才能真正认识在评价屈原和《楚辞》上的争论的实质。

(原载《中国文艺思想史论丛》第3辑,
北京大学出版社,1988年。标题有改动)

论王充的文艺思想

东汉儒学发展进一步趋向神秘化,经过西汉末年农民起义的沉重打击,刘秀在重建地主阶级统治秩序之后,大力提倡谶纬迷信学说,"宣布图谶于天下",谁要反对谶纬学说,谁就要被杀头,桓谭因为"极言谶之非经",刘秀即以"非圣无法"论处,几乎丧命(事见《后汉书·桓谭传》)。谶纬神学的核心问题是强调天道主宰人事,君权神授,把统治阶级的一切言行措施,都解释为神明意志的体现,要求百姓无条件服从。刘秀发兵时,据说民间流传"刘秀发兵捕不道,卯金修德为天子"的谶言,故刘秀即位称帝后,一切以谶言决疑,起用制造谶言的方士王梁、孙咸当大官。于是,以谶纬为中心的神学迷信思想泛滥成灾,并影响到整个学术文化领域,自然也不可避免地要波及文艺领域。这种状况引起了一些具有进步的唯物主义观点的思想家、文学家的不满,与之进行了尖锐、激烈的斗争。王充就是他们中间最杰出的代表。

王充(27—97?),字仲任,会稽上虞(今浙江上虞)人,出身"细门孤族",自小聪慧好学,八岁时即"谢师而专门,援笔而众奇"(《论衡·自纪》)。年轻时曾"受业太学,师事扶风班彪。好博览而不守章句。家贫无书,常游洛阳市肆,阅所卖书,一见辄能诵忆,遂博通众流百家之言"(《后汉书·王充传》)。王充是以儒学开始,又不仅守儒学,而兼通各家,是一位知识渊博的学者。他一生做过郡功曹、治中等小官,由于不断和上司冲突,后来罢官归家,专事著作。王充"不贪富贵","不慕高官","处逸乐而欲不放,居贫苦而志不倦,淫读古文,甘闻异言,世书俗说,多所不安,幽处独居,考论实虚"(《论衡·自纪》),因此他的著作是和当时学术文化领域中神学迷信勇敢斗争的真实记录。王充著作很多,但不少已亡佚,如《政务》《讥俗》《备乏》《禁酒》《养性》均已失传,仅存《论衡》八十五篇(其中《招致》一篇已佚)。王充在《论衡》中深入而系统地批判了以"天人感应""五德终始"为中心的谶纬迷信思想,继承和发展了我国古代唯物主义学说，认为世界是由物质性的"气"构成，人"死而精气灭"，灵魂不能离开肉体而存在，天道自然，它不能主宰人事，从根本上否定了"灾异""灵验"等荒诞不经之说，对当时的谶纬神学进行了有力的批判。王充在和神学迷信思想进行斗争的过程中，不可避免地要涉及文艺和美学问题。他在批判那些宣传神学迷信的文章、著作的时候，提出了如何正确地写作以及什么样的文章和著作才是最美的问题，这里就包括了许多重要的美学和文学理论方面的内容。东汉时期由于谶纬学说盛行，文学创作方面存在着一些严重的不良风气。这些概括起来主要表现在以下三个方面：一是内容上有不少虚妄荒诞的东西；二是文辞形式上追求华靡艳丽，不求实用；三是复古模拟的恶劣风气。针对这种情况，王充提出了以真实、有用、独创为中心的真善美相统一的美学观和文艺观。他认为真不真是美不美的基础，不真实的作品只有"虚美"，而没有"真美"；同时，美又是和善不可分割的，"美善不空，才高知深之验也"（《论衡·佚文》，以下凡引自《论衡》者，仅注篇名）有的同志认为："如果说扬雄美学的中心是美与善的统一问题，那么王充美学的中心则是美与真的统一问题。"[①]这是不大符合实际情况的。善，在王充的文艺与美学思想中，也是有很高地位的。下面我们从三个方面来分析王充文艺思想的主要内容。

论真、善、美的统一

王充认为真、善、美三者的关系是：真是基础，善是目的，美是结果。有了真的基础，方能达到善的目的，它的结果才是美的。王充强调一切文章和著作，包括文学作品在内，内容必须是真实的，他坚决反对荒诞不经的虚妄之言。他自己曾明确地指出，《论衡》一书的写作中心就是以真实反对虚妄。他说："《诗》三百，一言以蔽之，曰：思无邪。《论衡》篇以十数，亦一言也，曰：疾虚妄。"（《佚文》）在《对作》篇中他说："是故《论衡》之造也，起众书并失实，虚妄之言胜真美也。"他还曾指出，和他思想一致，曾对他有过深刻影响的桓谭之《新论》写作，其中心也是疾虚妄。《对作》篇云："众事不失实，凡论不坏乱，则桓谭之论不起。"《超奇》篇云：

[①] 李泽厚、刘纲纪主编：《中国美学史》第1卷，中国社会科学出版社，1984年，第537—538页。

"(《新论》)论世间事,辨昭然否,虚妄之言,伪饰之辞,莫不证定。"针对当时在神学迷信思想影响下,到处充斥虚妄之言的社会风气,王充强烈地感觉到自己必须站出来明辨是非,拨乱反正。《对作》篇说:"世俗之性,好奇怪之语,说虚妄之文。何则?实事不能快意,而华虚惊耳动心也。是故才能之士,好谈论者,增益实事,为美盛之语;用笔墨者,造生空文,为虚妄之传。听者以为真然,说而不舍;览者以为实事,传而不绝。不绝则文载竹帛之上,不舍则误入贤者之耳。至或南面称师,赋奸伪之说;典城佩紫,读虚妄之书,明辨然否,疾心伤之,安能不论?"王充以"疾虚妄"为己任,大力提倡"真美",反对"虚美",在文艺和美学领域,坚持了唯物主义,批判了唯心主义,表现了勇敢的战斗精神,这是十分可贵的。

王充所反对的"虚妄",所提倡的"真实",其具体内容究竟是什么呢?我们从《论衡》中著名的"九虚三增"(即《书虚》《变虚》《异虚》《感虚》《福虚》《祸虚》《龙虚》《雷虚》《道虚》《语增》《儒增》《艺增》)各篇中可以看得很清楚。王充所说的"虚妄",主要是指神学迷信思想及其在各种文章、著作中的具体表现,但是有时不适当地把文学的夸张描写也当作了"虚妄"之言。王充所说的真实是指不管言论或文章,都要讲究内容符合事实的真实,不能允许有一点与事实不符的假设与夸张之处。例如《书虚》篇中他说传书上面记载:孔子和颜渊在泰山上望吴国国都(苏州)西门,孔子看见门外系着白马,颜渊以为是白绸子。孔子纠正了他,然后颜渊"发白齿落,遂以病死"。"盖以精神不能若孔子,强力自极,精华竭尽,故早夭死。"王充认为这完全是虚妄之言,因为人目所见,最远不过十里;至于小的东西更难看见。泰山离苏州有几百里,孔子也绝看不见,何况是小小的一匹白马,颜渊怎么能看见呢?说颜渊自小用力过度,精竭而死,就更没有道理了。又如《感虚》篇中说:"传书言:'燕太子丹朝于秦,不得去,从秦王求归。秦王执留之,与之誓曰:"使日再中,天雨粟,令乌白头,马生角,厨门木象生肉足。乃得归。"当此之时,天地佑之,日为再中,天雨粟,乌白头,马生角,厨门木象生肉足。秦王以为圣,乃归之。'此言虚也。"王充根本不相信这种上天保佑的无稽之谈。他指出:像周文王那样的圣人被纣王囚禁,都无法感动天;燕太子丹不过是一贤者,为什么反而能感动上天呢?如果上天要保佑燕太子丹,那么就一定能缓和秦王之意,使他放了太子丹,为什么要"舍一事之易,为五事之难"?"何天之不惮劳也?"《福虚》篇中王充指出,传说楚惠王吃酸菜发现里面有蚂蟥,但还是吃了,结果肚子痛得不能吃东西。令尹问他既发现有蚂蟥为什么还要吃下去?他回答说:怕说出来杀了厨师和监食之人;若不杀,又怕废了国法,所以只好吃了。令尹说他有福,因为他这种做法,说明他是在施行仁政。当晚惠王吃进去的蚂蟥拉出来了,而且原有的瘀血病也好了。王充认为有福之说是虚假的,他要赦厨师及监食人之罪是很容易的,而且还可以为此而得恩于天下,何必要吃了呢?至于积病之除,是由于蚂蟥吸了瘀血,事出偶然,并非什么因仁政而得福。王充说:"世信虚妄之书,以为载于竹帛上者,皆贤圣所传,无不然之事,故信而是之,讽而读之。"其实,"传书之言,多失其实,世俗之人,不能定也"。(《书虚》)

王充强调"真实",反对"虚妄",是针对科学著作来说的,但他的观点对文学创作也有十分深刻的影响。我们研究王充提倡"真美"的文艺思想,应该看到它和司马迁的"实录"精神之间的联系。司马迁及其《史记》是王充最为佩服的作家和著作,他在《论衡》中曾经有三十多处赞扬了司马迁及其《史记》之"实录"精神,这是我们研究王充的"真实"论时不能不给予充分重视的。《感虚》篇中王充在批驳传书所言燕太子丹感动上天之说时,就引《史记》为证,他说:"太史公曰:'世称太子丹之令天雨粟,马生角,大抵皆虚言也。'太史公书汉世实事之人,而云'虚言',近非实也。"《祸虚》篇王充指出:秦二世胡亥诏杀大将蒙恬。蒙恬不理解,以为是修筑长城,"绝地脉",得罪于天,才招致大祸,这是虚妄的。他引用《史记》来揭露道:"太史公非之曰:'夫秦初灭诸侯,天下心未定,夷伤未瘳,而恬为名将,不以此时强谏,救百姓之急,养老矜孤,修众庶之和,阿意兴功,此其子弟遇诛,不亦宜乎?何与乃罪地脉也?'"《道虚》篇中批驳李少君"尸解而去"的谎言时说:"太史公与李少君同世并时,少君之死,临尸者虽非太史公,足以见其实矣。如实不死,尸解而去,太史公宜纪其状,不宜言死。"由于王充肯定司马迁是"书汉世实事"的,因此,他对《史记》的记载是非常信任的。其《谈天》篇中又说:"太史公曰:'《禹本纪》言河出昆仑,其高三千五百余里,日月所于辟隐为光明也,其上有玉泉、华池。今自张骞使大夏之后,穷河源,恶睹《本纪》所谓昆仑者乎?故言九州山川,《尚书》近之矣。至《禹本纪》《山经》所有怪物,余不敢言也。'夫弗敢言者,谓之虚也。昆仑之高,玉泉、华池,世所共闻,张骞亲行无其实。案《禹贡》,九州山川,怪奇之物,金玉之珍,莫不悉载,不言昆仑山上有玉泉、华池。案太史公之言,《山经》《禹纪》,虚妄之言。"当然,像《山海经》等有关神话、传说记载,是不能简单地以"虚妄之言"来否定的。不过,从上述这些方面,我们可以清楚地看到王充的"真实"论确是和司马迁的"实录"精神有着一脉相承的历史渊源关系的。王充赞扬司马迁的《史记》能够据实而书,不受"虚妄之言"影响,其《对作》篇云:"若太史公之书据许由不隐,燕太子丹不使日再中,读见之者,莫不称善。"这其实也就是他自己写《论衡》的指导思想。

不仅是有"真"方有"美",而且"真美"是和"善"分不开的。只有内容真实的文章和著作才是有用的,虚妄之作是毫无用处的,也就谈不上有什么"善"。王充认为真正美好的文章和著作,必然是对社会发展起某种积极作用的。《自纪》篇中说:"为世用者,百篇无害;不为世用者,一章无补。"古代贤圣之辈写文章和著作,都不是仅仅为了炫耀文辞之美,而都是有补世用的。《佚文》篇说:"文岂徒调笔弄墨为美丽之观哉?载人之行,传人之名也。善人愿载,思勉为善;邪人恶载,力自禁裁。然则文人之笔,劝善惩恶也。"这里王充所说的"文"是包括科学著作在内的广义的"文",他并不是专对艺术作品来说的。因此像有些同志所说,"王充把艺术的目的归结为'劝善惩恶',对艺术的美表现出极大的轻视"①,就有点欠公允了。而且,退一步说,强调文艺作品要起到"劝善惩恶"的社会作用,这又有什么不对呢?难道文学创作只是"调笔弄墨为美丽之观"吗?文学上的"扬善惩恶"原则是一种客观存在的规律,这是为历来的中外文学家所普遍承认的。恩格斯在著名的《致敏·考茨基》的信中也谈到过这一点。我们反对那种只讲"劝善惩恶"否定艺术审美特征的倾向,但是也不能一看见讲"劝善惩恶",就斥之为简单化的狭隘观点。至于说:"文艺史的事实告诉我们,那些抱着王充所说的'处定是非,辨然否之实',以艺

---

① 李泽厚、刘纲纪主编:《中国美学史》第1卷,第542页。

术为'劝善惩恶'的工具的作品,从来没有一部是成功的。"①恐怕也过于武断了吧?难道重视文学的真实性,提倡起"劝善惩恶"的作用,就必然会否定和轻视艺术的审美特征吗?说与王充美学观点相同的白居易,他的"所谓'讽喻诗',其中大部分都是枯燥无味的说教式的作品"②。这就无异于对白居易作了基本否定,大约也是很多古典文学的爱好者难以接受的。如果我们不持康德那种艺术超功利的偏见的话,白居易讽喻诗的重大艺术价值,是应该得到肯定的。

王充首先是一个思想家,而不是美学和文艺理论家。《论衡》涉及文艺问题,但不是针对文艺创作来写的。他在《对作》篇中举出了很多有名的学术著作,说明它们对社会现实都是有积极作用的,是有为而发的产物。他说:"是故周道不弊,则民不文薄;民不文薄,《春秋》不作。杨、墨之学不乱传义,则孟子之传不造;韩国不小弱,法度不坏废,则韩非之书不为;高祖不辨得天下,马上之计未转,则陆贾之语不奏;众事不失实,凡论不坏乱,则桓谭之论不起。"王充认为,凡是有价值的著作都是针对一定的现实需要而写作的,这就进一步发展和扩大了司马迁所主张的"发愤著书"说。也就是说,不仅是为了发个人之愤,而要为国家的繁荣富强而写作。王充又说:"圣人作经,贤者传记,匡济薄俗,驱民使之归实诚也。案六略之书万三千篇,增善消恶,割截横拓,驱役游慢,期便道善,归正道焉。"(《对作》)他认为"劝善惩恶"乃是各种书籍都具有的普遍原则,当然这对文学创作也不例外。王充指出,他的《论衡》之写作正是为了有补于世,起到破除神学迷信,使人民觉醒的作用。"不得已,故为《论衡》。""若夫'九虚''三增'、《论死》《订鬼》,世俗久所惑,人所不能觉也。人君遭弊,改教于上;人臣愚惑,作论于下。实得,则上教从矣。冀悟迷惑之心,使知虚实之分。实虚之分定,而华伪之文灭;华伪之文灭,则纯诚之化日以挚矣。"所以,内容之真实和有用是密不可分的,真者方能善,善者必有真。

不仅真和善是统一的,而且美和善也是统一的。美必须有用才能说

---

① 李泽厚、刘纲纪主编:《中国美学史》第1卷,第543页。
② 李泽厚、刘纲纪主编:《中国美学史》第1卷,第543页。

是真正的美。《别通》篇说:"古贤之遗文,竹帛之所载粲然,岂徒墙壁之画哉!空器在厨,金银涂饰,其中无物益于饥,人不顾也。肴膳甘醢,土釜之盛,人者乡之。古贤文之美善可甘,非徒器中之物也;读观有益,非徒膳食有补也。"王充举出汉代董仲舒、唐子高、谷子云、丁伯玉等四人,说他们"策既中实,文说美善,博览膏腴之所生也。使四者经徒能摘,笔徒能记疏,不见古今之书,安能建美善于圣王之庭乎?"(同上)可见,真正的美是离不开善的。只有"美善不空",使真、善、美三者相统一,才是真正有才能的作家。

所以,王充坚决主张文章和著作必须做到内容与形式相统一,表里一致,内外相符。他认为"虚妄"之作的重要表现之一,就是徒有华文,而无真实有用的内容。为此,王充对汉赋创作中的真善美不统一的形式主义倾向也进行了批评,指出它"文丽而务巨,言眇而趋深,然而不能处定是非,辨然否之实,虽文如锦绣,深如河汉,民不觉知是非之分,无益于弥为崇实之化"(《定贤》)。其《自纪》篇也说:"深复典雅,指意难睹,唯赋颂耳。"王充指出了汉赋所存在的美与真、美与善之间的矛盾。他在《谴告》篇中说:"孝武皇帝好仙,司马长卿献《大人赋》,上乃仙仙有凌云之气。孝成皇帝好广宫室,扬子云上《甘泉颂》,妙称神怪,若曰非人力所能为,鬼神力乃可成。皇帝不觉,为之不止。长卿之赋如言仙无实效,子云之颂言奢有害,孝武岂有仙仙之气者?孝成岂有不觉之惑哉?"作品的客观效果和作家的主观意图相反,结果不是起到有益的社会效果,反而助长了不良风气。这样的作品自然也不能达到真、善、美的统一。王充说《论衡》之作,"所以铨轻重之言,立真伪之平,非苟调文饰辞,为奇伟之观也"(《对作》)。他并不是不要文采之美,而是强调内容起主导作用,形式和内容必须统一。他在《超奇》篇中对此有过系统、完整的论述。他说:

> 文由胸中而出,心以文为表。……有根株于下,有荣叶于上;有实核于内,有皮壳于外。文墨辞说,士之荣叶、皮壳也。实诚在胸臆,文墨著竹帛,外内表里,自相副称,意奋而笔纵,故文见而实露也。人之有文也,犹禽之有毛也。毛有五色,皆生于体。苟有文无实,是则五色之禽毛安生也。……岂徒雕文饰辞,苟为华叶之言哉?精诚

由中,故其文语感动人深。

王充的这一段精辟论述,是对孔子的"辞达"说、"言以足志,文以足言"说的进一步发挥;也是对《礼记》的"情欲信,辞欲巧"说和扬雄"心声""心画"论的继承和发展,更加扩大了我国传统的文质并茂、内容和形式统一的进步文艺观。

反对复古,提倡独创

从主张真、善、美相统一的基本思想出发,王充在文章和著作的写作上,坚决反对复古模拟,而竭力提倡独立创造。他虽然受正统儒家思想的影响,但是并不墨守成规,而是有自己的独立见解。儒家从孔子开始就提倡"述而不作,信而好古",在复古与创新的关系上是偏向复古,往往把创新视为离经叛道的异端邪说。汉代是一个经学昌盛的时代,文人学士都视注解经书为终身之业,尤其是以谶纬为中心的今文经学,用神学迷信方法去说经,十分烦琐细碎,"一经说至百余万言,大师众至千余人"(《汉书·儒林传赞》),只"述"而不"作",复古模拟倾向十分严重。表现在文学语言上也是追求艰深古奥,严重脱离当时口语。即以王充还比较佩服的、属于古文学派的扬雄来说,也免不了有这种倾向。他的《太玄》是模仿《周易》的,他的《法言》是模仿《论语》的,语言也很深奥。因此,王充竭力提倡"作",而贬低"述",主张口语化,而反对古奥,是具有反传统的进步意义的。同时,这也和他驳斥"虚妄"的神学迷信思想,强调真、善、美统一,强调文章和著作必须有补于世用的观点,紧密相连。

王充在《论衡》中把文人分为好几类,其《超奇》篇云:"夫能说一经者为儒生,博览古今者为通人,采掇传书以上书奏记者为文人,能精思著文连结篇章者为鸿儒。故儒生过俗人,通人胜儒生,文人逾通人,鸿儒超文人。故夫鸿儒,所谓超而又超者也。"。"儒生""通人""文人"虽然在学识广博与否上有差异,在运用知识能力上有区别,然而基本上都是属于"述"的范围内的不同,而只有"鸿儒"才是具有独立见解,能创造性地发表自己意见,并撰写成文章和著作的人,即所谓"能精思著文连结篇章"者,这是属于"作"的范围的,因而是最了不起的"超而又超""奇而又奇"的"世之金玉"。"儒生"和"通人",虽然也可以做到"好学勤力,博闻强识","入山见木,长短无所不知;入野见草,大小无所不识",但是,不能对这些知识加以灵活运用,没有自己的创造性,"不能伐木以作室屋,采草以和方药,此知草木所不能用也"。这些人,读书不少,却只是"匿书主人","即徒诵读,读诗讽术,虽千篇以上,鹦鹉能言之类也"。即使是属于"述"的范围内水平最高的"文人",他们"能陈得失,奏便宜,言应经传,文如星月,其高第若谷子云、唐子高者,说书于牍奏之上,不能连结篇章",因此也不能算是"超奇"之才。他们中间水平最高的,如司马迁、刘向等,能"抽列古今,纪著行事",远远超过谷永、唐林,然而也还只是"因成纪前,无胸中之造"。"鸿儒"之所以高,即是因为"笔能著文,则心能谋论。文由胸中而出,心以文为表。观见其文,奇伟倜傥,可谓得论也"。他说孔子作《春秋》之所以能有如此高的成就,正由于他不去因袭鲁国《史记》,"立义创意,褒贬赏诛","眇思自出于胸中也"。从王充对具体的著作家的评价来看,他比较看重反对谶纬迷信的思想家、哲学家,因而最推崇桓谭,并对属于古文经学的扬雄也十分称赞,同时又认为思想家高于史学家,故对司马迁评价不很高,未列入"鸿儒",而对董仲舒还是比较赞扬的。这些自然不无偏颇之处,但是他的目的是强调发表系统的独立见解之重要,他在《佚文》篇中说:"五经、六艺为文,诸子传书为文,造论著说为文,上书奏记为文,文德之操为文。立五文在世,皆当贤也。造论著说之文,尤宜劳焉。何则?发胸中之思,论世俗之事,非徒讽古经、续古文也。论发胸臆,文成手中,非说经艺之人所能为也。"这不是"述",而是"作",所以王充给予了很高的评价。然而,在那个儒学作为官方哲学而定于一尊的时代,要公开肯定"作",提倡"作",而不满于"述",贬低"述",那是要冒极大之风险的。王充在《对作》篇中,面对时人的责难,所谓:"圣人作,贤者述。以贤而作者,非也。《论衡》《政务》可谓作者。"他一方面策略地指出,《论衡》及《政务》"非曰作也,亦非述也,论也","论者,述之次也",他说明自己的著作既非"作",亦不算"述",而是比"述"还要次一等的"论",他说:"五经之兴,可谓作矣。太史公书、刘子政序、班叔皮传,可谓述矣。桓君山《新论》、邹伯奇《检论》,可谓论矣。今观《论衡》《政务》,桓、邹之二论也,非所谓作也。"其实,这不过是为避免时人用"非圣无法"来攻击的一种巧妙说法而已。前面我们已经说过,他把桓谭《新论》列为最"超奇"的"鸿儒"之作,说明他实际上是把"论"置于"述"之上的。特别是在《对作》篇中,王充指出:"汉家极笔墨之林,书论之造,汉家尤多。阳成子张作《乐》,扬子云造《玄》,二经发于台下,读于阙掖,卓绝惊耳,不述而作,材疑圣人,而汉朝不讥。"可见,并非一定要圣人才能"作"。他进一步更明确地说:"今著《论死》及《死伪》之篇,明死无知,不能为鬼,冀观览者将一晓解约葬,更为节俭。斯盖《论衡》有益之验也。言苟有益,虽作何害?仓颉之书,世以纪事。奚仲之车,世以自载。伯余之衣,以辟寒暑。桀之瓦屋,以辟风雨。夫不论其利害,而徒讥其造作,是则仓颉之徒有非,《世本》十五家皆受责也,故夫有益也,虽作无害也。"这是对人类创造精神的高度赞美,也是对"述而不作"传统观念的大胆挑战,更是对"作"、对独创性的积极提倡。这在当时不仅是难能可贵的,而且也是需要极大勇气的。儒家的"述而不作"是严重地束缚思想,也是束缚文学创作的,没有创造精神,还能有什么文学?王充提倡"作",而贬低"述",正是对学术思想,对文学创作的一种解放,是应当得到充分肯定的,也是对文学发展起了积极作用的。

为了倡导独立创造,就必须反对复古模拟的恶劣风气。王充在《齐世》篇中指出:"俗儒好长古而短今""好高古而下今",而"世俗之性,贱所见,贵所闻也"。王充提出"齐世"的问题,就是要反对这种倾向。他认为历史是不断发展的,不断进步的,不能说古比今好,"古人贤今人",事实上,"上世治者圣人也,下世治者亦圣人也"。历史发展的实际情况说明"今"比"古"是大大地前进了。请看:"上世之民,饮血茹毛,无五谷之食,后世穿地为井,耕土种谷,饮井食粟,有水火之调;又见上古岩居穴处,衣禽兽之皮,后世易以为宫室,有布帛之饰;则谓上世质朴,下世文薄矣。"如果说愈古愈好,岂不是要恢复到"饮血茹毛""岩居穴处"的原始状态去了吗?王充认为当时许多人的思想、行为、著作都是超过古人的,但是由于复古空气笼罩整个社会,所以就无法被人认识,反而被埋没了。他说:"使当今说道深于孔、墨,名不得与之同;立行崇于曾、颜,声不得与之钧。"他又指出:"有人于此,立义建节,实核其操,古无以过。为文书者,肯载于篇籍,表以为行事乎?作奇论、造新文,不损于前人,好事者肯舍久远之书,而垂意观读之乎?"王充强调发展变化的进步历史观,对后来文艺思想发展的影响是很大的。西晋时期葛洪的反复古思想,可以说是直接脱胎于王充《论衡》的。《抱朴子·钧世》篇说:"古者事事醇素,今则莫不雕饰,时移世改,理自然也。至于屦锦丽而且坚,未可谓之减于蓑衣;辎轩妍而又牢,未可谓之不及椎车也。"俗人"贵远贱近","虽有超群之人,犹谓不及竹帛之所载也;虽有益世之书,犹谓不及前代之遗文也。是以仲尼不见重于当时,《太玄》见蚩薄于比肩也"(《尚博》)。后来昭明太子萧统在《文选·序》中之"踵事增华"说,也正是在王充、葛洪思想的基础上提出来的。

文学语言的艰深古奥,也是和崇古贱今的思潮密切联系着的。因此,王充提倡言文一致的通俗易懂语言,和反对尊古卑今的主张不可分割。王充在《论衡·自纪》篇中明确指出,他自己著作的重要特点是"形露易观"。为了使众人皆能晓,起到"经世用"的作用,他强调"口则务在明言,笔则务在露文"。他认为古代的书籍语言比较艰深,今人不易读懂,这是有历史原因的:"经传之文,贤圣之语,古今言殊,四方谈异也。"一则语言本身随着社会的发展而发展,不同时代语言的差别就比较大;二则地区不同,方言有别,语言本身就不好懂。然而,今人绝不应该去模仿古人语言,故意搞得很艰深难晓。相反的,今人应当努力使书面语言和口语保持一致,他说:"夫文由语也,或浅露分别,或深迂优雅,孰为辩者?故口言以明志,言恐灭遗,故著之文字。文字与言同趋,何为犹当隐闭指意?"古人"当言事时,非务难知,使指闭隐也"。

从反对复古,提倡独创的角度出发,王充主张美的多样性,艺术风貌的多样性,古有古之美,今有今之美,不应当走复古模拟之路,而应当不断创造出新颖的独特的美,使文学艺术的园地百花齐放,万紫千红。他在《自纪》篇中说:"饰貌以强类者失形,调辞以务似者失情。百夫之子,不同父母。殊类而生,不必相似;各以所禀,自为佳好。……美色不同面,皆佳于目;悲音不共声,皆快于耳。酒醴异气,饮之皆醉;百谷殊味,食之皆饱。谓文当与前合,是谓舜眉当复八采,禹目当复重瞳。"王充的这种重要的美学观点,对我国古代艺术创造的发展是有很深刻影响的。

论夸张与真实的关系

　　王充在论述到真、善、美统一时,涉及了一个重要的文艺理论问题,这就是夸张、虚构和真实的关系问题。对夸张、虚构和真实的关系,王充有一些很有价值的重要见解,但是也有不正确的错误的方面,我们应当对此给予实事求是的恰当分析和评价。

　　王充反对谶纬神学的"虚妄",提倡文章和著作的"真实"。他所讲的"真实"是指科学的真实,而非艺术的真实。因为他说的文章和著作虽然也包括了文学作品,但是主要是指科学著作和学术论文等,而不是单指文学艺术作品。从这个角度讲,他反对"虚妄",提倡"真实",是无可非议的,也正是他唯物主义思想的突出表现。这从他的"九虚""三增"、《论死》《订鬼》各篇中可以看得非常清楚。可是,艺术的真实和科学的真实是不同的。艺术真实不仅不排斥虚构、夸张,而且正是要通过虚构、夸张而达到更高、更深刻的真实。然而,王充在论真实的时候,却并没有鲜明地提出这种区别。科学著作不允许虚构和夸张,而文学作品则不受此限,因此有些所谓的"虚妄",从文学创作角度来看,并非"虚妄",而是可以被允许的虚构与夸张。这一点,在"三增"中表现得最为突出。例如《儒增》篇中说:"儒书称尧舜之德,至优至大,天下太平,一人不刑;又言文、武之隆,遗在成、康,刑错不用四十余年。"王充认为这是夸大尧舜文武的德政,是不符合事实的。他说:"案尧伐丹水,舜征有苗,四子服罪,刑兵设用。成王之时,四国篡畔,淮夷、徐戎,并为患害。"这怎么能说"一人不刑""刑错不用"呢? 又例如《儒增》篇说:"儒书言卫有忠臣弘演,为卫哀公使,未还,狄人攻哀公而杀之,尽食其肉,独舍其肝。弘演使还,致命于肝。痛哀公之死,身肉尽,肝无所附,引刀自刳其腹,尽出其腹实,乃内哀公之肝而死。"王充认为这也是增而不实之词。"人以刃相刺,中五脏辄死。何则? 五脏,气之主也,犹头脉之凑也。头一断,手不能取他人之头着之于颈,奈何独能先出其腹实,乃内哀公之肝? 腹实出辄死,则手不能复把矣。"从强调科学著作的真实性来说,这样严格地要求符合事实是对的,记载历史事实不能任意夸大失实。然而,从文学作品的艺术夸张和虚构来说,这样写也不是绝对不可以,而常常是应当允许的。上述两例不过是欲美其德、欲言其忠而已。

而且,即使是科学著作、历史著作,也不是不可以有一些夸张的描写。这是为了强调说明某一方面,读者是可以正确地理解的。例如《语增》篇中王充举了这样的例子:尧、舜因为勤于世事,忧百姓生活,为此消耗了精力,所以身体很瘦,于是传书言"尧若腊,舜若腒"。而桀、纣这些暴君只顾自己享乐,不管百姓死活,故而称他们"垂腴尺余"。这本来是一种形象的比喻,即使是科学和史学著作,也未尝不可以这样写。然而王充也认为是增而不实之词。又例如王充批评的儒书中说武王伐纣时,或曰"兵不刃血",或曰"血流浮杵",不统一,有矛盾,这是对的,其实这两种说法只是从不同角度赞美武王伐纣而已。像这样的夸张描写,即使是非文学作品也是可以允许的。读者不会认为真的是"兵不血刃"或"血流浮杵"。又比如《儒增》篇中说养由基射箭能百步穿物、百发百中,也是增而不实之语。因为,杨叶射中一而再,就"败穿不可复射",而且说百发百中也是夸大的。又说荆轲以匕首刺秦王,"中铜柱,入尺",这也是不实的。匕首不管怎么锋利,也不可能入铜柱有一尺深。其实这些也都是为了形容养由基射击本事之高强,荆轲勇力过人,匕首无比锋利而已。因此,不能说科学著作中就不允许有这样的描写,当然更不能以此来要求文学创作的真实性了。

其实,王充对这一点也并非完全没有认识,他在《艺增》篇中对虚构与夸张的意义和作用是作过比较正确的分析的。他说:"言审莫过圣人,经艺万世不易,犹或出谥,增过其实。增过其实,皆有事为,不妄乱误,以少为多也。"特别是他对《诗经》的一些分析,说明他对艺术的夸张也并非没有认识。例如他说:"《诗》云:'鹤鸣九皋,声闻于天。'言鹤鸣九折之泽,声犹闻于天,以喻君子修德穷僻,名犹达朝廷也。言闻高远,可矣;言其闻于天,增之也。"但是他又指出:"其鹤鸣于云中,人从下闻之,如鸣于九皋,人无在天上者,何以知其闻于天上也?无以知,意从准况之也。诗人或时不知,至诚以为然;或时知而欲以喻事,故增而甚之。"他看到了夸张描写的目的是"喻事",而并非一定是认为鹤鸣可达上天,所以《小雅·鹤鸣》一诗中这种"增而甚之"之言是不算"虚妄"之言的。王充又举《大雅·云汉》为例说道:"《诗》曰:'维周黎民,靡有孑遗。'是谓周宣王之时,遭大旱之灾也。诗人伤旱之甚,民被其害,言无孑遗一人不愁痛者。夫旱甚,则有之矣;言无孑遗一人,增之也。夫周之民,犹今之民也。使今之民也,遭大旱之灾,贫羸无蓄积,扣心思雨。若其富人,谷食饶足者,廪困不空,口腹不饥,何愁之有?天之旱也,山林之间不枯,犹地之水,丘陵之上不湛也。山林之间,富贵之人,必有遗脱者矣。而言靡有孑遗,增益其文,欲言旱甚也。"由此可见,王充对艺术夸张的作用是懂得的。"靡有孑遗",不是真的"无孑遗一人",而是为了说明"旱甚"。他不仅对《诗经》作了这样比较符合实际的分析,而且对其他经书中的"增益之言",王充也有正确的理解。例如他说:"《易》曰:'丰其屋,蔀其家,窥其户,阒其无人也。'非其无人也,无贤人也。《尚书》曰:'毋旷庶官。'旷,空;庶,众也。毋空众官,置非其人,与空无异,故言空也。"这种夸张之目的是更好地说明事物的状况。这是可以理解的,也是应当允许的。他还指出有些夸张是为了达到某一目的而故意这样说的。例如:"《尚书》曰:'祖伊谏纣曰:今我民罔不欲丧。'罔,无也,我天下民无不欲王亡者。夫言欲王之亡,可也;言无不,增之也。纣虽恶,民臣蒙恩者非一,而祖伊增语,欲以惧纣也。……增其语,欲以惧之,冀其警悟也。苏秦说齐王曰:'临菑之中,车毂击,人肩摩,举袂成幕,连衽成帷,挥汗成雨。'齐虽炽盛,不能如此。苏秦增语,激齐王也。祖伊之谏纣,犹苏秦之说齐王也。"这样的具体分析是合情合理的,也是很透彻的。祖伊之欲"警悟"纣王,苏秦之欲激齐王,都是通过夸张的方法来进行的。人们并不会把这种夸张当成完全是真实的情况。然而,王充的缺点和错误在于他只承认经书中的夸张,而不承认其他著作中、普通人的文章中也可以运用这样的夸张。更为突出的是,他没有认识到文艺创作还必须有夸张,甚至虚构,这是艺术的审美特点所决定的。王充认为除了经书之外的一切文章和著作都不允许有任何的夸张和虚构,这就未免太简单化了,而且也是和他自己在《艺增》篇中的许多分析,产生了明显的矛盾。

最突出地反映王充这种对夸张和虚构的错误认识的,是他在《论衡》的许多篇中把神话传说故事都说成是"虚言",并给予了不应有的批判。例如《书虚》篇中说:"传书言:'舜葬于苍梧,象为之耕;禹葬会稽,鸟为之田。'盖以圣德所致,天使鸟兽报祐之也。世莫不然。考实之,殆虚言也。"

当然,对神话作一种唯心主义的解释,借此来宣传神学迷信思想是不对的,从这一点说,王充说它是"虚言"也有一定道理。但是由此而把神话传说一笔否定就不对了。又例如《感虚》篇中说:"儒者传书言:'尧之时,十日并出,万物燋枯。尧上射十日,九日去,一日常出。'此言虚也。夫人之射也,不过百步,矢力尽矣。日之行也,行天星度。天之去人,以万里数。尧上射之,安能得日?……洪水之时,泛滥中国,为民大害,尧何不推精诚射而除之?尧能射日,使火不为害,不能射河,使水不为害。夫射水不能却水,则知射日之语,虚非实也。"神话传说本是初民一种幼稚的想象,要驳斥它不真实,自然是很容易的。如果说凡运用了神话传说即是"虚妄"之作,那么屈原的《离骚》岂不成了"虚妄"的代表作了?王充在《感虚》篇中又说:"传书言:'杞梁氏之妻向城而哭,城为之崩。'此言杞梁从军不还,其妻痛之,向城而哭,至诚悲痛,精气动城,故城为之崩也。夫言向城而哭者,实也;城为之崩者,虚也。"杞梁妻哭倒长城本是民间故事,它说明了统治者无休止地劳役使百姓家破人亡,是很有意义的。王充批评人的精诚可以感动上天的迷信思想是正确的,但是简单地从"虚言"角度否定它,这就必然会对文学创作产生不良影响。

　　从上面的分析中,我们可以看到:王充对夸张、虚构和真实的关系并非完全没有认识,但是,他确实没有把文学作品和非文学作品加以区别,不懂得夸张、虚构对文学创作的重要意义。他反对神学迷信,批判虚妄之言,有过头偏激之处,用一种过分严格的科学真实来要求一切文章和著作,认识不到文学创作的特殊性,因此就不能全面地、正确地看待夸张、虚构和真实的关系,混淆了科学真实和艺术真实,这对文学创作的发展是不利的,对文艺思想的发展也起了一些不好的影响。例如西晋的左思在《三都赋·序》中,提倡"美物者,贵依其本;赞事者,宜本其实",这种强调文学作品要反映客观真实的思想当然是无可非议的,然而,他的这种真实观正好是和王充一样的,为此要求"山川城邑,则稽之地图;其鸟兽草木,则验之方志",这对艺术创作来说显然是不合适的。他批评司马相如、扬雄、班固、张衡赋中的一些虚构和夸张,"考之果木,则生非其壤;校之神物,则出非其所。于辞则易为藻饰,于义则虚而无征",这毫无疑问也是受王充对待夸张、虚构和真实关系上的偏激观点影响的结果。后来,刘勰在

《文心雕龙》中专论《夸饰》一篇,充分肯定了夸张、虚构的必要性,纠正了王充和左思在这个问题上的片面性。王充在混淆科学的真实和艺术的真实这一点上,是和司马迁的"实录"精神作为史学著作写作原则也与文学的真实性不同是一样的,它们都在相当长的一个历史时期中,对文学创作产生过偏重事实真实,而忽视虚构、夸张作用的不良影响,一直到明清之际才有所变化。这是我们不应当否认的事实。

王充的文艺思想在中国古代文艺思想发展过程中,曾经产生过巨大的影响。总的看来,它的主导方面是积极的,尤其对我国古代现实主义文艺思想和文学创作的形成、发展,起过重要的促进作用。但是,它的缺点和错误也对文学创作的发展,尤其是浪漫主义文学的发展,起过束缚作用,我们应当给予它以正确的历史评价,简单的贬斥和任意的夸张赞美,都是不恰当的。

(原载《中国古典文学论丛》第 5 辑,人民文学出版社,1987 年)

谈谈关于《文赋》的研究

陆机的《文赋》是我国文学理论批评史上第一篇全面地论述文学创作问题的理论专著。与博大精深的《文心雕龙》相比,《文赋》当然是难与并列的;但是,《文赋》也有它的独特之处。它着重在具体分析整个创作过程,而作者又有许多创作甘苦的亲身体会,它所提出的问题都是创作实践中经常遇到的问题,从这个角度说,《文心雕龙》又不如它。程千帆先生在中华人民共和国成立前所辑《文学发凡》(修订后改名《文论要诠》)中说:"盖单篇持论,综核文术,简要精确,伊古以来,未有及此篇者也。"这个评价是比较中肯的。由于《文赋》在历史上有这么重要的地位,特别是它又被萧统收进了我国第一部文学总集《文选》,所以历来对《文赋》的研究是比较多的。"五四"以前比对《文心雕龙》的研究还要多,从"五四"到现在,在古代文学理论的研究中,其地位也相当突出。为了使《文赋》的研究进一步深入,如何批判地吸收历代对《文赋》研究的成果,是一个很值得我们重视的问题。

历史上对《文赋》的研究大体上可以分为三个时期。"五四"以前对《文赋》的研究,可以从两个方面来考察。第一,是历代《文选》注家对《文赋》的诠释。唐代的李善是第一个注释《文赋》的。李善对《文赋》的注释,与注释《文选》中别的篇不大一样,不只是词义训诂和典故出处,而是对《文赋》的内容和观点有所阐发的。骆鸿凯在《文选学》中说:"往者李善注选,类引事而鲜及意义,独于《文赋》疏解特详,资来学以津梁,阐艺林之鸿宝,意至善也。"李善注释至今仍是我们研究《文赋》的最重要资料之一。但李注也有一些缺点和不足之处,诚如骆鸿凯所说:"第精理微言,犹未曲畅;张皇补苴,尚待后人。"唐代五臣注《文赋》,对李注有所补充,于文义方面亦稍有发挥。其后明清的一些重要的《文选》注家,如张凤翼、陈与郊、闵齐华、余萧客、于光华、孙志祖、许巽行、张云璈、胡绍煐、梁章钜、朱珔、汪师韩等,在文学校勘、词义训诂诸方面或多或少亦有一定贡献。

此外，何焯、孙月峰、于光华等人的评点，对《文赋》的释义也有某些启发。《文赋》虽然是用赋体写的，比较难懂，但经过他们的这些工作，《文赋》的基本意思是比较清楚了。第二，是历代作家和文学批评家对《文赋》及其中某些理论观点的评论和发挥。最早论及《文赋》的是陆机的弟弟陆云。齐梁之际，刘勰、沈约、陆厥、钟嵘等重要文学批评家也都评论过《文赋》或其中某一观点。唐宋以后，随着文学理论批评的发展和文学批评专著的大量出现，其中引用、转述、评论和发挥《文赋》中某些论述的是相当多的。像唐代的楼颖，明代的徐祯卿、谢榛、胡应麟，清代的王士禛、邓绎、朱彝尊、汪师韩、章学诚、王闿运、阮元等，都对《文赋》中某些观点有过较为重要的评述。其中涉及了文学创作中的认识和实践（"知"与"能"）关系问题、创作构思和想象活动的关键——"虚静"的问题、"诗缘情而绮靡"的评价问题、继承和创新的关系问题、创作灵感（"应感之会"）的问题等等。但是，从理论上对《文赋》作全面的分析和研究还没有过。

"五四"以后到新中国成立前这个时期，对《文赋》的研究有了很大的发展。这主要表现在以下三个方面。第一，对《文赋》的诠释开始有人做了综合前人注解并加以辨析发挥的工作，例如骆鸿凯的《文选学》、许文雨的《文论讲疏》、唐大园的《文赋注》、程会昌的《文论要诠》等。第二，出现了一些研究《文赋》中所论述的问题和其他文论著作中有关论述的关系的著作，例如郑石君、李全佳等的《文赋义证》之类。第三，有了一些逐段分析讲解《文赋》的文章和全面地研究《文赋》的理论文章，例如方竑的《文赋绎意》、荷魄的《陆机文赋论》等。有的文章已经抓住了《文赋》论创作这个中心，并作了较为详尽的分析。

新中国成立以后，有关《文赋》的译注和研究论文有二三十篇。许多作者力图用马克思主义观点、方法来研究《文赋》，把《文赋》译成现代语体文介绍给广大群众，并且对其中所涉及的一些重要理论问题展开了讨论。例如关于《文赋》的本质，陆机的文艺理论和创作实践的关系，《文赋》中对艺术构思、想象、灵感、结构、修辞等的论述。《文赋》的研究大大地深入了，但也还存在着不少分歧和需要进一步探讨的问题。其中也有一些是前人已经作了研究，或已提供了重要线索，而我们还研究得不够的问题。比如拿《文赋》的思想来源和对后代的影响（特别是和《文心雕龙》

的关系)这两个问题来说,就是如此。

陆机在《文赋》中所体现的文艺思想,究竟主要是受道家的思想(包括玄学思想)影响,还是受儒家的思想影响,或者是另有所本的? 本来从李善对《文赋》的注释中就可以看得很清楚,《文赋》的创作思想主要是受道家思想影响的。李注告诉我们,《文赋》在关键之处引用老庄的论述共有十一处。当然,主要还不是因为陆机在《文赋》中用了许多老庄的概念和典故,如"玄览""天机""橐龠之罔穷""轮扁所不得言"等,而是陆机创作思想中的基本观点确是从老庄那里来的。关于《文赋》的思想来源,1949 年以来许多研究《文赋》的文章和著作很少谈到。这可能是和 1959 年景卯同志的一篇评论《文赋》的文章①中比较简单化的批判有关的。景卯同志的文章倒是没有回避陆机创作思想主要受道家思想影响这个事实,但是他把受道家思想影响当作了否定《文赋》的根据。于是,后来有些文章为了肯定《文赋》,就说《文赋》是受儒家思想影响的。根据有二:一是陆机出身世代儒家门第,他的祖先陆绩是著名经学家,而陆机本人据《晋书·陆机传》说,又是"服膺儒术,非礼不动"的;二是《文赋》首段强调"颐情志于典坟",末段论"文用"也是儒家观点。但是,这些并不能说明陆机的创作思想也是受儒家思想影响的。景卯同志文章的问题,不在它指出了陆机受道家思想影响这一点,而在于它一笔抹杀了道家思想对艺术创作曾经起过的有益的和积极的影响。

《文赋》所反映的道家文艺思想影响,根据前人研究来看,主要表现在下列三方面。第一,关于言意关系问题。陆机在《文赋》序中提出的"意不称物,文不逮意"问题,是和当时思想界争论的"言不尽意"问题有极其密切的关系的。言意关系问题讲的是语言能不能充分表达思想的问题。而在文学创作中,作家的思想不是赤裸裸地直白说出,而是通过形象地反映现实生活来流露的。文学创作在用语言("文")形象地反映客观现实生活("物")的时候,又是必须通过作家的主观认识("意")来构成形象的。所以,"言不尽意"在文学创作中就成了"意不称物,文不逮意"的问题。儒道两家在言意关系上历来有尖锐分歧。儒家是主张"言尽意

---

① 《光明日报》1959 年 9 月 13 日。

的,道家是主张"言不尽意"的。陆机的看法,正如郭绍虞先生在《关于〈文赋〉的评价》一文中早已指出的那样,是明确地站在"言不尽意"一边的。他在《文赋》中虽然也力图解决"意不称物,文不逮意"问题,但主要是归结到要"虚静"、依靠"天机"这些道家原则,并且直率地指出:"若夫随手之变,良难以辞逮。"还特别强调:"若夫丰约之裁,俯仰之形,因宜适变,曲有微情。……譬犹舞者赴节以投袂,歌者应弦而遣声。是盖轮扁所不得言,故亦非华说之所能精。"李善注中这两处注都引了《庄子》中轮扁斫轮的故事来说明其"言不尽意"之旨。何焯于后一段下评曰:"作文之妙处不可言,但去其病处而妙已全矣。赋中历剖病处,正要人从此下手,究竟赴节应声之妙,原不可言文也,几于道矣。"(于光华《文选集评》引)何焯这段话是深得陆机写《文赋》本意的。言究竟能不能尽意,此处且不论。这里我们要着重说明的是,道家主张"言不尽意",但并不是说根本就不要"言"。庄子自己的思想和理论不也是要通过语言来表述的吗?主张"言不尽意"的玄学家为了说明"言不尽意"的道理不也是要通过语言的吗?其实,庄子也好,玄学家也好,也还是要语言的。不过,他们认为语言本身只是一个表意的象征性符号,像捉鱼的筌,逮兔的蹄。"筌者所以在鱼,得鱼而忘筌。蹄者所以在兔,得兔而忘蹄。言者所以在意,得意而忘言。"(《庄子·外物》)目的在它所象征的"意",因此得出了"得鱼忘筌""得意忘言"的观点。王弼在《周易略例·明象》篇中对此曾作了充分的发挥。他分析《周易》的言、象、意的关系道:"故言者,所以明象,得象而忘言;象者所以存意,得意而忘象。""是故存言者,非得象者也;存象者,非得意者也。""得意在忘象,得象在忘言。"这种"言不尽意"的观点,从哲学上说是含有唯心主义神秘色彩的。但是,在文学创作上却可以借它来说明文学的形象特征。文学是以语言为工具来塑造艺术形象,并通过这些艺术形象来反映社会生活和体现作家的一定的思想观点的。文学作品中的思想意义需要读者从形象中去认识和体会,而不能局限于语言文字本身的意思。所以,对文学作品来说,常常是"言不尽意"的。陶渊明《饮酒》诗云:"采菊东篱下,悠然见南山;山气日夕佳,飞鸟相与还。此中有真意,欲辩已忘言。"诗中的"真意",确是在言外的。真正艺术水平高的文学作品应该能做到"不落言筌""意在言外""言有尽而意无穷"。

陆机对文学的形象特征是深有体会的，他之所以主张"言不尽意"也与此有密切关系。当然，我们必须看到"言不尽意"论反映到文艺理论上，已经和它在哲学上的含义有了很大的不同。

在言意关系问题上，刘勰和陆机是完全一致的。他在《文心雕龙·神思》篇中所讲的思、意、言的关系，和《文赋》中说的物、意、文的关系是相近的。刘勰所说的"思"，即是陆机所说的"物"在作家思想认识上的反映。刘勰说"意翻空而易奇，言征实而难巧"，即是说的"意不称物，文不逮意"问题。刘勰在《序志》篇中说："言不尽意，圣人所难，识在瓶管，何能矩矱？"就非常明确提出了"言不尽意"的问题。他在《神思》篇中又说："至于思表纤旨，文外曲致，言所不追，笔固知止，至精而后阐其妙，至变而后通其数，伊挚不能言鼎，轮扁不能语斤，其微矣夫！"《隐秀》篇又说："隐也者，文外之重旨也"，"隐之为体，义生文外"。这和后来诗论中强调"言有尽而意无穷""味外之旨"等是完全一样的。至于刘勰《文心雕龙》中有关语言表达精确性的论述，例如："故思理为妙，神与物游。神居胸臆，而志气统其关键；物沿耳目，而辞令管其枢机。枢机方通，则物无隐貌；关键将塞，则神有遁心。"说明刘勰力图把道家和儒家在言意关系上的论述统一起来，既重视"言外之意"，又注意语言本身表达的确切。同时，这一段中"枢机方通"以下四句骈文，上两句和下两句乃是互文见义，都包括"神"与"物"两方面状况，说明文思开塞的不同境界。范文澜同志注申引《文赋》"天机"一段为证，已说得非常清楚。

第二，关于构思过程中强调"虚静"的问题。《文赋》的重点是讲创作构思。陆机认为构思的成败，关键在能否做到内心的"虚静"。《文赋》开篇第一句"伫中区以玄览"，讲的是创作构思活动前的准备条件。"玄览"，李善注："《老子》曰：涤除玄览。河上公曰：心居玄冥之处，览知万物，故谓之玄览。"历来注家对此均无异辞。许文雨更明确地说："此道家深观物化之说。""玄览"即是要"虚静"之意。在进入创作构思过程时，《文赋》云："其始也，皆收视反听，耽思傍讯。"李善注云："收视反听，言不视听也。耽思傍讯，静思而求之也。"诸家注释意均同。而这种"不视不听"的精神境界，也正是庄子讲的"虚静"的境界。《庄子·在宥》篇云："至道之精，窈窈冥冥。至道之极，昏昏默默。无视无听，抱神以静。无劳女(即"汝",下同)形,无摇女精,乃可以长生。目无所见,耳无所闻,心无所知,女神将守形,形乃长生。慎女内,闭女外,多知为败。我为女遂于大明之上矣。"王先谦注云:"遂,径达也。至人智照如日月,故名大明。有感而动,故曰遂于大明之上。"由"不视不听"而至于"大明",也就是《天地》篇说的"视乎冥冥,听乎无声。冥冥之中,独见晓焉;无声之中,独闻和焉"。"虚静"的目的是达到智照日月,洞察一切。《文赋》又说在创作构思发生"岨峿不安"的蹇塞状况时,则应当"罄澄心以凝思,眇众虑而为言",这也是指的"虚静"的精神境界。王士禛在《师友诗传录》中,就用这两句来解释刘禹锡所说的"片言可以明百意,坐驰可以役万象"①。老庄的"虚静"说,在哲学思想上是一种唯心主义的认识论,但它运用在艺术创造中,主要是强调作家要最高度地集中精力,排除一切外界干扰,站在统观全局、烛照万物的角度,深入地进行构思,一心一意地从事创作。他们认为只有这样,才能使自己创作的作品达到神化的程度,即所谓"用志不分,乃凝于神"(《庄于·达生》)。不论是庖丁解牛,还是梓庆削木为镶、吕梁丈夫蹈水、痀偻者承蜩,其成功秘诀均在于此。从历史发展来看,唯心主义也不是没有过一点贡献的。当唯物主义还处于幼年时期,不能科学地解释许多复杂精神现象,而唯心主义则对它研究得很细,提出了一些有价值的问题。马克思在《关于费尔巴哈的提纲》中曾讲过这个问题。刘勰的"虚静"说是积极的,主要是发挥了老庄"虚静"说的积极方面。《文心雕龙·养气》篇的"水停以鉴,火静而朗",和《庄子·天道》篇讲的"水静犹明",心静如镜可照见万物,是完全一致的。而荀子所说"虚壹而静"以达到"大清明"境界和庄子由"虚静"而至"大明"境界也有共同之处。

第三,陆机是很重视灵感在创作中的作用的。他把灵感的产生归之于"天机"。《文赋》中说:

> 方天机之骏利,夫何纷而不理?思风发于胸臆,言泉流于唇齿。纷威蕤以馺遝,唯毫素之所拟,文徽徽以溢目,音泠泠而盈耳。及其

---

① 见《董氏武陵集纪》,原文"万象"为"万景"。刘禹锡这两句话正是庄子"虚静"说在文学创作中的运用和表现。

六情底滞,志往神留,兀若枯木,豁若涸流。揽营魂以探赜,顿精爽于自求。理翳翳而愈伏,思乙乙其若抽。是以或竭情而多悔,或率意而寡尤。虽兹物之在我,非余力之所戮。故时抚空怀而自惋,吾未识夫开塞之所由也。

关于"天机",李善注云:"《庄子》眩曰:'今予动吾天机。'司马彪曰:'天机,自然也。'又《大宗师》曰:'其耆欲深者,其天机浅也。'刘瓛曰:'言天机者,言万物转动,各有天性,任之自然,不知所由然也。'"这一段注是至关重要的。它告诉我们,陆机把"应感之会"和文思通塞归之于"天机",也就是强调艺术创作的成败乃是决定于自然天性,而非人力之所能强求。这和老庄主张艺术要顺乎自然,反对人为造作,是一致的。这里,陆机对灵感的解释确实具有唯心主义神秘色彩,这一点我们也不要为他讳言。但是我们也应该看到在陆机那个历史时代,要对灵感这样复杂的精神活动现象作出科学的唯物主义的解释是不可能的。此外,我们还要看到陆机虽然强调"天机",但在《文赋》中也反映出了只要能做到"虚静"那就能比较容易地获得"天机骏利"的机会。能够"收视反听,耽思傍讯",就能"精骛八极,心游万仞",而使"情瞳昽而弥鲜,物昭晰而互进"。能够"罄澄心以凝思,眇众虑而为言",则就可能克服"岨峿而不安""踯躅于燥吻"的状况,而做到"妥贴而易施""流离于濡翰",并最终达到"笼天地于形内,挫万物于笔端"的目的。所以,于光华《文选集评》引方曰:"此段(按:指'方天机之骏利'一段)极言文机通塞,与前收视反听一段尤踞一篇之胜。"

《文赋》对后代的影响是非常大的,其中最突出的是对《文心雕龙》的影响。章学诚《文史通义·文德》篇说:"刘勰氏出,本陆机氏说,而昌论文心。"程千帆先生亦说:"刘氏文心,与之笙磬同音。"历代对《文赋》和《文心雕龙》之间的关系有过许多研究。对于这两部著作的基本倾向的一致性,向来是没有分歧的。但是中华人民共和国成立以来对《文赋》的研究中,有的同志硬把《文赋》说成是形式主义的文学理论,而认为《文心雕龙》是反形式主义的现实主义理论。其实,《文赋》和《文心雕龙》在文艺思想上是完全一致的。刘勰在《文心雕龙》中确实对《文赋》有过不少批评，但平心而论是有些过分的，这大概也是文人相轻的一种表现吧。对于这一点，骆鸿凯在《文选学》中曾经指出，认为刘勰对《文赋》的几处批评"皆疑少过"。我们从前人对《文赋》和《文心雕龙》的对照分析中，可以看出《文赋》实是《文心雕龙》的先驱，甚至可以这样说，没有《文赋》大概也就不会有《文心雕龙》。下面我们从《文赋》各段的主要观点及其论述，来看它和《文心雕龙》的密切关系。

《文赋》序一开始说："余每观才士之所作，窃有以得其用心。"说明《文赋》的写作即是为了研究为文之用心。刘勰在《文心雕龙·序志》篇中也说他所以取名其书为《文心雕龙》的缘由道："夫文心者，言为文之用心也。"《文赋》序接着就提出"意不称物，文不逮意"的问题，以及"随手之变，良难以辞逮"的观点。刘勰在《神思》《序志》篇中也同样说了这个问题和观点。此已见上文，不再详说。

《文赋》首段论进行创作构思活动的准备条件，一是养心即"伫中区以玄览"，重在"虚静"；二是积学，即"颐情志于典坟"，强调学习儒家典籍。刘勰在《神思》篇中讲构思前的准备条件也是这两方面："是以陶钧文思，贵在虚静，疏瀹五藏，澡雪精神。积学以储宝，酌理以富才，研阅以穷照，驯致以怿辞。"但比陆机有更大发展。《文赋》指出，虚静养心的目的在使内心和外物相交融，情思感物而动，达到主观和客观的统一。"遵四时以叹逝，瞻万物而思纷，悲落叶于劲秋，喜柔条于芳春。"刘勰为此专写了《物色》篇。《文赋》说："咏世德之骏烈，诵先人之清芬，游文章之林府，嘉丽藻之彬彬。"刘勰在《风骨》篇中则说："若夫熔铸经典之范，翔集子史之术，洞晓情变，曲昭文体，然后能浮甲新意，雕画奇辞。昭体故意新而不乱，晓变故辞奇而不黩。"这正是对陆机这几句话的发挥。

《文赋》次段讲构思想象活动，着重在虚静的基础上开展丰富的想象，"精骛八极，心游万仞"，"观古今于须臾，抚四海于一瞬"。然后使艺术形象由萌生而致鲜明突出。意想中的形象构成后，就要努力寻找生动的语言将其表达出来。刘勰在《神思》篇也讲到这样一些内容，而且分析得更加透彻，并从理论上加以总结提出了"神与物游"和"意象"的概念。"神与物游"就是对艺术想象活动及其形象思维特征的生动概括，而"意象"则正是《文赋》所说的"情瞳昽而弥鲜，物昭晰而互进"的产物。

《文赋》自"然后选义按部"至"含毫而邈然"一段讲的是创作中安排结构、部署意辞的问题。在这一段中,陆机首先强调了意辞的主从关系:"选义按部,考辞就班。""理扶质以立干,文垂条而结繁。"刘勰在《文心雕龙》许多篇中都发展了这个思想。如《情采》篇说:"故情者,文之经;辞者,理之纬。经正而后纬成,理定然后辞畅。""设模以位理,拟地以置心,心定而后结音,理正而后摛藻。"《熔裁》篇说:"情理设位,文采行乎其中。刚柔以立本,变通以趋时。立本有体,意或偏长;趋时无方,辞或繁杂。蹊要所司,职在熔裁,櫽括情理,矫揉文采也。"其次,陆机指出了要根据具体情况,采用适合文章内容需要的多种结构方式。"或因枝以振叶,或沿波而讨源","或虎变而兽扰,或龙见而鸟澜"。刘勰在《附会》篇中也说到这一点:"使众理虽繁,而无倒置之乖;群言虽多,而无棼丝之乱。扶阳而出条,顺阴而藏迹,首尾周密,表里一体,此附会之术也。"再次,陆机指出了安排结构、部署意辞的目的在于使"抱景者咸叩,怀响者毕弹"。让意和辞都能充分发挥其作用,把艺术形象描绘得更加生动鲜明,能够"笼天地于形内,挫万物于笔端"。这也就是刘勰在《隐秀》篇中讲的要使文学作品"秘响傍通,伏采潜发"的意思。最后,陆机强调了文章要有感情色彩。"思涉乐其必笑,方言哀而已叹。"刘勰在《夸饰》篇中也说:"谈欢则字与笑并,论戚则声共泣偕。"

《文赋》自"伊兹文之可乐"至"郁云起乎翰林"一段,说明创作都是从无到有,是有极大乐趣的。这个意思在《文心雕龙》中亦有不少体现。如《情采》篇云:"若乃综述性灵,敷写器象,镂心鸟迹之中,织辞渔网之上,其为彪炳,缛采名矣。"《体性》篇云:"笔区云谲,文苑波诡。"

从"体有万殊"至"故无取乎冗长"一段,陆机着重探讨了文章风格问题。他首先指出文章风格的多样化从根本上说是由客观事物的丰富性和复杂性所决定的。其次,风格的不同与各种文体的不同特点有密切关系。最后,风格的特征是与作家的个性和爱好分不开的。陆机的这些观点,刘勰在《文心雕龙》中作了充分的发挥。《文心雕龙》上篇论文体就是在陆机论十种文体和特征以及挚虞《文章流别论》等基础上发展起来的。《文心雕龙》下篇中的《体性》《才略》等篇就是专门论述文章风格体裁和作家的才性学习的关系的。此外,刘勰还论述到了风格和时代的关系,这是陆机所没有讲到的。

从"其为物也多姿"至"故淟涊而不鲜"一段，着重在说明会意、遣言、音乐美的运用的总原则是"达变而识次"。这个思想，刘勰在《通变》《定势》《声律》《章句》《练字》等篇中都有体现。

至于《文赋》论文术四种和文病五种，刘勰在《情采》《熔裁》《附会》《章句》《练字》《隐秀》《指瑕》各篇中，亦均有所涉及。现举数例如下：陆机反对因袭、雷同，主张创新，他说："或藻思绮合，清丽芊眠。炳若缛绣，凄若繁弦。必所拟之不殊，乃暗合于曩篇。虽杼轴于予怀，怵他人之我先。苟伤廉而愆义，亦虽爱而必捐。"刘勰在《指瑕》篇中也表现了这样的主张："又制同他文，理宜删革，若排人美辞，以为己力，宝玉大弓，终非其有。"陆机强调立片言以居要，为一篇之"警策"。刘勰在《隐秀》篇中说的"文之英蕤，有秀有隐"，"秀也者，篇中之独拔者也"，乃是对陆机思想的发展。陆机反对"遗理存异""寻虚逐微"的倾向，反对不讲内容而只重辞藻，这在《文心雕龙》中有许多表现。如《情采》篇说"夫铅黛所以饰容，而盼倩生于淑姿；文采所以饰言，而辩丽本于情性"，并特别反对了"为文而造情""淫丽而烦滥"的倾向。《附会》篇说："夫才量学文，宜正体制，必以情志为神明，事义为骨髓，辞采为肌肤，宫商为声气，然后品藻玄黄，摘振金玉，献可替否，以裁厥中。"《才略》篇还特别批评了殷仲文、谢混创作中"解散辞体，缥渺浮音。虽滔滔风流，而大浇文意"的毛病。

《文赋》在论述了九种文病之后，又总的指出，写好文章的根本原则仍在于"因宜适变"。这一点刘勰在《通变》《附会》等篇中也都曾说到。由"普辞条与文律"至"顾取笑乎鸣玉"一段，乃是陆机对创作甘苦所发的感慨之词，也就是刘勰在《序志》篇中所说"识在瓶管，何能矩矱"之意。

从"若夫应感之会"至"吾未识夫开塞之所由也"一段，陆机着重分析了创作中的灵感问题。关于文思开塞问题，刘勰在《神思》篇中也作了分析，他也很重视灵感的重要作用，所以说"秉心养术，无务苦虑，含章司契，不必劳情也"。但陆机认为灵感完全决定于"天机"，"非余力之所勠"。而刘勰在《养气》篇中则说明可以通过"养气"来使文思通畅，这就比陆机大大进了一步。但这也应该看到是在陆机提出灵感问题的基础上的发展。

《文赋》末段论"文用",则与刘勰在《原道》篇中对文章作用的论述,是完全一致的。《原道》云:"爰自风姓,暨于孔氏,玄圣创典,素王述训;莫不原道心以敷章,研神理而设教。取象乎河洛,问数乎蓍龟,观天文以极变,察人文以成化;然后能经纬区宇,弥纶彝宪,发挥事业,彪炳辞义。故知道沿圣以垂文,圣因文而明道。"这也就是对《文赋》所说"俯贻则于来叶,仰观象乎古人。济文武于将坠,宣风声于不泯","配霑润于云雨,象变化乎鬼神。被金石而德广,流管弦而日新"等等的发挥。

由此可见,《文赋》的基本内容在《文心雕龙》中都有不同程度上的反映,当然,刘勰比陆机全面、系统、深刻得多,并有极大的创造性的发挥,这是《文赋》所远远不及的。然而,《文心雕龙》的写作是得到《文赋》启发的,这也是必须肯定的。上述《文赋》与《文心雕龙》的关系都是前人在研究中早已指出了的。所以,认真地吸取前人研究《文赋》的成果确实是非常必要的。

(原载《文献》1980年第2期)

应、和、悲、雅、艳

——陆机《文赋》美学思想琐议

陆机《文赋》是我国文艺思想史上第一篇完整而系统地论述文学创作问题的重要文章。历来对《文赋》的研究都侧重在它所论述的创作构思和文体分类等方面,这确实也是《文赋》的主要内容。《文赋》中关于"文病"的几节论述,一般不大为人们所重视,特别是刘勰在《文心雕龙·序志》篇中批评《文赋》"巧而碎乱"。因此,《文赋》中关于"文病"的这些论述,也就容易被人们当作"碎乱"的表现,而很少去作深入的考察和研究。其实,陆机对文章的五种常见弊病的分析,比较集中地体现了他的审美观点,是研究陆机美学思想的很重要的内容。现在,我们先把《文赋》中这五小节引述如下,然后再来作一点粗略的分析。

或托言于短韵,对穷迹而孤兴。俯寂寞而无友,仰寥廓而莫承。譬偏弦之独张,含清唱而靡应。

或寄辞于瘁音,言徒靡而弗华。混妍蚩而成体,累良质而为瑕。象下管之偏疾,故虽应而不和。

或遗理以存异,徒寻虚以逐微。言寡情而鲜爱,辞浮漂而不归。犹弦幺而徽急,故虽和而不悲。

或奔放以谐合,务嘈囋而妖冶。徒悦目而偶俗,固声高而曲下。寤《防露》与《桑间》,又虽悲而不雅。

或清虚以婉约,每除烦而去滥。阙大羹之遗味,同朱弦之清泛。虽一唱而三叹,固既雅而不艳。

《文赋》这五节论述有一个共同特点,即都是以音乐为比喻,批评了文学创作中的几种不良倾向;同时也提出了作者自己正面的主张,这就是要求文章能做到:应、和、悲、雅、艳。陆机认为只有这五者齐备,才是最美的理想之作。明代的邹思明在《文选尤》中评道:"应、和、悲、雅、艳五字,郎郎相生。"他感觉到了这五个字是反映陆机文艺思想的重要内容,但并未作进一步的阐述。《文赋》中讲这五个方面,是一步进一步,互相联系着的。方竑《文赋绎意》①引杨铸秋云:"应字和字悲字雅字艳字,一层深一层,文之能事已毕。"这是一种颇有见地的看法。这五个字比较集中地反映了陆机的美学理想。

应,在音乐上是指相同的声音、曲调间的互相呼应而构成的一种音乐美。诗歌中的押韵就是运用了这个原理的。刘勰《文心雕龙·声律》篇中讲"同声相应谓之韵"。当然,诗歌押韵的音乐美只是应的一种。《文赋》讲的应,比刘勰所说诗韵之应,是要更为宽广的。陆机在这里是反对单调的"清唱",认为它总不如配乐的演唱或合唱那样具有合乐之美,能给人一种丰富而充实的美感。偏弦之独张,不如众弦之合奏来得美。所以,明代的闵齐华说:"合众弦可以成曲,今偏弦则无应矣。"(《文选瀹注》)应之美,也就是同之美,即《国语·郑语》中记载史伯论和同的同。同之美虽然不如和之美,但也是美的一种基本表现形式。《淮南子·道应训》云:"今夫举大木者,前呼邪许,后亦应之,此举重劝力之歌也。"此亦见《吕氏春秋·审应览·淫辞》篇,"邪许"作"舆謣"。在劳动之际,前呼后应,由相同的呼喊声互相呼应形成节奏,并引起人的美感。这大概在很古的原始社会中就已经有了。

音乐上这种应(或同)之美,反映在文学作品中就不同了,它的含义要更加广阔一些。陆机在这里是借用音乐上的应(或同)之美,来强调文学作品在内容和文辞上都应有互相配合呼应的丰富性,也就是六朝人常说的"丰赡"之美。他所反对的是寂寞无友、穷迹孤兴般的内容上的单调和文辞上的贫乏。对《文赋》中这一小节前四句的解释,历来都不够圆满。陆机在这里用的是一对形象的比喻,把它解得太实太死,反而不能得其意思之所在。李善释"短韵"为"小文"、释"穷迹"为"事寡",就有这样的毛病。后来各家多因袭其说,认为这一节是说"文小"或"文短"之病。钱钟

---

① 载《中国文学》(重庆)1944年第1卷第3期。

书先生在《管锥编》中也说:"盖短韵小文别于鸿笔巨篇,江河不妨挟泥沙俱下,而一杯之水则净洁无尘滓为尚。"又说,"短韵""谓才思寒险、边幅狭小,如袜线拆下","偏弦"谓"得句而不克成章"。说这种毛病是由于作家"才短"这是对的,但对这四句的具体解释,与李善差不多,似乎还不能正确地反映陆机的本意。陆机强调文章应如众弦成曲、众色成彩,而不要偏弦孤唱、独帛单彩,要使人感到枝叶繁茂、色彩交辉,而具有"丰赡"之美。这也是体现了六朝时期文艺发展的特点的。刘勰在《文心雕龙·风骨》篇中讲的"丰藻克赡"也就是这个意思。沈约在《宋书·谢灵运传论》中说:"降及元康,潘陆特秀,律异班贾,体变曹王,缛旨星稠,繁文绮合,缀平台之逸响,采南皮之高韵。"说的也就是潘岳、陆机创作中的"丰赡"之美。文章过于短小,自然不易体现出"丰赡"之美,但是即使篇幅很长,也同样会有单调贫乏、缺少"丰赡"之美的弊病。李全佳在《文赋义证》①中引《文心雕龙·丽辞》篇所说,认为此节是讲文章缺少工整对仗。这从当时诗歌中讲究对仗的倾向正在发展的情况看也有一些道理,但解释得过于狭隘,显然也是不妥当的。

陆机这种强调文章要有"丰赡"之美的思想,是和他本人的才能和创作特点一致的。《世说新语·文学》注引《文章传》云:"司空张华见其文章,篇篇称善,犹讥其作文大治,谓曰:'人之作文患于不才,至子为文,乃患太多也。'"陆云《与兄平原书》云:"兄文章之高远绝异,不可复称言。然犹皆欲微多,但清新相接,不以此为病耳。"刘勰《文心雕龙·才略》篇说:"陆机才欲窥深,辞务索广,故思能入巧,而不制繁。"又《镕裁》篇说:"士衡才优,而缀辞尤繁。"钟嵘《诗品》中说他"才高词赡,举体华美。气少于公干,文劣于仲宣。尚规矩,不贵绮错,有伤直致之奇。然其咀嚼英华,厌饫膏泽。文章之渊泉也"。繁富,这是一种美,但过分了,则又是一种毛病。《文心雕龙·议对》篇云:"陆机断议,亦有锋颖,而腴辞弗剪,颇累文骨。"陆机创作中既有丰富繁茂之美,又有过于繁富而伤文骨之累,这是过去许多评论家所已经正确地指出了的。但我们却可以从中体会到《文赋》所讲文章应当有"应"之美的具体所指。

---

① 载《中山大学学报》1944年第2卷第2期。

和,陆机讲文病的第二小节着重要说明只有"应"是远远不够的,还必须做到"和"。音乐上讲的和,是指由各种不同的声音互相配合而构成的一种和谐之美。《文心雕龙·声律》篇讲诗歌音乐美时说:"异音相从谓之和。"和之美比之于"同声相应"的韵之美,是更难于做到的,也是更美的。所以刘勰又说:"韵气一定,故余声易遣;和体抑扬,故遗响难契。属笔易巧,选和至难;缀文难精,而作韵甚易。"要使不同的声音互相谐调地配合好形成美的旋律,要比使各种相同的声音互相呼应合奏要难得多。从美学观点上对和与同作比较,在我们春秋时代就已经有了。据《国语·郑语》记载,史伯曾对郑王说过如下一段话:

今王弃高明昭显,而好谗慝暗昧;恶角犀丰盈,而近顽童穷固;去和而取同。夫和实生物,同则不继。以他平他谓之和,故能丰长,而物归之。若以同裨同,尽乃弃矣。故先王以土与金、木、水、火杂,以成百物。是以和五味以调口,刚四支以卫体。和六律以聪耳,正七体以役心,平八索以成人,建九纪以立纯德,合十数以训百体。出千品,具万方,计亿事,材兆物,收经入,行姟极。故王者居九畡之田,收经入以食兆民。周训而能用之,和乐如一。夫如是,和之至也。于是乎,先王聘后于异姓,求财于有方,择臣取谏工,而讲以多物,务和同也。声一无听,物一无文,味一无果,物一不讲,王将弃是类也,而与剸同。天夺之明,欲无弊,得乎?

史伯在这里把和看作万物之所以产生的原因。金、木、水、火、土五种物质互相结合而生百物,五味相和而有美味,六律相和而有美音,他把美看成各种不同的东西互相和谐统一的表现。并且把这个原理应用到政治上,认为帝王应当多听谏言,吸取不同的政见,才能把国家治好。概括起来说,史伯认为和之美即在于不同的东西的和谐统一。又据《左传·昭公二十年》记载,齐国的晏子也对和与同作过比较,说过一番和史伯类似的话:

先王之济五味、和五声也,以平其心,成其政也。声亦如味,一气,二体,三类,四物,五声,六律,七音,八风,九歌,以相成也。清浊,小大,短长,疾徐,哀乐,刚柔,迟速,高下,出入,周疏,以相济也。君子听之,以平其心。心平德和。……若琴瑟之专一,谁能听之?同之不可也如是。

晏子比史伯更进一步的地方,就是指出了和之美乃是对立方面的统一所造成的。这些论述和西方古代美学家对和谐之美的分析是接近的。公元前6世纪希腊的毕达哥拉斯说:"音乐是对立因素的和谐的统一,把杂多导致统一,把不协调导致协调。"赫拉克利特则说:"对立造成和谐","互相排斥的东西结合在一起,不同的音调造成最美的和谐"。"绘画在画面上混合着白色和黑色、黄色和红色的部分,从而造成与原物相似的形相。音乐混合不同音调的高音和低音、长音和短音,从而造成一个和谐的曲调。"①可见,无论是东方或西方对于和谐之美的分析,基本精神是一致的。

陆机《文赋》中是以音乐上的和之美,来比喻文章上的和之美的。他所说的音乐上的"虽应而不和",是指的音乐和音乐之间的不谐调。比如堂上升歌,堂下吹管,而"下管偏疾",则与堂上之歌不能协调相配合而且把美好的歌声也给破坏了。陆机正是用这种音乐上的不和谐的毛病来比喻说明文章中各种因素之间的不统一,就会破坏文章之美。他说:"或寄辞于瘁音,言徒靡而弗华。"瘁音,即指的憔悴之音。许巽行《文选笔记》说,李善"注引《汉书》'憔悴之音',今《汉书》作'癄瘁'"。言靡,犹言美辞。李善说:"靡,美也。"此靡字与上节"靡应"之靡不同。靡言,即上节所指的"丰藻克赡",说的是"丰赡"之美,而"瘁音"就是刘勰所说的文章缺乏风骨的问题。许文雨《文论讲疏》云:"案文无刚健之气,则有同癄瘁之音。以此为文,诚刘勰所谓振采失鲜,负声无力,殊失风骨之义。靡训为好,华为光华。《易》大畜以为'刚健笃实,辉光乃新'。盖惟健实,始见华耀。陆机刘勰,并同斯旨。若徒有靡好之言,而索莫乏气,失其荣卫,又

---

① 北京大学哲学系美学教研室:《西方美学家论美和美感》,商务印书馆,1980年,第14、16、15页。

乌能藻耀而高翔耶?"程千帆先生在其《文论要诠》中亦主此说,其云:"按此当以《文心雕龙·风骨》篇释之。彼文云:'辞之待骨,如体之树骸;情之含风,犹形之包气。结言端直,则文骨成焉;意气骏爽,则文风清焉。若丰藻克赡,风骨不飞,则振采失鲜,负声无力。是以缀虑裁篇,务盈守气,刚健既实,辉光乃新。'此云'瘁音',即'风骨不飞'、'负声无力'之谓也。'靡言'即'丰藻克赡'之谓也。'弗华'即'振采失鲜'之谓也。"以上许文雨、程千帆先生的解释我以为是相当精辟的。文章中的"瘁音"和"靡言"亦即刘勰所说的"风骨"和"辞采"。从形神关系的角度来说,"风骨"或"瘁音"是指的文章中的神,而"辞采"或"靡言"则是指的文章中的形,文章中的神和形应当是和谐地统一的,风骨和辞采亦都应具备。如果仅有辞采而乏风骨,则恰如陆机所说,只有"靡言"而无光华,使"瘁音"与"靡言"相混,就必然要"累良质而为瑕"了。由此可见,刘勰在《文心雕龙·风骨》篇中所讲的意思,在陆机《文赋》中早已先有端倪了。刘勰在《风骨》篇中告诉我们,他所强调的"风骨",与曹丕的"重气之旨"是一致的。"夫翚翟备色,而翾翥百步,肌丰而力沉也。鹰隼乏采,而翰飞戾天,骨劲而气猛也。"所以,陆机在这里所批评的"瘁音",亦即曹丕所批评的"徐幹时有齐气"。李善注说:"言齐俗文体舒缓,而徐幹亦有斯累。"齐气,亦即乏力、少风骨之意。从这里,我们也可以看到曹丕、陆机、刘勰在论述文章的"风骨"之美这一点上的继承和发展关系。《文赋》中论文病的第一节实质就是讲的缺少华美丰富的文辞的弊病,而第二节实质上讲的就是缺少风骨的弊病。钱钟书先生在《管锥编》中把这两节论文病的文字说成都是一样的意思,都是指的作者才思枯竭,不克成篇,无缘成章,而只好随便拼凑敷足,强为之完篇,说是"唱清莫应,音瘁难读,明月已尽,夜珠不来",这样解释是否符合陆机原意是很可商榷的。

悲,陆机论文病第三节是进一步说明有了应、和之美,还是不够的,必须要能悲。音乐中讲的悲,并不都是指悲哀的意思。它还有一层引申意,是指要能感动人。愈是强烈地感动人,就是愈悲。比如《韩非子·十过》篇曾记载了一个师旷和晋平公论乐的故事。其云:

平公问师旷曰:"此所谓何声也?"师旷曰:"此所谓《清商》也!"

公曰:"《清商》固最悲乎?"师旷曰:"不如《清徵》。"公曰:"《清徵》可得而闻乎?"师旷曰:"不可!古之听《清徵》者,皆有德义之君也。今吾君德薄,不足以听。"平公曰:"寡人之所好者,音也。愿试听之。"师旷不得已,援琴而鼓。一奏之,有玄鹤二八,南方来,集于郎门之垝。再奏之而列。三奏之,延颈而鸣,舒翼而舞,音中宫商之声,声闻于天。平公大说,坐者皆喜。

平公提觞而起,为师旷寿。反坐而问曰:"音莫悲于《清徵》乎?"师旷曰:"不如《清角》。"平公曰:"《清角》可得而闻乎?"师旷曰:"不可!昔者黄帝合鬼神于西泰山之上,驾象车而六蛟龙,毕方并辖,蚩尤居前,风伯进扫,雨师洒道,虎狼在前,鬼神在后,腾蛇伏地,凤皇覆上,大合鬼神,作为《清角》。今主君德薄,不足听之,听之将恐有败。"平公曰:"寡人老矣,所好者音也,愿遂听之。"师旷不得已而鼓之。一奏,而有玄云从西北方起;再奏之,大风至,大雨随之,裂帷幕,破俎豆,隳廊瓦,坐者散走,平公恐惧,伏于廊室之间。晋国大旱,赤地三年。平公之身遂癃病。

从这个故事中,我们可以看到,最悲的音乐《清角》,不仅能强烈地感动人,而且能感动天地鬼神,具有莫大的感染力量。这里所说的悲,当然不是指悲哀,而是指音乐艺术的这种感染作用。因为悲哀之音易于感动人,所以就由此而引申出感动的含义。《淮南子·齐俗训》说:"屠牛吐一朝解九牛而刀以剃毛,庖丁用刀十九年而刀如新剖硎。何则?游乎众虚之间。若夫规矩钩绳者,此巧之具也,而非所以巧也。故瑟无弦,虽师文不能以成曲。徒弦则不能悲,故弦,悲之具也,而非所以为悲也。"这里所说的悲,也是感动人的意思。文艺必须能强烈地感动人,也就是要悲,并且愈悲愈好。陆机在这里讲的正是这个意思。

陆机在这一小节中强调文艺作品不应当只去追求词句雕琢等细枝末节,而忽略它的内容和真实而强烈的感情,这一点是很重要的。有的同志说陆机的理论是形式主义的,其实,陆机在这里正好很鲜明地表现了他反对形式主义的思想倾向。陆机懂得文学作品必须以情感人,他认为诗歌的重要特点之一就是"缘情"。文学作品如果"寡情而鲜爱",不能感动人、引起人的强烈的审美感受,那么也就不成其为文学了。文学作品的这个特点是和文学创作的形象思维特征密切相关的。陆机对文学创作的形象思维特征有很深刻的认识,所以他也特别重视文学作品要有感动人的美学作用。陆机强调悲,在那时还很有现实的意义。它说明陆机对逐渐趋于浮靡、热衷于"寻虚逐微"的文风是很不满意的。我国文学发展,从西晋开始,出现了离开建安文学正路,而追求辞藻华美,忽略内容充实的倾向。比陆机稍早的晋初著名诗人傅玄、张华即是如此。钟嵘《诗品》评张华诗云:"其体华艳,兴托不寄。巧用文字,务为妍冶。"《晋书》本传也说他"辞藻宏丽"。钟嵘评傅玄父子云:"繁富可嘉。"又评与陆机同时的潘岳诗云:"《翰林》叹其翩翩然如翔禽之有羽毛,衣服之有绡縠,犹浅于陆机。"又引谢混之语,谓其诗"烂若舒锦"。又评张协诗云:"文体华净,少病累,又巧构形似之言。""词采葱蒨,音韵铿锵。"这种倾向到晋末宋初,发展到一个高峰。陆机自己的创作中虽然也免不了受这种倾向的影响,但是从理论上他确是反对这种倾向的,这对后来的刘勰和钟嵘都起过积极作用。当这种不良文风刚刚开始出现的时候,陆机能及时指出这个问题,还是难能可贵的。当然,文学的发展有其经济、政治等社会原因,并不是个人力量所能左右的,所以,尽管陆机提出了这个问题,仍不能阻挡这种文风的发展,这是不能怪罪于他的。

雅,这是陆机论文病第四节所说的中心问题。陆机认为文学作品不仅要能感动人,而且在内容上要符合雅的标准,这样才是美的作品。那么,陆机所说的雅,和传统儒家所说的雅是不是一样的呢?这是我们必须搞清楚的。雅,本是儒家传统的一个重要文艺批评标准。《论语·述而》说:"子所雅言,《诗》《书》执礼,皆雅言也。"《论语集解》引孔安国说:"雅言,正言也。"郑玄说:"读先王典法,必正言其音,然后义全。"刘宝楠《论语正义》认为雅、夏古字通,雅言即夏言,指周次王所在陕甘一带之语音。刘台拱说:"夫子生长于鲁,不能不鲁语。惟诵《诗》读《书》执礼,必正言其音,所以重先王之训典,谨末学之流失也。"(《论语骈枝》)所以,雅就是正的意思。《毛诗序》说:"雅者,正也。"儒家认为文艺作品必须从内容到形式都符合于儒家正道。拿音乐来说,雅乐是指合于古乐的正声,而不是时俗的新声。《论语》记载孔子说:"吾自卫反鲁,然后乐正,《雅颂》各得其所。"但是,儒家所强调的雅乐正声,有很明显的保守性、复古性。雅乐是以古乐为标准的。它的调子比较舒缓宽宏,声音平和中正。而俗乐新声则调子低昂互节,热烈紧张,能强烈感动人,刺激性比较大。所以,《乐记》记载魏文侯说:"吾端冕而听古乐,则唯恐卧;听郑卫之音,则不知倦。"像郑卫之音那样的俗乐新声,其实并不是不好的,而正是反映时代特征的、新的,更受群众欢迎的音乐。

陆机在《文赋》中所主张的雅,和传统儒家讲的雅并不是完全相同的。虽然陆机也讲到了"防露与桑间"(按:关于"防露"的解释,历来有许多分歧和争论,但"防露"的含义显然是与"桑间"相类似的),然而是作为一种比喻来讲的,即是指"不正"之作。他所说的雅,也并不能和儒家正道等同,并不就是《毛诗序》所说的要"发乎情,止乎礼义"的意思。陆机提倡的雅是指比较广泛意义上的"正"的意思,而不具有儒家那种复古、保守的内容。他的目的是要反对当时"或奔放以谐合,务嘈囋而妖冶"的倾向。胡绍煐《文选笺证》中说:"声盛谓之嘈杂,故服盛谓之嬽嬽。"许文雨说:"案《北齐书·文苑列传》曰:'江左梁末,弥尚轻险,始自储宫,刑乎流俗,杂滞以成音,故虽悲而不雅。'然则此种文弊,无间晋梁。奔放谐合,即谓轻险之词。"陆机所不满的是片面追求声色之美,内容轻浮,格调低下的作品。陆机是不反对"新声"的,更不是提倡复古的。这一点我们从陆云《与兄平原》书中对陆机作品的评论可以看得很清楚。陆云说:"文章实自不当多,古今之能为新声新曲者,无又过足。""张公昔亦云兄新声多之不同也。"又评《祠堂颂》云:"然此文甚自难事。同又相似,益不古,皆新绮,用此已自为洋洋耳。""《漏赋》可谓清工,兄顿作尔多文,而新奇乃尔,真令人怖,不当复道作文。""屡视诸故时文,皆有恨,文体成尔,然新声故自难复过。"可见,陆机在创作中是很重视"新奇""新声"的。他正像杜甫所主张的那样,是"不薄今人爱古人"(《戏为六绝句》)的。

当然,我们也应看到,陆机提倡雅,也是有受儒家传统思想影响的一方面。《文赋》中论作家修养讲学习儒家经典,论文章功用也是儒家观点,均可与提倡雅相参证。但是,陆机在美学和文艺思想上并不只是受儒家的影响。比如在创作论上,他更多的是接受道家思想的影响(此点我在本书《谈谈关于〈文赋〉的研究》一篇文章中已有论述)。同时,他同儒家传统的美学和文艺思想,又是有明显的突破的。这种突破正是他的进步之处。为此,他还遭到了许多固守儒家偏见的人的责骂。其实,陆机对儒家思想的突破还是很不彻底的。这当然是和他的家学渊源和自小"服膺儒术"的影响分不开的。

艳,陆机论文病的第五小节,主要是批评"雅而不艳"的缺陷。从这一点中,更可以看出陆机美学思想中与时代思潮一致的重要方面。陆机不满意那种"阙大羹之遗味,同朱弦之清泛"的作品。这两句话典出《礼记·乐记》。原文云:"清庙之瑟,朱弦而疏越,一唱而三叹,有遗音者矣。大飨之礼,尚玄酒而俎腥鱼,大羹不和,有遗味者矣。"对于这种朱弦疏越的古乐,大羹不和之淡味,陆机是不欣赏的。李善说:"大羹之有余味,以为古矣。而又阙之,甚甚之辞也。"由此,也可以看出陆机对儒家传统的美学思想和文艺思想是有所不满的。强调雅而又艳,这正是魏晋以后文艺思想和美学思想发展的一个新特点。曹丕在《典论·论文》中就明确地提出了这个思想,他一方面说文章是"经国之大业",另一方面又主张"诗赋欲丽"。陆机在《文赋》中发展了曹丕的思想,既重视文章要起"济文武于将坠,宣风声于不泯"的作用,又指出:"诗缘情而绮靡,赋体物而浏亮。"从美学思想的角度来说,也就是要求做到既雅又艳。

那么,陆机所主张的艳,究竟应当怎样评价呢?它对文学发展究竟是起了好作用还是坏作用呢?过去有一种比较流行的看法,认为陆机强调"艳",以至注重"尚巧""贵妍",是一种形式主义的理论,"是最适合于南朝贵族文人的需要的。在南朝片面追求形式、轻视内容的绮靡浮艳的文风中,陆机这一部分理论,和'诗缘情而绮靡'之说一样,被当日的作家们充分运用和发展,产生了不良的影响"①。或者认为由"艳"字可以看出是开了"形式主义文艺理论的先声","他的结论是要求既雅且艳,最后归宿到'艳'字,也就可以看出他论文的主旨所在了"。② 这样的评价我以为是不大妥当的。首先,文学作品是应当讲究艳的,如果文学作品都写成象大羹不和、朱弦疏越一样的东西,怎么能引起人的美感,从而起到它应有的

---

① 刘大杰主编:《中国文学批评史》上册,中华书局,1964 年,第 106 页
② 郭绍虞:《中国古典文学理论批评史》上册,人民文学出版社,1959 年,第 69、71 页。

作用呢？刘勰称颂屈原的作品"气往轹古,辞来切今,惊采绝艳,难与并能",又说是"金相玉式,艳溢锱毫"(《文心雕龙·辨骚》),就是充分地肯定了《楚辞》的艳的特点的。艳本身并没有什么不好,但如果只求华艳而没有内容就不好了。"吴锦好渝,舜英徒艳。繁采寡情,味之必厌。"(《文心雕龙·情采》赞)那么,陆机是不是只追求华艳,而忽略内容的呢？《文赋》的论述显然不是这样的。它讲的是既雅且艳,"理扶质以立干,文垂条而结繁"。它反对的是"或遗理以存异,徒寻虚而逐微"。这和刘勰所提倡的"凭轼以倚雅颂,悬辔以驭楚篇;酌奇而不失其贞,玩华而不坠其实"的主张是一致的。其次,陆机提倡的艳,对文学发展究竟起了什么作用,应当全面的具体的分析。如上所说,陆机的主张是在重视内容的前提下做到艳,因此就不能把它和"南朝片面追求形式、轻视内容的绮靡浮艳的文风"等同起来、混为一谈。任何一种正确的理论,如果把它绝对化、片面化,都会达到荒谬的结果。我们不能因为后人理解运用上的错误,而去否定理论主张本身的正确性。刘勰在《文心雕龙》中并不否定文艺作品要艳,但是他又明确地反对忽视内容而片面追求华艳,而在重视内容的前提下也要求文学作品能有艳之美,这在文学发展上是起了积极作用的。就以南朝文学来说,它在艺术上所取得的成果,直接为唐诗艺术高峰的出现奠定了坚实的基础。我认为,我们应当充分肯定陆机所提倡的艳,并为它恢复名誉。过去还有一种看法认为陆机在创作上是形式主义的,他的理论也是形式主义的,是和他的创作一致的。比如陆侃如先生在《陆机的创作理论和创作实践》(《文汇报》1961年8月1日)和《陆机〈文赋〉二例》(《文学评论》1961年第1期)两篇文章中就是这样主张的。我们不大同意这种看法,因为《文赋》从理论上看是得不出形式主义的结论的。重视形式、讲究技巧并不等于就是形式主义;形式主义主要表现在对文学作品的内容和形式关系上,重形式轻内容。而《文赋》处处都还是把内容放在主导地位的。至于在理论和实践关系上,创作实践和理论不一致的情况还是很多的,不能因创作来否定其理论。而从陆机的创作来看,也并不全都是形式主义的。就拿他的《辩亡论》来说,虽然是模仿贾谊《过秦论》的,但并非为文而文,也是有针对性的有为之作。《晋书》本传说陆机"年二十而吴灭,退居旧里,闭门勤学,积有十年,以孙氏在吴,而父祖世为将相,有大勋于江表,深慨孙皓举而弃之,乃论权所以得,皓所以亡,又欲述其祖父功业,遂作《辨亡论》二篇"。又说陆机"以圣王经国,义在封建,因采其远指,著《五等论》"。齐王"冏既矜功自伐,受爵不让,机恶之,作《豪士赋》以刺焉"。当然,由于时代的变迁,他的有些作品在今天看来已没有多大意义,但又并非雕琢堆砌的文字游戏。

总结《文赋》中所说的应、和、悲、雅、艳五个方面,可以看到陆机美学和文艺思想中的几个重要特点:第一,陆机不仅注重形式美,也注重内容美,是主张二者兼备,而反对只注重形式美,不重视内容美的。第二,他的美学和文艺思想,突破了传统儒家思想的束缚,反映了符合时代发展需要的新的特点。第三,他的美学和文艺思想继承和发展了我国传统的美学和文艺思想,并且对后来(特别是六朝)美学和文艺思想的发展产生了很大的影响,对于我国古代文学的发展是起了积极作用的。

(原载《文艺理论研究》1984年第1期)

刘勰美学思想的评价问题

刘勰的《文心雕龙》在文学理论批评史上的重要地位,是已经得到国内外学者一致公认的,然而,刘勰在《文心雕龙》中所体现的美学思想是否有完整的体系,它在中国美学思想史上的地位如何,却是国内美学界尚研究得很不够的问题。近年来,一些研究中国美学史的同志对金圣叹、王夫之、叶燮等的美学思想评价很高,而对刘勰及其《文心雕龙》的美学思想却重视不够,没有给予应有的、恰如其分的评价,其实这是很不公平的。产生这种不正常的现象的原因,当然与对《文心雕龙》的美学思想体系缺乏深入研究有关,同时也与某些同志对《文心雕龙》的错误看法有关。比如,有些同志认为《文心雕龙》不过是"一部文章学著作",连文学理论著作都够不上,自然更谈不到什么美学思想体系了。虽然他们也承认《文心雕龙》提出了一些重要的美学范畴,例如神思、风骨、隐秀等,但也只是从文章学角度,运用了这些范畴而已。

当然,刘勰的《文心雕龙》确实也是一部文章学著作,但是,它首先是一部伟大的文学理论著作,同时也是一部伟大的美学著作。中国古代并没有像西方的黑格尔《美学》那样的专门性的、哲理性的、思辨性美学著作,中国古代的许多文学、艺术理论著作,同时也就是美学著作,这是中国古代美学思想发展的一个重要民族特点。可以毫不夸大地说,中国古代的美学思想主要就体现在文学和艺术理论著作之中。鲁迅先生在《论诗题记》中说:"东则有刘彦和之《文心》,西则有亚理士多德之《诗学》,解析神质,包举洪纤,开源发流,为世楷式。"这里,鲁迅先生显然是把《文心雕龙》作为东方的一部最伟大的美学巨著来看待的,《文心雕龙》在中国美学史上的地位,正有如《诗学》在西方美学史上的地位一样重要。也许在有些同志看来,似乎只有明确地讲"美是什么""美感的特征"等等,或者至少要讲到"美"字,才算是真正的美学思想之表现,其实这是一种皮相之见,并没有真正从实质上去研究问题,《文心雕龙》所论的"文"是很广的,它几乎包括了一切用语言文字写作的文章。但是,对这一点我们应当用历史的观点来加以分析。我不赞成这样一种看法,似乎中国古代所说的广义的文学是传统特点,因而不承认应当科学地区分作为艺术的文学和非艺术的文章的必要性。然而,我也不赞成因为它讲的是广义的文章,就否定它是文学理论或美学理论著作。文、史、哲等学科由混同不分到逐渐独立是有一个历史发展过程的。人们对事物的认识,对科学的认识,总是由浅入深,由一般到特殊,随着分工的发展和逐渐细微,各门科学之间的区别和相对独立性,也就愈来愈为人们所认识,这是历史的必然。不仅文、史、哲、经等各部门随着历史发展而形成为独立的科学领域,而且广义的文也必然要逐渐演变为狭义的文,并进而研究艺术文学与非艺术文章之间的区别。我国先秦时期的文、史、哲著作虽也各有侧重,但很难截然分开,诸子的哲学著作和《左传》《国语》等历史著作,同时又是文学性很强的散文。这种情况到西汉也还是如此,《史记》是一部历史著作,也是一部伟大的文学作品。但是到东汉以后,文、史、哲等各部门的独立性就更明显突出了。《后汉书》《三国志》《论衡》等,大约就没有人把它们当作文学作品了。从理论发展上说,六朝时期正是许多文学家不断地从各个角度探讨广义的文章与狭义的艺术文学之区别的时代。文笔之争(包括颜延之的言、笔、文之说),《文选》提出的"沉思""翰藻"说,梁元帝萧绎《金楼子·立言篇》中的"吟咏风谣,流连哀思"说(又云"至如文者,惟须绮縠纷披,宫徵靡曼,唇吻遒会,情灵摇荡"),等等,都说明了当时人们在努力寻求文学作为艺术和一般应用文章之间的不同,企图给艺术文学确定一个明白的界限。虽然,他们所提出的这些区分的标准,都还不够科学,只是从一个侧面或某种形式上的特征出发的,最终并不能真正把它们区别开来,但是,研究毕竟是一步步地深入了,从这一点说,我们也应当对他们给以充分的重视。处在这样一种环境和气氛之下,刘勰写作《文心雕龙》虽然是从广义的文章入手的,然而他也深深体会到了这种区分的重要性。他吸收了当时文笔说的成果,以文、笔来分列文章之体类,而更重要的是他在论创作与批评的过程中,主要是以艺术文学(在当时历史条件下,诗、赋是最重要的文学形式)的特点来说的,主要讲艺术文学的创作规律,这是非常明显的事实。还有更值得我们注意的一点是,他自觉地意识到了作为艺术的文学和非艺术的文章在写作上是有不同特点的,有些艺术文学的创作原则,对非艺术文章写作是不适用的,甚至恰好相反的。比如,"隐秀"就是讲的艺术文学的形象之特征,特别是"隐",这种"义生文外""文外之重旨"的特点是只有艺术文学才有的,而一些非艺术的文章是不需要"隐"的。《史传》篇指出历史著作当以"实录无隐之旨,博雅弘辩之才"为上。《檄移》篇讲檄移这类应用文章的写作"不可使义隐","必事昭而理辩,气盛而辞断,此其要也"。《议对》篇说议的写作"事以明核为美,不以深隐为奇"。这就说明刘勰并没有把艺术文学和非艺术文章混同为一。

刘勰的《文心雕龙》不仅有完整的文学理论体系,而且这种文学理论体系乃是建立在他的丰富的美学思想体系基础之上的。他绝不仅仅只是提出或运用了几个美学范畴,而是自觉地用美学思想来指导他的具体文学理论。《文心雕龙》第一篇《原道》开宗明义,即是贯穿全书的一篇纲领性的美学论文。他从最广义的"文"的本质来说明"人文"以及狭义的文学的本质(参见拙作《〈文心雕龙〉的原道论》),实际上就是从自然美的本质来说明艺术美的本质。《原道》篇中所讲的最广义的"文"的概念,从某种意义上讲也就是"美"的概念。宇宙万物所具有的自然美形态,他都统称之为"文"。"日月迭璧"是"天"之美,"山川焕绮"是"地"之美,"龙凤以藻绘呈瑞,虎豹以炳蔚凝姿"是动物之美,"草木贲华"是植物之美,"云霞雕色"是自然现象的"形"之美,"林籁结响""泉石激韵"则是自然现象的"声"之美,而语言文章之美则是人的心灵之美,"情"之美,这一切都可统称之为"文"。为此,他在《情采》篇中归纳自然美和艺术美都可以分为形之美(形文)、声之美(声文)、情之美(情文或心文)三大类。《原道》篇中,刘勰明确指出,不论是"形文""声文"还是"情文",都是"道"的体现,是"道之文"。也就是说,美的本质在于宇宙万物都有其自在的本质与规律,并且表现为一定的、美的外在形式。真正的美不是主观的、人为造作的产物,而是客观事物本身某种特点的自然表现。他说:"云霞雕色,有逾画工之妙;草木贲华,无待锦匠之奇。夫岂外饰,盖自然耳。"刘勰强调了美的客观性,说明美首先是事物的质的规定性所决定的,同时它又必须以一定的、与质的规定性相适应的特殊的形式来体现。事物的内在之

"道"与外在之"文"是不可分割的,是辩证统一的。中国古代曾经有过强调美主要是在事物的本质的观点,比如《韩非子·解老》篇中说:"夫恃貌而论情者,其情恶也,须饰而论质者,其质衰也。何以论之?和氏之璧不饰以五采,隋侯之珠不饰以银黄,其质至美,物不足以饰之。夫物之待饰而后行者,其质不美也。"韩非子正确地指出了美首先在于事物的质,但却错误地把质与饰对立了起来,否定了文饰的必要性。刘勰吸取了韩非子论美的积极方面,同时又避免了其形而上学的片面性。他在《情采》篇中说:"夫水性虚而沦漪结,木体实而花萼振:文附质也。虎豹无文,则鞟同犬羊;犀兕有皮,而色资丹漆:质待文也。""夫铅黛所以饰容,而盼倩生于淑姿;文采所以饰言,而辩丽本于情性。"刘勰发挥了《论语》中有关文质关系的论述,突出地强调了质与文、内容与形式之间的辩证统一关系,指出了客观事物的美正是在内容与形式的和谐统一中才能最充分地体现出来。这种基本的美学思想贯穿了《文心雕龙》全书,成为他整个文学理论体系的最重要基石。范文澜同志在《文心雕龙注》中曾指出:"彦和论文以循自然为原则。"这是不错的。刘勰讲诗歌本质强调"感物吟志,莫非自然"(《明诗》),讲诗歌风格则强调"自然之恒资"(《体性》),讲文学的势态则强调"自然之趣"(《定势》),确是把自然作为艺术美的一个最高标准的,但也并不否定人工藻饰的重要性。当时美学思想发展上有两种对立的倾向,一是较多地受儒家重人工思想的影响,而偏重于"错采镂金"之美,一是较多地受道家、玄学重天工思想影响,而偏重于"芙蓉出水"之美。刘勰从内容和形式相统一,天工和人工相统一的基本认识出发,主张以自然为主而藻饰相辅,由人为之工巧而达到天工之美。他在《隐秀》篇中说:"故自然会妙,譬卉木之耀英华;润色取美,譬缯帛之染朱绿。"主张以"自然会妙"为目标,而辅以"润色取美"。所以,《文心雕龙》中虽然处处以"自然"为美为准则,但是他又详细地论述了种种人工的技巧,提出了许多文学创作中应当遵循的法度与规矩,这不仅有构思、风格、继承创新、内容形式等重要大问题,甚至对声律、用典、句法、字法等也从基本原则到具体方法,都作了全面的论述。刘勰是把人工之美看作达到自然之美的一种手段。他认为如果没有高度的人工美,也就不可能达到真正的自然之美。但是,又不能以人工美为满足,而应当以自然美为最高标准。

刘勰对艺术美的认识,不仅看到了它与自然美的共同方面,而且看到了它与自然美的不同特点。刘勰认识到了艺术美是人的心灵与感情的表现,是人的一种美的创造。《原道》篇中说,人是"性灵所钟","为五行之秀,实天地之心。心生而言立,言立而文明,自然之道也"。"人之文"比一般的"天之文""地之文""动植之文"显然要高得多。"夫以无识之物,郁然有彩,有心之器,其无文欤!"人是"有心之器",它比"无识之物"要更高一层次,人是有灵性、有感情的,"人文"不像一般动植物那样主要表现为外在形式之美(当然它也是内在"道"之体现),而是以内在的心灵的感情美为主,而辅以美的表现形式的。故而"人文"之美自然也更加丰富、更加精彩!刘勰认为一般的自然美显然是远不如艺术美的。然而,"有心之器"是离不开"无识之物"的,"人文"作为人的感情与心灵的表现,它不能脱离客观的物。现实生活与自然事物,都可以触动人的思想感情,人心是感于物而后动的。刘勰深刻地认识到在艺术美的创造过程中,心和物、人和自然之间具有一种十分密切的相互感应的辩证关系,必须使创作者的主体与被创作者的客体之间达到高度的融和统一,方能达到最高的美的境界。刘勰是我国古代文艺理论和美学思想家中,对艺术创造中的主客观关系认识得最深刻、论述得最充分、贡献也最突出的一个。他不仅看到了"情以物兴",作家的主观感情、心灵世界的变化是受客观的现实事物触发的一面,而且看到了"物以情观",作家对物的描写是借以寄托自己的心灵、感情的一面。他强调了艺术创造过程中心与物、主观与客观交互作用的辩证关系。"物以貌求,心以理应。"从主观方面来说,要"随物以宛转",从客观方面来说,又要"与心而徘徊"。这是刘勰对他以前的论心物关系的美学思想的总结,又有了更深入的发挥,为我国古代艺术创作中的心物关系论确立了基本原则(关于这一方面,可参阅拙作《文心雕龙新探》中"物色论"一节)。

从对艺术创作中的主观与客观关系的深刻认识出发,刘勰在分析艺术美的创作和欣赏关系时,明确地指出了美感的主观差异性。刘勰认为美虽然存在于客观事物本身,然而人们对美的感受和认识则又有很大的主观性。《知音》篇中说:"夫麟凤与麏雉悬绝,珠玉与砾石超殊,白日垂其照,青眸写其形。然鲁臣以麟为麏,楚人以雉为凤,魏氏以夜光为怪石,宋客以燕砾为宝珠。"对自然美的认识和感受都能有这样大的区别,对作为艺术美的文学就更难以一致了。因为文学是一种"情文",所以在欣赏"情文"的时候,人们美感的差异性就更大了。刘勰说:"夫篇章杂沓,质文交加,知多偏好,人莫圆该,慷慨者逆声而击节,酝藉者见密而高蹈,浮慧者观绮而跃心,爱奇者闻诡而惊听。会己则嗟讽,异我则沮弃,各执一隅之解,欲拟万端之变,所谓'东向而望,不见西墙'也。"人们由于环境、遭遇、教育的不同,个性爱好兴趣的差别,对艺术美的看法也就各异。刘勰把艺术欣赏提到审美的高度来认识,从而成为其整个美学思想体系中的重要组成部分。

在论述文学创作的过程中,刘勰还很突出地贯穿了一个重要的美学原则,这就是强调整体美,重视艺术作品各个部分之间的和谐统一之美,而反对只注意局部美、忽略全体美的倾向。他明确提出要"弃偏善之巧,学具美之绩"(《附会》),认为这是"命篇之经略"。刘勰指出,文学创作"似善弈之穷数"(《总术》),要有统观全局的战略眼光。他说:"文场笔苑,有术有门。务先大体,鉴必穷源。乘一总万,举要治繁。"没有全局的整体美考虑,那么局部之美也就失去了依据,只凭"偏善之巧",是不能创造出优秀的艺术作品来的。诚如他所说的"自非圆鉴区域,大判条例,岂能控引情源,制胜文苑?"如果只孤立地从一个侧面,一个角度去注意艺术美,就会忽略了别的侧面、别的角度,从而丧失整体美,使艺术创作走上歧途。例如:"精者要约,匮者亦鲜。博者该赡,芜者亦繁。辩者昭晰,浅者亦露。奥者复隐,诡者亦典(曲)。"艺术家只有高屋建瓴,大处落笔,方能有"具美之绩"。整体和部分应当是一个完美的、融洽的统一体。部分在整体统辖下,各得其所,不相逾越,犹如"筑室之须基构,裁衣之待缝缉矣"。王元化同志在《文心雕龙创作论》中指出刘勰在艺术结构上提倡"杂而不越"的美学原则,这是很深刻的。"杂而不越"还表现了刘勰对形式美的一个重要看法,即和谐之美在于使各种不同的成分、因素,有机地组织在一起,构成一个美的整体。"杂"即是指各种不同的成分和因素,既要"杂",又要"不越",融和一致,这样才是最高的美。他在《声律》篇中讲音韵之美时提出了"异音相从谓之和,同声相应谓之韵"的原则,又说:"韵气一定,故余声易遣;和体抑扬,故遗响难契。属笔易巧,选和至难;缀文难精,而作韵甚易。"说明"同"韵之美很容易做到,而"和"声之美则是很难达到的,所以,"异音相从"之"和"是更高层次的美。这正是对我国古代讲"和""同"之美的传统美学观在文学作品音韵美方面的具体发挥。据《国语·郑语》记载,周太史史伯就曾说过:"夫和实生物,同则不继。"因此,"声一无听,物一无文,味一无果,物一不讲"。《左传·昭公二十年》晏子也对齐侯论述过"和"与"同"的比较问题,认为无论是政治还是其他事物(包括艺术在内),都是以相异而得和为好。刘勰的"杂而不越"这一原则也正体现了这种传统的美学观念。刘勰主张整体美,强调部分必须受全局的统率,使不同的成分组成协调的整体的美学思想,不仅仅反映了我国古代要求形式美和谐、统一的原则,而且是老庄以"无"统"有"、"三十辐共一毂"的哲学思想为其理论基础的。《总术》篇云:"况文体多术,共相弥纶,一物携贰,莫不解体。所以列在一篇,备总情变;譬三十之辐,共成一毂,虽未足观,亦鄙夫之见也。"又《附会》篇云:"是以驷牡异力,而六辔如琴;并驾齐驰,而一毂统辐。驭文之法,有似于此。"同时,刘勰这种美学思想也直接受到以道家思想为主的《淮南子》的美学思想影响。他在《附会》篇中所说:"夫画者谨发而易貌,射者仪毫而失墙;锐精细巧,必疏体统。"正是对《淮南子·说林训》中"画者谨毛而失貌,射者仪小而遗大"的具体发挥。

刘勰在《文心雕龙》中所提出的一系列重要美学范畴与美学概念,是和他上述美学思想原则紧密联系,从而形成了他丰富而完整的美学思想体系的。刘勰在总结古代美学思想发展成果的基础上所提出的具有创造性的美学范畴与美学概念,我们认为主要有以下几个:神思、意象、隐秀、风骨、通变、定势。这几个美学范畴和概念都是围绕艺术美的创造过程而提出来的,它们体现了刘勰对艺术美和自然美(包括现实美)关系以及艺术美特征的认识。神思,是刘勰对艺术创作思维特征的概括,很多同志认为神思即是指艺术构思过程中的想象活动。其实,神思的含义比想象更加广阔,它是就艺术思维的整个心理过程而言的,还包括了艺术家的感情活动以及灵感现象等多方面的内容。《神思》篇说"夫神思方运,万途竞萌,规矩虚位,刻镂无形;登山则情满于山,观海则意溢于海,我才之多少,将与风云而并驱矣"。指出了艺术思维的进行,必然要达到一个灵感泉涌、感情澎湃的生动境界,而这种境界所呈现的深度与广度,则是与艺术家的才能和学识修养密切相关的。从艺术想象来说,这是一个"神与物游"的过程,从形象构成来说,这又是一个情与物互相感应交融的过程。为此,刘勰指出神思活动进行得是否顺利,关键在于能否有虚静的内心境界。他说的"虚静",是指艺术家在创造艺术美的过程中,必须具有物我两忘、任乎自然的心理状态,这也正是艺术家审美观照的主要特点。而这种虚静状态的培养,又要靠"养气"。养气的目的是在"清和其心,调畅其气",排除一切欲念、杂虑,保证审美观照和审美创造的顺利进行。刘勰提出的"率志委和,则理融而情畅"的原则,是和他在《原道》篇中指出的美的本质在"自然"的基本思想紧密联系,不可分割的。

  刘勰在论述艺术思维的特点是神思的同时,还明确地指出了艺术思维的结果是要创造一个能体现艺术家审美理想的艺术形象。他把这个体现艺术审美理想的艺术形象称之为"意象"。中国古代的"意象"就是我们一般所说的形象的意思,但是它更突出了其构成的特点,即它是艺术家主观的"意"与现实的客观的"象"的统一。在构思和想象过程中的情与物(或心与物、神与物)的交感,必然要凝聚而成为"意象"。艺术家心胸中有了虚构的"意象",能"胸有成竹",然后方能运用具体物质形式(或语言、或色彩、或音节)把它体现出来。这也就是一个"拟容取心"或"神用象通"的过程。这样,刘勰就把艺术的审美创造过程作了具体而生动的概括,而这是和他对艺术美创造过程中主体与客体辩证关系的认识分不开的。

  不仅如此,刘勰还对艺术形象(即"意象")的美学特征作了深刻的分析与概括,提出了著名的"隐秀"论。隐秀是针对意象的特点而提出来的,隐指意的特点,秀则是指象的特点。"隐也者,文外之重旨也;秀也者,篇中之独拔者也。隐以复意为工,秀以卓绝为巧。"这是刘勰对隐秀所作的解释。宋人张戒《岁寒堂诗话》中引《文心雕龙》云:"情在词外曰隐,状溢目前曰秀。"乃系《隐秀》篇佚文。象是具体的,外露的,故对象的描绘当"以卓绝为巧"。意是蕴藏于象之中的,是要借助于象的描绘而流露出来的。故而"意"具有"义生文外"之特点,"隐"正是其最基本的审美特征。隐秀的提出深刻地阐明了艺术的形象思维特点,所以刘勰特别指出,隐秀并非一种具体的艺术表现技巧,而是由艺术本身的特点决定的,它是直接由"神思"所决定的。《隐秀》篇一开始就说:"夫心术之动远矣,文情之变深矣,源奥而派生,根盛而颖峻,是以文之英蕤,有秀有隐。"这里的"心术之动"即是指神思活动,正是艺术家的审美创造活动本身产生了隐秀的特点。而这种隐秀的特征也是与刘勰重在自然的美学观相联系的,所以他特别指出:"或有晦塞为深,虽奥非隐;雕削取巧,虽美非秀矣。"隐秀之最高标准亦在"自然会妙"。

如果说隐秀是刘勰对艺术形象美学特征的分析的话,那么,风骨则是刘勰审美理想比较集中的体现。风骨的具体含义目前学术界有许多不同的理解,分歧较大,是难于很快求得一致的。但是风骨是刘勰对文学作品所提出的一种美学要求,这大约是没有争议的,能为绝大多数同志所接受。我个人的意见是,风骨是刘勰对文学作品的思想感情和现实生活内容方面所提出的美学要求,是对作品内容的美学要求。他所论述的风骨与辞采的关系,正是就作品的精神内容与物质形式关系来谈的。风,是强调文学作品的思想感情要有纯正的儒家精神,即《宗经》篇所云:"情深而不诡""风清而不杂"。思想感情既要鲜明、强烈,又要正而不邪,故而是"化感之本源,志气之符契也"。骨,是强调文学作品的现实生活内容,应当真实可信,具有正义的思想力量,即所谓"事信而不诞""义直而不回",也要体现儒家精神。故云:"昔潘勖锡魏,思摹经典,群才韬笔,乃其骨髓峻也。"为此他赞扬《楚辞》之"骨鲠所树",即在其"取熔经意"。风骨从审美的角度来说,它是与当时美学思想上所强调的传神、自然的特色分不开的。当时绘画、书法上所讲的风骨就比较偏重在这后一方面,这是和道家、玄学思想的影响有关系的。所以刘勰的风骨既反映了他从儒家思想角度对文学作品内容上的美学要求,也反映了他受道家、玄学思想影响,对文学作品的艺术美的要求。

通变,是刘勰对艺术美创造过程中的继承与创新问题所提出的要求。文学作品的艺术美,既要善于继承前人的已有创造,又要不断开拓新的境界。文学作品的艺术美应有一些共同的基本原则,同时又应当有千姿百态、各不相同的特色,"譬诸草木,根干丽土而同性,臭味晞阳而异品"。继承是必然的,但是又必须要有创新,否则艺术美就不能发展。刘勰的"通变"观点,他的"文律运周,日新其业。变则其久,通则不乏"的思想,对后来的文艺和美学思想的发展产生了异常深刻的影响。

这里特别值得我们注意的是刘勰所提出的"定势"的主张。势,有物势与体势之不同,前者是讲的客观事物的势,后者是讲的文学体裁之势,但文学创作是要反映客观事物的,所以物势与体势又有共同之处。物都有势。刘勰说:"势者,乘利而为制也。如机发矢直,涧曲湍回,自然之趣也。"这是说任何事物都有它自己的客观规律性,文学创作既然是"表天地万物之情状"(叶燮《原诗》)的,那么,也必须符合于创作对象本身的客观规律性。不同的文学体裁有不同的特点,也必然有它的特殊之"势",以适应和符合于它所表达的特定生活内容。因此,作家不能用主观愿望去任意地改变这种客观的"势"。这里,刘勰实际上已经提出了艺术创作中作家的主观性和作品反映的现实生活内容的客观性之间的关系问题,要重视"势",懂得"定势"的必要性,正是为了强调艺术创作中必须反对主观随意性,艺术家必须尊重描写对象内在的客观规律性,不能任意去改变它。后来,王夫之在他的诗论中所讲的意和势的关系,就正是对刘勰"定势"论的进一步发展。

刘勰不仅提出了许多重要的美学范畴与美学概念,而且在论述文学创作的过程中提出了具有朴素辩证色彩的一系列对立统一的美学命题,例如文与道、奇与正、雅与俗、质与文、才与学、一与万、情与理等,以及我们上面已经讲到过的心与物、隐与秀、通与变等,这些不仅对文学创作,也对其他艺术创作有着十分重要的指导意义,从而为中国古代的文艺与美学思想发展奠定了基础。

上面只是很粗浅地、概略地讲到了刘勰美学思想体系的一些基本方面,毫无疑问,刘勰的完整而丰富的美学思想体系,还有待于我们作进一步深入的发掘和研究。但仅从上述论说中,我们就可以看出刘勰在我国古代美学思想发展史上是有他的划时代的重大意义的,其地位绝不在金圣叹、王夫之、叶燮等人之下。"江山代有才人出,各领风骚数百年。"我们绝无贬低甚至否定明清之际这些重要文艺理论批评家的美学思想的历史地位之意,但是,如果我们有一点历史观点,对《文心雕龙》作过一点认真研究的话,就绝不应当为了突出王夫之、叶燮、金圣叹等人的美学思想,而轻率地贬低刘勰及其《文心雕龙》在中国美学史上的地位和意义。我是愿意为刘勰说几句公道话的!

(原载《安徽师范大学学报》1986年第3期)

《文心雕龙》的原道论

——刘勰文学思想的历史渊源研究之一

文学思想作为一种意识形态,它总是在接受前人思想资料的基础上,根据现实的需要而产生的。分析和研究刘勰文学思想的历史渊源,是我们深入探讨刘勰《文心雕龙》的美学思想和文学思想的重要方面之一,这对于《文心雕龙》研究中许多争论问题的进一步展开,也是十分必要的。刘勰文学思想的历史渊源是一个比较复杂的课题,需要从多方面加以研究,本文准备先从《文心雕龙》的原道论,来考察它的历史渊源。而对刘勰文学思想历史渊源的总的评述,则需要对他的各个方面主要文学思想作历史考察之后,才能得出结论,这是本文所不能解决的。

原道论是刘勰对于文学的本质问题的阐述,是刘勰文学思想中的一个核心问题。文学的本质是什么,这是刘勰在《文心雕龙》中首先提出的重要问题。他全书的第一篇是《原道》。什么是"原道"呢?清代的纪昀在评论中说:"文以载道,明其当然;文原于道,明其本然。识其本,乃不逐其末。"我们认为这个解释是符合刘勰原意的。《文心雕龙·原道》篇的主旨便是要阐明文的本质乃是"道"的体现,故其开宗明义第一句话便说:"文之为德也大矣,与天地并生者何哉?"这是对"文"的一个重要说明,其关键是对"德"字的理解。《文心雕龙》旧注一般对它没有作什么注释。范文澜同志《文心雕龙注》中说:"按《易小畜大象》'君子以懿文德'。彦和称文德本此。"范注以儒家德教来释"德"字,大约是从刘勰信奉儒家学说的角度来推测的。但刘勰此处之"德",指的是"文"和天地并生之特点,以"文德"释之,是不确的。周振甫同志《文心雕龙注释》一书中说:"德,指功用或属性,如就礼乐教化说,德指功用;就形文、声文说,德指属性。就形文、声文说,物都有形或声的属性;就情文说,又有教化的功用。文的属性或功用是这样遍及宇宙,所以说'大矣'。"谓"情文"之"德"指

"教化的功用",则亦德教之意,和范说相同,与刘勰原意不尽符合。从全文来看,"文之为德也大矣",是因为"文"是"道"的体现,从这一点上说,是和"天地并生"的。陆侃如、牟世金《文心雕龙译注》中释"德"字为"意义",把第一句译为:"文的意义是很重大的。"可是,没有把"德"字的含义反映出来。因为刘勰的意思是:"文之为德"其意义是重大的。我们认为,从《原道》篇的基本思想来看,这个"德"就是"得道"的意思。刘勰这第一句话是说:文作为道的体现,其意义是很重大的。这和《老子》中讲的"德"即是"得道"之意是一致的。刘勰在一开始就明确地告诉我们,文学的本质是:道是其内在实质,而文是其表现形式。

刘勰在《原道》篇中所说的"文"的概念,有广义和狭义两方面的含义。广义的"文",实质上是说的宇宙万物的表现形式。比如"日月叠璧,以垂丽天之象",这是天文;"山川焕绮,以铺理地之形",这是地文;"傍及万品,动植皆文","龙凤以藻绘呈瑞,虎豹以炳蔚凝姿","云霞雕色","草木贲华",这是万物之文。任何事物都有它一定的外在表现形式,这就是广义的"文"。而任何事物又都有它内在的本质和规律,这就是"道"。"道"对于不同的事物来说,有它不同的表现形式,因此,"文"也就千差万别,各不相同。"道"是物的内容,"文"是物的形式,"文"就是"道"的外化。因此,作为万物之灵的"人",是"五行之秀",是"天地之心",他自然也有其内在的"道"与外在的"文"。人的"文",就是"人文"。"人文"是狭义的文,即是作为人的性灵之表现的具体的语言文字。天地万物的"道"和"文"(广义之文),在人身上的体现即是"心"(性灵)和"文"(狭义之文)。所以,《文心雕龙·序志》篇中说:"文果载心,余心有寄。"可见,"道"和"心"是文的内容,"文"(包括广义和狭义)则是其表现形式。刘勰在《文心雕龙》中所论不是广义的"文",而是狭义的"文",亦即人文。然而,不论是广义的"文",还是狭义的"文",作为"道"的体现这一点是一致的,所以,《原道》篇就要从广义的"文"与"道"的关系来说明狭义的"文",亦即"人文"的本质。刘勰认为"道"是内容,"文"是形式,这是包括人在内的宇宙万物所客观存在的自然规律。故而他说:天地之文,"此盖道之文也"。动植之文,"夫岂外饰,盖自然耳"。而人文呢?"心生而言立,言立而文明,自然之道也。"这里的"自然之道"的"道",和本篇题目《原道》之"道",以及讲天文、地文时说的"道之文"的"道",是不同的。"原道"之"道"及"道之文"之"道",指的是事物的本质和规律,而此处"自然之道"的"道"字,即是一般说的"道理"之意。周振甫同志《文心雕龙选译》中译为"自然的道理",这是很正确的。此"道"并非特殊术语,有些同志把这两个"道"字混而为一,结果就容易把"道"的含义弄乱,反而不易认识刘勰论"道"的意思所在。刘勰认为"人文"和一般的天地动植之文的区别,就在于人是"有心之器",而天地动植为"无识之物"。然而,这并不违背"道"是内容、"文"是形式的自然规律,只是说明"人文"更为珍贵而重要罢了。刘勰以"原道"名其首篇,很可能是受刘安主编《淮南子》影响的结果。《淮南子》首篇即为《原道训》,高诱注云:"原,本也,本道根真,包裹天地,以历万物,故曰'原道'。"此"道"乃指天地万物之本,与刘勰所论之"道"是一致的。

刘勰虽然首先阐明了"文"和"道"的一般道理,但是,他并没有到此为止,这仅仅是对"文"的最广泛意义的说明。他在《原道》篇中,还进一步从人文的起源、发展阐述了人文的本质及其特点。刘勰认为八卦是人文的起源。他说:"人文之元,肇自太极;幽赞神明,易象惟先。"当然,说八卦是伏羲创造的,是文字的起源,这大概是不可靠的。事实上,文字起源可能比八卦产生要早。八卦作为一种占卜用的形象符号,大约是受创造文字的影响而产生的,他们都是由模拟客观物象而来的。此点我们这里且不论。刘勰在这里着重要说明的是,从伏羲画八卦到孔子作《易传》,"庖牺画其始,仲尼翼其终",作为事物普遍规律的"道",才得到了文字的阐明。其后"六经"中的其他各篇,都是对《易经》所阐明的"道"的经典性的具体发挥。于是,"道"也就能为大家所懂得、所掌握,而孔子由于"熔钧六经",起到了"写天地之辉光,晓生民之耳目"的伟大作用。在论述人文之首先被创造出来的时候,刘勰采用了《系辞》的唯心主义观点,认为是伏羲受神明的启示而画了八卦。他所说的"幽赞神明,易象惟先",亦即是《系辞》所说的"河出图,洛出书,圣人则之"之意。这样,刘勰对人文的本质与特点就作了如下的归纳与总结。他说:

爰自风姓,暨于孔氏,玄圣创典,素王述训;莫不原道心以敷章,研神理而设教,取象乎河洛,问数乎蓍龟,观天文以极变,察人文以成化;然后能经纬区宇,弥纶彝宪,发挥事业,彪炳辞义。故知道沿圣以垂文,圣因文而明道,旁通而无滞,日用而不匮。

刘勰指出,从伏羲到文王、周公、孔子这些圣人的功绩就在于他们创造了和发展了"人文",使作为宇宙万物普遍规律的"道",通过文字而得到了明白的表述,而圣人也因为创造、发展人文而懂得了"道",为万民之立身行事树立了榜样,使他们有了可供依据的准则。也就是说,人文不只是"道"的体现,而且是对抽象的"道"的具体的表述,是"道"的最集中的反映。刘勰把天地万物之文和人文紧密地结合了起来。

刘勰所说的广义的文所体现的"道",是说的宇宙万物内在的普遍的自然规律,这是近于老庄所说的那种哲学上的"道"的。而刘勰所说的狭义的文,即人文所体现的"道",则是指的具体的儒家的社会政治之"道"。他在《原道》篇中把这两者统一起来了。他认为作为普遍的自然规律的哲理性的"道"的集中表现,就是儒家的社会政治之"道"。换句话说,就是儒家的社会政治之道乃是对作为普遍的自然规律的哲理之道的具体运用和发挥,这也是"六经"之所以有崇高地位之缘由。这样,刘勰就把老庄那种哲理之道具体化为儒家之道,又把儒家之道上升为普遍的自然规律之体现,抽象化为老庄的哲理之道。这里,我们必须看到,刘勰的着眼点仍然是在具体的儒家之道,因为《文心雕龙》所要阐述的不是天地万物之文,而是人文。他之所以要把近于老庄的抽象的哲理之道和儒家的具体社会政治之道结合起来,其目的是要从哲学上提高儒家之道的地位,把老庄之道熔铸到儒家之道中来,这和魏晋南北朝时期玄学的泛滥和老庄哲学在上层社会中的重要地位是有密切关系的。

刘勰对于"道"的这样一种认识,从历史渊源上看,主要是继承和发展了荀子和《易传》思想而来的。荀子是先秦的一位以儒为主,兼取各家之长的重要思想家。荀子所说的"道"就是以儒为主,兼包老庄之"道"的。荀子在对"道"的论述中,一方面具有普遍的自然规律的含义。例如《解蔽》篇说:"夫道者,体常而尽变,一隅不足以举之。"指出"道"乃是一种事物所普遍存在的规律。《哀公》篇说:"大道者,所以变化遂成万物也。"

《天论》篇说:"天有常道矣。"梁启雄《荀子简释》中谓此"二道字指天行或天演",这是正确的,这两处的"道"都是说的客观事物内在的规律。又荀子在《天论》篇中说:"万物为道一偏,一物为万物一偏。"梁启雄说这个"道",即是指"大自然",它说明"道"乃是广泛地存在于"万物"之中的,任何一个具体的"物"都是"道"的一种表现形式。从这些地方看,荀子所讲的"道"是接近于老庄所说的"自然之道"的。由于这种原因,在如何认识"道"的方法上,荀子和老庄也有共同之处。老庄认为要认识"道",必须通过"玄览""虚静"而达到"大明"境界,进入了这种认识的最高境界,才能真正认识"道"、把握"道"。《庄子·在宥》篇中指出只有达到"大明"境界,才有可能懂得什么是"至道之精""至近之极"。其《天道》篇说:"圣人之静也,非曰静也善,故静也。万物无足以铙心者,故静也。水静则明烛须眉,平中准,大匠取法焉。水静犹明,而况精神?圣人之心静乎!天地之鉴也,万物之镜也。夫虚静恬淡,寂漠无为者,天地之平,而道德之至,故帝王圣人休焉。"荀子也吸取了老庄的这种思想,他认为对"道"的认识也要靠"虚一而静"。他在《解蔽》篇中说:"人何以知'道'?曰心。心何以知?曰虚一而静。"他指出,虚静可以达到"大清明"境界,就能认识"道",把握"道"。不过,老庄认为要达到"大明"这种认识的高级阶级,必须依靠"无知无欲",排斥一切具体的认识和实践;而荀子则主张要通过学习,在具体认识和实践的基础上而进入"大清明"境界。故老庄之虚静论有神秘的唯心的倾向,而荀子则是有朴素的唯物主义倾向的。刘勰由于把老庄之道与儒家之道统一了起来,所以,他在论"文"的创作时,即如何以"文"去体现"道"时,也首先强调"虚静",这在《神思》篇中有明确说明。对于这一点,这里我们不详述了,留待论刘勰的创作思想的历史渊源时再细说。

荀子对于"道"的认识,除了上述这一方面之外,主要的还是讲的儒家的社会政治之道,而且认为这就是作为普遍的自然观律的道的集中表现。《儒效》篇中说:"圣人也者,道之管也。天下之道管是矣。百王之道一是矣。"《天论》篇又说:"百王之无变,足以为道贯。"认为经历了百代帝王都没有改变的东西,足以成为贯穿始终的"道"。他把儒家的社会政治之道看成具有哲理性的一种普遍的原理,而圣人正是这种原理的阐述者和代表者。荀子还说,文是明道的,《正名》篇指出,言词辨说乃是"心之象道也",是"心"对"道"的认识之表现。在《儒效》篇中,荀子说《诗》《书》《礼》《乐》《春秋》这些儒家经典都是阐述"道"的,不过它们所阐述"道"的角度又是各不相同的。他说:"故《诗》《书》《礼》《乐》之(道)归是矣。《诗》言是其志也,《书》言是其事也,《礼》言是其行也,《乐》言是其和也,《春秋》言是其微也。"荀子不仅把儒家的社会政治之道和老庄的自然之道统一了起来,而且认为它集中体现在"六经"之中,所谓"天下之道毕是矣"。由此可见,刘勰对"道"的基本认识,以及他关于道、圣、文、经之间的关系的分析,和荀子的思想有一脉相承的关系,正是吸收了荀子的思想资料而作的具体的发挥。

  刘勰关于文原于道的思想的另一个重要思想来源是《易传》,主要是《系辞》。《系辞》的写成时间在《易传》各篇之中是最晚的,大约在战国后期。《系辞》中所说的"道",和荀子所说的"道"是很接近的,它和荀子一样,既是一种哲学上的"道",又是一种社会政治之"道"、儒家之道。《系辞》论"道"的特点也是要把儒家的社会政治之道上升为哲学上的道,强调它是体现宇宙万物普遍规律的一种亘古不变的真理。《系辞》说"一阴一阳之为道",认为宇宙万物之产生及其变化发展,都是阴阳两种因素相结合的结果。事物由于所禀赋之阴阳二气之不同,而分别表现为各种不同的情状。因此,这里所说的"道",正是指事物所具有的一种普遍的规律。《系辞》又说:"易与天地准,故能弥纶天地之道。仰以观于天文,俯则察于地理,是故知幽明之故。"这里所谓"天地之道",即是指天地万物所具有的内在规律和本质。《系辞》的作者认为这种"道"是体现于万物之中的,它"知周乎万物","曲成万物而不遗",《易》讲的就是这样的"道",圣人所阐明的也是这样的"道"。《系辞》这种对于"道"的认识和刘勰在《原道》篇中所说"文之为德也大矣,与天地并生者何哉"的观点是完全一致的。《系辞》把宇宙万物分为"道"和"器"两大类,说:"形而上者谓之道,形而下者谓之器。""器"是体现"道"的。这一点也直接为刘勰所接受,《夸饰》篇中就引用了这两句话。《系辞》中所说的这种"道"和"器"的关系,实际上也就是刘勰在《原道》篇中所讲的广义的"道"和"文"的关系。

然而,把"道"上升到哲学的高度,还并不是《系辞》作者论"道"的关键所在,这只是为了说明圣人之道是一种崇高的真理而已。《系辞》论"道"的重点乃在于说明这种至高的"道",乃是由圣人来加以阐明的。《易经》就是圣人对天地万物自然之道的具体论述,并把它运用于说明具体的社会政治之道的表现。所以,《系辞》说:"圣人立象以尽意,设卦以尽情伪,系辞焉以尽其言。"《系辞》的作者认为,圣人之所以成为圣人,是因为他能懂得这个作为宇宙万物普遍规律的道,并能把它用来说明社会政治生活中的种种所应遵循之原则。"夫《易》,圣人之所以极深而研几也。"圣人研究和掌握《易》"道",是为了懂得如何治理天下。"唯深也,故能通天下之志。唯几也,故能成天下之务。""是故圣人以通天下之志,以定天下之业,以断天下之疑。"《易经》正是要从这个角度说明圣人所论述的社会政治之道,乃是作为事物普遍规律的天地万物之道的最重要的表现。"是以明于天之道,而察于民之故。"《易经》之目的是要把自然天道与社会人道相结合,以自然天道来说明社会人道。《系辞》认为《易经》即是最早之人文。《易经》中的卦辞、爻辞,乃是圣人对"道"的具体说明,是用自然天道来阐明社会人道的具体表现。其云:"圣人有以见天下之赜,而拟诸其形容,象其物宜,是故谓之象。圣人有以见天下之动,而观其会通,以行其典礼,系辞焉以断其吉凶,是故谓之爻。极天下之赜者存乎卦,鼓天下之动者存乎辞。"这种思想可以说完全为刘勰所接受,他在《原道》篇后一部分中所论述的,正是对《系辞》中这种思想的具体发挥。他对道、圣、文三者关系的分析,也是从总结《系辞》中的这种观点而来的。因此,刘勰不仅引用了《系辞》中"鼓天下之动者存乎辞"的话,并进一步说明道:"辞之所以能鼓天下者,乃道之文也。"刘勰指出,人文之所以能起到巨大的社会政治作用,乃是因为它是"道之文"。

《系辞》在解释圣人为什么能具体地阐明天地万物之道,把天文、地文发展为人文时,表现了露骨的唯心主义观点,认为这是神的意志的体现。这种文学起源问题上的唯心主义思想对刘勰也产生了深刻的影响。如同我们在分析《原道》篇的内容时所已经说过的,刘勰正是把人文的最早产生归之于神的显灵的。刘勰之所以接受了《系辞》这种客观唯心主义的文艺起源论,显然不能仅仅归之于前代思想资料的客观影响。还应当看到刘勰本人思想的复杂性，特别是他所受的佛教唯心主义思想的影响。佛教的有神论和神不灭论，正是一种客观唯心主义的思想。它和《系辞》中所表现的客观唯心主义思想是可以相通的。刘勰所处的时代正是佛教唯心主义泛滥的时代。在当时那一场神灭论与神不灭论的尖锐激烈的思想斗争中，刘勰是鲜明地站在神不灭论一边的。他是一个有神论者，而不是无神论者，这从他所遗留下来的两篇佛教论文中可以看得很清楚。六朝时期关于佛像是神佛"触象而寄"的产物这种思想非常普遍，把佛教雕塑艺术看成是神的意志的显现。庐山高僧慧远在《万佛影铭序》中说："神道无方，触象而寄。"刘勰也是非常相信这种"触象而寄"的思想的。他的《梁建安王造剡山石城寺石像碑》一文中就非常突出地反映了这一点，所谓"造由人功，而瑞表神力"。"触象而寄"的思想涉及对艺术形象构成的认识，刘勰在《神思》篇中所说的"神用象通"的观点，正是由佛教塑像"触象而寄"思想发展而来的。由于受这种唯心主义思想的影响，所以，刘勰在论"文"与"道"的关系时，常常把"道心"和"神理"并提，所谓"原道心以敷章，研神理而设教"，又说"道心惟微，神理设教"等。"神理"这个概念在六朝以前用得不多，它主要是在佛教典籍中运用得比较多。"神理"这个概念在不同的场合和不同的时代，可以表达多种不同的含义。比如后来文学批评中所讲的"神理"，常常是指艺术描写能得事物内在之理。如王夫之评杜甫《石壕吏》说"片段中留神理，韵脚中见化工"，又评杜甫《千秋节有感》说"杜于排律，极为漫烂，使才使气，大损神理"（均见《唐诗评选》）。但在六朝佛教兴盛时期，所说"神理"就很难说和佛理没有关系，刘勰在他的《石像碑》与《灭惑论》二文中亦多所运用。这种情况充分说明，刘勰所说之"道"，与佛道也并非完全绝缘，没有丝毫联系，相反，刘勰之"道"从基本原理方面来看，与佛道也是可以相通，而并不矛盾。因此，我们认为刘勰所说之"道"，是以儒为主而兼通佛老的。

　　刘勰这种对于"道"的认识，之所以把儒、道、佛之道融合贯通起来理解的论述，是有其现实的原因的。从思想史的发展来说，刘勰所处的齐梁时期，一个很重要的特点是强调三教合一，从东汉末年起，儒教开始衰落。魏晋南北朝时期，总的说，是玄学（道家学说的变种）和佛学的鼎盛时期。

然而,儒学作为封建统治阶级的官方学说和统治思想,虽然这一时期比较萧条,但仍然是有势力的。它绝不可能被统治阶级完全抛弃。所以,到了刘宋时期,儒学又开始复兴,在刘勰所处的齐永明年间,儒学重新繁盛起来。"永明纂袭,克隆均校,王俭为辅,长于经礼,朝廷仰其风,胄子观其则,由是家寻孔教,人诵儒书,执卷欣欣,此焉弥盛。"(《南齐书·陆澄传论》)南齐的当政者竟陵文宣王萧子良就是主张儒、释、道并重的。他在鸡笼山西邸时,有很多文人游集其门。萧子良曾组织这些人抄《五经》、百家,依《皇览》为例,编《四部要略》,同时他又好佛,招请名僧(如刘勰所投靠之僧祐即是萧子良十分崇拜之名僧),讲论佛法。至于到了梁代,梁武帝萧衍更是专门提倡三教同源的。梁武帝除信佛之外,特别着力于提倡儒教,以图改变"乡里莫或开馆,公卿罕通经术"的状况,故"诏求硕学,治五礼,定六律,改斗历,正权衡"。其天监四年诏书云:"二汉登贤,莫非经术,服膺雅道,名立行成。魏晋浮荡,儒教沦歇,风节罔树,抑此之由。朕日昃罢朝,思闻俊异,收士得人,实惟酾奖。可置《五经》博士各一人,广开馆宇,招内后进。"(《梁书·儒林传》)当然,梁武帝的这些措施,都是在刘勰写作《文心雕龙》一书之后,但是,重视儒学和主张三教融合的思想,则显然要更早。在《文心雕龙》成书之前,这种思潮已经有了较为广泛的发展。自魏晋以来,佛教的发展一直借玄学以光大,用玄学哲理来说佛法,玄佛合一是时代的潮流。齐梁时期又很重视儒佛合一。刘勰在他的《灭惑论》一文中就专门论述了儒道和佛道从根本上说是一致的,提出了"孔释教殊而道契"的问题。与此同时,刘勰也讲到老庄之道,"理归静一,化本虚柔",从其根本原理上说,与佛教也是一致的。故而提出:"至道宗极,理归乎一。"刘勰在《灭惑论》中,把佛教的地位抬得很高,对释教的至高无上强调得很突出,但是,他仍认为从"道"的角度来说,三教的最终原则是一致的,是可以相通的。《灭惑论》中所体现的这种思想和梁武帝的三教同源说是一致的。然而,《文心雕龙》全书是以儒为主,兼通道佛;《灭惑论》则是以佛为主,并包儒道。两者相比,是很不相同的。对于这一点,我们应该从刘勰思想的发展及其写作时代背景的不同来加以考察。刘勰的《文心雕龙》作于南齐,他写作此书之目的之一,即是为了寻求仕进,儒家思想在他的世界观人生观中占有主要的地位,他之入定林寺依沙门僧祐,也正是为此目的①。而《灭惑论》写作则在入梁以后,这时刘勰在梁武帝一家的提拔下,已经做了官,对梁武帝一家自是感恩不尽的。梁武帝好佛,亲自组织围攻范缜的神灭论,因此,刘勰之写作《灭惑论》,显然在这种背景之下,也绝不仅仅只是为了宣传佛教思想,而是有它的政治目的的②。

  研究刘勰文原于道思想的历史渊源及其现实基础,可以帮助我们认清刘勰文艺思想中的许多复杂的矛盾,及其产生之根由。首先,刘勰的文艺思想既有其主导方面,又有其复杂的、兼容并包的方面。即以"道"来说,既是哲理性的道,又是具体的社会政治之道;既以儒家为主,又兼通释老。因此,对刘勰的文艺思想不宜执其一端作片面的理解,而应当作比较全面的分析,同时掌握其重点。学术界在关于刘勰的"道"的内容及其思想的历史渊源的讨论中,有的认为是老庄自然之道,有的认为是儒家之道,有的认为是佛道,这些都有一定道理,但也都有绝对化的偏向,对于刘勰文艺思想的复杂的历史渊源似乎还没有给以应有的重视。其次,刘勰文艺思想中既有唯物的因素,也有唯心的因素,它们是交错在一起的,这也是和刘勰文艺思想的历史渊源有密切联系的。当他在强调文是通过模拟客观物象来体现"道"的时候,就比较重视文艺反映客观现实生活的特点,有比较明显地倾向于唯物主义的表现;而当他在强调人文的产生最初是由神灵显示的时候,则又比较明显地反映出了唯心主义思想的影响。唯心或唯物,对一个古代的文艺家来说,不能作一种绝对化的理解。他可能在某些问题上是唯心主义的,而在另外一些问题上又有唯物主义倾向。硬要给一个古代文艺家作一个唯心或唯物的总的评价,以此来作为褒贬

---

① 参阅拙作《刘勰为什么要"依沙门僧祐"》,《北京大学学报》1981年第6期。
② 关于《灭惑论》的写作时间,学术界颇有不同看法。杨明照先生等认为著于刘勰入梁以前(参见《刘勰〈灭惑论〉撰年考》,《古代文学理论研究》第1辑)。李庆甲同志认为撰于入梁之后(参见《〈文心雕龙〉与佛学思想》,《文学评论丛刊》第13辑)。我们同意李庆甲同志之说。因为从《灭惑论》的内容看,显然是为梁武帝三教同源说张本的。但是,不能说刘勰前期就完全没有受佛学唯心主义思想影响,《文心雕龙》与佛学思想完全无关。刘勰的一生处在南朝两个佛学繁盛的高潮时期,即南齐永明时代和梁武帝时代。但同时这也是儒家复兴时期。刘勰本人儒佛两方面都是很精通的,只是由于不同历史时期,受具体条件影响,所表现的侧重方面不同而已。前期(写作《文心雕龙》时期)主要在寻求仕进,故以儒家思想为主;后期(入梁以后)仕途比较顺利,着重在适应梁武帝好佛的需要,故佛教思想表现得更为突出。我们必须联系具体的历史环境与刘勰的生平经历,才能对刘勰的思想发展特点,作出恰如其分的估计。

的标准,是不能真正解决问题的。如果我们能在具体地分析他的文艺思想时实事求是地指出哪些方面有唯心思想影响,哪些方面有唯物思想体现,它们的历史根源又是什么,那么,我们认为比简单地给他扣一顶大帽子是要更好一些的。最后,从上述对刘勰原道论的具体内容及其历史渊源的分析中,我们可以进一步认清刘勰为什么如此重视"征圣""宗经"的原因。从理论上说,这是他对于道、圣、文关系的论述所得出的必然结论。既然文是体现"道"的,而圣人之文又是阐述"道"的最集中最典型的表现,那么,自然要以圣人之文为创作楷模了;而圣人之文又集中表现为儒家之"六经",因此,具体写作就要以"六经"为模式。这种原道、征圣、宗经的思想,又是受荀子思想的直接启发而来的。荀子的这种思想在汉代又经过扬雄的发挥,所以,刘勰以此作为其论文之基本观点,就一点也不奇怪了。而且刘勰在这方面大都还是因循旧说,并无很多新的创造性见解。他的主要成就其实并不在前五篇论文总纲里,而是在后面具体总结文学创作经验的各篇之中。

以上是我们对刘勰原道论的内容及其历史渊源的一点粗略的浅见。要全面考察刘勰文艺思想的历史渊源,还必须研究他的神思论(关于创作构思)、体性论(关于文学风格)、通变论(关于继承创新)、物色论(关于文艺和客观事物关系)等等重要文艺思想和我国古代文艺思想历史发展的关系,这些我们将在另文中再加论述。

(原载《文心雕龙学刊》第 1 辑,齐鲁书社,1983 年)

《文心雕龙》的体性论

——刘勰文学思想的历史渊源研究之二

体性,是讲的文学作品的体裁风格与作家才性之间的关系问题。体,即是指文学作品的体貌,它在我国古代文学理论中有两层意思:一是指文学作品不同的体裁形式,如诗、赋、骈文等等;二是指文学作品的风格特点。体裁和风格都是具体地表现文学作品的外在形态的。每一篇文学作品都有自己特定的体裁和风格,因此也就有一定的"体"。性,是讲的作家的才能与个性特点。不同的作家才能有高低优劣,而个性特征也是各不相同的。文学创作的过程,诚如刘勰《文心雕龙·体性》篇所说:"夫情动而言形,理发而文见,盖沿隐以至显,因内而符外者也。"所以,文学作品的"体"与作家的"性"之间,就有必然的内在联系。刘勰在《文心雕龙》中对这个问题曾比较集中地进行了深入探讨,他在《体性》《定势》《才略》等篇中提出了对这个重要问题的一系列基本理论观点。

关于文学的风格问题,我国古代首先是强调它和时代的关系,特别是社会政治状况对文学风格的影响。比如《左传·襄公二十九年》记载季札观乐,就是从社会政治状况与文艺风格的关系上来进行评论的。当时诗、乐还没有分家,季札观乐实际上也是观诗。而涉及作家个性和作品风格关系的,最早大概是战国时孟子。他在《万章下》篇中所说:"颂其诗,读其书,不知其人,可乎?"实际上就是说了解作家,是不可能真正懂得他的作品的。但是,孟子说的"知人",显然偏重在作家的政治思想态度方面,并没有强调他的个性特征;而他说的对作品的了解,也是侧重在它的思想内容方面,并没有强调它的风格特点。然而,孟子强调了要把了解作家和了解作品相联系,这对后来论文学的"体性"是有深刻影响的。汉代的司马迁在《太史公自序》中剖析"发愤著书"的种种表现时,虽然也涉及了作家与作品的关系,主要也是在政治思想态度方面。但是,在《屈原传》

中评述屈原的人品与其作品关系时,比较明显地接触到了作家个性与作品风格的关系问题。他说:

> 其文约,其辞微,其志洁,其行廉,其称文小而其指极大,举类迩而见义远。其志洁,故其称物芳。其行廉,故死而不容自疏。濯淖污泥之中,蝉蜕于浊秽,以浮游尘埃之外,不获世之滋垢,皭然泥而不滓者也。

司马迁强调指出了屈原作品的风格是与他的人品完全一致的,他的作品就是他人品的真实表现。其后,王逸在对《楚辞》的评论中,又进一步发挥了这个思想。他在《离骚经序》中说:

> 《离骚》之文,依《诗》取兴,引类譬谕。故善鸟香草,以配忠贞;恶禽臭物,以比谗佞;灵修美人,以媲于君;宓妃佚女,以譬贤臣;虬龙鸾凤,以托君子;飘风云霓,以为小人。其词温而雅,其义皎而朗,凡百君子,莫不慕其清高,嘉其文采,哀其不遇,而愍其志焉。

王逸具体分析了屈原《离骚》的思想内容与表现特点,指出《离骚》文义"皎朗"、文词"温雅"的风格特色,是和屈原为人的"清高"气节、悲凉遭遇紧密地联系在一起的。然而,在汉代由于儒学"定于一尊"的地位影响,王逸的论述不能不受到儒家政教讽谏说的束缚,而不可能更全面、更广泛地去说明作家个性和作品风格的关系。

到了魏晋之际,由于儒教的衰落,关于作家个性与作品风格的关系,也就突破了儒家的框框,有了更加深入的分析和论述。当时是人的个性得到比较充分的重视的时代。因此,曹丕的《典论·论文》和陆机的《文赋》都十分突出地说明了作家个性爱好和文学风格之间的内在联系。曹丕在《典论·论文》中说:

> 王粲长于辞赋,徐幹时有齐气,然粲之匹也。如粲之《初征》《登楼》《槐赋》《征思》,幹之《玄猿》《漏卮》《团扇》《橘赋》,虽张、蔡不过也。然于他文,未能称是。琳、瑀之章表书记,今之隽也。应玚和而

不壮,刘桢壮而不密。孔融体气高妙,有过人者,然不能持论,理不胜辞,以至乎杂以嘲戏。及其所善,扬、班俦也。

曹丕在对"建安七子"的才能及创作特点、风格的分析中,就极其鲜明地指出了文学风格与作家才性之间的必然联系,说明作家的才能、个性不同,使得他们在文学创作上各有所长,风格也各异。陆机在《文赋》中说,文学作品风格的多样化,重要原因之一,即是"夸目者尚奢,惬心者贵当,言穷者无隘,论达者唯旷"。这些思想直接启发了刘勰关于文学作品的风格问题的论述。然而,我们仅仅只看到刘勰体性论和前代有关论述的这种明显的历史继承关系,还是远远不够的。刘勰关于文学创作的体性关系的论述,比他以前的文学理论批评家有重大发展,而这种发展又是接受历史上的许多重要的思想理论遗产的结果。这些,我们可以从下列问题上清楚地看出来。

首先,刘勰在认真考察文学作品风格和作家才性关系时,提出了作家的才性的形成有四个方面的因素,这就是:才、气、学、习。这四个因素又可以归纳为先天的和后天的两大类。"才"和"气"主要是先天的,因各人禀赋不同而异;而"学"和"习"则是后天的,是和作家自己的努力和他所生活的社会环境的影响不可分割地联系着的①。作家的"才"和"性"虽有先天条件好坏的差别,但是,它最后的形成还要看后天"学"和"习"的状况。也就是说,后天"学""习"可以在一定程度上改变和影响其先天的条件。先天禀赋聪慧的,可能由于"学"和"习"的不适合,而不能充分发挥其作用;先天禀赋不好的,可能由于"学"和"习"的补充,而得到改变,并在创作中作出好的成绩来。先天的因素,人们是无法去改变的,但后天的因素,却可以通过自己的努力或客观条件的影响,而使之产生重要的积极作用。刘勰在《文心雕龙·体性》篇中说:

夫才有天资,学慎始习,斫梓染丝,功在初化,器成彩定,难可翻移。

---

① 刘勰说的"习",是指作家所受的风俗习惯影响,它当是后天的家庭和社会环境所起的作用。

这一段话非常重要。刘勰一方面指出"才力居中,肇自血气",另一方面又强调"功以学成",认为各人的天资禀赋虽无法以人力去改变,但这并不是形成人的才性的唯一因素,而人的才性之最终定型,还要依靠"学"和"习"的作用。比如木材和生丝,虽然质地有高下之别,但是能工巧妇仍可以把质量较差的木材做成漂亮而实用的器具,把质量较差的生丝织成美丽而精致的绸缎。反之,木材和生丝的质量虽然很好,如果放到笨工拙妇手里,就可能做出劣等的器具和绸缎,甚至成为废物。由此可知,刘勰实际上是把后天的"学"和"习"放在比先天因素更重要的地位上的。他在《体性》篇的赞中说:"习亦凝真,功沿渐靡。"正是强调指出了后天的"学"和"习"可以补先天的才和气之不足。所以对一个作家来说,他的才性虽有"情性所铄"的一面,亦是"陶染所凝"的结果。刘勰对作家才性分析之重视后天作用的思想,是和他重视社会生活实践对作家及作品的影响一致的,是与他对文学本质的分析和对文学的历史发展分析中所表现出来的朴素唯物主义思想有联系的,在这一点上,刘勰比曹丕大大前进了一步。曹丕只强调了"气之清浊有体,不可力强而致",即天资禀赋对作家才性的作用,而没有看到后天学习的重要作用。

  刘勰在对作家才性问题分析上的重要发展,并不是偶然的,也是有其思想渊源的。这是他接受了历史上先进唯物主义思想影响,而运用于认识文学体性问题的结果。具体地说,这是他吸取了先秦著名的唯物主义思想家荀子关于人性问题论述的结果。荀子认为人性本恶,这种观点当然是错误的,是一种抽象的人性论。但是,荀子认为人的这种先天的性恶本质,是可以通过后天以"礼义"为内容的学习来加以改变的。荀子指出人性的形成过程中有两个方面的因素,一是"性",即先天本性,一是"伪",即后天人为的加工。他在《礼论》中说:

    性者,本始材朴也;伪者,文理隆盛也。无性则伪之无所加;无伪则性不能自美。

人性基本素质是先天禀赋的,没有这一基础,则后天的学习就没有对象了。但是,先天之性必须经过后天人为的加工,方能达到"美"的程度,才

是最完善的。为此,荀子很重视区别"性"和"伪"的不同特点,又很强调两者相辅相成的关系。他在《性恶》篇中说:

> 凡性者,天之就也,不可学,不可事。礼义者,圣人之所生也。人之所学而能,所事而成者也。不可学、不可事而在人者,谓之性,可学而能、可事而成之在人者,谓之伪:是性伪之分也。

所以,人性之能由恶变善,其关键在学习礼义。故而,《荀子》一书开宗明义第一篇即是《劝学》。荀子认为一个人性格之最终完成,是要依靠学习的;如果不学习礼义,那就只能任天性中之恶的因素去自由发展,那就不能成为君子。学习,对人来说显然具有决定性的作用。这正是荀子在人性问题上的朴素唯物主义思想的表现,而刘勰在分析作家的个性之形成上,正是对荀子这种重视后天学习思想的具体运用和发挥。

刘勰在论述作家才性与作品风格关系的过程中,对作家才性特点的归纳,大都是包括才、气、学、习四个方面的,对先天和后天因素都很重视,是具体地体现了他的理论思想的。例如他在《体性》篇中说:"贾生俊发,故文洁而体清。"黄侃《文心雕龙札记》释云:"《史记·屈贾列传》:'廷尉乃言贾生年少,颇通诸子百家之书。文帝召以为博士。是时贾生年二十余,最为少,每诏令议下,诸老先生不能言,贾生尽为之对。'此俊发之征。"可见,贾谊之"俊发"的形成,一方面是由于他有聪慧的天资禀赋,另一方面又是勤奋学习之结果。《体性》篇又说:"长卿傲诞,故理侈而辞溢。"黄侃释云:"《文选》谢惠连《秋怀诗》注引嵇康《高士传赞》曰:'长卿慢世,越礼自放;犊鼻居市,不耻其状;托疾避患,蔑此卿相;乃赋《大人》,超然莫尚。'此傲诞之征。"据此,则司马相如"傲诞"之特点,也是由他的先天气质与后天习惯两方面所凝聚而成的。当然,每个作家的个性特点往往不是才、气、学、习的平均数,而是常常更突出地体现其中的某一方面。例如阮籍天赋才华出众,《魏书·王粲传》云:"籍才藻艳逸,而倜傥放荡,行己寡欲,以庄周为模则。"所以刘勰说:"嗣宗俶傥,故响逸而调远。"刘桢以俊逸之气质为其特征,谢灵运《拟邺中集诗序》云:"桢卓荦偏人。"故刘勰说:"公幹气褊,故言壮而情骇。"陆机出身儒家门第,自小学习儒业。《晋书·陆机传》说:"机服膺儒术,非礼不动。"因此刘勰说:"士衡矜重,故情繁而辞隐。"潘岳受世俗追逐名利风气影响深,品格庸俗。《晋书·潘岳传》云:"岳性轻躁,趋世利,与石崇等谄事贾谧,每候其出,与崇辄望尘而拜。构愍怀之文,岳之辞也。"所以刘勰说:"安仁轻敏,故锋发而韵流。"从刘勰对作家才性特征的这些具体分析中,我们可以更深刻地看到他的理论和实际相结合的论述方法。

其次,刘勰在《文心雕龙·体性》篇中,把文学风格分为八种基本类型:典雅、远奥、精约、显附、繁缛、壮丽、新奇、轻靡。这一论述显然也是具有重要的开创意义的。刘勰以前,无论是曹丕还是陆机,主要都只讲到不同体裁的文学作品在风格上的差异。陆机在《文赋》中虽然涉及了文学风格的多样化,提出了"体有万殊,物无一量,纷纭挥霍,形难为状"的问题,说明外界客观事物是多种多样的。但是,他并没有更进一步深入分析研究这多样化的文学风格的具体状况,而刘勰正是在陆机文学风格论的基础上,又大大前进了一步,对文学风格多样化的具体状况作了更深入的研究。刘勰所总结的八种基本文学风格,并不是简单地任意举例,而是在阅读和研究了大量作品的基础上总结出来的,是经得起推敲的。刘勰一方面指出,文学风格的多样化从作家的主观因素来看,由于才、气、学、习状况的不同,而表现为千差万别的形态,"各师成心,其异如面",故"笔区云谲,文苑波诡",它说明文学作品的风格没有一篇是完全相同的。另一方面,他又指出对文学风格的这种千姿百态的状况,又不是毫无规律可循的,如果深入研究一下,可以发现,它有着几种最基本的类型,诚如他所说的:"若总其归途,数穷八体。"刘勰提出八种基本的风格类型与他所主张的风格的多样化是并不矛盾的。因为这种归纳,并不意味着对具体的作家作品风格,就可以简单地按入某一类,而只是指出几种构成风格的基本因素。好像无数不同的绘画色彩中有几种最基本的色彩一样,把这几种基本色彩调配起来就会有无穷无尽的多种不同色彩。文学风格也是如此,这八种风格的交互渗透,可以形成无数种不同的风格,即所谓"八体屡迁,功以学成"。这样的归纳和总结,可以使文学风格的研究更加科学,以便考察一个作家的风格是由哪些基本因素构成的。他和别的作家风格有哪些相同,哪些不同,并进而考察形成这种风格的才、气、学、习方面的原因。刘勰对这八种基本风格的特征,都作了比较准确的理论概括,从中我们可以看出它们和才、气、学、习的关系。一般说,这八种基本风格的每一种与才、气、学、习都是有关系的,然而,往往又有更突出的一方面。比如"壮丽"之"高论宏裁,卓烁异采",与作家之才能有密切关系;"远奥"之"馥采典文,经理玄宗",与作家之气质有相通之处;"典雅"之"熔式经诰,方轨儒门",显然是作家勤学之结果;"轻靡"之"浮文弱植,缥缈附俗",则与作家之受时俗影响分不开。

更为值得我们注意的是,在对每一个具体作家作品风格的分析上,刘勰并没有把它简单地归入八体中的某一类。《体性》篇中所举十二个代表作家的风格,都是兼有几种基本风格的特色,而不能单纯归入某一类。比如贾谊,既有精约的特色,又有显附的特色,而且也不是这两者的机械凑合,甚至也不能说就只有这两种因素。又如司马相如,既有繁缛的特色,又有壮丽的特色。阮籍的风格是接近远奥的,但又和作为基本风格的远奥不尽相同;潘岳是偏向新奇的,然而也和作为基本风格的新奇有所区别。刘勰说:"八体虽殊,会通合数,得其环中,则辐辏相成。"正是由于这八种基本风格的交互结合、错综变化,才产生了无穷无尽的种种不同风格特色。刘勰还指出这八种基本风格中又是两两相对的,可以分为四组:"雅与奇反,奥与显殊,繁与约舛,壮与轻乖。"把文学风格的基本类型分为八种四对,这究竟是否很全面、很科学,是不是反映了文学风格的内在必然规律,这是可以研究的。从文学创作的实际状况及其历史发展来看,这种分法有合理的方面,也有不确切的方面。"八体"是从创作实践中归纳出来的,它们是客观地存在于创作实践中的,它们也确有两两相对的特点,从这个角度上说,它有科学的、合理的方面。但是,基本风格是不是就只有这八类?是不是也可以概括为十类、十二类或更多?是不是文学的基本风格都一定是两两相对的呢?显然,这就不一定了。比如后来皎然讲诗有十九类风格,司空图在《诗品》中分为二十四类,他们都比刘勰的分类要多,而且并不是两两相对的。这就说明刘勰这种论述有它的不科学、不全面的地方。那么,刘勰为什么会对文学风格的基本类型恰好归纳为八类,而又成为两两相对的四组呢?这就要从他所受的历史上思想资料的影响来加以说明。

我们认为刘勰之所以把风格分为八体与两两相对的四组,这是与他受《易经》思想的影响有直接关系的。风格组成上的八体与四对,即来自《易经》的八卦。《易经》的作者认为世界万物尽管有千千万万,但最基本的有八种,即天、地、山、泽、水、火、风、雷。而其他一切事物,均是由这八种事物交错作用配合而成的。《易经》的八卦是象征这八种基本事物的形象符号。八卦的相互组合,又可以形成六十四卦、三百八十四爻。而每一卦,每一爻都是象征着一类事物的。宇宙间有无穷无尽的事物,而八卦之变化及其所象征的事物也是无穷无尽的。同时八卦所反映的八种基本事物又是两两相对的,八卦所呈现的八种形象符号也是两两相对的。例如:

天☰——地☷　　水☵——火☲
风☴——雷☳　　山☶——泽☱

《易经》强调指出宇宙万物的形成是由几种基本物质因素构成的。而这些基本物质因素又都是矛盾对立的。刘勰认为文学风格也是如此,也具有一种内在的规律性。刘勰之所以运用《易经》中这种思想来论述文学风格,是与他在文学和现实关系上的朴素唯物主义观点有密切联系的。他看到了文学作品是反映客观现实的,它要模拟客观物象,正是客观事物的千姿百态和作家才性之差异,决定了文学风格绚丽多彩的多样化特点。刘勰在《文心雕龙·物色》篇中说道:

> 是以诗人感物,联类不穷;流连万象之际,沉吟视听之区;写气图貌,既随物以宛转,属采附声,亦与心而徘徊。故"灼灼"状桃花之鲜,"依依"尽杨柳之貌,"杲杲"为出日之容,"瀌瀌"拟雨雪之状,"喈喈"逐黄鸟之声,"喓喓"学草虫之韵。"皎日""嘒星",一言穷理;"参差""沃若",两字穷形:并以少总多,情貌无遗矣。

刘勰对陆机《文赋》中提出的"其为物也多姿,其为体也屡迁"的思想作了具体的发挥。基于对"体"与"物"之间关系的认识,因此,运用《易经》中解释"物"的多种多样状况中的内在规律的原理来解释文学风格

("体")的内在规律,就毫不奇怪了。刘勰所说的"八体屡迁""会通合数"的观点,正是从《易传·系辞》中的"参伍以变,错综其数""见天下之动,而观其会通"的思想发展而来的。对这个问题,我们还可以举出一个重要的旁证。刘勰《文心雕龙》的写作受《周易》的影响是很深的,他的《文心雕龙》共五十篇,而除去《序志》一篇序言,实际是四十九篇,这就是仿照《易传·系辞》中"大衍之数五十,其用四十有九"之意而来的。故《序志》篇中在分析了全书结构用意之后,说道:"位理定名彰乎《大易》之数,其为文用,四十九篇而已。"刘勰的文学思想受《周易》,特别是《系辞》的影响,是十分深刻的。这是我们应当十分重视的。

再次,刘勰关于文学风格理论的另一个重要贡献是他对文学风格形成过程中的主观性与客观性关系的探讨。如果说,刘勰在《体性》篇中着重分析了文学风格的主观因素的话,那么,他的《定势》篇则是比较集中地探讨了文学风格的客观因素,研究了不同的文体由于其内容和形式的特点而决定了它有不同的风格特色问题。这个问题,曹丕、陆机都曾经作过较多的分析。但是,刘勰在他们论述的基础上有了很大的发展。这不仅仅表现在刘勰对文体的类型分得更细,概括每一种文体特点更具体、更确切这一方面。当然这一方面也是很重要的,可是更有价值的还在于刘勰能把它提到规律性的高度来认识,提出了"势"的问题。每一种文学体裁都有自己特定的内容和与此相适应的表现形式,这就决定了不同体裁必然会有自己特殊的风格特色。刘勰总结了文学创作的过程,提出了"物→情→体→势"这样一个重要原则:"情"是由外界事物的感发而产生的,"情以物兴""情以物迁";而"体"则是循"情"而立的,"因情立体";而"势"则又是随"体"而成的,"即体成势"。每种文学体裁在历史发展过程中,都会形成自己特有的"势",代代相沿而成习,他在《定势》篇中说:

> 是以括囊杂体,功在铨别,宫商朱紫,随势各配。章表奏议,则准的乎典雅;赋颂歌诗,则羽仪乎清丽;符檄书移,则楷式于明断;史论序注,则师范于核要;箴铭碑诔,则体制于弘深;连珠七辞,则从事于巧艳,此循体而成势,随变而立功者也。

由于文学作品有自己特定的"体势",因此就有一个如何与作家的个性特征相统一的问题。也就是说,文学风格中的主观因素与客观因素应当统一成为一个完整的整体,而不应当使两者发生矛盾冲突,否则就不能创作出好的作品来。刘勰认为一个作家在创作过程中,很难做到每一类文体都写得很好,一般说只擅长于某一类或特点相近的几类文体。为此,作家就要善于选择与自己的思想性格、习惯爱好比较接近的文体形式来写作,这样才能充分发挥自己的长处,这就叫作"因性以练才"。能使这两方面达到和谐一致,就可以使文学创作起到事半功倍的效果。曹丕在《典论·论文》中曾经通过分析建安七子的创作,提出过"文非一体,鲜能备善"的问题,要求作家要"善于自见",既懂得己之所长,又懂得己之所短,而不要"各以所长,相轻所短"。刘勰则在此基础上,着重从正面强调了作家应当按照自己所擅长的方面去努力发展自己的才能。这个问题对于我们今天的作家来说,也是有参考价值的。一个作家自然应当全面地锻炼写作多种体裁文学作品的能力,但是也应当根据自己的才能、兴趣、爱好、生活经验等,来确定自己创作的重点方面,或是诗歌,或是小说,或是戏剧,或是散文;能成为通才,当然很好,但这毕竟还只能是少数。

  刘勰这个"因性以练才",使文学风格主观因素与客观因素相统一的重要思想,显然是与他所受魏晋玄学思想的影响分不开的。作为魏晋玄学先驱的刘劭在其《人物志》一书中分析人品高下及才能优劣的过程中,就非常强调要按照人的才能特点而授以官职,做到才用一致。汤用彤先生《魏晋玄学论稿·读〈人物志〉》中分析书中基本思想有八条,其二即是要"分别才性而详其所宜"。"凡人禀气生,性分各殊。自非圣人,材能有偏。""盖适性任官,治道之本。欲求其适宜,乃不能不辩小大与同异。"所谓小大与同异,即是指才与用是否能协调一致的问题。刘劭在《人物志》中说:"能出于材,材不同量。材能既殊,任政亦异。"认为统治者必须考察人的才能所长,而任以适宜的官职,以发挥其所长。这种思想反映到文学理论上,最早就是曹丕《典论·论文》中所说,奏议、书论、铭诔、诗赋"四科不同,故能之者偏也,唯通才能备其体"。刘勰则更进一步明确提出了要"因性以练才"的问题,按自己才能的特点去创作自己所适宜的文体。刘勰在《文心雕龙》中对玄言诗是给予了尖锐批评的,但不能因此就否定他所受的玄学思想影响。他反对玄言诗,是因为玄言诗淡而无味,不是以具体形象来描写,而是以抽象玄理来创作,违背了艺术本身的特征。这和对玄学思想的态度不能混为一谈。其实,刘勰受玄学思想特别是玄学的文艺和美学思想影响是很深的。此点我们当在另文中再详论。

刘勰关于文学风格形成过程中的主观性与客观性的关系的论述,还有一个重要方面是他对文学风格的时代特征与作家个性特征之间关系的论述。刘勰在《时序》篇和论文体各篇中对某种文体的历史发展的论述中,都贯穿了一个重要的思想,即"文变染乎世情,兴废系乎时序"。文学作品总是要表现出它所产生的时代特点的。因此,文学风格也就必然会有特定的时代色彩。然而,文学风格的时代色彩又总是要通过具体的作家而反映出来的。它是和作家的个性、文学的体裁特点相结合而出现的,所以在不同的作品中又并不完全一样。比如刘勰在《文心雕龙·时序》篇中论述战国的文学创作之时代特征道:

> 春秋以后,角战英雄,《六经》泥蟠,百家飙骇。方是时也,韩魏力政,燕赵任权,五蠹六虱,严于秦令。唯齐楚两国,颇有文学:齐开庄衢之第,楚广兰台之宫,孟轲宾馆,荀卿宰邑;故稷下扇其清风,兰陵郁其茂俗。邹子以谈天飞誉,驺奭以雕龙驰响,屈平联藻于日月,宋玉交彩于风云。观其艳说,则笼罩《雅》《颂》。故知昁烨之奇意,出乎纵横之诡俗也。

刘勰分析了战国的政治形势和政治斗争的特点,指出当时风靡一时的纵横家的游说,对文学创作发生了重大的影响,不论是散文还是诗赋,都具有能言善辩、辞采华艳的特色。但是,它在孟子、荀子的散文,邹子、驺奭的说辞,屈原、宋玉的辞赋中的具体表现又不完全相同。因为这些作家的个人风格和他们所擅长的文体形式的风格又是不相同的。时代的风格特色只是渗透于其中,而不会使他们的作品风格变得完全一样。

由此可见,文学作品中风格的主观性(即作家的"才气学习")和风格的客观性(文体形式和时代特征的影响)是应当和谐协调地统一成为一个整体的。文学作品的风格乃是这众多因素的综合之结果。一个作家要创造自己的文学风格,不仅要按照正确的方向和途径去丰富"学"和"习"的内容,而且还要善于"因性练才",发挥自己的特长,并且注意到如何去把形成风格的主观因素和客观因素有机地结合起来。这样,才能通过实践而逐渐形成有独创性的艺术风格。

最后,我们应当指出的是,刘勰所说的风格主要是讲的广义的文章的风格,而不是指纯文学的艺术风格。这是和《文心雕龙》所论述的"文"的概念范围有关系的。刘勰所说的"文"的含义是十分广泛的,它包括了一切用语言文字书写的著作。当然,它是包括了诗赋等纯文学在内的,但也包括了学术著作和许多非艺术的应用文章。因此,他所说的风格,主要的是文章的语言风格,一般说,不包含艺术作品所特有的某些风格特征。他探讨的是风格的一般理论,还不是纯文学作品所具有的艺术形象创造上的风格特征。纯文学作品也有语言风格问题,这和一般文章是共同的。后来,皎然、司空图、严羽等所论述的风格问题,和刘勰的角度就不完全相同了。皎然、司空图、严羽等讲的是诗歌的风格,更主要的是诗歌意境的风格美,所以,就有很不同的特色。比如刘勰的"八体"中有"典雅"一体,司空图《二十四诗品》中亦有"典雅"一品,然而,这两种"典雅"的内容显然是极不相同的。刘勰指的是接近于儒家经典的语言风格,所谓"熔式经诰,方轨儒门者也"。而司空图的"典雅"则是指的一种幽雅冲淡的诗歌意境:"白云初晴,幽鸟相逐。眠琴绿阴,上有飞瀑。落花无言,人淡如菊。"我们不能把刘勰的风格论和司空图等的风格论等同起来看待,这是必须注意加以区别的。

(原载《文心雕龙学刊》第 2 辑,齐鲁书社,1984 年)

"擘肌分理,唯务折衷"

——刘勰论《文心雕龙》的研究方法

目前,文艺界正在热烈地开展关于新方法论的探讨,毫无疑问,这对于我们的文学研究和文学理论批评的深入发展,是具有重大意义的。历史经验证明,学术研究的繁荣总是和方法的更新有着不可分割的密切关系。

革新研究方法,我认为要从多方面汲取养料。引进西方自然科学研究中已经卓有成效的新方法,如系统论、控制论、信息论等,把它们运用到社会科学、文艺科学中来,这当然是非常必要的。但是,革新研究方法的路子应当是很宽广的,认真总结我国古代学术研究中有关方法论的历史遗产,吸取其精华加以改造和发展,并努力把它和西方科学的方法论相结合,也是一个十分重要的方面,而且可以使我们的新方法更有传统的民族特色,更易为广大研究工作者所接受。本文试图从这个角度提供一点例证,以促进关于方法论探讨的深入。

《文心雕龙》是一部体大思精的巨著,这是前人早已指出了的。其理论之系统、分析之深刻、逻辑之严密,在中国古代文学理论批评论著中,确实可以说是无与伦比。刘勰《文心雕龙》之所以能取得这样大的成就,除了他本人学识渊博和才华超群之外,还有一个很重要的原因,是他运用了在当时不同一般的科学的研究方法。刘勰在《序志》篇中对他在《文心雕龙》中的研究方法有一个准确而概括的说明:

> 夫铨序一文为易,弥纶群言为难。虽复轻采毛发,深极骨髓,或有曲意密源,似近而远,辞所不载,亦不胜数矣。及其品列成文,有同乎旧谈者,非雷同也,势自不可异也。有异乎前论者,非苟异也,理自不可同也。同之与异,不屑古今;擘肌分理,唯务折衷。按辔文雅之

场,环络藻绘之府,亦几乎备矣。

根据刘勰的上述论说,他的研究方法特点即是"唯务折衷"。那么,究竟什么是"折衷"呢?从字面上来看,我们很容易联想起儒家的"折中"论,认为它是对儒家研究方法的继承。刘勰论文强调征圣、宗经,这样推论当然也是很自然的。其实,刘勰的"折衷"论与儒家的"折中"论是有很大差别的,其丰富内容远非儒家传统的"折中"论所能包括。关于儒家"折中"论的含义,司马迁在《史记·孔子世家》末尾曾经说过这么一段话:"孔子布衣,传十余世,学者宗之。自天子王侯,中国言《六艺》者折中于夫子,可谓至圣矣。""折中"一词的字面意思,司马贞《史记索隐》注释道:"《离骚》云:'明五帝以折中。'王师叔云:'折中,正也。'宋均云:'折,断也。中,当也。'按:言欲折断其物而用之,与度相中当,故以言其折中也。"据此,"折中"本意是"使之恰当"的意思。问题在于"中"的标准,怎样才算"中",亦即是"当"?儒家的"折中"是要以孔子的言行为标准,折中于圣道。《汉书·贡禹传》云:"四海之内,天下之君,微孔子之言,亡所折中。"颜师古注云:"折,断也。非孔子之言,则无以为中也。"王充《论衡·自纪》末亦云:"上自黄唐,下臻秦汉而来,折衷以圣道,析理于通材,如衡之平,如鉴之开。"可见,儒家传统讲的"折中",并非泛指,而是指要以是否符合于儒家的圣人之道,来作为衡量一切言论是非之标准。

然而,刘勰的"折衷"论就上述《序志》篇中的论述来看,却并不是要以儒道为标准之意。他非常鲜明地指出,他论文的观点无论与前人同还是不同,都是以是否符合客观的"势"和"理"作为依据的。他非常清楚地告诉我们,他在《文心雕龙》中的论断,凡与前人所论相同者,是因为"势自不可异也";凡与前人不同者,"理自不可同也"。"势"是什么?他在《定势》篇中说:"势者,乘利而为制也。如机发矢直,涧曲湍回,自然之趣也。"也即是说,"势"乃是事物本身所具有的一种内在的客观规律,它是不以人的主观意志为转移的。所以,"圆者规体,其势也自转;方者矩形,其势也自安"。刘勰论文之所以"势自不可异",乃是因为这种论断是符合客观实际的。刘勰所说的"理自不可同也"的"理",是指事物内在的客观自然之理。其《原道》篇云天文、地文均为"道之文",而"人文"呢?

"心生而言立,言立而文明,自然之道也。"上述"理"字的含义即指"自然之道",亦即自然的道理。刘勰所说的"神理",除了有神秘唯心色彩以外,也有"自然之理"的含义。总起来说,他的"折衷"论是主张折衷于客观的"势"与"理",而非折衷于圣道也。以客观真理为标准,而不是以圣人言行为标准。再进一步说,圣人言行之所以正确,那也是因为它首先是符合于自然之道的,是符合于客观真理的缘故。刘勰论文之所以讲征圣、宗经,正是由于圣和经是对自然之道的一种正确的阐述,具有典范作用①。"自然之道"是高于"圣人之道"的。刘勰的"折衷"论的含义是和他的基本思想分不开的。他对"道"的解释,首先强调它是自然的本质与规律之体现,而圣人之"道"乃是将这种"自然之道"运用于社会政治方面的具体表现。因此,我们不能把他的"折衷"论和儒家传统的"折中"论相提并论。事实上,刘勰在许多重要的论文观点上,都没有简单地盲从儒家传统观点,而是表现了自己尊重事实的独立见解的。比如他在《辨骚》一篇中对《楚辞》中许多"异乎经典"的神话传说等浪漫主义内容,就没有按孔子的"子不语怪、力、乱、神"之说而简单地加以否定,也没有像王逸那样硬把它和儒经相牵合,而是对这种"奇"从浪漫主义角度给予了充分肯定和很高的评价。他对纬书的评价,是从是否真实出发,既揭露其虚伪荒诞的神学迷信方面,又肯定其"事丰奇伟,辞富膏腴"的积极方面,与儒家今文经学与古文经学的观点都不完全相同。对先秦诸子的思想与文学,他都有比较公允的、中肯的评价,而不是站在儒家偏见立场上来加以贬斥的。尤其是他的文学创作和文学批评理论,更多是吸收了道家和玄学的文艺与美学观点,绝非单纯以儒家圣道作为论断之依据。因此,不加分析地把刘勰的"折衷"论看作对儒家"折中"论的继承和发展,恐怕是不合适的,那样必然会降低了对刘勰"折衷"论的意义的认识。

刘勰的"折衷"论的研究方法,是建立在对事物的认识必须客观、全面、深入而切忌主观、片面、浮浅的思想基础上的。从这个基本原则出发,他的"折衷"论表现出了以下三个明显特点:

第一,强调识"大体","观衢路",注重对事物的整体的宏观研究,从

---

① 参见收入本书的《〈文心雕龙〉的原道论》一文。

历史发展中寻根讨源,从对立统一中观察本质,对事物作辩证的而不是形而上学的研究。

刘勰指出历史上各家文学批评在方法论上,主要缺点就是:"各照隅隙,鲜观衢路","并未能振叶以寻根,观澜而索源"(《序志》)。他们往往只看到事物的一个局部、一个侧面,而不能统观全局,缺乏整体观念,又不作历史的比较的研究。这样就不能把握事物的本质,也无法对它作出公正的、科学的评价。他在《总术》篇中所说的"务先大体,鉴必穷源",应该不只是就驾驭"文术"来说的,同时也反映了他的"折衷"论的方法论特点。《文心雕龙》全书从研究"文"的本质开始,追溯各类文体的历史发展、源流演变,然后逐一分析创作、批评、作家等方面的理论问题,正是"务先大体,鉴必穷源"的具体体现。由于善识"大体"、宏观"衢路",因此刘勰对文学理论批评上许多有争议的重大问题,都没有简单地肯定或否定,没有形而上学地偏落一边,而是采取了从具体分析出发,吸取和综合对立双方意见中的合理因素,提出了自己有充足理由、又比较全面稳妥的持平之论。例如,从当时两种尖锐对立的美学观的争论来看,刘勰的态度是比较倾向于以自然清新为中心的"芙蓉出水"之美的,但又不否定以人工藻饰为中心的"错采镂金"之美。他主张由人工而达到自然,在《隐秀》篇中提出要以"自然会妙"为主,又辅以"润色取美",认为这才是最高的美的境界。在文学创作上的"言志"与"缘情"的论争中,他从自己对文学本质的认识出发,是主张情志统一的。刘勰认为文学创作中的思想和感情是不能分开的,也是不能偏废的,应当是情中有志,志中有情。他指出,如果把文学作品比喻作一个人的话,那么,"情志为神明,事义为骨髓,辞采为肌肤,宫商为声气"(《附会》)。《文心雕龙》全书都非常重视感情在文学创作中的作用,而且对此有非常清醒的理论分析。其《体性》篇云:"吐纳英华,莫非情性。"《诠赋》篇中说文学创作乃是"睹物兴情"之结果。然而,在《情采》篇中又清楚地指出,情与志是不可分割的,既是"为情造文",又是"述志为本"的。《明诗》篇中说:"大舜云:'诗言志,歌永言。'圣谟所析,义已明矣。""诗者,持也,持人情性;三百之蔽,义归无邪,持之为训,有符焉尔。"如果说,"言志"派偏重于强调文学表现思想,"缘情"派偏重于强调文学表现感情,那么,刘勰不偏向任何一派,而是持折中立场的。普列汉诺夫说:"艺术既表现人们的感情,也表现人们的思想。"①刘勰的认识是接近于普列汉诺夫的观点的。刘勰认为文学创作中情与理是交叉统一的,在《文心雕龙》中,他处处把情和理结合在一起来论述。例如,论文学的创作过程是:"情动而言形,理发而文见。"论文学的内容与形式是:"情者,文之经;辞者,理之纬。"论文学作品的剪裁是:"蹊要所司,职在熔裁;櫽括情理,矫揉文采也。"对于当时文学创作中十分流行而又有很大争论的艺术技巧问题,例如声律和用典,刘勰也不走极端,而是站得高、看得深,着重于理论上的深入探讨,而采取比较公允的见解。在声律问题上,刘勰既不像沈约等人那样,讲究烦琐的四声八病,也不像钟嵘那样因强调自然音韵美而对声律理论全盘否定,他着眼于声律的美学原理之阐述,提出了追求"和""韵"之美最关键。在用典问题上,刘勰既不像颜延之、谢庄那样一味追求用典之多,致使"文章殆同书钞",也不同意钟嵘对用典完全否定(指诗歌创作)的主张,而是提倡学识贵"博",用典贵"约",选择贵"精",取理贵"核"的原则,做到既不乖谬,又如"口出"一般,尽量吸收用典的长处,又不使之影响作品的自然之美。这些都非常突出地体现了刘勰在方法论上善识"大体",而不"执一隅之解"的科学性与进步性。

刘勰的"折衷"论不是一种调和折中抹稀泥的方法,而是反对形而上学片面性,坚持了朴素的辩证的对立统一原理。他在《文心雕龙》中提出了一系列对立统一的美学命题,如文与道、奇与正、华与实、情与理(情与志)、心与物(情与物)、隐与秀、才与学、体与势、情与采、文与质、通与变、少与多、一与万等等。他认识到正是这些不同角度的对立因素之和谐统一,才产生了文学作品,构成了文学作品的艺术美。刘勰懂得这一组组对立关系,双方之间有着紧密的互相联系与依存的特点。因此,他是用朴素的辩证观点来分析它们之间的关系的。他指出,从文学本质来说,文乃是道之文,道则又需文以显。为此,他主张要"执正以驭奇""衔华而佩实",努力做到通中有变,变中有通。从文学创作来说,则要使心物交

---

① 普列汉诺夫:《论艺术(没有地址的信)》,曹葆华译,生活·读书·新知三联书店,1964年,第4页。

融,情景合一,心既"随物以宛转",物又"与心而徘徊",不仅要看到"情以物兴",还要看到"物以情观"。所以,艺术构思过程中凝聚成的"意象",就有"隐"寓"秀"中、"秀"中含"隐"的特点,它可以起到"以少总多""乘一总万"的美学作用。从文学作品的构成来说,内容和形式不可分离,"文附质""质待文",情采不可或缺。从作家才能来说,是"才为盟主,学为辅佐。主佐德合,文采必霸",才与学互相补充,不可偏废。可见,刘勰在理论分析上的全面性和深刻性,是和他的研究方法分不开的。

近年来有的《文心雕龙》研究者已经正确地指出了刘勰在方法论上所受《周易》之朴素辩证法影响,然而,刘勰上述方法论上特点除受《周易》特别是《系辞》的影响外,还有很重要的一方面是受荀子《解蔽》篇中方法论原则的启示。荀子指出:"凡人之患,蔽于一曲,而闇于大理。"梁启雄《荀子简释》引梁启超云:"此语盖谓:不见全体而但见一偏之谓;略如佛家'盲人摸象'之喻。"所谓"一曲",即是指一部分、一个侧面;所谓"大理",即是指全部、总体。荀子曾经从这个方法论原则出发,对先秦的许多思想家作过十分深刻的批评。他说:"墨子蔽于用而不知文,宋子蔽于欲而不知得,慎子蔽于法而不知贤,申子蔽于执而不知知,惠子蔽于辞而不知实,庄子蔽于天而不知人。"荀子认为他们都是过于强调了一个方面,而忽略了与之相对的另一方面,这样就不能对事物有全面的正确的认识。他对上述诸子的批评都是很中肯而切中要害的,他指出:墨子是只知道物质实用的重要,而不懂得思想文化等精神因素的重要性;宋子只知道人有寡欲的一面,而没有看到人还有贪得的一面;慎子主张绝对的法治,排斥人治,忘记了法是不能自己去实行的,还必须依靠贤能之人;申子徒知用术,以势力钳制天下,而不知人和之为贵(按:此句第二个"知"字,当从梁启超说改为"和");惠子仅以形式逻辑来推断一切,结果往往违背了事物的实相,不懂得只靠形式逻辑是不能解释复杂的现实事物的;庄子只强调了事物客观自然规律的重要,而根本否定了人的主观能动作用。因此,他们都是"曲知之人","观于道之一隅而未之能识也"。刘勰的"折衷"论和荀子《解蔽》篇中这种认识方法有着深刻的历史渊源关系。刘勰批评前代文学批评家"各照隅隙,鲜观衢路",和荀子批评先秦诸子"蔽于一曲,而闇于大理",是完全一致的。"一曲"即"隅隙","大理"即"衢路",明"大理"亦即识"大体"也。刘勰和荀子不仅在论"道"上有历史联系(都含有把"自然之道"与"圣人之道"相结合的特点),而且在认识论上也都主张通过"虚静"而达到"大明"境界,故而他们在方法论上也有十分相似的地方,意在求得对事物本质的比较全面、比较客观、比较深入的把握。

第二,强调"圆通""圆照",注重对事物的多方面的、细致深入的微观研究,善于发现事物各个侧面之间的相互联系,看到事物各个部分之间都有相通之处,从而构成为一个和谐的整体。

刘勰在《文心雕龙》中对各个具体理论问题的研究,从不把它们看成是孤立的、互不相关的个体,而是认为不管从哪一个侧面和角度出发的研究,都和总的基本原理是相通的,彼此之间也都有千丝万缕的联系。《文心雕龙》理论体系的各个分支,犹如百川归海,最终都可归拢到"文之枢纽"上去。因此,他对各个具体理论问题的研究,都主张要做到"圆通",从研究者来说,则要善于"圆照"。"圆通"和"圆照",都是佛学术语。佛学上称性体周徧为圆,妙用无碍为通。对佛法理解能做到"圆通"的程度,即是最高之圣境,故观音菩萨又别号圆通大士。刘勰把佛学上的这种认识论和方法论运用到《文心雕龙》中来,所谓"圆",是指理论本身应当是全面的,凡一切有关的方面都必须照顾到,都要包括进来,没有遗漏,没有不足,没有缺陷。所谓"通",是指理论本身要有充分的科学性和合理性,经得起具体实践的检验,能完满地解释各种与它有关的现象,合情合理而无矫揉造作之感,以达到融会贯通的境界。"圆照"则是对事物要有全面而深入的观察。《文心雕龙》中虽然只在《知音》篇中运用过这个佛教术语,但这种观察事物的方法,则是贯穿于全书的。范文澜同志《中国通史简编》第二编修订本中说刘勰在《文心雕龙》中"严格保持儒学的立场,拒绝佛教思想混进来,就是文字上也避免用佛书中语(全书只有《论说》篇偶用"般若"、"圆通"二词,是佛书中语)",这是不确切的,也与事实不尽相符。即以"圆通"一词而论,《文心雕龙》中凡三见,而且都不是仅仅借用词句,而恰恰对这个佛教术语的含义作了发挥。《明诗》篇云:

然诗有恒裁,思无定位;随性适分,鲜能圆通。(按:"圆通"原作

"通圆",此据唐写本改。)若妙识所难,其易也将至;忽之为易,其难也方来。

这里说明诗歌的体裁虽有一定的规格,但诗人的构思则是各不相同的;每个诗人都按照自己的才能和个性爱好来创作,很难对各种体裁、风格的诗歌都写得很好,如何才能掌握得恰到好处,是不容易的。大约只有"通才""诗圣"才能达到"圆通"境界。《论说》篇中说到"论"这种文体写作特点时说:

  故其义贵圆通,辞忌枝碎;必使心与理合,弥缝莫见其隙;辞共心密,敌人不知所乘:斯其要也。

这里所讲"圆通",实际包括了对意和辞两方面的要求。辞不"枝碎",也就是要"圆通"。必使说理严密,无懈可击;文辞流畅,切理餍心,才能使"论"的写作符合于"圆通"的要求。他又在《封禅》篇中论扬雄的《剧秦美新》云:

  观《剧秦》为文,影写长卿,诡言遁辞,故兼包神怪。然骨掣靡密,辞贯圆通,自称"极思",无遗力矣。

这里的"圆通"虽指文辞,然而"骨掣靡密"实际说的正是内容圆通之意。上述三处"圆通"虽然都是对创作上的要求,其实也都反映了刘勰对研究方法上的要求。

  除了"圆通""圆照"外,我们可以看到刘勰在《文心雕龙》中还曾多次运用"圆"这个词,这也是和佛学思想影响有关系的。"圆"这个词是佛学中的惯用语,指全而不偏之义。刘勰正是用这样一个标准来要求他的理论研究和分析方法的,是他"折衷"论的重要内容之一。《文心雕龙》中运用"圆""圆鉴""圆览""圆合""圆该"等概念凡九见,现依原书篇目次序列举如下:

《杂文》:(指连珠创作)足使义明而词净,事圆而音泽,磊磊自转,可称"珠"耳。

《体性》:故童子雕琢,必先雅制;沿根讨叶,思转自圆。

《风骨》:若骨采未圆,风辞未练,而跨略旧规,驰骛新作,虽获巧意,危败亦多。

《熔裁》:然后舒华布实,献替节文;绳墨以外,美材既斫,故能首尾圆合,条贯统序。

《丽辞》:必使理圆事密,联璧其章;迭用奇偶,节以杂佩,乃其贵耳。

《比兴》:诗人比兴,触物圆览。

《总术》:自非圆鉴区域,大判条例,岂能控引情源,制胜文苑哉?

《指瑕》:古来文才,异世争驱,或逸才以爽迅,或精思以纤密,而虑动难圆,鲜无瑕病。

《知音》:夫篇章杂沓,质文交加,知多偏好,人莫圆该。

这些例子可以说明佛教中的"圆通"的认识方法和研究方法,对刘勰写作《文心雕龙》的影响是非常深刻的。

刘勰整部《文心雕龙》在研究方法上也贯穿了"圆通""圆照"的特色。全书五十篇包括了刘勰那个时代所能够涉及的所有有关"文"的问题,真可以说是毫发无遗漏。而且从五十篇的篇目次序排列上,也是互相联系、沟通、而成为一个完整整体的。前二十五篇为上编,首五篇为"文之枢纽",研究"文"的基本原理,紧接着二十篇分论各种文体的历史发展与源流演变,都包括了"原始以表末,释名以章义,选文以定篇,敷理以举统"四个方面,叙述了各类文体的发展状况、名称含义、代表作品以及写作特点,后二十五篇虽是对各种文学理论问题的横的研究,但其内部结构也是相当严密的,前后次序不容颠倒。创作是由构思开始的,故首标《神思》。由构思完成而进入具体写作,必先选择体裁与风格,故次述《体性》。体性确立,需讲究《风骨》。风骨之美不能离开正确处理继承和创新关系,于是要讲《通变》。要正确解决文学创作中的继承和创新问题,必须研究各种文体内在客观规律,为此要讲体势,遂有《定势》之篇。开始写作要抒情布采,部署意辞,于是有《情采》之篇。初稿完成要修改、剪裁,故置《熔裁》。为使作品成为美的艺术品,要讲究表现手法和艺术技巧,所以,《声律》《章句》《丽辞》《比兴》《夸饰》《事类》《练字》,一一按其重要性分别排列于后,作品写成之后,一要考察是否符合"隐秀"之美,二要进行润色推敲,于是有《隐秀》《指瑕》。文学作品的创作和修改,均需作家集中精力、专心致志、心平气和,方能文思泉涌。故论《养气》,以补《神思》论虚静之不足。下再论创作中之统筹兼顾及熟练驾驭文术之重要,以《附会》《总术》为创作论之总结。《时序》《物色》,分论文学创作与社会、自然之关系,《才略》论作家才能之重要,《知音》论文学批评,《程器》论文学之功用及作家的仕途升沉,最后以《序志》为全书之结束。这种精心而周密的安排,又岂止是"圆通",真可谓滴水不漏也!

　　刘勰在《文心雕龙》中对每一个重要的创作理论问题的分析,都要揭示出它与其他理论问题之间的联系和相通之处。《神思》是论艺术构思的,重点是分析艺术想象的特征,从"神与物游"的心物关系角度讲,又和《物色》篇不可分割,故其"赞"中提出"物以貌求,心以理应",把这两篇内在联系交代得一清二楚。从形象构成的角度说,"神思"又和"比兴"紧密相关,故其"赞"中又说:"神用象通,情变所孕。""刻镂声律,萌芽比兴。""神用象通"实际上就是《比兴》篇所说的"拟容取心"。从解决构思和创作中"意翻空而易奇,言征实而难巧"的困难来说,《神思》篇提出的"秉心养术,无务苦虑;含章司契,不必劳情",则又是和《养气》篇中的"率志委和"说完全一致的。从艺术构思中作家的才能来说,《神思》篇中"人之禀才,迟速异分"之论,可和《才略》篇中之论互相发明。从艺术构思中形成之"意象"的特点来说,它又和《隐秀》篇的内容完全一致。《隐秀》篇一开始就指出了"隐秀"正是"神思"活动的必然结果。又比如《风骨》篇的中心是讲文学作品的精神风貌美[①],但是就风骨美的内容看,则又是和《宗经》篇中之"文能宗经,体有六义"联系着的。从风骨与辞采的关系上说,实质上又是一个内容与形式关系的问题,故与《征圣》篇的"衔华佩实"原则及《情采》篇"为情造文"说是相通的。"风清骨峻"的优美作品之

---

① 参见收入本书的《齐梁风骨论的美学内容》一文。

创造,必须"熔铸经典之范,翔集子史之术;洞晓情变,曲昭文体",善于掌握"通变"的原则。风骨和气关系密切,风骨之美是作家的一种特定的精神气质在作品中的体现。因此,它和《体性》篇中论作家的气貌与风格的关系有相通之处。不过风骨不是一种风格,而是对各种风格作品的共同美学要求。类似这样的例子,几乎每一篇都有。刘勰对每一个理论问题的阐述,都不是孤立的、静止的,而是把它作为整个理论体系中的一部分,周全地深入地分析它与其他部分的关系,无不使人感到"圆通"之极!

刘勰在《文心雕龙》中不管对什么问题的分析,都表现了通达透彻、务求究竟的精神,这也是不能不使我们深深感到敬佩的。即以《辨骚》篇中对《楚辞》的分析来说,他在具体地辨析汉代刘安、班固、王逸、汉宣帝、扬雄等名家的评论之后,指出他们争论的实质即在《楚辞》是否符合经典之意。然后,他从思想内容和艺术表现方面,细致而准确地分析了《楚辞》中同乎《风》《雅》的"四事",以及"异乎经典"的"四事",并且概括出《楚辞》"虽取熔经意,亦自铸伟辞"的基本特点。这种具有相当理论深度的评论,不仅远远超出了他以前各家对《楚辞》的评价,而且在他以后各家对《楚辞》的评论,也是很少有人能与他相比的。他对《离骚》《九章》《九歌》《九辩》《远游》《天问》《招魂》《招隐》《卜居》《渔父》各篇的特点,都作了概括的分析,虽然只有一句话,但是十分精确,而且可以清楚地看出各篇的不同之处。"见异,唯知音耳。"刘勰真可谓是难得的"知音"者!他的这些出色的精辟评论,是与他研究方法上的"圆通"特点分不开的。

第三,强调"善于适要""得其环中",在研究中注重去发现事物的要害和关键,并对之作细致深入的剖析,使复杂的事物主次分明,脉络清晰,从而起到"乘一总万,举要治繁"(《总术》)的作用,以便更深刻地揭示事物的内在规律。

刘勰认识到事物虽然有许多不同的方面,有种种复杂的联系,但是并非一盘散沙,而总是有一个统率各部分、成为各种联系中心的枢纽。必须善于抓住这个枢纽,才能带动各部分、各方面,处理好各种复杂的关系。研究者只有掌握了研究对象的要害和关键,才能够从头绪纷繁、杂乱无章的现象中理出一个清楚的系统来。《文心雕龙》中涉及那么多大大小小的文学理论问题,互相之间的关系错综复杂,如果不能"得其环中","善于适要",是绝不可能论述得这样有条不紊,井然有序的。刘勰"折衷"论的这种特点,很明显是受老庄思想影响的结果,是受老子的"三十辐共一毂"和庄子的"得其环中"论启发而形成的。老子在《道德经》中说:"三十辐共一毂,当其无,有车之用。"他认为没有车毂中间的空隙,就没有车轮的作用,所以,"无"是主宰和统率"有"的,以"无"为本,"一本"率"万有",这自然是老子以虚无为本的哲学思想的体现,但是它也包含有一个方法论的意义,即是要善于抓住事物的中枢所在。庄子的"得其环中"论正是对老子这种思想的发挥。《齐物论》云:"枢始得其环中,以应无穷。"陈鼓应先生《庄子今注今译》引蒋锡昌《庄子哲学·齐物论校释》云:"'环'者乃门上下两横槛之洞;圆空如环,所以承受枢之旋转者也。枢一得环中,便可旋转自如,而应无穷。""得其环中",正是指善于以虚无来驾驭和主宰万有,以本统末。刘勰在《文心雕龙》中正是运用这种思想方法来阐述文学理论的。这种情况在六朝时期是不奇怪的。许多佛教徒在阐述佛理时也常用这种方法。梁代高僧慧皎在《高僧传·僧叡传》中云:"后适京师,止乌衣寺,讲说众经,皆思彻言表,理契环中。"强调说理要"得其环中",是那个时代玄学道家思想盛行和玄佛合流思想发展所产生的必然结果,刘勰自然也不例外。

《文心雕龙》全书中受老庄"一毂统辐""得其环中"论的影响,是非常之多也非常之明显的。从"文之枢纽"来说,刘勰认为文学创作的基本原则在圣人的经书里有集中的体现,所以善于"宗经",即可谓"得其环中"矣。因为经书"根柢槃深,枝叶峻茂,辞约而旨丰,事近而喻远。是以往者虽旧,余味日新;后进追取而非晚,前修文用而未先。可谓泰山遍雨,河润千里者也"(《宗经》)。他论述文学的历史发展,认为它虽然情况复杂,但都离开不了时代的制约和影响。"故知文变染乎世情,兴废系乎时序,原始以要终,虽百世可知也。"掌握了这一基本原理,那么对一切复杂的文学发展现象,就都能理解了;对文学发展历史上的各种争论,也都可以迎刃而解了。他在《时序》篇的"赞"中说:"蔚映十代,辞采九变。枢中所动,环流无倦。""文变染乎世情,兴废系乎时序",乃是文学发展问题的"环中"所在。对待文学的继承和创新,也必须"先博览以精阅,总纲纪而摄契"(《通变》)。掌握好了通与变的关键,懂得"望今制奇,参古定法"，那么，就能"凭情以会通，负气以适变"，不至于在繁多的古代和现代作品面前，茫然失措，不知所从了。《体性》篇中，刘勰指出八种基本文学风格之间错综复杂的交叉融合，可以形成千千万万种不同风格，只有懂得"体"与"性"之间的内在必然联系，那么就可以自由驾驭，创造出恰到好处的独特风格来。"八体虽殊，会通合数；得其环中，则辐辏相成。"每一种文体的每一篇作品，都应当有自己特殊的风格特色，若没有统一的风格，则不能成为好作品。"若雅郑而共篇，则总一之势离。"(《定势》)要创造出优秀的文学作品，必然要涉及很多理论问题，掌握各种写作技巧，但是方面虽多，总离不开情和辞这两个基本因素。为此，他在《熔裁》篇中说："夫百节成体，共资荣卫；万趣会文，不离辞情。"《文心雕龙》的后半部分中心即是要"割情析采"。抓住了"情"和"辞"这两个关键，其他的具体艺术表现方法、技巧问题，也就有了归依，容易把握了。《物色》篇讲到对自然景物的描写："且《诗》《骚》所标，并据要害；故后进锐笔，怯于争锋。莫不因方以借巧，即势以会奇；善于适要，则虽旧弥新矣。"这里所说的"善于适要"也正是要"得其环中"之意。《附会》篇中说文学创作的总体安排，必须条理清楚，掌握要领。"是以驷牡异力，而六辔如琴；并驾齐驱，而一毂统辐：驭文之法，有似于此。"《总术》篇指出文学创作中各个理论问题、技巧问题，必须统筹兼顾，"所以列在一篇，备总情变；譬三十之辐，共成一毂，虽未足观，亦鄙夫之见也"。刘勰反复指出：只有把要害和关键问题弄清楚了，才能带动全盘，使子子皆活，各就其位，并能充分发挥各部分之作用。恰如陆机在《文赋》中说的，能够"因宜适变"，方可做到"览之而必察""研之而后精"。

综上所述，我们可以看到刘勰的"折衷"论内容是相当丰富的，它乃是对《文心雕龙》整个研究方法的总结。刘勰的"折衷"论吸收了儒家（主要是荀子）、道家、佛家的方法论的优点，融会贯通，而形成自己具有独创性的，在当时也可以说是最科学、最进步的研究方法论，从而使《文心雕龙》获得了文学理论研究上的空前巨大的成就。它对我们今天革新旧的研究方法、创造新的研究方法，仍然有着很有价值的、发人深省的启示。

(原载《学术月刊》1986年第2期)

《文心雕龙》与我国文化传统

现在关于《文心雕龙》的研究专著和文章已经相当不少了,但是从我国文化传统的角度来研究《文心雕龙》的还不多见。《文心雕龙》无疑是我国文化史上值得一书的重要著作。它所论述的"文"包括了一切用语言文字写的著作。它虽然以讨论文学创作为主,然而实际上对我国齐梁以前的学术文化发展作了某种程度的总结。《文心雕龙》上半部不只是阐述了各种文体发展的历史,同时也阐述了哲学、历史、政治等发展的历史。因此,我认为它也可以算得上是我国古代的一部文化史著作。鲁迅在《论诗题记》中将它和亚里士多德的《诗学》相比,恐怕也包含了这样的意义:正像《诗学》在西方文化史上有重要地位一样,《文心雕龙》在中国和东方文化史上也有重要地位。

那么,《文心雕龙》究竟表现了我国文化传统的一些什么样的特点呢?关于我国古代文化传统的特点,我很同意王元化同志所指出的:"我们民族文化传统中在不同的历史时期、不同的社会条件下具有某种共性的东西。"[1]在我国的文化发展历史上,除了因不同时代影响而有不同时期的特点之外,还有一些在历史发展过程中逐渐积累充实、不随着时代变化而变化的方面,这些更能反映出我国文化传统的特点。《文心雕龙》已经比较明显地体现了这些特点中的一些重要方面。我感到有这样几点是比较突出的:

第一,《文心雕龙》中反映了我国文化传统中以儒、道、佛为中心的各种不同思想文化派别融合与统一的特点。对《文心雕龙》的基本思想各家说法不一,或以儒为主,或以道为主,或以佛为主,我个人认为它是体现了

---

[1] 王元化:《关于当前文学研究中的两个问题:在中国〈文心雕龙〉学会第二次年会上的讲话》,《安徽师范大学学报》1986年第3期。

儒、道、佛三家合流的特点的①。刘勰在《灭惑论》中说："至道宗极,理归乎一。""孔释教殊而道契""梵汉语隔而化通"。又说："寻柱史嘉遁,实惟大贤,著书论道,贵在无为,理归静一,化本虚柔。"说明在刘勰看来三家之"道"在本质上是一致的,可以相通。《文心雕龙》论"道"的基本精神是与《灭惑论》一致的。不仅如此,刘勰在《诸子》篇中说诸子之作皆为"入道见志之书",孔子虽然"以冠百氏",然诸子亦各为"英才"。又说："李实孔师","圣贤并世,而经子异流矣"。这正是以儒道为主而兼采百家。《文心雕龙》虽未明论佛道,然其书处处以佛家"圆通"为贵,正是深受佛教思想影响之表现。从文学理论上说,刘勰把我国古代"外儒家而内释老"的人生处世态度引入文学理论,其书论文学之社会功用、文学之发展及其与社会政治之关系,皆以儒家思想为主,而论文学之创作规律(如艺术构思等)则以老庄思想为主,又参以佛、儒。他的"神思"论是以庄子形神分离说及佛教神不灭论为哲学思想基础的;他的"虚静"说是以庄子论技艺创造中的虚静论为主,又兼采荀子虚静论而发展起来的,它也和佛家论空静相符;他既以天工自然为美的最高标准,又强调要在人工修饰的基础上达到天工自然的美的境界。这一切都可看出《文心雕龙》融会各家、博采众长之特点,这也是我国文化传统的一个重要特点。

关于我国文化传统的特点,有的同志认为是以儒学为主,有的同志认为是儒道互补。但是,从实际情况来看,我国文化传统的特点是以儒、道、佛为中心的各派文化思想之融合与统一。在我国文化思想发展中,儒、道、佛三家不是互相对立、排斥,而是在互相吸收的过程中,逐渐归于融合与统一。同时也吸取其他各家(如刑名法术等)的一些有益内容。佛教虽属外来文化,但它传入中国后,即与中国固有文化相结合,并被逐步改造为适合中国国情的佛教。特别是唐宋以来影响最大的禅宗,则可以说完全是中国的佛教了。从六朝的玄佛合流到宋明理学与禅宗的亲缘关系,都可以说明这一点。即以佛教艺术来说,在我国古代著名的石窟佛像雕塑艺术中,北朝的作品还有明显的印度佛像的特点,而到唐朝则已是中

---

① 关于这一点我在《〈文心雕龙〉的原道论》一文及《文心雕龙新探》一书(齐鲁书社,1987年)中均已作了具体分析。

国化的佛像了。儒道两家其实从一开始就不是绝对对立的,这大约从孔子向老子问礼的记载中已透露了一点消息。儒道两家各自"显学"的结果使他们本身学说发展日臻完善,而其总的趋势是互相吸收与融合,这在战国后期的荀子那里已十分清楚。荀子人称"大儒",他确是以儒家学说为主的,但他对儒家学说有不少革新与发展,这种革新与发展正是不同程度吸取道家、法家等各派成果而形成的。他非常清醒地看到了各家之长与各家之短,他的学说正是取各家之长的产物。刘勰的《文心雕龙》受荀子影响很深,从其论"原道""神思""体性"及文学发展等处均可看得很清楚。①

刘勰所处的时代和荀子又有很大不同:首先,刘勰的时代儒、道两家又经历了各自的发展高潮——两汉经学和魏晋玄学(玄学显然是道家之变种),开始了新的融合与统一。玄学是在儒家衰落后兴起的,但鲁迅先生早就指出,表面上毁坏礼教的玄学名士,其实内心是非常崇奉礼教的,像嵇康、阮籍等"表面上毁坏礼教者,实则倒是承认礼教,太相信礼教"(《魏晋风度及文章与药及酒之关系》)。向秀、郭象之注《庄子》,实质也是要使自然与名教相统一,故谢灵运之《辨宗论》云:"向子期以儒道为一。"所以,齐梁之际,儒学复苏,也就是很自然的了。同时,刘勰的时代,佛教空前繁荣兴盛,以佛释玄,以玄释佛,成为时髦的新潮流。特别是齐梁之交,三教合流思想很突出,这些都直接地也是深刻地影响了刘勰的思想及其《文心雕龙》的写作。

第二、《文心雕龙》中鲜明地反映了我国文化传统中"以道制欲""以礼节情",强调个性必须受共性约束,而不能任其自由发展的特点。《文心雕龙》前五篇提出了原道、征圣、宗经的原则,强调一切言论、行动、文章都要符合道、圣、经的规范,而不能有丝毫的超越。刘勰对屈原是那么敬仰,对《楚辞》是那么钟爱,但是囿于这种文化传统的影响,他在《辨骚》中总有点躲躲闪闪,不敢大胆充分地肯定,不能不提出所谓"异乎经典"之"四事",只能说它是"雅颂之博徒,而词赋之英杰也"。刘勰非常清楚地看到了"情"在文学创作中的重要作用,指出诗歌的特点即是抒情言志,但

---

① 参见收入本书的《〈文心雕龙〉的原道论》《〈文心雕龙〉的体性论》。

又强调抒情言志必须受一定的政治道德规范,也就是说,这种"情"必须受"礼义"节制,符合于《毛诗大序》中所说的"发乎情,止乎礼义"的原则。在感情表达方式上,刘勰也注重于委婉曲折,温柔敦厚。《宗经》篇说:"《诗》主言志,诂训同《书》;摛风裁兴,藻辞谲喻;温柔在诵,故最附深衷矣。"他是不喜欢那种锋芒外露、个性很强的火山爆发式的感情表达方式的。这种要求作家个性必须受一种社会政治道德色彩浓厚的共性约束的特点,对刘勰的文学创作理论也起着一种限制的作用。"风骨"本来是属于如何体现作家的特殊精神风貌的问题,强调"风骨"是为了突出作家的个性特征,但是在刘勰那里,"风骨"是以能否体现儒家的思想力量和审美原则作为衡量标准的。① 刘勰论"体性",分析作家应如何形成自己的风格特征时,也强调"童子雕琢,必先雅制",同时他对八种不同的基本风格类型的态度,显然也是有所轩轾的。至于他的"雅郑""雅俗"之论,则更可看出这种"以道制欲""以礼节情"的特点了。

儒家思想在其历史发展的不同阶段,具体内容也是很不相同的,但是在要求个性服从共性,以一个共同的政治伦理道德标准来统一社会、管辖人心,反对个人欲望、感情等的自由发展这一点上,则是始终如一的。荀子虽然对儒家思想有许多发展与突破,但也还是在对共性内容的理解上;就共性制约个性的角度说,他和孔子是一致的。他在《乐论》中就明确提出了"以道制欲"的命题,认为人的感情、欲望如果任其自由发展,必然要"乱",故必须以"礼义"加以节制。汉代经学昌盛,儒学"定于一尊",以礼节情的观念更加普遍,《毛诗大序》遂概括为"发乎情,止乎礼义",强调感情表达必须"温柔敦厚""主文谲谏"。"以道制欲""以礼节情"其实是对我们民族创造力之一大束缚,我们的封建社会之所以绵延两千多年,我们的民族在近代的落后,与这种文化传统特点之影响大约是不无关系的。

这里我们还必须看到道家思想在这个问题上的特点。老庄强调绝对地顺应自然,"无以人灭天,无以故灭命"(《庄子·秋水》),提倡"至人无己,神人无功,圣人无名"(《庄子·逍遥游》)。他们用委命自然来否定和取消人的一切智慧和创造,因此,庄子也不赞成儒家那种以"道"和"礼"

---

① "风骨"内涵,颇多争议,这里是我个人看法。详见收入本书的《齐梁风骨论的美学内容》一文。

来规范"欲"和"情"的主张,在他看来,这种"道"和"礼"也是一种人为的原则,所以,实际上庄子的天然情欲论对儒家的"以道制欲""以礼节情"说,起着一种否定和破坏的作用。既然要使"情"和"欲"完全顺乎自然,也不受"道"和"礼"的限制,那么,就必然会在客观上使人们的个性和感情的发展,比在儒家思想的控制下,有较大的自由。从这个角度来说,道家思想对人性发展的影响,具有矛盾的两重性。一方面讲"至人无己",否定人的智慧与创造力的发挥,另一方面又强调合乎自然,不受"礼义"的束缚。而且,所谓"符合自然",人们往往可以各有各的理解,为个性自由发展找到某种合法依据。魏晋名士那种狂放不羁、纵情任欲状况的出现,就是最好的说明。我国文艺思想史上"言志"与"缘情"两派的产生,我以为正是由于儒道两家思想影响之结果。"言志"派的实质在于强调"以道制欲""以礼节情",而"缘情"派的实质在于冲破这种束缚,主张表现"自然之情"。儒道之间虽然存在着这种分歧,但在以共性束缚或取消个性方面又有一致之处。佛学作为一种宗教,它也是要求人们排除七情六欲的。宋明理学以儒学为主,又吸收了佛老学说,它提出的"存天理,灭人欲"的基本纲领,更加严格地强调了"以道制欲""以礼节情"的原则。在我国文化思想史上,也有过不少思想家起来反对这种传统,从王充之提倡"作"贬低"述",到李贽之大胆肯定"人欲",到戴震之提倡个性自由发展,对我国文化思想的发展起过积极作用,但是并没有能从根本上改变这个传统特点,而刘勰则是属于这种文化传统特点的维护者。

第三,刘勰的《文心雕龙》非常清楚地体现了我国文化传统中的特殊思维方式特点,这就是:以"体知"为主,而寓"认知"于"体知"之中。《文心雕龙》不是一部抽象的、思辨的文学理论著作,而是以研究具体的文学现象的源流、发展、演变和具体创作经验为主,从中提出了一系列重要的文学理论问题。即以《文心雕龙》前五篇总论"文之枢纽"部分来说,也大都是对具体问题的分析。"原道"本是很抽象的问题,然而刘勰从"文"的广义到狭义、"人文"的产生和发展的具体论述中,才提出了"道—圣—经—文"的关系,很少思辨式的理论分析,所以至今人们对"道"的含义仍是众说纷纭,莫衷一是。《征圣》《宗经》主要是分析圣人经典的写作特点的。而《正纬》《辨骚》更是对纬书及《楚辞》的具体剖析了。从宏观的角度来看我国古代文学理论，那么《文心雕龙》应该说是一部理论性最强的著作，但是我们可以看到刘勰的注意力主要也还是放在分析和总结具体文学现象上，而不是在思辨的理论研究上。

刘勰认为理论上的一些深奥、微妙之处，是无法用语言讲清楚的，只能由人们自己从具体现象中去体会。他强调那些理性的、思辨的内容只能从直观和经验的感受中去体会，不可能也不需要从理论上去作细致的探讨和发挥。《文心雕龙》在总结文学创作经验过程中也提出了不少重要的概念和范畴，例如"神思""风骨""通变""定势""物色"等等，但是对这些概念和范畴的严密思辨阐述是很少的，往往还只局限于从直观和经验的角度提出问题。有许多重要的概念，例如"道""气""神"等，具有很浓厚的模糊性和不确定性，使人不易确切把握其含义。刘勰对这些概念和范畴也作过解释，但常常是描述性的和比喻性的，而不是理论性的和思辨性的，侧重在引导人去体会、领悟，而较少科学的定义式的明白结论。

我国古代文化传统中表现在思维方式上的这种特点，与儒、道、佛思想的影响有十分密切的关系。儒家学说从孔子开始就重实际而不重抽象。孔子注重于社会人事，而对抽象本体的研究不感兴趣。以老庄为代表的道家，虽然注意于宇宙本体论方面的论述，主张"天道自然"，但是他们在认识论上突出地强调"玄览""虚静"，认为"道"是不可言说的，人只能在"无知无欲"的精神境界中去静观，这正是一种典型的以"体知"、领悟为特征的思维方式。王国维在《论新学语之输入》一文中说西方人是"思辨的也，科学的也"，而中国人则是"实际的也，通俗的也"，西方人"长于抽象"，中国人长于具体实践。这个说法有一定道理，但也不全面。中国传统的"玄览""虚静"，虽是强调只可意会，不可言传，但是这种"体知"之中是寓有"认知"的内容的。这种体察领悟不只是具体事物的表象特征，而是包括了具体事物的内在本质、原理的；不只是对具体事物的体察领悟，而且更重要的是对宇宙本体及其客观规律的体察领悟。无论是庄子还是荀子，他们所讲的"虚静"或"虚一而静"都是要达到一种更高层次的"大明"或"大清明"境界。因此，中国人的思维方式也不能说只限于对实际的通俗的事物之认识，或者说仅仅是一种直观的认识。目的都是把握事物的客观真理,只不过中国古代总认为那些抽象的思辨的原理,是很难用语言表达的,只能借助于一些形象的比喻或象征暗示的方式,让人们去体会领悟。从这一方面说,佛教中的禅宗也很突出,禅宗讲究"不立文字,教外别传",恐怕也是与受这种传统思维方式特点影响有关,所以就有"拈花微笑"之类著名故事的流传。这种思维方式特点,不仅反映在《文心雕龙》中,而且对整个古代文学理论都有深刻影响。

第四,《文心雕龙》还体现了我国传统的华实相辅的审美心理特征。《文心雕龙》全书贯穿了一条基本的美学原则,这就是"衔华而佩实"。刘勰认为任何文学作品都必须做到内容和形式的完美统一,华与实必须并茂,而不能偏废。圣人的经典之所以能成为后代文学创作和一切文章写作之范本,正因为它能达到最高水平的华实相辅。《辨骚》篇所谓"酌奇而不失其贞,玩华而不坠其实",其本义亦正在此,而并非指浪漫主义与现实主义的结合。这个思想刘勰在《情采》篇中又作了具体的发挥,而且它不只是指文学作品内容与形式之统一,同时还强调了作者本人的思想感情要与他作品的内容相符合,要求人品与文品的一致,这也是华实相辅的重要内容。

华实相辅这种传统审美心理特点的形成是很早的。孔子就十分重视人的内在道德质量与外在礼貌文饰之统一,"文质彬彬,然后君子",主张道德与文章并重。从文学创作(或文章写作)来说,内容和形式不应偏于一面。"情欲言,辞欲巧。""言以足志,文以足言。""言之无文,行而不远。"强调志、言、文三者之统一。这对后来文艺和美学思想的发展,甚至整个学术文化的发展影响都是极大的。道家崇尚天然,反对人为,认为任何事物都有其自然的内在本质与外在现象,两者是一个事物不可分割的两方面。《文心雕龙·原道》篇认为天下任何事物都有"文"与"道"两个方面。不仅天、地、人是如此,而且"傍及万品,动植皆文,龙凤以藻绘呈瑞,虎豹以炳蔚凝姿;云霞雕色,有逾画工之妙;草木贲华,无待锦匠之奇;夫岂外饰,盖自然耳"。虽然儒家重人工,老庄重天工,但在华实相辅这点上也是一致的。所以,在我国民族审美心理上,总喜欢华实并茂。我国文艺史上虽然也常出现形式主义倾向,但总是很快被遏止,并受到批判。

第五，从研究方法上说，《文心雕龙》主张"擘肌分理，唯务折衷"，以"圆通"为贵，要求立论稳妥，分析通达，力戒主观片面，这也符合我国文化传统特点。儒家主张折中圣道，孔子就善于运用"叩其两端"的方法，庄子强调要"得其环中"，荀子提出不要"蔽于一曲，而暗于大理"，佛教提倡"圆照""圆通"。这些传统的研究方法特点对刘勰产生了深刻影响，形成了他在当时比较先进的科学研究方法。①

(原载《文史知识》1987年第1期)

---

① 参见收入本书的《擘肌分理，唯务折衷——刘勰论〈文心雕龙〉的研究方法》一文。

论钟嵘的文学思想

钟嵘是我国齐梁时代最著名的诗歌理论批评家。他所著的《诗品》是我国文艺思想发展史上第一部系统地论述诗歌发展历史及诗歌创作理论的专著,并对自汉至齐梁的一百二十二位诗人及其作品进行了具体的分析评价。在《诗品序》中他还对当时不健康的、违背艺术规律的创作倾向作了尖锐的批判。这些,对于我国古代诗歌理论与创作的发展,都产生了十分深远的影响。那么,钟嵘在《诗品》中究竟贯穿了一些什么基本的文学思想呢?它们在当时又有什么意义呢?这是本文试图加以探索的中心问题。概括地说,我们认为钟嵘的文学思想,主要表现在四个方面,可以用八个字来表述,这就是:感情、自然、风骨、滋味。下面我们试就这几方面作一点具体分析。

"摇荡性情"
——钟嵘诗歌评论中的感情论

钟嵘特别重视诗歌的感情问题。他在《诗品序》中指出,诗歌乃是人的感情的表现,诗歌的本质是"吟咏情性"的。他说:"气之动物,物之感人,故摇荡性情,形诸舞咏。"人们心灵深处的感情,受到了外界事物的触动,就会以诗歌的形式体现出来。从强调感情的角度出发,钟嵘提出了"性灵"的问题,认为诗歌既是"感荡心灵"的产物,同时又是陶冶人们心灵的,所以说阮籍的诗可以"陶性灵,发幽思"。最早提出性灵问题的是刘勰。他在《文心雕龙·原道》篇中说,人和天地万物的区别,正是在于人是"有心之器",是"性灵所钟",也即是说,人是有灵魂、有感情的。同时刘勰又说:"心生而言立,言立而文明,自然之道也。"这就已经包含了文是人的性灵的表现之意。钟嵘则比刘勰说得更明确,认为诗歌是人性灵的表现,是以抒发感情为主要内容的。可见,钟嵘实已开后来袁枚"性灵说"之先河。故而袁枚有"抄到钟嵘《诗品》日,该他知道性灵时"之说(见《小仓山房诗集》卷二十七《仿元遗山论诗》)。

钟嵘认为,人们感情之所以会激动,而不得不以诗歌形式表现出来,乃是由于外物所感的结果。这个"物"的内容是什么呢?他在《诗品序》中有一段非常重要的分析。他说:

> 若乃春风春鸟,秋月秋蝉,夏云暑雨,冬月祁寒,斯四候之感诸诗者也。嘉会寄诗以亲,离群托诗以怨。至于楚臣去境,汉妾辞宫,或骨横朔野,魂逐飞蓬;或负戈外戍,杀气雄边,塞客衣单,孀闺泪尽;或士有解佩出朝,一去忘返;女有扬蛾入宠,再盼倾国。凡斯种种,感荡心灵,非陈诗何以展其义,非长歌何以骋其情?

钟嵘在这里通过对我国古代诗歌(《楚辞》、《乐府》、古诗、建安文学等)内容的具体分析,阐明了诗歌的产生根源,乃在于现实生活对人的感情所起的影响和作用,在文艺和现实关系的问题上,表现了朴素的唯物主义观点。这正是对《乐记》中所提出的"人心感物"思想的具体发挥。《乐记》说:"凡音之起,由人心生也。人心之动,物使之然也。感于物而动,故形于声。""乐者,音之所由生也。其本在人心之感于物也。"但是,对于"物"的具体内容,《乐记》并没有作进一步的论述。其后,陆机在《文赋》中说"遵四时以叹逝,瞻万物而思纷,悲落叶于劲秋,喜柔条于芳春",他所说的"物"的内容,主要是四时变化等自然事物。刘勰在《文心雕龙》中对于"人心感物"的理解,显然比陆机大大前进了一步。他在《时序》篇中提出"文变染乎世情,兴废系乎时序"。所谓"世情"即是指的社会现实生活内容。不过,他在《物色》篇中主要还是讲的自然事物。钟嵘是否见到过《文心雕龙》不可考,但他对"物"的内容的解释,更着重于社会事物,这一点是非常明白的,比刘勰要突出得多。这应该说是他的一大贡献。

诗歌是"吟咏情性"的,是人的感情的表现,这并不是钟嵘的发明,而是前人早已提出来了的。但是,钟嵘之强调诗歌是"摇荡性情"的产物,则有其特别的进步意义,这一点我们是需要追溯我国文学思想史上"感情论"的历史发展才能够看得清楚的。在春秋战国之交,一般都讲诗是"言志"的。《左传》《庄子》《荀子》等著作中都有过。"言志"的说法。《尚书·尧典》晚出,它概括为"诗言志,歌永言"之说。志,说的即是思想,而先秦的"言志",朱自清先生早已指出:"这种志,这种怀抱,其实是与政教分不开的。"(《诗言志辨》)所以,"'文以载道','诗以言志',其原实一"(清盛炳炜《山谷全集序》)。那时,所谓的"言志",实际上就是讲的"政教",亦即儒家之道。从荀子开始,才注意到"言志"的"志"是包含有"情"的内容的。荀子在《乐论》中指出了音乐乃是人的内心感情的自然流露。他说:"夫乐者,乐也。人情之所必不免也。故人不能无乐,乐则必发于声音,形于动静;而人之道,声音动静,性术之变尽是矣。"音乐是人的感情、欲望的表现,乐之理可通于诗。荀子认为"六经"都是明道的,诗是通过"言志"来明道的,也即是说,是通过抒情的特点来明道的。荀子是把情和志结合起来认识诗的特征的,"言志"是包括了抒情的内容的。但是,荀子同时又主张对"情"要给予严格的政治道德规范。他认为人心中的善恶两种不同的情,必须扬其善而抑其恶,用"礼义"对"情"加以约束,使之改恶而为善,以便对政治教化起积极的促进作用。所以他又提出必须"以道制欲"的问题,要用儒家之道来控制人的感情欲望。荀子所讲的"道"即是"礼义",其具体内容是符合当时新兴地主阶级利益的。因此这在当时是有进步意义的。

荀子的这种观点直接影响了《乐记》。《乐记》云:"凡音者,生人心者也。情动于中,故形于声,声成文谓之音。是故治世之音安以乐,其政和;乱世之音怨以怒,其政乖;亡国之音哀以思,其民困。声音之道与政通矣。"可见,儒家并不是不承认文艺是人的感情的表现,但从根本上说,是要把政治教化放到第一位。因此,"言志"说发展到荀子以后,是承认它和感情相统一,而又强调要对感情给予严格的政治道德规范。这在汉代的《毛诗大序》中表现得特别明显。它一方面强调情和志是统一的,其云:"诗者,志之所之也。在心为志,发言为诗。情动于中而形于言。"并明确指出诗是"吟咏情性"的,强调了"言志"的感情因素。但另一方面又突出强调诗歌必须"发乎情,止乎礼义",绝不能使感情越出封建阶级的政治道德原则。《毛诗大序》讲的"礼义",是为巩固封建统治阶级的秩序服务的,也即是董仲舒那一套"三纲五常"的封建伦理道德,与荀子讲的"礼义"在现实针对性方面是不同的。荀子是为了反对奴隶主贵族的旧秩序,而《毛诗大序》是为了加强对人民的思想控制。因此不能把两者混同为一。由此可见,儒家之所以强调"言志",而不提感情,并不是"志"中不包括"情",而是因为这个"情"和一般的"情"不同,它是经过儒家政治道德净化了的"情",是受"礼义"所束缚的"情"。孔颖达《左传正义》说:"在己为情,情动为志,情、志一也。"这当然也是不错的,但是没有强调说明这个"情"是含有具体政治道德内容的"情",因而容易引起人的误会。

从六朝开始,出现了"缘情"说,它是和"言志"说相对立的。陆机在《文赋》中提出了"诗缘情而绮靡"的问题。这是一个很大的变化,也是具有十分重大的意义的。陆机不讲"言志",而讲"缘情",并不是偶然的,而是历史发展的必然要求。它的实质是要打破儒家对"情"的束缚和限制。"言志"和"缘情"的对立,并不是前者认为诗歌是表现思想的,后者认为诗歌是表现感情的,而是反映了要不要对"情"给予严格的政治道德规范的问题,是"情"要不要受儒家"礼义"制约的问题。"言志"说虽然没有否定感情的问题,但在"礼义"的束缚下,不能自由地抒情,这对诗歌的发展起了严重的阻碍作用。如果诗歌所抒之情,必须以"三纲五常"的"礼义"来限制,那就只能写些歌功颂德之作了,人民的悲喜之情、进步作家的愤激之情,就都被视为越出"礼义"大防的邪而不正之情了。此点我们可以从汉代扬雄、班固对屈原的《离骚》的批评中看得很清楚。扬雄、班固正是从"发乎情,止乎礼义"的标准来贬斥屈原及其《离骚》的。东汉末年,儒教衰落。建安文学的崛起,就没有受这种限制,以曹氏父子和建安七子为代表的诗歌,"慷慨以任气,磊落以使才",抒发了悲壮之情,是越出了儒家"礼义"疆界的。创作上的突破,必然要带来理论上的突破,这正是《文赋》提出"缘情"问题的客观基础。因此,强调"缘情",不讲"言志",正是诗歌创作理论摆脱儒家"礼义"束缚的一个解放的标志。对这一点过去许多封建正统的儒家文艺家是很敏感的。他们感到这正表示"礼义"的大防被冲垮了。为此,他们都尖锐地批判《文赋》的"缘情"说,认为提倡"缘情"的结果,是"不知礼义之所归"(汪师韩《诗学纂闻》),使"言志章教,惟资涂泽,先失诗人之旨"(沈德潜《说诗晬语》)。

在陆机提出"缘情"主张后,从理论上进一步强调"感情"问题,则是在齐梁时期,"缘情"说在这一时期得到了进一步的发展和扩大。当时的文学理论普遍都重视诗歌的感情问题。刘勰在《文心雕龙》中就非常重视诗歌的"情"的问题,在很多篇中作了论述。在刘勰之前,宋代的范晔在《狱中与诸甥侄书》中说,文章乃是"情志所托",是体现作者"情性旨趣"的。刘勰之后,梁简文帝萧纲也说过诗是"吟咏情性"的话,梁元帝萧绎在《金楼子·立言篇》中则云:"至如文者,惟须绮縠纷披,宫徵靡曼,唇吻遒会,情灵摇荡。"又说:"吟咏风谣,流连哀思者谓之文。"萧子显于《南齐书·文学传论》中说:"文章者,盖情性之风标,神明之律吕也。"在齐梁普遍强调文学是感情的表现的理论中,如果我们细加分析,可以看出其中有三种不同的情况:

第一种可以刘勰为代表。他很重视"情",认为文章"吐纳英华,莫非情性"(《体性》),艺术创作过程乃是"情以物兴""物以情观"的过程,同时能够正确对待"情"与"理"的关系,他说:"情动而言形,理发而文见"(《体性》),"情者文之经,辞者理之纬"(《情采》)。"情"中是有"理"的。但是,刘勰讲的"情",又和儒家"言志"说联系得较紧,要求"情"不越出儒家的政治道德规范。他主张"情深而不诡"(《宗经》),又说:"人禀七情,应物斯感,感物吟志,莫非自然。"(《明诗》)"诗者,持也,持人情性;三百之蔽,义归无邪。"(同上)他并没有摆脱《毛诗大序》说的要"发乎情,止乎礼义"的影响。不过,他的这种主张在当时主要是为了反对淫靡不正文风的,以儒家之情来矫时俗之弊,这一点是贯穿于《文心雕龙》全书的。《序志》篇说:"唯文章之用,实经典枝条,五礼资之以成,六典因之致用,君臣所以炳焕,军国所以昭明,详其本源,莫非经典。而去圣久远,文体解散,辞人爱奇,言贵浮诡,饰羽尚画,文绣鞶帨,离本弥甚,将遂讹滥。盖周书论辞,贵乎体要;尼父陈训,恶乎异端。辞训之异,宜体于要,于是搦笔和墨,乃始论文。"这既是刘勰论文的基本思想,也是他论"情"的基本出发点。从"言志"和"缘情"两派的对立来看,刘勰可以说是持一种调和折衷之论。

第二种可以萧纲、萧绎为代表。他们强调诗歌是表达感情的,不讲儒家那一套"礼义"的限制,但也根本不讲"情"的社会内容,实质上是为门阀士族阶级放纵情欲的腐朽丑恶之"情",大开方便之门,为之寻找理论根据,成为当时宫体诗、色情诗的理论上的代表。他们把"情"从儒家思想束缚之下"解放"出来之后,又将之引入了表现剥削阶级堕落感情的邪道。这不是进步,而是一种倒退。

第三种可以钟嵘为代表。他真正把诗歌的"情"从儒家"礼义"的束缚之下解放了出来,同时又把"情"引导到具有社会内容、进步思想的健康道路之上。他所说的"楚臣去境,汉妾辞宫"等等都是指具有进步思想内容的"情"。诗歌要抒发这样的"情",诗人应当从这样一些社会生活中去汲取诗情,这就是钟嵘的主张。他既没有把"情"局限在儒家"礼义"之内,又反对那种不健康的腐朽之情,这就是钟嵘"感情"论的积极的进步意义。钟嵘把他所强调的这种具有进步社会内容的"情"概括为一个字,即是"怨"。他在《诗品》中是贯穿了这个思想的。他在赞扬和肯定诗人时,大都以"怨"为重要内容。例如:

曹植:情兼雅怨,体被文质。
古诗:多哀怨。
李陵:文多凄怆,怨者之流。
班婕妤:词旨清捷,怨深文绮。
王粲:其源出于李陵,发愀怆之词。
左思:文典以怨,颇为精切。
秦嘉:文亦凄怨。
刘琨:善为凄戾之词……多怨恨之词。

钟嵘所强调的"怨",本是我国古代文艺思想发展史上的一个进步传统。诗"可以怨"这是孔子提出的,反映了孔子文艺思想的进步一面。孔子对"怨"并没有作明显限制。汉代伟大的文学家司马迁继承和发挥了这一点,他在《屈原列传》中明确指出屈原的《离骚》"盖自怨生",并且由此申引而提出了"发愤著书"说。钟嵘在《诗品》中发扬了这个传统,这在当时的门阀社会里,具有对士族反动统治不满和愤激的特征,应该说是难能可贵的。

"自然英旨"
——钟嵘诗歌评论中的自然论

强调自然,是钟嵘在《诗品》中贯穿始终的一个重要美学原则。由于他突出了诗歌是感情的表现的特点,必然要重视艺术表现上的自然本色,反对刻意雕琢的藻饰之美。感情的鲜明、强烈,需要流畅、自然的表现特点。人工斧凿、矫揉造作必然会影响到感情的真实、自然流露。李白说:"一曲斐然子,雕虫丧天真。"即是说的这个道理。钟嵘所处的时代,在艺术创作中自然和雕琢两种美学观是尖锐地对立着的。钟嵘在《诗品》中评颜延之时,曾引汤惠休的话说:"谢诗如芙蓉出水,颜诗如错采镂金。"《南史》引鲍照对颜延之说的也与此类似,其云:"延之尝问鲍照,己与灵运优劣。照曰:'谢五言如初发芙蓉,自然可爱;君诗若铺锦列绣,亦雕缋满眼。'"这种芙蓉出水式的自然之美,乃是受庄子影响的结果。叶梦得在《石林诗话》中说:"初日芙蓉非人力所能为,而精彩华妙之意,自然见于造化之妙。"钟嵘显然是倾向于这种自然清新之美的,这在《诗品序》和对历代诗人的评论中,都可以清楚地看出来。

钟嵘在《诗品》的中品和下品序中,集中批评了当时文艺创作中追求堆砌典故和讲究苛繁声律的弊病。他的基本出发点,即是认为它们妨碍和破坏了诗歌的自然之美。堆砌典故的现象在当时的创作中是非常严重的。这是一种违背艺术规律的倾向。它使诗歌佶屈聱牙,难以卒读,意思晦涩,深隐难晓,它完全破坏了诗歌的自然本色之美。萧子显在《南齐书·文学传论》中曾说:"次则缉事比类,非对不发,博物可嘉,职成拘制。或全借古语,用申今情,崎岖牵引,直为偶说。唯睹事例,顿失清采。"产生这种现象的原因之一,是由于不懂得文学的特征是形象思维,以为光凭学问就可以写出好诗。钟嵘对这种现象十分不满,他说:

> 夫属词比事,乃为通谈。若乃经国文符,应资博古,撰德驳奏,宜穷往烈。至于吟咏情性,亦何贵于用事?"思君如流水",既是即目;"高台多悲风",亦惟所见;"清晨登陇首",羌无故实;"明月照积雪",讵出经史?观古今胜语,多非补假,皆由直寻。颜延、谢庄,尤为

繁密,于时化之。故大明、泰始中,文章殆同书抄。近任昉、王元长等,辞不贵奇,竞须新事。尔来作者,浸以成俗。遂乃句无虚语,语无虚字,拘挛补衲,蠹文已甚。但自然英旨,罕值其人。词既失高,则宜加事义,虽谢天才,且表学问,亦一理乎!

钟嵘指出,堆砌典故之弊的产生,是把文学艺术作品和一般非艺术的文章写作混淆了的缘故,非艺术的文章,可以大量用典,引证古语,而文学艺术作品则必须要"奇",也即是要有刘勰论《楚辞》讲的"昈烨之奇意",具有生动奇特的艺术形象。"辞不贵奇,竞须新事",这就违背了艺术创作的特征。结果是大量排比典故,使创作变成"书抄"。这是必然要丧失文学艺术作品的自然之美的。钟嵘在这里所提出的"直寻"和"自然英旨",是他诗歌批评中极为重要的原则。"直寻"即是强调诗歌创作必须直抒胸情,而不要去炫耀学问,变成掉书袋的雕虫!"自然英旨"则是要求诗歌创作必须以"自然"作为基本原则,不要因为用事太多而影响了明白畅晓的抒情。

从主张自然的美学观点出发,钟嵘对当时讲究烦琐的四声八病的声律派创作倾向也是十分不满的。钟嵘认为诗歌语言的音乐美,应当以自然为标准。他说:"文制本须讽读,不可蹇碍,但令清浊通流,口吻调利,斯为足矣。"诗歌语言的音韵应当自然流畅,不必去追求那些烦琐细碎的格律。像以沈约为首的声律派那样搞什么"四声八病"之类,"务为精密",其结果就是"襞积细微,专相陵架。故使文多拘忌,伤其真美"。当然,音韵格律方面的规律也是应该去研究和探讨的,根本否定其意义和作用,是不合适的。但是,把声病的禁忌搞得过分严密苛刻了,必然会影响到诗歌感情的真切自然地表达。钟嵘对声律派的批评,虽有过分之处,但其基本精神则是正确的。对于声律派的缺点来说,确也是一针见血的批评。

钟嵘强调自然之美的思想还反映在他对历代诗人的评论中。他对魏晋之后许多诗人受时代风气影响,追求辞藻雕琢之美,而忽视自然之美的倾向,曾多次反复地提出批评。比如他评张华的诗云:"其体华艳,兴托不奇。巧用文字,务为妍冶。"又评陆机之诗云:"尚规矩,不贵绮错,有伤直致之奇。"又评潘岳之诗云:"如翔禽之有羽毛,衣服之有绡縠,犹浅于陆机。"而对谢灵运、谢朓的诗歌,钟嵘一方面肯定其自然清新的优点,另一方面也批评他们的"繁富""细密",不够自然的缺点。谢灵运诗中的名句如"池塘生春草,园柳变鸣禽"(《登池上楼》),"明月照积雪,朔风劲且哀"(《岁暮》),"野旷沙岸净,天高秋月明"(《初去郡》),"林壑敛暝色,云霞收夕霏。芰荷迭映蔚,蒲稗相因依"(《石壁精舍还湖中作》),这些大都是比较自然的,确如芙蓉出水,清新可爱。所以钟嵘说他"名章迥句,处处间起,丽典新声,络绎奔会,譬犹青松之拔灌木,白玉之映尘沙,未足贬其高洁也"。但从总的方面来看,他的诗作刻意雕琢,堆砌辞藻的现象还是比较明显的。所以,钟嵘又批评他:"尚巧似,而逸荡过之,颇以繁富为累。"谢朓也是如此,既有一些清新自然的秀句,又有过于讲究对仗、格律的细密之病。故钟嵘评其诗云:"微伤细密,颇在不伦。一章之中,自有玉石。然奇章秀句,往往警遒。足使叔源失步,明远变色。"

钟嵘是主张"自然"的,但是他也并不否定人为的努力,像庄子那样崇拜"解衣般礴"的画和"天籁"、"天乐"的音乐,他认为应当经过人为的努力而达到出神入化、天衣无缝的水平。因此,在钟嵘那里,"自然"并非完全的天然而不可力为,只是衡量文学艺术作品水平高下的原则。

"建安风力"
——钟嵘诗歌评论中的风骨论

提倡"建安风力",并把它作为五言诗所应达到的最高的美学标准,这是钟嵘在《诗品》中所体现的另一个重要的文学思想。钟嵘论五言诗是以建安文学为最高典范的。他批评玄言诗的泛滥使"建安风力尽矣"。他讲诗歌创作应以"风力"为主干,"润之以丹彩"。他在评曹植诗时讲的"骨气",亦即是"风力",实际就是"风骨"。他评刘桢诗说:"真骨凌霜,高风跨俗。"说刘琨诗作有"清拔之气",说陶渊明"又协左思风力"。这些也都是讲的"风骨"。在当时的诗、文、书、画等领域中,"风骨"都是一个重要的美学概念。因此,"风骨"是一个带有普遍意义的文艺批评标准。但是,钟嵘所讲的"风骨"和其他人所讲又有不同,他是具体指的"建安风力",亦即建安文学所表现的"风骨",不是一般泛指的"风骨"之意。因此,我们应当从建安文学的特色分析出发,去研究钟嵘所说的"建安风力"的含义。

"建安风力"究竟有一些什么样的特殊含义呢?我们认为这可以从以下四个方面来分析。

第一,建安文学具有慷慨悲壮的怨愤之情,而且在表现上具备十分鲜明强烈的特色。刘勰说建安时代诗人大都"慷慨以任气,磊落以使才"(《文心雕龙·明诗》),他们诗作中重气、多气,正是这种怨愤之情的尽情倾泻所形成的。曹氏父子、刘桢、王粲等人的诗作,既有对伤乱现实的悲忧,又有对壮志抱负的歌颂。以钟嵘最推崇的建安诗人代表曹植来说,他是有理想、有抱负的,由于曹丕的猜忌和迫害,满怀愤激之情、不平之气。他的《白马篇》《野田黄雀行》《杂诗》等名篇,不仅反映了动乱的现实,而且着重抒发了慷慨悲壮之情。钟嵘说他的作品"情兼雅怨"也正是这个意思。刘桢在《赠从弟》中所表现那种对坚持理想抱负、刚正不阿的节操的歌颂,获得了钟嵘"真骨凌霜,高风跨俗"的评价。"建安风骨"不仅具有一般讲"风骨"的那种感情显明的特点,而且是以慷慨悲壮的感情的鲜明强烈的描写为其特点的。这种特点的产生是具有深刻的社会原因的,恰如刘勰所说的:"良由世积乱离,风衰俗怨,并志深而笔长,故梗概而多气也。"(《文心雕龙·时序》)

第二,建安文学中的名篇,大都具有直抒胸情、自然真切的特色,而很少堆砌典故、矫揉造作现象。沈约在《宋书·谢灵运传论》中讲到建安文学时,曾经指出:"子建函京之作,仲宣霸岸之篇……并直举胸情,非傍诗史。"钟嵘在《诗品序》中也举了徐幹的"思君如流水"、曹植的"高台多悲风"等,来说明"直寻"而符合"自然英旨"的特点的。这些名作"羌无故实""讵出经史",只是直接抒发即目所见的结果。钟嵘还举出了曹植的"明月照高楼"和阮瑀的"置酒高堂上",来证明真正好诗自有音韵流畅的自然音乐美,完全不必去追求过于琐细的声病格律。这种朴素自然的抒情写实,确是建安文学的重要特点,它也正是形成"建安风骨"的重要因素。

第三,建安文学重在传神,而不以形似为主。沈约在《宋书·谢灵运传论》中说:"自汉至魏四百余年,辞人才子文体三变。相如巧为形似之言,班固长于情理之说,子建仲宣以气质为体,并标能擅美,独映当时。"建安文学既不同于辞赋的以形似体物取胜,亦不同于班固作品的以说理见长,而是"以气质为体",因此,着重在以气貌神情的栩栩如生为其特征,这就比较明显地表现了以传神为主,以形似为辅的特点。钟嵘在《诗品》中一方面提倡"风力""骨气",另一方面对六朝偏重形似的创作倾向表示了不满。比如他说张协的诗是"巧构形似之言";说谢灵运的诗"尚巧似,而逸荡过之,颇以繁富为累";说张华的诗"巧用文字,务为妍冶";说颜延之的诗"尚巧似";说鲍照的诗"善制形状写物之词……贵尚巧似,不避危仄,颇伤清雅之调";等等,虽不否定形似,但语气中评价亦不高。他是强调以"骨气""风力"为主,而以形似为辅的,说明很重视传神问题。

第四,建安文学在艺术形象的塑造上具有明朗简洁的风格特色,而没有纤巧雕饰的弊病。刘勰在《文心雕龙·明诗》篇中曾经非常精辟地指出,建安诗歌"造怀指事,不求纤密之巧;驱辞逐貌,唯取昭晰之能"。而这一点恰好和西晋以后的诗歌发展形成鲜明的对照。这种明朗简洁的风格使建安文学的艺术形象生动鲜明,语言刚劲有力。建安文学也并非朱弦疏越、大羹淡味之作,而是文质并茂、骨采兼备的。恰如沈约说的"以情纬文,以文被质",亦即钟嵘说的"体被文质",是"风骨"和"丹彩"并存的。而它的文采是为更好地体现"风骨"服务的。从以上这些"建安风骨"的特色中,我们可以清楚地看到钟嵘的美学理想。

"味之者无极,闻之者动心"
——钟嵘诗歌评论中的滋味论

我国古代文学理论批评一向很重视"味"的问题,不仅是诗歌有"味"的问题,散文也有"味"的问题,像清朝桐城文论所标举的神、理、气、味、格、律、声、色八个大字之中,就有"味"的问题,首先把"滋味"问题作为诗歌创作和欣赏中的重要问题提出来的是钟嵘。不过,文学理论批评中涉及"味"的问题,则是比较早的。《左传·昭公九年》说到"味以行气,气以实志,志以定言"的问题,就把"味"和"言"联系起来了,但还不是讲的言中之味。《左传·昭公二十年》齐国晏子论和同时,在论到"先王之济五味和五声也"时，提出了"声亦如味"的说法，则是以"味"来比喻音乐，开始涉及艺术的"味"的问题。至《乐记》中说："清庙之瑟，朱弦而疏越，一唱而三叹，有遗音者矣。大飨之礼，尚玄酒而俎腥鱼，大羹不和，有遗味者矣。"也是以"味"来比喻音乐美的。随后，西晋的陆机在《文赋》中首先把"味"和诗文的艺术美联系了起来。他主张文学要有"艳"之美，而反对过于质朴无文，不满意于"阙大羹之遗味，同朱弦之清泛"的倾向。因此，在文学批评中讲"味"，最早应当说是由陆机开始的。

继续发挥了陆机这种论"味"的观点的是刘勰。《文心雕龙》中讲到"味"的地方有十几处。我们把它们列举出来，然后再作一点分析：

《宗经》：是以往者虽旧，余味日新。
《明诗》：至于张衡怨篇，清典可味。
《史传》：观司马迁之辞，思实过半，其十志该富，赞序弘丽，儒雅彬彬，信有遗味。
《体性》：子云沉寂，故志隐而味深。
《情采》：繁采寡情，味之必厌。
《声律》：滋味流于下句，气力穷于和韵。
《丽辞》：左提右挈，精味兼载。
《隐秀》：深文隐蔚，余味曲包。
《附会》：若统绪失宗，辞味必乱；义脉不流，则偏枯文体。
　　　　　道味相附，悬绪自接。
《总术》：义味腾跃而生，辞气丛杂而至。视之则锦绘，听之则丝簧，味之则甘腴，佩之则芬芳。
《物色》：味飘飘而轻举，情晔晔而更新。

从刘勰这些讲"味"的地方来看，显然，文学作品有没有"味"，是和作品的内容和形式都有关系的。比如上述《情采》讲"味"，主要是指内容问题，而《声律》《丽辞》等则主要是讲的形式方面的"味"。但是，像《宗经》《明诗》《史传》等许多篇，均是兼包内容和形式两方面的。而从根本上说，刘勰讲"味"是指既要有内容，而这种内容又要通过艺术特征体现出来才有味。也就是说,"味"是和文学的形象特征有密切关系的。《隐秀》篇中说的"深文隐蔚,余味曲包",告诉我们只有具备"隐秀"特点的诗歌,能够做到"情在词外""状溢目前",方能有味。读者能够透过艺术形象的外在形式("秀"),而领会到隐藏于其中的内在的意蕴("隐"),亦即"文外之重旨",方有深味。《物色》篇把"味"和"情"对举,正好可以说明这一点。《体性》篇讲"志隐而味深",也指出了志愈隐、味愈深的道理。齐梁之际讲"味",是一个比较普遍的风气,除刘勰、钟嵘之外,像颜之推《颜氏家训·文章》篇中也很重视文学作品的"滋味"问题。

钟嵘讲"味"和刘勰等人的不同,他更自觉更明确地把"味"作为衡量文学作品优劣的一个重要标准。钟嵘认为五言诗之所以是各种诗体中最有"滋味"之作,其原因即在它"指事造形,穷情写物,最为详切"。钟嵘在这里明确地告诉我们,诗歌的"滋味"是和文学作品的形象特征紧密相关的。在诗歌中,"指事"是通过"造形"来达到的;"穷情"是借助于"写物"来实现的,而且它愈是"详切",就愈有"滋味",也就是说,文学作品的形象愈是生动和鲜明,就愈有"滋味"。可见,在为什么会有味的问题上,刘勰和钟嵘的看法是完全一致的:文学作品的"滋味"来源于其形象思维的特征。钟嵘对这一点显然比刘勰论述得更为充分而透彻。他认为凡是没有或缺乏形象思维、文学的形象特征不突出的作品,是没有什么"滋味"的。他在《诗品序》中批评玄言诗道:"永嘉时,贵黄老,稍尚虚谈,于时篇什,理过其辞,淡乎寡味。"用玄理来写诗,既乏感情,又无形象,只有一些枯燥无味的玄虚之理,丧失了文学作为艺术的美学价值,自然也就谈不上有"滋味"了。玄言诗的问题正在于它缺乏形象思维,而用抽象思维来代替,当然是不可能给人以美的享受的。刘勰在《文心雕龙·时序》篇中说:"自中朝贵玄,江左称盛,因谈余气,流成文体。是以世极迍邅,而辞意夷泰,诗必柱下之旨归,赋乃漆园之义疏。"《明诗》篇又云:"江左篇制,溺乎玄风,嗤笑徇务之志,崇盛亡机之谈。袁、孙已下,虽各有雕采,而辞趣一揆,莫与争雄。"刘勰所说玄言诗"辞意夷泰""辞趣一揆",正是指它没有艺术美感、缺少形象、千篇一律、平淡无味的状况。

从艺术表现的角度说,钟嵘认为诗歌的"滋味"是否浓烈,是和如何运用赋、比、兴的手法有密切关系的。钟嵘对赋、比、兴的解释是颇有自己特点的。首先他把"兴"提到了首位,并指出它的特点是:"文已尽而意有余。"这个解释和儒家传统的讲法很不一样,它着重指出了"兴"这种手法的"隐秀"特征,亦即是形象思维的特征。他认为运用"兴"的方法,可以使作家的思想感情寄托在对客观事物的象征性的形象描写之中,而使人感到有无穷的余味。他解释"比"是"因物喻志",也即是寓思想于形象之中的意思。对"赋"的解释,钟嵘也有自己的特点,即是"直书其事,寓言写物"。虽然是一种直述的描写,但也是寓思想于形象的。可见,钟嵘对兴、比、赋的解释,都是从艺术的形象思维特征来分析的。这是他解释赋、比、兴的与众不同之处,也正是他的杰出贡献之一。他认为,诗歌创作应当"弘斯三义,酌而用之",方能使读者感到"味之者无极,闻之者动心",才是"诗之至也"。钟嵘不仅指出赋、比、兴的运用是使诗歌有"滋味"的重要原因,而且指出对此"三义"如何"酌而用之",才能使形象更鲜明、滋味更浓烈的问题。他说:"若专用比兴,患在意深,意深则词踬。若但用赋体,患在意浮,意浮则文散,嬉成流移,文无止泊,有芜漫之累矣。"钟嵘在这里提出了一个很重要的美学原则。他认为艺术作品不应当写得过于隐晦朦胧,这样会使形象不鲜明,含义不明朗,读者就不易看懂;而另一方面,又不能写得过于直露浅浮,那样把什么都说尽了,不能给读者隽永回味的余地,不能发展读者的想象,这种诗歌也是没有味道的。艰深难晓和浮浅直露都不是好作品,都是不会有"滋味"的。只有既生动鲜明,又含蓄不尽,才是有"滋味"的佳作。

钟嵘的"滋味"论,既反映了他对艺术特征的认识,同时也是他对诗歌艺术提出的一种美学要求。因此,有没有"滋味","滋味"浓不浓,也和他的整个文学思想是密切联系着的。所以,从广义方面说,诗歌是不是"吟咏情性",能不能起到"感荡心灵"的作用,诗歌有没有直抒心灵的"自然英旨",具备不具备"风力"和"丹彩",也同样是有没有"滋味","滋味"浓不浓的重要依据。比如他在评张协诗时说的:"词采葱蒨,音韵铿锵,使人味之,亹亹不倦。"评应璩诗时说:"至于'济济今日所',华靡可讽味焉。"都是从其具有"丹彩"的角度来肯定他们的"味"的。这些方面我们前面已作过分析,此处就不再赘述了。

钟嵘的文学思想是很丰富的。以上我们只是分析了他的几个最主要的突出之点。此外,他在对我国诗歌历史发展及其规律的认识、关于《诗经》和《楚辞》两个源头的观点,以及对历史上各个诗人创作特征的分析等等,都还有很多有价值的创见。本文限于篇幅,就从略了。

(原载《文艺理论研究》1981 年第 4 期)

关于韩愈文艺思想的几个问题

一

谈到韩愈的文艺思想,人们往往首先想到唐代的古文运动和韩愈的古文理论,其实这是一个很大的误解。唐代的古文运动与我国"五四"时期的白话文运动一样,其性质属于语体改革,并非文学运动。韩愈的古文理论是文章学理论,而非文学理论。由书面语言的改革而涉及文章写作,这是很自然的,但这不能与文学创作混为一谈。韩愈的"古文",实际上大部分并不是文学作品,而是一般的应用文章。我们的文学史习惯于论述韩愈的散文成就,而这个"散文"概念是非常含混不清的。如韩愈的《原道》《原性》《原毁》等学术论文,以及大量碑志、表状、序祭等都当作文学作品来论述,是很不科学的。我们的文学批评史习惯于把韩愈的古文理论当作就是文学批评理论,这也是极不恰当的,文章学的理论不应当和文学理论等同为一。当然,我们文学史和文学批评史上这种不科学的现象并不只表现在对韩愈一个人的评价上,但是在韩愈身上是更为典型而且有代表意义的。

产生这种明显不恰当而又为大家所默认的不正常现象之原因,显然不能责怪我们的文学史或文学批评史的作者,因为他们也不过是沿袭传统之说而已。这种现象之长期得不到纠正,与我国传统的"文"的概念之混乱有密切关系。对古人来说,由于历史条件的限制,我们不能苛求。但是,我们今天确是不应当再延续这种传统的错误了。继续使用这种不科学的"文"的概念,会给我们的文学理论批评带来混乱,也不利于我们正确地去总结文艺发展的历史经验。我们这样说,绝不是要贬低或否定韩愈在文学史或文艺思想史上的成就和地位,而是要对韩愈作出一个更为符合实际的评价。韩愈的古文理论与写作实践,说明他是一位卓越的文章学大师;他在诗歌和一些文学散文方面的成就,以及他在文学理论批评方面的贡献,说明他是一位出色的诗人和文学批评家。自然,他的文章学理论与写作实践,和他的文艺创作理论与实践,是有联系的,也有相互影响,但绝不可把它们混淆起来。

  文学和非文学的文章之间的区别,实际上早在南北朝时期,人们已经作了许多研究。文学和历史、哲学以及非文学的文章,在先秦时期是很难严格区分的,这是历史发展的必然。各个不同的意识形态部门总是在历史发展过程中才逐渐显出自己的独特性,并慢慢发展成为独立部门的。到了两汉时期,文史哲分家已经成为确凿的现实。现在我们没有人会把《后汉书》《三国志》《春秋繁露》《白虎通义》《论衡》等当作文学作品。但是,文学和非文学的文章,从汉代到魏晋仍一直是统一在共同的"文"的概念之下的。这从《典论·论文》《文赋》中都可以看得很清楚。南北朝时期,人们感到文学与非文学的文章,无论从创作还是社会作用方面来看,都是不同的,因此要求把它们区别开来。当时的文笔之争(包括颜延之提出的言、笔、文之说),萧统的"沉思""翰藻"说,以及萧绎《金楼子·立言篇》中提出的"吟咏风谣,流连哀思"说,都是为了区分文学与非文学文章(其中也包括文学和哲学、历史的区别)而作的重要理论探讨。虽然这几种说法,表现了愈来愈深入的趋向,但是,他们所提出的区分标准,都还不能科学地反映文学的特征,因此并不能确切地把文学和非文学文章区别开来。萧绎所说:"至如文者,惟须绮縠纷披,宫徵靡曼,唇吻遒会,情灵摇荡。"这个"文"显然已不是广义的"文",而是比较接近于严格的文学的概念了。但是,由于当时文学的形式主要还是诗赋,小说、戏剧都没有发展起来,所以,也很难真正划清文学与非文学的界限。从唐朝开始出现了一个很值得我们注意的倾向,这就是诗与文的分家,一般不再把诗归入笼统的"文"的概念,强调了诗与文在创作上的差别。当然这样分也是不科学的。"文"本身就包括了文学和非文学。然而,当时所说的"诗"与"文"之差别,主要还是指诗与非文学文章之间的差别。刘禹锡曾说:"诗者,其文章之蕴邪?"(《董氏武陵集纪》)司空图也说:"文之难,而诗之难尤难。"(《与李生论诗书》)他们都认识到文学创作比一般文章写作要更复杂、更困难。其实,韩愈本人对作为文学的诗歌和非文学文章的不同作用也是有所认识的。其《上兵部李侍郎书》一文中就说:"谨献旧文一卷,扶树教道,有所明白;南行诗一卷,舒忧娱悲,杂以瑰怪之言。"诗论与文论自唐开始也逐渐分家,唐代以后的许多"文论",实质上主要是文章学理论,而没有多少文学理论问题。文学理论主要是通过诗论、词论、小说戏剧评点等方式而体现出来的。

  韩愈所讲的"古文"属于广义的文章学范畴,这是和他倡导的儒学复古主义思潮有密切关系的。提倡用古文写作,是为了恢复儒家古道,这一点是很清楚的。为了弘扬儒家之道,就要用古文来写文章,而反对用骈体文。这和文学创作是两回事。所以韩愈在诗歌创作上更重视搜奇抉怪,而不是像古文写作上那样,更多主张平易的"文从字顺各识职"。韩愈的诗歌也有"以文为诗"的特点,这当然是与他提倡古文有关系的。但是对这一点应当给予科学的分析。如果只是用写文艺散文的方法来写诗,这是无可非议的。但如果是以写非文学文章的方法来写诗,这就要加以辨析了。从理论上说,这是可以允许的,因为文学创作的途径和方法是广阔的,今天社会科学和自然科学的距离也正在缩小,更何况是人文科学内部的互相渗透呢!"以文为诗"应当从它的实际创作效果来衡量其得失。"以文为诗"有成功的方面,它扩大了诗歌的表现方法,独辟蹊径,开拓了新路。即以韩愈的诗来说,例如著名的《山石》《八月十五日夜赠张功曹》等,都显示了此种"以文为诗"之特色。但是,他的"以文为诗"也有不少失败之作,例如《南山诗》之类。究其差别,主要是在"以文为诗"不能变成"以文代诗",否则取消了诗作为艺术的特点,变成押韵之文章,自然也就丧失了诗味。这就会走上严羽所批评的"以文字为诗,以才学为语,以议论为诗"的邪路。因此,我们不应当全面地肯定"以文为诗",而不加任何具体的科学的分析。至于就韩愈本人的诗歌创作来说,那么"以文为诗"的成就仍是主要的,他的倡导之功是不应当抹杀的。而宋人的片面发展,自然也是不能归咎于韩愈的。

二

  我们研究韩愈的文艺思想主要还是要从他的诗论、书论,以及他的文学创作实践中去考察。韩愈文艺思想的核心是强调文学艺术是作家思想感情的寄托和独特的美的创造。具体地说,即是提倡"不平则鸣"和创造雄奇怪伟的艺术形象。

韩愈在《送孟东野序》与《荆潭唱和诗序》两文中，集中地论述了"不平则鸣"的原则。这是我国封建社会中一个富有民主精神和反抗精神的命题，它既是对我国进步文艺传统的继承，又是在新的历史条件下的发展。韩愈认为"不平则鸣"是一个普遍性的现象，不论是自然界还是社会生活中，不管是"物"还是"人"，遭遇到"不平"，就都要"鸣"。他说："大凡物不得其平则鸣。草木之无声，风挠之鸣；水之无声，风荡之鸣。其跃也，或激之；其趋也，或梗之；其沸也，或炙之。金石之无声，或击之鸣。人之于言也亦然。有不得已者而后言，其歌也有思，其哭也有怀。凡出乎口而为声者，其皆有弗平者乎！"作为"物"来说，它受到外来的冲击，打破了它自身的平衡与稳定，它就要"鸣"。作为"人"来说，他的正常的思想与感情不能得到自由地发挥，受到了外力的阻碍，他也必然要"鸣"。所以"其歌也有思，其哭也有怀"，都不是无根由的。人们的理想和愿望不能得到顺利的实现，必然要发之于歌，形之于言，这不仅是文学，而且一切学术著作也是如此。这也正如司马迁在《太史公自序》中所说的："此人皆意有所郁结，不得通其道也，故述往事，思来者。"显然，在韩愈看来，文学不是对现实生活的单纯客观反映，主要是表现作家的理想和愿望。"鸣"，不是一种消极的遭到不平后的自然反应，而是一种积极的对现实的干预，为受"郁结"之"意"找到一条能够疏通的"道"路。它是人们在现实中受到压抑所表现出来的强烈的反抗要求。这种坚毅不屈的斗争精神正是我们民族性格中极其可贵的优秀品质之体现。

韩愈是当时儒学复古主义的积极提倡者，他是以尧、舜、周公、孔子、孟子之道的道统继承者自居的，但是他所肯定和赞扬的"不平则鸣"，并没有局限于儒家。他认为皋陶、大禹、夔、五子、伊尹、周公、孔子、庄子、屈原、臧孙辰、孟轲、荀卿、杨朱、墨翟、管子、晏子、老子、申不害、韩非、慎到以及至邹衍、苏秦、张仪、李斯、司马迁、扬雄等等，皆为"善鸣"者。一直到唐朝，陈子昂、苏源明、元结、李白、杜甫、孟郊等亦皆为"善鸣"者。可见，他的"不平则鸣"设格甚宽，肯定他们都有"大志"，因为"道"不行，故假之于语言文字之鸣，以明其心迹。不过，对于这些"善鸣"者他还是有所区别的。这种区别在韩愈看来主要有如下两方面：第一，有的是以"道"鸣，有的是以"术"鸣。以战国诸子为例,孟、荀是"以道鸣者"。而杨、墨、管、晏及苏、张等乃"以其术鸣"者,韩愈认为前者显然要高一层次。可见,他的"不平而鸣"仍然是有标准的,这就是突出儒家思想的地位。第二,有"善鸣",有"不善鸣"。对于魏晋之际的"鸣"者,他的评价就比较低,他说这些"鸣者"虽"未尝绝",但"不及于古","就其善鸣者,其声清以浮,其节数以急,其辞淫以哀,其志弛以肆。其为言也,乱杂而无章"。这里不仅是"道"之不同,而且认为"鸣"的本身水平也有高低,有的善于表达,有的不善于确切地表达。他在《送王秀才序》中说:"及读阮籍陶潜诗,乃知彼虽偃蹇不欲与世接,然犹未能平其心,或为事物是非相感发,于是有托而逃焉者也。"说明他对魏晋之"鸣者",并非因全"道"不同而特意贬斥之。

韩愈论述"不平则鸣"的非常可贵的一点,是指出了真正有"不平"而善"鸣"者,不是王公贵族,而是"羁旅草野"之士。其《荆潭唱和诗序》云:"夫和平之音淡薄,而愁思之声要妙。欢愉之辞难工,而穷苦之言易好也。是故文章之作恒发于羁旅草野。至若王公贵人气满志得,非性能而好之,则不暇以为。"这里,韩愈把"不平则鸣"的普遍现象,联系封建社会的现实作了进一步的发挥。"和平之音""欢愉之辞"之所以"淡薄""难工",是因为它没有多少"不平",故而自然也"鸣"不起来;而"愁思之声""穷苦之言"之所以"要妙""易好",正是因为它是遭遇"不平",所以才"鸣"得好。"王公贵人"权高势大,生活优裕,要什么有什么,不会遭到什么"不平",而且他们也没有什么远大的志向抱负,自然没有什么要"鸣"的,即使要"鸣"也肯定"鸣"不好。可是,"羁旅草野"之士往往都是壮志满怀,韬略满腹,却又穷愁潦倒,不得施展,于是很自然的,只好在文学创作或其他学术著作中来寄托自己的理想与愿望。而且往往正是由于他们遭际不幸,才有时间和毅力去深入钻研学问,从而有很高的写作能力和艺术创造才华。韩愈在《上兵部李侍郎书》中讲他自己就属于这种情况。他说:"愈少鄙钝,于时事都不通晓,家贫不足以自活,应举觅官,凡二十年矣。薄命不幸,动遭谗谤,进寸退尺,卒无所成。性本好文学,因困厄悲愁无所告语,遂得究穷于经传史记百家之说,沉潜乎训义,反复乎句读,砻磨乎事业,而奋发乎文章。"韩愈揭示了封建专制社会里文学艺术发展中的一个带有普遍性的现象,人们学术文化事业上的成就往往是和政治仕途上的顺利发展成反比例的。当然,这不是绝对的,尤其在不同的社会制度下,情况就更不同了。但是,它告诉我们,逆境的考验,是可以磨炼人的意志和毅力的,是可以激起人的奋发精神,促使人的智慧才能得到更充分地发挥的。

自从韩愈提出"不平则鸣"的问题后,欧阳修又进一步概括其基本精神,指出"诗人少达而多穷"乃"非诗之能穷人,殆穷者而后工",而且是"愈穷则愈工"(见《梅圣俞诗集序》)。苏轼在其诗中也经常强调这一点,如"诗人例穷蹇,秀句出寒饿"(《病中大雪数日未尝起观虢令赵荐以诗相属戏用其韵答之》),"恶衣恶食诗愈好,恰似霜松啭春鸟"(《次韵徐仲车》),"秀语出寒饿,身穷诗乃亨"(《次韵仲殊雪中游西湖》),等等。王世贞《艺苑卮言》中还把诗人穷愁的情况分为九类:穷困、嫌忌、玷缺、偃蹇、流窜、刑辱、夭折、无终、无后。李贽《忠义水浒传序》中说:"《水浒传》者,发愤之所作也。"金圣叹评《水浒》也说:"怨毒著书,史迁不免,于稗官又奚责焉。"(金批《水浒》第十八回回评)后人的这种继承发挥一方面说明了"不平则鸣"上继司马迁,而下开欧阳修等"穷而后工"之论,影响十分深远,另一方面也可以看出对于"穷"的理解角度各人是不同的。有的是指政治上穷达之"穷",有的是指生活上的穷富之穷。当然这两者是有联系的,政治上"达"了,生活上自然也就不会穷;政治上"穷"了,仕途不顺利,生活自然也会变得贫寒。但是,侧重在政治上还是侧重在生活上是不同的。前者更强调济世安民的抱负,而诗之"工"也表现在艺术形式能充分表现其深远的思想意义方面;后者则较多地是指因"穷困"而使艺术形式更加工巧秀丽上。韩愈所说的"不平则鸣"与"穷苦之言易好",其内容显然是以前者为主的。而上引苏轼的说法,则似更主要指后者。当然,就"不平则鸣""穷而后工"本身而言,仁者见仁,智者见智,不妨并存。

三

从文学创作的艺术美特征方面说,韩愈的理想既不同于道家任乎自然的"天籁""天乐",也和儒家传统所主张的"衔华佩实"不尽相同。韩愈要求创造一个雄奇怪伟的艺术世界,来寄托自己的理想愿望,体现其"不平则鸣"的内容。他认为这个雄奇怪伟的艺术世界的创造,关键是在发挥作家能动的创造才能,只要作家这种才能被充分地调动起来了,那么,"人工"的力量完全可以达到超越"天工"之美的境界。从创作思想上看,韩愈是糅合儒道,而又以儒为主的。韩愈也把"天工"自然看作文学作品艺术美的很高境界,他说:"至宝不雕琢,神功谢锄耘。"(《醉赠张秘书》)但是,他更认为"人工"可以巧夺"天工",而且应当超越"天工"。他对孟郊诗歌创作的评论中处处体现着这样的思想。他在《贞曜先生墓志铭》中称孟郊云:"及其为诗,刿目鉥心,刃迎缕解,钩章棘句,掐擢胃肾,神施鬼设,间见层出。"然而,其《答孟郊》一诗又云:"规模背时利,文字觑天巧。"《醉赠张秘书》亦云:"东野动惊俗,天葩吐奇芬。"在《荐士》诗中也说孟郊诗是:"荣华肖天秀,捷疾逾响报。"可见,孟郊诗中这种奇文异采可与"天工"自然相媲美,然而又确实是充分发挥了人工创造积极性的成果。

然而,韩愈所赞赏的孟郊诗歌的"天葩""天秀""天巧"之美,又不是朴素平淡的"天工"自然之美,而是要在雄奇怪伟的艺术创造中见出近乎自然之"天工"。他说:"有穷者孟郊,受材实雄骜。冥观洞古今,象外逐幽好。横空盘硬语,妥帖力排奡。敷柔肆纡余,奋猛卷海潦。"(《荐士》)胡仔《苕溪渔隐丛话》云:"荆公云:诗人各有所得,'清水出芙蓉,天然去雕饰',此李白所得也。'或看翡翠兰苕上,未掣鲸鱼碧海中',此老杜所得也。'横空盘硬语,妥帖力排奡',此韩愈所得也。"这里讲的正是李、杜、韩各自不同的艺术美理想。韩愈评孟郊诗的这两句话,确是非常典型地表现了他所喜欢的雄奇怪伟的艺术美特征。他赞美张籍的诗作既是"张籍学古淡,轩鹤避鸡群"(《醉赠张秘书》),又是"文章自娱戏,金石日击撞,龙文百斛鼎,笔力可独扛"(《病中赠张十八》)。这和他对孟郊诗评价中所体现的艺术美理想是完全一致的。至其《送无本师归范阳》一诗中对贾岛诗歌艺术风貌的描写,更可以见出他要求于雄奇怪伟中见出平淡自然之美学思想。他说:"蛟龙弄角牙,造次欲手揽。众鬼囚大幽,下觑袭玄窞。天阳熙四海,注视首不颔。鲸鹏相摩窣,两举快一啖。夫岂能必然,固已谢黯黮。狂词肆滂葩,低昂见舒惨。奸穷怪变得,往往造平淡。"在韩愈看来,一个艺术家应当充分施展自己的才能,去创造一个奇特的艺术境界。在他的想象中,李白杜甫正是这样的典范,他们那些不朽的作品,"想当施手时,巨刃磨天扬。垠崖划崩豁,乾坤摆雷硠",这是多壮观的艺术创造场景啊！当然，这是韩愈用自己的美学理想去想象李白杜甫创作的结果。为此，他也设想他作为李杜之后的继承者应该以一种什么样的气概去创作："我愿生两翅，捕逐出八荒。精诚忽交通，百怪入我肠。刺手拔鲸牙，举瓢酌天浆。"（《调张籍》）程学恂《韩诗臆说》云："此诗李杜并重，然其意旨，却着李一边。"这种看法有其正确的方面，从追求雄奇的浪漫风格方面讲，韩愈与李白确有接近之处，但实际上这种看法又有很大片面性。韩愈强调的怪伟方面是李白所没有的，而从"人工"历险这个角度讲，他比杜甫要走得更远，杜甫重视发挥"人工"之巧，但没有韩愈那样的险怪。显然，韩愈心目中的李杜和实际的李杜还是有距离的，是已经被他的美学理想改造过了的李杜！其实，孟郊和张籍在韩愈的笔下也是和实际的孟、张不同的，也同样是被韩愈的美学理想改造过的。在韩愈看来，真正艺术创造的乐趣，正是在如何充分发挥"人工"的创造才能上，务求做到"险语破鬼胆，高词媲皇坟"，有了雄奇怪伟的艺术境界，才能更好地体现自己的理想和愿望。

由于突出强调"人工"的作用以及"不平则鸣"的重要性，所以韩愈在论文学创作的艺术构思时，不像佛老那样注重"虚静"的精神境界的培养，而相反地认为只有在内心激情翻腾的状况下才能写出好作品，而虚静淡泊只能使创作激情消解，而不可能写出有价值的好作品。他在《送高闲上人序》中说张旭之善草书正是因为他内心之情感受到外物之感触，产生了不得不书的强烈激动，其云："喜怒窘穷，忧悲愉佚，怨恨思慕，酣醉无聊不平，有动于心，必于草书焉发之。观于物，见山水崖谷、鸟兽虫鱼、草木之花实、日月列星、风雨水火、雷霆霹雳、歌舞战斗、天地事物之变，可喜可愕，一寓于书。故旭之书，变动犹鬼神，不可端倪，以此终其身，而名后世。"而浮屠文畅之所以学张旭草书"不得其心而逐其迹"，正是由于他"为心，必泊然无所起；其于世，必淡然无所嗜。泊与淡相遭，颓堕委靡，溃败不可收拾，则其于书，得无象之然乎？"对于韩愈的这种观点，后来苏轼在《送参寥师》一诗中就明确地提出了不同看法，他说："退之论草书，万事未尝屏。忧愁不平气，一寓笔所骋。颇怪浮屠人，视身如丘井。颓然寄淡泊，谁与发豪猛。细思乃不然，真巧非幻影。欲令诗语妙，无厌空且静。静故了群动，空故纳万境。阅世走人间，观身卧云岭。咸酸杂众好，中有至味永。诗法不相妨,此语当更请。"苏轼在创作思想上是崇尚佛老的,所以与韩愈有不同看法,这是很自然的。但是,从文艺创作实际来看,韩愈与苏轼所论角度不尽相同,两者其实并不矛盾。韩愈强调的是创作应当有激情,有真实的现实生活体会,而苏轼则是重在艺术构思之前作家应当排除各种客观因素干扰,"空静"之后方能专心于创作,则"空静"之后仍不妨有更强烈之激动,而所谓"阅世走人间,观身卧云岭"者,亦正是为了更好地培养创作之激情。然而,他们一重儒家思想,一重老庄佛教思想,注意的重点是不同的。

韩愈在《送高闲上人序》中论艺术创作,也讲究要涵养神气,使外物不胶于心。然而他的具体论述和老庄所说的养气保神、不为物役是根本不同的。老庄认为在艺术创造过程中,作者必须保持内心虚静,神气自然,为此就要弃绝"智""巧",使"机心""机事"不存于心。《庄子·天地》篇云:"有机械者,必有机事;有机事者,必有机心。机心存于胸中,则纯白不备;纯白不备,则神生不定;神生不定者,道之所不载也。"《达生》篇又云:"工倕旋而盖规矩,指与物化,而不以心稽,故其灵台一而不桎。"然而,韩愈则认为,"苟可以寓其巧智,使机应于心,不挫于气,则神完而守固,虽外物至,不胶于心"。要求"人工"智慧、机巧之工与神气自然求得统一,既内蕴巧智、"机应于心",又使之"不挫于气"而做到"神完守固",主张在"人工"技巧纯熟完美、充分发挥其创造智慧的基础上,而达到天生化成的自然之美。所以,他虽然也赞美庖丁解牛的神化境界,然而他理解的角度则和庄子原意完全不同,他是从专心一志、"不治他伎"、集中全力去发挥"人工"之巧的角度去肯定庖丁解牛的。这正是他强调用"人工"去巧夺"天工"的审美理想在具体创作思想上的体现。

(原载《韩愈研究论文集》,广东人民出版社,1988年)

象外之象，景外之景

——论司空图的《诗品》

司空图是唐末的一位很重要的文艺理论批评家。他的《诗品》和其他论诗著作，总结了他以前诗歌创作的部分艺术经验，提出了一些很重要的诗歌艺术理论问题，在我国文艺思想发展史上有很深刻的影响。司空图的《诗品》是一部比较难以理解的著作，清人杨振纲在《诗品解序》中就曾经说过是"以不解解其所不解"。但是，如果我们对司空图的思想和人生观有正确的了解，再联系他书信文章中的论诗主张，那么，《诗品》的主旨及其特征也还是可以认识得比较清楚的。下面我们试就四个方面作一些分析和探讨。

《诗品》写作的思想基础

司空图的《诗品》与一般的诗歌艺术理论著作不大相同。它不仅反映了作者的艺术观，同时也是作者宇宙观人生观的集中表现。

司空图(837—908)，字表圣，河中虞乡(今山西永济)人，生活在唐末的大动荡年代。他是非常忠诚于李唐王朝的，也曾经想有所作为，济世安民，干一番事业，为振兴李唐王朝尽犬马之劳。诚如他在自己的文集序言中所说，其"平生之志"，不在"文墨之伎"，而"欲揣机穷变，角功利于古豪"。他期望得到"忧天下而访于我者"的贤明圣君的赏识，以便能"用于时"，而改变当时"儒失其柄，武玩其威"的"道之不振"局面(参见其《将儒》一文)。虽然，他主观上想"救时"而不"愧负于家国"(《休休亭记》)，但是他的实际遭遇则是很不幸的。他于咸通十年中进士后，随其恩师王凝而为幕僚。适逢王仙芝、黄巢领导的农民起义爆发，王凝在镇压起义过程中病死。唐僖宗广明元年(880)，卢携入朝为相，召司空图为礼部员外郎，后迁礼部郎中。恰在这年冬天，黄巢起义军攻入长安，僖宗逃奔四川,司空图扈从不及,流落于乱兵中。他弟弟的一个奴仆叫段章,参加了起义军,曾劝说他投降起义军,但他坚决不从。后逃归河中居于中条山王官谷他家祖传的别墅。光启元年(885),唐僖宗返回凤翔,曾召司空图为知制诰,迁中书舍人。但僖宗刚返长安,又逢李克用兵变,旋即逃至宝鸡。这次司空图又跟从不及,不得不再次逃归中条山王官谷。后来,唐昭宗即位后,又曾多次召他为官,他都称病谢辞。由于两度身陷战乱之中,他对农民起义风暴十分恐惧,又看到"朝廷微弱,纪纲大坏",李唐王朝颓势已成,不可挽回,自己又无力挽狂澜于既倒,于是只好隐居深山,以诗酒自娱。其《丁未岁归王官谷有作》云:

家山牢落战尘西,匹马偷归路已迷。冢上卷旗人簇立,花边移寨鸟惊啼。本来薄俗轻文字,却致中原动鼓鼙。时取一壶闲日月,长歌深入武陵溪。

这反映了他在"风波一摇荡,天地几翻覆"的时代的思想状况。

然而,司空图对李唐王朝忠心耿耿,隐居是迫不得已而为之。隐居期间,他心事重重,始终记挂着朝廷的安危。"身病时亦危,逢秋多恸哭。"(《秋思》)"莺也解啼花也发,不关心事最堪憎。"(《偶书》)"自有池荷作扇摇,不关风动爱芭蕉。只怜直上抽红蕊,似我丹心向本朝。"(同上)在长期的隐居生活中,他的心情十分凄苦,只好从佛老思想中去寻求精神上的解脱。他在《自诫》中说:

众人皆察察,而我独昏昏。取训于老氏,大辩欲讷言。

他不能忘记现实,又不得不忘记现实,因此由感伤、悲观、绝望而转向任其自然、置身物外、冲淡恬静的道家精神。他幻想着能从佛教的空寂心境中去获得人生的归宿。他说:"名应不朽轻仙骨,理到忘机近佛心。"(《山中》)"从此当歌唯痛饮,不须经世为闲人。"(《有感》)尤其是到了晚年,佛老思想在他的人生观中逐渐占有了更大的位置。恰如他在《休休亭记》中所说,自己年老无能,已没有了"救时之用"。于是,"日与名僧高士游咏"于"泉石林亭"之中,"与野老同席,曾无傲色"。并且"预为寿藏终制,故人来者,引之圹中,赋诗对酌。人或难色,图规之曰:'达人大观,幽显一致,非止暂游此中,公何不广哉!'"(《旧唐书》卷一百九十《司空图传》)颇有庄子妻死"鼓盆而歌"的风度。

　　司空图在隐居生活中既有感世伤时之叹,又过着"一局棋,一炉药,天意时情可料度,白日偏催快活人,黄金难买堪骑鹤"的生活。他和诗歌结成了莫逆之交。"此身闲得易为家,业是吟诗与看花。"(《闲夜》)"侬家自有麒麟阁,第一功名只赏诗。"(《力疾山下吴村看杏花》)但是,他并不想以诗歌来经世治国,济时安民,他挖苦杜甫诗歌的"寒酸堪笑处"(同上),嘲笑元白的"力勍而气孱",说他们是"都市豪估"(《与王驾评诗书》),并且提出"诗中有虑犹须戒,莫向诗中著不平"(《白菊》)。他希望在诗歌中创造一个淡泊、超脱的佛老精神境界,来消除悲哀与痛苦,作为自己精神上的寄托。他说:"若使他生抛笔砚,更应无事老烟霞。"(《闲夜》)"由来相爱只诗僧,怪石长松自得朋。"(《狂题十八首》)他的《二十四诗品》正是通过各种不同的艺术境界,来创造佛老的理想世界的具体表现。我们明白了司空图写作《二十四诗品》的这种思想基础,就可以为研究《二十四诗品》,揭开《二十四诗品》之谜,提供一把有用的钥匙。

思与境偕
　　——《诗品》是老、庄哲理境界与诗歌艺术境界的和谐统一

　　司空图《诗品》的主旨究竟是什么,历来有不同的说法。比较有代表性的是两种意见:一种认为它是诗歌的风格论,说它主要是描绘了二十四种不同的艺术风格;一种认为它是诗歌的创作论,其中包括了诗人生活思想、诗人与自然关系、作品论、作法论等等。这两种说法都有一定道理,但又都没有抓住《诗品》的要害。《诗品》所列二十四种,其中确有风格问题,但他和刘勰《文心雕龙》中关于风格的"八体"之说,很不相同。《诗品》中也确实涉及了诗歌创作方面的许多重要问题,反映了司空图对诗人思想、生活的一些要求,但它并不是具体分析和论述创作理论问题的。司空图的《诗品》主要是描绘了二十四种不同的诗歌境界。这一点,王士禛看到了,他在《香祖笔记》中说:

"采采流水,蓬蓬远春",形容诗境亦绝妙,正与戴容州"蓝田日暖,良玉生烟"八字同旨。

袁枚也看到了,而且讲得更明确。《续诗品序》云:

> 余爱司空表圣《诗品》,惜其只标妙境,未写苦心。

不过,说"未写苦心",也并非完全如此。司空图在描绘"妙境"时,也常常涉及一些"苦心"。孙联奎《诗品臆说》云:"若司空《诗品》,意在摹神取象。"这实际上也是说的描绘诗境。

司空图所描绘的这二十四种诗境的基本内容,即是老、庄的哲理境界和诗歌艺术境界的和谐统一。他在《与王驾评诗书》中说:"五言所得,长于思与境偕,乃诗家之所尚者。"这里所提出的"思与境偕"原则非常重要,它不仅是司空图对诗歌艺术的最高要求,也正好可以用它来概括地说明《诗品》的主要内容。"思与境偕"实质上是说的诗人在审美过程中主体与客体的统一,理性与感性的统一,而从塑造艺术形象的角度来说,即是思想和形象的融合问题。

《诗品》既然描绘的是二十四种诗境,那么它也必然存在"思与境偕"的问题。在《诗品》的二十四种不同风貌的艺术境界中,有着共同的"思",即是老、庄那种理想的精神情操。也就是说,它是老、庄的哲理寓于诗歌艺术意境中之产物。思与境在《诗品》中达到了最高度的融合,使人有天衣无缝之感。这显然是和司空图本人的生活、思想有密切关系的。

司空图《诗品》中有些品从名称和风格特色上看,即和老、庄的精神情操和理想人格十分吻合。例如冲淡、自然、高古、疏野、超诣、旷达、飘逸等,这些艺术境界中所体现的老、庄思想也更为明显。例如《冲淡》一品写道:

> 素处以默,妙机其微。饮之太和,独鹤与飞。犹之惠风,荏苒在衣。阅音修篁,美曰载归。遇之匪深,即之愈希。脱有形似,握手已违。

这一品所体现的精神境界和理想人格,充满了道家那种功利机巧一无所虑,虚静寡欲,与自然俱化的特色。《庄子·天地》篇说:"视乎冥冥,听乎无声。冥冥之中,独见晓焉;无声之中,独闻和焉。"冲淡之人有这种品格,故能"素处以默,妙机其微"。孙联奎《诗品臆说》中说:"静则心清","心通造化,自然妙契希微"。这是正确的。司空图在《高古》一品中所说的"畸人",《自然》一品中所说的"幽人",《飘逸》一品中所说的"高人",在精神品格上也都与冲淡之人类似,都具有庄子所说的那种"畸人""真人"的思想境界。例如:

畸人乘真,手把芙蓉。泛彼浩劫,窅然空踪。(《高古》)
幽人空山,过雨采蘋。薄言情悟,悠悠天钧。(《自然》)
高人惠中,令色絪缊。御风蓬叶,泛彼无垠。(《飘逸》)

畸人就是在精神上与自然契合无间的人,他能离开人世灾难,乘自然之气,而入于天庭。《庄子·大宗师》云:"畸人者,畸于人而侔于天。"畸人不同于世俗之人,他摆脱了功名利禄的羁绊,胸中无半点"机心""机事",嗒然遗身,物我两忘。幽人、高人亦与畸人相同,在精神上与造化相通。恰如《庄子·大宗师》中说的"真人"一般,"其寝不梦,其觉无忧","不知说生,不知恶死","翛然而往,翛然而来",与自然之道相合。不管是"畸人""幽人"还是"高人",他们的整个心灵都超乎现实之上,而进入了理想的境界之中。又如《超诣》一品写道:

匪神之灵,匪机之微。如将白云,清风与归。远引若至,临之已非。少有道气,终与俗违。乱山高木,碧苔芳晖。诵之思之,其声愈希。

从老、庄的宇宙观与人生观看来,"道"与"俗"是相对立的,"道"是指他们所理想的超现实的哲理境界,而"俗"则是现实的社会人生。而"超诣"境界的特点即在"少有道气,终与俗违"。思想上超脱现实,不沾染尘世俗垢,故可与清风、白云,同归纯洁无瑕的太空。在乱山高木、碧苔芳晖之间,超诣之人,居之若素,吟诵清诗,有大音希声之妙。

不仅如此,我们从司空图《诗品》中还可以看到,那些名称上看来似乎是和老、庄精神境界不一致的艺术境界,实质上也都具有老、庄的精神境界。比如《实境》:

> 取语甚直,计思匪深。忽逢幽人,如见道心。清涧之曲,碧松之阴。一客荷樵,一客听琴。情性所至,妙不自寻。遇之自天,泠然希音。

"实境"本来似乎应当是很现实的,然而,司空图所描写的"实境"这种艺术境界,它所体现的精神情操,也是远超乎现实之上的。其具体的诗境虽在现实之中,思想则越乎现实之外,精神进入了理想世界。恰如《庄子》中所描写的庖丁解牛、轮扁斫轮,他们的所作所为都是很现实的,然而他们的精神境界,却是与"道"相合的。这种诗境"取语甚直,计思匪深",写的是即目所见之景,然而却有"忽逢幽人,如见道心"之妙,能象征出超现实的理想精神境界,见出"幽人"之"道心"。境实而思虚,故虽实境亦带有虚幻之意。又如他的《豪放》一品:

> 观化匪禁,吞吐大荒。由道反气,处得以狂。天风浪浪,海山苍苍。真力弥满,万象在旁。前招三辰,后引凤凰。晓策六鳌,濯足扶桑。

这种豪放,不是人间英雄豪杰之豪放,而是"畸人""真人"那种"天地与我并生,万物与我为一",和宇宙共生死的率真表现。此种豪放之气产生于自然之道,是"真力"饱满、元气充实的表现。这种豪放之人,犹如《庄子》中所写的藐姑射之山的神人,"不食五谷,吸风饮露,乘云气,御飞龙,而游乎四海之外"。司空图所说的"劲健",也不是人为的强劲有力,而是得"道"而生的"劲健",故云:"饮真茹强,蓄素守中,喻彼行健,是谓存雄。"

司空图《诗品》中所表现的这种老、庄的精神境界与理想人格,就其超然物外,清静寡欲这一主要特征来说,和佛教哲学所倡导的精神境界与理想人格,也是很接近的。同时我们还要看到,由于司空图主要是借佛老远离尘世的理想世界,来寄托自己精神上的苦闷与内心的伤痛,所以在《诗品》中也常常流露出一种难以言喻的悲哀和绝望情绪。例如《悲慨》一品说:"壮士拂剑,浩然弥哀。"《含蓄》一品说:"语不涉己,若不堪忧。"《旷达》一品说:"欢乐苦短,忧愁实多。"这自然也是不奇怪的,因为司空图之倾心佛老,实非本意,乃不得已耳。所以,当李唐王朝覆灭,唐哀帝被杀后,他也就绝食而死了。

司空图的《诗品》不仅是一部诗歌理论著作,也是二十四首艺术水平很高的、哲理意味很浓的诗歌,这是他的"思与境偕"的具体实践,是对诗人主观的"思"和客观的"境"有机结合和辩证统一的诗歌艺术境界的描绘。如果说,刘勰的"神与物游"是对艺术想象活动的形象描绘和理论概括的话,那么,司空图的"思与境偕"则是对诗歌艺术形象塑造特征的生动论述,而《诗品》则正是"思与境偕"理论所树立的创作典范。

象外之象,景外之景
——关于诗歌意境的美学特征

司空图的《二十四诗品》所描绘的诗境,毫无疑问,都是情景交融、主观与客观统一的艺术形象,然而这只是说明了司空图所描绘的诗歌意境的一般特征,而并没有进一步说清楚这种诗歌意境的特殊的美学特征。意境是艺术形象,但艺术形象并不一定都在意境。对于《二十四诗品》中所描绘的诗歌意境的美学特征,司空图在《与极浦书》中有一个纲领性的理论概括。他说:

> 戴容州云:"诗家之景,如蓝田日暖,良玉生烟,可望而不可置于眉睫之前也。"象外之象,景外之景,岂容易可谈哉!

戴叔伦所说的"诗家之景",即是指诗歌意境。他对这种诗境的形容以及司空图对这种"诗家之景"的艺术特征的理论概括,我们完全可以用来作为对司空图《诗品》中所描绘的二十四种诗境及其艺术表现特点的评价,这是再合适也没有的了。苏轼在《书黄子思诗集后》一文中说,司空图

"自列其诗之有得于文字之表者二十四韵,恨当时不识其妙",正是说的这个意思。我们前面所引王士禛评"采采流水,蓬蓬远春"诗境的一段话,也是说的这一点。

那么,究竟什么是"象外之象,景外之景"呢?这里,前一个"象"和"景",指的是诗歌艺术形象中的具体的有形的描写;后一个"象"和"景",指的是由前一个"象"和"景"所暗示和象征出来的一个无形的、虚幻的景象。也就是说,诗歌在描绘具体的情景之外,还要构成一个令人驰骋遐想、回味无穷的艺术意境。前一个景象是实的,是看得见摸得着的,而后一个景象则是虚的,是存在于想象之中的,如水中之月,空中之音,可望而不可即。这种诗歌境界中虽然也写了具体的物象和具体的情意,但其目的不仅仅在此,而是要借此来体现一个虚实结合、有无相生,既有具体描写,又有想象内容的艺术空间。清人笪重光在《画筌》中说,绘画中有"空景"有"实景",比如山的深远、水的流动、林间阴影、山外清光,这些都是"空景",是很难具体描绘出来的,它需要用山、水、林、石等具体"实景"来暗示和象征。他说:"空本难图,实景清而空景现;神无可绘,真境逼而神境生。"这里的"空景""神境"即是司空图讲的"象外之象,景外之景"。笪重光虽然说的是绘画意境的创造,其理可通于诗。

司空图的《二十四诗品》中的每一品都有这种"象外之象,景外之景"的特征。比如《绮丽》一品写道:

神存富贵,始轻黄金。浓尽必枯,淡者屡深。雾余水畔,红杏在林。月明华屋,画桥碧阴。金尊酒满,伴客弹琴。取之自足,良殚美襟。

这品中所描写的水畔雾气、林中红杏、月光照射下的华屋、碧阴深处的画桥,乃至华屋中人的斟酒弹琴情状,都是实景,亦即司空图所说的"象外之象,景外之景"中的第一个景象。然而,诗人通过这些描写,目的在引导你进入一个"本然之绮丽"境界,而非"世俗之绮丽"境界(杨廷芝《二十四诗品浅解》)。在这个"绮丽"的艺术意境中,就其客观物境方面说,诚如《皋兰课业本》所说,"富贵华美,出于天然,不是以堆金积玉为工"。就其主观心境来说,则无世俗富贵气,而有鄙弃荣华,悠闲自得之态。这种"味之而愈觉其无穷"的"真绮丽"境界,乃是"象外之象,景外之景"的具体表现。又比如《纤秾》一品写道:

采采流水,蓬蓬远春,窈窕深谷,时见美人。碧桃满树,风日水滨,柳阴路曲,流莺比邻。乘之愈往,识之愈真,如将不尽,与古为新。

这是一幅明丽清新、生动幽美的图景,在二十四品中可以说是写得最美的一品了。但是,诗人描写这样一个生气勃勃的春天景象,目的正是要借它来象征生活在大自然之中,与造化融为一体,不断探索着大自然真谛的隐居"高人"的精神情操,于是就形成了一个在具体的纤秾景象外更加耐人寻味的诗歌意境。诚如《皋兰课业本》所说,"此言纤秀秾华,仍有真骨,乃非俗艳"。又比如《典雅》一品写道:

玉壶买春,赏雨茅屋,坐中佳士,左右修竹。白云初晴,幽鸟相逐,眠琴绿阴,上有飞瀑。落花无言,人淡如菊,书之岁华,其曰可读。

作者在这里对"佳士"的生活和环境作了极为生动优美的描写:幽静肃穆的修竹丛中,"佳士"正坐在茅屋里酌酒赏雨;俄顷雨止,天空放晴,鸟儿欢逐,瀑布飞溅,"佳士"在绿荫下枕琴而眠。这是具体景象,透过它,作者使我们体会到了"高韵古色"的典雅之境和"佳士"幽雅恬静、冲虚淡泊的心境,它和刘勰在《文心雕龙·体性》篇中所说"熔式经诰,方轨儒门"的"典雅"是完全不同的。司空图《诗品》中的每一品都具有这种以有形表现无形、以实景烘托虚景、以景物象征精神的美学特征,这也就是"象外之象,景外之景"的主要内容。

司空图所主张的这种"象外之象,景外之景"的艺术表现方法,反映了我国古代艺术的民族传统,在我国古典美学发展中有十分重大的影响。这种"象外之象,景外之景"的诗歌意境的创造,受老、庄和佛学关于言意关系的理论,以及他们所倡导的"言为意筌"的认识方法的影响非常之深。老、庄和后来的玄学家认为,至高的"道"是超绝言象的,凡是可以言说的,不过是一堆糟粕而已。他们认为言是不能尽意的,言至多只是人们借以获得意的一个工具,如逮兔之蹄、捉鱼之筌一样。《庄子·外物》篇说:"筌者所以在鱼,得鱼而忘筌。蹄者所以在兔,得兔而忘蹄。言者所以在意,得意而忘言。"魏晋之际玄学家发挥了庄子所说的这个思想,并用来解释《易经》中言、象、意的关系。王弼在《周易略例·明象》篇中说:"然则,言者,象之蹄也;象者,意之筌也。是故存言者,非得象者也;存象者,非得意者也。"用言来象征和暗示意,遂成为玄学家认识和掌握"道"的一种基本方法。佛教传入中国之后,也借用"言为意筌"的方法来宣传其对佛理的领悟。佛教徒认为深奥的佛理,也和玄学家的"道"一样,是不可言喻的,而只能用"言为意筌"的方法去理解。如慧皎《高僧传初集·序》云:"至道冲漠,假蹄筌而后彰。"又其卷七记竺道生曰:"若忘筌取鱼,始可与言道矣。"正是在这一点上,玄佛合流了。把语言作为象征和暗示意的一种工具,这种"言为意筌"的方法,对艺术创作产生了极为深远的影响。东晋时著名的画家顾恺之所提出的绘画创作上"以形写神"的原则,正是建立在这种"言为意筌"的理论基础上的。神是抽象而难以具体描述的,但它可以借形来象征。形并不是神,绘画的要害也不在形而在神,但是神又必须借助于某种特殊的形才能得到体现。比如顾恺之画裴楷的像,颊上加"三毛"就传神了。其实,这"三毛"本身并非裴楷之神,然而它可以对裴楷之神起到一种暗示、象征的作用。司空图所说的"象外之象,景外之景"也是如此。第一个象和景并不是第二个象和景,但是,第二个象和景必须依靠第一个象和景来传达。司空图这种"象外之象,景外之景"的诗歌艺术理论,早在唐代前期就有所表现。如盛唐时殷璠《河岳英灵集》中评常建诗云:"其旨远,其兴僻,佳句辄来,唯论意表。"评王维诗云:"在泉为珠,着壁成绘。一句一字,皆出常境。"已经流露出重在象外有象的意思。中唐时刘禹锡强调诗歌创作要做到"境生于象外""义得而言丧",则更是明显地指出了我国古代诗歌艺术的特征及其受佛老思想影响的根源。皎然在《诗式》等著作中,也集中对诗境问题作了分析,指出了"夫境象非一,虚实难明"的特点,揭示了艺术意境是虚实结合的产物这一核心问题。从老、庄的"言不尽意""言为意筌"到司空图的"象外之象,景外之景",其目的都在解决语言文字在表达人们思维内容时的局限性,努力想要突破这种局限性的束缚。尤其是文学艺术生动丰富的形象思维内容,往往无法用语言文字充分地表达出来,故刘勰在《文心雕龙·神思》篇中曾有"意翻空而易奇,言征实而难巧"的感慨。运用语言文字的暗示、象征作用,采用"象外之象,景外之景"的表现方法,就可以扩大艺术表现的能力与范围,创造出更美更丰富的艺术作品来。

司空图在《诗品》中描绘二十四种诗境的状况时,也涉及了这种"象外之象,景外之景"在创造过程中的具体方法和特点。这在司空图不是专门论述的,而是在描绘诗境时自然而然地流露出来的。归纳起来,大致有以下几点:

第一,"超以象外,得其环中。""不著一字,尽得风流。"这是着重在强调诗歌意境的妙处主要是在其虚的部分上。对诗境的创造必须注意到如何才能由实出虚,充分发挥虚的部分的作用,而绝不能仅仅拘泥于具体描写的实的部分,否则也就没有什么意境了。"超以象外",即是指不要受作品所已经展现的物象的局限,而要看到象外之虚境才是更充分地体现诗人情思的重要部分。"得其环中",是指艺术意境的构成过程中,虚的部分是支配一切和控制一切的。《庄子·齐物论》云:"枢始得其环中,以应无穷。"环,即指门上下横槛的圆洞,用以承受枢的旋转。门枢纳入环中,即可转动自如。庄子以门的结构为例,说明虚的重大意义。而司空图则运用此原理来说明虚境在艺术意境创造中所起的决定作用。比如陶渊明的"采菊东篱下,悠然见南山";谢灵运的"池塘生春草,园柳变鸣禽";王维的"行到水穷处,坐看云起时","明月松间照,清泉石上流";等等,都必须从"超以象外,得其环中"的角度去理解,方能领略其妙处。只有不受其有形的、具体的、实的部分描写的束缚,而体会到在它象外的那个更丰富、更广阔的艺术空间,才能懂得这些诗句之美究竟在哪里。

"超以象外,得其环中",说的是艺术意境的基本美学特征,它对各种艺术都是适用的。从以语言为物质手段的文学来说,它的具体表现就是"不著一字,尽得风流"。故孙联奎《诗品臆说》中说道:"'不著一字'即'超以象外','尽得风流'即'得其环中'。"文学是语言的艺术,怎么能"不著一字"呢?其实司空图的意思不是主张废弃语言文字,而是强调诗境要得之于语言文字之表,亦即强调要重在"含不尽之意见于言外",善于使"境生于象外"。王士禛在《香祖笔记》中说:"表圣论诗有二十四品,予最喜'不著一字,尽得风流'八字。"这是对司空图诗论宗旨深有体会的话。这八字正是对"象外之象,景外之景"的诗境特征之概括,是二十四种诗境都具备的基本特征。赵执信在《谈龙录》中攻击王士禛说:"观其所第二十四品,设格甚宽,后人得以各从其所近,非第以'不著一字,尽得风流'为极则也。"《四库全书总目提要》亦承赵说,认为王士禛"但取其'采采流水,蓬蓬远春'二语,又取其'不著一字,尽得风流'二语,以为诗家之极则,其实非图意也"。其实,这都是皮相之谈,门户之见,并没有能像王士禛那样抓住司空图诗论的要点。王士禛之说则是真正简明扼要地反映了司空图诗论的实质所在的。可惜后来许多人竟斥王士禛之论为荒诞不经,以赵执信之论和《四库全书总目提要》所说为准的,反而把司空图诗论的要旨弄模糊了。这是我们应当加以澄清,而为王士禛辩白的。

第二,"生气远出,不著死灰。""若纳水輨,如转丸珠。"这是讲的诗歌意境的精神美和动态美的特征。司空图《诗品》中专有"精神"和"流动"两品,但实际上每一品都具有这种特点。《庄子·齐物论》说:"形固可使如槁木,而心固可使如死灰乎?"司空图"精神"一品中心亦在发挥这一思想,认为诗歌意境应当表现出一种生气勃勃的活跃生命力,要使人感觉到诗人心脏的跳动,而不能描写得像一堆"死灰",一具干死了的形骸。应当如"奇花初胎""青春鹦鹉",欢快活泼,如闻其声。意境应当表现出对象活的心灵,而不能只摹写死的静物。

动态美和精神美是分不开的,动态美是体现精神美的重要方面。我国古代一贯都注重艺术意境的动态美,如书法、绘画、建筑、舞蹈等都讲究要有"飞动"之美。皎然论诗亦重"飞动之趣",要努力表现"气腾势飞"之状。司空图对这一传统有很重要的发展。他所欣赏的"蓝田日暖,良玉生烟"般的诗景,即有这种特点。蓝田美玉在日光照射下,莹莹闪光,如袅袅烟雾,冉冉上升,无穷无尽,这不正是一种动态美吗?他在"流动"一品中以不停转动的水车和永不停止的丸珠来作比喻,认为诗境应当表现出客观事物永远在不停地发展、变化的特点,有如天枢地轴无时无刻不在运转。

第三,"脱有形似,握手已违。""离形得似,庶几斯人。"由于在诗境创造上注重表现精神美和动态美,所以司空图在艺术表现上特别提倡"神似",而反对只求"形似"。这里所说的"离形得似","离形"即是不拘泥于形似;"得似"即是要得其神似。如果诗境的创造只求形似,则不可能创造出"象外之象,景外之景"来,也就不会有"味外之味"。能够传神,才可以做到"不著死灰",而使"生气远出"。这样,"风云变态,花草精神,海之波澜,山之嶙峋",都可以生动地呈现在读者眼前,恰如天生化成一般。"俱似大道,妙契同尘。"犹如《庄子》中所描写之列子一般,御风而行,一举万里,何尝有形迹可寻? 重在传神,而不局限于形似,这是司空图《诗品》中二十四品所共有的特征。他对每一种不同艺术风格的诗歌意境的描绘,都是取其神骨,而不仅仅只摹写其形貌。

第四,"真予不夺,强得易贫。""妙造自然,伊谁与裁?"司空图认为意境的创造贵在真实自然,而绝不能堆砌雕琢、人为造作。真率方能成巧,强求愈不易得。这种真实自然的诗境"俱道适往,着手成春,如逢花开,如瞻岁新",乃是诗人心与境会,直接抒写即目所见而得。司空图在《与李生论诗书》中说,"直致所得,以格自奇",即是此意。这正是对钟嵘《诗品序》中所提出的"直寻"主张的继承与发挥。这种真实自然的诗境之创造,不需要冥思苦索,只要兴会所至,"俯拾即是,不取诸邻"。诗境看似平常,"取语甚直,计思匪深",然而余蕴无穷,已经是诗人所妙造的"第二自然"了。它已经寄托了诗人的理想和精神情操,和自然原型已经大不相同了。

第五,"如矿出金,如铅出银","浅深聚散,万取一收",司空图认为这种诗歌意境应当具有一定的典型性。它是具体的、个别的"一境",又是从观察、选择"万境"中得来的。恰如《洗炼》一品中所说的:"如矿出金,如铅出银",是经过诗人的提炼、概括而得出来的精华。孙联奎说得好:"万取,取一于万,即'不著一字';一收,收万于一,即'尽得风流'。"刘勰在《文心雕龙》中曾经提出过"以少总多,情貌无遗"(《物色》)和"言之秀矣,万虑一交"(《隐秀》)的问题,实质上也是指艺术形象创造过程中的典型概括问题。司空图"万取一收"说的提出正是对刘勰这种思想的继承与发挥。

由于司空图的《二十四诗品》具有这种"象外之象,景外之景"的艺术表现特点,所以,从艺术欣赏的角度讲,则是具有"味在咸酸之外"的特征。司空图在《与李生论诗书》中所说的"醇美"诗歌应当有"味外之旨",即是指这种"象外之象,景外之景"而说的,是这种"象外之象,景外之景"所引起人的一种审美趣味。司空图说"味在咸酸之外"的诗歌,有"近而不浮""远而不尽"之感,正是指这种诗歌意境看来虽似平淡,又不流于"浅涸",能引起读者无穷的联想,又有含蓄不尽的韵味。可见,司空图的"味外味"之论,似乎很玄妙神秘,然而放到他整个诗歌理论体系中,也还是可以比较具体地认识和了解的。

《诗品》是对陶渊明、王维一派山水田园诗创作经验的理论总结

任何一种文学理论都是总结一定的文学创作经验的产物,都有它的创作实践基础。司空图以《诗品》为中心的诗歌理论是总结了他以前的诗歌创作经验,特别是以陶渊明、王维为代表的山水田园隐逸诗派的艺术经验,而在理论上所作的概括。这不仅是因为司空图本人的生平和思想与陶、王相接近,都是隐居不出、潜心佛老的高人逸士,而且他的诗歌创作实际上也是属于陶、王一派的,而更重要的是他的诗歌理论内容是和这一派的创作实际完全一致的。司空图在对唐代诗人的评论中,最推崇王维、韦应物。在《与王驾评诗书》中,他论述了唐代诗歌的发展状况,特别强调王、韦的重要地位。他说:"右丞、苏州,趣味澄敻,若清沇之贯达。"在《与李生论诗书》中,他竭力赞美"王右丞、韦苏州澄澹精致,格在其中"。而王、韦一派诗歌创作是上承陶渊明的。司空图虽未论到陶诗,但对陶渊明之为人是十分心折的。在《休休亭记》中,他说自己要"与靖节醉吟第其品级于千载之下",并且说要"长歌深入武陵溪"。许印芳在《与李生论诗书·跋》中说:"表圣论诗,味在酸咸之外,因举右丞、苏州,以示准的。"这个评论是不错的。司空图这种"象外之象,景外之景"的文学理论,在陶、王、韦的创作实践中有很明显的表现。

我国古代以陶、王为代表的山水田园隐逸诗,大都受佛、老思想影响很深,对现实采取比较消极的态度。他们中许多人对现实的黑暗、社会的腐败,很是不满,不愿意与之同流合污,但采取的不是积极斗争的态度,而是洁身引退。他们隐居田园山林,通过对优美的自然景色、恬静的乡村生

活的描写,寄托自己所向往和追求的精神情操和生活趣味,创造了一个现实人间并不存在的理想世界。这一派诗歌在创作方法上受佛、老的"言不尽意""言为意筌"论的影响很深,偏向于运用象征、暗示的手法来创造"象外之象,景外之景"的诗歌意境。陶渊明诗歌中所描写的具体的现实的山水田园风光,只是用来象征那种桃花源式的理想世界的筌蹄,而并非为写田园山水而写田园山水。例如他的《饮酒》诗写道:

结庐在人境,而无车马喧。问君何能尔?心远地自偏。采菊东篱下,悠然见南山。山气日夕佳,飞鸟相与还。此中有真意,欲辨已忘言。

清人温汝能在《陶诗汇评》中说"采菊"两句是"境在寰中,神游象外"。这不仅是说的这两句诗的艺术特征,也可以用来概括整个陶诗的艺术表现特点。这里写的是"人境",是很现实的田园生活情状,然而却体现着桃花源般的理想生活情状。描写了与桃花源中人一样的自由自在、无拘无束、率性而为、怡然自乐的生活趣味与精神情操。陶渊明虽然生活在"人境"之中,但他的心早已离开"人境"而进入了理想境界,故能做到"结庐在人境,而无车马喧"。陶渊明在自己诗中把"园林"和世俗"人间"对立了起来,他说:"静念园林好,人间良可辞。"(《庚子岁五月中从都还阻风于规林》)又说:"诗书敦夙好,园林无世情。"(《辛丑岁七月赴假还江陵夜行涂口》)其实,"园林"不是也在"人间"吗?"园林"难道就不沾染"世情"吗?陶渊明之所以把这两者对立起来,正是因为他心目中的"园林"已经不是现实的人间,而成了他理想的桃源社会的象征了。前人多认为陶诗是重在写"意趣"的,他的山水田园诗主要是为了表现"意趣",如张戒《岁寒堂诗话》中说"渊明'狗吠深巷中,鸡鸣桑树颠',本以言郊居闲适之趣,非以咏田园。……后人所谓含不尽之意者,此也"。陶诗这种"意趣"其实就是他那种理想的精神情操之体现。明人许学夷《诗体辨源》中说:"陶靖节超然物表,遇境成趣。"说明"境"是具体现实的,趣是超然物表的。借可以用语言文字来描绘的人间之境,来表现难以用语言文字传达的理想之趣,这正是陶诗在创作上的基本特征。

王维的山水田园诗也有这种"境在寰中,神游象外"的特点。王维的这些诗歌也是通过描绘具体的现实景象,来象征一个超现实的精神境界的。不过,王维的理想世界的具体内容和陶渊明不同,它不是恬静安宁的桃花源,而是佛教徒特别是禅宗那种空静寂灭的悟境。例如他的《终南别业》写道:

> 中岁颇好道,晚家南山陲。兴来每独往,胜事空自知。行到水穷处,坐看云起时。偶然值林叟,谈笑无还期。

此处"行到水穷处,坐看云起时"两句,与陶渊明"采菊东篱下,悠然见南山"很相似,都有"境生象外"之妙。王维所写是很平常的人间境界,但又象征着佛教徒那种度越人世劫难、绝无俗虑牵挂、万缘俱寂、身心两忘的心灵境界。他最有代表性的《辋川绝句》,看来似乎都是一首首美丽的山水田园小诗,然而它决不仅仅只是描绘了令人流连忘返的景色,更主要的是从中体现了一种禅悟的境界。比如:

> 空山不见人,但闻人语响。返景入深林,复照青苔上。
> 　　　　　　　　　　　　　　　　　　　　　　(《鹿柴》)
> 飒飒秋雨中,浅浅石溜泻。跳波自相溅,白鹭惊复下。
> 　　　　　　　　　　　　　　　　　　　　　　(《栾家濑》)
> 木末芙蓉花,山中发红萼。涧户寂无人,纷纷开且落。
> 　　　　　　　　　　　　　　　　　　　　　　(《辛夷坞》)

写的全是山水景色,但是,人迹罕到,鸟雀无声,大自然中一切都是自生自灭,呈现出一片造化本身的自然形态。王维借助于这种景色,来象征作为佛教徒的空寂心境。故而,王士禛在《蚕尾续文》中说:

> 王、裴《辋川绝句》,字字入禅,他如"雨中山果落,灯下草虫鸣""明月松间照,清泉石上流",以及太白"却下水精帘,玲珑望秋月",常建"松际露微月,清光犹为君",浩然"樵子暗相失,草虫寒不

闻",刘眘虚"时有落花至,远随流水香",妙谛微言,与世尊拈花,迦叶微笑,等无差别。通其解者,可语上乘。

王士禛在这里非常清楚地指出了这类山水田园诗在创作方法上,和禅宗领悟佛理的象征方法有相似之处。所谓"世尊拈花,迦叶微笑"乃是佛学上的典故。《联灯会要》云:

> 世尊在灵山会上,拈华示众;众皆默然,唯迦叶破颜为笑。世尊云:吾有正法眼藏,涅槃妙心,实相无相,微妙法门,不立文字,教外别传,咐嘱摩诃迦叶。

"不立文字,教外别传",借"拈花微笑"来象征对佛法的领悟,这和王维在《辋川集》中借山水风景来象征禅悟境界,在方法上是一致的。王士禛也是最推崇王、韦一派诗歌创作的,他选《唐贤三昧集》不录李、杜,而以山水田园诗为中心,以王、孟为主要代表,在诗歌理论上进一步发展了司空图的观点。他在《香祖笔记》中又说:"舍筏登岸,禅家以为悟境,诗家以为化境,诗禅一致,等无差别。"所谓"舍筏登岸",即是老庄的"得鱼忘筌",都是为了强调"筏"和"筌"只是"登岸"和"得鱼"的工具,登了岸、得了鱼之后,就要丢掉筏,抛开筌。对诗歌创作来说,它所描绘的具体实景,只是暗示、象征其理想虚境的工具,它并非诗人的根本目的所在。过去许多文艺家都认为陶、王之诗妙在得之于象外,甚至连王维的画也是如此。如苏轼就说:"摩诘得之于象外,有如仙翩谢笼樊。"(《王维吴道子画》)这就说明他们的创作都是讲究"象外之象,景外之景"的。司空图的《诗品》以"象外之象,景外之景"的诗境来体现佛老的精神境界,这正是陶、王一派诗歌艺术特征在理论上的总结。

这种"象外之象,景外之景"的艺术表现特点,在唐诗中不仅是在山水田园诗中有所表现,而且也在其他抒情诗创作中有所表现,不少诗人都善于通过具体现实景象的描绘,来象征一种难以用语言文字具体传达的心灵境界和精神意趣。比如王昌龄、李白等也都擅长于这样一种诗歌的创作。王昌龄著名的《芙蓉楼送辛渐》云:

> 寒雨连江夜入吴,平明送客楚山孤。
> 洛阳亲友如相问,一片冰心在玉壶。

诗人用"一片冰心在玉壶"来象征自己纯洁的心灵。这里有不受功名利禄玷污的高洁情操,也有对洛阳亲友真诚的思念,这种种心情是很难用语言文字来具体表述的,而通过这种象征的手法,使读者能体会其象外的无穷意蕴。司空图对王昌龄的评价也是很高的,他在《与王驾评诗书》中认为唐代诗歌在沈、宋之后,李、杜、王、孟之前,最杰出的诗人就是王昌龄了。李白有不少诗也很富于这种"象外之象,景外之景"。如《玉阶怨》:

> 玉阶生白露,夜久侵罗袜。
> 却下水精帘,玲珑望秋月。

这短短的四句诗,描写了女子秋夜望月的景象,看来也很平常,然而却把女子深夜不眠的幽怨深情表达得十分透彻,给人留下了很丰富的想象余地,使人回味不尽。由此可见,司空图的"象外之象,景外之景"虽以陶、王一派山水田园隐逸诗为基础,但从艺术上说,已超出了这一派的范围,而获得了更为普遍的意义。

以上是我们对司空图《诗品》的一些初步理解。近年来很多同志写过研究司空图文学思想的文章,有不少好的意见。但也有一些文章不是从《诗品》的总体上来研究,而喜欢摘出一些句子,从理论上加以引申发挥,有时使人感到离原著本意甚远。笔者在这篇文章中希望能克服这种缺点,但由于学力尚浅,往往也不能如愿以偿,权作引玉之砖,以待来哲。

(原载《中国文艺思想史论丛》第1辑,北京大学出版社,1984年)

苏轼的艺术创作论

苏轼是北宋著名的文学家,也是一位杰出的艺术理论家。苏轼在文学、绘画、书法、音乐等各个艺术领域都有很高的成就。他在自己大量的艺术创作实践中,积累了丰富的经验,有十分深刻的切身体会。同时,他又是一位知识渊博的学者,对我国古代的艺术创作传统有很深入的研究。苏轼虽然没有系统的艺术理论著作,但是他在自己的诗文题跋等著作中,曾经发表过许多精辟的见解,有一个比较完整的艺术创作理论体系。这是苏轼文艺思想中最珍贵的部分,对我们今天的文艺创作有很重要的现实意义。本文将对他的艺术创作理论体系作一个初步的探讨。

万象迭现,妙想无穷
——论艺术想象

艺术构思过程,即是艺术家驰骋艺术想象的过程。我国古代文艺理论家都十分重视对艺术想象的特征和作用的研究。司马相如的"赋心"说,陆机《文赋》中提出的"精骛八极,心游万仞"说,刘勰《文心雕龙》的"神与物游"说,画家顾恺之的"迁想妙得"说,都是非常精彩的艺术想象论。苏轼的《次韵吴传正枯木歌》一诗反映了他对艺术想象的一些很重要的见解。他说:

> 天公水墨自奇绝,瘦竹枯松写残月。梦回疏影在东窗,惊怪霜枝连夜发。生成变坏一弹指,乃知造物初无物。古来画师非俗士,妙想实与诗同出。龙眠居士本诗人,能使龙池飞霹雳。君虽不作丹青手,诗眼亦自工识拔。龙眠胸中有千驷,不独画肉兼画骨。但当与作少陵诗,或自与君拈秃笔。东南山水相招呼,万象入我摩尼珠。尽将书画散朋友,独与长铗归来乎!

苏轼指出了无论是诗还是画都有一个"妙想"的过程。苏轼自己的诗歌创作就富有"妙想"的特点,这一点惠洪在《冷斋夜话》中曾经说过。他认为苏轼无论诗或文都有"妙观逸想",它不受"常情""常理"之束缚,如他自己所说,诗以"反常合道"之"奇趣为宗"。这正是强调艺术想象之奇特美妙,出人意外。而这种"妙想"又不是凭空而来,是建立在万象迭现的基础之上的。所谓"东南山水相招呼,万象入我摩尼珠"。这"摩尼珠"是佛学术语,亦称如意宝珠,其意即指人之心也。艺术家必待胸中有万象迭现,然后驰骋神思,自有"妙想"之萌发。著名的画家、龙眠居士李公麟之所以能画出传神之骏马,也正因为他"胸中有千驷"。作画之前,脑海里就浮现出平时所观察到的无数马的生动形象,然后经过"妙想"而创造出比"千驷"更为生动传神的马的形象。

要进入万象迭现,妙想无穷的境界,艺术家就必须重视自身的精神状态和内心的修养。苏轼在《送参寥师》一诗中说:"欲令诗语妙,无厌空且静。静故了群动,空故纳万境。阅世走人间,观身卧云岭。咸酸杂众好,中有至味永。诗法不相妨,此语更当请。""空""静"是佛教哲学术语,指一种内心超脱、空明寂静的境界,它和老庄所说的"虚静"是差不多的,其目的是在使艺术家在进行想象活动的时候,排除一切主客观的干扰,专心致志地进入构思的最佳状态。"空""静"方能"了群动"和"纳万境"。"了群动"是指艺术家对现实世界要有广泛而深刻的了解,不仅要认识其复杂众多的现象,而且要掌握其内在的发展变化规律。"纳万境"者,即是"万象入我摩尼珠",要把现实世界中种种生动景象,统统摄取到作家头脑中来,供艺术家在"妙想"过程中综合、选择之用,以构成巧妙多姿的艺术形象。具有"空且静"的内心精神状态,能使艺术家做到"其神与万物交,其智与百工通"(《书李伯时山庄图后》)。艺术家的精神亦即整个思维活动和客观世界的种种物象交互融合,这样,艺术家就会感到从未有过的心明眼亮,才气涌溢,甚至使自己的手和笔也都变得灵巧如神。苏轼所说的"空且静"并非像佛老那样,要与具体的现实世界完全隔绝,恰恰相反,他所说的"空且静"是为了使艺术家的思维活动能够"阅世走人间,观身卧云岭",去观察和认识广阔的现实人间,并且站在更高的角度对它作出客观的分析,是与具体的现实世界更加紧密地联系在一起的。可见,苏轼的"空静"论并没有佛教唯心主义认识论的影响,它是对刘勰的"神思""虚静"说的进一步发展。

系风捕影,成竹于胸
——论形象捕捉

苏轼非常重视艺术家在感兴高潮(亦即灵感)到来时,如何捕捉艺术形象的问题。艺术家必须善于掌握创作的机缘,要抓住灵感冲动、火花爆发时刻,努力捕捉住一瞬间所闪现的艺术形象,这样方能创造出奇特、新颖、感人的艺术品。其《书蒲永昇画后》一文中讲到蜀人孙知微之作画说:

> 始,知微欲于大慈寺寿宁院壁作湖滩水石四堵,营度经岁,终不肯下笔。一日,仓皇入寺,索笔墨甚急,奋袂如风,须臾而成,作输泻跳蹙之势,汹汹欲崩屋也。

孙知微为什么在"营度经岁"后仍不肯下笔作画呢?这是因为他要等待创作灵感的到来,而一旦灵感萌发,他就一分钟也不能等待,必须立即作画,以便防止突然之间灵感又消逝不见,恰如陆机《文赋》所说:"应感之会"是"来不可遏,去不可止,藏若景灭,行犹响起"。灵感之涌现本来不是一件神秘的事情,它是艺术家在长期酝酿、反复思考、深入观察、积累生活的基础上产生的。孙知微的事迹正可以充分说明这一点。此亦即是清代袁守定《占毕丛谈》中说的"得之在俄顷,积之在平日"之意。然而,灵感的涌现又有它的偶然性,它常常是在一种特殊的生活情景之触发下产生的,并且又很容易在短时间内就消失。苏轼在《腊日游孤山访惠勤惠思二僧》一诗中说,腊日那天他去孤山访问僧友,同时也借此欣赏大自然的美丽景色以"自娱"。归途中受到山水景物的感触,诗兴大发,脑海中涌现出了无数生动意境,于是他一回到家就赶紧把它们追记下来。他说:"作诗火急追亡逋,清景一失后难摹。"这确实是经验之谈,它对于一切艺术创作都是有借鉴意义的。他在《答谢民师书》中所说:"求物之妙,如系风捕影。"正是指的捕捉艺术形象之难。

在进行创作构思、捕捉形象的过程中,苏轼特别重视要形成对创作对象的整体形象构思,做到"胸有成竹"。如果落笔之前,没有一幅意想中的完整形象图画,而只是一些个别的片段印象,或者意象若明若暗,胸中无数,那样信笔写去,是很难创作出好作品的。艺术家在灵感冲动、意象丛生的时候,还应当进一步发展自己的艺术思维活动,使幻想的形象逐渐丰富与深化,经过惨淡经营,而构成为清晰明朗的完美的整体形象。苏轼在《文与可画筼筜谷偃竹记》一文中说:

> 竹之始生,一寸之萌耳,而节叶具焉。自蜩蝮蛇蚹以至于剑拔十寻者,生而有之也。今画者乃节节而为之,叶叶而累之,岂复有竹乎?故画竹必先得成竹于胸中,执笔熟视,乃见其所欲画者,急起从之。振笔直遂,以追其所见,如兔起鹘落,少纵则逝矣。与可之教予如此。

所谓"节节而为之,叶叶而累之",是指艺术家没有在心目中凝成创作对象的整体形象,只有一些零星的片段印象,自己也不知道最后会创作成什么模样的作品,这自然是不会有成效的。艺术家必须"成竹于胸",有完整的理想的竹的形象,懂得节节、叶叶与整体的竹之关系,每下一笔都能从如何突出竹的整体形象出发,这样创作过程中也就有了取舍的标准。而这种完整的理想的竹的形象也往往是产生于灵感萌发的构思高潮时期的,"执笔熟视",待其清晰可见,则宜"急起从之。振笔直遂,以追其所见",如果不能及时捕捉住,则"如兔起鹘落,少纵则逝矣"。

艺术家的"胸中之竹",是对现实中无数的竹的观察研究,经过"妙想"的创造而产生的。这"胸中之竹"可以是经过艺术家的眼睛而对现实中竹子的正确映象,也可以是艺术家在观察现实中竹子的基础上,按照自己的理想所创造的竹子形象,而与现实中的竹子极不一样的,它是艺术家受现实中竹子的启发,而借以抒发艺术家某种特定感情的竹子形象。《东坡文谈录》中说:"文与可画竹是竹之左氏也。子瞻却类庄子。又有息斋李衎者,亦以竹名。所谓东坡之竹,妙而不真;息斋之竹,真而不妙者是也。"《左传》以"实录"著名,"竹之左氏"是谓现实主义之竹也,"竹之庄子"是谓浪漫主义之竹也。"妙而不真""真而不妙"也是指这两类竹之形象而言,不过说得有点绝对化罢了。然而,不管是"竹之左氏"也好,还是"竹之庄子"也好,都要先"得成竹于胸中",然后再落笔,这实际上也就是传统画论中所说"意在笔先"的思想之发展。刘勰《文心雕龙·神思》篇中说:"独照之匠,窥意象而运斤。"没有完美的意象活现于心中,怎么能运斤自如呢?

心物合一,身与竹化
——论艺术创作中主客体的统一

艺术的创作构思进入最高的境界时,艺术家的主体与创作对象的客体就完全融合为一,难分彼此了。苏轼在《书晁补之所藏与可画竹三首》中对这种物化境界有十分重要的论述。他说:

> 与可画竹时,见竹不见人。岂独不见人,嗒然遗其身。其身与竹化,无穷出清新。庄周世无有,谁知此疑神。

艺术创作上的物化思想最早是庄子提出来的。他在讲古代著名的能工巧匠工倕的技艺时,曾这样说:"工倕旋而盖规矩,指与物化,而不以心稽。"陈鼓应先生《庄子今注今译》引徐复观《中国艺术精神》云:"指与物化,是说明表现的能力、技巧(指)已经与被表现的对象,没有距离了。这表示出最高的技巧的精熟。"要达到"指与物化",首先要达到"心与物化。"如《齐物论》中所说,庄周梦蝴蝶,蝴蝶变庄周,不知是庄周还是蝴蝶,物我合一,难分彼此。诸如庖丁解牛、轮扁斫轮、梓庆削木为鐻、痀偻者承蜩、吕梁丈夫蹈水等故事,都是达到了"心与物化"的境界的。苏轼这里所说的"身与竹化"正是指这种"心与物化"的境界。画史上所说韩幹画马而身作马形,其意也正在这里。当艺术家全神贯注进行创作之时,他就完全忘记了自身与周围事物的存在,自己也就完全融入创作对象中去了。主体与客体遂达到了水乳交融、涯际不分的状况。

苏轼对于艺术创作是主观和客观统一的产物这一点是有认识的。他有一首《琴诗》,是这样写的:

若言琴上有琴声,放在匣中何不鸣?若言声在指头上,何不于君指上听?

这是一首富有哲理意义的诗,也是富有美学意义的诗。优美的琴声是怎样产生的呢?只有琴,它不会发声;只有手指,也发不出声。必须手指和琴相结合,才会产生音乐,才能给人以美的享受。可见,艺术正是主观与客观巧妙结合的产物。文学艺术是一种观念形态。从它是艺术家的思想和感情的体现这方面来说,毫无疑问,是一种主观的创造。但是,在文学艺术作品中,艺术家这种思想和感情又是通过对客观的现实生活(包括自然事物)的描写来体现的,从这个角度讲,它又是客观的。艺术家可以根据自己主观的需要来选择所要描写的生活内容、客观事物,然而他在具体地描写这些生活内容、客观事物时,又必须尊重它本身的内在规律和特点。画竹要画得真,就要把自己设身处地地想象成就是竹,按照竹本身的固有规律和特点去描写它,而不能以自己主观的偏见去歪曲它。这就好像演员在演戏时,一定要进入角色,把自己想象成就是剧中人,否则就不可能演得逼真。苏轼所说的"见竹不见人""嗒然遗其身",正是为了强调艺术家在创作中必须与创作对象融合为一,能够高度客观地按照事物本身的自然面目去描写它,这样就能创造出天生化成、鬼斧神工般的优秀作品来。

"物化"思想是我国古代对艺术创作所提出的一个具有哲理意义的美学原则。它实质上就是讲的人对现实世界的审美关系,也就是马克思在《一八四四年经济学哲学手稿》中所说的"人化的自然界"的问题。所谓"与可画竹时,见竹不见人",也即是说作为创作主体的人,已经完全对象化了,文与可的精神情操是以所画的竹的形象体现出来的。人们(包括作者自己)看到的是竹,而不是艺术家本人,但是这时的竹已经是"第二自然",亦即"人化的自然",而不是原来的自然之竹。文与可把他自己作为人的本质力量化成为竹而展示在读者面前,也展示在他本人面前,所以说是"其身与竹化,无穷出清新"。这样一种深刻的美学原理,在我国古代艺术家那里是以非常生动、具体的形象,用十分浅近的形式表现出来的,而不是以抽象的思辨的普通人难以理解的哲学语言来表现的,因此对实际创作的指导意义就更为明显突出。

道技兼得，心手相应
——论艺术创作中"知"与"能"的结合

苏轼认为艺术创作中包含着两个基本的方面：一是对于你所要表现的客观事物的认识问题，一是如何把你所认识到的客观事物确切地表现出来的问题。前者他称之为"道"，后者他称之为"技"或"艺"。这个问题是我国古代的文艺家早就提出了的。陆机在《文赋》的小序中说："非知之难也，能之难也。"认为认识客观事物，包括构思和想象是不算困难的，而要用物质手段把它表现出来则是不容易的。后来明代的徐祯卿在《谈艺录》中就不同意陆机的意见，他说："夫既知行之难，又安得云知之非难哉！"这是有道理的，艺术家要创作出好作品，对"知"和"能"都是不容忽略的。苏轼对"道"和"艺"两方面都很重视。他在《跋秦少游书》中说："技进而道不进，则不可。少游乃技道两进也。"他在《书李伯时山庄图后》中又说："有道有艺。有道而不艺，则物虽形于心，不形于手。"艺术家对自己所要表现的对象必须有十分深刻的认识和了解，要懂得它的特点和规律，这是进行艺术创作的基础，否则，创作就不会有成效。但是，仅仅有"道"，还是不能产生艺术作品的，必须还要有"艺"或"技"，要善于表达客观事物，有较高的艺术表现能力。有道有艺，方能心手相应。

苏轼所说的"道"，并非儒家之"道"，而是指事物的一种内在的特点和规律。这一点我们在他的《日喻》一文中可以看出来。他说：

> 南方多没人，日与水居也，七岁而能涉，十岁而能浮，十五而能没矣。夫没者岂苟然哉？必将有得于水之道者。日与水居，则十五而得其道；生不识水，则虽壮，见舟而畏之。故北方之勇者，问于没人，而求其所以没，以其言试之河，未有不溺者也。故凡不学而务求道，皆北方之学没者也。

所谓"水之道"，即是指水的规律，只有掌握了水的规律，才能游泳潜水，于急流中自由自在。这个"道"是接近于老庄所说的"道"的含义。《庄子·达生》篇所说的吕梁丈夫蹈水的故事中的"蹈水有道乎"及"从水之道而不为私",其中之"道"即是苏轼《日喻》中所说的"道"的意思。要掌握"道",就必须认真地学习,无论是《庄子》所说的"吕梁丈夫"还是苏轼所说的南方之"没人",他们之所以能熟悉和了解"水之道",是长期和水打交道,"日与水居"的结果。所以,从艺术创作来说,艺术家对于自己的创作对象也必须有深刻的了解。如文与可画竹画得好,就因为他喜欢竹,热爱竹,他当洋州太守时,曾专门在筼筜谷竹林中修了一个亭子,作为"朝夕游处之地",与其妻"烧笋晚食",为此,他懂得竹子的生长、发展状况,他见到过无数各种各样的竹子,他能够掌握竹之"道"。苏轼之强调要"阅世走人间,观身卧云岭",其原因亦正是要求诗人掌握现实生活之"道"。

艺术创作既要掌握创作对象内在之"道",懂得艺术创作特有的规律,同时也要有丰富的表现技巧和表现能力。苏轼在《答谢民师书》中所说的"求物之妙"的两个方面,既要"了然于心",又要"了然于口与手",也即是指的"道"和"技"两个方面。缺少任何一个方面就无法"求物之妙"。这当然是比较困难的,因为,"能使是物了然于心者,盖千万人而不一遇也,而况能使了然于口与手者乎!"苏轼认为孔子的"辞达"之说即包含有这两方面的意思,他说:"辞至于能达,则文不可胜用矣。"他在《答虔倅俞括奉议书》中说:"孔子曰:'辞,达而已矣。'物固有是理,患不知之,知之患不能达之于口与手。所谓文者,能达是而已。"这自然是对孔子"辞达"说从文学创作角度的一种发挥,孔子原意并没有这么丰富的内容。但是,"辞达"中确实也有一个知和能的关系问题。对于一个艺术家来说,仅仅"了然于心"是不够的,而且也还不能算是一个艺术家,必须能"了然于口与手",方能算是一个真正的艺术家。

心手相应,从另一个角度讲也可以说是艺术构思与艺术表现之间的关系问题。构思成熟,也即是"了然于心",但是要把构思中的内容充分地、准确地用物质手段表现出来,却不是很容易的。因此,刘勰有"意翻空而易奇,言征实而难巧"之叹。艺术表现能力是最终体现艺术家的水平的,所以我国古代文艺家都十分重视如何才能"了然于口与手"的问题,努力提高艺术表现能力,讲究艺术的表现技巧。刘勰《文心雕龙》后二十五篇中的大部分篇章都是讲的这一方面的问题。苏轼对此也有很多具体论述,下面将作较为详细的介绍。

随物赋形,尽物之态
　　——论艺术形象的描绘与刻画

怎样才能把艺术家构思中的形象运用各种物质手段(例如语言、色彩、线条、音节、节奏等)把它表达出来?苏轼提出的总原则是要"随物赋形""尽物之态"。现实生活中的事物是丰富复杂的,是多姿多态的,各有自己不同的形貌特征。世界上没有两种事物是完全相同的。对于客观事物的描绘,要善于按照它本身的独特之处,确切地把它再现出来。恰如陆机在《文赋》中所说的,"虽离方而遁圆,期穷形而尽相"。苏轼多次反复强调的"随物赋形"说,其意义也正在此。他在《文说》中写道:

　　　吾文如万斛泉源,不择地而出,在平地滔滔汩汩,虽一日千里无难。及其与山石曲折、随物赋形而不可知也。所可知者,常行于所当行,常止于不可不止,如是而已矣。其他虽吾亦不能知也。

苏轼以泉水涌出流经山石曲折为比喻,说明他自己文学创作的特点。这里他所说的"随物赋形"的"物",实际上不仅是指自然事物,而且也可指社会生活内容。社会生活内容更是纷繁复杂,各有自己的发展规律。所谓"常行于所当行,常止于不可不止",正是要求艺术家尊重客观现实生活本身的内在逻辑,而不要以主观偏见去强行改变它。"物"自己是什么"形",就赋予它以什么"形",只有这样才能创造出生动鲜明的艺术形象。苏轼在《书蒲永昇画后》一文中说:

　　　唐广明中,处士孙位始出新意,画奔湍巨浪,与山石曲折,随物赋形,尽水之变,号称神逸。

可见,不论是文学创作还是绘画创作,都要遵循创作对象本身的特征,淋漓尽致地把它特殊的形相恰如其分地描绘出来。

要能够做到"随物赋形",首先要对现实生活作精细、深入的观察,即所谓"观物要审"。在《书黄筌画雀》中,苏轼举了一个很生动的例子:黄筌画飞鸟,"颈足具展"。有人告诉他说:"飞鸟缩颈则展足,缩足则展颈,无两展者。"后经实际观察,确实是如此。这说明艺术家如果不对自己所描写的对象作深入观察、研究,只靠主观想当然,是很容易闹笑话的。没有丰富的实践经验,是很难正确、生动地描绘好客观事物的。在《书戴嵩画牛》中,苏轼说四川有一个杜处士,他在晒自己所藏的一幅心爱的戴嵩画牛图时,被一个牧童看见了。牧童鼓掌大笑说,这图画的是斗牛,牛用力角斗时,尾是搐入两股间的,可是这幅画上的牛却是"掉尾而斗",岂不大谬?这和上一个例子一样,它也生动地告诉我们,缺少实际生活知识,对艺术形象的描绘,往往是要脱离生活真实的,这自然也就很难做到真正的"随物赋形"了。苏轼提出了艺术家应当有"耕当问奴,织当问婢"的精神,虚心向有实践经验的人学习,即使是所谓下层阶级的"贱民"亦不例外,以丰富自己的生活阅历。这是苏轼作为封建社会中的知识分子十分难能可贵之处,也是他相当深刻而精辟的艺术见解。

对于艺术形象的这种"随物赋形"的描绘和刻画,不仅要切合对象的外貌,而且要切合它内在的神态。苏轼在《文与可飞白赞》中赞扬文与可的书法道:

> 美哉多乎!其尽万物之态也。霏霏乎其若轻云之蔽月,翻翻乎其若长风之卷斾也,猗猗乎其若游丝之萦柳絮,袅袅乎其若流水之舞荇带也。

这里所说的"尽万物之态"的"态",显然不仅是指"形态",而是指其"神态"。因为书法本身很难具体表现客观事物的外在形状,而只能运用象征的方法,去模仿客观事物的神情。苏轼在《墨花》一诗中赞扬汴人尹白画的墨竹时说:"缥缈形才具,扶疏态自完。"此所谓"形"与"态"即是指墨花的形与神。他在《欧阳少师令赋所蓄屏风》一诗中说:"含风偃蹇得真态,刻画始信天有工。"这里说的"得真态",是指欧阳修屏风上所画的松树,充分体现了它作为"峨眉山西雪岭上万岁不老之孤松"的特点,是在

"崖崩涧绝可望不可到,孤烟落日相溟濛"这样环境中的松树,它不仅外形真切,而且画得传孤松之神。这样就很自然地接触到了艺术表现中的神似和形似关系问题。

传神写照,得所以然
——论艺术地表现事物的本质特征

苏轼对艺术创作上的形神关系理论有非常重要的论述,他是我国古代对传神理论讲得最充分最深刻的一位艺术理论家。在《书鄢陵王主簿所画折枝》诗中,他说:

> 论画以形似,见与儿童邻。赋诗必此诗,定非知诗人。诗画本一律,天工与清新。边鸾雀写生,赵昌花传神。何如此两幅,疏澹含精匀。谁言一点红,解寄无边春。

苏轼指出无论诗或画都有形似与神似的关系问题,都以传神为贵,不以形似为高。但是,苏轼在这里也不是否定形似,而是强调必须以传神为最高标准。他的主要思想是认为应当抓住事物具有本质特征的形似特点来加以描写和刻画,使之起到传神的作用。他说:"谁言一点红,解寄无边春。"这"一点红"既是形似的表现,又是传神之处,它象征着无边的春色,象征着万紫千红的春天即将到来。这正是对东晋画家顾恺之"以形写神"论的发展。

苏轼认为强调传神的目的是要得事物之"所以然"。他在《李潭六马图赞》中说:"画师何从,得所以然。"什么叫"得所以然"？即是要表现出描绘对象的内在本质特征,反映出这一事物之区别于别一事物的不同特点。他在《传神记》一文中对此作了更具体的阐发。他说:"凡人意思,各有所在,或在眉目,或在鼻口。虎头(按:指顾恺之)云:颊上加三毛,觉精采殊胜,则此人意思盖在须颊间也。优孟学孙叔敖,抵掌谈笑,至使人谓死者复生,此岂举体皆似,亦得其意思所在而已。"所谓传神,并非处处都像,而是要表现出最能反映对象本质特征之处,亦即"得其意思所在"之处。"神"是通过特定的"形"来体现的,完全抛弃了"形","神"自然也没有着落了。为此,要传神,就必须对创作对象作深入研究,找到能"得其意思所在"的"形"的特征。"一点红"之所以能体现"无边春",也是因为它能得春天"意思之所在"。

在《净因院画记》这篇文章中,苏轼对传神问题又作了进一步的理论分析,提出了著名的"常形"和"常理"的问题。他说:

> 余尝论画,以为人禽宫室器用皆有常形,至于山石竹木水波烟云,虽无常形,而有常理。常形之失,人皆知之,常理之不当,虽晓画者有不知。故凡可以欺世而取名者,必托于无常形者也。虽然常形之失,止于所失,而不能病其全。若常理之不当,则举废之矣。以其形之无常,是以其理不可不谨也。世之工人,或能曲尽其形,而至于其理,非高人逸才不能辨。

事物都有外表的"形"和内在的"理"。有些事物是有"常形"的,即有它比较固定的外表形状。比如人是两腿直立行走的,禽类是用翅膀飞行的,房屋中间是空的,可以藏物住人,等等。当然,这种"常形"也是在一定条件下相对来说的,事实上,人和人很不一样,禽类和禽类也有区别,房屋的样式也是多种多样的,但是,某些大的方面是相似的。能够描写出这种"常形",即能给人以基本正确的印象。苏轼所说的那些没有"常形"的"山石竹木水波烟云"等等,也是相对地说的,严格地讲,山是高的,愈向上愈小,石头是一块块的,坚硬的,竹木是一根根的,这些也可以说有一定的"常形"。不过,和人禽宫室相比,则是不确定和属于无"常形"的了。所以,对于苏轼所说的"常形",不能理解得太死。实际上事物都有"形"。当然,苏轼的重点不是讲"常形"的描写,而是强调要描绘和表现创作对象内在的"常理"。"曲尽其形",虽然并不容易,然而毕竟还不是真本事,要能描绘出事物之"理",方是"高人逸才"。这种"形"和"理",实质上也就是"形"和"神"。所谓"得其理",亦即是要传神。他在《净因院画记》中还赞美文与可之画竹说:

> 与可之于竹石枯木,真可谓得其理者矣。如是而生,如是而

死,如是而挛拳瘠蹙,如是而条达遂茂。根茎节叶牙角脉缕,千变万化,未始相袭,而各当其处,合于天造,厌于人意。

生、死、缩、茂,都是竹石枯木等在特殊情况下的形态,而其中又都富有竹石枯木等的神态。文与可的天才正表现在他能够通过画出竹石枯木的各种各样特殊的形态,来充分地体现其内在本质,既是"千变万化,未始相袭",其中又有"常理"。客观事物是各种各样的,不管其有"常形"还是无"常形","形"总是有的,而艺术家的天才正在于要通过特殊的"形"的描写,表现出其内在的"理",从而达到传神的目的。

浑然天成,不失法度
——论艺术创作中的天然美与人工美

苏轼认为艺术创作的最高境界应当是自然天成而不落人工斧凿痕迹。艺术创作都是人工创造之美,而并非天生化成之美,但是,如何使之从人工创造而达到如天生化成一般,这就要有很高的艺术技巧和表现能力。苏轼在《高邮陈直躬处士画雁诗》中写道:

> 野雁见人时,未起意先改。君从何处看,得此无人态?

苏轼十分赞赏陈直躬画雁的真实自然,把野雁在荒无人烟之处那种自由自在的情状画得生动逼真。要画出这种具有天生化成之美的"无人态"是很不容易的,然而艺术也正是要达到这样高的水平。苏轼是很欣赏庄子所说的"天籁"之美的。其《跋石钟山记后》一文中说:

> 钱唐东阳,皆有永乐洞,泉流空岩中,自然宫商。又自灵隐下天竺,而上至上天竺,溪行两山间,巨石磊磊如牛羊,其声空砉然,真若钟声。乃知庄生所谓天籁者,盖无所不在也。

这种"自然宫商"比一切人为的音乐要美得多。因此他也很喜欢陶渊明在《孟府君传》中的一段话:"又问:'听妓,丝不如竹,竹不如肉。'笑曰:'渐

近自然。'"(《书渊明孟府君传后》)对于书法,苏轼也最佩服自然之逸笔。他在《跋刘景文欧公帖》中赞扬欧阳修的书法道:

> 此数十纸,皆文忠公冲口而出,纵手而成,初不加意者也。其文采字画,皆有自然绝人之姿,信天下之奇迹也。

自然天成之妙即在"冲口而出,纵手而成"。又其《题颜鲁公书草》亦曾强调颜鲁公之书法有"信手自然,动有姿态"之美。苏轼论画的著作中,提倡天然之美更为突出。其《跋蒲传正燕公山水》一文中说:

> 画以人物为神,花竹禽鱼为妙,宫室器用为巧,山水为胜,而山水以清雄奇富,变态无穷为难。燕公之笔,浑然天成,粲然日新,已离画工之度数,而得诗人之清丽也。

浑然天成即我国古代许多文艺家所主张的"化工"境界。诗歌创作上,苏轼更是竭力反对人为的搜索枯肠,一味的堆砌雕琢。他在《次韵孔毅甫集古人句见赠》中说:"诗人雕刻闲草木,搜抉肝肾神应哭。""天下几人学杜甫,谁得其皮与其骨。……前生子美只君是,信手拈得俱天成。"在《答谢民师书》中,他对扬雄的"雕虫篆刻"倾向作了尖锐的批评,指出文章应当做到"文理自然,姿态横生"。不管任何艺术创作,都是愈近自然愈美。恰如他《书韩幹牧马图》说的:"鞭箠刻烙伤天全,不如此图近自然。"

由人工而达到自然,能使艺术创作显得更加真实。他在《石氏画苑记》一文中说:"子由尝言,所贵于画者为其似也,似犹可贵,况其真者?"艺术创作进入"化工"之境界,就和真的一模一样了,有时甚至分不出是真实事物还是艺术创作。故其《韩幹马十四匹》一诗中说:"韩生画马真是马,苏子作诗如见画。"他之所以如此推重文与可,也是在他的"写真"本领之高。《和文与可洋川园池三十首》中《此君庵》一首云:"寄语庵前抱节君,与君到处合相亲。写真虽是文夫子,我亦真堂作记人。"文与可之所以能"兼入竹三昧",正是在他能把竹画活了。艺术作品之能传神,即在其逼真、自然。苏轼在《书唐氏六家书法后》一文中说:"张长史草书,颓然天放,略有点画处,而意态自足,号称神逸。"天然、逼真、传神是紧密联系而难以割裂的。

重视天然之美,这本是我国古代一个重要的美学传统。然而,由于受老庄崇尚天然、否定人为思想影响,有些文艺家在提倡自然之美时,往往把它和人工创造对立起来,这就容易给人以一种神秘之感。苏轼的论述中则没有这种片面性,他并不否定艺术乃是人工创造的产物。因此他对于自然和法度之间的关系有比较辩证的看法。他认为艺术创作要不受法度的束缚和局限,但是要不失法度。艺术创作总是要参考一定的法度的。法度是前人创作经验的总结,事实上人们在创作中也都是不自觉地吸取了前人的创作经验的。从艺术创作的历史继承性上来看,要完全抛开法度,是不可能的。但是,艺术创作最根本的还是要从描写对象的客观实际出发,绝对不可固守前人陈规,否则就不会有新的创造,也很难达到真实自然的化境。苏轼在有名的《诗颂》中说:"冲口出常言,法度去前轨。人言非妙处,妙处在于是。"法度不是说不要,但不能拘泥于"前轨"。法度应当是灵活的,不断随着创作的需要而变化。诗家之妙处正在脱口而出,自然而然,而其中又包含着一定法度。恰如《书所作字后》说的:"浩然听笔之所之,而不失法度,乃为得之。"这就是自然与法度之辩证关系。所以,苏轼的法度是符合于自然的法度,是没有一定陈规的法度。掌握了这种法度,那么在创作中就能"逆来顺往,旁见侧出,横斜平直,各相乘除,得自然之数,不差毫末"(《书吴道子画后》)。这个"数",即是指术数,亦即一定的法度、规律。能"得自然之数",则其诗文创作亦皆能"大略如行云流水,初无定质,但常行于所当行,常止于所不可不止,文理自然,姿态横生"(《答谢民师书》)。

萧散简远,得之象外
——论艺术意境的创造

苏轼在艺术上的审美理想,是以朴素平淡的形式创造含蓄深远的意境。这是和他深受老庄思想的影响分不开的。《东坡文谈录》曾说:"墓碑云:'公少年读《庄子》叹息曰:吾昔有见于中,口不能言,今见《庄子》,得吾心矣。'"苏轼在《送文与可出守陵州》一诗中说:"清诗健笔何足数,逍遥齐物追庄周。"因此他特别喜欢陶渊明的诗,不仅创作了和陶诗数十首,而且还把陶诗作为他审美理想的代表作。他在《评韩柳诗》一文中说:"所贵乎枯淡者,谓其外枯而中膏,似淡而实美,渊明子厚之流是也。若中边皆枯淡,亦何足道。佛云:如人食蜜,中边皆甜。人食五味,知其甘苦者皆是。能分别其中边者,百无一二也。""外枯"即是指其形式之朴素平淡,而"中膏"则指其意境之余味无穷也。陶渊明常弹无弦琴以寄其意,正是老庄"大音希声"的审美理想之体现。苏轼对此也极为欣赏。其《破琴诗》云:"破琴虽未修,中有琴意足。""悬知董庭兰,不识无弦曲。"破琴实际上也等于是无弦琴。因此,苏轼追求的是艺术作品的味外之味,象外之趣。他说文与可是:"诗鸣草圣余,兼入竹三昧。时时出木石,荒怪轶象外。"他推崇王维的诗画也是出于这种原因。他说:"吴生虽妙绝,犹以画工论。摩诘得之于象外,有如仙翮谢笼樊。吾观二子皆神俊,又于维也敛衽无间言。"吴道子的画虽好,也还只能以画工而论,即是人工创作之高品。而王维由于得之象外,如神仙所作,更加具有天然神韵,故又高出道子一头。

苏轼的这种审美理想更为突出地表现在《书黄子思诗集后》一文中。他说:"予尝论书,以谓钟、王之迹,萧散简远,妙在笔画之外。""至于诗亦然。""独韦应物、柳宗元发纤秾于简古,寄至味于淡泊,非余子所及也。"为此,他特别赞赏司空图的"味外味"说:"其论诗曰:'梅止于酸,盐止于咸,饮食不可无盐梅,而其美常在咸酸之外。'盖自列其诗之有得于文字之表者二十四韵,恨当时不识其妙,予三复其言而悲之。"苏轼看出了司空图的《二十四诗品》是描绘了"有得于文字之表"的二十四种不同意境,虽然风格各异,而都有"味外之味","不著一字,尽得风流"。在苏轼看来,艺术意境的创造,不是要用许多华丽的辞藻,也不是要用浓厚的色彩、线条,而是要以朴素的本色出现,似乎是平淡无奇,而其中又含有无穷无尽的深意。因此,真实、自然、有言外之意,含蓄不尽,这才是创造意境的主要之点。《东坡文谈录》记载其言云:"意尽而言止者,天下之至言也。然而言止而意不尽,尤为极致。"文学作品应当做到"言有尽而意无穷",绘画则讲究"笔略到而意已具"(《跋赵云子画》),书法则要"字外出力中藏棱"(《孙莘老求墨妙亭诗》)。苏轼这样的审美理想充分说明他不仅和司空图、严羽有着相类似的文艺思想和美学思想,而且在从司空图的文艺思想发展到严羽的文艺思想的过程中,起着一种桥梁的作用。

以上只是对苏轼艺术创作理论的几个主要方面的初步分析。苏轼艺术创作理论的内容远比我们所论到的要丰富得多,这还需要我们作更进一步的深入分析、研究。

试谈《沧浪诗话》的成就与局限

严羽的《沧浪诗话》共分诗辨、诗体、诗法、诗评、诗证五部分及一篇附录《答吴景仙书》,而其主要文艺观点则集中反映在《诗辨》一章中。《沧浪诗话》的其他部分中也有不少好的见解,这里不准备详说,本文只想以《诗辨》为主,谈谈严羽主要的文艺观点的价值及其缺点。严羽的《沧浪诗话》在明清两代的诗歌理论与创作中,影响极大,其中有积极的方面,也有不少流弊。因此对它的估价不能简单化,需要作细致的分析。近读周来祥、叶秀山同志文章(《文学遗产》第 426 期),感到有不少好的意见,但也有许多问题结论下得过于简单,缺乏足够的说服力,同时对郭绍虞同志经过深入研究得出的一些结论,否定得过于轻率。为此想提出一些粗浅的看法,以求正于郭、周、叶等同志及广大读者。

一

严羽在《沧浪诗话》中所提出的系统的理论观点,是针对宋诗严重地违反艺术创作的基本规律的倾向而发的。他的基本精神就是强调艺术不同于一般科学理论的特殊性,于是就提出了别材别趣之说;而要掌握诗歌的别材别趣,在严羽看来,必须依靠妙悟;再进一步,妙悟的关键在识,具有真识,方能达到透彻之悟;而真识的具体内容,就是以盛唐为法。故严羽说他自己的理论是要挽救"诗道之重不幸",而"辄定诗之宗旨,且借禅以为喻,推原汉魏以来,而截然谓当以盛唐为法"。下面,我们就试从他这个体系中的基本出发点,别材别趣、妙悟、识、以盛唐为法几个基本环节,逐一分析其成就与局限。

任何一种理论的提出都是有背景的,严羽的理论也不例外,他是针对宋诗的弊病而提出,而宋诗不如唐诗,这是历来大家的公论。这里原因很多,但最根本的一点就是严羽指出的:"尚理而病于意兴。"用今天的语言说,就是有点类似概念化、抽象化而缺乏生动感人的美感作用和美感形象。具体地说,就是:"以文字为诗,以才学为诗,以议论为诗。"其创作唯知"多务使事,不问兴致,用字必有来历,押韵必有出处;读之反复终篇,不知着到何处"。当时的江西诗派是这种倾向的突出代表,他们讲究所谓"脱胎换骨""点铁成金",追求拗体,崇尚奇硬。宋诗的这种弊病,在严羽以后的明清文艺家中,许多人也都指出过。如何景明在《汉魏诗序》中就说:"宋诗言理。"李东阳在《怀麓堂诗话》中说:"宋人于诗无所得。所谓法者,不过一字一句对偶雕琢之工,而天真兴致,则未可与道。"吴乔《围炉诗话》中说:"唐人以诗为诗,宋人以文为诗,唐诗主于达性情,故于三百篇近,宋诗主议论,故于三百篇为远。"可见各家对宋诗的这种违反艺术特征的批评并非偶然。中国对艺术作品与非艺术作品的科学著作、政治论文之间的差别历来就划分不清,所以"文"的概念一向非常混乱。齐梁时的钟嵘就对这种弊病进行过尖锐的批评,猛烈地抨击了"理过其辞,淡乎寡味"的玄言诗和炫耀学问的事类诗。自从唐代诗歌格律成熟以后,诗有了自己的完美体制,诗文也分了家,但是艺术和非艺术文章在创作上究竟有什么差别,许多人是认识不清的。他们认为只要合乎格律、对偶等就是诗,因此把议论、哲理、学问等等填入诗的形式之内,把艺术的以美感形象具体地反映现实的特征抛在脑后,不加重视。这确实是诗歌发展的危机。严羽所呼喊的"诗而至此,可谓一厄也",是真实地反映了当时诗歌发展中的问题。他在《答吴景仙书》中说他的诗辨,"其间说江西诗病,真取心肝刽子手",并非狂妄自负,而是和实际状况相符的。他抓住江西诗派作为批判对象确有见地,因为江西诗派在当时的影响特别大,如陆游、杨万里、范成大等皆曾受其影响。朱竹垞在《裘司直集序》中说:"宋自汴梁南渡,学者多以黄鲁直为宗。……终宋之世,诗集流传于今者,惟江西最盛。"可说明这一事实。严羽论诗的基本出发点虽有和钟嵘一致之处,但是他不像钟嵘那样强调诗歌是反映现实的,因此从理论的继承上看,他接受司空图的要更多一些。他强调艺术特殊性有些过分,而偏重在艺术方面。懂得严羽论诗的出发点,我们就可知道,他的成就是在这里,而他的缺点也正在这里。

从这样一个基点出发,严羽提出了别材、别趣之说。他在《诗辨》中说:"夫诗有别材,非关书也;诗有别趣,非关理也。"别材,亦作别才,古材才相通。别材之说是指艺术家要有特别的才能,并不是读了许多书,有了广博学问就能写出诗歌来的。"诗有别材,非关书也。"这句话中的"书",一般作"学",目前不能断定原文是"书"还是"学"。郭绍虞同志说后人攻击严羽这一论点,是误以"书"为"学"之故,这一点我不同意。这里无论是"书"是"学",基本思想是一样的。而且"学"字要更符合沧浪的原意。学,即指学问,古人讲学问大多指的是书本知识,即"书",沧浪此语是为了反对"以才学为诗"。他说:"孟襄阳学力下韩退之远甚,而其诗独出退之上者,一味妙悟而已。"这就是"诗有别材,非关学也"的典型例子。

"诗有别趣,非关理也。"这是指的诗歌必须要有美感形象,能引起人的审美趣味,不能是抽象的理论概念。趣,也叫兴趣,或称兴致,都是一个意思。严羽讲的"兴趣",与钟嵘讲的诗要有"滋味"完全是一回事,这是艺术创作所独有的,也是必不可少的。这和科学著作、政治论文等以理为主不同。光有"理",仍不能成为艺术。

但是诗歌是不是只有别材别趣,而和学、理完全无关呢?也不是。严羽紧接着就说:"然非多读书、多穷理,则不能极其至。"这两句话,《诗人玉屑》所引是:"而古人未尝不读书,不穷理。"我以为根据严羽的基本文艺思想来看,应以《诗人玉屑》所摘引的为准。这里的读书,即是指学问;穷理,是指通晓人情物理而言,与理论之理不同。别材、别趣讲的是艺术的特殊规律,是属于艺术创作方面的问题;读书穷理是讲的作家的认识能力、思想水平、生活经验阅历,是属于作家的世界观和生活体验方面的问题。

严羽对于文艺作品中思想和艺术的关系,也有一些很好的意见,他认为文学作品都是有思想的,但是思想在艺术中不是以赤裸裸的面貌出现,它是要在艺术形象中隐蔽地流露出来的。在《诗评》中,他说:"诗有词理意兴。南朝人尚词而病于理;本朝人尚理而病于意兴;唐人尚意兴而理在其中;汉魏之诗,词理意兴,无迹可求。"意兴是指诗歌中能引起人美感与想象的意境。文学作品的意境是要以语言为工具的,这就是词。词必须为构成意境服务,若专以辞藻工丽为高,则失其本,这是南朝诗的弊病。意境中是含有理的,但以理为尚,而抛弃意境,则就不成其为诗歌了。

他认为正确的应该像唐人那样,以意兴为主而寓理其中。这里,他比较辩证地说明了思想与艺术的关系。

世界观不等于创作,思想也不等于艺术,但是,鉴别艺术作品的优劣,思想内容毕竟是个非常重要的因素,可是,严羽恰恰对于这一点认识不足。这和他论诗的出发点有关,他是矫枉过正了,所以他要求于诗的只是"尚意兴",有"兴致","惟在兴趣",方为好诗,而理,虽不可废,但终究不是主要的,有了意兴,理自然在其中,不必对它提出什么要求。他在论"识"时,也完全从艺术上着眼。在诗评中也唯以艺术为论诗标准,可见,他虽不否定思想内容,但是把艺术放在第一位,这是很明显的。他的"不涉理路,不落言筌"之说,有其正确的一部分,即是要求诗歌不要概念化,不要只局限于语言雕琢上;但也有明显缺点,那就是片面强调艺术,而忽略了思想在艺术中的重要作用。所以他提倡的是"兴趣",而不是"理趣",周来祥、叶秀山同志的文章认为严羽提倡"理趣"说,这是不符合沧浪原意的,也忽略了严羽理论的局限性。这一点,冯班的批评是很对的,他在《严氏纠谬》中首先指出:"沧浪只是兴趣言诗,便知此公未得向上关捩子。"然后说诗歌"凭理而发","但其理玄,或在文外,与寻常文笔言理者不同,安得不涉理路乎?"所谓"理玄,或在文外",即是指诗歌之理不是赤裸裸说出的意思。所谓寻常文笔,即是指非艺术文章。冯班的这个意见既照顾到艺术特点,又重视思想。郭绍虞同志说:"冯班之论是从根本上攻击兴趣说,抓住了问题的核心。"这是正确的,这正是严羽理论的短处。

二

严羽强调诗歌的别材别趣,那么怎样才能掌握这些特点呢?他认为根本的关键在于妙悟。妙悟并非灵感,妙悟是对艺术特殊性的心领神会,融会贯通;妙悟的过程就是认识艺术和掌握艺术表现能力的过程。艺术形象对人的作用和科学概念不同,它首先是诉诸人的感觉的,人和艺术形象的接触,虽然以感觉为基础,但绝不仅仅停留在感觉上,而是要提高一步,根据自己的审美经验,进行审美判断,领悟形象的意义,最后达到的结果,和理论思维一样,都是认识客观真理。在这过程中,认识的对象始终是以生动的形象出现的,而不是以抽象的概念出现的。这个过程一般说不显著,比较隐晦,所以说艺术的作用是潜移默化的。严羽对艺术的这种作用,对认识和掌握艺术的过程讲不清楚,所以就讲妙悟,认为这个认识与掌握艺术的过程是不能加以科学地分析的,没有客观标准,不可言说,只能凭主观的体会。这样他就把认识艺术和禅宗认识佛理等同起来了,妙悟就是从禅宗借来的术语。周来祥、叶秀山同志只抓住了妙悟是指认识艺术特殊性这一面,忽略了妙悟也是严羽用禅宗认识论来解释对艺术认识的一面,从而完全否定严羽论诗受到禅宗思想影响,而带有严重主观唯心论色彩,这是不符合实际情况的。

悟,在禅宗是指信佛众生对于佛理的心解、觉悟。悟,在严羽论诗,则是指对艺术的心解、觉悟。故云:"论诗如论禅。""禅道惟在妙悟,诗道亦在妙悟。"在《答吴景仙书》中,严羽说:"以禅喻诗,莫此亲切。"又在《诗辨》中说,为挽救诗道之不幸,企图定诗之宗旨,故"借禅以为喻"。在严羽,以禅论诗与以禅喻诗是没有什么区别的,以禅喻诗,总是禅与诗在某一点上原理相通(在认识佛理与诗理一点上一致,均靠妙悟)。所以,以妙悟论诗,也可以说是以禅论诗。这不等于用全部禅宗理论去套诗。严羽认为在妙悟一点上诗禅无别,这是很显然的。然而问题也就在这一点上,禅宗讲的悟是以主观唯心论为基础的,以此喻诗(或论诗),必然要产生许多流弊。

禅宗认为真理是没法具体地说出来的,只能靠各人自己内心去体会,不能用语言来表达。他们曾作了一个浅近的比喻:比如人喝水,水的冷暖只有自己知道,没法告诉人这水到底有多冷多热。因此他们认为真理没有客观标准,怎样才能领悟佛理是不可言说的。严羽论诗显然受到了这种思想的影响。他认为对艺术的认识与掌握是不可言说的,没有具体标准,只靠各人主观体会。优秀的诗歌其好处也是无法进行科学分析的,也只能靠自己主观去体会。所以说是"羚羊挂角,无迹可求,故其妙处,透彻玲珑,不可凑泊,如空中之音,相中之色,水中之月,镜中之象,言有尽而意无穷"。这里自然有好的艺术是天衣无缝、没有斧凿痕迹的意思在内,但认为达到了不可分析、不可言说的程度,则是过分夸大,变成玄虚而不可捉摸了。这一点,正是严羽妙悟说的缺点。

严羽讲妙悟尽管有这么些毛病,但也有不少有价值的地方。他指出:对于艺术家来说,"惟悟乃为当行,乃为本色"。这也就是说,艺术家必须精通艺术的特殊规律,必须深刻地认识艺术的基本特点,掌握艺术表现的方法。他又指出:对艺术的认识,各人有程度深浅的不同,对艺术创造的把握,各人有造诣高下的区别,有精晓诗艺的,也有一知半解的,这就是所谓有透彻之悟与一知半解之悟了。严羽认为对诗艺的掌握,是和学习前人作品有关的。前人作品有第一义、第二义之别。第一义之诗是指前人诗中艺术成就最高、体现艺术特征最显著最好的诗篇;第二义之诗虽有成就,但有严重毛病,不堪为学者之榜样,不是正门大道,而是旁门外道。由第一义而悟入,即由学第一义之诗而认识与掌握艺术的,称为第一义之悟。由第二义悟入的,称为第二义之悟。由第一义悟入,可以达到透彻之悟,在此意义上,第一义之悟与透彻之悟一致。但由第一义悟入,也可以是一知半解之悟,而非透彻之悟。不过这究竟比第二义之悟要好,不会走入邪门。故云:"虽学之不至,亦不失正路",是"直截根源"的方法。如果从第二义悟入,则必然要因为路头之差,而"愈骛愈远"。这不但不能达到透彻之悟,连一知半解之悟也是难以达到,是要变为"野狐外道"的。由此可见,透彻之悟与第一义之悟是有差别的,所以后来明清诗论家由于所重不同,故理论与创作皆有明显差别。着重第一义之悟的,如明代前后七子为代表的格调派,忽略透彻之悟,而陷入因袭模拟,变为"古人影子"。而以清代王士禛为代表的神韵派,则着重透彻之悟,强调诗歌的神境韵味,又有点玄虚而难以捉摸。但严羽所重毕竟是在透彻之悟,所以神韵派与沧浪要更接近一些。沧浪是从透彻之悟出发,要求第一义之悟的。学诗不但要从第一义悟入,而且要达到透彻之悟,这里包含着要求我们学习最优秀的诗歌,并且要真正学透,掌握其精神实质,这对于我们学习过去遗产,也还有一定参考价值。

三

那么怎样才能从第一义悟入呢?这就要依靠"识",要识别哪是第一义之诗,哪是第二义之诗。"识"是指对艺术的见识,它与知识的"识"含义不尽相同。识与悟也不同,识是悟的前提。首先能识别诗歌的邪正深浅高下,然后方有可能真正的由第一义悟入,并进一步达到透彻之悟。故《沧浪诗话》开宗明义第一句就是"夫学诗者以识为主"。识又有两个基本要求:"入门须正,立志须高。"哪一些诗歌所代表的方向是正确的,是正门大道,哪些诗歌代表的方向是不正确的,是邪门外道,这是识诗者首先要懂得的。学诗的方向不明确是危险的,必然要愈走愈远,以至于不可挽回。不过严羽所说的诗的邪正,是从艺术上着眼,而对于思想内容的深浅则重视得不够。他又说,识诗者其次必须要了解哪些诗歌是最好的,哪些作家是最优秀的,必须向最好的学习,这样才会有成就。因为"学其上仅得其中,学其中斯为下矣"。"见过于师,仅堪传授;见与师齐,减师半德。"但是严羽不懂得要做到这点,光学古人是不够的,必须还要从生活出发,进行独创。那么怎样才能具有对艺术的见识呢?严羽以为主要的在于"见诗之广,参诗之熟"。他说:"试取汉、魏之诗而熟参之,次取晋、宋之诗而熟参之,次取南北朝之诗而熟参之,次取沈、宋、王、杨、卢、骆、陈拾遗之诗而熟参之,次取开元、天宝诸家之诗而熟参之,次独取李、杜二公之诗而熟参之,又取大历十才子之诗而熟参之,又取元和之诗而熟参之,又尽取晚唐诸家之诗而熟参之,又取本朝苏、黄以下诸家之诗而熟参之,其真是非自有不能隐者。"如果还不能对诗有正确的见识,"则是野狐外道,蒙蔽其真识,不可救药,终不悟也"。

《沧浪诗话》专有《诗法》一章,但在《诗辨》中也谈到诗法,这里实际上讲的是识诗之法。也就是说,诗歌可以从下列五方面去识别其邪正高下:体制、格力、气象、兴趣、音节。五者之中,严羽最重气象与兴趣。兴趣前面已谈过,是诗的艺术特征方面的问题,气象是指诗歌艺术风格中的时代风貌而言。《诗评》中说:"唐人与本朝人诗,未论工拙,直是气象不同。""汉魏古诗,气象混沌,难以句摘。""建安之作,全在气象,不可寻枝摘叶。""虽谢康乐拟邺中诸子之诗,亦气象不类。"而作为这五者的统一的综合的表现,则是诗歌的艺术风格,即《诗辨》中说的诗品问题。严羽认为优秀的第一流好诗的艺术风格,具体地说有九种:高、古、深、远、长、雄浑、飘逸、悲壮、凄婉。笼统地说,大致又可分为优游不迫与沉着痛快两大类。而最根本的要求是入神,诗能入神,则不管你是何种品格,都是最高的境界。入神之作,就是艺术上天衣无缝,其妙处只可悟、不可说的"透彻玲珑,不可凑泊"之作。这是沧浪识诗的最高标准。能认识到何者为入神之作,然后由此悟入,即算是第一义之悟,或透彻之悟了。严羽之论,对于欣赏艺术,提高对艺术的见识能力,是有意义的。但他忽视文学作品是反映现实生活的,论"识"不涉及内容,又是严重的缺陷。

严羽对自己的"识",是极为自负的,《答吴景仙书》说:"仆于作诗,不敢自负,至识则自谓有一日之长,于古今体制,若辨苍素,甚者望而知之。"他的识的具体内容就是"截然谓当以盛唐为法"。以盛唐为法,这是严羽理论的归结所在。因此,他认为学诗与妙悟的途径是:"以汉魏晋盛唐为师,不作开元天宝以下人物。"当然,严羽之所以大力推崇盛唐,不是没有道理的,盛唐诗歌确是我国诗歌发展中的最高峰,在艺术上达到了登峰造极的地步。他对诗歌确实可谓独具只眼,有独到见识。同时他把唐代诗歌分为初唐、盛唐、大历、元和、晚唐,也符合唐诗发展的阶段。他通过分析、比较,指出盛唐诗是历代诗歌之冠,强调学诗要"以盛唐为法",这是好的。同时,他也并不认为别的时代作品一无可取,不仅大历、元和等时代的诗他有所取,即使是他着力批评的宋诗,他也是主张有所取的。

但我们也必须看到:文艺的源泉是现实生活,"过去的文艺作品不是源而是流"(毛泽东《在延安文艺座谈会上的讲话》)。这一点严羽没有认识到。他片面强调学习古人,把盛唐当作偶像来崇拜,并说:"诗之是非不必争,试以己诗置之古人诗中,与识者观之而不能辨,则真古人矣。"他的理论开后来明代前后七子"诗必盛唐"的复古模拟风气,其流弊所及,影响很坏。

上文分析了严羽几个基本文艺观点的意义与缺点,概括地说来,严羽对艺术的特殊性的分析和认识是比较深刻的,在艺术理论上作出了不少有益的贡献;但是严羽的理论由于受佛教思想影响,由于对文艺的思想内容的重要作用的忽略,由于对文艺源泉认识不清,也有许多严重的缺陷,于是便产生了一些不好的影响。严羽的文艺思想是很复杂的,本文谈不上什么研究,只是对他的基本观点评价发表一些看法,有许多重要问题(如他理论的继承性,尊王孟还是尊李杜,他对艺术时代风格、个人风格的认识,等等),都不能一一论述了。个人意见不一定正确,仅希望能有助于讨论之开展而已。

(原载《光明日报》1962年11月4日《文学遗产》第438期)

论《沧浪诗话》

——兼谈严羽和王士禛在文艺思想上的联系和区别

我在《试谈〈沧浪诗话〉的成就与局限》一文中,初步分析了严羽的几个基本文艺观点,本文试图在此基础上,进一步探讨严羽诗论的具体内容,并说明他与王士禛在文艺思想上的联系与区别。

严羽和王士禛的诗论标准

严羽和后来受他影响最深的王士禛,在诗歌理论上,或讲兴趣,或讲神韵,其实质都一样,追求一种超脱空灵的艺术境界。他们都以禅宗哲理上理想的妙悟境界来比喻说明这个艺术境界的特点。所以我们说,以禅境喻诗境,而同归于妙悟,是他们诗论的核心。关于这一点,严羽在《沧浪诗话》中说:"论诗如论禅","禅道惟在妙悟,诗道亦在妙悟"。王士禛对此作了更具体的阐发,他在《香祖笔记》中说:"舍筏登岸,禅家以为悟境,诗家以为化境,诗禅一致,等无差别。"但是我们必须看到,由于时代不同,以及他们的思想的差异,对于这个以禅境喻诗境,而同归妙悟的诗论标准的内容的认识,并不是完全相同的。为了说明他们在文艺思想上的联系和区别,我们首先要分析这个诗论标准所包含的具体内容,然后分别说明他们各自的主张。

任何文学批评都不外乎两个标准:政治标准和艺术标准。以禅喻诗、同归妙悟的诗论标准,也包括这两方面的内容。从政治标准方面说,这种诗论片面追求一种超脱空灵的艺术境界,而忽略了诗歌要反映现实生活,具有社会内容。在这方面,王士禛比严羽走得更远,他要求通过艺术境界来体现禅宗妙悟精神境界,使人读了能够顿悟,获得佛性,领会那种超尘拔俗的宗教乐趣。这些在他的诗文笔记中说得很多。《香祖笔记》说:"唐人五言绝句,往往入禅,有得意忘言之妙,与净名默然,达磨得髓,同一关捩。观王、裴《辋川集》及祖咏《终南残雪诗》,虽钝根初机,亦能顿悟。"在《蚕尾续集·书溪西堂诗序》中,他也说道:"严沧浪以禅喻诗,余深契其说,而五言尤为近之。如王、裴《辋川绝句》,字字入禅,他如'雨中山果落,灯下草虫鸣'(按:王维《秋夜独坐》);'明月松间照,清泉石上流'(按:王维《山居秋暝》),以及太白'却下水精帘,玲珑望秋月'(按:《玉阶怨》);常建'松际露微月,清光犹为君'(按:《宿王昌龄隐居》);浩然'樵子暗相失,草虫寒不闻'(按:《游精思观回王白云在后》);刘眘虚'时有落花至,远随流水香'(按:《缺题》)。妙谛微言,与世尊拈花,迦叶微笑,等无差别。通其解者,可语上乘。"王士禛在这里说的"净名默然""达磨得髓""拈花""微笑"等都是佛学上的典故,其意在说明至高的佛理是无法言说的,也不能通过语言文字来传达,而真有佛性的人,自能通过"拈花微笑"这类象征性的暗示去领悟。王士禛以为王、裴的《辋川绝句》和他所举出的其他那些诗句,都能和"拈花微笑"起到同样的作用,使人从艺术境界中领略到宗教上理想的妙悟境界。他在《渔洋诗话》中特别欣赏苏轼《罗汉赞》中的"空山无人,水流花开",王昌龄《听弹风入松阕赠相补阙》中的"空山多雨雪,独立君始悟",以及姚宽《西溪丛语》所载《古琴铭》中的"山高溪深,万籁萧萧。古无人踪,惟石嶕峣",也是从这角度出发的。在《居易录》中,他说得更明确:"唐人如王摩诘、孟浩然、刘眘虚、常建、王昌龄诸人之诗,皆可语禅。"唐宋以来,佛教流传极为广泛,尤其是禅宗思想,影响更加深远,许多诗人,如王维、韦应物等都是虔诚的佛教徒,在不少以写田园山水隐逸生活为主的诗歌中,都有一些通过艺术境界来表现禅趣的作品,其中尤以王维为最突出。王士禛提倡这种诗作,把诗歌引向写士大夫出世情趣方向,是与当时清廷的文化政策有关系的,这点下面我们还要详论。

  从艺术方面说,以禅喻诗、同归妙悟的诗论标准,要求创造一个含蓄深远、不落痕迹的完美艺术境界。严羽和王士禛都感受到诗歌作为艺术,诗人的思想观点是不能以赤裸裸的理论概念面貌出现的,必须以具体生动的艺术形象出现;尤其在抒情诗中,抽象的概念是没有力量的,诗人的思想情趣,总是通过创造优美的艺术意境而流露出来的。但是,他们不能科学地来阐明这一点,他们从主观唯心主义的角度出发,认为掌握诗歌艺术的这个特点是和禅宗认识佛理的情况一致的。禅家以为佛理不可言说,也不能用语言文字来传达,因此,他们在说明佛理时,往往是给你展示一片境界,例如"拈花示众",作一个象征性的暗示,让你去体会,你能"妙悟"的话,就能成佛了。他们讲究"无情有性",认为佛性无所不在,一块石头,一朵鲜花,皆有悟性,皆能成佛,其中道理,只能意会,不能言传。严羽正是以此来比喻说明诗歌艺术的上述特征,他认为这是最贴切最生动的,故云:"以禅喻诗,莫此亲切。"(《答吴景仙书》)他认为"入神"的诗歌,有如"空中之音,相中之色,水中之月,镜中之象",是"透彻玲珑,不可凑泊"的,它的特点是"羚羊挂角,无迹可求","言有尽而意无穷"。它和佛理一样,你要了解它,掌握它,只能通过妙悟。

由此可见,强调以禅境比喻诗境,在艺术上有它正确的因素在内(即从对艺术特征的认识出发,要求重视艺术本身特点),但它本身又是不很科学的。因为"宗教不是别的,只是那些支配人们日常生活的外界力量在人们头脑中幻想的反映,在这反映中,世间的力量采取了超世间的形态"①,故马克思称之为"颠倒的现实"的理论②。禅宗在哲学理想上的妙悟境界,是一种虚构的幻想,是一种超现实的幻境。它是玄虚而不可捉摸的,自然也不可能作具体的说明。然而,艺术是反映具体的现实生活的,艺术的境界虽然是现实的提炼集中和典型概括,要经过虚构想象,尽管它可以达到玲珑透彻、不落痕迹的程度,但是,它无论如何总是具体的现实的,是有现实生活根据的,可以科学地说明。所以,诗境和禅境是不能等同起来的。如果硬要把两者合而为一,就必然要把诗歌艺术投进神秘的不可理解的泥坑。这正是严羽和王士禛以禅喻诗的致命弱点。这点在严羽同时的人中,有的已经看出来了。例如刘克庄就批评过这种硬把诗禅混同为一的缺点,他说:"诗家以少陵为祖,其说曰:'语不惊人死不休。'禅家以达摩为祖,其说曰:'不立文字。'诗之不可为禅,犹禅之不可为诗也。何君合二为一,余所不晓。夫至言妙义,固不在于语言文字,然舍真实而求虚幻,厌切近而慕阔达,久而忘返,愚恐君之禅进而诗退矣。"

---

① 恩格斯:《反杜林论》,引自《马克思恩格斯论宗教》,武剑西译,人民出版社,1954年,第118页。
② 《马克思恩格斯论宗教》,第6页。

何君其试思之。"(《后村先生大全集》卷九十九《何秀才诗禅方丈》)这里,刘克庄说的以禅喻诗所产生的"舍真实而求虚幻,厌切近而慕阔达",真可说是一针见血之语。

妙悟与兴趣的关系

妙悟与兴趣,是严羽(和王士禛)诗论中的两个基本概念(王士禛讲"神韵",实质上与"兴趣"一致)。严羽认为,能够达到"透彻之悟"的"盛唐诸公"创作的特点,就是"惟在兴趣",宋人诗歌的缺点就在"不问兴致"。因为诗歌创作以"兴趣"为主,所以必须"妙悟",也就是说,"妙悟"的对象即是"兴趣"。

什么是严羽所说的"兴趣"的内容呢?这是我们首先要弄清楚的问题。"兴趣"的概念显然是从"兴"的概念发展来的,为此,我们需要首先对"兴"的概念作一个简要的历史考察。兴,在中国文学批评史上是很早就被提出来了的,根据《论语》记载,孔子就曾经说过:"兴于诗,立于礼,成于乐。"(《论语·泰伯》)又说过:"诗可以兴,可以观,可以群,可以怨。"(《论语·阳货》)这里值得我们注意的是,孔子讲的诗歌的社会作用中,唯独"兴"是诗歌艺术所独有的,一般的文章、政治论文、历史著作、哲学著作,有的也可以起到"观、群、怨"的作用,但无论如何不可能有"兴"的作用。朱熹释"兴"为"感发意志",基本上是符合孔子原意的。孔子讲的"诗可以兴",的确是指诗歌艺术对人的感染作用而言的。

汉代是一个经学昌盛的时代,汉儒对《诗经》,是把它当作经书来看的,而不是当作艺术作品。他们论《诗经》,讲赋、比、兴,可是这个"兴"和孔子讲的"可以兴"的"兴"是不同的,它不是从诗歌艺术的根本特征方面来说的,而是仅仅作为一种表现手法来说的。历来,人们对"赋、比、兴"的"兴",或释为"发端",或释为"引譬",或释为"起兴",都与"诗可以兴"的"兴"不很一致。朱熹释此"兴"为"先言他物以引起所咏之辞",也和他释"可以兴"之"兴"不同。显然,"赋、比、兴"之"兴"只是指的某些诗的一种表现技巧,而不是像"可以兴"之"兴"那样,是就全部诗都有的艺术感染作用而讲的。

六朝以来,由于对艺术特征探讨的重视,所以比较注意把这两种对

"兴"的解释统一起来,并且从诗歌的特征上去研究"兴"这种作用的由来。钟嵘在《诗品序》中说:"文已尽而意有余,兴也。"这也就是梅尧臣所谓"含不尽之意,见于言外"的意思(见欧阳修《六一诗话》),指的是诗歌中作者的思想观点(意)是通过艺术形象流露出来的,所以特别显得含蓄深远,仿佛是"意在言外"。唐代的皎然对这一点说得更明白,他在《诗式》中说:"取象曰比,取义曰兴,义即象下之意。"这就是说,兴是指的诗歌艺术由形象来体现诗人思想观点的特征所引起的特殊的对人感染作用。这和后来黄宗羲在《汪扶晨诗序》中说的"其意句就境中宣出者,可以兴也"完全是一致的。严羽讲的"兴趣"正是直接由钟嵘、皎然的说法发展而来的。

严羽所讲的"兴趣",就是指诗歌艺术"言有尽而意无穷"(见《沧浪诗话·诗辨》)的特点所引起的人的审美趣味。他讲的"兴趣"和钟嵘讲的"滋味"一样,是从人的感受的角度出发,来说明艺术的特征的。他讲的"兴趣"和"兴致"是一样的,而"意兴",则是从作品的角度出发的,指的是能引起人审美趣味和美学联想的诗歌意境。所谓兴、兴趣、兴致、意兴,说法不同,角度不同,本质上都是一样的。由此,我们可以概括地说:兴或兴趣,都是指的诗歌艺术特征方面的问题。明末清初的著名文学批评家王夫之,在《唐诗评选》中的孟浩然《鹦鹉洲送王九之江左》一诗评语中,曾对此加以总结,把它看作诗能不能成为艺术的重要标准。他说:"诗言志,歌永言;非志即为诗,言即为歌也。或可以兴,或不可以兴,其枢机在此。"自严羽之后,"理"和"兴趣"的概念,开始被作为一组对立的概念,大量出现在文学批评中,它实质上说的是文学批评中的思想和艺术的关系问题。

了解了严羽提出的"兴趣"的含义,就可以弄清楚他讲的"妙悟"的内涵,以及他强调"妙悟"的原因。妙悟的对象是兴趣,所以我在《试谈〈沧浪诗话〉的成就与局限》那篇文章中说:"妙悟是对艺术特殊性的心领神会,融会贯通;妙悟的过程就是认识艺术和掌握艺术表现能力的过程。"从学诗的角度讲,妙悟的目的是认识和领会诗歌的"兴趣";从创作的角度讲,妙悟的目的是要掌握创作有"兴趣"的诗歌的能力。那么,为什么对艺术特殊性的认识与掌握必须通过妙悟的途径来达到呢?严羽的以妙悟言诗是与以才学、议论、文字言诗相对立而提出来的,是为了反对"以才学为诗,以议论为诗,以文字为诗"的创作倾向的。这说明严羽已经朦胧地感觉到了对艺术的认识和掌握,是与对科学的认识和掌握不同的。从艺术上掌握世界,与从科学上掌握世界不同,这一点马克思早就指出来了,他说:"整体,当它在头脑中作为思维整体而出现时,是思维着的头脑的产物,这个头脑用它所专有的方式掌握世界,而这种方式是不同于对世界的艺术的、宗教的、实践—精神的掌握的。"①艺术不是像理论那样,通过逻辑、概念去掌握世界,它是通过审美的方式去掌握世界的,也就是说,是通过具体的、生动的、感性的、美的形象去掌握世界的。但是对这一点,严羽只有些模糊的体会,并没有很科学的认识,又加上他受到禅宗思想的影响,于是就把艺术的这种审美特征神秘化、玄虚化,认为只有妙悟方能领会与掌握。

严羽讲妙悟的目的,确是想透彻地来说明诗歌作为艺术,有与学问、理论不同的特殊之处,并不是要用禅来代替诗,所以当吴景仙批评他说:"说禅非文人儒者之言"时,他就回答说:"本意但欲说得诗透彻,初无意于为文,其合文人儒者之言与否,不问也。"(《答吴景仙书》)严羽强调妙悟,实质上包含了这样的因素在内:对艺术的认识与掌握,必须通过审美的途径,而不能通过逻辑、推理的途径。然而,用妙悟这一宗教的概念来说明艺术的这种特殊之处,又是不科学的。从宗教上掌握世界与从艺术上掌握世界,都不同于从理论上科学上掌握世界,它们之间有某些形式上的相近之处,例如宗教常常利用一些具体现实现象来暗示、象征其理想境界(如认为"拈花微笑"体现了妙悟境界等),这种方式与艺术通过形象来审美地掌握世界,有些类似。严羽正是从这点出发,想来说明艺术的特殊性,但是他没有认识到,从宗教上掌握世界,与从艺术上掌握世界有根本性质的不同,前者总是歪曲的,错误的;而后者一般是真实的,正确的。前者是玄妙的,不能加以科学说明的;后者是具体的,可以加以科学说明的。严羽不了解这一点,他觉得从艺术上掌握世界,竟也如从宗教上掌握世界一样,是那么玄虚而不可言说,这就完全错误了。这正是以妙悟论诗的缺

---

① 《马克思恩格斯全集》第 12 卷,人民出版社,1962 年,第 752 页。

点。然而,严羽论诗讲"兴趣"和"妙悟",毕竟是从对艺术的审美特征和从艺术上掌握世界的特殊方式的朦胧直觉出发的,并非一种随便的胡扯;提出这个问题,是针对宋诗忽略艺术的特殊性的创作倾向的,在当时有其现实意义,产生了重大影响,它成为后来文学批评中的一个中心问题,并不是偶然的。

严羽讲妙悟,是从如何掌握和了解艺术的特殊性出发的,因此他也涉及了作家应如何培养这种了解和掌握艺术特殊性的能力的问题,他认为这种能力的培养,光靠书本学问是不行的,"诗有别才,非关学也",正是这个意思。在严羽看来,人的这种欣赏和掌握艺术特殊性的能力,必须通过对大量艺术品的欣赏和阅读,而逐步培养起来,并不断得到提高,这就是他说的"妙悟"必须由"熟参"诗而获得的意义。马克思在《政治经济学批判导言》中说:"一件艺术品——任何其他的产品也是如此——创造了一个了解艺术而且能够欣赏美的公众。"①艺术品是人创造的,反过来,它又培养了人鉴赏和掌握艺术的能力。严羽对此是有较为深入的体会的,所以他特别强调要"熟参"各个时代各个作家的作品。能把优秀作家的作品,"酝酿胸中,久之自然悟入"。严羽说的"透彻之悟",是包含了要求作家必须有高度的艺术鉴赏和艺术表现能力的意义在内的;他讲的"一知半解之悟",也是指这种能力比较薄弱的情况而说的。所谓悟有浅深,有分限,也就是指人的这种能力有高低深浅的不同。他主张"熟参"诗的过程中必须"悟第一义",也是有原因的:人的这种艺术鉴赏和艺术表现能力,既然也可以从艺术实践中培养起来,那么,悟第一义还是悟第二义的作品就非常重要了,显然,只有最好的最优秀的艺术品,才能有助于创造出"一个了解艺术而且能够欣赏美的公众"。

严羽论诗强调"兴趣",主张"妙悟",有它反对概念化、重视艺术特征的合理内容,但他又有忽视诗歌思想内容,特别是他讲的妙悟本身有许多严重的缺点,在过去就有不少人对他进行过批评,如钱谦益、冯班等对他的攻击就很厉害,他们确是看到了他的一些弱点,但连他的合理因素也否定了,就失之于过偏。

---

① 《马克思恩格斯论艺术(一)》,曹葆华译,人民文学出版社,1960年,第207页。

"盛唐气象"的内容

严羽在理论上强调诗歌的"兴趣",主张"妙悟",而在实践上则提倡"盛唐气象",他认为盛唐诗歌是体现他的"兴趣"的最突出典型。因此我们必须对严羽所了解的"盛唐气象"的内容,作一些具体的分析,这样才能更具体地了解他的理论的内容和缺点。严羽论诗是纯从艺术角度出发的,他说的"盛唐气象",实际上就是讲的盛唐诗的艺术特色。盛唐是我国诗歌艺术发展的高峰,所以这个问题不仅是涉及对严羽诗论的了解问题,而且涉及我国古典诗歌的一些艺术特色问题,研究这个问题是有重要意义的。严羽对盛唐诗歌艺术特征有比较深入的认识,因此探讨严羽对"盛唐气象"内容的了解,有助于我们全面地研究盛唐诗歌的艺术特色。严羽对"盛唐气象"的内容,并未作过科学的理论上的概括,他只是作了一番形象化的描绘,这就是所谓镜花水月之说。然而,他对"盛唐气象"的了解,仍然是有具体内容的,这些我们可以从《沧浪诗话》的各部分中看出来,而在《诗法》《诗评》中表现得尤为具体。《诗法》是讲诗歌的创作问题的,它是从怎样才能创作出符合"盛唐气象"的作品的角度提出来的,因此它可以帮助我们了解"盛唐气象"的内容。《诗评》是根据这个精神去具体评论各时代作家作品的,也可以帮助我们从另一角度来了解"盛唐气象"的内容,为了叙述清楚起见,我们将把《诗评》部分单独进行分析,不放在这一节内。

自从严羽提出"盛唐气象"之后,元明清以来许多文学批评家都对它进行了研究。翁方纲在《石洲诗话》卷一中说:"盖唐人之诗,但取兴象超妙。"在卷四中他又说:"盛唐诸公,全在境象超诣。"这种认识是与严羽基本一致的,指出盛唐诗歌具有一种超妙的艺术境界。严羽对构成这个艺术境界的具体内容的了解,概括起来,大致有以下五个方面:

(1)含蓄蕴藉,意味深长。盛唐人诗歌,诚如严羽所说,是以"意兴"为尚,对于优美的诗歌意境的塑造,是非常重视的,成就也很高。我们读盛唐诗歌,确实可以比较明显地感受到梅尧臣所说的"状难写之景,如在目前;含不尽之意,见于言外"的特点。例如李白的《独坐敬亭山》:

> 众鸟高飞尽，孤云独去闲；
> 相看两不厌，只有敬亭山。

诗人只写面对清寂幽闲的敬亭山独坐，然而却写出了"传独坐之神"（《唐诗别裁》）的艺术境界。在这里你可以体会到李白作为封建社会中一个比较进步的文人，那种孤傲清高、鄙弃世俗小人，不肯与腐朽的统治阶级当权派同流合污、不肯与黑暗现实妥协的精神情操，表达得确是既透彻，而又含蓄不露，蕴藉深远。又如王昌龄的《长信秋词》：

> 奉帚平明金殿开，且将团扇共徘徊。
> 玉颜不及寒鸦色，犹带昭阳日影来。

这里写的只是宫妃见到寒鸦时的一刹那的心情，她感到自己被帝王玩弄、遗弃，命运还不及一只自由自在飞翔的寒鸦，诗人通过对她的幽怨情绪的描写，非常透彻地含蓄委婉地揭示了她灵魂深处的矛盾与痛苦。此外，如王维《送元二使安西》、高适《别董大》、杜甫《九日蓝田崔氏庄》、王翰《凉州词》等盛唐名作，也都非常鲜明地体现了这一特色。

严羽对盛唐诗的这种含蓄蕴藉、意味深长的特色是深有体会的，所以他说盛唐诗的特征是"言有尽而意无穷"。从这一点出发，他认为诗歌创作"语忌直，意忌浅，脉忌露，味忌短"。语忌直者，即强调诗歌要含蓄委婉，意思不要直白说出。意忌浅者，即是诗歌含意要深远不尽，不要流于浮浅，也就是司空图讲的要做到"近而不浮，远而不尽"（《与李生论诗书》）的意思。脉忌露者，指诗歌语言应有跳跃性，应该省去许多意义上的中间环节，做到凝练非常，使意义脉络，不显得径直剖露。味忌短，即要有"味外味"，能涵泳不尽。这样的诗，就不是以文为诗，平铺直叙，而能使人读起来，含英咀华，绝不至于产生味同嚼蜡之感了。为此，严羽坚决反对以才学、议论为诗，主张"不涉理路"，一以理语入诗，必使含蓄余味丧失殆尽。故而他特别痛恨那种"叫噪怒张，殊乖忠厚之风，殆以骂詈为诗"的创作倾向。沧浪论诗主张"除俗"。"除俗"之说，宋人论之颇多，但角度很不一致，或从思想内容上讲，或从艺术表现上讲，如对严羽影响较大的姜夔即是从艺术角度讲的。他说:"人所易言,我寡言之;人所难言,我易言之,自不俗。"(《白石道人诗说》)严羽的"除俗"与他的意思比较一致。在严羽看来,浅直径露,人所易言,即是俗;含蓄委婉,人所难言,就不俗。严羽认为诗歌不能写得太死板,他提倡"不必太著题,不必多使事",要做到"意贵透彻",既含蓄而又透彻,这样方能达到情味隽永之美。这一点是严羽诗论中非常重要的内容,我们可以看到,凡与沧浪在文艺思想上比较接近的,大都有这类主张。如姜白石云:"血脉欲其贯穿,其失也露。"又云:"句中有余味,篇中有余意,善之善者也。"后来王士禛在《师友诗传续录》中曾说:"唐诗主情,故多蕴藉;宋诗主气,故多径露。"由此也可知道严羽贬宋崇唐的原因之一,正是宋诗在这方面大大不如唐诗(特别是盛唐诗)。

(2)自然天成,不落痕迹。在艺术上讲究通过精工锤炼而达到不落痕迹,是我国传统对艺术美的最高要求。《庄子》中讲的庖丁解牛的故事,虽是讲技术的,但道理与艺术相通,所谓"依乎天地",而达到神化境界,也是这个意思。盛唐之前诗人,在创作上最能体现这一特色的莫过于陶渊明,但盛唐诗人却把这种特色发挥到了一个更成熟、更完善的地步。我们试看李白的《峨眉山月歌》:

峨眉山月半轮秋,影入平羌江水流。
夜发清溪向三峡,思君不见下渝州。

这首诗我们且不谈别的,单看它短短二十八字之中,用了峨眉、平羌江、清溪、三峡、渝州这么多地名,然而读起来使人毫无龃龉蹇涩之感,没有一点语言雕琢痕迹,恰如天生化成一样。又如王维的《汉江临眺》:

楚塞三湘接,荆门九派通。
江流天地外,山色有无中。
郡邑浮前浦,波澜动远空。
襄阳好风日,留醉与山翁。

我们读这首诗,仿佛在面前展现了一幅辽阔无际的江山图景,宛如身临其境一般,哪里能找到针线缝合之处呢？这些都是以写景为主的,我们再看以写情为主的,如被严羽称为七律压卷之作的崔颢的《黄鹤楼》：

> 昔人已乘黄鹤去,此地空余黄鹤楼。
> 黄鹤一去不复返,白云千载空悠悠。
> 晴川历历汉阳树,芳草萋萋鹦鹉洲。
> 日暮乡关何处是,烟波江上使人愁。

诗人凭吊古迹,触动怀乡之情,感慨之中带着愁思,情感回荡,却又不落蹊径,不觉得死板。

严羽在他的诗论中,非常突出地强调这种自然天成、不落语言痕迹的特色。他认为诗歌创作必须达到"羚羊挂角,无迹可求","透彻玲珑,不可凑泊",就是从这点出发的。他把盛唐诗歌比作"空中之音,相中之色,水中之月,镜中之象",就是对具备这种艺术特色的诗歌的形象描绘。所以他坚决反对"以文字为诗",反对南朝"以词为尚",偏重辞藻雕琢的创作倾向,要求诗歌达到"不落言筌"的境界。"不落言筌"之说,曾经使他招来了不少的批评攻击,诗歌是语言艺术,怎么能"不落言筌"呢？其实,沧浪要求的并不是完全撇开语言的诗歌,而是要使诗歌达到自然天成的艺术水平,有言而似无言,诚如司空图所说的,达到所谓："俱道适往,着手成春","如逢花开,如瞻岁新"(《诗品·自然》)。严羽要求诗歌创作,"须是本色,须是当行",正是强调这一艺术特色。关于"本色"和"当行",陶明濬在《诗说杂记》中有一段很好的解释："本色者,所以保全天趣者也。故夷光之姿,必不肯污以脂粉；蓝田之玉,又何须饰以丹漆？此本色之所以可贵也。当行者,谓凡作一诗,所用之典,所使之字,无不恰如题分,未有支离灭裂,操末续颠,而可以为诗者也。"沧浪于用典、押韵,也竭力倡导以自然为原则,他说："押韵不必有出处,用事不必拘来历。"主张"语贵脱洒,不可拖泥带水"。他又说作诗"最忌骨董,最忌衬贴"。所谓"骨董",即指用奇涩的古词古字,琐屑地铺陈故事；所谓"衬贴",即指过分地讲究雕琢以求贴切,结果反而不自然,不流畅,显出种种人为的矫揉造作来。沧浪论诗又主张"须参活句,勿参死句"。活句死句之说,后来王士禛在《居易录》中曾引《林间录》云:"语中有语,名为死句;语中无语,名为活句。"语中无语,即是"不落言筌",看不出语言痕迹之谓。对于盛唐诗的这一艺术特色,王士禛也有过不少论述。比如他在《分甘余话》中说:

> 或问:"不著一字,尽得风流"之说。答曰:太白诗:"牛渚西江夜,青天无片云。登高望秋月,空忆谢将军。余亦能高咏,斯人不可闻。明朝挂帆去,枫叶落纷纷。"襄阳诗:"挂席几千里,名山都未逢。泊舟浔阳郭,始见香炉峰。常读远公传,永怀尘外踪。东林不可见,日暮空闻钟。"诗至此,色相俱空,正如羚羊挂角,无迹可求,画家所谓逸品是也。

这里说得过分玄虚了。他在《蚕尾续集》中引王楙《野客丛书》中语,认为诗歌之妙"在笔墨之外",也是此意。

(3)形象生动,浑然一体。在文艺思想上给严羽以巨大影响的司空图,是非常强调诗歌的雄浑之美的,讲究所谓"超以象外,得其环中",并将之列为二十四诗品中的第一品(自然,二十四诗品并非以名次排列,但既放于首位,可见其重视)。他要求诗歌的艺术形象鲜明完整,反对仅仅追求个别的佳句警策。在《与李生论诗书》中就批评过贾岛,他说:"贾浪仙诚有警句,视其全篇,意思殊馁,大抵附于寒涩,方可致才,亦为体之不备也。"他曾以"蓝田日暖,良玉生烟,可望而不可置于眉睫之前"(《与极浦书》),来形容这种形象生动而又浑然一体的诗歌。严羽在这一点上和司空图是完全一致的,他的镜花水月之喻,也是包含了这种意思在内的。所以,他赞扬古诗"气象混沌,不可句摘",论建安诗:"全在气象,不可寻枝摘叶。"他论盛唐诗最重视一个"浑"字,在《答吴景仙书》中,他认为吴陵以"健"字来评盛唐诗,不懂得盛唐诗"浑"的特色,只此一字,即可看出其"脚跟未点地处"。所谓"浑",或者"雄浑",正是指诗歌具有的鲜明生动、浑然一体的艺术特色而言的。沧浪在《诗证》中说:

> 柳子厚"渔翁夜傍西岩宿"之诗,东坡删去后二句,使子厚复生,亦必心服。谢朓"洞庭张乐地,潇湘帝子游。云去苍梧野,水还江

汉流。停桡我怅望,辍棹子夷犹。广平听方籍,茂陵将见求。心事俱已矣,江上徒离忧。"予谓"广平听方籍,茂陵将见求"一联删去,只用八句,方为浑然。不知识者以为何如。

这里非常清楚地体现了沧浪对诗歌艺术的这种要求。

严羽所强调的这一点,确实是盛唐诗歌的重要艺术特色之一,我们只要一读像王昌龄的《从军行》一类诗歌,都会具体地感到这一点。试举其四:

> 大漠风尘日色昏,红旗半卷出辕门。
> 前军夜战洮河北,已报生擒吐谷浑。

四句浑然一体,不可分割,构成了一幅极为鲜明生动丰满完整的形象图画,写出了边塞的混茫风光与战士的英雄气概。又如王维的《终南山》:

> 太乙近天都,连山到海隅。白云回望合,青霭入看无。
> 分野中峰变,阴晴众壑殊。欲投人处宿,隔水问樵夫。

写出了一望无际的雄峻山势,阴晴各殊,气魄宏大,山脚下一个人隔着涧水向樵夫呼问宿处,将雄伟起伏的山岭,衬托得鲜明异常,恰如一幅浑然天生的山水图画。我们知道六朝的二谢是以清新秀丽的山水诗出名的,如谢灵运的"池塘生春草,园柳变鸣禽""密林含余清,远峰隐半规""春晚绿野秀,岩高白云屯"等,谢朓的"余霞散成绮,澄江净如练""大江流日夜,客心悲未央"等,都是人们所传诵的、熟悉的,这些描写经过精工锤炼,艺术水平是很高的。但是盛唐时以王维为代表的山水诗,除了继承这一优秀艺术特色外,还具有二谢所没有的或者说很少有的浑然一体的雄浑之美。除山水诗外,盛唐的其他许多诗歌也具有这种艺术美。例如李白的《行路难》三首,写出了诗人一肚子愤懑不平的慷慨激昂之情,气势逼人,一泻到底,又何能"寻枝摘叶"呢?此外,如杜甫的《月夜》《登岳阳楼》、岑参的《白雪歌送武判官归京》、高适的《营州歌》等,都是很明显地体现了这个艺术特色的。

（4）音韵铿锵,气势通畅。语言的音乐美在我国古代诗歌艺术美的构成中,起着相当重要的作用,特别是近体诗格律形成后,严密的韵律成为诗歌艺术美的重要组成部分。盛唐是我国近体诗的成熟期,因此"盛唐气象"不能不具有这方面的特色。唐代专选盛唐诗的殷璠在《河岳英灵集》序中论盛唐诗特色说:"开元十五年后,声律风骨始备矣。"可见,"盛唐气象"除了传统讲的风骨之外,完备的声律是其重要的内容之一。严羽论诗法,把"音节"作为重要内容,并不是偶然的。那么盛唐诗的语言音乐美的特点是什么呢？我们说它就在于既能充分地发挥近体格律的长处,又不被它束缚住,务求自然铿锵,不流于蹇碍。所以盛唐诗不仅有很好的近体格律诗,而且乐府、古体、歌行等也都有自然流畅的音乐美。到了中唐以后,拘限声病、死守格律的现象才变得严重了,结果反而是丧失了自然和谐的音乐美。故赵执信在《声调后谱》中说:"开元天宝之间,巨公大手颇尚不循沈、宋之格。至中唐以后,诗赋试帖日严,古近体遂判不相入。"

严羽所主张、所赞扬的,正是盛唐诗这种自然流畅、铿锵和鸣的音乐美。在《诗体》第五节中,他举出了种种格律形式,一般都不加褒贬,但是对于那种过分拘限声病,有碍于音乐上自由流畅之美的,他就加以批评。例如讲到四声八病时,他就说:"四声设于周颙,八病严于沈约。八病谓平头、上尾、蜂腰、鹤膝、大韵、小韵、旁纽、正纽之辨。作诗正不必拘此,敝法不足据也。"这里不仅让我们想起了钟嵘,他就是从"清浊通流,口吻调利"的原则出发,坚决反对四声八病的(《见《诗品序》)。这一点上严羽和钟嵘是一致的。对于那些玩弄语言音韵游戏的,严羽也是坚决反对的,例如他说道:"有律诗上下句双用韵者",下加小注云:"第一句,第三、五、七句,押一仄韵;第二句,第四、六、八句,押一平韵。唐章碣有此体,不足为法,漫列于此,以备其体耳。又有四句平入之体,四句仄入之体,无关诗道,今皆不取。"相反的情况,有些诗从严格的近体诗要求上来说是不符合其规律的,例如全首不对仗,然而只要语言音节有自然流畅之美,这样的诗严羽不仅不反对,而且是很赞扬的。如他在《诗体》中举到"有律诗彻首尾不对者"时说:"盛唐诸公有此体,如孟浩然诗：'挂席东南望,青山水国遥。舳舻争利涉,来往接风潮。问我今何适？天台访石桥。坐看晚霞色,疑是赤城标。'又'水国无边际'之篇,又太白'牛渚西江夜'之篇。皆文从字顺,音韵铿锵,八句皆无对偶者。"

由于重视诗歌语言的铿锵自然之美,严羽也很讲究诗歌气势通畅的特色。自然,造成诗歌一泻千里的气势,并不只是音韵问题,它和艺术形象的各方面因素都有关,但其中主要的关键是音韵声律。比如王夫之在《姜斋诗话》中举杜甫的《登岳阳楼》为例说:"'昔闻洞庭水','闻''庭'二字俱平,正尔振起。若'今上岳阳楼',易第三字为平声,云'今上巴陵楼',则语蹇而戾于听矣。"又举孟浩然之《临洞庭上张丞相》诗云:"'八月湖水平','月''水'二字皆仄,自可;若'涵虚混太清',易作'混虚涵太清',为泥磬土鼓而已。"可见,音韵和词气之间是有密不可分的关系的。沧浪主张词气通畅,是与他主张自然的语言音乐美一致的。他在《诗法》中说"下字贵响,造语贵圆",而"词气可颉颃,不可乖戾",又说"音韵忌散缓,亦忌迫促",竭力希望诗歌能做到读起来顺口,恰到好处,有抑扬顿挫、回环往复、一唱三叹的无穷余味。

(5)体制完备,格力雄壮。严羽在《沧浪诗话·诗辨》最后讲到学诗要"截然谓当以盛唐为法"下面,曾加有自注云:"后舍汉魏而独言盛唐者,谓古律之体备也。"盛唐诗歌不仅有上述几方面的艺术特色,而且在诗歌的体制形式上,也是最完备的时期。古诗、乐府、律诗、绝句,各有各的特色,每种诗体都发展到了最成熟的高潮时期。例如李白的乐府、绝句,王维的五古、五律、绝句,王昌龄的七绝,孟浩然的五古、五律,岑参的七古,杜甫的古诗、律诗、排律等都是我国古典诗歌中的登峰造极之作。他们通过自己的创作实践,充分地利用了各种诗体形式上的特点,来为更好地表达思想内容服务。如乐府诗因为不受字句格律束缚,长于表达慷慨激昂、自由奔放的豪迈之情;律诗对仗精工,格律谨严,善于体现深沉凝练、回旋反复的含蓄之情;古诗比较平稳,以描写事件与抒情相结合为佳,如杜甫之"三吏""三别";排律则适于全面的铺叙、"议论式"的抒情;绝句贵在秀美隽永,如胡应麟《诗薮》所谓"独主风神",它宜于表现诗人一刹那之间的强烈的感情片段。

沧浪于《诗法》中言:"律诗难于古诗;绝句难于八句;七言律诗难于五言律诗;五言绝句难于七言绝句。"这种说法有很大片面性,也有些绝对化,但是在一定程度上说,也是总结了盛唐人的创作经验,对各种诗体形式作了一定研究而提出来的,并不是完全没有道理。盛唐诗人在对各种诗体形式的钻研中,以律诗绝句讲究得最精到,这也是盛唐诗中艺术成就最高,最为人所称道的形式。但在各种诗体中,律诗实是基础,律诗写得好,对这一形式能运用自如,驾轻就熟,写其他各种形式的诗,就比较容易了。律诗中最困难的倒常常不是中二联,中二联要达到属对精工,还是比较容易的。最困难的是起首一联和结尾一联,因为它们没有什么规律可循。盛唐诗人在这方面是有一些很好的艺术经验的,这一点严羽有体会。他说:"对句好可得,结句好难得,发句好尤难得。"又说:"发端忌作举止,收拾贵在出场。"毛先舒《诗辨坻》释之曰:"发端忌作举止,贵高浑也;收拾贵在出场,须超远也。"严羽讲诗之法有三,首先就是"起结"。我们看盛唐人名作,发句好的,确能一下子引人入胜,把读者带到一个艺术境界中去,例如:

> 牛渚西江夜,青天无片云。(李白《夜泊牛渚怀古》)
> 不知香积寺,数里入云峰。(王维《过香积寺》)
> 昔闻洞庭水,今上岳阳楼。(杜甫《登岳阳楼》)
> 夔府孤城落日斜,每依北斗望京华。(杜甫《秋兴》)
> 群山万壑赴荆门,生长明妃尚有村。(杜甫《咏怀古迹》)

这些诗我们一读开首二句,就立刻被诗人引导到了他所要描述的艺术世界中去了,接着就通过属对精工的中二联,对这艺术境界作进一步的细致描绘。例如上引王维的《过香积寺》,在发端那两句之后,接着就是:"古木无人径,深山何处钟?泉声咽危石,日色冷青松。"但是一首优美的律诗,到此并没有完,要使它具有更大的艺术魅力,还必须依靠结句。结句结得好,可以涵泳深远,余味无穷,这就是杜甫所谓"篇终接混茫"了。用一个含蓄的意境来收结,使读者能结合自己的切身经验感受,去驰骋自己的想象。例如:

> 别后同明月,君应听子规。(王维《送杨长史赴梁州》)

> 永怀愁不寐，松月夜窗虚。（孟浩然《归终南山》）
> 挥手自兹去，萧萧班马鸣。（李白《送友人》）
> 明年此会知谁健，醉把茱萸仔细看。（杜甫《九日蓝田崔氏庄》）
> 戎马相逢更何日，春风回首仲宣楼。（杜甫《将赴荆南寄别李剑州》）
> 请看石上藤萝月，已映洲前芦荻花。（杜甫《秋兴》）

以上这些，表明严羽对盛唐诗歌的体制是很有认识的，完善的体制，乃是他所了解的"盛唐气象"的不可缺少的内容之一。

无论何种诗体，沧浪都讲究要格力雄壮。严羽讲的"格力"与皎然《诗式》中讲的"气格"不完全相同。《诗式》讲的"气格"，包括严羽讲的"气象"与"格力"两方面因素。气是指诗歌中类似人的气质风度方面的因素，而格是指诗歌中类似人的体格筋骨方面的因素。诗歌的格力对气象是有影响的，恰如人的体格筋骨也可显出他的气质风度一样。在严羽所讲的诗的五个基本因素：体制、格力、气象、兴趣、音节中，如果说体制、音节是比较具体的、外在的，而气象、兴趣是比较抽象的、内在的；那么，格力是介于两者之间的。格力可以体现在体制、音节上，显得比较具体；格力也可以体现在兴趣、气象上，显得比较抽象。严羽在《答吴景仙书》中说："盛唐诸公之诗，如颜鲁公书，既笔力雄壮，又气象浑厚。"这里讲的"笔力雄壮"，即是指诗歌的格力。格力之雄壮，主要取决于诗歌体制的完善与音节的铿锵。如果拿人体作比喻的话，体制与音节是构成诗歌的物质手段，如人的体干与语言一般；人的体干强悍，语言洪亮，必然会呈现出一股筋骨强健的样子，如果诗歌的体制健全，音节浏亮，则自有雄壮之格力。人有一股筋骨强健的样子，反映在仪态、神情上，自然虎虎有生气；诗歌有此雄壮之格力，就必然会产生浑厚之气象。

以上五个方面是严羽对"盛唐气象"内容的了解。他的确总结了盛唐诗歌的若干重要艺术经验，不过他对"盛唐气象"的内容的了解又是有片面性的。首先，他只是偏重在艺术方面，而忽略了思想内容。他只是谈的诗歌艺术境界的问题，而撇开了诗歌所表现的诗人的思想感情、精神情操。其次，就从艺术境界的角度来说，严羽所了解的"盛唐气象"，是偏向于王、孟的超脱、空灵的艺术境界的，而不能较全面地概括李、杜那种雄伟、豪放、深刻、动人的,具有强烈激情和巨大社会意义的诗歌。更重要的是,他把学盛唐诗看作创作好诗的唯一途径,把模仿古人当作文艺创作的源泉,不懂得生活是创作的唯一源泉,对盛唐亦步亦趋,结果,容易使诗歌创作走上模拟复古的道路,忽略了从生活出发、进行独创的重要。不过,他所总结的一些盛唐诗歌的艺术经验,对我们批判地继承古典诗歌的艺术成就,还是有帮助的。

沧浪的诗评

严羽在《沧浪诗话·诗评》中,通过对历代诗人及其创作的评论,具体地贯彻了他的以"盛唐气象"为典范的诗论标准。我们了解了严羽所认为的"盛唐气象"的内容,再来看他对历代诗人及其创作的评论,其取去、褒贬的原因也就非常清楚了。反之,通过对《诗评》内容的分析,还可以进一步了解他的"盛唐气象"的内容。严羽诗评的基本出发点是:完全从艺术角度来看,凡与他所认识的"盛唐气象"相接近或相一致的地方,他就肯定、赞扬;凡与他所认识的"盛唐气象"相反的或不一致的地方,他就否定、贬斥。

严羽对汉魏古诗是十分推崇的,他非常强调汉魏诗的浑然一体,鲜明生动,如化工造物、不见痕迹的特色。他说:"汉魏之诗,词理意兴,无迹可求。""汉魏古诗,气象混沌,难以句摘。""建安之作,全在气象,不可寻枝摘叶。"他并把汉魏之诗,与盛唐诗并列为第一义之作,认为应该"熟读"。他评晋宋之诗有几点是值得我们注意的:第一,他认为从总的方面说,晋诗不如汉魏。晋以后诗歌往往以一二佳句警策见长,所谓"晋以还方有佳句"可摘,而缺乏气象混沌的特色。第二,他赞扬自然天成、不落痕迹的诗,反对人工雕琢;喜欢清新秀丽,不喜欢色彩浓厚的诗。他对被历代文人认为太康代表诗人的陆机,就贬得很低。陆机之诗主要缺点在铺陈辞藻,雕缋绮错,少自然之趣,无直致之奇。钟嵘对此是有过批评的,但是由于陆机之影响大,钟嵘仍列他在上品,称为"太康之英"。然而严羽就不同,他明确直率地说:"陆士衡独在诸公之下。"颜延之的诗是和陆机一类的,钟嵘谓其"源出于陆机,尚巧似,体裁绮密",其特色是"镂金错采",不如谢灵运诗那样有"清水芙蓉"之美,故严羽说,在颜、鲍、谢中,颜延之最下。他又嫌鲍照之诗有萧子显《南齐书·文学传论》所说的那种"雕藻淫艳,倾炫心魂,亦犹五色之有红紫,八音之有郑卫"的一面,不及谢灵运的"青松之拔灌木,白玉之映尘沙"(《诗品》),故云:"颜不如鲍,鲍不如谢。"他又评论谢灵运与陶渊明说:"谢所以不及陶者:康乐之诗精工,渊明之诗质而自然耳。"第三,他特别欣赏阮籍的诗,以为晋代诗人除陶渊明外,就数阮籍了。这正是因为阮籍之诗特别含蓄蕴藉、韵味深长的缘故,诚如钟嵘说的:"可以陶性灵,发幽思,言在耳目之内,情寄八荒之表。"第四,六朝诗人除上述他提到的以外,严羽最欣赏的是谢朓的诗,这是因为"谢朓之诗,已有全篇似唐人者"。的确,谢朓清新秀丽的艺术风格,是曾经使李白低首拜服的,对李白的"清水出芙蓉,天然去雕饰"的诗作影响是很大的。他的《王孙游》《同王主簿有所思》对李白及盛唐人的绝句都有明显的影响。

严羽评唐诗,首先提出李、杜,他认为论诗若以李、杜为准,是"挟天子以令诸侯"。严羽之赞扬李、杜主要是赞扬他们艺术上的成就,他从艺术风格上指出:李白是飘逸,杜甫是沉郁,这基本上是正确的。严羽认为李、杜二人在艺术上各有自己独特的成就,很难以优劣高下来区分。他认为李白和杜甫的诗都是达到了"入神"的最高境界的,但他们各自达到"入神"的途径又是不同的。严羽论杜甫云:"宪章汉魏,而取材于六朝,至其自得之妙,则前辈所谓集大成者也。"这里的"宪章汉魏",是指杜诗的气象浑厚、含蓄深远而言的;"取材于六朝",是指杜诗吸收六朝人在意境构成、词句锤炼、格律推敲方面的长处而言的。"自得之妙",正是说明杜甫能在"集大成"的基础上,形成自己独创的风格,而无模仿学习之痕迹。李白是以才趣横溢、天生化成的诗作而达到唐诗之极致的,故严羽说他是:"天才豪逸,语多率然而成者。学者要于每篇中要识其安身立命处可也。"他是非常赞赏李白那些豪语率成、韵味深远的诗作的,和他对杜甫的批评相比较,严羽对李白显然是流露了更多的钦佩心情的。他说:"太白《梦游天姥吟》《远别离》等,子美不能道;子美《北征》《兵车行》《垂老别》等,太白不能作。"然而,按我们所分析的严羽对"盛唐气象"的具体内容的了解来看,他的艺术趣味、艺术标准是更接近李白的《梦游天姥吟》一类作品,而与杜甫《北征》一类距离较远的。他说:"李、杜数公如金鳷擘海,香象渡河,下视郊、岛辈,直蚤吟草间耳。"这种"金鹍擘海,香象渡河"的特色,显然也是更接近李白,而不能概括杜甫的。他又说:"人言太白仙才,长吉鬼才,不然。太白天仙之词,长吉鬼仙之词耳。"这都流露出了他更偏嗜李白的心情。因为在李、杜之中,李白是更接近于王、孟一派的超脱、空灵的艺术特色的。

我们再看严羽对唐代其他诗人的评论。他说:"盛唐人诗,亦有一二滥觞晚唐者;晚唐人诗,亦有一二可入盛唐者,要当论其大概耳。"所以他对盛唐以后的诗歌并非一无所取,不过标准是要接近或符合"盛唐气象"的特色。严羽认为:"顾况诗多在元、白之上,稍有盛唐风骨处。"这里指的自然不是顾况那些与元白新乐府创作精神相一致的诗,如《囝一章》《上古之什补亡训传十三章》等。严羽是不喜欢这些的,而这些诗比元、白讽喻诗要差得多,是不能说在元、白之上的。严羽指的大概是顾况弃官归隐后的那些以描写山水景物为主的抒情绝句。严羽又说,大历后,张籍、王建的乐府是他所"深取"的。这里就给我们提出了一个问题:为什么他取张、王乐府,而不取元、白乐府呢?这是因为严羽是从他所了解的"盛唐气象"的内容出发的。元、白乐府写得比较直露,而张、王乐府由于受到他们在写"新诗""宫词"方面的清新、流利、含蓄、蕴藉的艺术风格影响,是比较委婉曲折的,接近温柔敦厚,而不是像元、白那样率直怒骂,这无疑更合乎严羽的艺术美理想。中唐以后,严羽对权德舆、李益、李贺、柳宗元、刘禹锡的诗也是有所取的。那么究竟他欣赏这些诗人在创作上的什么特色呢?许学夷《诗源辨体》云:"李益、权德舆在大历之后,而其诗气格有类盛唐者。"我们看李益的《夜上受降城闻笛》一类作品,确实类似盛唐的边塞诗,这大概就是严羽所取之缘由了。严羽说李贺是"鬼才",说他的"瑰诡"是"天地间自欠此体不得"。这是因为李贺创作深受《楚辞》的影响,诚如杜牧说的:"盖骚之苗裔,理虽不及,辞或过之。"(《李长吉歌诗叙》)而严羽对《楚辞》的评价是很高的,非常欣赏其艺术成就,他讲学诗,首先提出要"熟读《楚辞》,朝夕讽咏以为之本"。李贺既接受《楚辞》艺术风格影响,又能有自己独创性;有雄浑悲壮的《雁门太守行》,也有清新含蓄的《江楼曲》,这就是严羽要赞扬他的原因了。柳宗元的诗,既有和韦应物接近的清新的一面,又有类似《楚辞》中之牢骚,严羽赞扬他的大致也是这些,故云:"唐人惟柳子厚深得骚学。"至于他喜欢刘禹锡,可能是指的刘禹锡学习民歌,有婉丽流畅特色的《竹枝词》《杨柳枝词》一类作品了。刘的《金陵五题》感慨之余,意味深长,大概也是严羽所喜欢的。

除此之外,《诗评》中其他一些评论,也反映了他的艺术观点。如评《胡笳十八拍》是"浑然天成,绝无痕迹,如蔡文姬肝肺间流出"。又反对和韵诗,认为把诗变成文字游戏,就会丧失其自然真美。他说:"和韵最害人诗。""古人酬唱不次韵,此风始盛于元、白、皮、陆,而本朝诸贤乃以此而斗工,遂至往复有八九和者。"他又说:"孟浩然诸公之诗,讽咏之久,有金石宫商之声。"主张音韵要自然和谐。他又赞扬韩愈《琴操》的"本色",认为"非唐诸贤所及"。这些都是他的"盛唐气象"内容在诗评中的具体表现。

尊王、孟?尊李、杜?

严羽有系统的诗歌理论,也有自己的艺术美理想,同时他也标榜最能体现他这种美学理想的诗人,作为在创作实践上的具体代表。所以严羽究竟是尊王、孟,还是尊李、杜的问题,是关系到他根本的文艺思想的重大问题。历来对这个问题有着很不同的见解。尊王、孟还是尊李、杜的问题是怎样提出来的呢?本来,严羽在《沧浪诗话》中是明明白白地标榜李、杜的,他以为诗歌最高境界是"入神",而这个境界,唯李、杜足以当之,而"他人得之盖寡也"。自严羽之后,一直到明末清初,似乎并不发生这个问题。这个问题之明确地提出来,是在于有些文艺家一方面宗严羽,一方面又贬李、杜,崇王、孟,特别是在王渔洋之后,问题变得更尖锐了。王士禛是竭力推崇严羽妙悟之说,主张"透彻之悟",而强调"神韵"的;可是,另一方面,王士禛又一切以王、孟为准,认为盛唐之"真精神""真面目"是在王、孟一派之诗,而与李、杜无关,《唐贤三昧集》之选,独标王维等,而舍弃李、杜。这样就发生问题了:到底严羽是否也和王士禛一样,是表面摆出李、杜,而实质崇尚王、孟呢?

历来对这个问题有两派不同意见。一派认为严羽和王士禛一样,只是表面讲李、杜,心里崇王、孟,这以许印芳说得最为明确。他在《沧浪诗话跋》中说:"严氏虽知以识为主,犹病识量不足,辟见未化,名为学盛唐,准李、杜,实则偏嗜王、孟冲淡空灵一派。"(《诗法萃编》卷七)今人朱东润亦主此说,他在《沧浪诗话参证》(见《中国文学批评论集》)一文中进一步申明此旨,认为严羽是"内崇王、孟而阴抑少陵"。另一派与此相反,认为沧浪与渔洋是不同的,渔洋说是宗严羽,实际上是从自己主观意图出发,片面地歪曲了沧浪原意。翁方纲在《七言诗三昧举隅》中批评王渔洋独以神韵许王、孟,过分褊狭,与沧浪不同,就已含有此意。今人钱钟书在《谈艺录》中进一步发明此意,他说:

> 沧浪独以神韵许李杜,渔洋号为师法沧浪,乃仅知有王、韦,撰《唐贤三昧集》,不取李、杜,盖尽失沧浪之意矣。故《居易录》自记闻王原祁论南宗画,不解"闲远"中何以有"沉着痛快";至《蚕尾文》为王芝廛作诗序,始敷衍其说,以为沉着痛快非特李、杜、昌黎有之,陶、谢、王、孟莫不有。然而知淡远中有沉着痛快,尚不知沉着痛快中之有远神淡味,其识力仍去沧浪一尘也。明末陆时雍选《古诗镜》《唐诗镜》,其绪论一编,标举神韵,推奉盛唐,以为"常留不尽,寄趣在有无之间。"盖隐承沧浪,而于李、杜皆致不满。讥太白太利,为才使;讥少陵失中和,出手钝,病在好奇。《诗病在过》一条中,李、杜、韩、白胥遭指摘,独推尊右丞、苏州。一则以为摩诘不宜在李、杜下,再则以为诗贵色韵,韦兼有之。斯实上继司空表圣《与王驾评诗》之说,而下接渔洋者。后人因菲薄渔洋,而亦归罪沧浪,涂说乱其皂白,俗语流为丹青,恐古人不受此诬也。翁覃溪《复初斋文集》卷八有《神韵论》三首,胸中未尽豁云霾,故笔下尚多带泥水,然谓诗"有于高古浑朴见神韵者,有于风致见神韵者,有在实际见神韵者,亦有虚处见神韵者,神韵实无不该之所"云云,可以矫渔洋之误解,惜未能为沧浪一白真相。……故余尝谓渔洋诗病在误解沧浪。①

钱钟书先生的意见,和郭绍虞先生意见差不多,但是郭绍虞先生的看法似乎并不很确定,有时也偏向于许印芳一派意见。这个问题很重要,但不能简单地解决。渔洋与沧浪是有很大不同的,但有有其很相近的地方,所

---

① 钱钟书:《谈艺录》,中华书局,1984年,第41、97页。

以,我们认为这两派意见都有其正确的地方,也有其片面的地方。

首先,我们要了解王士禛的文艺思想和严羽是有不同之处的。他所以特别强调王、韦,强调以禅境比喻诗境,忽略诗歌反映现实的重要性,要求诗歌能体现禅趣,是有社会背景的。王渔洋处在清代的鼎盛时期,是忠心为清廷服务的汉族大官僚,袁枚说:"一代正宗才力薄,望溪文集阮亭诗。"(《仿元遗山论诗绝句》)王士禛的诗歌创作正是当时统治阶级所欣赏的正宗,与他的创作相一致的理论,也是为当时清政府的文化政策服务的。当时清政府为了加强其思想统治,镇压有抗清民族思想的文人,大兴文字狱;另一方面提倡脱离现实斗争的空谈义理心性之学(宋学),引导文人逃避现实,脱离政治,到书斋中去消磨一生。王士禛在此时,从诗歌创作上提倡"冲和淡远"之作,追求超现实的禅趣,写些山水田园诗,寄托闲情逸趣,正是与清廷的这种文化思想政策相适应的,与清廷提倡道学有异曲同工之妙。所以他特别标榜王维、孟浩然、韦应物等人,讲"神韵",唯在"冲和淡远"之诗方有,《池北偶谈》中讲神韵特色即是"清远",都是这种思想的具体表现。所以钱钟书讲王士禛和司空图更一致,是很对的。司空图生于唐末,在农民起义风起云涌,统治阶级土崩瓦解的时代,他消极退隐,受释老出世人生观影响,反对诗歌要反映社会现实,要表现作者对当时黑暗现实的愤懑不平,在《与王驾评诗书》中痛骂元白,嘲笑杜甫的忧国忧民的沉痛感情为"寒酸堪笑处"(见《力疾山下吴村看杏花》诗),在《白菊》一诗中公开提出:"诗中有虑犹须戒,莫向诗中著不平。"在艺术上标榜王韦,追求"味外味",这正好符合王士禛的趣味。王士禛不也是骂杜甫为村夫子吗(见赵执信《谈龙录》所记)?在某种程度上,王士禛比司空图走得更远,他对孟浩然都有些微词。他在《渔洋诗话》中讲孟浩然不及王维,是因为孟诗有"俗"气,《师友诗传录》中说"孟诗有寒俭之态"。这正是指孟浩然诗还带有一些牢骚不平,有"不才明主弃,多病故人疏"之叹,不像王维后期诗那么平淡静寂。他对柳宗元也有批评,认为他的诗不及韦应物,《论诗绝句》云:"解识无声弦指妙,柳州那得并苏州。"这正是就柳诗表达了诗人压抑不平的隐痛心情,不如韦诗那么泊淡冲和而说的。这些显然都和严羽是不同的。

其次,严羽之推崇李、杜,的确是真心实意的,他以李、杜为标准,而并未以王、孟为标准。他讲李、杜,决不像王士禛那么言不由衷。严羽《沧浪诗话》中很少提到王、孟、韦、柳,甚至根本没有评到王维的诗,相反的论到李、杜的是很多的。他拿孟浩然之诗与韩愈之诗相比较,是在于说明诗歌必须靠妙悟,而不能凭学问,这并不能像朱东润先生那样用来作为尊王、孟的根据。我们从严羽的创作来看,也有不少模仿李、杜之作,而不像王士禛那样尽写些王、孟式的山水隐逸一类的淡远的诗。严羽生活在南宋末年,正当外族入侵,危机四伏,民族灾难深重的动荡不安时代,投降卖国的统治集团又十分腐朽,他也有一定的爱国思想和民族感情,写过一些激愤感时之作,他欣赏李白的激昂慷慨,杜甫的沉郁悲壮,也是很自然的。不能说他推崇李、杜完全是一种违心的表面装饰之词,他提出优游不迫与沉着痛快,也不能说他只重前一类,比如他十分强调诗歌的"悲壮"(《答吴景仙书》中也说到这一点),认为读了可使人感慨,说他"内崇王、孟而阴抑少陵"未免过分。但是我们具体分析他的"盛唐气象"内容却又确实是更接近于王、孟家数,黄宗羲在《南雷文定前集·张心友诗序》中说:"沧浪论唐虽归宗李、杜,乃其禅喻,谓'诗有别材,非关书也;诗有别趣,非关理也'。亦是王、孟家数,与李、杜之海涵地负无与。"这个说法是有道理的,那么这个问题又该如何理解呢?

我们认为,严羽虽也有一定爱国思想,但毕竟对当时现实采取的是一种消极态度。他自号"沧浪逋客","隐居不仕",对宋末政治腐朽有些不满,但不与之斗争,持一种逃避现实的出世人生观,浪迹江湖,自命清高,投身到艺术中去,寻求生命的寄托。所以他的朋友、诗人戴复古曾说他:"羽也天姿高,不肯事科举,风雅与骚些,历历在肺腑。"(《祝二严》)对诗歌,他是从艺术上追求一种"玲珑透彻"的境界,而忽略诗歌中思想内容的重要作用,唯兴趣为尚。他虽然宗李、杜,但偏于艺术方面,他要求文人"以李、杜二集枕藉观之,如今人之治经"。他把历来文人捧为美刺标准的《诗经》撇在脑后了,故而《福建通志》说:"自羽以妙远言诗,扫除美刺,独任性灵。"他对李、杜是有自己的了解的,戴复古就指出在当时"举世吟哦推李杜"(《论诗十绝》)的风气中,严羽的诗论有他自己的特别之处,他说严羽:"持论伤太高,与世或龃龉。长歌激古风,自立一门户。"(《祝二严》)可见,虽然大家都讲李、杜,但严羽之宗李、杜,有其独特之处,他是从自己的艺术美理想出发去讲李、杜的。所以我们说,严羽是确实宗李、杜的,但是他是宗李、杜在艺术上和王、孟比较接近那一方面的。他从诗歌的艺术风格中总结出九类:高、古、深、远、长、雄浑、飘逸、悲壮、凄婉。又把此九种概括为优游不迫与沉着痛快两大类,以李、杜作为这两类的代表诗人,对这两类确实他都是喜欢的。但是,他的沉着痛快又是具有远神淡味的沉着痛快,是陶、谢、王、孟莫不有的沉着痛快。我们知道,李、杜诗中是有不少在艺术特色上和王、孟接近的诗歌的,这从我们前面分析"盛唐气象"时举的例子中就可以看出。而在他们的许多以"沉着痛快"为主的诗中,也有很浓厚的"优游不迫"、含蓄深长、不落痕迹的特色。这些就李、杜而言,李白比杜甫更接近王、孟一些,所以严羽虽以李、杜并举,实质上对李白的偏爱心情还是有所流露的。严羽所了解的李白,是和殷璠在《河岳英灵集》中所了解的"率皆纵逸"的李白比较一致的。正因为有这样一些原因,严羽的诗论虽和王士禛不同,虽然他也是宗李、杜的,但从他的诗论,可以发展成为像王士禛那样独尊王、孟的诗论的。而按照严羽的理论去创作,写出来的必然是更接近于王、孟的诗歌。

综上所述,我们认为严羽的诗论在宋诗比较忽略诗歌艺术特征的情况下,强调了艺术特殊性,总结了盛唐诗歌的部分艺术经验,丰富了我国古典文艺理论。但是他的诗论也有一些错误与片面的地方,特别是他的模仿盛唐,把古人作品当作文艺创作的源泉,开了明代复古主义、模拟习气之先路。对这一部分遗产,我们需要认真地加以批判总结,吸取其有益因素,扬弃其消极因素。

(原载《北京大学学报》1964 年第 3 期)

王夫之诗歌理论的历史评价

王夫之(1619—1692),字而农,号姜斋,湖南衡阳人。他是我国明末清初杰出的爱国主义者、进步的政治家和卓越的唯物主义思想家,同时也是一位十分重要的文艺理论批评家。清兵进入湖南,王夫之曾在衡山组织武装抗清,失败后,又投奔当时的南明桂王政权,后因受排挤,又到桂林,与瞿式耜一起抗清。在瞿式耜殉难后,他流亡到湘西,晚年居于石船山,撰写了大量学术著作,因称船山先生。现存有《船山遗书》八十册。王夫之的文学研究与文学理论批评著作,主要有《诗广传》《楚辞通释》《诗译》、《夕堂永日绪论》内外编、《南窗漫记》《古诗评选》《唐诗评选》《明诗评选》等。王夫之的诗歌理论一方面总结了宋元明以来诗歌理论批评中的一些重大争论问题,同时提出了许多精辟的文艺理论见解;另一方面又开了清代诗歌理论批评之先河,在我国古代文艺思想发展史上,他是一位具有继往开来、承上启下的重要作用的文艺理论批评家。下面我们分别从论诗歌的本质和特征、论诗歌的创作、论诗歌的艺术欣赏三个方面来阐述他对诗歌理论批评发展的历史贡献。

论诗歌的本质和特征

对诗歌本质的认识,我国传统有"言志"和"缘情"两派。"言志"派重在诗歌要表现思想,"缘情"派重在诗歌要表现感情。但是,"言志"派并不否定诗歌要表现感情。"缘情"派也并不否定诗歌要表现思想。这两派争论的实质是:"言志"派强调诗歌的感情必须受儒家礼义的束缚和限制,必须"发乎情,止乎礼义";而"缘情"派则要求打破这种礼义的束缚和限制。这两派的争论发展到宋以后,就具体表现为道学家所主张的诗歌要表现"理"、以理为主和反道学的进步文艺家所主张的诗歌要表现"情"、以情为主之间的争论。于是,情理关系遂成为明清诗歌理论中争论异常激烈的一个大问题。

程、朱理学从"存天理,灭人欲"的反动纲领出发,强调诗歌的"言志"传统,他们把"志"的内容理解为即是"天理",亦即封建的伦理道德。朱熹说:"德足以求其志""于诗固不学而能之"(《答杨宋卿》)。又说:"今人不去讲义理,只去学诗文,已落第二义。"(《清邃阁论诗》)在理学泛滥的宋代,论诗多主理。但是,宋代特别是南宋也有强调诗歌要表现感情的,这就是以严羽为代表的不讲"诗教"的主情派。他们从注重诗歌艺术的审美特征出发,来反对以理为主,认为诗歌主要是"吟咏情性"的。严羽论学诗不从《诗经》开始,甚至不提《三百篇》,而主张从《楚辞》开始,明显地表现了"扫除美刺,独任性灵"(《福建通志》)的特点。明代中叶以后,和资本主义因素萌芽相联系,在思想界以李贽为首,开展了声势浩大的对理学的冲击与批判,它反映在文艺上就是提倡情而反对理。这一时期文艺思想上的情理之争,体现了鲜明的维护理学和反理学的斗争色彩。李贽、公安三袁、汤显祖、冯梦龙等竭力提倡文学要表现"真情",反对虚伪的"天理"。李贽的《童心说》为这一文艺思潮奠定了哲学和美学思想的基础。汤显祖在《徐司空诗集序》中明确提出:"诸公所讲者性,仆所言者情也。"在《寄达观》一文中赞扬达观说:"情有者,理必无;理有者,情必无。"这里所指的"性"和"理",即是道学家的义理心性之学,亦即他们所倡导的"天理"。汤显祖认为它和人们真实的思想感情是水火不相容的。袁宏道在《陶孝若枕中呓引》一文中也指出只有"情真而语直"的作品才是最好的作品,并把它和道学家的"假事假文章"尖锐地对立了起来。在《序小修诗》一文中又说真正优秀的文学作品应当"独抒性灵,不拘格套",必从自己胸臆流出。冯梦龙在《序山歌》中则更加旗帜鲜明地提出要"借男女之真情,发名教之伪药"。他们提倡文学要表现"真情",其矛头是针对理学家的文艺观的,具有强烈的反理学、反传统的大胆斗争精神。

但是,从宋代的严羽到明代的李贽、公安三袁、汤显祖、冯梦龙等这一主情派的文学理论中,也表现出了一些明显的缺点。第一,他们在情理关系的认识上有一定的片面性,在反对理学家以理为主的文学思想上有矫枉过正的地方。严羽虽不否定"理",主张要像唐人那样"尚意兴而理在其中",但是认为诗歌要"不涉理路",一点也不能有直接写理的地方,这就未免过于偏激。而像汤显祖上述所论,也显然有比较绝对化的倾向。第二,他们强调"情",这是对的,但是对"情"没有提出正面的积极的要求,不加任何限制,没有重视诗歌要通过抒情来起到一定的社会教育作用。故而,他们的许多言情之作又往往流于浮浅,甚至为色情文学流行开了方便之门。公安派的弊病即在于此。第三,他们没有能正确地揭示"情"的社会现实根源,严羽偏于学古,公安派重在师心,都没有能正确地认清文学创作的真正源泉问题。

王夫之诗歌理论的重要历史贡献之一,就在于他比较好地总结了这场情、理之争,既充分肯定了主情派的主流,又在一定程度上克服了他们的弱点,能够比较辩证地看待情理关系问题,并从朴素的唯物主义思想出发,对诗歌的本质和特征提出了许多深刻的见解。这些,我们可以从下述几方面清楚地看出来。

第一,王夫之肯定了诗歌是人的感情的表现,是人的真实感情的自然流露。他在《夕堂永日绪论·内编·序》中指出,诗和乐一样,都是人的"心之元声"的体现。这和李贽在《童心说》中说凡"天下之至文"都是人的"童心"即"真心"的表现是一样的,强调文学要体现人最真实、最朴素、最自然的感情。他在《古诗评选》中评李陵《与苏武诗》时说:"诗以道情,道之为言路也。诗之所至,情无不至。情之所至,诗以至之。"凡诗所到之处,皆有情相伴,而情之所到,亦必然要发为诗。诗是离不开情的,故而他又说"必笔、墨气尽,吟咏情长",方为诗之至者。这也正是诗歌作为文学艺术之一种而与其他科学著作、理论著作的不同之处。王夫之在《明诗评选》中评徐渭《严先生祠》一诗时说道:

> 诗以道性情,道性之情也。性中尽有天德、王道、事功、节义、礼乐、文章,却分派于《易》《书》《礼》《春秋》去,彼不能代诗而言性之情,诗亦不能代彼也。

王夫之非常清楚地认识到诗歌和哲学、历史、政治等学术的著作以及一般的非艺术文章,有根本性质的不同,其主要差别就在于诗歌是艺术,它是以表现感情作为主要特征的。宋、元、明文艺思想发展中的主理派的一个重要弱点就是把文学艺术和科学著作、学术著作相混淆,抹杀了文学艺术表现感情的特点。而且,我们还应当看到即使是主情派中也有不少人对这一点认识不清,往往把文学和非文学用一个广义的"文"的概念统在一起,而不去研究其中所存在的原则差别。所以,王夫之这一论述也就更加难能可贵了。

第二,王夫之在论述诗歌要表现人的感情的本质时,并没有把它和理完全对立起来,并不否定诗歌中有理。他在《诗译》中说:"王敬美谓'诗有妙悟,非关理也'。非理抑将何悟?"但他同时指出,诗歌之理并非抽象的、概念的学者之理,他说:"经生之理,不关诗理,犹浪子之情,无当诗情。"(《古诗评选》评鲍照《登黄鹤矶》)所以他解释严羽提倡妙悟非关理也的主张时说:"非谓无理有诗,正不得以名言之理相求耳。"(《古诗评选》评司马彪《杂诗》)所谓"名言之理",即是"经生之理"。王夫之以司马彪《杂诗》为例作了很生动的具体分析。《杂诗》原诗云:

百草应节生,含气有深浅。秋蓬独何辜,飘飘随风转。长飙一飞薄,吹我之四远。搔首望故株,邈然无由返?

最后两句用拟人化手法来写飞蓬,十分生动形象。王夫之评道:"且如飞蓬何首可搔,而不妨云搔首,以理相求,讵不蹭蹬。"如果按"经生之理"来理解,飞蓬怎么会"搔首",又怎么会"望故株"呢?岂不是荒唐了吗?但是在诗歌中,正是最具有审美特性的表现方法,于诗理是非常合适而不会使人感到奇怪的。后来叶燮在《原诗》中说诗歌所表现的理是"不可名言之理",并举杜诗"碧瓦初寒外""月傍九霄多""晨钟云外湿"等为例作了分析,这和王夫之所说是一样的意思。当然叶燮比王夫之稍晚十几年,他不一定见到过王夫之这些意见。但从文艺思想发展上看,其思路是十分接近的。这和冯班《严氏纠谬》中说诗歌之理与"寻常文笔言理者不同","其理玄,或在文外",也是一致的。说明这种对诗中之理的特点的认识在那个时代是有普遍性的。王夫之还指出诗歌中的"理"不应成为"理臼",不能"便死理中",这种"理"不是以赤裸裸的概念方式出现,而是与生动的形象伴随在一起,是体现于形象之中的,因此,"通人于诗,不言理而理自至"(均见《古诗评选》)。从这种认识出发,王夫之认为诗歌中并不是不可以有"理语",而是要做到情理结合,理中有情,情中有理,使情理融成一片,都为作品的主题思想服务,这样,即使写了理语也仍能成为好诗。他在《古诗评选》中评陆机《赠潘尼》一诗时说:

> 诗入理语,惟西晋人为剧。理亦非能为西晋人累,彼自累耳。诗源情,理源性,斯二者岂分辕反驾者哉?不因自得,则花鸟禽虫,累情尤甚,不徒理也。取之广远,会之清至,出之修洁,理顾不在花鸟禽鱼上邪?

王夫之这里所说的"自得",正是指的能否充分体现诗人"心之元声"的问题。只要能体现诗人"心之元声",有些理语亦何妨?若不能体现诗人"心之元声",则即使是写了许多"花鸟禽虫",亦无济于事,反而"累情尤甚"。他赞扬陶渊明《饮酒》诗中《幽兰生前庭》一首道:"真理真诗""说理诗必如此,乃不愧作者",其缘由即在此。

第三,王夫之在肯定诗歌以情为主、情中有理的同时,还进一步指出,诗歌中的情与理又都是通过对客观现实的景和事的描写而流露出来的。也就是说,文学艺术中作家的感情和思想都是在形象地再现自然和社会生活的过程中体现出来的。他在《夕堂永日绪论·内编》中说,诗歌"要以俯仰物理,而咏叹之",使"理随物显"。在《唐诗评选》中评杜甫《喜达行在所》一诗时说:"悲喜亦于物显,始贵乎诗。"作家对客观现实景象的描写总是为了表达自己内心之情理,而不是为写物而写物。他分析杜甫这首诗中"影静千官里"一句道:"写出避难仓皇之余收拾仍入衣冠队里一段生涩情景,妙甚。非此则千官之静亦不足道也。"王夫之还指出,诗歌不仅是描写现在的景和事,而且还可以描写过去和未来的景和事。他在《古诗评选》中评阮籍《开秋兆凉气》一诗时说:"诗则又往往缘景、缘事、缘已往、缘未来",要"以追光蹑影之笔,写通天尽人之怀"。把主观的情和理与客观的景和事融合而为一体,这才是"诗家正法眼藏"。在这方面,王夫之对文学创作过程中主观与客观的辩证结合过程有十分深刻的认识和相当精彩的论述。他在《古诗评选》

中评谢庄《北宅秘园》一诗时说：

> 两间之固有者，自然之华，因流动生变，而成其绮丽。心目之所及，文情赴之，貌其本荣，如所存而显之，即以华奕照耀，动人无际矣。

天地间万物都有其自然之华彩，在发展变化中呈现出种种绮丽动人之姿态。诗人有感于此，通过艺术把它再现出来，遂构成光彩夺目之艺术珍品。这就已经不是原来的现实了，而是经过诗人融情入景、寓理事中的产物了。王夫之在他的《姜斋诗话》和几部诗选的评语中一再指出情、理、事、景乃是诗歌创作中的几个基本要素，它是包括了创作过程中的主观与客观两个方面。

第四，王夫之不仅重视诗歌表现感情的特点，同时还强调这种"情"的内容应当是积极的、健康的，要能起到"动人兴观群怨"的社会作用，而不能认为只要写情就是好诗。这正是他比公安、竟陵高出一头的重要表现。他主张对感情的内容作必要的规范，但又不是要将之纳入儒家礼义的框框之内。为此他对爱情诗是并不像道学家那么视为"淫邪"之作而加以否定，但同时又竭力反对把它写成低下的色情之作。他在《夕堂永日绪论·内编》中说：

> 艳诗有述欢好者，有述怨情者，《三百篇》亦所不废。顾皆流览而达其定情，非沉迷不反，以身为妖冶之媒也。嗣是作者，为"荷叶罗裙一色裁""昨夜风开露井桃"，皆艳极而有所止。至如太白《乌栖曲》诸篇，则又寓意高远，尤为雅奏。其述怨情者，在汉人则有"青青河畔草，郁郁园中柳"，唐人则"闺中少妇不知愁""西宫夜静百花香"，婉娈中自矜风轨。迨元、白起，而后将身化作妖冶女子，备述衾裯中丑态，杜牧之恶其蛊人心，败风俗，欲施以典刑，非已甚也。近则汤义仍屡为泚笔，而固不失雅步。唯谭友夏浑作青楼淫咬，须眉尽丧，潘之恒等又无论已。

这里，王夫之虽然也表现了某些封建道德观点的影响，对元、白诗作有过于偏激的看法。但总的精神是要求注意对文学作品所表达的感情作一定的限制，引导它向积极、健康的方向发展，这是应该肯定的。特别是联系明末色情文学泛滥的现实，更可以看到王夫之这番论述是有现实的针对性的。他强调文学作品要"曲写心灵，动人兴观群怨"，正是为了克服公安、竟陵派创作的流弊。

这里值得我们特别注意的是，王夫之对兴观群怨社会作用的认识有其独到之处。他不仅看到了"兴观群怨，诗尽于是矣"，而且提出了"熔兴观群怨于一炉"的问题，认为诗歌的美学作用、认识作用、教育作用是统一于一个完整的艺术形象中的。为此，应当看到兴、观、群、怨四者之间有不可分割的密切关系。他在《诗译》中说："于所兴而可观，其兴也深；于所观而可兴，其观也审。以其群者而怨，怨愈不忘；以其怨者而群，群乃益挚。"这正是王夫之对兴观群怨说的重要发展。他懂得文学艺术所起的社会作用乃是一种精神作用，而不是具体的物质作用。对此他作过一个生动的比喻。他说："《诗》云：'角弓其觩''旨酒斯柔'。弓，宜觩也。酒，宜柔也。诗之为理，与酒同德，而不与弓同用。"（《古诗评选》评应场《报赵淑丽》一诗语）诗的作用对人来说，不像弓一样明显直接，而是像酒一样潜移默化使人精神振奋。

第五，从以上对诗的本质和特征的认识出发，王夫之对传统的"诗史"说提出了质疑，对宋、元、明以来称杜诗为"诗史"而把文学和历史的本质区别加以混淆的错误倾向，进行了尖锐的批评。在对诗与史关系的认识上，体现了王夫之对生活真实和艺术真实关系的十分深刻的理解。文学和历史之要求表现真人真事不同，它并不要求具体人和事的真实，人和事都是可以虚构的，文学艺术要求的是反映现实的本质真实。在我国古代文艺思想发展史上，长期以来对文学和历史的界限划分不清，尤其是宋代理学泛滥之后，文学创作上强调以理为主，更忽略了文学艺术的特征。宋人尊杜诗为"诗史"，这有积极方面，即对杜诗反映现实的深刻性给予了很高评价，但是，有些人却因此以写作历史的要求来要求文学创作，把文学和历史相混淆，以诗证史，似乎诗中所写都是历史事实。于是就出现了许多从杜诗来考证唐时酒价、地理、人名等等荒唐可笑的事。明代的杨慎在《诗史》一文中就曾经对此提出过批评，他说："夫六经各有体。《易》以道阴阳，《书》以道政事，《诗》以道性情，《春秋》以道名分。后世之所谓史者，左记言，右记事，古之《尚书》《春秋》也。若诗者，其体其旨，与《易》《书》《春秋》判然矣。"（《升庵集》卷六十）王夫之则进一步发挥了这种思想，他在《诗译》中说："夫诗之不可以史为，若口与目之不相为代也，久矣。"在《夕堂永日绪论·内编》中，他又针对宋人刘攽《中山诗话》、陈岩肖《庚溪诗话》等根据杜甫《逼侧行赠毕四曜》一诗中"我欲相就沽斗酒，恰有三百青铜钱"两句，来考证当时酒价的荒谬，尖锐地指出，与杜甫同时的诗人崔国辅《杂诗》中曾说："与沽一斗酒，恰用十千钱。"那么，"就杜陵沽处贩酒，向崔国辅卖，岂不三十倍获息钱邪？"其实，杜甫和崔国辅所说都不是唐时酒价，而是用的典故。杜甫诗据王嗣奭《杜臆》云："北齐卢思道尝云：'长安酒钱，斗价三百。'此诗'酒价苦贵'乃实语，'三百青钱'不过袭用成语耳。"而崔国辅之诗系袭用曹植《名都篇》："我归宴平乐，美酒斗十千。"王夫之曾明确地说过诗歌创作可以"假胜真"（《古诗评选》评鲍照《采菱歌》），即是指可以通过虚构而达到更大的真实、本质的真实，诗歌是通过抒情写景来感动读者，是以美的形象来教育人的，而不像历史那样以叙述历史来给人以知识，用事实教育人。为此，他在《古诗评选》中评古诗十九首中《上山采蘼芜》一首时有一段十分精彩的论述：

> 诗有叙事叙语者，较史尤不易，史才固以檃括生色，而从实着笔自易。诗则即事生情，即语绘状，一用史法则相感不在永言和声之中，诗道废矣！

从这样一个思想出发，他说："论者乃以诗史誉杜，见驼则恨马背之不肿，是则名为可怜悯者。"（同上）历史著作的写作原则是"檃括生色""从实着笔"，而诗歌创作的原则是"即事生情""即语绘状"，两者是有原则区别的。王夫之对文学和历史区别的认识，抓住了文学可以虚构，而历史不能虚构，文学以美的形象塑造为主，而历史以叙述事实为主这些根本问题。明代后期小说理论中对历史演义小说创作问题的争论中，有不少人已认识到小说和历史的不同正是在有没有虚构这一点上。如熊大木、袁于令等都清楚地指出小说不同于历史，历史"贵真"，小说"贵幻"（袁于令以吉衣主人为名所写《隋史遗文·序》),而且不仅是历史题材小说,其他小说亦要有虚构。谢肇淛《五杂俎》中说小说创作"须是虚实相半,方为游戏三昧之笔"。冯梦龙在《警世通言·叙》中也强调"野史"不必"尽真","人不必有其事,事不必丽其人","事真而理不赝,即事赝而理亦真"。他们虽然讲的是小说与历史的关系,但其原理对诗与史关系也是适用的。王夫之关于诗与史关系的论述,正是明代后期重视区分文学和历史不同的文艺思潮,在诗歌这个领域内的具体表现。

第六,王夫之把可不可以"兴",作为区别诗与非诗、文学与非文学的基本标准。他在《唐诗评选》中评孟浩然《鹦鹉洲送王九之江左》一诗时说:

> 诗言志,歌永言,非志即为诗,言即为歌也。或可以兴,或不可以兴,其枢机在此。

"兴",朱熹《四书集注》释为"感发志意",实质上是指诗歌的审美特征问题。可不可以"兴",即是能不能引起人的美感的问题。诗歌如果只是"志"的体现,而不能"兴",那就不能算是诗歌。作为文学艺术,就必须有文学艺术本身的特点。

为此,王夫之特别反对不讲"兴"而只讲"以意为主"的文学观点,他是非常重视文学艺术的特征的。在《明诗评选》中评高启《凉州词》一诗时,他说:"诗之深远广大,与夫舍旧趋新也,俱不在意。唐人以意为古诗,宋人以意为律诗绝句,而诗遂亡。如以意则直须赞《易》陈《书》,无待诗也。"王夫之在他的文学理论批评中所讲的"意"的概念,是常常根据具体情况而有所不同的。这里所说的"意"的概念是指的抽象的、观念的"意",它和王夫之所反对的以理为主的"理"的概念是基本一致的。这和他在《夕堂永日绪论·内编》中讲意和势关系时提倡的"以意为主"的"意"的概念含义是不一样的。他在《古诗评选》中评鲍照《拟行路难》一诗时,还说过,诗应当"以声情生色",而不能如宋人那样"以意为主"。而"以意为主"乃是"经生思路",而不是诗人思路。因此,他在评郭璞《游仙诗》时说:"故知以意为主之说,真腐儒也。诗言志,岂志即诗乎?"诗歌如果不讲"兴",而只讲"以意为主",发议论、讲道理,那就一点诗味也没有了。《古诗评选》中评张载《招隐》诗时,他说:"议论入诗,自成背戾。盖诗立风旨,以生议论。故说诗者于兴观群怨而皆可。若先为之论,则言未穷而意已先竭,在我已竭,而欲以生人之心,必不任矣。"诗歌是不能按照抽象的概念来创作的,故"足知议论立而无诗,允矣"(同上)。他又在评江淹《清思诗》时说:"有议论而无歌咏,则胡不废诗而著论辨也。"议论并不是完全不允许,但诗歌还是要以"兴会"为主。他评殷仲文《南州桓公九井作》一诗时说:"分节目,起议论,亦几为唐人开先,而意无预设,因所至以成文,则兴会犹为有权。"所谓"意无预设",即是说不是先有一个抽象概念,以它为准去写诗,而是要重在"兴会",在灵感冲动时去创作,"因所至以成文"。

从以上几点看来,王夫之确是比较全面地总结了宋、元、明以来关于诗歌的本质与特征问题上的争论,提出了一系列比较深入的、比较辩证的独立见解,这对文学思想和文学创作的健康发展,是有重要促进作用的。

论诗歌的创作

王夫之对具体的诗歌创作问题,也发表了很多有价值的意见。他坚决反对诗歌创作上的门户习气和死法、死格,对这种恶劣倾向进行了猛烈的抨击。王夫之指出,诗歌创作是要体现诗人真实的心灵世界的,"盖心灵人所自有,而不相贷,无从开方便法门,任陋人支借也"。如果给诗歌创作定了一套死板的格与法,形成一种特殊的门庭家数,那么只能写出一些模拟呆板的仿造之作,而绝不可能有新的创造,必然是缺乏生气的。他说:"有皎然《诗式》而后无诗,有《八大家文钞》而后无文。"(《夕堂永日绪论·外编》)这种说法当然有偏激之处,但其反对死法、死格之强烈,却于此可见。他又说:"诗之有皎然、虞伯生,经义之有茅鹿门、汤宾尹、袁了凡,皆画地成牢以陷人者,有死法也。死法之立,总缘识量狭小。如演杂剧,在方丈台上,故有花样部位,稍移一步则错乱。若驰骋康庄,取涂千里,而用此步法,虽至愚者不为也。"而这种死法、死格则又是和门庭派别有不可分割之关系。"立门庭者必饾饤,非饾饤不可以立门庭。""才立一门庭,则但有其局格,更无性情,更无兴会,更无思致;自缚缚人,谁为之解者?"他引用唐朝李德裕的一句话说:"好驴马不逐队行。"(以上均引自《夕堂永日绪论·内编》)真正优秀的诗人和作家都是不受门庭束缚,更不按死法、死格来创作的。王夫之进一步发展了公安派"独抒性灵,不拘格套"的积极内容,但又避免了公安派本身又形成门庭格局的缺陷。

在提倡诗歌要按照诗人心灵来自由创作的前提下,王夫之比较集中地论述了诗歌创作中的情景关系问题。情景关系是我国古代文学创作理论中的一个重大问题,而王夫之则是我国古代对情景关系论述得最多、最充分、最深刻的文学理论批评家。王夫之所说的情景关系,与一般人所说的借自然景色抒诗人之情不完全相同。他所说的"景"的概念,含义比较广阔,它不仅是指自然景物,也包括社会现实生活之景。他在《古诗评选》中评曹植《当来日大难》一诗时说:

> 于景得景易,于事得景难,于情得景尤难。"游马后来,辕车解轮",事之景也;"今日同堂,出门异乡",情之景也。

王夫之所说的"景之景""事之景""情之景""人之景"等等,也就是说,诗歌创作可以通过描写自然景物、社会人事、感情状态、刻画人物等各种不同方法来构成形象。所以广义的"景"的概念其含义大体相当于我们今天所说的"形象"。情景交融实质上是指诗人主观情思与客观物象的和谐统一,也即是文学作品中作家的思想感情和客观现实形象的和谐统一。

王夫之最反对宋、元以来那种割裂情景、强分为二的现象。他认为情景二者是一个完整艺术形象中的两个方面,它们是融洽无间、不分彼此的。《古诗评选》中他赞美谢灵运《邻里相送至方山》一诗是"情景相入,涯际不分"。《夕堂永日绪论·内编》中他又说:"近体中二联,一情一景,一法也。'云霞出海曙,梅柳渡江春。淑气催黄鸟,晴光转绿蘋。''云飞北阙轻阴散,雨歇南山积翠来。御柳已争梅信发,林花不待晓风开。'皆景也。何者为情?若四句俱情,而无景语者,尤不可胜数。"然而,实质上杜审言之诗景中有情,而李憕之诗又何处无情?都是"情景双收"之作。

在强调情景交融的过程中,王夫之提出了一个"宾主"问题。他认为情景交融的境界必须做到"宾主历然,情景合一"。(《古诗评选》评帛道猷《陵峰采药触兴为诗》语)。什么是"宾主"呢?我们从王夫之的论述来看,所谓"主"即是指作品中的主题思想,而"宾"则是指作品的艺术形象。因此,有时,"主宾"与"情景"较难区分,但两者又不能等同。情景交融的艺术境界必须服从于主题思想的要求。他在《夕堂永日绪论·内编》中说:

> 诗文俱有主宾。无主之宾,谓之乌合。俗论以比为宾,以赋为主,以反为宾,以正为主,皆塾师赚童子死法耳。立一主以待宾,宾无非主,之宾者,乃俱有情而相浃洽。若夫"秋风吹渭水,落叶满长安",于贾岛何与?"湘潭云尽暮烟出,巴蜀雪消春水来",于许浑奚涉?皆乌合也。"影静千官里,心苏七校前",得主矣,尚有痕迹。"花迎剑佩星初落",则宾主历然,熔合一片。

不是为情景交融而情景交融,而是要使它能最充分地体现诗人所要表达的主题思想,故而就要"立主御宾",然不能"意外设景,景外起意",否则就"如赘疣上生眼鼻,怪而不恒矣"(评丁仙芝《渡扬子江》诗语)。真正优秀的诗作,应当做到使"景中宾主,意中触合,无不尽者"(评张协《杂诗·述职投边城》诗语)。由此可见,王夫之在论情景交融时,是始终坚持思想内容的主导作用的。

对情景关系的认识,王夫之比前人能体会得更为深入的另一点,是他看到了在艺术构思和创作的过程中,情景二者从一开始就是不可分离的,是同时产生的。在形象思维过程中,艺术家不是先有了"情"再去找与之相应的"景",也不是先有了"景"再去纳入一定的"情",而是情景互相触发,互相依存。"情景虽有在心在物之分,而景生情,情生景,哀乐之触,荣悴之迎,互藏其宅。"离开了"景",则"情"无所寓,即非文学艺术之"情";离开了"情",则"景"无所依,失其灵魂,亦不成为文学艺术之"景"。它们必须"互藏其宅"才成为文学艺术的形象。故王夫之说:"夫景以情合,情以景生,初不相离,唯意所适。"(以上均见《夕堂永日绪论·内编》)这"初不相离"四字比较充分地反映了形象思维的特点。外界客观事物触动了诗人的思想感情,诗人的思想感情又要借客观事物而体现出来。作者的思想感情随着对客观事物的认识而深化,而客观事物也随着作者思想感情的深化而不断得到提炼和集中。王夫之这个思想,正是在宋代范晞文《对床夜语》中所说的"景无情不发,情无景不生","情景相融而莫分"的基础上,所作的进一步发挥。和这种从艺术的形象思维特征来论述情景关系的思想密切联系的,是王夫之对创作灵感的重视。他认为这种情景相触相生的状况,一般都是在作者灵感冲动的时候产生的。他说:"一用兴会标举成诗,自然情景俱到。恃情景者不能得情景也。"(《明诗评选》评袁凯《春日溪上书怀》一诗语)诗人若无"兴会",那么情景往往只能是生硬凑合,很难真正达到融合一片的境界的。在《古诗评选》中评梁元帝《春别应令》一诗时,他曾说到盛唐中唐的诗歌正是由于"以兴会为主",故能"雅得元音"。强调创作灵感对情景交融艺术境界形成的重要作用,这是王夫之的一个重要贡献。

王夫之认为情景交融的艺术境界,按照它的构成特点,又可分为几种不同类型。他在《夕堂永日绪论·内编》中说:

> 情景名为二,而实不可离。神于诗者,妙合无垠,巧者则有情中景,景中情。景中情者,如"长安一片月",自然是孤栖忆远之情;"影静千官里",自然是喜达行在之情。情中景尤难曲写,如"诗成珠玉在挥毫",写出才人翰墨淋漓、自心欣赏之景。凡此类,知者遇之,非然;亦鹘突看过,作等闲语耳。

情景交融最理想的是"妙合无垠"、难分你我的境界。然而,这是较难达到的。一般情况下的情景交融,可以分为"情中景"和"景中情"两类。"景中情"指在具体地客观地描写自然或社会生活景象的过程中,能比较隐蔽地体现诗人的思想感情。从表面看,似乎是一种比较客观的描写,但其中实是流露着诗人主观的情意。如王夫之所举李白《子夜吴歌》中的"长安一片月",写的是长安月夜景象,但其中却有"孤栖忆远之情"。又如杜甫《喜达行在所》中的"影静千官里",写的是百官上朝面君时景象,但其中又体现着诗人"喜达行在之情"。诗人在描写客观景象时,早已融情入景。

"情中景"则是作者通过直接抒发某种强烈的主观思想感情,来形成鲜明的抒情主人公形象。如王夫之所举杜甫《奉和贾至舍人早朝大明宫》一诗中之"诗成珠玉在挥毫",虽也写了某些客观物象,但重点不在客观物象,而在使客观物象都带上主观色彩,以突出诗人的形象。他说:"'亲朋无一字,老病有孤舟。'自然是登岳阳楼诗。尝试设身作杜陵,凭轩远望观,则心目中二语,居然出现,此亦情中景也。"王夫之认为"情中景"比"景中情""尤难曲写",因为要使客观物象都具备作者主观思想感情,带上作者的喜怒哀乐之情,这是不容易的。王夫之对情景交融的这种艺术境界的不同构成特点的分析,对后代文学理论批评的影响很大。后来王国维在《人间词话》中所说的"有我之境"与"无我之境",就正是从王夫之的"情中景""景中情"说的基础上,结合西方美学和文艺理论中的有关论述而提出来的。"有我之境"实即"情中景",而"无我之境"实即"景中情"。王国维托名樊志厚在所写之《人间词乙稿序》中说:"文学之事,其内足以摅己,而外足以感人者,意与境二者而已。上焉者意与境浑,其次或以境胜,或以意胜。苟缺其一,不足以言文学。原夫文学之所以有意境者,以其能观也。出于观我者,意余于境。而出于观物者,境多于意。"这里所说的意与境及其所形成的三种不同境界,和王夫之关于情景及其所形成的三种不同境界,又何其相似!王国维所说的"无我之境"的"以物观物,故不知何者为我,何者为物"的特点,其实王夫之早就作过具体分析。他说:"古人绝唱句多景语,如'高台多悲风''蝴蝶飞南园''池塘生春草''亭皋木叶下''芙蓉露下落',皆是也,而情寓其中矣。以写景之心理言情,则身心中独喻之微,轻安拈出。"因此,就使人感到确实是"不知何者为我,何者为物"了。而王国维所说的"有我之境"的"以我观物,故物皆著我之色彩"的特点,王夫之在论陶渊明诗时也早就讲到过,他称之为"天地山川无不自我而成其荣观"的诗歌境界(《古诗评选》评陶渊明《拟古》)。

在如何创造情景交融的境界的问题上,王夫之进一步发展了我国传统所讲的"直寻"的方法,强调要在亲身体会的基础上,书写即目所见,认为只有"即景会心"之作,方为佳品。他在《夕堂永日绪论·内编》中说:

"池塘生春草""蝴蝶飞南园""明月照积雪",皆心中目中与相融浃,一出语时即得珠圆玉润。要亦各视其所怀来而与景相迎者也。

这种"即景会心"的创作,具有自然、真实的特点,而没有人工雕琢的痕迹,它不需要作者冥思苦搜,自有神化之妙。王夫之又说:"只于心目相取处,得景得句,乃为朝气,乃为神笔。景尽意止,意尽言息,必不强括狂搜,舍有而寻无,在章成章,在句成句。文章之道,音乐之理,尽于斯矣。"(《唐诗评选》评张子容《泛永嘉江日暮回舟》)这种境界的获得重在使诗人主观方面和客观景物的自然契合。"心理所诣,景自与逢,即目成吟,无非者。"(《古诗评选》评江淹《无锡县历山集》诗语)这种创作思想自从钟嵘归纳为"直寻"而得的"自然英旨"之后,唐代的皎然、司空图也均有所阐述。司空图在《与李生论诗书》中说的"直致所得,以格自奇",亦正是此意,其《诗品》中说这种诗境"如逢花开,如瞻岁新","取语甚直,计思匪深","真予不夺,强得易贫"。后来宋人诗话中所强调的"直书目前所见""宛然在目""殆如直述"等等,也都是对这一思想的发挥。而王夫之则对这一传统美学思想作了深入的总结,并有许多创造性的发挥,而且直接启发了王国维关于"不隔"境界的提出。

特别值得我们重视的是,王夫之不仅竭力提倡"即景会心"的创作,而且十分强调作家丰富的生活实践的重大作用。他认为作家对自己所描写的现实生活内容,应当有切身的体会和认识。他在《夕堂永日绪论·内编》中说:

> 身之所历,目之所见,是铁门限。即极写大景,如"阴晴众壑殊""乾坤日夜浮",亦必不逾此限。非按舆地图便可云"平野入青徐"也,抑登楼所得见者耳,隔垣听演杂剧,可闻其歌,不见其舞;更远则但闻鼓声,而可云所演何出乎?

王夫之这种对创作源泉的认识,不仅否定了严羽和明代前后七子的"师古"说,而且也否定了公安派的"师心"说,把对文学创作源泉的认识建立在朴素的唯物主义思想基础之上,这是难能可贵的。我国古代文艺思想发展史上，对文学艺术的创作源泉有比较正确认识的文艺家是不多的。当然，王夫之的认识也有过于简单的地方。因为一个作家不能事事都亲身经历过，而且也不能对作家提这样绝对化的要求。但他这种观点的主流方面是必须充分肯定的。他又说：

> "僧敲月下门"，只是妄想揣摩，如说他人梦，纵令形容酷似，何尝毫发关心？知然者，以其沉吟"推""敲"二字，就他作想也。若即景会心，则或推或敲，必居其一。因景因情，自然灵妙，何劳拟议哉？"长河落日圆"，初无定景。"隔水问樵夫"，初非想得，则禅家所谓现量也。

王夫之对"推敲"的看法，主要是他注重作家要有实际生活体会的表现，从"推敲"这一具体问题来说，那倒不一定非得按"即景会心"的原则来解决，而是可以研究的。王夫之借用禅宗"现量"一词来说明对客观景物的描写，应当以自己经历的真实体会为基础。"现量"这个术语在佛教哲学中表示现在、现成、显现真实等含义。王夫之在这里是着重用以说明作者必须描写自己有真实闻见作基础的现实生活内容。

在诗歌创作理论方面，王夫之除集中分析了情景关系外，还比较深入地论述了意和势的关系。王夫之认为在意和势的关系上，应当"以意为主，势次之"。为了正确理解王夫之对这两者关系的论述，我们首先要弄清楚王夫之在这里讲的意和势两个概念的内容。前面我们已经讲到王夫之是反对诗歌创作中的"以意为主"的，他在《夕堂永日绪论·内编》中则肯定和强调"以意为主"，这个"以意为主"的"意"和他所反对的抽象的概念的"以意为主"之"意"是不同的。这里所说的"意"是作品中和象相结合的具体的意。他说："无论诗歌与长行文字，俱以意为主。意犹帅也。无帅之兵，谓之乌合。李、杜所以称大家者，无意之诗，十不得一二也。烟云泉石，花鸟苔林，金铺锦帐，寓意则灵。"这个"意"是指作品中具体的"立意"，而具体描写必须为"立意"服务，否则都将失去意义。王夫之主张诗歌创作应以具体形象的"意"为主，而不以抽象概念的"意"为主，对这两个不同含义的"意"我们必须加区别，否则就无法正确理解王夫之的论述了。王夫之所说的"势",有的同志解释为"一种'宛转屈伸'的意境",这是可以商榷的。"势"怎么会是一种意境呢？出现这种说法的原因就是由于没有搞清楚王夫之所说意与势关系之意乃是具体形象的意,而非抽象概念的意。因而就无法正确理解"势者,意中之神理也"的含义了。势,是指作品所描写的客观现实内容本身所具有的规律性所呈现出来的特殊状态。例如刘勰在《文心雕龙·定势》篇中说："势者,乘利而为制也。如机发矢直,涧曲湍回,自然之趣也。圆者规体,其势也自转。方者矩形,其势也自安。"这是从广义的势的内容来说明文学创作中的势的内容。任何事物都有它一定的内在客观规律,这种内在的客观规律必然要表现为一种具体形态,这就是势。王夫之说势是"意中之神理",这"神理"即是指自然的法则、规律。诗歌中具体的形象的意是客观现实生活的反映,它必然具有自己的内在规律,这就是作品中的势。文学创作中的意和势的关系,即是立意和取势关系。这一点在我国古代画论中讲得很多,绘画首先要立意,然后要讲取势,这是绘画创作的关键。文学创作中,作家的"立意"总是具体地通过形象表现出来的,是融化在他所描写的客观现实生活中的。而这种客观现实生活内容,必然有它自己的一定内在规律性。比如画马,画家总是按照自己"立意"的要求来创造马的形象的,但不管是奔跑的马或是躺卧的马,它既然是马,就必须符合马的基本特点,不能画牛作马,或画马所根本不会有的形态,这就是取势的问题。因此,意和势的关系,实质上就是文学创作中作家的主观意愿和现实生活内容本身的客观规律的关系。

　　王夫之认为对文学创作中的意和势的关系,一方面要明确意为主,势次之,不能颠倒它们的主从关系;另一方面又必须使二者有机地统一起来,使"势"成为"意中之神理"。这样就能够使作品中作家的主观意愿和现实生活本身的客观规律相统一。这样既充分表达了作家的观点倾向,又使人感到作品具有高度的真实性。王夫之说："唯谢康乐为能取势,宛转屈伸,以求尽其意,意已尽则止,殆无剩语。夭矫连蜷,烟云缭绕,乃真龙,非画龙也。"这就说明有了新颖的"立意"之后,能否"取势"是关系到艺术描写是否真实的大问题。"真龙"与"画龙"的区别即在有没有"势"。谢灵运那些诱人的山水描写,如"野旷沙岸净,天高秋月明"

(《初去郡》),"春晚绿野秀,岩高白云屯"(《入彭蠡湖口》),"林壑敛暝色,云霞收夕霏"(《石壁精舍还湖中作》),等等,确如鲍照所说,"如初发芙蓉,自然可爱"(《南史·颜延之传》)。他能把山水风景的真实姿态形象地再现出来,其势宛转屈伸以尽其意,故而是"真龙"而非"画龙"。不讲"取势",就不能传神、逼真,那种艺术描写就活不起来。王夫之在《夕堂永日绪论·内编》中还进一步发挥此意道:

> 论画者曰:"咫尺有万里之势。"一"势"字宜着眼。若不论势,则缩万里于咫尺,直是《广舆记》前一天下图耳。五言绝句,以此为落想时第一义。唯盛唐人能得其妙,如"君家住何处?妾住在横塘。停船暂借问,或恐是同乡",墨气所射,四表无穷,无字处皆其意也。李献吉诗"浩浩长江水,黄州若个边?岸回山一转,船到堞楼前",固自不失此风味。

"咫尺有万里之势",最早见于《南史·竟陵文宣王子良传》,萧贲"能书善画,于扇上图山水,咫尺之内,便觉万里为遥"。后杜甫于《戏题王宰画山水图歌》中说:"尤工远势古莫比,咫尺应须论万里。"画的山水本是假的,但由于讲究取势,故能使人感到与真山真水一模一样了。崔颢《长干行》之所以写得好,正是由于它把行船女子纯洁、天真、羞怯、热情的音容笑貌写得如闻如见,虽仅四句,而其"无字处皆其意也"。李梦阳的《黄州》诗则把长江行船之势体现得十分真切,使人如身临其境一般。

由于重视诗歌创作中的"势",所以王夫之特别强调要有"神理",反对"霸气",提倡"神韵",而反对"形模"。他在《唐诗评选》中一方面赞扬杜甫的《石壕吏》"片段中留神理,韵脚中见化工",另一方面又批评杜甫的排律"使才使气,大损神理"。可见,他所谓的"神理"正是指文学艺术的自然、化工之美,而反对人为斧凿之痕。同时,他所赞美的"神理"有主张按事物本来面目真实描绘之意,反对以主观意愿强加于客观现实,他在《夕堂永日绪论·内编》中所反对的"霸气",正是指的诗歌中主观意识过于强烈,而损害现实本身神理的倾向。神理之获得必须讲究传神,要在"神似"上下功夫,而不能仅仅依靠"形模",而只求"形似"。王夫之是很注重形神合一、以神似为主的。他一再提出诗歌要有"神韵",即是此意。他在《唐诗评选》中评杜甫《废畦》一诗时说:"两间生物之妙,正以神形合一,得神于形,而形无非神者。"《古诗评选》中他说阮籍《咏怀》诗之所以高妙,正是因其"以高朗之怀,脱颖之气,取神似于离合之间"。他特别赞赏苏轼对《诗经·氓》的分析,提出了"物态""物理"之说。他说:

> 苏子瞻谓"桑之未落,其叶沃若",体物之工,非"沃若"不足以言桑,非桑不足以当"沃若",固也。然得物态,未得物理。"桃之夭夭,其叶蓁蓁","灼灼其华","有蕡其实",乃穷物理。夭夭者,桃之稚者也。桃至拱把以上,则液流蠹结,花不荣,叶不盛,实不蕃。小树弱枝,婀娜妍茂,为有加耳。

王夫之这里所说的"物态"和"物理"之说,实际上也即是苏轼在《净因院画记》中所说的"常形"和"常理"的问题。文学作品对现实生活的描写不仅要得其"物态",而且要得其"物理",这样方能"神理"流畅,而使人读了之后感觉到余味无穷,具备"神韵"之美。王夫之所讲的"神韵"其核心即是指要有传神之美,而传神又不能离开形,因此,他讲的"神韵"就不像后来王士禛讲"神韵"那么神秘玄妙。王士禛讲"神韵"的缺点,正是在强调神而忽略了形的重要,因而有些不着边际,反不如王夫之那样比较容易具体地去领会其精神实质。一讲到"神韵",一般人容易认为就是王士禛的理论,其实,王夫之在他的文学批评中讲到"神韵"的不下二三十处。他的诗歌创作理论对王士禛的诗论是有很大影响的,这一点从他关于"神韵"的论述上就可以看出来。

论诗歌的艺术欣赏

王夫之对诗歌的艺术欣赏,有自己独到的见解。他曾说自己读古诗不下十万首,因此对如何欣赏诗歌艺术有许多亲身的体会。

王夫之最厌恶和反对经生家的学究式解诗,并且明确地提出了要"以诗解诗"。这就是要求按照诗歌本身的艺术特征和独特规律去分析和欣赏诗歌,而不能像经生家解释经书那样去分析和欣赏诗歌。对这一点他在《诗译》中曾经举具体例子作过分析。他说：

> 唐人《少年行》云："白马金鞍从武皇，旌旗十万猎长杨。楼头少妇鸣筝坐，遥见飞尘入建章。"想知少妇遥望之情，以自矜得意，此善于取影者也。"春日迟迟，卉木萋萋；仓庚喈喈，采蘩祁祁。执讯获丑，薄言还归。赫赫南仲，玁狁于夷。"其妙正在此，训诂家不能领悟，谓妇方采蘩而见归师，旨趣索然矣。建旌旗，举矛戟，车马喧阗，凯乐竞奏之下，仓庚何能不惊飞，而尚闻其喈喈？六师在道，虽曰勿扰，采蘩之妇亦何事暴面于三军之侧邪？征人归矣，度其妇方采蘩，而闻归师之凯旋。故迟迟之日，萋萋之草，鸟鸣之和，皆为助喜。而南仲之功，震于闺阁。室家之欣幸，遥想其然，而征人之意得可知矣。乃以此而称"南仲"，又影中取影，曲尽人情之极至者也。

王夫之对《诗经·小雅·出车》这一章的分析颇具特色，与众不同。他这样的解释是否一定全符合诗歌的本意，这自然是可以研究的，但至少可备一说。而更为主要的是，他在分析这首诗时所运用的方法，很突出地表现了他对诗歌艺术欣赏的认识是很深刻的。他善于从艺术想象的角度去研究诗人创作时的意图，以及诗歌的具体艺术构思。也就是说，我们欣赏诗歌，必须懂得诗歌艺术的形象思维特征，而不能用经生家的逻辑、推理那种抽象思维的方式去对诗歌作简单化的分析。为此，王夫之对不少诗歌的分析，都有他的精到之处。如他分析王维的《终南山》《观猎》等诗云："工部之工，在即物深致，无细不章。右丞之妙，在广摄四旁，圜中自显。如终南云阔大，则以'欲投人处宿，隔水问樵夫'显之。猎骑之轻速，则以'忽过''还归''回看''暮云'显之，皆所谓离钩三寸，鲅鲅金鳞，少陵未尝问津及此也。"这些都可看出，王夫之是懂得艺术，也是善于欣赏艺术的。

更为突出的是，王夫之特别指出了艺术欣赏过程中的主观差异性问题。他在《诗译》中说："作者用一致之思，读者各以其情而自得。"在欣赏诗歌的过程中，读者可以用自己的思想感情和认识去丰富和充实作品中的艺术形象。因此，同样一首诗在不同的情况下，对不同的人，可以起到很不同的作用。"故《关雎》,兴也,康王晏朝,而即为冰鉴。'訏谟定命,远猷辰告',观也,谢安欣赏而增其遐心。人情之游也无涯,而各以其情遇,斯所贵于有诗。"《关雎》这首诗,《毛诗》序中说是歌颂后妃之德的,而三家诗则认为是讽刺康王晏朝的。这本是属于对诗歌的不同解释,但王夫之认为这两种解释都可以通,只是不同的读者由于自己之"情"不同,才有不同解释。而《大雅·抑》篇中的"訏谟定命,远猷辰告"两句,王夫之认为是"将大臣经营国事之心曲,写出次第",而谢安是抱有统一中国的理想壮志的,因此特别喜欢这两句诗,而称之为"偏有雅人深致"(《世说新语·文学》篇),就一点也不奇怪了。

上面我们对王夫之的诗歌理论作了一个比较全面而详细的分析,可以看出他确实是总结了宋、元、明诗歌理论发展中的一些重大争论,发扬了其中的积极方面,而比较好地克服了某些消极的方面,提出了对一系列基本文学理论问题的看法,同时对清代几个重要的诗歌理论批评家如叶燮、王士禛、沈德潜、袁枚等人,都有重要的启示。他对诗歌中的理、事、情、景的分析以及对诗歌艺术形象思维特征的认识,在许多方面是和叶燮《原诗》中的论述一致的。他注重兴、观、群、怨,直接启发了沈德潜的诗论,他的"心之元声"说上承李贽和公安派,下开袁枚之诗论。他论"神韵"和王士禛的"神韵"说也是十分接近的。王夫之好以"神龙"喻诗,这和赵执信《谈龙录》中的记载,也不无师承关系。因此,深入研究王夫之的诗歌理论,对于研究整个清代的诗歌理论,以及中国古代文艺思想发展的历史,都是十分必要的。

(原载《中国文艺思想史论丛》第 2 辑,北京大学出版社,1985 年)

叶燮文艺思想的评价问题

叶燮(1627—1703),字星期,号已畦,浙江嘉兴人,晚年定居吴江横山讲学,亦作吴江人,世因称横山先生。叶燮是清初的一位重要的文艺批评家。过去,对叶燮在我国文艺思想史上的地位重视不够,这是需要纠正的。但是,近年来,学术界对他的文艺思想和美学思想评价,却又有过高的倾向,这也是不恰当的。矫枉难免过正,但不能片面夸大。笔者这篇文章不是对叶燮文艺思想的全面论述,只是想就叶燮文艺思想评价中的几个重要问题,提出一点不同看法,目的是给叶燮在文艺思想史上以恰如其分的地位,同时也想以叶燮为例,对当前古代文学理论与美学思想研究中的方法问题,谈一点不成熟的浅见。

在历史发展中来考察叶燮的文艺思想,我以为在研究方法上首先要注意两个问题:第一,要实事求是地分析他的文学理论中继承前人的部分和他自己独创的部分,不能把有价值的内容全说成是他的发明;第二,要全面地辩证地分析他文艺思想中的积极方面和消极方面,不能只讲优点不讲缺点,只论功不谈过。叶燮的《原诗》是一篇比较完整、系统、有一定理论思维特色的文艺批评专著。他吸取了前代文艺思想发展中的一些积极成果,能比较自觉地从美学思想的高度来进行总结,同时也提出了自己的某些较为深入的独立见解。这是应当充分加以肯定的。但是,他的文艺思想中也表现了一些明显的缺陷和不足,也有不少门户偏见,比如他维护正统的诗教立场,对唐宋以来文艺思想的发展作了片面的评价,他推崇韩愈与宋诗,对其消极不良影响缺乏认识,以及他文艺思想中的一些唯心主义影响,我们不应当视而不见。鉴于近年来对叶燮评价的具体状况,这篇文章对他文艺思想中的消极方面可能要讲得多一点、具体一点,这是我们首先要说明的。下面,我们分五个问题来谈。

关于反对复古模拟和强调发展变化的文学观

叶燮强调文学的发展变化,对以前后七子为代表的复古模拟文艺思潮进行了尖锐的批评,这是他文艺思想的核心,也是他一系列文学理论主张的基本出发点。前后七子不能正确处理文学的继承和创新的关系,只讲通,不讲变,叫人家小学生临帖一般去模仿汉魏盛唐之作,故其高处不过是"古人影子"。他们对诗歌创作的源与流、通与变的关系,作了片面的形而上学的理解,这就把诗歌创作引向了一条死胡同。叶燮批评这种错误倾向是完全正确的。他着重指出了以下几点:第一,诗歌创作是发展变化的,并不是按照一个模式僵死不变的。第二,诗歌创作发展过程中,有沿有革,有因有创,沿中有革,因中有创。这是击中了前后七子诗论要害的。第三,诗歌的历史发展也和别的事物一样,乃是"踵事增华",不断进步的过程。后人总是要超过前人的,"不可谓后此者不有加乎其前也"(本文凡引《原诗》者,一律不加注)。所以,只有"不肯沿袭前人以为依傍"才能"自成一家"。第四,每个时代的诗歌都有自己不同于前代的特点,但它发展到一定的阶段之后,就会"相沿久而流于衰",走向自己的反面。第五,"文运"和"世运",亦即文学的发展与历史的发展是不完全相同的,是各有自己的特点的。

叶燮的这些观点无疑都是很有价值的,但是我们在评价的时候必须有历史发展的观点,要看到叶燮这些观点主要是继承前代进步文学思想的结果,其中他个人的创见并不多。这里就要涉及对晚明文学思想发展的评价问题。有些同志认为以公安派为首的晚明反复古主义文艺思潮在批判前后七子时并未取得决定性的胜利,而一直到叶燮才从根本上摧垮了前后七子,这是和事实不相符合的。明代反对前后七子复古主义文艺思潮的斗争是从李贽开始的,经过公安派的发展,然后又有明末清初启蒙思想家王夫之等的深入批判,前后七子的复古主义文学观点在理论上早已被驳倒了,创作实际亦早已发生了根本变化。因此,采取贬低以公安派为代表的反复古主义斗争的重大贡献,把功劳都归到叶燮身上,这显然是不公允的。现在让我们来简略地回顾一下这场斗争发展的基本线索。明代中叶著名进步思想家李贽,在他反理学的战斗檄文《童心说》中就说过这样一段话：

> 诗何必古《选》？文何必先秦？降而为六朝，变而为近体，又变而为传奇，变而为院本，为杂剧，为《西厢曲》，为《水浒传》，为今之举子业，大贤言圣人之道皆古今至文，不可得而时势先后论也。

李贽认为文学创作要写真人、真事、真言、真文章，要有自己真情实感，而不要去模拟古人，不必要崇古非今，这是代表了当时进步文艺家的一个纲领性宣言。其后，崇敬李贽的后学之辈，在戏曲、小说、诗文等各个领域展开了一场声势浩大的提倡真情，反对矫情，提倡独创，反对模拟的文艺思想斗争。特别是袁宏道在他的《雪涛阁集序》中对文学发展的继承革新关系，作了相当深刻的分析，进一步发展了刘勰的"通变"说。他指出文学之所以必然是发展变化的，是因为它是随着历史的发展而发展的。"古有古之时，今有今之时，袭古人语言之迹而冒以为古，是处严冬而袭夏之葛者也。""文之不能不古而今也，时使之也。"同时，他还很好地分析了因与创的辩证关系。他说："骚之不袭雅也，雅之体穷于怨，不骚不足以寄也。后之人有拟而为之者，终不肖也，何也？彼直求骚于骚之中也。至苏、李述别及《十九》等篇，骚之音节体致皆变矣，然不可谓之真骚不可也。"这里说得多么清楚，又多么好啊！因者，在其积极精神，但其具体内容及表现形式则完全是创，而且只有这种创新，才能真正继承，没有创新也就没有继承。这个道理比刘勰讲得深刻具体，也是后来叶燮所不及的。而袁宏道所提出的"因于蔽而成于过"的观点，也正是叶燮"相沿久而流于衰"的观点之来源。袁氏之后，王夫之在《姜斋诗话》中也相当集中地批评了前后七子，他认为文学创作要表现人们的心灵世界，而人们的"心灵不相为贷"，是不能借用的，因此，模拟复古也是根本站不住脚的。

由此可见，叶燮关于文学发展的"变"的观点，理论上并无多大独创，主要是对前代文艺思想家，特别是公安派有关论述的总结。同时，我们还要看到叶燮在论"变"的问题时，在理论上还有一些明显的缺陷和错误，这主要表现在以下三个方面：第一，是唯心主义的历史循环论比较突出。他认为"综千古而论，则盛而必至于衰，又必自衰而复盛"。"诗之源流本末正变盛衰,互为循环。""古云:'天道十年而一变。'此理也,亦势也。"对古人来说,有这种循环往复的唯心史观,本也不必苛责,但他还有另一方面错误认识与之相呼应,这就是:第二,他没有看到"文运"变化和"世运"变化之间的密切联系以及后者对前者所具有的根本性的重大影响。在这个问题上比他早一千多年的刘勰就已经提出了"文变染乎世情,兴废系乎时序"的唯物主义原理。然而,叶燮却作了这样的论述:他认为诗之"源",亦即《诗经》三百篇,是"以时言诗""正变系乎时"的;可是诗之"流",亦即《诗经》以后的作品,则是"以诗言时""正变系乎诗"的,它的发展变化并不受"时"的影响,而是由于"体格、声调、命意、措辞、新故升降之不同",而形成各时代之不同。此点在其《百家唐诗序》一文中讲得更为清楚,他说:"自有天地即有古今。古今者,运会之迁流也。有世运,有文运。世运有治乱,文运有盛衰,二者各自为迁流。""文之为运,与世运异轨而自为途。"看到"文运"不同于"世运",有自己特点,这是正确的,但否定它要受"世运"影响,不承认它随"世运"而变迁,割裂文学发展与时代的关系,认为它们都只是循环往复,盛衰递变,这显然是错误的。第三,叶燮的"踵事增华"说源自萧统的《文选序》。它有进步的一面,肯定历史发展是前进的,而不是倒退的。但是叶燮在运用它来解释文学的历史发展时,又有错误的形而上学的一面。他简单地认为凡是后代的文学总一定比前代的水平高,不承认历史发展的复杂性、曲折性。特别是运用这种观点来机械地论述诗歌发展,就与实际状况不尽相符了。他说:"譬诸地之生木然,《三百篇》则其根,苏、李诗则其萌芽由蘖;建安诗则生长至于拱把;六朝诗有其枝叶;唐诗则枝叶垂荫;宋诗则能开花,而木之能事方毕。"把宋诗看作诗歌发展的最高阶段,这自然是不恰当的。而且认为诗发展到宋,能事已毕,那以后又怎样发展呢? 这与他自己的"踵事增华"说本身也是矛盾的。

关于论诗宗杜、韩和对"温柔敦厚"诗教的态度

叶燮论诗宗杜甫、韩愈、苏轼,这从他的诗论中可以看得很清楚。沈德潜在《叶先生传》中说:"论诗以少陵、昌黎、眉山为宗,成《原诗》内外篇。"《清史稿·文苑传》亦云:"论诗以杜甫、韩愈为宗。"叶燮竭力反对宗唐贬宋之论,认为诗歌创作不能说哪一朝代的诗就是最好的,是最高境界,而应当从诗歌表现客观事物的角度去考察其优劣,这是正确的。然而,他的实际倾向是偏重于宋诗的,这也是无可置疑的。这和他论诗宗杜、韩、苏是一致的。他虽然表面上不标榜门户,实质上是属于清初的宋诗派的。他对宋人学杜宗韩的偏向,对苏、黄诗风存在的问题是缺乏认识的,甚至是维护和支持这种倾向的。因此,他对严羽的诗论进行了片面的攻击和简单的否定,这自然是不公允的。在对唐宋诗歌发展状况的认识上,叶燮和严羽存在着根本的分歧。叶燮确也看到了严羽诗论的弱点和缺陷,但是对严羽反对宋诗"以文字为诗,以才学为诗,以议论为诗"的错误倾向及强调诗歌的形象思维特征这些积极贡献,也一概看不见,这就不是偶然的了。

这里涉及一个重要的问题,就是对"诗教"的态度。有的同志说叶燮和他的学生沈德潜在这个问题上是对立的,叶燮是反对"温柔敦厚"的,而沈德潜是提倡"温柔敦厚"的,因而是背叛了他的老师的。这种说法是没有根据的,也不符合事实。从宋代以后,与对待理学的态度相联系,在对待"诗教"的态度上,也形成文艺思想发展上的两大派。正统派是维护理学和"诗教"的,而鄙弃和反对"诗教"的一派,则是和反理学、反传统的思想紧密联系在一起的。《福建通志》说严羽"扫除美刺,独任性灵"是有道理的。严羽强调学诗,但《沧浪诗话》没有一句谈到《诗经》,正是这种对"诗教"弃之不理的态度,使他遭到了许多人的责骂。而李贽和袁宏道、汤显祖等则正是明代中叶以后反理学、反传统的进步文艺思潮的代表人物。但是,叶燮的文艺思想和这一派不大一样,他是倾向于正统派的,不过,他可以说是正统派中开明人士。他维护"诗教"的传统,但又认为要理解得广泛一些,灵活一些,不是简单地宣传封建教条,而要有比较切实的内容。他的基本立足点仍是在"诗教"方面,因此和沈德潜之间并不存在所谓的对立和矛盾。他在《原诗》中说"温柔敦厚"之旨,亦在作者"神而明之",反对"执而泥之",其目的在说明"汉魏之辞'有汉魏之''温柔敦厚';唐、宋、元之辞,有唐、宋、元之'温柔敦厚',要人们懂得"'温柔敦厚',其意也,所以为体也,措之于用,则不同"。这里绝无否定"温柔敦厚"之意,而恰恰是强调了"温柔敦厚"是诗歌创作的"意"和"体",是基本出发点,是具有普遍意义的。说它是否定"诗教"的"迂回战术",恐怕不很恰当。他批评那些"奉老生之常谈,袭古来所云忠厚和平、浑朴典雅、陈陈皮肤之语",反对以"诗教"作表面装潢,而不从根本上去结合不同时代现实宣传"诗教"的腐儒之作,不能认为是对"诗教"的否定性言论,反而更可以看出他维护正统"诗教"的本质。

这些我们可以从他《已畦集》中许多类似言论得到有力的佐证。例如他在《答沈昭子翰林书》一文中,说他自幼学习只是"好六朝骈丽使事属辞饾饤藻绘,未尝从事于六经,而根原于古昔圣贤之旨",到年纪大了,才懂得要以六经为根基,以古昔圣贤之旨为指导,"必折衷于理道而后可",使文章"无戾于古昔圣贤之理道"。在《〈乘龙鼎〉剧本题辞》一文中,更明确指出《诗经》之所以为"经",正在于它能"发乎情,止乎礼义",故能"终则要归乎正"。"以情发端,端见而情已谢,由是循循以归乎礼义。""若其始也,依乎情,则以情为本,求其止乎礼义则难矣。"后世之诗赋词曲,在叶燮看来正由于不明此理,而"以情为本",不能"止乎礼义",故"淫词邪说为礼义之罪人"。他赞扬《乘龙鼎》剧本不仅是"发乎情,止乎礼义",而且"直可谓发乎礼义以止乎礼义者矣"。这就说得更加赤裸裸了。在《汪秋原浪斋二集诗序》一文中,叶燮更明确提出诗之变中之不变者,"一言以蔽之曰雅。雅也者,作诗之原而可以尽乎诗之流者也"。他认为诗歌的变化虽多,然"各得诗人之一体。一体者,不失其命意措辞之雅而已"。雅者,正也,即"温柔敦厚"诗教之核心也!在《友人诗集序》中,他还尖锐地批评了诗歌创作中把"六义之旨皆为浮响不根之言"的倾向。在《与友人论文书》中,他说:"文之为用,实以载道。""道者何也?六经之道也。"因此,他之坚决反对严羽,推崇韩愈,抬高受理学影响之宋诗地位,显然都是与他这种对"诗教"的态度一致的。他所主张的学杜,在文学观点上与宋人学杜有相通之处。沈德潜之倡导"温柔敦厚",自然有时代政治原因,但也是对他老师这种基本思想的进一步发挥而已!沈德潜并没有背叛他的老师,而且我们也不能因全面肯定叶燮,而把沈德潜贬得一无是处。沈德潜在文学思想史上也有重要地位,他对诗歌艺术有一些独到之见,尤其在艺术欣赏方面有不少地方是值得我们借鉴的。

关于理、事、情及诗歌创作的形象思维问题

以理、事、情言诗,是叶燮诗论的一个基本方面。"理、事、情"说的提出,是为了反对复古模拟派以死法作诗,具有进步意义。但是,"理、事、情"说是不是像有的同志所说的,是一种唯物主义的文艺观,则是值得研究的。叶燮在《原诗》中说:"诗赋其道万千。余得以三语蔽之:曰理、曰事、曰情,不出乎此而已。"又说:"曰理、曰事、曰情三语,大而乾坤以之定位,日月以之运行,以至一草一木一飞一走,三者缺一,则不成物。文章者,所以表天地万物之情状也。然具是三者,又有总而持之,条而贯之者,曰气。事、理、情之所为用,气之为用也。譬之一草一木,其能发生者,理也。其既发生,则事也。既发生之后,夭矫滋植,情状万千,咸有自得之趣,则情也。"在这段分析中,叶燮认为宇宙间任何事物,都是理、事、情三者统一的表现,故事物各有自己之气。文章是"表天地万物之情状"的,故而亦可以理、事、情来概括之。叶燮在这里肯定了文章是表现客观的物的,但是,这还不能断定他就是唯物主义的文艺观。比如黑格尔也认为文艺和其他意识形态是反映客观现实的,但他又认为客观现实乃是精神性的"观念"的一种表现形式,这自然只是一种唯心主义的文艺观。因此,要考察叶燮的"理、事、情"说是唯心还是唯物的,还必须考察他对构成事物的理、事、情的分析是不是唯物主义的。

叶燮在他的《与友人论文书》中说得非常明白,他的"理、事、情"说是和儒家的学说,特别是六经有密切联系。他说:"仆尝有《原诗》一编,以为盈天地间万有不齐之物之数,总不出乎理、事、情三者,故圣人之道自格物始。盖格夫凡物之无不有理、事、情也。为文者,亦格之。文之为物而已矣。夫备物者,莫大于天地,而天地备于六经。六经者,理、事、情之权舆也。"这段话很值得我们注意,它不仅又一次说明叶燮文艺思想是以强调载六经之道为其准则,而且说明了"理、事、情"说和他的"文以载道"主张是完全一致的。其所谓的"理",即事物之所以"发生"的原理,就是六经之道的具体化。他紧接上述引文后有一大段重要论述,其云:

合而言之,则凡经之一句一义皆各备此三者,而互相发明;分而

言之,则《易》似专言乎理;《书》《春秋》《礼》似专言乎事;《诗》似专言乎情。此经之原本也,而推其流之所至,因《易》之流而为言,则议论辨说等作是也;因《书》《春秋》《礼》之流而为言,则史传纪述典制等作是也;因《诗》之流而为言,则辞赋诗歌等作是也。数者条理各不同,分见于经,虽各有专属,其适乎道则一也。而理者与道为体,事与情总贯乎其中。惟明其理,乃能出之而成文。六经之后,其得此意者,则庶乎唐、宋以来诸大家之文为不悖乎道矣。夫文之本乎经者,袭其道,非袭其辞;如以其辞,则周、秦以来三千余年间,其辞递变,日异而月不同,然能递变其辞,而必不能递变其道。盖天下古今止有此一道,千差万别,总不可越,非可于此外别事旁求,用其私智而能成一家之言,以自鸣于古今者也。即其人之言幸而当时称之,后世述之,而总不可谓之为文,即天下有自成一家之文,断无有自成一家之道。若有自成一家之道,天下古今岂有二道乎?而本乎道者,原非执一法以泥之,一律以格之者也。……故文之为道,一本而万殊,亦万殊而一本者也。

叶燮在这里说得再明白不过了:"理",即是儒家之道,是六经之道。它体现在宇宙万物中,即是"事",任何"事"中均有此贯一之道即"理"在。而且只许有此一六经之道,决不允许有第二家之道。道体现在具体事物中,具体事物各有自己情状,此之谓"情"。故称万物均包含有"理、事、情"三者。然而,对每个事物来说虽包含有此三种因素,却又各有特殊表现形式,因此是被统摄于具体的"气"中。可是,事物"气"虽断,而"理、事、情"则仍在,所以仍然是"理"在"气"先。从这种思想出发,叶燮批评庄、列之文,认为虽可成一家之文,却"与六经之道为角",而"外篇叛道尤极",故"不可谓为是"。司马迁之文"固知尊向六经,然徒能貌其郛廓耳,于道虽未能适,其志则道也,故其自谓成家可也"。叶燮十分强调要辨明"道与非道",他认为文章有"美",不一定能达到"通";"美而通",还不一定能达到"是";有了"美""通""是",并不一定能"适于道"。可见,"道"亦即"理"在他心目中有多高的地位!他的"理、事、情"说从根本上说是建立在朱熹的"理一分殊"的客观唯心主义基础上的。此点他在《赤霞楼诗集序》中说得十分清楚:"理一而已,而天地之事与物有万,持一理以行乎其中,宜若有格而不通者,而实无不可通,则事与物之情状不能外乎理也。昔者圣人既教人志乎道矣,而又推之以游艺。夫射御书数似乎技术之末,然其理无不为道所该,故即一可以见其全。如庖丁之解牛,郢匠之斫轮,以至承蜩弄丸之末技,皆有此理之极致,以运乎其中,道无二也。""理"为一,"事与物"为万,任何事物中都有"理",是"理"的具体体现,故"即一可以见其全"。"理"是运行乎万物之中的,它也即是儒家之道。所以,把叶燮的"理、事、情"说看成是唯物主义思想的表现,恐怕是不恰当的。

但是,这样说,并不等于说叶燮的"理、事、情"说没有它的积极意义。叶燮看到了事物都有它内在的生存原理(虽然他对这种原理的认识是错误的),以及它特殊的具体表现形式,认为文学艺术应当去表现客观事物的不同情状,而不应当去机械地模仿古人。这是正确的,也有积极的现实意义。如果说,公安派主要是从文学创作的主观性方面批判了复古模拟之非的话,那么叶燮则是从文学创作的客观性方面,说明了为什么不能模拟古人。与此同时,他也看到了文学艺术中的"理""事""情",与一般事物的"理""事""情",有不同之处。他指出诗歌应当表现"不可名言之理,不可施见之事,不可径达之情",为此,他举出了杜诗中的"碧瓦初寒外""月傍九霄多""晨钟云外湿"等诗句作了具体生动的分析,说明文学创作的形象思维和一般的理论思维是有其不同的特殊性的。这种思想与王夫之强调要区别"诗人之理"与"经生之理"、"诗理"与"名言之理",是完全一致的。与冯班在《严氏纠谬》中所说的诗歌之理"与寻常文笔言理者不同","其理玄,或在文外",也是完全一致的。从叶燮所说的"幽渺以为理,想象以为事,惝恍以为情,方为理至事至情至之语"来看,他对诗歌艺术的形象思维特征是有所认识的,但还只是一些具体感受,并未从理论上作深入探讨,这也是和他维护"诗教",提倡"载道",推崇宋诗的基本倾向有关的。

关于才、胆、识、力问题

才、胆、识、力是叶燮对作家的要求。他说:"大凡人无才,则心思不出;无胆,则笔墨畏缩;无识,则不能取舍;无力,则不能自成一家。"他认为诗歌创作从"物"的方面说是"理、事、情",从"我"的方面说则是"才、胆、识、力","此四言者,所以穷尽此心之神明","以在我之四,衡在物之三,合而为作者之文章"。而这"才、胆、识、力"四者,又是在于人之志之高下,"然有是志,而以我所云才、识、胆、力四语充之",则方能运用自如。作者之"志",亦即其"胸襟";"胸襟"高下是"诗之基","诗之基,其人之胸襟是也"。这就说明了"才、胆、识、力"是由作家思想境界之高下来决定的。"胸襟"高尚,就善于"取材"。"夫作诗者,既有胸襟,必取材于古人,原本于《三百篇》《楚辞》,浸淫于汉魏、六朝、唐、宋诸大家,皆能会其指归,得其神理。"善于"取材"者,方能善于"用材"。"夫作诗者,要见古人之自命处、着眼处、作意处、命辞处、出手处,无一可苟,而痛去其自己本来面目","久之,而又能去古人之面目,然后匠心而出,我未尝摹拟古人,而古人且为我役"。既善"用材",又要能"设色布采",还要"善于变化"。这是叶燮对具体创作过程中几个要点的论述。由此可见,他首先注重作家要有高尚的思想品格,既要有杜甫那种忧国忧民的抱负,又要有王羲之那种潇洒落拓的高远情操。这是他的"才、胆、识、力"论的比较有价值的地方。其次,可以看出叶燮是很重视继承前人所创造的艺术经验和学习古人艺术技巧的,但是又主张要学得活,不要机械照搬。最后,也应该看到,叶燮论创作也有偏重学习古人的倾向,只是要不见"古人之面目",模仿他们如何去表现事物之"理、事、情"。同时,他这种学习古人也是侧重于形式技巧方面的。这里我们可以看出他受江西诗派影响之处,它和叶燮推崇宋诗之宗旨也是分不开的。

了解了叶燮讲"才、胆、识、力"的这些基本前提,才能对"才、胆、识、力"作出恰如其分的解释和评价。"才",是指作家的才能,"夫才者,诸法之蕴隆发现处也",即是按照儒家观点去认识事物"理、事、情"之才能。故"其所为才,皆不从理、事、情而得,为拂道、悖德之言,与才之义相背而驰者,尚得谓之才乎?"如前所引,庄、列、司马迁皆不得谓之才也,这是他论"才"的狭隘之处。叶燮所论这种"才",和严羽所说"别材"也是很不相同的。严羽讲的是作家运用形象思维创作的才能。而叶燮所讲是以儒家思想为指导去认识客观事物的才能。叶燮所讲的"识",与"才"有密切关系,"识以居乎才之先""识为体而才为用"。"识"是辨别事物"理、事、情"特点的能力,故说:"人惟中藏无识,则理、事、情错陈于前,而浑然茫然,是非可否,妍媸黑白,悉眩惑而不能辨,安望其敷而出之为才乎?"同时,"识"又指鉴别古人诗歌及其艺术表现特点的能力,故说:"今夫诗,彼无识者,既不能知古来作者之意,并不自知其何所兴感、触发而为诗。或亦闻古今诗家之诗,所谓体裁、格力、声调、兴会等语,不过影响于耳,含糊于心,附会于口;而眼光从无着处,腕力从无措处。即历代之诗陈于前,何所抉择?何所适从?"叶燮论"识",显然是吸取了江西诗派论"识"和严羽论"识"的部分内容,而按照他的"理、事、情"说改造而成的。他的贡献是在一定程度上扩大了"识"的内容和范围,重视了要识别作为文学描写对象的事物的特征,而不是只限于艺术方面,但又受到儒家"诗教"观点的影响与束缚。从艺术方面来说,他讲的"识"不限于江西诗派的具体形式技巧方面,而吸取了严羽论"识"重在兴会、意境方面的长处。"胆"是依"识"而定的,"识明则胆张"而"胆能生才","才受于天",但可因"胆"而得到"扩充"。大家之才"必有其力以载之","力之分量,即一句一言,如植之则不可仆,横之则不可断,行则不可遏,住则不可迁","立言者,无力则不能自成一家",这个"力"正是指作家与众不同的独特之处。而"才、胆、识、力"之中,"识"是最重要的:"四者无缓急,而要在先之以识;使无识,则三者俱无所托。"可见,叶燮虽讲了四个方面,其实主要还是一个"识"字。他的"才、胆、识、力"论有不少是继承前人论述的,不能说都是他的创见。

关于叶燮对美和美感的论述

叶燮和一般文艺批评家不同的地方,是比较自觉地探讨了美的本质和美感的特征问题。这主要是在论述自然美方面,但和他的艺术美观点是有联系的。叶燮指出了美在于事物的本性。《滋园记》中说:"凡物之生而美者,美本乎天者也。本乎天自有之美也。"《假山说》中他提出要"求之天地之真",而不要去"求之画家之假"。画美人要按真的西子画,不要去模仿"纸上之美人"。这就把对自然美的观点运用到了艺术美上。为此,他强调文学创作要表现事物之"理、事、情",而坚决反对复古模拟的文学创作倾向。他认为自然美虽在其本身,但它是分散的,必须要人把它集中起来,"其美始大"。《滋园记》说:"孤芳独美,不如集众芳以为美。待乎集,事在乎人者也。"而且自然美也需要人来发现,《集唐诗序》中说:"凡物之美者盈天地间皆是也,然必待人之神明才慧而见。"作家的文学创作正是要发现美,集中美,使之更加突出地展现在人们的面前。《黄山倡和诗序》中说:"名山者,造物之文章也。造物之文章,必籍乎人以为遇合,而人之与为遇合也,亦籍乎其人之文章而已矣。"他之重视作家的"才、胆、识、力"是和这种思想分不开的。同时,叶燮又提出了"对待之义",认为美和丑是有相对性的,美不美并不是绝对的,是依据一定的条件而转化的。因此,艺术创造中,不同作家在不同条件下对同一"境"可以有不同的兴会感触。他在《黄叶村庄诗序》中提出了"境一而触境之人之心不一"的问题,故诗歌"舒写胸襟,发挥景物,境皆独得,意自天成"。另外,叶燮在《原诗》中还提出了"诗之文"与"诗之质"的关系问题,认为诗之美主要在其质,"必有质焉以为之先者",始能为美,故"彼诗家之体格、声调、苍老、波澜、为规则、为能事,固然矣;然必其人具有诗之性情、诗之才调、诗之胸怀、诗之见解以为其质"。叶燮的这些对于美和美感方面的认识,是比较有价值的,虽然主要还是讲自然美,然而,和他的文艺思想是相通的。但是,如果我们不全面地考察他文艺思想的积极方面和消极方面,不看到儒家正统思想对他的深刻影响,片面地把他这些美学观点无限夸大,把他主要是对自然美的一些认识说成也是他对社会美的认识,恐怕是不太妥当的吧。

(原载《苏州大学学报》1983年第4期)

论石涛《画语录》的美学思想

石涛(约 1640—1718)是清代初年的著名画家和绘画理论家。他所写的《画语录》是我国古代画论中一部最完整、最系统、最深刻的重要著作,其地位有如文学理论批评中之《文心雕龙》,而从一部非凡的艺术哲学来说,又如司空图之《二十四诗品》。石涛《画语录》中所体现的美学思想不仅对绘画创作,而且对文学和其他艺术部门也有很深刻的意义,在我国美学和文艺思想发展史上有十分重要的地位。

石涛的《画语录》富有哲理意味,是比较难懂的。现在虽然有过几种注释本(如俞剑华注释的《石涛画语录》、朱季海注释的《画谱》、黄兰波的《石涛画语录译解》等),有不少研究绘画史及美学史的同志也都对《画语录》的绘画思想和美学思想作过一些分析,但是,对《画语录》中提出的一些重要论断及关键性概念的阐述,仍不很确切,并且存在着较大分歧。特别是对《画语录》中的内在美学思想体系、《画语录》十八章之间的有机结构,仍缺乏系统的分析。因此,对石涛《画语录》仍有深入探讨之必要。本文拟提出一些个人看法,以求教于方家。

石涛《画语录》现在主要有两种不同版本。传统的《画语录》各种本子,文字大体相同。而 1960 年上海博物馆从民间购得的题为《画谱》的本子,据专家鉴定,可能是石涛亲自书写,大涤堂精刻,一般认为是石涛晚年定稿本,因为前面有康熙庚寅(1710)冬十月胡琪的序。但也有不同意见,如黄兰波认为两种本子均为石涛晚年所作,而《画谱》为初稿本,《画语录》为定稿本。从对比两种本子的文字异同来看,我们认为黄说是可信的。这两种本子的差别主要在前三章,《画语录》比《画谱》增加和充实了一些重要内容,删去了一些不重要的话,说明《画语录》比《画谱》在美学思想内容上是更丰富、更充实了。如果认为《画谱》是定稿本,并删去了原书的一些重要论述,是难以说服人的。当然,这是需要进一步深入论证,并作详细的比较研究的。本文分析石涛美学思想,仍以《画语录》为主要依据,而以《画谱》本作为参考。

石涛称他的著作为《画语录》,是借用禅家语录之意,实际上它并不是语录,而是一部有严密理论体系、结构完整的理论著作。《画语录》叙述简练,内容精深。它的前四章为总论,阐述绘画的基本美学原则,有如刘勰《文心雕龙》的前五篇论"文之枢纽"。其中心是从哲学的高度来阐明怎样对整个宇宙作审美的把握。从第五章至第十四章是按照总论的美学原则对绘画(主要是山水画)创作的具体技法所作的分析和论述,有如《文心雕龙》后半部之论创作各篇。第十五、十六两章是论画家的精神情操和思想修养的。第十七章论书法和绘画的兼美。第十八章是总结,从绘画创作的主客观关系归结到总论提出的美学原则。根据这个结构体系,我们认为《画语录》所体现的美学思想,主要有以下几方面。

心与道合,意明笔透

——论"立一画之法"审美地把握宇宙万物

石涛《画语录》第一章"一画",是全书的核心和出发点。他提出画家必须懂得"一画之法",把它作为从审美的角度把握宇宙、表现自然山水的基本原则。什么是"一画之法"美学观所要实现的目标呢?概括地说,是指画家在创作中应当达到心与道合这样一种审美境界。画家能从心灵深处确立"一画之法",掌握宇宙万物内在规律及其外在自然形态,使自己的主观精神、思想认识(即"心")与宇宙万物之客观自然规律(即"道")相统一、相融洽,则必然能高度自由地进入从审美角度认识和表现宇宙万物的最高境界,从而使艺术创作由"必然的王国"进入"自由的王国"。

《画语录》"一画"章的开始,石涛即从宇宙万物的形成与发展来说明"一"的重要性。他说:"太古无法,太朴不散,太朴一散,而法立矣。"朴,指未经加工的原始材料,太朴,即是"一",指宇宙最原始时浑然一体、天地不分的状态。石涛在这里显然是采用了老子对宇宙起源的论述。《老子》说:"朴散则为器。"器,即指万物。老子称这个过程为:"道生一,一生二,二生三,三生万物。"陈鼓应先生释道:"'道'是绝对无偶的,用数来表示为'一'。"(《老子注释及评介》)王弼注《老子》云:"一,数之始而物之极也。"可见，"一"即"道"，它既是万物的本源，又体现着最基本的自然规律，是宇宙万物的总"理"。"朴"散为"器"，"器"又都体现着"道"。《韩非子·解老》篇中说："万物各异理而道尽稽万物之理，故不得不化。"宇宙万物各具形态，生气盎然，不仅是因为各有自己的"理"与"形"，而且又都是宇宙万物之总"理"——"一"或"道"的一种外化。《老子》中说："昔之得一者，天得一以清，地得一以宁，神得一以灵，谷得一以盈，万物得一以生，侯王得一以为天下正。"无论是天之清、地之宁、神之灵、谷之盈、万物生侯王之得天下正，莫不归功于得"一"，即得"道"。石涛认为这是最基本的哲学观，同时也是艺术家最基本的审美观。"夫画者，形天地万物者也。"用千画、万画来表现事物，其源亦起于"一画"。所谓"一画"，实质上也即是指"道"，从审美的角度来把握宇宙万物之"道"，即是所谓"一画之法"。《画谱》本"资任"章最后有那么一句概括："总而言之，一画也，无极也，天地之道也。""无极"，即"道"，指"朴"的状态。《老子》说："常德乃足，复归于朴。""常德不忒，复归于无极。"画家进入心与道合的境界，懂得了"一画之洪规"，那么对于"山川人物之秀错，鸟兽草木之性情，池榭楼台之矩度"，皆可以"深入其理"而"曲尽其态"，使之得到具有最高审美价值的艺术表现。

"法"生于"一"。石涛提出的"法"的概念，也是一个非常重要的关键名词，它具有两重意义：从哲学的角度说，"法"是指宇宙万物所呈现之种种现象，它相当于《老子》中"名"的概念，其云："无名，万物之始也。有名，万物之母也。"混沌一气的"道"或"一"是无名的，等它演变为万物就有名了。石涛所说"太朴一散，而法立矣"，即此意也，故又云："法立于一。"佛教哲学中"法"的概念亦是指事物之形相。熊十力《佛家名相通释》中谓"法"即相当于"物"的概念，但不限于物质的"物"，"心中想象之境亦得云物"，如《老子》所谓"道之为物"。从审美的角度说，"法"是指审美地把握与表现宇宙万物的种种方法。绘画是要表现宇宙万物的，其原理与万物之产生、发展相同，它也是由"一画"而发展为无数画，所以是"以无法生有法，以有法贯众法"。画家在进行创作的时候能领会"一画之法"的道理，通晓事物之内在规律与外在形态，那么，这"一画"和"亿万万笔墨"之间的深刻内在联系，不仅可以了然于心，而且可以了然于口与手。画家绘画之始,即落笔着墨之初,就不是随便的、任意的,而是按照事物之必然性,符合其自然规律的。"一画"而能"具体而微,意明笔透",则整个绘画创作过程能运笔自如,回旋宛转,处处妥帖,生动鲜明。所谓"动之以旋,润之以转,居之以旷。出如截,入如揭。能圆能方,能直能曲,能上能下,左右均齐。凸凹突兀,断截横斜,如水之就深,如火之炎上,自然而不容毫发强也"。不用人为造作,完全任其自然,如天生化成,而无人工之痕迹。这样,绘画创作便可达到"用无不神而法无不贯也,理无不入而态无不尽"的最高水平。恰如苏轼所说,既能体现"常形",又能表达"常理",亦如王夫之所说,不只能得"物态",而且能尽"物理"。

石涛说:"夫画者,从于心者也。"画家掌握了"一画之法",使自己主观之"心"与客观事物之"道"合一,不分你我,其绘画创作也自然能神态逼真,惟妙惟肖。从哲学和美学思想渊源上说,这是受庄学和佛学影响的结果。据《五灯全书》卷七十三《本月传》记载,石涛的老师旅庵本月禅师和玉林通琇有一段对话:"琇问:'一字不加画,是什么字?'师(本月)曰:'文彩已彰。'琇领之。"此中禅意亦很明显,即一切有文彩之形象皆源于"一"。石涛"一画之法"所揭示的这种"心"与"道"合的境界,也是对庄子那种经过"心斋""坐忘"而达到"天地与我并生,万物与我为一"的"虚静""物化"境界的发展。不过,石涛不像庄子那样,认为只有无知无欲、绝圣弃智才能达到这种境界,他认为"心"与"道"合的境界是可以通过加强精神修养和提高对客观事物的认识水平来实现的。同时,他也认为只有进入这种境界,方可"信手一挥,山川、人物、鸟兽、草木、池榭、楼台,取形用势,写生揣意,运情摹景,显露隐含,人不见其画之成,画不违其心之用"。有如张璪之画松石,"物在灵府,不在耳目","遗去机巧,意冥玄化",故能"得于心,应于手,孤姿绝状,触毫而出"(参见唐朝符载《观张员外画松石序》一文)。不假绳墨而神态自然,如化工之造物。这样的创作恰如张彦远《历代名画记》中所说,虽"笔不周而意周",有时仅草草数笔,而能切中肯綮,使人仿佛若见其全景。由于这种原因,石法在"一画"章末尾说:"盖自太朴散而一画之法立矣。一画之法立而万物著矣。"他最后引用孔子"吾道一以贯之",并非像有些研究者所说,是受儒家思想影响之表现,而不过是借用其语,意在说明以"道"贯穿于众"法"的重要性。这里的"道",并非儒家社会政治之道,而是体现宇宙万物本质规律的自然之"道"。

法因道生,法随道变
——论以自然为法的艺术创作思想

《画语录》的第二章"了法"和第三章"变化",是在确立了"一画"论的审美原则后,对以自然为法的创作思想的阐述。宇宙万物有它产生、发展、变化的一定规律,人们在审美地表现宇宙万物时,自然也必须有符合这种规律的一定的艺术方法。但是,人们怎样才能自由地驾驭这种方法,而不受制于这种方法,被方法本身所束缚呢?石涛提出"了法"的问题,正是为了揭示"道"(即"一")和"法"之间的主从关系,说明"法"是由"一"而生的。艺术家掌握了事物的"道",明白了"一画"的意义,自然会懂得"法"不过是它的一种具体表现形式和表现方法,就不会被"法"所役,而能灵活变化地运用"法"。如果"一画之法"不明,不去首先把握事物的规律,而徒以"法"为式,则"法"就成为障了。"所以有是法不能了者,反为法障之也。古今法障不了,由一画之理不明。"这样,也就不可能创造出真正优秀的艺术品来。运笔用墨作画,总有一定的"法","舍笔墨其何以形之哉?"但只有明了"道"与"法"的关系,才能创造性地运用"法",并发展前人之"法"。石涛说:"墨受于天,浓淡枯润随之;笔操于人,勾皴烘染随之。"这里的"天"与"人"、"墨"与"笔",虽似分开,实际上是相通的。因为"心"与"道"合,则"天"与"人"一,用的是一种互文见义的表达方式。笔墨之运用都应当合于"道",既是自然的"天"之"道",又是"心"与"道"合的"人"之"道"。笔墨的用法都应当符合于"一画之法"原理。这种"法"是以自然为法,所以对宇宙万物的描写来说,则当浓则浓,当枯则枯,当淡则淡,当润则润,该勾的勾,该皴的皴,该烘的烘,该染的染,都应当顺应于事物本来面目,不应当机械地袭用已有之成法。宇宙间"乾旋坤转"有它内在自然之道,故艺术表现方法亦当为灵活自然之法,而不是限制人们手脚的"法障"。石涛说"法自画生,障自画退。"这"画"即指"一画之法"。能以自然为法,则"画道彰矣,一画了矣"。为此,石涛在其绘画题跋中提出了"法无定相,气概成章"的观点,很明显,石涛所阐说的"道"与"法"的关系,乃是对苏轼所提出的"道"与"技"("道"与"艺")关系的继承和发展,更进一步论证了艺术家审美地认识事物的规律与艺术地表现事物之间的关系问题。

从以自然为法的艺术创作思想出发,石涛在"变化"章中,对当时艺术创作中因袭死法、复古模拟倾向,作了非常尖锐而有力的批评,强调了艺术创作中独创的重要性,正确地阐明了继承、借鉴与创新的辩证关系。石涛指出:古人的创作经验是我们今天创作的参考,是"识之具",它给我们认识艺术创作规律提供了丰富的知识和资料,但是我们又必须"识其具而弗为",绝不能简单地因袭模仿。对于古人之"法",应当善于"借古以开今",不能"泥古"而要"化古"。如果"泥古不化",则不是一种真"识",而是被"识"所拘,受它限制,故"识拘于似则不广",只有没出息的艺术家才会这样。因此,石涛提出了"至人无法"的观点,不是不要"法",而是"无法而法,乃为至法"。这是对我国文艺史上所讲的"法度"和"自然"关系的继承和发展。儒家重"法度",道家重"自然",在庄学、玄学、佛学禅宗影响下的文艺和美学思想,大都是主张以自然为法的。苏轼认为"法"要"合于自然之数"(《书吴道子画后》),主张要"浩然听笔之所之,而不失法度,乃为得之"(《书所作字后》)。王夫之坚决反对"死法",提倡"非法之法"(《夕堂永日绪论·内编》),认为不要什么"定法",而要以"自然即于人心"为法,顺乎"天然一定之则"(《明诗评选》),也都是强调以自然为法,不使之成为"法障"。石涛从艺术创作的主观与客观两个方面,指出"法"必须随具体创作实际而有所"变"。他说:"凡事有经必有权。""经"指事物都具有一定的客观的规范与原则,"权"则指与这种规范、原则相适应的方法。"一知其经,即变其权。"同时绘画又是"借笔墨以写天地万物而陶泳乎我也"。它不只是"写天地万物",更重要的是要借此来表达作者的主观情意,这就更不能靠模拟因袭古人来实现。

但是,当时很多人不明白这个道理,正如石涛所指出的:"今人不明乎此,动则曰:'某家皴点,可以立脚。非似某家山水,不能传久。某家清淡,可以立品。非似某家工巧,只足娱人。'是我为某家役,非某家为我用也。纵逼似某家,亦食某家残羹耳。于我何有哉?"他们只"知有古而不知有我",以为"我即古而古即我"就是好作品,而没有看到真正的艺术品是在于要做到"我之为我,自有我在"。艺术作品必须有自己独特的风格,有作家自己的创作个性。"古之须眉,不能生在我之面目;古之肺腑,不能入我之腹肠。我自发我之肺腑,揭我之须眉。纵有时触着某家,是某家就我也,非我故为某家也。"没有了"我",也就不会有艺术的繁荣发展。石涛在题跋中说:"余尝见诸名家动辄仿某家,法某派,书与画天生自有一人职掌一人之事,从何处说起?"为此,他对当时流行的山水画分南北宗、崇南贬北的倾向,是很不以为然的。他说:"画有南北宗,书有二王法。张融有言:'不恨臣无二王法,恨二王无臣法。'今问南北宗,我宗耶?宗我耶?一时捧腹曰:'我自用我法。'"石涛在绘画创作中这种反复古、崇独创的思想和王夫之、叶燮在文学创作上的反复古、崇独创思想是完全一致的,都反映了这个时期文艺和美学思想发展上的新特点。

"借其识而发其所受,知其受而发其所识"
——论艺术地领悟事物内在规律与识别事物外在形态的关系

《画语录》第四章"尊受",历来研究者解释颇为分歧,其原因是对石涛所提出的"受"和"识"两个概念的内涵,往往缺乏符合石涛整个美学思想体系的、比较切合实际的解释。目前,对"受"和"识"的解释有两种代表性的意见。一种比较普遍的理解是认为"受"指直观的感性认识,"识"指更高一层次的理性认识,"先受而后识",是指以直观的感性认识为基础,然后才有进一步的理性认识。这种解释显然是属于生搬硬套,是不符合石涛原意的。另一种看法认为,"受"指先天的才能或性灵,"识"指后天的学识,把"受"和"识"说成是先天与后天的关系,认为"受"是艺术家的创造力,"识"是艺术家后天的学识、修养,这也有些主观武断。因为"受"与"识"并非先天与后天的关系,而且两者都具有天赋才能与学识修养两方面的因素在内。

石涛所说的"受"与"识",都是借用的佛教术语。"受"是领受、领悟之意,即所谓"领纳所触之境之心所法"(参见《佛学大辞典》该条),是指"内心"对"外境"的一种领悟。从绘画创作的角度来说,"受"是指画家从审美的角度对宇宙万物内在之道的把握,即指对"一画之法"领会的程度。

"识"的概念在佛学上是指"了别之义","心对于境而了别,名为识"(参见《佛学大辞典》该条)。即指"内心"对"外境"之区别的认识,对"外境"种种不同表现形态的认识。从绘画创作的角度来说,"识"是指画家从审美的角度对宇宙万物之各种不同外在形态及其区别的把握。"受"的程度与"识"的水平,既要靠艺术家的聪明智慧,也要靠艺术家的勤奋学习,才能达到很高的境界。石涛在"一画"章中说,必须懂得"一画之法",方能对宇宙万物"深入其理,曲尽其态",而"受"正是针对"深入其理"的能力而言的,"识"则是对"曲尽其态"的能力而言的。因此,必须先有"受",方能"识"。没有"受"的前提,"识"也就丧失了基础。不掌握事物内在的规律,自然就很难真正识别它的不同形态特点。石涛之所以强调"尊受",提出"先受而后识",原因也正在这里。"受"和"识"的关系,是"借其识而发其所受,知其受而发其所识",艺术地描绘事物之形态,是为了表现对其内在之"道"的领悟;只有领悟了其内在之"道",方能自然确切地描绘出其外在之形态。如果"识然后受","非受也"。"尊受"的目的是注意"一画之洪规",是由"一画"论的美学原则所决定的。

石涛不仅提出要"尊受""先受而后识",而且认为这种"受"和"识",不是只在具体事物上的"小受小识",而应当是对整个宇宙万物的最高水平的"大受大识"。如果一个艺术家只有一些"小受小识"的才能,那不过是具备"一事之能"罢了。他必须能"识一画之权,扩而大之",把握宇宙万物内在规律,懂得其形态虽然千差万别,本质上都是"道"的体现,知"夫一画含万物之中",才能高屋建瓴,充分描绘出对象的气韵动态,画得栩栩如生。从具体绘画创作过程来分析,石涛认为:"画受墨,墨受笔,笔受腕,腕受心。"如果"心"能悟"道",则"如天之造生,地之造成,此其所受也"。"受"是最主要的关键,因此,艺术家"贵乎能尊"其"受","得其受而不尊",是"自弃也"。不能"尊受",则"得其画而不化,自缚也"。在这种情况下创作的画,自然也很难有真率之灵性。故石涛强调画家必须提高"受"的水平,"尊而守之,强而用之,无间于外,无息于内"。善于运用"受"的能力,对创作对象不仅要识其外形,而且更要悟其内理。这样方不至于本末倒置,徒有其形而失其神。

"——尽其灵而足其神"

——论绘画艺术表现技巧上的几个美学原则

《画语录》从第五章开始到第十四章是按照前四章总论中的"一画"论美学观,对山水画的具体表现技巧的论述。有的同志把第五章"笔墨"也归入总论部分,我们认为这是不符合《画语录》的内在结构体系的。所谓"笔墨"指具体的运笔用墨,是绘画创作的开始。进入具体创作实践,就有如何根据"一画"论美学原则来运用绘画技法的问题。山水画的主要工具是笔和墨,因此首先要讲笔墨的运用。由笔墨便涉及如何"运腕"的问题,怎样运腕才符合于"一画"论的原则,是"运腕"一章论述的中心。由运腕而落笔着墨,就出现了具体的画面形象,它应当有浑然一体的美学上的完整性与统一性,这是紧接"运腕"章的"絪缊"章的主要内容。画面上完整统一的艺术形象是内容和形式完美结合的产物,所以"山川"一章着重讲山川的"质"与"饰"的融洽,形与神的统一,同时也是画家的精神情操与自然山水的结合。画面形象的轮廓产生之后,必然要求对它作进一步的细致刻画,于是就有了"皴法"章、"境界"章、"蹊径"章、"林木"章、"海涛"章、"四时"章的种种局部技法的论述。可见,把"笔墨"章归入总论部分显然是不恰当的。

"笔墨"章在具体绘画技法中又确实是最重要的,它所提出的"蒙养之灵"和"生活之神"问题,正是讲的如何在运笔用墨过程中贯彻"一画"论的美学原则问题。对于"蒙养"和"生活"这两个概念的含义,目前学术界也存在着较大的分歧。有的同志认为"蒙养"即是"修养习练","生活"即是"体验事物"(见俞剑华《石涛画语录》注释)。其实,这只是一种按字面意思的猜测,并不符合石涛原意。石涛在这章中说的"蒙养"和"生活",是根据前四章总论中如何对创作对象做到既"深入其理"又"曲尽其态"的基本思想而提出来的,同时又和"尊受"章中说的"受"和"识"有密切关系。"蒙养"这个词源于《周易》,其蒙卦象辞云:"蒙以养正,圣功也。"孔颖达《正义》云:"能以蒙昧隐默,自养正道,乃成至圣之功。""蒙养"是指艺术家一种思想和精神上的修养,其目的在使艺术家深明"一画之法",领悟宇宙之"道"、万物之"理"。"蒙养"有素,则可以提高"受"的能力,使之更好地"深入其理",使创作有生气、有灵魂,故亦称"蒙养之灵"。"生活",是指宇宙万物的各种各样不同表现形式与其特殊状态。此点石涛说得很明白:"山川万物之具体:有反有正,有偏有侧,有聚有散,有近有远,有内有外,有虚有实,有断有连,有层次,有剥落,有丰致,有飘缈,此生活之大端也。"所以,"识"是与"生活"有直接关系的,"识之愈深"、愈能"曲尽其态",则愈有"生活之神",使艺术创作呈现出千姿百态的状况。石涛还指出:"墨之溅笔也以灵,笔之运墨也以神。墨非蒙养不灵,笔非生活不神。"认为墨与蒙养相关,笔与生活相关。这是因为笔以勾勒轮廓外形为主,它应当反映事物外在真实形态,墨以渲染内在脉络、纹理为主,着重在体现事物内蕴之神气。故一赖"蒙养之灵",一赖"生活之神"。然而,实际上笔墨与蒙养生活都难以分开,因此上述这段话也具有互文见义的特点。画家善于"操此蒙养生活之权",故能使"山川万物之荐灵于人",运笔用墨"一一尽其灵而足其神"。

笔墨的运用要达到这样的要求,必须在具体的绘画技法中充分体现如下几点重要的美学原则:

第一,以虚出实,以实见虚,使"虚灵"与"受实"相结合。这一点在"运腕"过程中尤为突出。一笔一墨都是具体而实在的,它应当受胸中虚的"一画之法"的指挥。"运腕"之"虚灵"是说画家落笔着墨之每一点划,都应当受内心灵府中对"物"的领悟所支配,而不是对眼前物象的临摹。"以神遇而不以目视",方能有庖丁解牛之"游刃有余"。"物在灵府,不在耳目",方能"得于心而应于手"。"意在笔先","笔"皆由"意"而出;"以形写神","形"的描写是为了传"神"。"一皴一钩",要展示全画的形势;"一丘一壑",要使人仿佛若见整个山海。所以,"腕若虚灵则画能折变,笔如截揭则形不痴蒙"。能懂得"虚灵"和"受实"结合的重要性,方能使绘画创作形神俱备。运腕讲究实、虚、正、反、疾、迟、化、变、奇、神,而这十字都是从辩证地运用"虚灵"和"受实"的关系而来的。这样就可以"受之于远,得之最近;识之于近,役之于远"。这"远"和"近",即指"虚灵"之"受"和"受实"之"识"的关系而言的,以便从具体浅近之物象描写出发,而展现深远微妙之艺术意境。

第二,一以分万,万以治一,具有缊蕴不分的雄浑美。绘画创作是一个从无到有的过程,有如宇宙之由混沌不分到万象昭著,这是一个开辟混沌过程。混沌为"一",化为具体事物为"万",必使"万"均有"一"之气质,而不能因为由"一"变"万",而丧失了"一"的精神。"一以分万",而又要有"万以治一"的效果。"化一而成氤氲,天下之能事毕矣。""氤氲"一词源出《周易·系辞》:"天地氤氲,万物化醇。"石涛强调绘画创作要有"氤氲"姿态,其意正是要说明绘画虽然表现的是具体事物,但"不可雕凿,不可板腐,不可沉泥,不可牵连,不可脱节,不可无理",应当是"一"之体现,有"道"之精神,要具有一种完整、独立的雄浑之美。恰如司空图《二十四诗品》所提出的,要有"超以象外,得其环中","返虚入浑,积健为雄"的特点。这样,就可在"墨海中立定精神,笔锋下决出生活,尺幅上换去毛骨,混沌里放出光明"。有如庖丁解牛、轮扁斫轮、梓庆削木为镶、吕梁丈人蹈水,虽各不相同,而均能展示"道"的精神。"纵使笔不笔,墨不墨,画不画",而"自有我在"。所以,"画于山则灵之,画于水则动之,画于林则生之,画于人则逸之",均有须动目张,气韵勃勃之致。

第三,质与饰、神与形的辩证结合,使内容与形式达到完美统一。石涛在第八章"山川"中指出能得"乾坤之理"者为"山川之质",能具山川之特殊形貌者为"山川之饰"。画家仅知山川之"饰"而不明其内在"乾坤之理"者,则仅得其"表"而不得其"实",那么"其理危矣"!画家虽明山川之"质",而不解其饰,也就无法体现"乾坤之理",则"其法微矣"!石涛所说的"质"与"饰"之关系,相当于刘勰在《文心雕龙·原道》篇中讲的"道"与"文"之关系。"道"是天地万物之本,亦即天地万物之"质","道"必借"文"之形式表现出来,此"文"即是"饰"也。刘勰说:"日月迭璧,以垂丽天之象;山川焕绮,以铺理地之形。此盖道之文也。""云霞雕色,有逾画工之妙;草木贲华,无待锦匠之奇。夫岂外饰,盖自然耳。"明白了"原道"之理,"一画"之旨,画家就能正确处理好"质"与"饰"之关系,能够"测山川之形势,度地土之广远,审峰嶂之疏密,识云烟之蒙昧"。画家之笔也就运转自如,应变如神,"天有是权,能变山川之精灵;地有是衡,能运山川之气脉;我有是一画,能贯山川之形神"。氤氲不分的整体艺术形象中包含有"质"与"饰"、"神"与"形"两方面,能辩证地认识这两者的关系,使内容与形式完美统一,绘画创作即可进入"神遇而迹化"的境界。这时,创作的主体与客体也就能够高度融洽一致,人与自然合而为一,"山川使予代山川而言也,山川脱胎于予也,予脱胎于山川也"。这也正是庄子所说的"物化"境界。

第四,别开生面,不为"物障",技法必须以创作对象的特征为转移。《画语录》自第九章至第十四章所讲的种种绘画技法,均贯穿了一个应随创作对象的自然形态与特点而灵活变化的思想。比如皴法是表现山石树木纹理脉络、阴阳向背的基本技法,但我国古代绘画史上之所以有这么多不同种类的皴法,首先是因为山石树木本身有多种多样的特点,"必因峰之体异,峰之面生,峰与皴合,皴自峰生"。如果为皴而皴,那么"知其皴,失却生面,纵使皴也,于山乎何有?""如山川自具之皴,则有峰名各异,体奇面生,具状不等,故皴法自别。"所以,"峰不能变皴之体用,皴却能资峰之形势"。石涛在"境界"章中说,绘画构图的布局上有分疆(划分疆域,如"到江吴地尽,隔岸越山多")、三叠(一层地,二层树,三层山)、两段(景在下,山在上),然而,这不是人为的强分,而应当做到符合自然,"贯通一气"而"不可拘泥",这样即可"入神",而即使"于细碎有失,亦不碍矣"。"蹊径"章讲"对景不对山,对山不对景、侧景、借景、截断、险峻"等六项方法,亦皆在以体现山水之自然神态为准。"林木"章亦重在"虚而灵,空而妙",于"生辣中求破碎之相",使之有天工造物之妙。"海涛"章强调要懂得"海能荐灵,山能脉运",绘画传达出山海之灵性、生气,使人领悟到海居于山,山居于海,各有其自在之状。"四时"章指出画家之创作当"审时度候为之",因为从山水的状态来说,"四时之景,风味不同,阴晴各异"。由此可见,不管何种技法,都要使创作对象能别开生面,更深刻地展示它的内在特征,而不能受制于技法,堕为"物障",反使艺术形象的生动自然受到损害。在上述这些章中,石涛正是从具体绘画技法方面,进一步阐明了以自然为法、法随道变的"一画"论美学观。

第五,书画兼美,相得益彰。石涛认为一幅好的画必须配以优美的书法,使书画互相补充,产生更好的艺术效果。为此,他在《画语录》中专有"兼字"一章。石涛指出书法和绘画虽然艺术表现的方式不同,但其本质是一致的,有共同的创作原理,其功用也是一致的。他说:"字与画者,其具两端,其功一体。"它们也都是以"一画之法"为本的,具体的书、画都是由"一画"产生出来的。"一画者,字画先有之根本也;字画者,一画后天之经权也。""一画"论的原理,"不但其显于画而又显于字"也。所以,如果能使绘画与书法互相协调和谐,就能相得益彰,更富于艺术魅力。石涛还提出绘画和书法都要正确处理"天"与"人"的关系。"天能授人以法,不能授人以功;天能授人以画,不能授人以变。"故而"古今字画,本之天而全之人也"。只有使"天"与"人"合一,既不弃"天之授",又不忘"人之功",才能使字与画达到最高最美的艺术境界。石涛"兼字"章中有关书画关系的论讨正是对张彦远"书画同源"说的继承和发展。

"远尘""脱俗",不为"物蔽"
——论艺术家的思想修养

《画语录》第十五章"远尘"和第十六章"脱俗",都是论艺术家的思想修养的,但是,石涛所说的"远尘""脱俗",不能简单地从字面意思理解为主张脱离社会、逃避现实,那样就完全解释错了。石涛所说的"远尘",其意在不受"物蔽",故云:"人为物蔽,则与尘交。"所谓"物蔽",是指现实中的某些具体现象、个别事物,由于它的局部性、特殊性、偶然性原因,对人的认识所产生的蒙蔽作用。而艺术家在认识宇宙万物的时候,应当不为"物"役,不受具体事物的束缚,掌握"一画之法"的原理,使"心"与"道"合,从而自由地驾驭万物,而不为"物使"。这样,就可以做到"心不劳",笔墨也无所拘束,"心不劳则有画矣"! 其实,这也就是《庄子》中所说技艺的神化必须摆脱"机心""机事"纠缠,而进入"虚静""大明"境界之意。说明艺术家必须站得高看得远,深入把握宇宙万物的变化发展规律,而不应当见识短浅,只见树木不见森林,看不见事物的本质特征。石涛所说的"脱俗",是指艺术家对事物的评价,不能受一般的庸俗、愚昧之见的影响,而应当具有高出一般人的聪明和智慧。他说:"俗因愚受,愚因蒙昧。故至人不能不达,不能不明。达则变,明则化。"这才是他"脱俗"的真正含义所在。艺术家有真知灼见,于事理通达明白,则运用笔墨自能随机应变,使创作无人工痕迹,而与自然同化,所谓"受事则无形,治形则无迹。运墨如已成,操笔如无为。尺幅管天地山川万物,而心淡若无者,愚去智生,俗除清至也"。由此可见,对于艺术家的思想修养,石涛强调要有高度的认识能力、理解能力,而这又是和"一画"论美学观紧密地联系着的。

"浃洽斯任","笔墨常存"

——论创作主体与客体及协调两者之间的内在联系

《画语录》最后一章"资任"是全书的总结,也可以说是全书最难懂的一章。"资"是依靠、凭借的意思,而"任"字则含义十分复杂,所以俞剑华先生在《石涛画语录》注释中说"有些'发誓不使人懂'的味道"。不少研究者在论石涛《画语录》的美学思想时,也往往对"资任"章采取避而不谈的态度。然而,《画语录》作为一部结构完整的著作,"资任"章乃是其重要组成部分,它并不像有的同志说的,是石涛"故意弄落头",而是提出了一些很重要的理论问题的。"资任"的"任",是指艺术创作过程中作为主体的人与作为客体的物,它们本身和它们互相之间那种自然禀赋的特点和关系。"资任"正是强调艺术家在创作中必须依靠和尊重这种自然禀赋的特点与关系,努力使之协调一致,而不以人为主观的强力去违背它、破坏它。所以,提出"资任"是为了突出创作中遵循客观规律性和逻辑必然性的重要,坚决反对创作中的主观随意性。这也正是对"一画"论美学原则的进一步阐述。例如,从创作主体的人来说,"以墨运观之,则受蒙养之任;以笔操观之,则受生活之任",说明画家之用墨,要善于体现事物之"常理",故须靠领悟事物内在规律(即"道")的能力与水平,凭借于画家的"蒙养之灵";画家之用笔,要善于表现事物的自然形态,故须靠识别事物的不同外在形态,凭借于画家的"生活之神"。从创作客体的物来说,如"以沧海观之,则受天地之任"。此天地即指整个自然,沧海是大自然的一部分,具有自然赋予它的特定形貌神态,是体现了自然之"道"的。同样,其他的山川万物也无不如此。艺术家在创作中就要依靠与尊重这种自然的禀赋。又例如,从艺术创作过程来说,"以无为观之,则受有为之任;以一画观之,则受万画之任"。"无为"和"有为"、"一画"和"万画"之间,也都有自然赋予的必然联系,艺术家善于掌握它,适应它,而不能够随意地违反它。

石涛所说的这种主体与客体及其互相之间的自然禀赋关系,具体来说,表现为三个方面:第一,主体和客体本身所具有的自然禀赋之特点。例如石涛所说的"山有是任""水有是任"。"山受天之任而任",所以,山就表现出了它的变幻、纵横、拱揖、纡徐、环聚、潜伏、虚灵、纯秀、蹲跳、峻厉、浑厚等等特征。"山有是任,水岂无任?"所以,水也有它的汪洋广泽、卑下循礼、潮汐不息、决行激跃、漾洄平一、盈远通达、沁泓鲜洁、折旋朝东等等特征。这些都是山水"受天之任而任",非"受任以任天也"。人也有"受天之任而任"的方面,人的动、静、和、谨等性格特征,人的仁、义、礼,智等道德品质,无论先天后天,也都有一定赋受,是在一定的先天条件和后天环境中自然形成的。艺术创作中应当依靠和尊重这些规律和特点,而不应当违背它们。第二,艺术创作的主体和客体之间也具有一种自然赋予的关系。艺术家可以把自己所理想的品质、性格特征,借助于描写自然山水而体现出来,但必须主体与客体之间有某种联系或相似之点,艺术家才能将主观之情移寓于客观之物。于是,自然人化了。"山之纵横也以动,山之潜伏也以静,山之拱揖也以礼,山之纡徐也以和……"水之"汪洋广泽也以德,卑下循礼也以义,潮汐不息也以道,决行激跃也以勇……"所以《论语》中才有"智者乐水""仁者乐山"之说,这就是"吾人之任山水也"。主体和客体之间存在着这种客观的必然的联系。第三,艺术创作的客体与客体之间也有一定的自然赋受关系。例如"山之任水","水之任山","非山之任水,不足以见乎周流;非水之任山,不足以见乎环抱",说明山和水之间有着某种相互依存、不可分割的必然联系。自然界的物与物之间存在着一定的客观的逻辑关系,而绝非任意而成之。为此,艺术家要获得真正的创作自由,要创造出生动自然的艺术品,必须懂得怎样去依靠和凭借这种种自然禀赋关系,只有"浃洽斯任",方有可能使"笔墨常存"。而要做到"浃洽斯任",关键仍然是在画家深入把握"蒙养生活之理",善于"以一治万""以万治一",而"不任于山,不任于水,不任于笔墨,不任于古今,不任于圣人"。《画谱》本最后说:"是任也,是有其资也。总而言之,一画也,无极也,天地之道也。"这样,最终又归结到"一画"论的美学原则上来了。

石涛的绘画美学思想,虽然比较集中地反映在他的《画语录》中,但在他的题画诗跋中也有不少论述,有些重要问题的论述(例如关于"不似之似"等等)在《画语录》中没有涉及,有些则是和《画语录》中的观点一致。由于篇幅关系,我们对他题画诗跋中的美学观点,引用、比较和分析都很少。这是一个缺陷,我们希望今后能有机会另文加以补正。

(原载《北京大学学报》1986年第5期)

郑板桥的文艺美学思想

清代乾隆年间,活跃在扬州画坛上的一批革新派画家,被当时的保守派看不起,视为扰乱画坛的怪物,因此遂有"扬州八怪"之称。据李玉棻《瓯钵罗室书画过目考》说,"八怪"指金农、黄慎、汪士慎、郑燮、李鱓、李方膺、高翔、罗聘八人。以后,凌霞在《扬州八怪歌》中去掉了汪士慎、高翔、罗聘,加上边寿民、高凤翰、杨法;汪鋆《扬州画苑录》中又将李葂列入;陈师曾《中国绘画史》加上闵贞,均列为九人。黄宾虹《古画微》去黄慎,加上华岩、边寿民、陈撰,为十人。其实,扬州画派是一批人,而其中最为大家所熟悉的是郑燮。

郑燮(1693—1765),字克柔,号板桥,江苏兴化人。《清史稿》卷七十二记载他曾做过范县、潍县知县,"以请赈忤大吏,乞疾归"。他的诗文书画均很名,"诗言情述事,恻恻动人,不拘体格,兴至则成,颇近香山、放翁。书画有真趣,少工楷书,晚杂篆隶,间以画法"(《清史列传·文苑传》)。他的诗文和书画题跋中,有不少文艺和美学方面的精辟论述,反映了当时文坛上的进步思潮,为此,我们应当给予充分的重视。下面我想从五个方面来分析他的文艺美学思想的主要内容。

"画兰画竹画石,用以慰天下之劳人"

郑板桥特别强调诗文书画创作都必须对社稷百姓有利,要表现人民的疾苦,抒写百姓的心声,必须道着民间的痛痒,而不能只写一些风花雪月、闲情逸致之作。他在《后刻诗序》[①]中写道:

> 古人以文章经世,吾辈所为,风月花酒而已。逐光景,慕颜色,嗟困穷,伤老大,虽刻形去皮,搜精抉髓,不过一骚坛词客尔,何与于社

---

① 本文所引郑板桥诗文题跋,均采用齐鲁书社1985年出版《郑板桥全集》本。

> 稷生民之计，《三百篇》之旨哉！

他提倡的经世致用，不是为了维护封建礼教，而是与他对劳苦百姓的深切同情与关怀分不开的，是为了拯救百姓于水火之中。他在《靳秋田索画》中说：

> 凡吾画兰画竹画石，用以慰天下之劳人，非以供天下之安享人也。

郑板桥是自觉地为人民群众创作，而不是为官僚贵族、有闲阶级服务的骚人墨客。他虽然是在官衙内作画，但他的心是想着广大百姓的。他在《潍县署中画竹呈年伯包大中丞括》一诗中写道：

> 衙斋卧听萧萧竹，疑是民间疾苦声。些小吾曹州县吏，一枝一叶总关情。

他画的兰、竹、石，不是供官僚贵族茶余酒后消遣的，而是为了给辛勤劳作的百姓以安慰，使他们在疲惫之余也能够得到美的享受，借以驱除一些心灵上的痛苦。郑板桥不愧为一个伟大的人民艺术家。

郑板桥对诗文创作十分注重政治实效。他在七言诗《偶然作》中说："英雄何必读书史，直掳血性为文章。不仙不佛不贤圣，笔墨之外有主张。纵横议论析时事，如医疗疾进药方。"艺术家应当关心政治，他应当是善于改革弊政的名医。他指责那些徒有空名的名士文章，看起来"崇论闳议多慷慨"，然而，"用之未必得实效"。他在另一首五言诗《偶然作》中说："文章动天地""圣贤为咙喉"，可是那些风流文人只知"雕饰金翠稠"，他们是"浪膺才子称，何与民瘼求"！正像他在《述诗》二首中所说，那些"裁云镂月，标花宠草"之辈，"纵使风流夸一世，不过闲中自了，那识得周情孔调？《七月》《东山》千古在，恁描摹琐细民情妙，画不出，《豳风》稿"。从他对文坛上这些风流才子的批评来看，显然也是对以袁枚为代表的"性灵"派创作的流弊之揭露。在这种文艺思想的指导下，他十分推崇杜甫的诗歌创作。他说读杜诗，"只一开卷，阅其题次，一种忧国忧民、忽悲忽喜之情,以及宗庙邱墟,关山劳戍之苦,宛然在目"(《范县署中寄舍弟墨第五书》)。

郑板桥对王维、孟浩然那些距离现实比较远的山水隐逸诗,以及推崇王、孟这些诗作而倡导味外味的司空图,都有过尖锐的批评。他说:"王、孟诗原有实落不可磨灭处,只因务为修洁,到不得李、杜沉雄。司空表圣自以为得味外味,又下于王、孟一二等。"(《潍县署中与舍弟第五书》)显然,郑板桥这一番话是有一定现实针对性的,它也可以说是对比郑板桥早几十年的诗坛盟主王士禛的批评。王士禛作为清代诗歌创作的"一代正宗"①,他提倡王、孟,标举神韵,竭力使诗歌创作远离现实,这是符合于当时清代统治阶级文化政策需要的。王士禛的影响很大,直到郑板桥的时代仍然有些"小夫"继其余绪,"专以意外言外,自文其陋"(同上)。为此,郑板桥对诗歌创作中的"言外之意"问题,作了比较全面的分析。他是肯定诗歌的"言外之意"的,但是他认为不能把"言外之意"的作用过分夸大。他说,《左传》《史记》《庄子》《离骚》、杜诗、韩文最"沉着痛快",这些作品中的"言外之意",是"一枝一节好处",而"非六君子本色"。可是后来有些人舍本逐末,把"言外之意"绝对化,以为文章一定要不可说破,不可道尽,讥笑訾骂"沉着痛快"者为"刺刺不休"。郑板桥对这种人很反感,他说:"至若敷陈帝王之事业,歌咏百姓之勤苦,剖晰圣贤之精义,描摹英杰之风猷,岂一言两语所能了事?岂言外有言、味外有味者,所能秉笔而快书乎?"又说:"大丈夫不能立功天地,字养生民,而以区区笔墨供人玩好,非俗事而何?东坡居士刻刻以天地万物为心,以其余闲作为枯木竹石,不害也。若王摩诘、赵子昂辈,不过唐、宋间两画师耳!试看其平生诗文,可曾一句道着民间痛痒?"(同上)郑板桥对王维、赵孟頫的批评有片面、过激之处,但也确实指出了他们的弱点所在。

郑板桥指出,真正有价值的文学艺术作品,是经得起历史的考验,不会被历史淘汰的。他在《焦山别峰庵雨中无事书寄舍弟墨》一文中说:世人只知秦始皇烧书,而不知孔子也烧书。《诗》三千篇删成三百十一篇,其他不是烧了吗?"孔子烧其可烧,故灰灭无所复存,而存者为经,身尊道

---

① 袁枚《仿元遗山论诗绝句》:"一代正宗才力薄,望溪文集阮亭诗。"

隆,为天下后世法。"秦始皇烧书,不问好坏,结果烧"经"而"经"复出。这就充分证明真正有价值的书是烧不掉的,所以,"始皇之烧,正不如孔子之烧也"。他又说,自汉魏唐宋以来,"其间风云月露之辞,悖理伤道之作,不可胜数,常恨不得始皇而烧之。而抑又不然。此等书不必始皇烧,彼将自烧也"。没有价值的作品,终究是要被历史所淘汰的。明清两代曾把许多优秀的文学作品列入禁毁之例,然而,它们都流传下来了。真正优秀的作品在人民中间不胫而走;而那些低劣之作,则不管你如何保护,也是不能流芳百世的。这里,我们还要指出,郑板桥所说的"悖理伤道",和宋明道学家所说的"理""道"之内涵是完全不同的。郑板桥这里所说的"理""道",是和明代泰州学派和李贽讲的"理""道"比较接近的。他在《板桥自序》中说:"板桥诗文,自出己意,理必归于圣贤,文必切于日用。"又说:"板桥《十六通家书》,绝不谈天说地,而日用家常,颇有言近指远之处。"百姓日用即为道,万物之情即为理。他在《与江昱、江恂书》中说:"文章有大乘法,有小乘法。"大乘法即能做到"理明词畅,以达天地万物之情,国家得失兴废之故"。而小乘法则"取青配紫,用七谐三,一字不合,一句不酬,拈断黄须,翻空二酉。究何与于圣贤天地之心、万物生民之命?"故而,"凡所谓锦绣才子者,皆天下之废物也!"文章之作,"将以开心明理,内有养而外有济也"。郑板桥曾经写过一副为人们所传诵的对联,其云:"搔痒不着赞何益,入木三分骂亦精。"这正是他对文学艺术创作的基本指导思想的一个极好概括。

"我今不肯从人法,写出龙须凤尾排"

对艺术创作本身,郑板桥坚决反对因循前人格调成式,剿袭模拟,提倡独立创新,有自己的个性风格。他主张艺术家必须师法造化,抒写心灵,使作品具有自然真切之美,而绝不可矫揉造作,追求雕凿之巧。他在《赠潘桐冈》一诗中说:"读书必欲读五车,胸中撑塞如乱麻。作文必欲法前古,婢学夫人徒自苦。"读书本是为增长才识学问,读得变成了书呆子,岂不是更加笨拙愚蠢了吗?写文章是为了表达自己真性灵,抒发自己真情实感,必欲法古,岂不是婢学夫人,极不自然的苦差使吗?其《赠国子学正侯嘉璠弟》一诗中说得更明确:"读书数万卷,胸中无适主,便如暴富儿,颇为用钱苦。大哉侯生诗,直达其肺腑。不为古所累,气与意相辅。"这不仅是对当时浙派诗人强调以学问为诗的批评①,也是对自明代以来始终阴魂不散的复古模拟习气的彻底否定。从主张直抒性灵方面说,他和袁枚诗论中的积极方面是一致的;从强调诗歌要有深刻的社会内容,要对现实起积极作用方面说,他比袁枚大大前进了一步。诗歌创作是这样,绘画创作也是这样。他在《僧壁题张太史画松》一诗中,以唐代张璪画松为例,指出绘画创作亦不能被古人成见束缚。他说张璪之画,"傍无指授人,令作何体格。胸无成见拘,摹拟反自失"。

郑板桥认为艺术创作只有不依傍前人,有自己独特风格,方能具备真正的美的价值。他著名的一首题画诗②写道:

画竹插天盖地来,翻风覆雨笔头栽。我今不肯从人法,写出龙须凤尾排。

艺术家在创作中要有胆略和勇气,敢于发扬创新精神,善于依据自己构思过程中的天机灵感,突破前人陈规旧矩,而决不能临摹他人,亦步亦趋。扬州周斯达辑录的《板桥题画佚稿》③中有题兰五言诗一首云:"一笔与两笔,其中皆妙隙,何能信手挥,不顾前人迹。"又有题兰竹七言诗一首云:"古今作画本来难,势要匆忙气要闲,着意临摹全不是,会心只在有无间。"唯有不泥古法,信手挥去,方可灵活自如,率成妙笔。要创造自己独特风格,唯在一个"活"字。郑板桥在"乾隆甲戌重九日"的题所画竹石中说:

昔东坡居士作枯木竹石,使有枯木石而无竹,则黯然无色矣。余作竹作石,固无取于枯木也。意在画竹,则竹为主,以石辅之。今石反大于竹,多于竹,又出于格外也。不泥古法,不执己见,惟在活而已矣。

---

① 朱彝尊、厉鹗等浙派诗人发表过许多这方面言论。
② 此系常州何乃扬藏墨迹,见齐鲁书社出版《郑板桥全集》第365页。下文凡说明何处所藏墨迹者,均见全集,不再赘注。
③ 见齐鲁书社《郑板桥全集》,下同。

不仅要突破古人成式，而且也要破除自己的成见，这样才能不断有新的创造，使艺术创作的路子愈走愈宽。他在《乱兰乱竹乱石与汪希林》中说："掀天揭地之文，震电惊雷之字，呵神骂鬼之谈，无古无今之画，原不在寻常眼孔中也。未画以前，不立一格，既画以后，不留一格。"艺术作品的生命就正在于要有鲜明的个性，异乎寻常的特殊风采。

要真正"写出龙须凤尾排"，艺术家必须懂得，一要抒写真实性情，二要师法自然造化。《板桥题画佚稿》中有题兰竹七言诗一首云："抽毫先得性情真，画到工夫自有神。瑟瑟萧萧风雨夜，赏音谁是个中人。"能得性情真，其画自然有生气、有高格，如从艺术家心胸肺腑中自然流出。所以，郑板桥在其《渔家傲——王荆公新居》一词中提出了"千古文章根肺腑"的观点。在《题随猎诗草、花间堂诗草》中说："诗则自写性情，不拘一格，有何古人？何况今人！"又在《山中夜坐再陪起上人作》一诗中说："诗成令我写，写就复涂抹。""迟疾各性情，维余气先夺。"这个"气"实际上正是艺术家鲜明个性之体现，但如不能写出真性情，也就根本不会有独特的"气"了。从提倡写真性情这一点上说，和明代公安派及和他同时代的袁枚的观点是完全一致的。不过郑板桥在强调写真性情的同时，比公安派、性灵派要更加突出地强调了要师法自然造化。他说："韩幹画御马，云：'天厩中十万匹，皆吾师也。'予客居天宁寺西杏园，亦曰：'后园竹十万个，皆吾师也，复何师乎？'"（孙大光藏墨迹题跋）师法心灵与师法自然相结合，是我国古代的优秀美学传统。唐代的张璪就提出了"外师造化，中得心源"（张彦远《历代名画记》）的名言。郑板桥不仅很好地继承了这个传统，并且结合自己的创作实践经验，给予了新的补充与发挥。他说："古之善画者，大都以造物为师。天之所生，即吾之所画，总需一块元气团结而成。"（中国美术家协会藏墨迹题跋）所谓"一块元气团结而成"的姿态，即是自然浑成、天生化工之状，这也即是石涛《画语录》中所说的"纲缊"之美，使画出之物有自在之形态，而绝无人工造作之痕迹。他在题画竹中说：

余家有茅屋二间，南面种竹。夏日新篁初放，绿阴照人，置一小榻其中,甚凉适也。秋冬之际,取围屏骨子,断去两头,横安以为窗棂,用匀薄洁白之纸糊之。风和日暖,冻蝇触窗纸上,冬冬作小鼓声。于时一片竹影零乱,岂非天然图画乎!凡吾画竹,无所师承,多得于纸窗粉壁日光月影中耳。

这是他绘画创作以自然造化为师的具体生动写照。郑板桥所倾向追求的就是这种由师法自然而获得的"化工"之美,而不是"画工"之美。其《为马秋玉画扇》一诗说:"缩写修篁小扇中,一般落落有清风。墙东便是行庵竹,长向君家学化工。"所以无论诗文书画,郑板桥都不喜欢雕削之工,更不追求险僻,他在《仪真县江村茶社寄舍弟》一文中说:"郊寒岛瘦,长吉鬼语,诗非不妙,吾不愿子孙学之也。"艺术创作总以能得自然之妙为上。《板桥题画佚稿》中有题兰竹石七言诗一首云:"画兰画竹已多年,竖抹横涂总自然,更画云中一块石,令人如望藐姑仙。"一个艺术家只要懂得了写真性情、师法自然的三昧,那么不管怎样竖涂横描,都能体现事物栩栩如生的自然形态,使读者如临真境。

"胸中之竹"非"眼中之竹","手中之竹"又非"胸中之竹"

郑板桥对艺术创作过程中审美意象的产生、形成过程,以及审美意象从构思到落实为具体物质形式这一完整过程中各个不同阶段的特征,有很深刻的体会和认识,它非常集中地表现在那一段有名的题画竹的论述中。他说:

> 江馆清秋,晨起看竹,烟光日影露气,皆浮动于疏枝密叶之间。胸中勃勃,遂有画意。其实胸中之竹,并不是眼中之竹也。因而磨墨展纸,落笔倏作变相,手中之竹,又不是胸中之竹也。

这里,郑板桥首先告诉我们艺术家的创作冲动,乃是由外界客观事物所引起和触发的。烟光、日影、露气浮动于竹丛的疏枝密叶之间,它不能不激动艺术家的心灵,而产生画竹的强烈愿望。这就是刘勰《文心雕龙》中所说的"情以物兴",或"物以貌求,心以理应"。"眼中之竹"是人的视觉对客观对象的反映,它已经是人的视觉映象,而不是客观现实之竹了。然而,郑板桥所说的"眼中之竹",实际指的是现实之竹,他并没有像我们所分析的那种哲学的思考。"胸中之竹"是指艺术家构思过程中所形成的竹的形象。这是经过艺术家主观的想象改造过的竹的形象,恰如司空图在《诗品》中所说的,是"妙造自然"的产物,是一种审美的创造。艺术家把自己的精神情操寄托在客观物象之中,并按照这种需要来对"眼中之竹"加以修改、补充,根据自己的生活经验对它进行再创造。因此,从"眼中之竹"到"胸中之竹"是一个巨大的变化,它从现实物象发展成为构思中的意象,它是艺术家人格的体现,而不再是客观的自在之物。《板桥题画佚稿》中有题兰五言诗两首云:

兰花不是花,是我眼中人。难将湘管笔,写出此花神。
兰香不是香,是我口中气。难将湘管笔,写出唇滋味。

艺术家在构思兰、竹、石的意象时,并不仅仅把它看作兰、竹、石,而是早已把它"人化"了。

然而,"胸中之竹"并不是"手中之竹"。这"手中之竹"是指画家画面上的、已经物质化了的竹的形象。由构思中的意象发展为具体画面上的形象,这里又有一个变化。刘勰在《文心雕龙》中曾说过:"意翻空而易奇,言征实而难巧也。""手中之竹"之所以不能等同于"胸中之竹",有两方面的原因:第一,因为构思中的形象是浑然一体的,而任何一种物质手段都不可能十全十美地把它表现出来。不管是色彩、线条,还是声音、节奏,还是语言、文字,都难于把它完整地全面地确切地表现出来,而只能根据绘画、音乐、文学等不同艺术形式的特点而突出其某一方面。比如"浮动"之态,音乐可以表现风拂竹叶的声韵,使人如闻其声,但不能表现疏枝密叶的画面视觉形象;绘画可以给人以真切的、如见其形的画面形象,但不能具体描绘烟光、日影、露气的浮动状况;文学可以用生动的语言来描写这一切,但是不可能起到音乐、绘画的听觉、视觉形象所具有的特殊作用。所以,"胸中之竹"一化为"手中之作",就和原来的"胸中之竹"不一样了。第二,艺术家在把"胸中之竹"化作"手中之竹"时,又常常有所修改,这也是常事。此外,从"眼中之竹"到"胸中之竹"到"手中之竹",又和艺术家本身的认识和表现能力有密切关系。"胸中之竹"常常不如"眼中之竹",而"手中之竹"又常常不如"胸中之竹",这往往是艺术家的终身遗恨。从"眼中之竹"到"胸中之竹",再到"手中之竹",是艺术家发挥自己聪明才智的一个"妙观逸想"(惠洪《冷斋夜话》论苏轼诗歌创作语)过程,也是一个"规矩虚位,刻镂无形"(刘勰《文心雕龙·神思》)的过程,也是一个"穷形尽相"(陆机《文赋》)、"随物赋形"(苏轼《书蒲永昇画后》)的过程。艺术家必须有广博的知识,深厚的生活素养,丰富的表现能力,熟练的艺术技巧,才能驾驭自如,完美地实现这个创作过程,从而创造出生动鲜明、意趣无穷的美的艺术形象来。陆机在《文赋》的小序中曾经说:"夫其放言遣辞,良多变矣。妍蚩好恶,可得而言。每自属文,尤见其情。恒患意不称物,文不逮意。"刘勰在《文心雕龙·神思》篇中论构思过程也说:"意授于思,言授于意,密则无际,疏则千里。或理在方寸而求之域表,或义在咫尺而思隔山河。"其实,这也都是讲的"眼中之竹""胸中之竹""手中之竹"的关系问题。陆机所说的"物",指思维对象,亦即创作对象。刘勰所说的"思",指"神与物游"的"神思",是说的艺术思维活动,其中自然也包括思维对象,也包括"物"在内。这就是"眼中之竹"。陆机所说的"意"和刘勰所说的"意",含义是一致的,均指构思过程中产生的形象的具体的"意",实际上即是构思中形成的意象①,刘勰所谓"窥意象而运斤"之"意象"。这就是"胸中之竹"。陆机所说的"文"和刘勰所说的"言",都是用语言文字物质化了的意象。这就是"手中之竹"。不过,陆机、刘勰主要是从艺术家的认识和表现能力角度来论这三者差别,希望求得三者统一。而郑板桥则从审美意象的创造过程来分析这三者差别,指出它们不可能完全一致,也不必求三者统一。

"胸有成竹"与"胸无成竹"

我国古代的书画创作理论都特别强调要"意在笔先"。"意在笔先"

---

① 刘勰、陆机所论的"文",范围较广,包括非艺术文章,故"意"的含义比较复杂,这里是就艺术文学角度论他们所说的"意"的内容。

是指艺术家在进行具体创作的时候，应当首先充分发挥想象力的作用，落笔之前就要在内心形成整体形象。后来苏轼在论文同画竹的特点时，发展了这种理论。他在《文与可画筼筜谷偃竹记》一文中指出，文同画竹之所以生动传神，正是由于他不是"节节而为之，叶叶而累之"，而能做到"画竹必先得成竹于胸中"。清代沈德潜《说诗晬语》又进一步说明："写竹者必有成竹在胸，谓意在笔先，然后着墨也。惨淡经营，诗道所贵。倘意旨间架，茫然无措，临文敷衍，支支节节而成之，岂所语于得心应手之技乎？"郑板桥论艺术创作也非常强调要"意在笔先"。常州何乃扬藏墨迹之题画诗云："画竹意在笔先，用墨干淡并兼。从人不得其法，今年还是去年。"又《板桥题画佚稿》中题兰诗跋云："一叶翩，一叶拂。浊中清，清中浊。画家若识此中情，何患一门无酒肉。这等说不过要画家知道意在笔先耳。"但是，郑板桥认为要做到"意在笔先"，不应当"胸有成竹"，而应当"胸无成竹"。《板桥题画佚稿》中题兰竹四言诗云："胸无成竹，亦无成兰。并州快剪，剸一段山。如此境地，高不可攀。"他认为文同之"胸有成竹"有时往往会成为固定格局，反不如胸无成竹，自然写出更妙。《伏庐书画录》载其题画诗云：

> 信手拈来都是竹，乱叶交枝戛寒玉。
> 却笑洋州文太守，早向从前构成局。
> 我有胸中十万竿，一时飞作淋漓墨。
> 为风为龙上九天，染遍云霞看新绿。

可见，郑板桥之提倡"胸无成竹"，主要在反对创作中先有格套，先有模式，要随物、随想而多所变化，顺乎自然而形神具足。上海博物馆所藏墨迹题跋云：

> 画竹之法，不贵拘泥成局，要在会心人得神，所以梅道人能超最上乘也。盖竹之体，瘦劲孤高，枝枝傲雪，节节干霄，有似乎士君子豪气凌云，不为俗屈。故板桥画竹，不特为竹写神，亦为竹写生。

所以,郑板桥提出"胸无成竹",是为了防止"胸有成竹"可能造成的创作流弊,实际上是对"胸有成竹"说的一种发展。

艺术创作中只要懂得了"意在笔先"的原则,那么,"胸有成竹"亦可,"胸无成竹"亦可,都是一个道理。其题画竹云:

> 文与可画竹,胸有成竹。郑板桥画竹,胸无成竹。浓淡疏密,短长肥瘦,随手写去,自尔成局,其神理具足也。藐兹后学,何敢妄拟前贤。然有成竹无成竹,其实只是一个道理。

又故宫博物院藏郑板桥画竹石大幅,其题画中云:

> 与可之有成竹,所谓渭川千亩在胸中也。板桥之无成竹,如雷霆霹雳,草木怒生,有莫知其然而然者,盖大化之流行,其道如是。与可之有,板桥之无,是一是二,解人会之。

"胸无成竹"并不是不要"意在笔先",是强调不要有受固定框框限制的"意",而要随艺术家灵感之触发,"如雷霆霹雳,草木怒生",而具有气象万千、变化莫测的新颖独特之"意"。可以说,既要"胸有成竹",又要"胸无成竹",这样方能真正把握"意在笔先"的三昧所在。从这个角度讲,"胸无成竹"是对"胸有成竹"的一个必要的补充,因此,这两者看来似乎是对立的,而实际上又是统一的,是相辅相成的,"其实只是一个道理",都是为了完美地体现"意在笔先"的原理。

"胸无成竹"并不是不要对创作对象进行深入的观察和了解,并不是不要在构思中形成完整的整体形象。郑板桥虽然画竹之时胸无成竹,但是他平时早已深思熟虑,对竹子有了长期的观察与研究,并深入地把握了竹子内在之"道",待到灵感萌发,自然而出,信笔挥去,无不生气勃然。上海博物馆藏墨迹的题画诗云:

> 四十年来画竹枝,日间挥写夜间思。冗繁削尽留清瘦,画到生时是熟时。

借用清代袁守定《占毕丛谈》中的话说,郑板桥之画竹,虽然"得之在俄顷",而"积之在平日"也!郑板桥在《题李方膺墨梅卷》中曾说李方膺画梅之所以"为天下先",正是由于他"日则凝视,夜则构思,身忘于衣,口忘于味,然后领梅之神,达梅之性,挹梅之韵,吐梅之情,梅亦俯首就范,入其剪裁刻画之中而不能出。夫所谓剪裁者,绝不剪裁,乃真剪裁也。所谓刻画者,绝不刻画,乃真刻画也"。艺术家的身心早已与创作对象化为一体,这时自然也就无所谓"胸有成竹""胸无成竹"了。这样的绘画如天地间元气之自然流露,唯画笔之所至,均能得物之性情,显物之神韵。诚如他在题画竹中所说:"未画以前,胸中无一竹,既画之后,胸中不留一竹。方其画时,如阴阳二气,挺然怒生,抽而为笋为篁,散而为枝,展而为叶,实莫知其然而然。"(见孙大光藏墨迹)所以,"胸无成竹"绝非对创作对象毫无所知,或略知一二,而是在对创作对象不仅能透彻把握,而且进入物我两忘的"物化"境界后,已经不需要有成竹在胸时的一种状态。它是比"胸有成竹"更高一层次的艺术思维境界。从"胸有成竹"的基础上,方能进一步达到"胸无成竹"。如果把"胸无成竹"理解为不需要惨淡经营的艺术构思,那就完全违背郑板桥的原意了。

"必极工而后能写意,非不工而遂能写意也"

我国古代绘画理论中,多数是推崇写意而不重工笔的。在绘画史上影响最大的南宗画派,在理论上的主要特点之一即是提倡写意。郑板桥在绘画理论与创作实践中,都是注重写意的。为此,他以"天趣"作为最高的美学标准。其题画诗有云:

> 画兰切莫画盆罂,石缝山腰寄此生。
> 总要完他天趣在,世间栽种枉多神。

所谓"天趣"也即是苏轼在《高邮陈直躬处士画雁诗》中所赞美的"无人态",亦即毫无人工痕迹之天然自在形态所具有的审美情趣。乾隆二十八年(1763)他的题画竹中说:"翔高老长兄四十初度,索予写竹为寿,且曰：'宁乱毋整，当使天趣淋漓，烟云满幅。'此真知画意者也。"这就是说，画竹"宁乱毋整"方能具备天然意趣，使人们能自由地驰骋想象，充分领略到画有尽而趣无穷的美的享受。显然，工笔画是比较难以传达这种"天趣"的，而只有写意画才比较容易达到这种美的境界。

郑板桥指出绘画的这种"天趣"，不在画内，而在画外；不在画纸中，而在画纸外；不是借画法来体现，而要从画法外去领悟。他在乾隆二十九年（1764）的题画竹云："画有在纸中者，有在纸外者。此番竹竿多于竹叶，其摇风弄雨，含露吐雾者，皆隐跃于纸外乎！"欣赏者要从画中的形象去联想和领略其画外之"天趣"。《板桥题画佚稿》中有题画兰四言诗一首云："有意无意，似兰非兰，忘情心手，趣在法外。"绘画并没有什么表现"天趣"的死法，它是存在于画法之外的！故其《仪真客邸复文弟》一文中说："是惟意在笔先，始能笔超法外，诚为画墨竹之圣手。"这种"天趣"在艺术家落笔创作之前是已经心领神会了的，因此数笔写意，即能使读者也可领会于意冥之中。然而也不是说要使绘画具有"天趣"就完全是神秘玄妙而不可捉摸的了。所谓"纸外""法外"，实际也就是要有"景外之景，象外之象"（司空图《与极浦书》），使"画在有笔墨处，画之妙在无笔墨处"（戴熙《习苦斋画絮》），虚实相生，而无画处亦遂成妙境。其实，郑板桥在有关绘画创作的论述中，也涉及一些如何使作品具有"天趣"的写意特点问题。比如，要讲究"势"，其题竹云："一尺竹含千尺势，老夫胸次有灵奇。"（潍坊博物馆藏拓本）古人讲"势"指的就是事物内在的规律性，故刘勰说："圆者规体，其势也自转；方者矩形，其势也自安。"（《文心雕龙·定势》）王夫之说："论画者曰：'咫尺有万里之势'。一'势'字宜着眼。若不论势，则缩万里于咫尺，直是《广舆记》前一天下图耳。"画出了"势"才能使人感到无比的真实自然。又比如，要讲究"变"，《板桥题画佚稿》题画兰云："画家多以焦墨画叶，水墨画花，予易而为水墨写叶，焦墨写花，亦参变之理，总是要意到而笔自达之，不必拘执己见，况至圣先师之'毋固'二字谓何耶。"善于别出心裁，破除陈式，然后才能自由写意。善变，正是为了使之气韵生动。《板桥题画佚稿》题竹云："始余画竹，不敢为桃柳叶，为竹家所忌也；近颇作桃叶、柳叶，而不失为竹意。总要以气韵为先，笔墨为主。"再比如，要讲究"意似"，而不在"形求"。《板桥题画佚稿》

题兰竹云:"古人以喜气写兰,怒气写竹,盖物之至清,专以意似,不在形求。欧阳文忠公云:萧闲疏淡之致,惟画笔偶能得之。此真知画者也。"此引欧阳修语,见其《鉴画》,原文为:"萧条淡泊,此难画之意。画者得之,览者未必识也。故飞走迟速,意浅之物易见,而闲和严静,趣远之心难形。"所谓"意似"实即神似也。欲求有"天趣"之写意画,当以传神写照为上,而不在形似也。

郑板桥注重于写意画,但他又特别指出,讲究写意并不是不要刻苦地钻研绘画艺术,熟练掌握绘画技巧。他在题画竹中说:

> 徐文长先生画雪竹,纯以瘦笔破笔燥笔断笔为之,绝不类竹,然后以淡墨水钩染而出,枝间叶上,罔非雪积,竹之全体,在隐跃间矣。今人画浓枝大叶,略无欲阙处,再加渲染,则雪与竹两不相入,成何画法?此亦小小匠心,尚不肯刻苦,安望其穷微索渺乎!问其故,则曰:吾辈写意,原不拘拘于此。殊不知写意二字,误多少事。欺人瞒自己,再不求进,皆坐此病。必极工而后能写意,非不工而遂能写意也。

郑板桥这里所批评的那种以标榜"写意"而自文其陋的倾向,使我们很自然地会想起金代王若虚在《滹南诗话》中批评当时有些文人歪曲苏轼关于形神关系的论述,自己的作品连形似都达不到,反而自诩为神似的可笑现象。郑板桥指责了他们对"写意"的曲解,强调只有在"极工"的基础上才有可能讲"写意"的问题,说明了"写意"是一种更高的境界,绝非一般平庸之辈所能达到。他以写意见长,但他本人又非常刻苦、孜孜以求地钻研绘画艺术,是具有高度艺术表现能力、熟练掌握了绘画技巧的画家。他在《仪真客邸复文弟》一文中说:"老弟、素习传神,亦属执艺之一,似当专心研究,不宜分心旁务。则业精于勤,必能出人头地。""业精于勤",这也是郑板桥自己的座右铭。这对于那些在艺术上不肯下真功夫,而冀图借某种捷径而一鸣惊人的人来说,确是极好的针砭。扬州博物馆藏郑板桥乾隆二十八年所写对联云:"操存正固称完璞,陶铸含弘若浑金。"真正的"浑金"是经过了严格的陶铸之工的,完璞般的人格也是长期操行端正的产物。这正可以用来说明绘画上的自由写意,也是来之不易的。

郑板桥在我国古代文艺史上的贡献,主要是他的创作实绩,然而他艺术上的成就又是和他的进步的文艺美学思想的指导分不开的。毫无疑问,他在我国古代文艺思想和美学思想发展史上,也起过重要的积极作用,对此,我们是不应该忽略的。

论王国维的《人间词话》

王国维(1877—1927),字静安,是我国近现代相交时期的著名学者,也是一位十分重要的美学思想家、文艺批评家。王国维出生在浙江海宁县的一个没落地主家庭,从小所受的是封建教育,但在他青年时代,由于受资产阶级改良主义思想的影响,对康有为、梁启超的变法维新思想,十分敬慕。戊戌变法那年(1898),他来到上海,在梁启超办的《时务报》馆当职员,同时在罗振玉的东文学社学习。1901年,在罗的资助下留学日本,不久即因病回国。先后在苏州和南通的师范学堂任教,讲授哲学、心理学、伦理学、社会学等课程。1901年至1905年间,他主要从事哲学和美学的研究,对康德、叔本华、尼采等人的著作发生了极大的兴趣,也接触到洛克、休谟、歌德、席勒等人的一些著作。他比较着重介绍了叔本华的哲学和美学著作,写了一些有影响的介绍文章,然而他在哲学和美学思想上受西方的影响,却并不只是叔本华一家。1906年经罗振玉推荐,他到北京任学部总务司行走,后任京师图书馆编译,一直到辛亥革命爆发。从1906年至1911年,王国维着重研究文艺学和艺术史,写了《人间词话》(1908)、《宋元戏曲考》(1912)等重要著作。辛亥革命以后,他随罗振玉流亡日本,成为清朝遗老。1916年回国后,曾在仓圣明智大学、清华大学研究院任教授。以后着重研究古代史,在甲骨文、金文研究方面作出了重大贡献。1927年自杀于颐和园之昆明湖。王国维在政治上主要是属于资产阶级改良派,但与封建阶级有着千丝万缕的联系。他反对资产阶级革命派,不赞成社会主义和共产主义,以后乃至成为溥仪的文学侍从官——南书房行走。他的思想也是充满了矛盾的。然而,他在史学和美学方面,则是我国早期资产阶级的最著名学者。

王国维美学思想的基本特点是中西结合,它是中国传统的古典美学与当时西方流行的美学思想相结合的产物。王国维对我国古代的艺术发展史和古典美学有精深的造诣,同时又相当熟悉西方的美学思想,尤其是对康德、叔本华的美学有特殊的爱好。他试图运用西方的一些美学和文学观念来解释和阐述中国古代的美学和文学。王国维在《论新学语之输入》一文中,主张把中西在学术研究方法上的特点结合起来。他说我国古代学术的特点是"实际的也,通俗的也",而西方学术的特点则是"思辨的也,科学的也"。西方"长于抽象而精于分类",而我国长于实践之方面,以具体知识为满足,于理论方面"不欲穷究之也"。西方之缺点在"泥于名而远于实",为"一大弊",而我国则"用其实而不知其名""乏抽象之力",这些都是有片面性的。为此,王国维认为应当中西结合,取长补短,以便使学术研究有新的突破。他的主要文学批评著作,如《红楼梦评论》《屈子的文学精神》《文学小言》,特别是《人间词话》,皆是在这种指导思想下的产物。

王国维是一个有独立见解的人,对于西方流行的美学思想,他也并非一味照搬,而是有自己的看法和评价,而且他自己一再说明对西方美学特别是康德、叔本华的思想也是有一个认识过程的。在20世纪初,他刚刚接触到康德、叔本华的哲学著作时,是非常崇拜的。他认为叔本华的哲学和美学"凌轹古今",愿意终身奉而行之。然而,没有多久,他就发现叔本华哲学中的主观唯心主义特点,并且对它产生了怀疑,并不那么完全相信了。他在《静安文集·自序》中说,叔本华的思想"半出于其主观的气质,而无关于客观的知识"。他认为西方流行的这些哲学和美学思想,"大都可爱者不可信,可信者不可爱"。虽然王国维由于政治上的保守、改良态度而产生的悲观主义,和叔本华的悲观主义产生了共鸣,但是,感情上的投合和理性上的认识,发生了很大的矛盾。他在《自序二》中曾经说道:"余知真理而余又爱其谬误。伟大之形而上学,高严之伦理学,与纯粹之美学,此吾人所酷嗜也。然求其可信者,则宁在知识论上之实证论,伦理学上之快乐论,与美学上之经验论。知其可信而不能爱,觉其可爱而不能信,此近二三年中最大之烦闷。"这种情况,使得王国维的美学著作中,呈现出了相当复杂的情况。有些著作,如《红楼梦评论》等,则受叔本华唯意志论和悲观主义美学思想影响比较明显,但是也对叔本华思想提出了疑问。他说:"去夏所作《红楼梦评论》,其立论虽全在叔氏之立脚地,然于第四章内已提出绝大之疑问。"(《静安文集·自序》)而在另一些著作中，如《人间词话》《宋元戏曲考》等，则主要是总结了我国古典美学发展中的一些重要问题，并且由于他吸收了西方文艺和美学中的一些新观念、新方法，因而开创了研究中国古典文艺和美学的一个新阶段，作出了重大贡献。像《人间词话》中虽也不无叔本华思想残迹，但不占主导地位。王国维美学思想的主要成就也正是在这里。

《人间词话》是王国维的一本有广泛而深刻影响的文学理论批评著作。《人间词话》公开发表是在 1908 年，在当时的《国粹学报》上分三期连载。但这只是王国维《人间词话》的主要部分，是作者自己从他的词话手稿中选编出来的。1926 年出单行本，这时王国维还健在。单行本即是《国粹学报》上连载的内容，并没有增加。王国维去世后，赵万里辑录其遗著，又发表了《人间词话未刊稿及其他》，其后罗振玉编他的遗书，合两者为《人间词话》上、下卷。后来徐调孚的《校注人间词话》，又收集他论词片段为第三卷。人民文学出版社 1960 年出的本子，则分为"人间词话""人间词话删稿""附录"三部分。近年来新出之滕咸惠《人间词话新注》，按王国维原稿次序排列，并增添原稿中尚未刊出过的十三条。这对我们研究王国维文艺思想的发展过程是有帮助的。不过，我们评价《人间词话》当依《国粹学报》发表的部分为主。这是因为：第一，这部分是王国维从自己原稿中亲自选出来的，并且在次序上经过本人郑重考虑，是按照他自己的理论体系排列的，应该说比原稿又大大前进了一步。原稿只能说明他文艺和美学思想发展的轨迹，而不能代表他的最高水平，亦非他最后之成熟思想。第二，这部分由王国维手定后，在社会上发生了巨大影响，是《人间词话》的核心部分。其他部分只能作为参考之用，否则就喧宾夺主，也不容易正确评价《人间词话》。

《人间词话》的中心是讲境界问题，境界是属于艺术的审美特征方面的问题。王国维境界说的前提，是以文学为纯美术的、超功利的观点为基础的。他在《叔本华之哲学及其教育学说》一文中说："唯美之为物，不与吾人之利害相关系；而吾人观美时，亦不知有一己之利害。"他在《论哲学家与美术家之天职》一文中说："天下有最神圣、最尊贵而无与于当世之用者，哲学与美术是已。"他认为文学和艺术是表现"天下万世之真理，而非一时之真理"的，"故不能尽与一时一国之利益合"。所以，美术家和政治家、实业家是不同的。由此出发,王国维认为文学艺术的价值即在其审美特征上。我们研究王国维的《人间词话》及其境界说,必须看到他的前提是有唯美主义倾向的。但是,艺术的审美特征问题确实也是非常需要深入研究的重要问题,王国维的积极贡献也正是在此。

王国维在《人间词话》中主要是讲境界,有时也讲意境。托名樊志厚写的《人间词》甲乙稿两篇序,则主要是讲意境,《宋元戏曲考》中也是讲意境。那么,境界和意境究竟是一回事呢,还是两回事呢?学术界对此也有不同看法。我们认为在《人间词话》中,在文艺和美学评论中讲的境界和意境实质上是一样的,没有什么不同。在我国古代的文学理论批评中,境界和意境也常常是交叉运用的,并无含义上的差别。这两个概念都是从佛教中来的。一般说,境界的概念比较宽一些,例如我们可以讲思想境界、精神境界,也可以讲艺术境界。而意境的概念除了在佛教中是一个宗教哲学概念外,通常只在艺术领域内才用,它总是比较具体、形象的。可是境界的概念运用于哲学和思想的领域时,则是比较抽象的。因此,在文学艺术的领域内,境界即是指意境。

艺术境界(或意境)究竟是指什么?这是一个有争议的问题。意境并不是王国维首先提出来的。中国古代对意境的认识和理解也有一个发展过程。不过,我们研究《人间词话》主要是分析王国维对意境的认识和理解。王国维认为意境主要包含了两个因素,即"意"和"境"。他在托名樊志厚撰写的《人间词乙稿序》中说:"文学之事,其内足以摅己,而外足以感人者,意与境二者而已。"这两个因素可以"有所偏重,而不能有所偏废","苟缺其一,不足以言文学"。这种看法可与他在《文学小言》中的说法相印证:"文学中有二原质焉:曰景,曰情。前者以描写自然及人生之事实为主,后者则吾人对此种事实之精神的态度也。故前者客观的,后者主观的也;前者知识的,后者感情的也。"这种广义的"情"和"景",是与"意"和"境"在本质上没有区别的,实质上就是指心和物在审美过程中的结合。所以王国维说"境界"乃是"呈于吾心而见于外物"的产物,是"意"与"境"的和谐统一。王夫之在《姜斋诗话》中曾说:"情景虽有在心在物之分,而景生情,情生景,哀乐之触,荣悴之迎,互藏其宅。"这也是说的情景交融、心物合一问题。意必由境而显,故王国维说"非物无以见我";境则必以意之需要而有所取舍,故王国维又说:"而观我之时又自有我在。"这就不能不使我们很自然地想起刘勰在《文心雕龙》中提出的情物之间两个相反相成的交互作用过程:"情以物兴"和"物以情观"。从心物关系说,即是一方面心"随物宛转",一方面物"与心徘徊"。由此看来,意境的本质即是说的艺术创作中的基本审美特征。王国维的这种分析,毫无疑问是与他对文学艺术不同于哲学等意识形态的特点之理解有关系的。他在《论哲学家与美术家之天职》一文中曾指出,哲学家"一旦豁然悟宇宙人生之真理",是抽象的、概念的、理性的;而美术家(他说的"美术家"包括文学家与艺术家),"或以胸中惝恍不可捉摸之意境一旦表诸文字绘画雕刻之上",是"以记号表之",是具体的、感性的、形象的。其《奏定经学科大学文学科大学章程书后》一文中说:哲学和文学都是解释"宇宙人生上根本之问题,不过其解释之方法,一直观的,一思考的,一顿悟的,一合理的耳"。艺术的意境一旦被创造出来,它就和客观现实的境界不一样了,因为它经过了作家主观的改造,是作家"妙造自然"(司空图《诗品》)的产物了。他说:"山谷云:'天下清景,不择贤愚而与之,然吾特疑端为我辈设。'诚哉是言!抑岂独清景而已,一切境界,无不为诗人设。世无诗人,即无此种境界。"这正说明了艺术的境界是从客观中来的,但又不同于客观的境界,而是艺术家体现自己主观情志的一种创造。从这个角度说,没有艺术家也就不存在这种艺术境界。有的同志认为王国维这个说法是受叔本华下述思想影响而在艺术上的表现:"世界是我的表象。……只是和主体有关的客体。……通过主体而受到限制,并且只是为主体而存在。"这种简单的比附,我们觉得是不够妥当的。叔本华把存在看成即是被感知,是十足的主观唯心论。然而,王国维在这里着重是要说明境界是诗人创造的"第二自然",而和客观之境界有根本的不同,就在这一段话下面,他即指出了"诗人之境界"与"常人之境界"的不同。诚如我们在前文已讲到的,王国维对叔本华的主观唯心论是怀疑的、不相信的。

王国维对艺术境界本质的这种分析,说明在他看来,艺术境界实际上也就是艺术形象。不过,并非所有的艺术作品都有境界,而只是一些优秀的作品才有境界。《人间词话》开宗明义第一条就说:"词以境界为最上。

有境界则自成高格,自有名句。"可见有境界的词只是少数。但是我们不能说不能"自成高格"的词没有形象。所以,艺术的意境不能等同于形象,而是一种有特殊艺术风貌的形象。

那么,什么样的艺术作品才有境界呢?根据王国维在《人间词话》中的论述来看,他所说的境界,从实质上看,是与严羽所说的"兴趣"和王士禛所说的"神韵"一致的。他说:"沧浪所谓兴趣,阮亭所谓神韵,犹不过道其面目,不若鄙人拈出'境界'二字,为探其本也。"这说明"境界"的特点是和我国传统的艺术和美学特征相联系的。它的具体内容,王国维主要论述了以下几个方面:第一,要有"言外之意""味外之味"。王国维说:"古今词人格调之高,无如白石。惜不于意境上用力,故觉无言外之味,弦外之响,终不能与于第一流之作者也。"中国古代诗歌创作由于受老庄玄学及佛教之"言不尽意"论影响,历来强调要有"言外之意",而不能"意尽言中",要使之在具体的咸酸外,能体会到味外的"醇美"之旨。刘勰在《文心雕龙·隐秀》篇中首发其意,提出了文学艺术形象既要有"义生文外"的"隐",又要有"独拔""卓绝"之"秀"。接着,钟嵘在《诗品序》中将"赋比兴"的次序颠倒了过来,把"兴"置于最重要地位,释其义为:"文已尽而意有余。"至唐代则论此旨者更多。刘禹锡以为诗之精义即在"境生于象外"(《董氏武陵集纪》),皎然也倡导"象外"之说。司空图更特别提出了"象外之象,景外之景"的著名理论。北宋时,苏轼在《书黄子思诗集后》一文中称钟繇、王羲之书法:"萧散简远,妙在笔墨之外。"并赞美司空图以"味外味"论诗,"自列其诗之有得于文字之表者二十四韵,恨当时不识其妙",感叹道:"信乎表圣之言,美在咸酸之外,可以一唱而三叹也。"南宋著名诗论家严羽竭力提倡诗歌要有"兴趣",其要害亦在"言有尽而意无穷"。明清诗论中此种论述,更是不胜其烦多。所谓"言外之味,弦外之响",绝不仅仅指一般所说的诗歌的含蓄,而是反映了我国古代美学传统特点之一,即在艺术形象创造上以实的有形的描写来象征虚的无形的描写,正所谓"言为象蹄,象为意筌"也。第二,要求形象塑造具有真实自然之美。王国维说:"境非独谓景物也。喜怒哀乐,亦人心中之一境界。故能写真景物、真感情者,谓之有境界。否则谓之无境界。"所谓自然,则是指没有刻意雕琢、人为造作之痕迹,能写出事物之自然真态。这种真实、自然之美,是来源于作家的深刻观察与认识,而绝非信笔写来所能奏效的,他说:"大家之作,其言情也必沁人心脾,其写景也必豁人耳目。其辞脱口而出,无矫揉妆束之态。以其所见者真,所知者深也。诗词皆然。"又说:"纳兰容若以自然之眼观物,以自然之舌言情。此由初入中原,未染汉人风气,故能真切如此。"庄子所说的"天籁",其特点即在此。到了六朝遂发展为"清水芙蓉"之说,钟嵘以此论诗,提出要写"即目""所见",具有"自然英旨"的"直寻"之作。唐代皎然赞美谢灵运之诗云:"真于情性,尚于作用,不顾词彩,而风流自然。"司空图《诗品》中"自然"一品云:"俯拾即是,不取诸邻。俱道适往,着手成春。如逢花开,如瞻岁新。真与不夺,强得易贫。"这些都是在钟嵘基础上的进一步发展。自宋以后,这种论诗主张更是不胜枚举。如苏轼之"行云流水""文理自然"说,严羽之"镜花水月"说,元好问所谓"一语天然万古新,豪华落尽见真淳",等等。王国维总结了我国古代重视真实自然的美学传统,并指出它乃是我国古代艺术意境的重要内容之一。第三,意境重在传神而不在形似,《人间词话》中这方面的论述颇多,他说:"词之雅郑,在神不在貌。"又说:"美成《青玉案》(当作《苏幕遮》)词:'叶上初阳干宿雨。水面清圆,一一风荷举。'此真能得荷之神理者。"这种重神不重形的思想,显然又是和真实自然的特点分不开的。他又说:"人知和靖《点绛唇》、圣俞《苏幕遮》、永叔《少年游》三阕为咏春草绝调。不知先有正中'细雨湿流光'五字,皆能摄春草之魂者也。"所谓"摄春草之魂",即是指能传春草之神也。王国维说:"温飞卿之词,句秀也。韦端己之词,骨秀也。李重光之词,神秀也。"句秀,只是形似;神秀,方是传神。意境之妙正在神似而不在形似,故而他说:"'红杏枝头春意闹',著一'闹'字,而境界全出。'云破月来花弄影',著一'弄'字,而境界全出矣。"这"闹""弄"两字之妙,正如绘画中之画龙点睛,传神写照正在此耳!重神似不重形似也是我国古典美学的重要传统,也是构成艺术意境的重要特点之一。

王国维在《人间词话》中还运用西方有关浪漫主义和现实主义的理论,分析了艺术境界构成的基本方法。他认为境界的创造有两种基本类型:一是写境,一是造境。前者以具体写实为主,后者以表现理想为主;前者是现实主义的作品,后者是浪漫主义的作品。更为可贵的是他指出了写境和造境两者是颇难区别的,因为"大诗人所造之境,必合乎自然,所写之境,亦必邻于理想故也"。浪漫主义作品和现实主义作品本来是不能截然分开的。王国维又进一步解释其原因说:"自然中之物,互相关系,互相限制。然其写之于文学及美术中也,必遗其关系、限制之处。故虽写实家,亦理想家也。"指出现实主义创作,表面看来是对现实的如实描写,其实也是体现了作者的理想的,它就反映在作者对现实的选择与概括之中。现实生活的内容是非常丰富的,现实中的事物都有极其复杂的联系,它被描写到文学作品中的,只能是一个侧面,不可能全部都反映出来,必然要有所取舍,而这种取舍毫无疑问是按照作者的理想和意愿来进行的。王国维又说:"又虽如何虚构之境,其材料必求之于自然,而其构造,亦必从自然之法则。故虽理想家,亦写实家也。"作者所描写的是按照理想塑造的境界,但组成这些境界之具体材料,又必然是从现实中来的,而其中所体现的一些原则也是符合现实的。例如屈原的《离骚》,虽然写了神话境界,但是望舒(月神)开路,风伯(飞帘)护后,羲和驾车,雷神巡行,也都有现实生活中帝王贵戚外出时的影子。至于天廷之描写实亦人间宫廷之折光,自然界之香草琼花与恶禽丑物,亦人间善恶两类人物之象征。《西游记》中孙悟空、猪八戒虽非人的形象,但皆有现实人的思想和性格。浪漫主义的基础乃是在现实人世。从上述王国维对境界构成的分析中,我们可以看到王国维并未否定自然界的客观存在,而且肯定了文学境界的创造要以自然为基础,说明艺术境界乃是作者对现实境界的一种改造或在现实基础上所作的创造。这是不能和叔本华的主观唯心主义等同为一的。王国维指出艺术境界具有理想与现实相结合的特点是很有意义的。这不仅是一个创作方法的问题,而且也是与艺术的本质有关系的。艺术作品是作家对现实生活的认识和反映,它既是现实的再现,又是经过作家主观的改造制作的。有的同志说,王国维的理想和现实的统一是建立在唯心主义基础上的。因为他说的"理想"是一种"先验的美的理念",而他所说的"自然的法则",是"吾心"所赋予宇宙的"法则"。我们觉得这种说法是不妥当的,也不大符合实际。首先,王国维所说的"遗其关系、限制之处",不能和叔本华之审美观照"并不追寻这物象对其他外物的关系"的思想等同起来。王国维讲的是自然之物被写到文学作品中,不可能将其

"互相关系、互相限制"都描写出来,故不能说他的"理想"即是"先验的美的理念"。其次,王国维所讲的吾心赋予宇宙的法则,是指把自然规律总结为理论法则,去说明自然,并非认为自然没有客观法则,而只是人主观赋予的。

王国维对造境和写境的区分以及对这两者关系的论述,也是运用西方科学的文学和美学理论总结我国古典文学和美学传统的结果。我国古代论文学作品的创作,也有重在"实录"写真和重在奇幻夸诞之不同,实质上也就是指的现实主义和浪漫主义两种不同的创作方法。我国古代著名的文学理论批评家刘勰在《文心雕龙·辨骚》篇中提出的"酌奇而不失其贞,玩华而不坠其实",也相当生动地反映了浪漫主义的文学创作应当有现实生活基础的思想。我国古代论浪漫主义文学作品,强调"幻中有真",主张"天上"与"人间"的结合,也都是反映了对浪漫主义文学作品必须扎根现实的明确要求(此点我在《中国古代文学创作论》一书中论"奇幻夸诞"一节曾有详细论述,此不赘述)。但是,我国古代文学理论批评家都没有从哲学和美学的高度,对它作出深入的理论分析,因此,王国维的论述显然对我国文学理论批评的发展是有十分重大的积极作用的。

王国维在《人间词话》中还从美学上对境界的基本形态进行了分类。他指出:境界可以分为"有我之境"和"无我之境"两种。什么是"有我之境"呢?他说:"以我观物,故物皆著我之色彩。"例如:"泪眼问花花不语,乱红飞过秋千去。""可堪孤馆闭春寒,杜鹃声里斜阳暮。"作者带着强烈的主观感情去看待客观之物,因而物皆含有作家的感情色彩,也就是说,物"人化"了。这也正是刘勰在《文心雕龙·诠赋》篇中所说的"物以情观"。王夫之在《姜斋诗话》中则从情景关系角度称之为"情中景"。如杜甫《登岳阳楼》诗中所说:"亲朋无一字,老病有孤舟。"这里的"孤舟"实际上是杜甫本人的象征。西方美学中称之为"移情",作家主观意识很强烈,把客观的物也主观化了,使之成了纯粹主观意识的表达工具,客观之物的本身特征反而隐蔽不明显了。什么是"无我之境"呢?他说:"以物观物,故不知何者为我,何者为物。"例如:"采菊东篱下,悠然见南山。""寒波淡淡起,白鸟悠悠下。"这类作品,作者通过对客观的物的如实描写,而作者主观之情则自然地流露于其中。所谓"无我之境"其实并非真正"无我",而是我和物、主观和客观自然地融而为一。这也就是刘勰所说的"情以物兴",心"随物以宛转"(《物色》篇语)。王夫之则称之为"景中情",如李白诗"长安一片月"之类。庄子所讲的"物化"境界,大体上也是接近于"无我之境"的。这一类作品中,作者的主观意识完全融化于客观的物中,分不出是物还是我。所以,"无我"只是我隐于物中的一种表现;而"有我"则是物以我之心灵而出现。这两种境界是以心与物之间的不同关系而呈现出来的,也是心与物结合的两种不同的基本形态。前者是物的"人化",而后者是人的"物化"。因此,从意境的角度说,也即是指意与境的结合之不同方式。王国维在《人间词乙稿·序》中说:"原夫文学之所以有意境者,以其能观也。出于观我者,意余于境。而出于观物者,境多于意。"前者即是有我之境,后者即是无我之境。唐代王昌龄《诗格》中曾经区分境界为"物境""情境""意境"三种,其"物境"大致相当于"无我之境","情境"大致相当于"有我之境",而"意境"则可包括两者而又高于两者,恰如王国维所说:"上焉者,意与境浑。""以意胜"者为"情境","以境胜"者为"物境"。(见《人间词乙稿·序》)

王国维对"有我之境"与"无我之境"的区分,显然是继承和发展了我国古典美学中的有关论述之结果,同时又是吸收了西方美学和文学理论,从哲学和美学高度对它所作的理论分析。王国维又说:"无我之境,人惟于静中得之。有我之境,于由动之静时得之。故一优美,一宏壮也。"我国古代对艺术美的区分有所谓"阳刚之美"与"阴柔之美",它的明确提出是姚鼐的《复鲁絜非书》,但实际上是我国古代传统的美学思想,其历史渊源是很早的。《周易·系辞》中说:"动静有常,刚柔断矣。"韩康伯注:"刚动而柔止也。"孔颖达《正义》云:"万物禀于阳气多而为动也,禀于阴气多而为静也。"刘勰《文心雕龙·物色》篇云:"阳气萌而玄驹步,阴律凝而丹鸟羞。"阳刚主动,万物因之而萌苏;阴柔主静,万物因之而肃杀。曹丕论文分清气、浊气,实亦指阳刚、阴柔之别。刘勰《文心雕龙·体性》篇云"风趣刚柔,宁或改其气",也强调了艺术风格上的阳刚之美与阴柔之美的不同。后来严羽在《沧浪诗话》中归纳艺术风格美为"沉着痛快"与"优游不迫"两大类,清代桐城派提出的"阳刚之美"与"阴柔之美"正是在此基础上的总结与发展。"阳刚之美"与"阴柔之美"实质上就是西方的壮美与优美。王国维所论正是把中国古典美学与西方美学相结合之表现。不过,王国维把"有我之境"说成是壮美,"无我之境"说成是优美,并不是很科学、很正确的。在实际创作中,"有我之境"并非都属于壮美,而"无我之境"亦并非都属于优美。李清照的"帘卷西风,人比黄花瘦",自然是"有我之境",但恐怕不能算作"壮美",而只能说是"优美"。李白的诗《庐山谣》写道:"登高壮观天地间,大江茫茫去不还。黄云万里动风色,白波九道流雪山。"这自然是"壮美"之作,但显然属于"无我之境",而非"有我之境"。此外,我们应当看到,王国维所说的"壮美"和"优美"又是和他所受的康德、叔本华把文艺看成是超功利的思想影响分不开的。他在《叔本华之哲学及其教育学说》一文中说:"而美之中,又有优美与壮美之别。今有一物,令人忘利害之关系,而玩之而不厌者,谓之曰优美之感情。若其物直接不利于吾人之意志,而意志为之破裂,唯由知识冥想其理念者,谓之曰壮美之感情。"又其《红楼梦评论》中说:"美之为物有二种,一曰优美,一曰壮美。苟一物焉,与吾人无利害之关系,而吾人之观之也,不观其关系,而但观其物;或吾人之心中,无丝毫生活之欲存,而其观物也,不视为与我有关系之物,而但视为外物,则今之所观者,非昔之所观者也。此时吾心宁静之状态,名之曰优美之情,而谓此物曰优美。若此物大不利于吾人,而吾人生活之意志为之破裂,因之意志遁去,而知力得为独立之作用,以深观其物,吾人谓此物曰壮美,而谓其感情曰壮美之情。……而其快乐存于使人忘物我之关系,则固与优美无以异也。"当然,在《人间词话》中,王国维并未明显地以康德、叔本华审美超功利说来论述"优美""壮美",但是这种审美超功利的思想影响,在《人间词话》中也还是很明显的。

王国维在《人间词话》中还比较突出地论述了判别境界优劣的标准问题。他认为艺术意境的最高标准是要达到"意与境浑",而它的具体表现便是"不隔"。"隔"与"不隔"是衡量意境优劣的基本标准。他说:"白石写景之作,如:'二十四桥仍在,波心荡,冷月无声。''数峰清苦,商略黄昏雨。''高树晚蝉,说西风消息。'虽格韵高绝,然如雾里看花,终隔一层。梅溪、梦窗诸家写景之病,皆在一'隔'字。"王国维对姜夔、史达祖、吴文英等的批评,主要在指出他们的词缺乏自然真率之美,用典僻涩,而语言有雕琢痕迹。他又说:"问'隔'与'不隔'之别,曰:陶谢之诗不隔,延年则稍隔矣。东坡之诗不隔,山谷则稍隔矣。'池塘生春草''空梁落燕泥'等二句,妙处唯在不隔。词亦如是,即以一人一词论,如欧阳公《少年游》咏春草上半阕云:'阑干十二独凭春,晴碧远连云。千里万里,二月三月,行色苦愁人。'语语都在目前,便是不隔。至云:'谢家池上,江淹浦畔。'则隔矣。白石《翠楼吟》:'此地宜有词仙,拥素云黄鹤,与君游戏。玉梯凝望久,叹芳草,萋萋千里。'便是不隔。至'酒祓清愁,花消英气',则隔矣。然南宋词虽不隔处,比之前人,自有浅深厚薄之别。"陶谢之诗"不隔"是因为不堆砌典故,而有"芙蓉出水"之美,颜延之诗"殆同书抄""镂金错采",自然就"隔"了。苏东坡诗如行云流水,文理自然,故"不隔";黄庭坚诗辞语怪僻,"掉书袋",所以就"隔"了。欧阳修的词上半阕自然传神,语如直叙,而下半阕用典过深,意思不明朗,因此有"隔"与"不隔"之别。姜夔词亦是如此。可见,"不隔"的作品应当描写即目所见、即景会心之情景,务求自然传神,毫无斧凿痕迹。故云:"语语都在目前,便是不隔。"钟嵘所谓符合"自然英旨"的"直寻"之作,梅尧臣所谓"状难写之景,如在目前;含不尽之意,见于言外"的诗歌,严羽欣赏的"镜花水月"之作,都是这种美学观点之表现。王夫之则称之为咏得"现量"之作。他在《姜斋诗话》中说:"'池塘生春草''蝴蝶飞南园''明月照积雪',皆心中目中与相融浃,一出语时,即得珠圆玉润,要亦各视其所怀来而与景相迎者也。"心中之情,目中之景,水乳交融,恰到好处,作者能运用艺术语言把它真切地描写出来,而无丝毫矫揉造作之态,即为不隔之境界。王国维还指出写情和写景都有隔与不隔之别。他说:"'生年不满百,常怀千岁忧。昼短苦夜长,何不秉烛游?''服食求神仙,多为药所误。不如饮美酒,被服纨与素。'写情如此,方为不隔。'采菊东篱下,悠然见南山。山气日夕佳,飞鸟相与还。''天似穹庐,笼盖四野。天苍苍,野茫茫,风吹草低见牛羊。'写景如此,方为不隔。"这就是生动传神的"真景物""真感情"。所以,我们可以说这种"不隔"的境界乃是前面所说各种意境特征的集中表现。

那么,怎样才能创造出"不隔"的艺术境界来呢?这就涉及诗人的修养问题了。这也是《人间词话》中所论到的一个十分重要的内容。

第一,王国维强调了诗人"对宇宙人生,须入乎其内,又须出乎其外。

入乎其内,故能写之;出乎其外,故能观之。入乎其内,故有生气;出乎其外,故有高致"。这也是总结了我国古代文学理论的历史经验而提出来的。所谓"入乎其内",是要求作家对具体的"宇宙人生"有深入的理解,有切身的具体体会,使自己有丰富的阅历,广博的知识,懂得很多生活的道理。所谓"出乎其外",是指作家必须从具体的现实人生中摆脱出来,能比较客观地站得比较高地来看待现实人生,对它作出正确的判断与评价,而不至于"坐井观天",只见树木不见森林。刘勰在《文心雕龙》中,一方面强调"虚静",一方面又强调重视知识学问、经验阅历,就包含了"出"和"入"两方面的意思。苏轼在《送参寥师》一诗中说:"欲令诗语妙,无厌空且静。静故了群动,空故纳万境。"苏轼的空静观也包含了"出"和"入"之意,所以一方面强调要"阅世走人间"(即是"入乎其内"),另一方面又强调要"观身卧云岭"(即是"出乎其外")。这种观点也被运用于对待读书的态度上。宋代陈善《扪虱新语》中曾说:"读书须知出入法。始当求所以入,终当求所以出。见得亲切,此是入书法;用得透脱,此是出书法。盖不能入得书,则不知古人用心处;不能出得书,则又死在言下。惟知出知入,乃尽读书之法。"这个原理和创作上的"出入"是一致的。王国维又说:"诗人必有轻视外物之意,故能以奴仆命风月。又必有重视外物之意,故能与花鸟共忧乐。"所谓"轻视外物",不是突出主观、否定客观,而是要求诗人善于通过描写外物来表现自己的思想感情。所谓"重视外物",则正是要求诗人必须真实描写客观事物,符合于事物本身的客观规律,而使自己的思想感情巧妙地寄寓于其中。这也是对"出入"说意思的一种补充。

第二,王国维认为诗人要创造"不隔"的境界,需要经过三个修养的阶段。他说:"古今之成大事业、大学问者,必经过三种之境界:'昨夜西风凋碧树。独上高楼,望尽天涯路。'此第一境也。'衣带渐宽终不悔,为伊消得人憔悴。'此第二境也。'众里寻他千百度,回头蓦见那人正在、灯火阑珊处。'此第三境也。"这里说的是诗人的创作需要有一个逐步认识和掌握艺术规律的过程。第一阶段是认识阶段,也即是说要广泛地学习,掌握对象的特点和规律。对于作家来说,即是要参考各家的创作经验,恰如严羽所说,要"遍参"各家,善于识别其高下优劣。然后是第二阶段,即是要求诗人能刻苦地进行创作实践，必须下一番苦功夫，虽精力消耗、体质减弱，也在所不惜，以便努力去掌握艺术创作的客观规律。不经历这个艰难的实践过程，是不会在事业上有成就的。只有经过了这一关，才能由必然王国进入到自由王国，恰如吴可《学诗诗》所说："直待自家都了得，等闲拈出便超然。""不隔"的艺术境界的创造，似乎是有一定的偶然性的，但是实际上正是功到自然成，具有必然性在内的。王国维的三个阶段说，符合于人的认识和实践过程，无论对研究学问或进行创作，都是有积极意义的。

第三，王国维认为诗人要创造"不隔"境界，必须有自己的真情实感。他引用尼采的话说："一切文学，余爱以血书者。"他赞扬李后主的词，认为这就是以血书者。他说："词人者，不失其赤子之心者也。故生于深宫之中，长于妇人之手，是后主为人君所短处，亦即为词人所长处。"这和李贽所强调的"童心"表面看有相似之处，但实际含义是并不一致的。李贽强调"童心"旨在不受道学之污染；而王国维之强调"赤子之心"，旨在说明要摆脱"利害关系"、超功利。但是其中也包含了要描写诗人真情实感的积极意义在内。至于它所表现出来的摆脱"利害关系"、超功利的观点，既是王国维思想认识保守性之反映，也是他本人受西方资产阶级思想影响之结果。王国维还从这个角度提出了"主观之诗人"与"客观之诗人"的区别，认为"主观之诗人，不必多阅世。阅世愈浅，则性情愈真，李后主是也"。这种观点也显然是错误的。李后主词中最有价值的部分，恰恰是在他成为亡国奴、社会地位变化后所写的那些作品。王国维在强调真情实感的问题上，很明显地表现了他的阶级偏见。

第四，王国维还提出了创作中"词人观物，须用诗人之眼，不可用政治家之眼"的问题。对这一点，历来批评他的人很多。我们认为这也应当有分析地来看待。王国维说："政治家之眼，域于一人一事。诗人之眼，则通古今而观之。"这个说法中也有一些合理的因素，这就是要求诗人之观物，不可受具体的某种利害关系之束缚，而应当从全局上、从历史发展上来考虑。但是，也有明显的错误之处，这就是：一、政治家之眼也不见得都只着眼于一人一事，而应当看到不同的政治家有不同的情况。先进的政治家，善于用进步的世界观去观察客观事物，有丰富学识，能高瞻远瞩，可以不受狭隘利害关系之局限。二、诗人观察事物也常常是有局限性的,这和诗人所受的教育以及他的世界观有直接联系。诗人也常常免不了要受具体利害关系的制约,不都是那么客观地对待现实事物的。王国维的这种错误是和他接受了康德、叔本华美学中的消极影响分不开的。这些不足的方面,我们也必须清醒地认识到,不要因为他的成就而无视他的不足。

总的说来,《人间词话》是我国古代美学和文学理论转向近现代美学和文学理论的发展阶段上的一部重要著作,具有承上启下的作用,贡献是很大的,随着对我国古代美学和文学理论研究的逐步深入,《人间词话》的意义与价值将会得到更进一步的发掘,并受到更大的关注。

后 记

  收在这本集子里的文章,除了关于《沧浪诗话》的两篇是"文革"以前的旧作外,其他大多是1979年以来陆续发表于各种刊物上的,另外还有几篇是新写的。已经发表过的各篇在收入此集时,做了一些修改。这三十篇都是关于我国古典文艺美学方面的专题研究文章,前八篇是对一些基本理论问题的探讨,其他各篇则是对我国文艺美学发展史上有代表性的人物及其专著的研究。

  在编辑这本集子的过程中,我常常想起我的导师杨晦先生曾经给予我的许多教诲。1960年我毕业留校工作后,一直在杨晦先生指导下学习和研究中国古代的美学和文艺理论。从1961年秋开始,我和邵岳同志一起为高年级学生讲授"中国古代文论选",每讲一篇新的论著之前,我们都要请杨先生作一次指导。杨先生常常一讲就是好几个小时,甚至顾不得休息。杨先生对青年是非常热情的,也是极其严格的。正直地做人,谨严地治学,这是杨先生给我的最深刻印象,也是我一生都感到学用不尽的。杨先生不仅精通中国古代的哲学和文学,而且对西方的哲学、美学和文学也有很深的造诣,因此,他对中国古代美学和文艺思想的发展,有许多精辟独到的见解。1949年后,他在担任北大中文系主任的同时,也一直致力于中国文艺思想史的研究,收集了大量资料。可惜由于十年动乱及身体状况的原因,他没有写出《中国文艺思想史》,未能实现他的夙愿。杨先生离开我们已经三年多了,我虽然也一直有写作《中国文艺思想史》的想法,但是总感到学力不足,难以胜任,下不了动笔的决心。同时,我也深感要写好一部真正有价值的《中国文艺思想史》,一定要先从古典文艺美学的专题研究做起,必须要有多方面的、各种类型的专题研究作基础。我的这些文章,包括我的《中国古代文学创作论》《文赋集释》《先秦诸子的文艺观》《文心雕龙新探》诸书,都是在这样一种思想的指导下写成的。

  本书的编定,曾得到许多师友的鼓励。特别是陈贻焮教授一直很关心我的学术研究,为我审阅了本书的大部分文章,提出了不少重要修改意见,并热心为本书作序。中国社会科学出版社副总编余顺尧同志、文学编辑室白烨同志积极支持它的出版。本书的责任编辑季寿荣同志精心审订,为本书出版付出了辛勤的劳动。谨在此一并致谢!

作　者

1986年7月于北京大学

燕东园